ハヤカワ文庫 SF

〈SF1887〉

氷と炎の歌④

乱《らん》鴉《あ》の饗宴

〔上〕

ジョージ・R・R・マーティン

酒井昭伸訳

早川書房

7123

A FEAST FOR CROWS

by

George R. R. Martin

Translated by
Akinobu Sakai
Published 2013 in Japan by
HAYAKAWA PUBLISHING, INC.
This book is published in Japan by
arrangement with
THE LOTTS AGENCY, LTD
through JAPAN UNI AGENCY, INC., TOKYO.

目次

北部
風哭きの峠道《スカーリング・パス》
霜の牙《フロストファング》
クラスターの砦
〈幽霊の森〉
〈壁〉
凍結海岸
影の塔《シャドウ・タワー》
黒の城《カースル・ブラック》
海を望む東の物見城《イーストウオッチ・バイ・ザ・シー》
スカゴス島
〈氷の入江〉
熊の島《ベア・アイランド》
〈海豹《アザラシ》の入江〉
最後の川
カーホールド城
海竜岬《シー・ドラゴン・ポイント》
深林の小丘城《ディープウッド・モット》
〈狼の森〉
ドレッドフォート城
ウィンターフェル城
ホワイトナイフ川
N
トーレンの方塞《ズ・スクウエア》
〈王の道〉
岩石海岸《ストーニイ・ショア》
折れ枝川《ブロークン・ブランチ》
古墳地帯《バロウランズ》
バロウトンの町
白い港《ホワイト・ハーバー》
寡婦の物見城《ウイドウズ・ウオッチ》
細流地域《リルズ》
熱病川《フィーヴァー》
要塞《モウト》ケイリン
古き城《オールドカースル》
ソルトスピア
地峡《ネック》
〈白浪湾《ザ・バイト》〉
クラーケン岬
灰色沼の物見城《グレイウオーター・ウオッチ》
三姉妹諸島《スリー・シスターズ》
フィンガーズ
鉄《くろがね》諸島
双子城《ツインズ》
オールド・ウィック島
海の護り城《シーガード》
緑の支流
青の支流
アリンの谷間《ヴェイル》
高巣城《アイリー》
〈血みどろの門〉
パイク城
グレート・ウィック島
リヴァーラン城
赤の支流
ジェイムズ・シンクレア作図

南部
三姉妹諸島《スリー・シスターズ》
フィンガーズ
〈王の道〉
双子城《ツインズ》
緑の支流
鉄諸島《くろがね》
ブラックタイド島
海の護り城《シーガード》
オークモント島
ハーロー島
パイク城
青の支流
アリンの谷間《ヴェイル》
高巣城《アイリー》
三叉鉾河《トライデント》
〈血みどろの門〉
ガルタウン
タンブルストーン河
赤の支流
リヴァーラン城
十字路の旅籠《クロスローズ・イン》
潮だまりの町《ソルトパンズ》
〈蟹の入江〉
フェア島《アイル》
ハレンの巨城《ホール》
ダリー城
〈静かの島〉
蟹爪島《クロー》
黄金の歯《ゴールデン・トゥース》
〈顔のある島〉《アイル・オブ・フエイシズ》
鋏み割りの蟹爪岬《クラッククロー・ポイント》
〈王の道〉
乙女の池の町《メイドンプール》
ドラゴンストーン城
神の目湖《ゴッズ・アイ》
ダスケンデール
ケイスの町
キャスタリーの磐城《ロック》
海標城《ドリフトマーク》
ラニスポート
枝角城《アントラーズ》
尖頭岬城《シャープ・ポイント》
キングズ・ランディング
ロズビー城
〈黄金の道〉
ブラックウォーター河
ブラックウォーター湾
マッセイの鉤状砂嘴
クレイクホール城
河間平野《リーチ》
〈海の道〉
N
〈王の森〉
黄金樹林城《ゴールデン・グローヴ》
ウェンドウォーター川
〈薔薇の道〉
ビターブリッジ
タース島
マンダー河
古き樫城《オールド・オーク》
日没海《サンセット・シー》
嵐の果て城《ストームズ・エンド》
アッシュフォード
〈破船湾〉《シップブレーカー・ベイ》
楯諸島
船
ハイガーデン城
ドーンとの境界地方《マーチズ》
〈雨の森〉
ブライトウォーター城塞《キープ》
角の丘城《ホーン・ヒル》
〈骨の道〉
エスターモント島
ハニーワイン河
怒りの岬《ケープ・ラス》
ドーン海
オールドタウン
王墓城《キングズグレイヴ》
高台城《アップランズ》
黒山城《ブラックモント》
ドーン
岩山の頂城《トーア》
三塔城《スリー・タワーズ》
星降る城《スターフオール》
神麗城《ゴッズグレイス》
折れた腕《ブロークン・アーム》
砂岩城《サンドストーン》
地獄の巣穴城《ヘルホルド》
グリーンブラッド川
サンスピア宮
〈囁きの入江〉《ウイスパリング・サウンド》
レモンウッド城
アーバー島
塩の浜辺城《ソルト・ショア》
ジェイムズ・シンクレア作図

鉄《くろがね》諸島
双子城《ツインズ》
緑の支流
〈王の道〉
ブラックタイド島
オールド・ウィック島
オークモント島
鷲の岬
海の護り城《シーガード》
十塔城《テン・タワーズ》
〈鉄人《くろがねびと》の入江〉
グレート・ウィック島
パイク島
ハーロー島
ローズポート
ソルトクリフ島
古石城《オールドストーンズ》
青の支流
フェアマーケットの町
ベインフォート城
〈ひざまずく男の旅籠〉
赤の支流
タンブルストーン河
リヴァーラン城
岩山城《クラッグ》
〈高き心の丘《ハイ・ハート》〉
アッシュマーク城
殻斗城館《エイコーン・ホール》
フェア島《アイル》
フェア城《カースル》
〈河の道〉
黄金の歯城《ゴールデン・トゥース》
ピンクの乙女城《メイドン》
サースフィールド城
石の聖堂の町《ストーニイ・セプト》
角の谷城《ホーンヴェイル》
ケイスの町
キャスタリー・ロック城
深い巣穴城《ディープ・デン》
祝宴の炎城《フィーストファイア》
ラニスポート
ブラックウォーター河
シルヴァーフォール城
〈黄金の道〉
コーンフィールド城
河間平野《リーチ》
クレイクホール城
タンブルトン
N
マンダー河
〈海の道〉
赤い湖《レッド・レイク》

主要登場人物

■キングズ・ランディング（名のみはラニスター家）

サーセイ　摂政太后。［ロバート一世］の未亡人
［ジョフリー一世］　サーセイの長男。結婚式で毒殺
トメン一世　サーセイの次男。八歳。現国王
ジェイミー　サーセイの双子の弟。〈王殺し〉《キングスレイヤー》。〈王の楯〉《キングズガード》総帥
ティリオン　サーセイの弟。〈小鬼〉《インプ》。こびと。ジョフリー弑逆《しいぎゃく》の責めを負う。父［タイウィン］殺し
［タイウィン］　サーセイの父。元〈王の手〉。厠で殺害
ケヴァン　［タイウィン］の弟。右腕。サーセイの叔父
マーリン・トラント　〈王の楯〉《キングズガード》の騎士
オズマンド・ケトルブラック　〈王の楯〉《キングズガード》の騎士
ボロス・ブラント　〈王の楯〉《キングズガード》の騎士。除名後、復帰
ベイロン・スワン　〈王の楯〉《キングズガード》の騎士
ロラス・タイレル　〈王の楯〉《キングズガード》の騎士。〈花の騎士〉
オスフリッド　ケトルブラック三兄弟の次男
オズニー　ケトルブラック三兄弟の三男
ヴァリス　元小評議会参議。密告者の長。宦官。行方不明
パイセル　上級学匠《グランド・メイスター》。小評議会参議。治療師。顧問
クァイバーン　死霊魔術《ネクロマンシー》の研究者。元メイスター
ジャイルズ・ロズビー　ロズビー城城主。病

弱の老人
オーレイン・ウォーターズ　海標城《ドリフトマーク》の私
生児
マージェリー・タイレル　十六歳。トメン一
世の妃となる
メイス・タイレル　ハイガーデン城の城主。
マージェリーの父
オレナ・タイレル　マージェリーの祖母。
〈茨《いばら》の女王〉
ガーラン・タイレル　メイス公次男。〈高《ギャ》
士《ラント》〉
メガ・タイレル　マージェリーの従妹。側役《そばやく》
アラ・タイレル　マージェリーの従妹。側役
エリノア・タイレル　マージェリーの従妹。
側役
テイナ・メリーウェザー　オートン公妃。サ
ーセイに接近
〈青き詩人《ブルー・バード》〉　マージェリーお気にいりの吟遊
詩人

総司祭《ハイ・セプトン》　〈七神正教〉の長
■鉄《くろがね》諸島（名のみはグレイジョイ家）
［ベイロン九世］　鉄諸島の王。橋から墜死
アシャ　ベイロンの長女。《黒き風《ブラック・ウインド》》の
船長
シオン　末男。ウィンターフェル城のプリン
スを自称
ユーロン　〈鴉の眼《クロウズ・アイ》〉。ベイロンの弟。《沈《サイ》
黙《レンス》》の船長
ヴィクタリオン　鉄《くろがね》水軍の海将。ベイロン
の弟
エイロン　〈濡れ髪《ダンプヘア》〉。ベイロンの弟。〈溺《でき》
神《しん》〉の祭主
ロドリック・ハーロー　アシャ支持の船長。
アシャの伯父
■ドーン（名のみはマーテル家）
ドーラン・ナイメロス　ドーンの大公《プリンス》

メラリオ　大公妃。自由都市ノーヴォス出身
［エリア］　大公の妹。元王妃。王都で殺害
［オベリン］　〈赤い毒蛇《レッド・ヴァイパー》〉。決闘裁判で死亡
アリアン　長女。サンスピア宮の跡継ぎ
クェンティン　長男。アイアンウッド家で養育
トリスタン　次男。ミアセラ王女と婚約
アリオ・ホター　ノーヴォスの傭兵。大公の衛士長
ミアセラ・バラシオン　サーセイの娘。トリスタンと婚約
アリス・オークハート　〈王の楯《キングズガード》〉騎士。ミアセラの護衛
ジェラルド・デイン　〈暗黒星《ダークスター》〉。孤高の隠遁《ハイ・ハーミティッジ》城の騎士

■アリンの谷間《ヴェイル》
ロバート・アリン　高巣城《アイリー》の城主。谷間《ヴェイル》の守護者。病弱な八歳
［ライサ・アリン］　ロバート公の母。タリー家出身
ピーター・ベイリッシュ　〈小指《リトルフィンガー》〉。ライサと結婚。谷間《ヴェイル》の守護代
アレイン・ストーン　守護代の私生児。サンサ・スターク
ローサー・ブルーン　ピーター公に仕える傭兵
マリリオン　若い吟遊詩人。［ライサ］殺害の責めを負う
ネスター・ロイス　谷間《ヴェイル》の執政。月の門《ザ・ゲーツ・オブ・ザ・ムーン》城の城守
マイア・ストーン　騾馬《ラバ》世話係。ロバート一世の私生児
ヨーン・ロイス　〈青銅《ブロンズ》のヨーン〉。神秘の石《ルーンストーン》城の城主。ロイス本家出身。ネスター公の従兄。強訴《ごうそ》六公
アニア・ウェインウッド　鉄樫《アイアンオークス》城の城主。強訴六公

ベネダー・ベルモア　猛き歌城《ストロングソング》の城主。強訴六公
サイモンド・テンプルトン　〈九 星城《ナインスターズ》の騎士〉。強訴六公
ギルウッド・ハンター　〈若きハンター公〉。強訴六公
ホートン・レッドフォート　赤い城砦《レッドフォート》の城主。強訴六公
リン・コーブレイ　名剣〈孤独の淑女《レディ・ファローン》〉の使い手
ハロルド・ハーディング　〈跡継ぎのハリー〉

■ジェイミーの遠征

イリーン・ペイン　王の執行吏。首斬り役人
アダム・マーブランド　総帥ジェイミーの竹馬の友
ライル・クレイクホール　〈強い猪《ストロングボア》〉
ジョスミン・ペックルドン　総帥の従士。〈ペック〉
ギャレット・ペイジ　総帥の従士
ルイス・パイパー　総帥の従士。〈小柄《リトル》なルー〉
ランセル・ラニスター　ケヴァンの子。ダリー城新城主
デイヴン・ラニスター　サーセイ太后の従弟。新西部総督
ライマン・フレイ　フレイ老公の孫。双子城《ツインズ》の跡継ぎ
エドウィン・フレイ　ライマンの長男。フレイ勢の長
ウォルダー・リヴァーズ　〈私生児のウォルダー〉
エモン・フレイ　フレイ老公の次男。リヴァーラン新城主
ジェナ　ラニスター家出身。エモンの妻
エドミュア・タリー　リヴァーラン城の城主。フレイ家の虜

ロズリン・タリー　エドミュアの新婦。フレイ家出身

ブリンデン・タリー　エドミュアの叔父。〈漆黒の魚〉《ブラックフィッシュ》。リヴァーラン城に籠城

ジェイン・ウェスタリング　「ロブ・スターク」の未亡人

■サンサ探索の旅

ブライエニー・タース　〈タースの乙女〉。サンサ探索中

ポドリック・ペイン　ティリオンの従士。十歳

〈手器用《ニンブル》のディック〉　道案内

ランディル・ターリー　トメン王の三叉鉾河《トライデント》方面軍を指揮

ハイル・ハント　ターリー家に忠誠を誓う騎士

メリボルド　聖堂《セプト》を持たぬ司祭《セプトン》。はだしで教区を巡回

エルダー・ブラザー　〈静かの島〉の長老修道士

ジェイン・ヘドル　〈十字路の旅籠《クロスローズ・イン》〉の女将《おかみ》。背が高い

ジェンドリー　鍛冶見習い。ロバート一世の私生児

サンダー・クレゲイン　〈猟犬《ハウンド》〉。〈馬を駆る山《マウンテン・ザット・ライズ》〉ことグレガーの弟。重傷を負い、トライデント河のほとりに横たわる

■ブレーヴォス

サムウェル・ターリー　〈冥夜の守人《ナイツ・ウォッチ》〉の雑士《スチュワード》。本の虫

メイスター・エイモン　ターガリエン家出身。百二歳

ダレオン　〈冥夜の守人《ナイツ・ウォッチ》〉の雑士。吟遊詩人

ジリ　クラスターの娘／妻。十九人の妻のひとり

〈温顔の男〉　〈数多《あまた》の顔を持つ神〉の司祭

〈浮浪児〉　〈数多の顔を持つ神〉の司祭
〈運河の猫〉　〈鉄の貨幣〉を持つ娘。アリア・スターク
クフル・モー　白鳥船《シナモンの風》の船長。夏諸島《サマー・アイランズ》の高木の町《トール・ツリーズ・タウン》出身
コージャ・モー　クフルの娘。船を護る緋色の射手の長
ゾンド・ドル　航海士。かたことの共通語を話す

■オールドタウン
レイトン・ハイタワー　〈知識の城《シタデル》〉の守護者
マーウィン　〈知識の城《シタデル》〉の大学匠《アーチメイスター》。〈魔法使い《メイジ》〉
アレラス　〈スフィンクス〉。侍者。弓の名手
〈ものぐさレオ〉　高貴な生まれの修練者
ペイト　将来性なき修練者。使い鴉《レイヴン》の世話係

スティーヴン・バウチャー
Windowsの魔導師、DOSのドラゴンに
彼がいなければ、
本書はクレヨンで書かれていただろう

乱鴉《らんあ》の饗宴
〔上〕

プロローグ

　夜明け前、モランダーはそういうと、しなびた林檎《リンゴ》を地面から拾いあげ、両手のあいだでやったりとったりしだした。

「ようし、林檎を投げろ」

〈スフィンクス〉のアレラスがうながし、矢籠《しこ》から抜いた矢の矢筈《やはず》を弓弦《ゆづる》につがえた。

「いちど、ドラゴンを見てみたいなあ」最年少のルーンがいった。ルーンは太めの少年で、あと二年しないと成人の齢《とし》にはならない。「見たいよ。ものすごく見たい」

（そんなことよりも、ロージーに抱きつかれて寝るほうがよっぽどいいけどな）長い木の腰かけにすわったペイトは、そわそわとからだを動かした。うまくすれば、あすにはロージーを自分のものにできる当てがある。（そうしたら、オールドタウンから遠く、〈狭い海〉を越えて、自由都市のどれかへ連れていこう）

「ドラゴンだ」

あそこには学匠《メイスター》がひとりもいないから、もう怒られることもない。

そのとき、頭上の割れた窓から、エマの笑い声が聞こえてきた。それといっしょに、エマが客にとっている男の低い声もだ。エマは〈羽根とジョッキ亭〉でも最年長の娼婦で、すくなくとも四十にはなっているはずだが、それでもまだまだ色っぽい。ロージーはそのエマの娘だった。齢は十五で、初花《しょちょう》を迎えたばかり。ロージーの水揚げ代に、エマはドラゴン金貨一枚の値をつけている。いまのペイトの蓄えは、牡鹿銀貨が九枚に、瓶一本ぶんの星紋銅貨と青銅貨しかない。ドラゴン金貨一枚ぶんを貯めるなど、夢のまた夢——本物のドラゴンを孵《かえ》す機会に遭遇するほうが、まだ見こみがあるだろう。

「ドラゴンを見たいのなら、生まれてくるのが遅すぎたな、若いの」〈侍者〉のアーメンがルーンにいった。アーメンは首に革ひもをかけており、その革ひもには白鑞《しろめ》、錫《すず》、鉛、銅の四種の金属環を通してある。そして、たいていの侍者がそうであるように、このアーメンという男も、修練者の首の上に生えているのは頭ではなく、蕪《カブ》だと思いこんでいるようだった。

「最後のドラゴンは、エイゴン三世の時代に死んでしまったのだぞ」

「いや、だけどな、最後のドラゴンはウェスタロスに生き残ってるって話だぞ」

と、モランダーがいった。

「いいから、林檎を投げろ」再度、アレラスがうながした。

アレラスは端正な顔だちの若者で、〈スフィンクス〉なる異名をとっており、ここの娼婦たちの人気者だ。ロージーでさえ、ワインを運んできたら、ときどきそっとアレラスの腕にさわっていく。そんなとき、ペイトは歯ぎしりをし、見なかったふりをするのがつねだった。

「たしかに、最後のドラゴンはウェスタロスにいたが、それはもう死んだ」アーメンが頑《かたくな》に言いはった。「だれでも知っていることではないか」

「おい、林檎だ」アレラスがすこし語気を強めた。「そいつを食いたいというならべつだがな」

「わかったよ」

モランダーはひざから下に棒をつがえた片脚を引きずり、軽く地を蹴って勢いをつけると、身をひねりつつ、腕に体重をのせ、ハニーワイン河の上にたゆたう霧めがけて、横手投げで林檎を放った。片脚が悪くなかったら、父親と同じように、このモランダーも騎士になっていただろう。じっさい、この太い両腕と幅の広い肩が生む大力をもってすれば、ひとかどの騎士になれていたはずだ。

林檎はぐんぐん河へ飛んでいく。かなり速い……

……が、それでも、空気を切り裂いてあとを追う矢を振りきれるほどには速くなかった。長さ一メートルの、金色の矢柄《やがら》には、真紅の矢羽が矧《は》いである。矢尻が林檎を貫く瞬間を、ペイトは目で見るのではなく、耳で聞いてとらえた。河のなかほどで響く、トスッという音——一拍おいてあがる、水しぶきの音。

モランダーが口笛を吹いた。

「射抜いたな。ほれぼれする腕前《ストイート》だぜ」

（ロージーほど可憐《スイート》じゃないけどな）

とペイトは思った。ロージーの榛《ハシバミ》色の目も、膨らみかけた胸も、ペイトはいとおしくてたまらない。ペイトを見るたびに浮かべるあの笑顔――あのえくぼの愛らしいことときたら、もう最高だ。ときどきロージーははだしで給仕をする。素足で草の感触を味わいたいからだという。そんなところがまたいとおしい。おまけに、ロージーの清潔でみずみずしいにおいも、耳のうしろでカールした巻毛も――それどころか、つま先までもがいとおしくてしかたがない。いつの晩か、ロージーの脚をさすりつつ、足の指をもてあそぶ機会が持てたなら、足指の一本ごとに、おもしろい話を語って聞かせよう――けっしてロージーの笑顔を絶やさないように。

もしかすると、〈狭い海〉を越えたりせず、ウェスタロスにいたほうがいいかもしれない。驢馬《ロバ》の一頭くらいだったら、これまでに貯めた金で買える。そうしたら、ロージーと交互に驢馬に乗って、ウェスタロスを放浪してまわろう。大学匠《アーチメイスター》イブローズは、ペイトになど銀貨一枚ぶんの価値もないと思うかもしれないが、ペイトにだって骨つぎの心得はあるし、蛭《ヒル》で瀉血《しゃけつ》をして解熱する方法も知っている。平民たちは医療の知識をありがたがるはずだ。髪を切り、髭を剃る技術を身につけたら、床屋にだってなれるかもしれない。

（そこまでなれれば上等だな）とペイトは自分にいった。（あとはロージーさえそばにいてくれればいい）

いまのペイトがほしいものは、世界じゅうでただひとつ、ロージーだけなのである。

以前はそうでもなかった。かつては城詰めの学匠《メイスター》になる日を夢見たこともあった。気前のいい城主に仕え、自分の叡知と助言への報償として、立派な白馬を与えてくれたなら——。その白馬の馬上高く、いかにも気高いメイスター然としてすわり、道ゆく平民たちを上から見おろして……。

だが、ある晩のこと、〈羽根とジョッキ亭〉の食堂で強烈な林檎酒のジョッキの二杯めをあけたあと、気が大きくなったペイトは、おれはただの修練者のままではいないぞ、と野望を口にしたことがある。たちまち、〈ものぐさレオ〉にこういわれた。〝なかなかいうじゃないか。ま、豚どもを導く上級修練者くらいにはなれるかもな〟

ペイトはジョッキの林檎酒を飲み干した。松明《たいまつ》が燃える〈羽根とジョッキ亭〉のテラスは、夜明け前のいま、一帯を埋めつくす霧の海にぽつんと浮かんだ光の孤島だ。ずっと下流には、まだ夜闇を残す湿気《しけ》った空の高みに、靄《もや》にけぶるオレンジ色の月となり、遠くハイタワー城の篝火《かがりび》が浮かんでいるが、その光もペイトの沈んだ心をかきたててはくれない。

（あの錬金術師、もう着いていてもいいはずなのに）

くるといったのは、錬金術師の悪質な冗談だったのだろうか。それとも、道中、その身になにかが起こったのか。これまでだって、運が向いてきたと思ったら当てがはずれたことは何度もある。たとえば、かつて、老大《アーチ》メイスター・ウォルグレイヴの使い鴉《レイヴン》たちを世話する役に選ばれて、大喜びしたことがあるが——現場にいってみて、夢想はすぐに打ち砕かれた。与えられた仕事には、使い鴉の世話だけでなく、老人の食事を運び、部屋の掃除をし、毎朝、服を着替えさせ……と、老アーチメイスターの世話までもが含まれていたからだ。ウォルグレイヴはどのメイスターよりも使い鴉の使役に長《た》けているとだれもがいう。だからペイトは、どんなに悪くても、黒鉄《ブラック・アイアン》の環くらいは授けてもらえるだろうと当てにしていた。だが、老人にはもう、どんな環を授ける力もなくなっていた。いまはお情けでアーチメイスターの地位に残してもらっているだけなのだ。かつては偉大なメイスターであったウォルグレイヴのローブの下では、尿漏れで下着が汚れていることもめずらしくない。半年前には、数名の侍者が、図書館で泣いているウォルグレイヴを見つけたことがあった。泣いていた理由は、どうしても自室へ帰る道がわからず、迷ってしまったからとのことだった。そんなウォルグレイヴの代理で、黒鉄《ブラック・アイアン》の仮面をつけ、会議に出席しているのは、いまはメイスター・ゴーモン——ペイトを盗っ人として糾弾した、あのゴーモンだ。

河岸の林檎の樹の枝で一羽の小夜啼鳥《さよなきどり》が啼きはじめた。すずやかな啼き声だった。日がな一日世話をしている使い鴉たちの、あの耳ざわりながなり声と口真似《クオーク》に苛まれてきた耳には、じつに心地よい。白鴉たちは世話係の名前を憶えていて、ペイトの姿を見るたびに、たがいにぼそぼそとささやきつづける。

「ペイト、ペイト、ペイト」

そのうちペイトは、とうとう辛抱しきれなくなり、わめきだしたくなる。あの大きな白い鳥どもはアーチメイスター・ウォルグレイヴの誇りだ。〝わしが死んだら、亡骸《なきがら》を食わせてやってくれ〟とウォルグレイヴはいつもいう。だが、あいつらが老人を食いたがるとは思えない。

おそらく、猛烈に強い林檎酒のせいだろう――そもそもペイトは、ここへ酒を飲みにきたわけではなかったのだが、アレラスが新たに銅の環を取得し、その祝いで奢《おご》ってくれたのに加え、ここへきたことへのやましさも手伝って、のどが乾いていたのだ――小夜啼鳥の啼き声は、〝鉄を金に《ゴールド・フォー・アイアン》、鉄を金に《ゴールド・フォー・アイアン》、鉄を金に《ゴールド・フォー・アイアン》〟とさえずっているように聞こえた。なんとも奇妙な錯覚ではあった。というのは、これはあの晩、ロージーに引き合わされた、見知らぬ男のことばと同じだったからだ。

「あんた、だれだ？」と、そのときペイトはたずねた。

見知らぬ男はこう答えた。

「錬金術師だよ。鉄を金に変えることができるんだ」

そのことばと同時に、男の手の甲にふっと一枚の貨幣が現われた。くるくると回転しながら、指関節にそって動く貨幣は、蠟燭の灯を浴びてやわらかな黄金色にきらめいている。片面に刻印されているのは三頭《みつくび》のドラゴン、反対の面に刻印されているのは、なんとかいう死んでしまった王さまの顔だった。

（鉄を金に、か）男のことばがよみがえってきた。（たしかに、あんなにうまい話はない。ロージーがほしくないのか？　ロージーを愛してないのか？）

「おれは泥棒じゃない」そのときペイトは、錬金術師を名乗る男に向かってそういった。

「〈知識の城《シタデル》〉の修練者だ」

それを受けて、錬金術師は一礼し、こう答えた。

「気が変わったら、またここへきてくれ。わたしは三日後に立ちよるよ。このドラゴン金貨を持ってね」

そして、三日後のけさ、いまだどうするかを決めかねたまま、とりあえずペイトは、この〈羽根とジョッキ亭〉にやってきたのだった。しかし、店に錬金術師の姿はなく、かわりにいたのは、モランダー、アーメン、〈スフィンクス〉たちだった。おまけに、ルーンまでもおともに連れてきている。この顔ぶれが集まっているのに合流しないとなると、無用の疑いを持たれかねない。

〈羽根とジョッキ亭〉は店を閉めたことがない。ハニーワイン河の中洲に建てられてからの六百年間、一瞬たりとも門を閉じ、営業を中断したことがないという。高い木造の建物は、すこし南へ傾いているが――まるでジョッキをあけたあとの修練者たちみたいだ――ペイトの見るところ、この店はあと六百年は健在で、河の民、海の民、鍛冶、吟遊詩人、聖職者、公子《プリンス》、〈知識の城《シタデル》〉の修練者や侍者たち相手に、ワイン、エール、強烈な林檎酒を供しつづけることだろう。

「世界はな、オールドタウンより大きいんだぞ」

モランダーがきっぱりといった。異様なほど声がでかいのはべろんべろんに酔っぱらっているせいだ。モランダーは騎士の息子で、父親がブラックウォーターの戦いで戦死したとの報が届いてからというもの、毎晩のように飲んだくれている。戦乱から遠く城壁に護られたオールドタウンの市内でさえ、〈五王の戦い〉は人心に影響をおよぼしていた。もっとも、アーチメイスター・ベネディクトは、〝〈五王の戦い〉などない〟といってはばからない。というのも、ベイロン・グレイジョイが王の名乗りをあげ、第五の王として起《た》つ前に、王のひとりであったレンリー・バラシオンが戦死してしまったからである。

「親父はいつもいってたよ、世界はどんな王侯の城や領土よりも広いってな」モランダーはつづけた。「クァースかアッシャイかイ・ティを探せば、ドラゴンくらい、きっと見つかるさ。船乗りたちの話じゃあ……」

「……しょせん、船乗りの話だ」アーメンが口をはさんだ。「相手は船乗りだぞ。親愛なるモランダーよ。港にいってみるがいい。道を歩けば、人魚と寝ただの、大きな魚の腹の中で一年暮らしただのという連中がいくらでもいる」

「それがホラだとどうしてわかる?」モランダーは千鳥足で、よたよたと草のあいだを歩きだした。ほかの林檎を探しているのだ。「いちど魚に飲まれてみなけりゃ、そいつがホラかどうかわからんだろう。ひとりの船乗りだけから聞いたなら笑い飛ばしてもいい。だけどな、四人の漕手《そうしゅ》が、それも別々の船に乗ってる連中が、それぞれに同じ話をしたら……」

「船乗りの話に同じものなどひとつとしてない」アーメンは言いはった。「やれアッシャイでドラゴンを見た、クァースでドラゴンを見た、ミーリーンでドラゴンを見た、ドスラキでドラゴンを見た、ドラゴンが奴隷を解放した……どの船乗りの話も、決まってほかの船乗りの話とはちがう」

「ちがうのは、こまかいところだけじゃないか」酔えば酔うほどに、モランダーはますます依怙地《いこじ》になっていく。ただでさえこの男は、しらふのときでも頑固な人間なのだ。「だれもかれもがドラゴンを見たといってるんだぞ。ドラゴンと……若き美貌の女王をだ」

ペイトが気になるドラゴンは、黄金《ドラゴン》の貨幣しかない。くそっ、あの錬金術師、どうしたんだ。

(三日後、とあの男はいったのに。三日したら、ここへくるといったのに)

「林檎なら、おまえの足もとにもぅひとつあるぞ」アレラスがモランダーに呼びかけた。

「そして、おれの矢籠《しこ》には矢が二本残っている」

「おまえの矢籠なんざ、知ったことかよ」モランダーは風で枝から落ちた林檎を拾いあげた。

「ちぇっ、虫が食ってやがる」

文句をたれつつも、モランダーは林檎を放りあげた。ただし、こんどは真上にだ。落下に転じかけた瞬間、矢はみごとに林檎をとらえ、まっぷたつに断ち割った。割れた半分は小塔の屋根に落ち、その下の屋根に転がってから、大きくはずんで下まで落ちてきた。あと三十センチで、アーメンの足にぶつかるところだった。

「虫を半分にするのは、二匹に増やすということだ」アーメンがいった。

「半分に割った林檎も倍に増えてくれれば、だれも腹をへらさずにすむんだがな」

アレラスが答えた。その顔にはいつもの薄笑いが浮かんでいる。〈スフィンクス〉はつねに薄笑いを絶やさない。まるで余人にわからないジョークをおもしろがっているかのようだ。

その薄笑いに加え、とがった顎、V字形をなす額の生えぎわ、短く刈った漆黒の濃い巻毛があいまって、ペイトの目にはどうにも邪悪そうに見える。

アレラスは十中八九、メイスターになれるだろう。〈知識の城《シタデル》〉にきてからまだ一年だが、取得したメイスターの学鎖の環はすでに三つを数える。アーメンはもうひとつ多く取得しているものの、環ひとつを獲得するのに費やした期間はそれぞれ一年ほどだから、アレラスのペースにはまるでおよばない。とはいえ、アーメンもメイスターになれるはずだ。ルーンとモランダーはピンクの襟の修練者だが、ルーンはまだ子供だし、モランダーは勉学より酒が好きで、はなからメイスターになる気はない。

しかし、ペイトは……。

十三の齢に〈知識の城《シタデル》〉入りして、はや五年――いまだに襟はピンクのままだ。西部からきた日以来、すこしも上にあがれてはいない。昇格試問を受けてもよさそうだと思ったことは、これまでに二度あった。一度めのときは、アーチメイスター・ヴェイリンによって天の知識を試されたが……結果は惨憺たるもので、〈辛辣ヴェイリン《ヴィネガー》〉と呼ばれる意味をとくと思い知らされ、もういちど試験を受ける勇気を奮い起こすまでには、それから二年の歳月を必要とした。二度めのときには、温厚な老アーチメイスター・イブローズの試問を受けた。イブローズは声も物腰もおだやかなことで有名だが、ときにそのためいきは、ヴェイリンの舌鋒なみに鋭く心を傷つけうるものだと思い知る結果におわった。

「さて、最後の林檎だ」アレラスがいった。「これがすんだら、ドラゴンについて、おれの考えを教えてやろう」

「おれが知らんことで、おまえがなにを知ってるというんだ?」

モランダーはむっとした声でそう言い返すと、枝に生《な》っている林檎のひとつに目星をつけ、飛びあがってもぎとり、河に向かって投げつけた。アレラスは耳もとまで弓弦《ゆづる》を引きしぼり、河に飛んでいく目標を追って優美に向きを変え、林檎が落下しだした瞬間、矢を放った。

「最後の矢、いつも射そこなうよね」ルーンがいった。

そのことばどおり、林檎は無傷のまま河面《かわも》に落ちた。

「ほうら、はずした」これもルーンだ。

「すべてを完璧にこなせる日は、進歩のとまる日だ、というだろう」

アレラスはそういって、長弓《ロングボウ》の弓弦をはずし、革の弓袋《ゆぶくろ》につっこんだ。この弓は金心木《ゴールデンハート》を削りだしたものだという。金心木は非常に数が少なく、夏諸島《サマー・アイランズ》でのみ見つかる伝説の木だ。ペイトは以前、この弓を引いてみようとしたことがあったが、びくともしなかった。

そのときのことをふりかえりながら、ペイトは思った。

(〈スフィンクス〉はあんな細い腕をしてるくせに、あの強弓《ごうきゅう》を引けるだけの力があるんだな)

アレラスが席につき、長いベンチに片脚を放りあげ、自分のワインのカップに手を伸ばしつつ、ドーン人特有の、やや間延びしたものうげな口調でいった。

「ドラゴンには、三つの頭があるのさ」

「それって謎かけ？」ルーンがたずねた。「物語のなかの〈スフィンクス〉って、いつも謎をかけるでしょ」

「いいや、謎かけじゃない」

アレラスはワインを飲んだ。ほかの者たちは〈羽根とジョッキ亭〉名物の強烈な林檎酒をジョッキでがぶ飲みするが、アレラスだけは、母親の生国産の、奇妙な甘ったるいワインを好む。オールドタウンでさえ、この手のワインは、安くは手にはいらない。

アレラスを〈スフィンクス〉と呼びだしたのは〈ものぐさレオ〉だ。スフィンクスはいろいろなものが寄せ集まってできている。顔は人間、胴体は獅子、翼は鷲。アレラスも同様で、父親はドーン人、母親は黒い肌の夏諸島人だ。アレラス自身の肌色はチーク材のような褐色をしている。そして、〈知識の城《シタデル》〉の正門脇にならぶ一対の翠《みどり》大理石のスフィンクスと同様、アレラスの目も黒く、黒玉髄《オニキス》を思わせる。

「頭が三つあるドラゴンなどというものは、楯や旗標《はたじるし》の紋章だけにしか存在しないものだ」アーメン侍者が頑《かたくな》な口調でいった。「たんなる紋章学上の意匠であって、それ以上のものではない。だいいち、ターガリエンの王統は途絶えた」

「そんなことはないぞ」アレラスが答えた。「〈乞食王〉には妹がいたじゃないか」

「その妹って、頭を壁にたたきつけられて死んだんじゃなかった？」ルーンがいった。

「それはちがうな」これもアレラスだ。「獅子《ラニスター》の勇猛な将兵たちの手で頭を壁にたたきつけられたのは、太子《プリンス》レイガーの幼い息子、エイゴンのほうだ。いま話しているのは、レイガーの妹――ドラゴンストーン城陥落のまぎわに、あの城で生まれた娘のことさ。ターガリエン一族がその娘につけた名前は――デナーリス」

「〈嵐の申し子《ストームボーン》〉か。そうそう、思いだした。〈ストームボーン〉に乾杯！」モランダーはジョッキを高くかかげ、残っていた林檎酒を一気にあおり、からになったジョッキをどん！と音高くテーブルに置くと、げっぷをしてから、手の甲で口をぬぐった。「おい、ロージーはどこだ？　われらが正当なクイーンは、林檎酒もう一杯を捧げるに値するぞ。そうは思わないか？」

アーメン侍者が眉根を寄せた。

「声が高い、馬鹿。そういうことは冗談でも口にするな。だれが聞いているかわからないんだぞ。〈蜘蛛《スパイダー》〉はいたるところに聞き耳を立てているんだから」

「そうびくびくするなって、アーメン。おれは酒をあおってるだけだ、謀叛を煽ってるわけじゃない」

そのとき、どこかから、くっくっという笑い声が聞こえてきた。つづいて、おだやかな、しかしどこか人の悪そうな声が、ペイトの背後からいった。

「おまえが謀叛人だということは、前々から知っていたぞ、〈ぴょんぴょんガエル〉」

〈ものぐさレオ〉だった。古い板橋のたもとにうっそりと佇《たたず》むレオが身につけているのは、緑金縞のサテンのローブだ。その上から黒いシルクのハーフケープをはおり、肩のところで留めている。留め具に使っているのは翡翠《ひすい》の薔薇《バラ》だった。胸もとにたれた酒は、そのしみの色から判断するに、強烈な赤ワインだろう。片目の上にはひとふさの、くすんだ金色《アッシュ・ブロンド》の髪がたれている。齢はアレラスと大差ない。

　レオの姿を見たとたん、モランダーは声を荒《あら》らげた。

「ふざけんな。帰れ。おまえなんかお呼びじゃない」

　いきまくモランダーの腕に、すさかずアレラスが手をかけ、そっとなだめた。その横で、アーメンが眉をひそめ、けげんな声でたずねた。

「レオ、どうしたんだ。きみの〈知識の城《シタデル》〉詰めはまだあけないはずだと思っていたのだが……」

「……あと三日はな」〈ものぐさレオ〉は肩をすくめた。「ペレスタンいわく、この世界が生まれて四万年。モロスは五万年だという。だとしたら、たかが三日早く抜けだすくらい、なんでもないだろう？」

　テラスには十卓以上もテーブルがあり、どれもあいているというのに、レオはわざわざ、〈スフィンクス〉たちのテーブルにやってきた。

「おれに一杯、アーバー・ゴールドを奢ってやってくれないか、〈ぴょんぴょんガエル〉。そうしたら、さっきの乾杯を親父にチクらずにいてやらんでもない。じつは、〈運まかせの《チェッカード》・市松模様《ハザード》亭〉で負けがこんでしまってな。おまけに、夕食で最後の牡鹿銀貨《スタッグ》を使いはたした。食ったのは仔豚のプラムソースがけ・栗と白トリュフ詰めだ。人はみな、食わねばならん。諸君ら若人《わこうど》はなにを食ったね？」

「羊だよ」モランダーがぼそりと答えた。けっして愉快そうな口調ではなかった。「茹でたマトンの腿をみんなで分けあった」

「それはそれは、さぞ腹がふくれたことだろう」レオはアレラスに向きなおった。「おまえは貴族の子じゃないか。貴族の子たるもの、もっと気前よくあるべきだと思わないか、なあ、〈スフィンクス〉。聞けば銅の環を獲得したとか。ひとつ、祝杯をあげさせてくれ。おまえの奢りで」

アレラスはほほえみかえした。

「おれが奢る相手は友人だけだ。それに、貴族の子じゃない。前にもいったろう。母は商人だった」

レオの榛《ハシバミ》色の目は、ワインの酔いと悪意をたたえて、ぎらぎらと光っている。

「おお、そうそう、おまえの母御は夏諸島の猿だっけな。ドーン人というやからは、どんな相手とでもサカる。股ぐらに穴さえあればいい。ああ、いや、べつになじっているわけじゃないぞ。おまえの肌は栗の鬼皮のように褐色かもしれないが、すくなくとも、おまえ自身は風呂に入る——そこにいる〈そばかす顔の豚っ子〉とちがってな」

そういって、レオはペイトを指し示した。

ペイトは思った。

(このジョッキをこいつの口にたたきつけたら、歯が半分は折れるだろうな)

〈そばかす顔の豚っ子ペイト〉とは、無数の艶笑譚に登場する英雄だ。おひとよしで、頭がからっぽの田舎者ペイトは、いつもいつも、自分にからんでくる太った小貴族、尊大な騎士、もったいぶった司祭《セプトン》などをだしぬいてみせる。不思議に、頭がからっぽなことが、かえって天然の狡猾さとして働くらしい。物語はいつでも、〈そばかす顔のペイト〉が貴族の当主の座についたり、騎士の娘と褥《しとね》をともにするところでおわる。しかし、それはみんな〝お話〟でしかない。現実の世界では、〈豚っ子〉が報われることはないのだ。ペイトはときどき、こんな名前をつけるなんて、母親は自分がよほど憎かったにちがいないと思うことがある。

アレラスはもう、ほほえんではいなかった。

「詫びてもらおうか」

「詫びる？　おれがか？」とレオ。「どうやって詫びをいえるというんだ、こんなにのどがからからなのに……」

「おまえの口にするひとことひとことが、おまえの所属する高貴な家を貶《おとし》めているんだよ」アレラスはいった。「おまえがわれわれの一員でいることは〈知識の城《シタデル》〉の恥だ」

「いやいや、まったくまったく。だからワインを奢ってくれ。それでおれの恥を飲み干してしまおうじゃないか」

横からモランダーがいった。

「いっそ、その舌を根っこから引き抜いてやろうか」

「いいのか？　舌を抜かれたら、ドラゴンのことを話してやれなくなるぞ」レオはふたたび肩をすくめてみせた。「これなる雑種どののいうことはな、ある意味、正しい。狂王の娘は生きている。そして、三頭のドラゴンを孵《かえ》した」

「三頭？」ルーンが驚きの声をあげた。

レオはぽんぽんとルーンの手をたたいて、

「二頭よりも多くて、四頭よりもすくない数だよ。おれがおまえなら、おれの金の環を試すようなまねはしないな」

モランダーが釘を刺した。

「ルーンにはかまわんでやれ」

「やれやれ、騎士道精神に富んだ〈ぴょんぴょんガエル〉だ。ま、いいだろう、御心のままに。話をもどすが、クァースの五百キロ以内を航海してきた船の船乗りだったら、くだんのドラゴンの話をしないやつはいない。なかには、その目で見たというやつもいる。うちの〈魔法使い《メイジ》〉の大先生もその話を信じかけているほどだ」

アーメンが、およそ納得しがたいという顔で唇をかんだ。

「アーチメイスター・マーウィンは、一風変わった方だからな。そのことはきみも、アーチメイスター・ペレスタンから聞かされているだろう」

ルーンもいった。

「アーチメイスター・ライアムも同じことをいってるよ」

ふああ、とレオはあくびをした。

「海が水に満ち、太陽が熱いように、〝灰色羊〟たちはあの〈マスティフ犬〉が大きらいだ」

（この男、だれにでも人を小馬鹿にした渾名《あだな》をつけるんだな）とペイトは思った。しかし、マーウィンがメイスターならぬマスティフ犬に似た風貌をしていることは否定できない。

（じっさい、いつも咬みつかんばかりの顔をしてるしな）

〈魔法使い〉ことアーチメイスター・マーウィンは、ほかのメイスターとは毛色がちがう。うわさによると、いつも娼婦や漂泊の魔導師たちとつるんでいて、毛深いイッベン人や漆黒の肌の夏諸島人とそれぞれの母語で話をし、埠頭のそばに点々とある船乗り向けの小寺院で奇妙な神々に供犠《くぎ》を捧げているという。なかには細民街、それも〈鼠の穴〉や闇の淫売宿に出入りしていて、役者《ママー》、吟遊詩人、傭兵、さらには乞食と話している姿を見たといううわさもある。ひどいうわさになると、そのむかし、人をひとり殴り殺したことになっていた。

マーウィンは、八年ものあいだオールドタウンを留守にしていた時期があり、その間は、はるか東の地の地図作り、失われた書の探索、黒魔導師や影魔導師との魔導研究に勤しんでいたという。ようやく帰ってきた彼に〈魔法使いマーウィン〉の異名を奉ったのは、アーチメイスターの〈辛辣《ヴィネガー》ヴェイリン〉だ。この異名は、たちまちオールドタウンじゅうに広まるところとなり、名づけた当のヴェイリンはおおいに頭をかかえたらしい。

あるときペイトは、アーチメイスター・ライアムから、こんな助言を受けたことがある。

「呪文や祈禱のたぐいは僧侶や司祭《セプトン》にまかせて、信頼できる真実を学ぶことに意を注ぎなさい」

もっとも、そういうライアムの指輪と杖と仮面は銀混じりの青金《イエローゴールド》製で、メイスターの学鎖にしても、マーウィンの持つヴァリリア鋼の環はないのだが。アーメンは蔑むようなしぐさで《ルックト・ダウン・ヒズ・ノーズ》〈ものぐさレオ〉を見やった。長くて細くて先のとがったアーメンの鼻《ノーズ》は、こういうしぐさに向いている。

「アーチメイスター・マーウィンは、いろいろと興味深いことを信じておいでだ。しかし、あの方とても、モランダー以上にドラゴンが実在する証拠をお持ちではなかろう。たんなる船乗りのうわさ話以上のものはごぞんじないはずだ」

「そいつはちがうぞ」レオがいった。「なんてったって、あの〈魔法使い〉の研究室には、〈ガラスの蠟燭《ろうそく》〉が燃えてるんだからな」

松明の灯《とも》るテラスに沈黙が降りた。アーメンがためいきをつき、首をふる。モランダーは笑いだした。〈スフィンクス〉は大きな漆黒の目で、じっとレオを見つめている。ルーンはとまどい顔だ。

ペイトも〈ガラスの蠟燭〉の存在は聞いたことがあった。だが、現物が燃えている場面は見たことがない。この道具は〈知識の城《シタデル》〉でもいちばんよく知られた〝秘密〟のひとつで、なんでも〈破滅〉の一千年前にヴァリリアからオールドタウンへ持ちこまれたのだという。ペイトが聞いた話では、〈知識の城《シタデル》〉にある〈ガラスの蠟燭〉はぜんぶで四本。一本は緑で三本は黒く、どれも背が高くて螺旋状にねじれているらしい。

「その〈ガラスの蠟燭〉ってなあに？」ルーンがたずねた。

アーメン侍者が咳ばらいをし、説明した。

「学匠《メイスター》就任の誓いを立てる前夜、侍者は地下室にて一夜を過ごさねばならない。そのさい、灯火はいっさい与えられない。松明も、ランプも、蠟燭もだ。与えられるのは黒曜石の――つまり、漆黒のガラスの――蠟燭のみ。その蠟燭に光を点《とも》せないかぎり、侍者は暗闇の中で一夜を過ごすことになる。なかには、その蠟燭を点そうとする者もいるという。愚かな者、頑迷な者など――いわゆる〝高次の神秘〟を学んできた者たちがそうだ。そういう手合いは、手を切ってしまうことが多い。〈黒曜石の蠟燭〉の縁は剃刀《かみそり》のように鋭いからだよ。そして、そうやって手を血まみれにした者たちは、夜どおし自分の失敗を悔やみ、悶々として過ごすはめになる。賢明な者たちはさっさと眠ってしまうか、夜が明けるまで祈りをあげて過ごす。しかし、毎年、どうしても火を点そうとせずにはいられない者が、何人かは出ると聞いている」

「それ、知ってるよ」ペイトもその話は聞いたことがあった。「でも、火のつかない蠟燭を持たせることになんの意味があるんだ？」

「教訓を学ぶためさ」とアーメンは答えた。「メイスターの学鎖を手にする前に、かならず身につけておかなくてはならない最後の教訓を学ぶためだ。〈ガラスの蠟燭〉は真実と学問を象徴するものであり、真実と学問同様、稀有《けう》で美しく、壊れやすい。蠟燭の形をしているのは、メイスターがどこにいようとも知恵の光を放たねばならぬことの戒め。縁が鋭いのは、知識が危険たりうることの戒めだ。知恵ある者とて、知識に溺れて傲慢に陥ることはあるが、メイスターたるもの、つねに謙虚でなくてはならない。〈ガラスの蠟燭〉とは、そのことを強く自覚させるものなんだ。メイスターになる誓言をすませ、学鎖を身につけ、いずこかへ赴任したあとでも、その者は闇中の一夜をふりかえり、どれだけ知恵を絞っても〈ガラスの蠟燭〉を点せなかったことを思いださなくてはならない。いくら知識があっても、なしえぬものがあることの証左としてな」

ここにいたって、〈ものぐさレオ〉がげらげら笑いだした。

「なしえないというのは、そりゃあ、おまえには、ということだろう。なにしろおれは、〈ガラスの蠟燭〉が燃えてるのをこの目で見てるんだぜ」

「たしかに燃えているのを見はしたんだろうさ、なんらかの蠟燭がな」アーメンは答えた。

「おおかたそれは、黒い蠟の蠟燭だったのではないか？」

「自分の目で見たものくらい、ちゃんとわかってるさ。その光は奇妙で、異様に明るいんだ。蜜蠟や獣脂蠟燭よりもうんと明るい。投げかける影も奇妙だし、炎は揺らぎもしない。おれのうしろで開きっぱなしになってる扉から、風が吹きこんできてもだぞ」

アーメンは腕組みをし、頑《かたくな》に言いつのった。

「黒曜石が燃えることはない」

「それ、ドラゴングラスじゃないのか？」ペイトはいった。「平民はそう呼ぶけど」

なんとなく、それはとてもたいせつなことのように思えた。

「うん、そうだ」考えこんだ口調で、〈スフィンクス〉ことアレラスがいった。「そして、この世界にまだドラゴンが棲息しているとしたら……」

「ドラゴンだけじゃないぜ、ほかの暗黒の生きものもだよ」レオがいった。「〝灰色羊〟の大センセイがたは真実に目をつむってしまったが、〈マスティフ犬〉は真実を見つめてる。いにしえの力が目覚めつつあるのさ。影がうごめきだしつつあるんだ。もうじき驚異と恐怖の時代、神々と英雄の時代が再来する」

レオはそこでのびをし、いつものものうげな笑みを浮かべてみせた。

「楽しい時代になるぞ、きっと」

「もう充分に酒を飲んだ」アーメンがいった。「残念ながら、もうじき夜が明ける。けさはアーチメイスター・イブローズが尿の効用について講義される予定だ。銀の環を取得しようと思う者は聞きのがさないほうがいい」

「小便を味わう講義なんざぁ、願いさげだね」レオがいった。「おれとしては、アーバー・ゴールドを味わいたい」

「小便を飲むか、おまえといるか、どちらかを選べといわれたら、おれはためらわずに小便を選ぶ」モランダーがテーブルに手をつき、立ちあがった。「いくぞ、ルーン」

〈スフィンクス〉も自分の弓袋に手を伸ばし、いった。

「おれもそろそろ、就寝の時間だ。せいぜい、ドラゴンと〈ガラスの蠟燭〉の夢でも見るとしよう」

「なんだよ、みんないっちまうのか？」レオは肩をすくめた。「ま、ロージーはここにいるからな。ひとつ、あの小娘を起こして、女にしてやるとするか」

　ペイトの顔に浮かんだ表情に気づき、アレラスがいった。

「ペイト、心配するな。ワインの一杯も買う金がないのに、あの子の水揚げ代を持っているはずがない。なんといっても、ドラゴン金貨一枚を要求されるんだからな」

「まったくだ」モランダーもうなずいた。「だいいち、娘を女にするんなら、いっぱしの男でないと務まらないぞ。さあ、おまえもこい、ペイト。ウォルグレイヴ老は日の出とともに目覚める。便所にいくのに、おまえの手がいるんだろう」

（けさもおれのことを憶えてればな）とペイトは思った。

　アーチメイスター・ウォルグレイヴは、使い鴉たちの見わけは簡単につくくせに、人間の見わけはなかなかつかない。一時期など、ペイトをクレッセンなる人物だと思っていたことがある。

「だいじょうぶだよ」ペイトは友人たちにいった。「もうしばらく、ここにいる」

　夜はまだ明けてはいない――完全には。錬金術師がくる可能性が残っている以上、時間のゆるすかぎり、ここにいたかった。

「好きにしろ」アーメンがいった。

　アレラスはしばし、ペイトにものいいたげな視線を送っていたが、おもむろに弓袋を細い肩にかけ、ほかの者のあとを追って橋のほうへ歩きだした。べろんべろんのモランダーは、橋から落ちないようルーンの肩につかまって歩いている。〈知識の城《シタデル》〉は、使い鴉のように空を飛んでいくぶんにはそう遠くないが、修練者たちは使い鴉ではないし、〈知識の城《シタデル》〉を擁するオールドタウンは、無数の小路、路地、まがりくねる狭い道の交錯する、複雑怪奇な迷宮都市なのである。

「気をつけてな」四人の姿が濃厚な河霧に呑みこまれるまぎわ、アーメンがほかの者に注意する声が聞こえた。「この湿度だ。玉石がすべりやすくなっている」

四人の姿がすっかり見えなくなると、〈ものぐさレオ〉はテーブルごしに、げんなりした顔でペイトを見つめた。

「やあれやれ、悲しいこった。〈スフィンクス〉のやつ、お宝をみんな持ち去って、おれの目の前には〈そばかす顔の豚っ子〉を捨てていきやがった」レオはあくびしをつつ、のびをした。「ところで、われらが愛しいロージーちゃんはなにをしてんのかな？　祈りでも捧げてるのか？」

「眠ってるよ」ぶっきらぼうに、ペイトは答えた。

「まっぱだかでかい？　うん、きっとそうだ」レオはにんまりと笑った。「それにしても、あの娘、ドラゴン金貨一枚ぶんの価値があると思うか？　そのうちたしかめなきゃなるまいな」

こういう場合、返事をしないほうがいい。

レオも返事などは期待していなかった。

「おれが初物を買えば、あの娘の花代はがくんと下がるぜ。そうなったら、〈豚っ子〉でも手が届くようになる。感謝しろよ」

（そのまえに、おまえを殺してやるさ）とペイトは思った。

もちろん、思っただけだ。命を捨てるほど酔っぱらってはいない。こう見えても、レオは武術をたしなんでいて、壮士流《ブラーヴォ》の剣術と短剣術はかなりの腕前であることが知られている。それに、たとえレオを殺せたとしても、それは自分の命を断つことに等しい。ペイトが姓を持たないのに対し、レオは名と姓の両方を持っており、姓のほうはあのタイレルなのである。父親はオールドタウンの〈城市の守人《シティ・ウォッチ》〉の長サー・モーリン・タイレル。ハイガーデン城の城主にして南部総督であるメイス・タイレルはレオの従兄《いとこ》だ。おまけに、〈オールドタウンの老翁《オールドマン》〉こと、ハイタワー家の当主であるレイトン公は、数々の称号のなかに〈知識の城《シタデル》の守護者〉の肩書を持ち、しかもタイレル家に忠誠を誓う旗主とくる。

（聞き流せ）ペイトは自分に言い聞かせた。（この男、いやがらせでこんなことをいってるだけだ）

東のほうの霧が薄れてきた。

（夜明けか）ペイトは気がついた。（とうとう夜が明けてしまった。それなのに、錬金術師はこない）

笑うべきか、泣くべきか、よくわからなかった。

（あれをもとの場所にもどして、だれにも気づかれないままでも——やっぱり、泥棒ということになるのかな）

これもまた、ペイトには答えの出せない問題だった。かつて、イブローズやヴェイリンに出題された、いくつもの問いかけとおんなじだ。

ベンチをうしろに押しやって立ちあがったとき、急に強烈な林檎酒が頭にまわり、くらりときた。あわててテーブルに片手をつき、からだを支える。

「ロージーには手を出すな」決まり悪さも手伝って、思わず捨てぜりふを吐いた。「そっとしておいてやれ。でないと、おまえを殺してやる」

レオ・タイレルは、片目にかかった髪をはねあげた。

「〈豚っ子〉と決闘する気はないよ。いけ」

ペイトはレオに背を向け、テラスをあとにし、木造の橋を渡りだした。古びた板をかかとが踏むたびに、うつろな音が響く。橋を渡りおえるころには、東の空は東雲《しののめ》色に染まりかけていた。

（世界は広い）とペイトは自分に言い聞かせた。（あの驢馬《ロバ》を買えたら、七王国のあちこちを旅してまわれる――身につけた医療の知識を生かして、平民の鬱血を蛭《ヒル》で吸いだしたり、髪についた虱《シラミ》の卵をとってやったりしながら。適当な船と契約して、漕手《そうしゅ》になってもいい。船出して、〈翡翠の門〉を通ってクァースに渡って、ドラゴンとやらをこの目で見てやろう。もう〈知識の城《シタデル》〉になんかもどらなくてもいいじゃないか。もどったって、ウォルグレイヴ老と使い鴉の世話をするだけなんだから、どうせ）

そう思いながらも、足はひとりでに〈知識の城《シタデル》〉へ向かっていった。

東の雲間からひとすじ、最初の暁光がきざしたとき、港のそばの〈水夫の聖堂《セプト》〉で早朝の鐘が鳴りだした。一拍おいたのち、〈領主の聖堂《セプト》〉でも。それにつづいて、ハニーワイン河をはさんだ〈七神廟《しちしんびょう》〉の庭園で多数の鐘が鳴りだし、最後に〈星の聖堂《セプト》〉の鐘が加わった。〈星の聖堂《セプト》〉は、エイゴン竜王がキングズ・ランディングに降着《ランド》する以前の一千年間に、〈七神正教〉の総司祭《ハイ・セプトン》がおわしたところだ。いくつもの鐘が奏でる調べは、このうえもなく荘厳だった。

（それでも、一羽の小夜啼鳥《さよなきどり》の声ほどには心に響かないけどな）

多数の鐘の調べに混じって、歌声も聞こえはじめた。毎朝、最初の光が差し染めるころになると、埠頭のそばのつましい拝火寺院前には紅《あか》の祭司たちが集まり、日の出をことほいで光明神讃歌を歌いだす。

〝夜は暗く、恐怖に満てり——〟

自分たちの神ル＝ロールに対し、暗黒から救ってくれるよう願う祈りだ。紅の祭司たちがこのフレーズを口にするのを、ペイトはこれまでに百回も聞いただろうか。七つの神だけで、ペイトには十二分に思える。しかし、聞くところによると、スタニス・バラシオンは、昨今、あの鬼火の神を信仰しているそうだ。しかも紋章の意匠を変更し、それまでの〝冠を戴いた牡鹿〟の部分を、ル＝ロールの〝燃え盛る心臓〟で囲んでしまったという。

（スタニス王が〈鉄の玉座〉を勝ちとったら、おれたちはみんな、紅の祭司の祈りのことばを憶えなきゃいけなくなるな）

しかし、そんなことにはならずにすみそうだ。もはやスタニスが〈玉座〉を手中にできる見こみは薄い。ブラックウォーターの戦いにおいて、タイウィン・ラニスターがスタニス勢とル＝ロールの信徒らを完膚なきまでに打ちのめしたからである。もうじきタイウィン公はスタニス勢を壊滅させ、僭王スタニスの首を杭の先に突き刺し、キングズ・ランディングの門上に飾ることだろう。

夜霧が晴れるにつれて、オールドタウンが周囲に形をなしはじめた。夜明けどきの薄闇の中から、幽鬼のように朦朧と姿を現わす古都の景観――。ペイトはキングズ・ランディングをまだ見たことがないが、王都が編み枝に粘土を塗りこんだ泥壁の街であり、どの道も土がむきだしになっていることを知っている。かたやオールドタウンは石造りの街であり、道路という道路には、裏路地にいたるまで玉石が敷きつめてある。

この街がもっとも美しいのは夜明けどきだ。ハニーワイン河の西岸ぞいには、まるで宮殿の列のように、ギルドの施設がずらりとならぶ。その上流には、河の両岸に〈知識の城《シタデル》〉の大円蓋や塔がいくつもそびえ、石の橋で結びあわされており、その下には無数の学寮や家屋がひしめいている。下流に目を転じれば、黒大理石の建物とその表面に連なる多数のアーチ窓が見えるが、あれは〈星の聖堂《セプト》〉だ。その周囲には、老貴婦人の足もとに集う子供たちのように、信徒たちの住居が群がっていた。

もっと下流の、ハニーワイン河が広がって、〈囁きの入江《ウィスパリング・サウンド》〉へとつながるあたりには、ハイタワー城が高々とそそりたち、払暁の光を背に明々と篝火《かがりび》を輝かせている。城は街の東、

〈戦島《バトル・アイランド》〉の絶壁の上に築かれており、城が落とす影は、剣のように鋭く街を斬り裂いていく。オールドタウンで生まれ育った者は、その影の位置で時刻がわかるそうだ。一説によると、城の最頂部からは、遠く〈壁〉までも一望できるという。レイトン公が十年以上も城の外に出ず、領有するオールドタウンを雲の上から司っている理由は、たぶんその眺望のよさにもあるのだろう。

河沿いの道をゆくペイトの横を、肉屋の荷車ががたごととすれちがっていった。その荷台では、五頭の仔豚があわれな鳴き声をあげていた。荷車をよけるため、脇へどく。その直後、そばに建つ建物の上のほうの窓から、屎尿《しにょう》がぶちまけられた。もうすこしで、頭から糞尿をかぶるところだった。

(城詰めのメイスターになったら、乗馬を与えられるのにな)

そう思ったとたん、濡れた丸石に足をすべらせてしまい、道にがっくりと片ひざをついた。みじめな気持ちだった。だいたい、いまさら自分をごまかしてなんになる？　自分が学鎖を手に入れられる見こみはない。城主の公座近くに席を与えられることもなければ、背の高い白馬を与えられることもない。これからもずっと、自分は使い鴉《クオーク》どもの口真似を聞かされ、アーチメイスター・ウォルグレイヴの汚れた下着を洗って過ごすことになるのだろう。

片ひざをついたまま、ローブの泥をはらおうとしたとき——ふいに声がかかった。

「おはよう、ペイト」

あの錬金術師だった。目の前に立っている。

ペイトは立ちあがった。

「三日後に……〈羽根とジョッキ亭〉にくるといったくせに」

「きみは友人たちといっしょだったじゃないか。親睦のじゃまをしたくはなかったのでね」

錬金術師は旅人のマントを身につけていた。色は茶色で、これといった特徴がない。頭はすっぽりとフードでおおわれている。そのため、昇りゆく朝陽は街々の屋根の上に顔を出し、ちょうど錬金術師の背後から射していた。フードの下は陰になり、顔が判別できない。

錬金術師はたずねた。

「なにになるか、決心がついたかな？」

（おれの口からはっきりいわせたいのか？）

「おれは——泥棒になったんだと思う」

「きっとそうなると思っていたよ」

盗みだす過程でいちばんむずかしかったのは、床に両手両ひざをつき、アーチメイスター・ウォルグレイヴのベッドの下から金庫を引きだすことだった。金庫は頑丈な造りで、鉄の鎖までかけてあったものの、その錠前は壊れていた。メイスター・ゴーモンには、おまえのしわざだろうと疑われたが、その点はちがう。鍵をなくしてしまったウォルグレイヴ自身が、金庫をあけるために錠前を壊したのである。

金庫の中には牡鹿銀貨がひと袋、リボンで結んだ黄色い毛髪がひとふさ、ウォルグレイヴに似た女性の（女性には口髭まで生えていた）彩色された小像に、自在接合式の鋼でできた騎士用の籠手《ゴーントレット》一本が入っていた。この籠手は、いずこかの公子《プリンス》が使っていたものだ、とウォルグレイヴは言いはっているが、どこのプリンスのものであったかは、もはや思いだせないらしい。手に持って振ってみると、その籠手の中から一本の鍵が転げ落ち、床に落ちた。

(これを拾って持ちだしたら、おれは泥棒になる)

あのとき、そう思ったことを憶えている。

鍵は古いものでずしりと重く、黒鉄でできていた。これがあれば、たぶん〈知識の城《シタデル》〉のどの扉もあけられる。この手の鍵を持っているのはアーチメイスターだけだ。ほかのアーチメイスターたちの場合は、同様の鍵を肌身離さず持ち歩いているか、安全な場所に厳重に隠しているかのどちらかで、なくなれば大騒ぎになるが、ウォルグレイヴであれば、このまま鍵が出てこなくても、どこかにしまいこんで隠し場所を〝忘れてしまったもの〟とかたづけられるだろう。ペイトは鍵をひっつかみ、扉に向かいかけた。が、途中で足をとめ、金庫にふりかえった。銀貨も持っていこうと思いなおしたのだ。盗みを働いた以上、ひとつ盗むもたくさん盗むも変わらない。銀貨を盗《と》って部屋を出ようとしたとき、「ペイト」と、白鴉の一羽が背後から呼びかけてきた。「ペイト、ペイト、ペイト――」

いま、ペイトは錬金術師にたずねた。

「ドラゴン金貨、持ってきたか?」

「わたしがたのんだものと引き替えに渡す」

「出してくれ。先に見ておきたい」

ペイトとしても、だまされたくはなかった。

「河沿いの道で見せるようなものではないな。おいで」

考える時間も、どうするかを選ぶ時間もなかった。錬金術師がさっさと歩きだしたからだ。ついていかなければ、ロージーもドラゴン金貨も、永久に失ってしまう。だからペイトは、男についていった。歩きながら袖に手を入れ、ひそかに縫いつけておいた秘密のポケットをそっとまさぐる。鍵はちゃんとそこにあった。メイスターのローブがポケットだらけであることは、十三のときから見て知っている。ささやかながら、それをまねたのだ。

錬金術師がすたすたと大股で歩いていくので、小走りに急がねばならなかった。まもなく路地に入り、角を曲がり、むかしからある故買《こばい》市場を通過し、クズ拾い小路を通りぬけた。ついで錬金術師は、最初の路地よりもさらに細い路地に曲がった。

「ここまでくれば、もういいんじゃないのか」ペイトはいった。「あたりにはだれもいない。ここでやろう」

「お望みのままに」

「ドラゴン金貨を見せてくれ」

「いいよ」

金貨が現われた。ロージーに紹介されたときと同じように、錬金術師は貨幣を指関節の上に走らせてみせた。朝陽を浴びて、ドラゴン金貨はくるくると回転しながらきらめきを放ち、錬金術師の指に黄金の輝きを投げかけた。

ペイトはすばやく金貨をひっつかんだ。手にした金貨は温かかった。大人たちがするのをまねて、金貨を口に持っていき、軽く噛んでみる。ほんとうのことをいうと、黄金がどんな味かは知らないのだが、侮られたくはない。

「鍵はどこかな？」錬金術師が丁重にたずねた。

ペイトはふと、ためらいをおぼえた。

「ほしいのは、なにかの書物かい？」

鍵のかかった地下書庫に保存されているヴァリリアの古い巻物のなかには、世界じゅうでここにしか現存していないものがあるといわれる。

「わたしがなにをほしいのかは、きみには関係のないことだよ」

「たしかにね」

（取引はすんだ）ペイトは自分に言い聞かせた。（さっさと引きあげろ。〈羽根とジョッキ亭〉に駆けもどって、ロージーをキスで起こして、おまえはもうおれのものだといえ）

だが、ペイトはぐずぐず居残った。

「顔を見せてくれないか」

「お望みのままに」

錬金術師はフードをうしろに落とした。

ありふれた男の顔――なんの変哲もない顔だった。まだ若い男だ。平凡な顔だちで、頬はふっくらとしており、薄く顎鬚《あごひげ》を生やしている。右の頬にはうっすらと傷跡が走っていた。

鼻は鉤鼻で、黒髪はふさふさと濃く、耳のまわりで強くカールしている。ペイトが見たことのない顔だった。

「知らない人だね」

「わたしもきみがだれかを知らない」

「何者？」

「よそ者だよ。たいした者ではない。ほんとうだ」

「ふうん」

いうことがなくなったので、ペイトはとうとう鍵を取りだし、見知らぬ男の手に渡した。どういうわけか、頭がふらふらした。めまいに近い。

（ロージーのとこへいかなきゃ）

「じゃあ、これで」

ペイトは背を向け、歩きだした。だが、路地をなかばほど引き返したとき、足もとが急にぐらりとかしいだ。

（そうか。玉石が濡れてすべりやすくなってるんだ）

しかし、ちがう。足がすべったのではない。胸の中では心臓が早鐘のように動悸を打っている。

「どういうことだ？」とつぶやいた。脚にまるで力が入らない。「わけがわからないぞ」

「――わかることはないよ。けっしてね」

悲しげな声がいった。

玉石がすごい勢いで近づいてくる。顔をめがけ、キスをしようと近づいてくる。ペイトは助けを呼ぼうとした。だが、叫ぼうにも声が出ない。

最後に意識に浮かんだのは、ロージーのことだった。

1　預言者

〝兄王死す〟の報が届いたのは、預言者エイロンが、グレート・ウィック島で受溺者《じゆでき》を溺れさせていたときのことだった。

冷気が身に牙をたてる寒い朝、どんよりと曇った空を映しこみ、海は鉛色にくすんでいる。受溺者のうち、最初の三人までは恐れるふうもなく〈溺神《できしん》〉にその身を捧げた。だが、四人めは信仰心が薄かったと見えて、肺が空気をもとめて悲鳴をあげだすにともない、はげしくもがきだした。寄せ波に腰までつかって立ったエイロンは、息をむさぼろうとする裸の少年の両肩を押さえ、海中に沈めつつ、懇々《こんこん》と諭《さと》した。

「勇気を持て。われらは海より生まれし者。ゆえに海へと還《かえ》らねばならぬ。さあ、口を開き、神の祝福を深々と吸いこむのだ。海水で肺を満たせ——死んで生まれ変わるために。抗《あらが》ったとて無意味だぞ」

だが、海中に没しているため声が聞こえないのか、それとも信仰心が失せてしまったのか、少年は足をばたつかせ、狂ったようにもがくばかりだ。エイロンはついに助けを呼ばざるをえなくなった。エイロンに仕える溺徒《できと》のうち四名がザバザバと浅瀬を歩いてきて、恥知らずの受溺者の四肢をつかみ、むりやり水中に押し沈めた。

「――われらのために溺れたまいし大神《おおがみ》よ」祭主エイロンは、海鳴りのごとく深く響く声で祈りを捧げた。「願わくは、汝の使徒エモンドが海より還《かえ》りきたらんことを、かつての汝のごとく。潮の恵みもて、石の恵みもて、鋼の恵みもて、この者に祝福を授けたまえ」

やっとのことで溺礼《できれい》の儀式はおわった。エモンドの口からはもう気泡が出てこない。四肢からも完全に力が抜けている。うつぶせの状態で浅瀬に浮かぶエモンドは、青白く、冷たく、安らぎに満ちていた。

〈濡れ髪《ダンプヘア》〉ことエイロンが砂浜の異変に気づいたのはそのときだった。三騎の騎馬が、荒磯の磯辺に控える溺徒たちのもとへ駆けつけてきたのだ。ひとりはよく知っている人物――〈スパーの主《ぬし》〉だった。細くてとがった顔の老人は、目も涙っぽくて、声も震えがちだが、グレート・ウィック島のこの一帯でなら、そのことばは法にも等しい。老人に随行しているのは、息子のステッファリオン・スパーともう一名の若者だった。若者は毛皮を裏打ちした暗紅色《ダークレッド》のマントをはおり、肩の上で留めている。留め具の装飾的なブローチが象《かたど》る紋章は、黒と金の戦角笛《いくさ》だ。ということは、グッドブラザー家の者か。

(ゴロルドの小せがれのひとりだな)

そこまでは、祭主エイロンにもひと目でわかった。グッドブラザーの女房は、娘ばかりを一ダースも産んだあと、背の高い三つ子の息子を産んだことで知られる。うわさによれば、その三人の見わけはだれにもつかないという。もっとも〈濡れ髪〉エイロンには、はなから見わけるつもりなど毛頭ない。あの者がグレイドン、ゴルモンド、グランのいずれであれ、いまは来訪者を気にかけている場合ではないのだ。

祭主エイロンは、ひとこと、低い声で命令を発した。溺徒たちが少年の死体の両手両足をつかみ、波打ち際へ運んでいく。祭主もそのあとにつづいた。祭主が身につけている衣類は、局部を隠す海豹《アザラシ》皮の下帯一枚のみだ。濡れそぼった全身に鳥肌を立たせ、氷のような海水をしたたらせながら海からあがったエイロンは、濡れた冷たい砂浜を横切り、海水に洗われて丸くなった荒磯砂のところへ歩いていった。溺徒のひとりが、粗織《ラフスパン》りの厚手のローブを差しだした。ローブは緑、青、灰色のまだらに染めてある。この三色は海と〈溺神〉を象徴する色彩なのである。エイロンはローブを頭からかぶり、長い髪を襟の下からぐいと引きだした。濡れた髪は漆黒で、おそろしく長い。〝溺死〟して海より生まれ変わった日以来、いちども切ったことのないその髪は、いくふさものぼろぼろの縄束となって肩にかかり、腰まで垂れ落ちている。その長髪と、これもやはり切ったことがないもつれた顎鬚《あごひげ》には、いくすじもの海草が編みこんであった。

溺徒たちは溺死した少年エモンドのまわりに円陣を作り、みなで祈りを捧げながら蘇生にかかっていた。ノルジェンが両腕をさするいっぽうで、ルスは少年の脇にひざまずき、胸を何度も圧迫している。だが、エイロンが歩みよっていくと、溺徒たちはさっと脇にどいた。

エイロンは少年の冷たい唇に指を差しこみ、口をこじあけ、蘇生の口づけを施した。そして、もういちど——さらに、もういちど。人工呼吸をくりかえすうちに、やがて少年の口から、海水があふれでた。少年が咳きこみだす。げぼっと海水を吐きだした。ぴくぴくとまぶたをひくつかせたのち、力なく開いたその目には、恐怖が宿っていた。

（またひとり、生まれ変わった）

受溺者の蘇生は〈溺神〉の恩寵だと人はいう。他の祭主たちはたびたび受溺者を失う。〈三度溺れたタール〉とてもそれは例外ではない。かつては至聖の者と見なされ、王に戴冠する役目すら授かったほどのタールではあるが、それでも受溺者を失うことはある。しかし、エイロン・グレイジョイだけは、だれひとりとして蘇生に失敗したことがない。〈濡れ髪〉エイロンこそは、〈溺神〉の海中神殿を目のあたりにし、この世に蘇ってその全容を人々に伝えた、たったひとりの人物なのである。

「起《た》て」咳きこむ少年のむきだしの背中をぴしゃりとたたき、エイロンは告げた。「溺死ののち、汝はわれらがもとに蘇った。死せる者はもはや死なず」

「されど、われは起《た》つ……」

少年は弱々しい声でそう答えると、はげしく咳きこみ、さらに多量の水を吐きだした。

「……復起《また》つ」

ひとことひとことが、そうとうにつらそうではあった。だが、それがこの世の定めというものだ。人は生きるために戦わねばならない。

「復起《また》つ」少年はくりかえし、よろよろと立ちあがった。「より雄々しく、より強く」

「これにて汝は神の下僕《しもべ》となった」

エイロンのことばとともに、溺徒たちが少年のまわりに集まって、新たな絆の成立を祝しはじめた。こづく者もいれば歓迎の口づけをする者もいる。ひとりが少年に青と緑と灰色がまだらにからみあった粗織《ラフスパン》りのローブをかけてやった。もうひとりは流木の棍棒を差しだした。

「これにて汝は海のものとなり、海の下されし武器を授かった」エイロンは先をつづけた。「われらは祈る、汝が猛々しく棍棒をふるい、われらが神の敵をことごとく討ち滅ぼさんことを」

かくして、儀式はおわった。ここにいたってようやく、祭主エイロンは三騎の騎士に向きなおった。三人は馬上から祭主を見おろしている。

エイロンはたずねた。

「方々《かたがた》は溺礼を受けにまいられたのか？」

〈スパーの主〉は軽く咳きこみ、答えた。

「溺礼なら子供のころに受けておる。わが息子は命名のその日のうちに溺礼を受けた」

エイロンは鼻を鳴らした。なるほど、たしかにステッファリオン・スパーは、生後ただちに〈溺神〉へ捧げられた。それは事実だ。しかし、そのやりかたは姑息《こそく》なものだった。赤子の頭すら沈まぬほど少量の海水を張った桶に、からだをすこし浸しただけだったのである。

かつて〝波音の聞こえるところ、勢威のおよばざるはなし〟といわれた鉄諸島《くろがね》の者どもが、先の戦いであえなく敗れてしまったのも、こんなていたらくではむりからぬことだろう。

「ご子息が受けたのは正当な溺礼といえるものではない」三騎に向かってエイロンはいった。「真の死を迎えざる者、死の淵より反《かえ》ることあたわず。信仰を試すのでないのなら、なにをしにまいられたのか？」

「じつは、これなるゴロルド公のせがれどのが訪ねてきてな。貴公に知らせたいことがあるというのだ」

〈スパーの主〉はそういって、暗紅色《ダークレッド》のマントの若者を指し示した。

若者はまだ少年にちかい。どう高めに見積もっても、十六というところだろう。

エイロンはたずねた。

「ふむ……そなたはゴロルド公の、どのお子か？」

「祭主どのの嘉《よみ》されるところにてあれば、申しあげましょう。ゴルモンド——ゴルモンド・グッドブラザーです」

「われより〈溺神〉が嘉したまうことを願うべきであろう。そなた、溺礼は？ ゴルモンド・グッドブラザーよ」

「命名の日にすませました。それよりも、〈濡れ髪〉どの、このたびはわが父より、早々にご同行いただくようにとの命を受けてきております。至急お会いいただかねばならぬ事態が出来《しゅったい》したのです」

「われはここを動かぬ。むしろゴロルド公のほうがこの地を訪ね、この地を見て眼《まなこ》の至福とされるがよかろう」

エイロンはそういって、ルスから革袋を受けとった。袋に入っているのは、海から汲んだばかりの新鮮な海水だ。祭主はそのコルク栓を抜き、中身をごくりと飲んだ。

「しかし、ぜがひでもわが城塞《キープ》までおいで願え、としかと申しつかっておりまして」

まだ少年というべきゴルモンドは要請をくりかえした。依然、馬上にすわったままだ。

(よほど下馬したくないと見える。長靴《ちょうか》を濡らすのがそんなにもいやか)

「われには果たすべき神への務めがある」

エイロン・グレイジョイは預言者だ。小貴族ふぜいの呼びだしで、下人《げにん》のごとく鞠躬如《きっきゅうじょ》として赴くいわれはない。

ここで〈スパーの主〉が口をはさんだ。

「じつは、ゴロルドのもとに使い鴉《レイヴン》がきてな」

「パイク島の学匠《メイスター》が送ってよこしたものです」ゴルモンドもことばをそえた。

(黒き翼は運ぶ、黒きことばを……)

心の中でそう思いつつ、エイロンはこう答えた。

「使い鴉どもは潮と石を越えて飛び来たるもの。われにかかわる知らせがあるならば、いまここで話されるがよい」

「重大事ゆえ、貴公の耳にだけ入れたいのだ、〈濡れ髪〉どの。〈スパーの主〉がいった。

「ここで公言して、余人の耳に入れたくはない」

「ここにおるその余人とは、われと同じく神に仕える溺徒のみ。われはこの者らにいっさいの隠しごとをせぬ。ましてや、ここは聖なる海の海辺――われらが神の御前であるぞ」

馬上の三人は顔を見交わしあった。

「話してやれ」〈スパーの主〉が若者にうながした。

それを受けて、暗紅色のマントの若者は勇気を奮い起こし、できるだけ冷静な口調で報告した。

「は。じつは――王が崩御なさいました」

ほんのひとことではあった。しかし、そのことばが口に出されると同時に、ひときわ高く海鳴りが轟いたかに思えた。

ウェスタロスにはいま、四人の王がいる。とはいえ、死んだのがどの王かとは問うまでもない。この鉄《くろがね》諸島を統治しているのはベイロン・グレイジョイであり、ほかの王ではないからである。

(王が崩御だと……いかにしてそのようなことが?)

エイロンが最後に長兄ベイロンと会ったのは、月がひとめぐりする前――兄王が岩石海岸《ストーニィ・ショア》の略奪をおえて鉄諸島に帰ってきたときのことだった。ひさしぶりに見る兄のごま塩髪は、半分以上が白髪になっており、長船《ロングシップ》船団を率いて出航したときとくらべて、ずいぶん肩もやせていた。それでも、およそ病気といえる状態には見えなかったのだが……。

エイロン・グレイジョイの人生は極太の二本柱に支えられている。王崩御のひとことは、その一本が折れたことを意味していた。

〈残るは〈溺神〉のみか……。わが神よ、わたくしめに海の強さと不屈の心をお与えください〉

エイロンはうながした。

「兄の死にざまを聞かせてくれ」

「陛下におかれては、パイク島の橋のひとつを渡っておられたさいに、橋板より落下され、下の岩場で全身を打たれて落命されたとのことです」

グレイジョイ家の牙城は、パイク島の荒涼とした岬に設けられ、多数の城閣と塔群とは、海にそそりたつ岩山の上にそびえる。パイク島の各城閣をひとつにまとめあげているのは、数々の橋だ。岩を削りだしたアーチ橋や、太綱と厚板で造った揺れる吊り橋が、島じゅうのいたるところに架かっているのである。

エイロンは問うた。

「兄が落ちたとき、嵐が吹き荒れていたか？」

「は」若者は答えた。「はなはだ強く」

「〈嵐神《らんしん》〉めが兄を突き落としおったか……」

一千年の一千倍ものあいだ、海と空は絶えず戦いをくりひろげてきた。鉄《くろがね》の民は海から生まれ、冬のさなかでも魚の恵みを得られたがゆえに、けっして飢えることはなかったが、空に吹き荒れる嵐は、ただ災いと悲しみしかもたらさない。

「わが兄ベイロンは、われらをふたたび強大な民に返り咲かせた。どうやらそれが〈嵐神〉の怒りを買ったと見える。いまごろ兄は、〈溺神〉の海中神殿で饗宴にあずかり、人魚たちにかしずかれて、なに不自由ない思いをしていることであろう。兄の壮図《そうと》を仕あげるのは、この乾いた陰気な現世《ヴェイル》に生き残るわれらが役目ぞ」エイロンは海水袋にコルクの栓をした。

「なるほど、そなたの父君と話をせずばなるまい。鎚角城《ハマーホーン》まではどのくらいある？」

「距離にして約三十キロ。わが鞍のうしろに乗っていかれてはいかがでしょう」

「ふたり乗るよりも、ひとりで乗っていったほうが早い。そなたの馬を貸せ。さすれば、〈溺神〉はそなたに祝福を授けてくださろう」

ステッファリオン・スパーが申し出た。

「乗っていかれるなら、わが馬に──」

「いいや。こちらの馬のほうが屈強だ。少年よ、そなたの馬をよこせ」

若者が逡巡したのはつかのまのことで、すぐさま鞍上からひらりと飛びおり、手綱を差しだした。祭主はその手綱を受けとると、むきだしの黒ずんだ足を鐙《あぶみ》にかけ、身をひねるようにして鞍にまたがった。エイロンは馬が好きではない。これは緑の地を駆ける動物であり、人を軟弱にしてしまう。だが、いまばかりは乗っていくほかなかった。

(黒き翼──黒きことばか)

嵐が吹き荒れている。波のうねりを通じて風声《ふうせい》が聞きとれた。嵐は諸物を水泡に帰さしめ、邪悪をもたらす。

「一同、ペブルトンの町にもどり、マーリン公の城塁《タワーハウス》のもとでわが帰りを待て」

エイロンは溺徒たちにそう命じると、馬首をめぐらした。


馬蹄が踏みしめる狭い道は足場が悪く、上り坂のうえ、木切れや石がごろごろしており、ともすれば道そのものを見失いやすい。グレート・ウィック島は鉄《くろがね》諸島最大の面積を誇り、あまりにも広大であるがゆえに、この島に拠点をすえる諸公のなかには、聖なる海に面していない地に城をかまえる者らがいる。ゴロルド・グッドブラザーもそのひとりだった。公の城塞《キープ》はハードストーン丘陵にあり、鉄《くろがね》諸島全体のなかでも、〈溺神〉のしろしめす海からもっとも遠い。領民はゴロルドの坑道を掘って生計を立て、地下の暗い石穴に潜って日々を送っている。なかには、生まれてから一度も海の水を見ることなく死んでいく者もいる。

（つむじまがりの変わり者が多いのも、そういう土地柄なればこそか）

馬を駆るうちに、エイロンの思いは自然と兄弟たちのことに向かっていった。

鉄《くろがね》諸島の宗主、クェロン・グレイジョイの種で生まれた息子は、ぜんぶで九人を数える。そのうち、ストーンツリー家出身の、最初の妃から生まれたのが、ハーロン、クェントン、ドネルの三兄弟だ。ベイロンを筆頭に、ユーロン、ヴィクタリオン、ウリゴン、エイロンの五人は、ソルトクリフ島のサンダリー家より嫁いできた第二の妃から生まれた。第三の妃は緑の土地の出身で、これはロビンという名の暗愚な息子を産んだが、幼時に死んだあの子のことは忘れてやるのがいちばんよい。クェントンとドネルについては、見た記憶がまったくなかった。ふたりとも幼時に死んでしまったからである。長兄ハーロンについてもぼんやりとした記憶しかない。憶えているのは、窓のない塔の一室にじっとすわり、ぼそぼそとなにごとかをつぶやく姿のみ。そのつぶやきも、灰鱗病《グレイスケール》が舌と唇を石に変えていくにつれて、日一日と聞こえにくくなっていったものだった。

（ぶじ成人したわれら四兄弟は、いずれ同腹の兄ウリゴンとともに、〈溺神〉の海中神殿に集い、魚の饗宴を愉しむことになるのだろう）

クェロン・グレイジョイが産ませた息子は九人だが、成人するまで生き延びたのは第二の妃の息子四人しかいない。多産と早世はこの冷たき世界の定めだ。男たちは海で魚を獲り、あるいは地下で鉱物を掘って、つぎつぎに死んでいくのに対し、女たちは血と苦痛の産褥にあって、短命の子供らをつぎつぎに産み落とす。成人した四人のうち、エイロンは最年少でもっとも弱い子供だったが、ベイロンは最年長にしてもっとも大胆、かつ気性がはげしく、恐れを知らぬ子供だった。その人生はひたすら鉄衆《くろがね》に往年の栄光を取りもどさせることに捧げられたといってよい。ベイロンが燧石《すいせき》の崖を攀《よ》じ登り、盲目公の〈亡霊の塔〉にあがる武勇伝を立てたのは、まだ十の齢《とし》のことだった。十三の齢には、早くも長船《ロングシップ》の櫂を操り、鉄諸島のどの男にも負けないほどみごとに〈指の舞〉を舞えるようになっていた。十五の齢には、〈割れた顎《クレフトジョー》のダグマー〉をともなって飛び石《ステップストーンズ》諸島にまで航海し、ひと夏を略奪に明け暮れて過ごした。ベイロンがはじめて人を殺し、最初の塩の妻ふたりを確保したのも、あの諸島でのことだ。十七の齢には自分の船を得て船長になった。長兄が持つべきあらゆる資質をそなえた男、それこそはベイロンにほかならない。エイロンのことはまったく相手にせず、いつも蔑みの目で見ていたが、それはむしろやむをえないことだったと思う。

(自分は虚弱で罪深い子供だった。軽蔑にすらも値しない子供だった。勇者ベイロンに軽蔑されるなら、〈鴉の眼《クロウズ・アイ》〉ユーロンに愛でられるよりもましというものだ)

年齢と長年の苦労とで、ベイロンは年々気むずかしくなっていった。だが、反面、それらの苦労は長兄をして、現存するどんな男よりも決然たる人物に育てあげたといえる。

エイロンは思った――。

(兄ベイロンは宗主の公子《プリンス》として生まれ、王として死んだ。その大器を妬《ねた》んだ〈嵐神《らんしん》〉めに殺されたのだ。そしていま、嵐が訪れようとしている。かつて鉄諸島が遭遇したことがないほどの大嵐が……)

彼方にハマーホーン城の黒々としたシルエットが見えたのは、陽も沈んで、だいぶたってからのことだった。天の三日月をめざして、とがった鉄の胸壁を伸ばすゴロルドの城塞《キープ》は、いかにも大きくてごつい。建築資材に使われている大岩は、背後にそそりたつ絶壁から切りだしてきたものだ。絶壁の基部には、洞窟や大むかしからの坑道の入口がいくつも連なって、まるで歯のない暗黒の口のように見える。

夜とあって、ハマーホーン城の鉄の大手門は閉ざされ、閂《かんぬき》がかかっていた。エイロンはそばの石を拾いあげ、門衛が居眠りから覚めるまでガンガンと鉄門をたたきつづけた。エイロンを門内に迎えいれた若者は、いま乗っている馬の持ち主ゴルモンドとうりふたつだった。

エイロンはたずねた。

「そなたはご子息のうちのどなたか?」

「グランです。父が待っております」

大広間はじめじめとして、隙間風が吹いており、大半が影に閉ざされていた。ゴロルドの娘のひとりが、角製の酒杯についだエールを運んできた。もうひとりの娘は火の消えかけた暖炉をかきたてたが、それで多少は火勢が強まったものの、かえって煙をまきちらすだけの結果におわった。城主ゴロルド・グッドブラザー自身は、上等なグレイのローブを着た背の高い男と静かに話をしていた。男の首には多彩な金属の環からなる鎖がかけてある。あれは〈知識の城《シタデル》〉からきた学匠《メイスター》のしるしだ。

エイロンの姿に気づき、ゴロルドがたずねた。

「ゴルモンドはいずこに?」

「徒歩でここへ向かっている。しかし、話の前に女性《にょしょう》がたにはお引きとり願いたい。そこのメイスターにもだ」

エイロンはメイスターが好きではない。メイスターの操る使い鴉どもは〈嵐神〉の眷属《けんぞく》だ。へたな手当てでウリを死なせて以来、メイスターの治療術も信用できなくなっている。

(そもそも、まっとうな人間たるもの、進んで下人《げにん》の暮らしを選び、下人のしるしたる鎖を自分ののどにつけるはずがない)

「ジャイセラ、グウィン、下がれ」ゴロルドは簡潔に命じた。「おまえもだ、グラン。だが、メイスター・マレンミュアには残ってもらう」

「メイスターにも退出願おう」

「ここはわしの城だ、〈濡れ髪〉どの。だれが下がり、だれが残るのかを決めるのは、貴公ではない。メイスターには残ってもらうぞ」

(こやつめ、海から遠くにあるせいか、増長しおって)

「では、われは去《い》ぬ」

エイロンはゴロルドにそういうと、ついと背を向け、大股で歩みだした。汚れが黒く染みついた素足に踏みしだかれて、干し藺草《イグサ》が乾いた音をたてる。長い騎行が、とんだ無駄足におわったものだ。

エイロンが扉に達しかけたとき、メイスターが咳ばらいをした。

「――〈鴉の眼〉ユーロンが、〈海の石の御座《シーストーン・チェア》〉についた」

〈濡れ髪〉はくるりと向きなおった。大広間の室温が、急に何度も下がったように感じられた。

(ばかな。〈鴉の眼〉ははるか遠方にいるはずではないか。三年前、やつはベイロンに追放されたのだぞ――帰ってきたら命はないと念を押されて)

陰鬱な声で、エイロンはうながした。

「顛末《てんまつ》をうかがおう」

説明をはじめたのは、ゴロルド・グッドブラザーだった。

「王崩御の翌日に、ユーロンが宗主の港《ローズポート》に船で乗りこんできてな。ベイロン王のすぐ下の弟として、本城と王冠を譲り受けるといいだした。あの者はいま、各島に使い鴉を放ち、諸島じゅうの当主をパイク島に呼び集めておる。自分に服従せよ、王たる自分と主従関係を結べとのことだ」

「ばかな」〈濡れ髪〉エイロンの口から、祭主らしからぬことばが吐きだされた。「〈海の石の御座《ぎよざ》〉につけるのは篤信《とくしん》の者のみぞ。〈鴉の眼〉は自分の誇り以外、なにものも敬わぬ男ではないか」

「しばらく前、貴公はパイク島に渡って、王に会ったであろう」ゴロルドがいった。「王位継承のことで、ベイロンどのはなにか話しておられなかったか？」

（話しはしたが……）

話しあったのは〈海の塔〉でのことだった。窓外に強風が吹きすさび、塔の基部に絶えず荒浪が打ち寄せるなかで、あのときエイロンは、兄の唯一生き残った男子について、残念な報告をしなければならなかった。それを聞いて、かぶりをふりふり、ベイロンはこういったものだ。

「シオンめ、狼の一族に牙を抜かれおったか。わしの恐れていたとおりになった。せいぜい、狼どもがあれを殺してくれることを祈るとしよう――あれがアシャの行く手をはばむことのないようにな」

だが、これは兄王ベイロンの不見識が如実に表われたことばといえる。ベイロンは奔放で意志強固な娘アシャに自分の跡を継がせられると思いこんでいたが、その点において、兄は決定的に誤っていた。ゆえにエイロンは、兄の考えちがいを正そうとして意見した。

「いかなる女性《にょしょう》も鉄《くろがね》の民を治めることはかなわぬ。たとえアシャのような鉄の女であろうともだ」

しかしベイロンは、聞きたくないことには耳をふさいでしまう男だ。そして……。

エイロンがゴロルド・グッドブラザーに答えるのを待たずに、メイスターがふたたび口を開いた。

「正当な王位継承権は太子《プリンス》シオンにある。プリンスにもしものことあらば、王位にはアシャ姫がつく。そういう決まりだ」

「緑の地ではそうかもしれぬが――」蔑みをこめて、エイロンはいった。「この地ではその理屈は通らぬ。われらは鉄《くろがね》の民、海の子にして〈溺神〉に選ばれし民族。いかなる女も、われらを統《す》べることは許されぬ――神なき者もまたしかり」

「ならば、ヴィクタリオンはどうだ？」ゴロルド・グッドブラザーが問うた。「貴公のすぐ上の兄君は、鉄《くろがね》水軍を率いる海将だ。ヴィクタリオンが王位を求めて動く脈はないか？　どうだ、〈濡れ髪〉どのよ？」

メイスターがいいかけた。

「〈鴉の眼〉ユーロンのほうが年長でありますゆえ……」

エイロンはぎろりとメイスターをひとにらみし、口を閉じさせた。小さな漁師町であれ、このように巨大な石造りの山塞であれ、〈濡れ髪〉の一瞥を食らえば若い娘は失神し、子供たちは悲鳴をあげて母親にしがみつく。相手が首に鎖をつけた下人であろうと、たちどころに黙らせるだけの威力が、祭主の視線にはあった。

「ユーロンのほうが年長ではある」エイロンはいった。「しかし、ヴィクタリオンのほうが信仰は篤い」

「では、兄弟間で戦《いくさ》となるのか？」メイスターがたずねた。

「鉄《くろがね》の民は、鉄の民の血を流してはならぬ掟」

「貴公の気高い志には感服するがな、〈濡れ髪〉どのよ」とゴロルドがいった。「その志を〈鴉の眼〉は分かちあっておらぬぞ。〈海の石の御座〉の正統継承者がシオンだと主張したサウェイン・ボトリーは、〈鴉の眼〉に溺死させられてしまった」

「溺死であれば、血は流れておらぬ」

メイスターと城主は顔を見交わしあった。

「わしは早急にパイク島へ返答を出さねばならん」ゴロルド・グッドブラザーがいった。「〈濡れ髪〉どの、貴公の意見を承りたい。わしはどうすればよい？　臣従か、反旗か？」

顎鬚《あごひげ》を引っぱりながら、エイロンは考えた。

（われが見た嵐――その名は〈鴉の眼〉ユーロンであったか）

「当面は沈黙でもって応えられるがよい」エイロンは城主に助言した。「この件については、われも祈りを捧げねば答えが出せぬ」

「好きなだけ祈ってもらってけっこうだがね」と、これはメイスターが、「それで法をねじ曲げることはできないぞ。正統継承者はシオン、そのつぎがアシャだ」

「だまらっしゃい！」エイロンは大喝《だいかつ》した。「首に鎖をつけたメイスターどもめ、緑の土地とその法のことばかり執拗にさえずりおって。われら鉄《くろがね》の民は、長きにわたり、そなたらの戯《ざ》れごとに耳をかたむけてきた。しかし、そろそろわれらは、かつてのごとく、海に耳をかたむけねばならぬ！　神の声に耳をかたむけねばならぬ！」

エイロンの怒声は煙たなびく大広間に響きわたった。その迫力に気圧《けお》されて、ゴロルド・グッドブラザーもメイスターも、しばしことばを失った。

（〈溺神〉はわれとともにあり。神はわれに道を示された）

ゴロルドが、今夜はもう泊まっていけ、居心地のいい部屋を用意するからと申し出たが、エイロンは丁重に断わった。城の屋根の下では満足に眠れない。ましてや、海からこれほど遠い城ではなおさらだ。

「われにとって居心地のよい場所とは、波の下におわす〈溺神〉の海中神殿をおいてない。われらは苦しむべくして生まれた。その苦しみこそは、われらを強靭に鍛えあげるものぞ。いまのわれに必要なのは、ただちにペブルトンへ取って返すための替え馬と心得られよ」

ゴロルド・グッドブラザーは喜んで替え馬を用意した。加えて、丘を下って海へといたる最短の道を案内させるため、息子のグレイドンも同行させた。城をあとにしたとき、夜明けまではまだ一時間ほどもあったが、乗馬が元気で足運びも力強かったため、暗闇のなかだというのに、かなりの速さで進むことができた。エイロンは馬上で目をつむり、無言で祈りをあげはじめた。鞍の上でうとうとしだしたのは、それからまもなくのことだった。

ほどなく、夢の中で、錆びた蝶番《ちょうつがい》がきしむギーッという音が聞こえた。

「ウリ――」

思わずつぶやき、恐怖にわしづかみにされて、はっと目を覚ます。

（蝶番などない、扉もない、ウリもおらぬ）

宙から落ちてきた斧が、すぐ上の兄ウリゴンの――身内はみんな、兄をウリと呼んだ――手指を断ち切ったのは、当人が十四歳のときだった。ちょうど父や上の兄たちが出陣中で、エイロンとふたりで〈指の舞〉をしていたときのことである。父クェロン公の三番めの妃は、大きくてやわらかな乳房と茶色くてあどけない目を持ち、ピンクの乙女城《メイドン》で笛吹きを務めていた娘だった。それもあってか、事故の直後、ウリの手に古来の療法を施さず、炎と海水で処置をするかわりに、緑の地からきたメイスターのもとへ連れていくという失敗を犯した。メイスターは切れた指を縫合し、元どおりにつなげてみせると豪語して――事実、たしかに縫いあわせはしたし、その後は、水薬、湿布、薬草で手当てもしたが――結局、手は壊疽《えそ》にかかり、ウリは高熱を発した。そして、とうとうメイスターが腕ごと手を切断したときには、もはや手遅れになっていたのだった。

父クェロン公は最後の航海からもどってこなかった。〈溺神〉は慈悲深くも、海での死を父に賜わったのだ。同腹の弟であるユーロンとヴィクタリオンを連れてパイク島に帰着したのは、最年長の兄、ベイロンだった。ウリの死の顚末を聞いたベイロンは、くだんのメイスターの指三本を肉切り包丁で切り落とし、元笛吹きの第三妃に切った指を縫合させた。だが、湿布も水薬も、ウリゴンの場合と同様、メイスターにはまったく効き目がなかった。ためにメイスターは悶え死に、クェロン公の第三の妻も、腹の中の娘ともども、即刻、そのあとを追わされるはめとなった。エイロンとしては胸のすく思いだった。鉄《くろがね》諸島では、友人同士、兄弟同士で、ともに〈指の舞〉を舞う。エイロンもあのとき、ウリと舞っていた。そして、ウリの指を断ち切ったのは、ほかならぬエイロンが放りあげた斧だったのである。

ウリの死後数年のことは、思いだしただけでも恥ずかしくなる。十六歳といえば、もはや子供ではない。だが、当時のエイロンは脚のついた酒袋も同然のありさまだった。歌を歌い、舞にふけり（ただし〈指の舞〉だけは二度と舞わなかった）、女とやりまくり、薬物に耽溺し、人を小馬鹿にしていたあの日々――。笛に入れこみ、ジャグリングにハマり、乗馬にも明け暮れた。酒量はウィンチ家とボトリー家の男どもを合わせたよりも多く、ハーロー家の男どもの半分にも達した。〈溺神〉はいかなる男にも等しく恵みを施す。当時のエイロンのような男にもだ。エイロン・グレイジョイほど長々と、しかも遠くまで小便を飛ばせる男がほかにいないことは、酒宴のたびに証明してみせたとおりだった。あるとき、おのれの小便だけで暖炉の火を消せるかどうか賭けをした。エイロンが賭けたのは新造の長船《ロングシップ》、相手が賭けたのは山羊の群れ。その結果、エイロンは一年間、山羊を好きなだけ食える身分になり、そのロングシップには、《黄金水の嵐《ゴールデン・ストーム》》という名前をつけた。もっとも、船首につけようとしていた衝角の卑猥な形状を知られて、あやうく兄ベイロンにマストから吊るされてしまいそうになったのだが。

そのロングシップ《黄金水の嵐《ゴールデン・ストーム》》も、ベイロンの最初の謀叛のさい、フェア島《アイル》沖で沈んだ。スタニス・バラシオンによって、ヴィクタリオン率いる鉄《くろがね》水軍は罠にはまり、撃滅され、《黄金水の嵐《ゴールデン・ストーム》》もまた、《忿怒《フュアリー》》という巨大ガレー艦にまっぷたつにされてしまったのだ。神はエイロンをお見捨てにならず、浜辺に打ち上げてくださった。だが、そこは敵地の浜辺で、エイロンは漁師たちにつかまり、鎖につながれてラニスポートまで歩かされたあげく、謀叛が鎮圧されるまでキャスタリーの磐城《ロック》の地下室に閉じこめられて過ごした。そのさい、グレイジョイの子《クラーケン》は獅子や猪や鶏の子らより遠くまで小便を飛ばせることを証明してみせたのだが——それはまた別の話だ。

（あのとき、あの男《エイロン》は死んだ）

エイロンはいったん溺死し、神の預言者となって海より蘇った。いかなる定命《じょうみょう》の人間もエイロンを脅《おびや》かすことはできない。そして、暗闇も……さらには、魂の骨たる記憶でさえも。

（錆びた蝶番がギーッときしむ音。扉が開く。ユーロンがふたたび入ってきた……）

だが、そんなことに臆する自分ではない。自分は〈濡れ髪〉の祭主、神の寵愛を受けし者なのだから。

「戦《いくさ》になるのでしょうか？」丘陵に朝陽が差し染めるころ、グレイドン・グッドブラザーがたずねた。「兄弟同士の、骨肉の争いに」

「〈溺神〉がそう望まれるのであればな。神なき者は〈海の石の御座〉につけぬ道理」

（〈鴉の眼〉は戦に持ちこむだろう。それは確実と見てよい）

いかなる女も、あの男を打ち負かすことはできない。いくらアシャでも、それは不可能だ。女というものは、産褥において戦いをするようにできているのだから。シオンはといえば、たとえまだ生きているにせよ、拗《す》ねたりヘラヘラしたりするだけの子供で、およそ勝負にはならない。ウィンターフェル城でこそ、それなりの価値があることを示しはしたが、対する〈鴉の眼〉は、満足に歩けもせぬ狼の公子《プリンス》とはわけがちがう。ユーロンの船の甲板が真っ赤に塗ってあるのは伊達ではない。あれは甲板に流れる大量の血を目だたなくするためなのだ。

（となると、ヴィクタリオンか。しかり、次期王たりうる者はヴィクタリオンしかおらぬ。あれが王にならねば、〝嵐〟はわれらをことごとく滅ぼしてしまうであろう）

朝陽がすっかり昇りきると、グレイドンは島内の各城へ——麓の洞城《ダウンデルヴィング》、鴉の爪城塞《クロウ・スパイク・キープ》、死体の湖《コープス・レイク》城へベイロンの死を伝えるといって別れを告げ、走り去った。エイロンは丘を上り、谷を下り、単独で騎行をつづけた。石敷きの山道は、海が近づくにつれてしだいに広くなり、往来の跡が濃くなっていった。途中、村に差しかかるたびに、祭主は説教を施した。小貴族の城館《ホール》の郭《くるわ》でもだ。

「われらは海より生まれし者。そしてみな、海へと還《かえ》る」

エイロンのことばは海のように深く、打ち寄せる波のように大きく響きわたった。

「〈嵐神〉は怒りに駆られてベイロンを城よりつかみあげ、放りだした。いまごろベイロンは波の下にあり、〈溺神〉の海中神殿で宴に興じているであろう」

エイロンはそこで、高々と両手をかかげた。

「ベイロンは死んだ！　王は死んだ！　されど王は起《た》つ！　なんとなれば死せる者はもはや死なず、復起《また》つからだ、より雄々しく、より強く！　王は起つ！」

説教を聞いた者の何人かは、鍬《くわ》を放りだし、祭主のあとについてきた。潮騒の音が聞こえだすころには、エイロンの騎馬のうしろを歩く者の数は十数人にもなっていた。いずれも、神の威光に感銘を受け、受溺の衝動につき動かされた者たちだった。

ペブルトンには数千の漁民が住み、その質素な住まいは、ごちゃごちゃと浜辺にひしめきあっている。家々の中心にそびえるのは、四囲に小塔をそなえた四角い城塁《タワーハウス》だ。エイロンの溺徒らはその城塁のすぐ前で待っていた。溺徒はふだん、灰色の砂の上に立てた海豹《アザラシ》皮の天幕や、流木でこさえた粗末な小屋に寝泊まりしている。信徒たちの手は潮で荒れ、漁網と釣り糸で傷だらけになり、櫂や鶴嘴《つるはし》や斧をふるいつづけて胼胝《たこ》だらけだが、それぞれの手にいま握られているのは、鉄に負けないほど硬い流木の棍棒だった。これこそは、〈溺神〉の海底工廠《こうしょう》より授かった武器にほかならない。

祭主用の小屋は波打ち際のすぐ内側に設けてあった。新たな受溺者たちを海で溺れさせたあと——そのころにはもう、日も傾きかけていた——エイロンは心からくつろげるその小屋に這いこみ、祈りを捧げた。

（わが神よ、潮騒の声もてわれに示したまえ、わがゆくべき道を。汝の御言葉《みことば》を待つ数多《あまた》の船長にして王らのために。ベイロンの跡を継いで王となるべきはだれか？　リヴァイアサンのことばもて歌いたまえ、その者の名を、わが耳に届くように。告げたまえ、おお、波の下にしろしめす神よ、パイク島を襲う嵐の力に抗いうる者の名を）

ハマーホーン城と浜辺を往復する騎行で疲れてはいたが、〈濡れ髪〉エイロンはいっときも休むことなく、流木を組んだ小屋の中で——その屋根は流れついた黒い海草で葺いてある——一心に祈りつづけた。祈るうちに、いつしか日は沈み、あたりは昏《くら》くなった。寄せくる暗雲は月も星もおおいつくし、わずかな光すらも地上には届かせない。漆黒の暗闇は、海上のみならず、エイロンの心にも重くのしかかっている。

（ベイロンはみずからの血を受け継ぐアシャが気にいりだった。だが、女に鉄《くろがね》の民を治めさせるわけにはいかぬ。王となるのは、ヴィクタリオンでなくてはならぬ）

クェロン・グレイジョイの種から生まれた男子は九人。そのなかでだれよりも強く、勇猛で恐れを知らず、あるじに忠実な男——それがヴィクタリオンだった。

（その忠実さにこそ、危険の芽はある）

弟は兄にしたがうべきもの。それが伝統だ。そしてヴィクタリオンは、伝統に背く男ではない。

（とはいえ、ヴィクタリオンはユーロンをよく思ってはおらぬ。あの女が死んでからというものはな）

小屋の外からは——溺徒たちのいびきと強風の金切り声にかき消されがちだが——荒浪の砕ける音が聞こえていた。あれは戦いへとエイロンを鼓舞する神の鎚音《つちおと》だ。祭主エイロンは小さな小屋を這い出し、青白い裸身、やせてひょろ長い裸身を冷たい夜闇にさらして立つと、黒々とした海に入っていった。海水は身を切るように冷たい。それでも怯《ひる》むことなく、神の恩寵に全身をゆだねる。荒浪に胸を突かれ、よろめいた。つぎの荒浪は頭の上に砕け落ちてきた。唇に潮の味が濃くまとわりつく。周囲のいたるところに神の存在が感じられた。（クェロン・グレイジョイの種から生まれた男子は九人。自分はそのなかでひときわ取るにたらぬ子供、女のようにひ弱で怯《おび》えやすい子供だった。しかし、もはやそうではない。あの自分は溺死し、神は強き者として蘇らせてくださったのだ）

冷たい潮がエイロンを包みこみ、抱擁した。その冷たさは人の身の肉体に深く滲みこんで、骨にまで達した。

（そう、骨——）とエイロンは思った。（魂の骨だ。ベイロンの骨、そしてウリの骨。真実はわれらが骨のうちにある。なぜならば、肉は朽ちるのに対し、骨はいつまでも遺るからだ。そして、〈ナーガの丘〉には〈灰色の王《グレイ・キング》の宮殿〉をなす骨が……）

ひょろ長く青白い肢体をがたがたと震わせ、荒浪に煽られながら、〈濡れ髪〉エイロンは歩いて岸にもどった——海に足を踏みいれたさいより、いっそう大いなる知恵を手に入れて。

波の中にあるとき、エイロンはみずからの骨のうちに答えを見いだしたのである。行く手に広がる道は平坦に思えた。砂浜の上を小屋へと向かう。夜気はおそろしく寒く、全身に霜が降りたような錯覚さえおぼえたが、肉体は寒くても、心には炎が燃え盛っている。

こんどの眠りは安らかなもので、錆びた鉄の蝶番の悲鳴に安眠を破られることもなかった。


目覚めると、夜が明けていた。あいかわらず強風が吹いていたが、ひとまず流木の焚火で貝と海草を茹で、朝食をしたためた。食事をおえるころ、城塁からマーリンが降りてきた。護衛の兵を六名引き連れているのは、エイロンが小屋にいなかった場合、あたりを探させるためだろう。

〈濡れ髪〉エイロンはマーリンに告げた。

「王が死んだ」

「知っている。わしのもとにも使い鴉がきた。その後、第二、第三の使い鴉もな」マーリンは禿頭《とくとう》のでっぷりと肥えた男で、緑の土地の流儀にならって、〝公《ロード》〟を名乗っている。身につけているのは毛皮とベルベットの服だ。「第二の使い鴉はパイク島へ、第三の使い鴉は十《テン・》塔城《タワーズ》へ、それぞれ参上せよと伝えてきた。貴公らグレイジョイの者《クラーケン》はいくつもの腕を持っておるから、これでは身がもたん。からだをバラバラにちぎられてしまう。で、貴公の意見をうかがおうと思ってな、祭主どの。わしはどちらの島へロングシップを向かわせればよい？」

エイロンは眉根を寄せた。

「十塔城とな？　尊公を呼んでいるのは、どのクラーケンだ？」

十塔城といえば、ハーロー公の居城にほかならない。

「アシャ姫だよ。姫はすでに、母君の出身家へ向かっておられるという。〈愛書家〉こと、ハーロー家の当主ロドリック公が各地へ使い鴉を遣わして、心ある者はハーロー家の本拠に参集せよと檄《げき》を飛ばしている。〈海の石の御座〉はアシャ姫に譲るのがベイロン王のご意志だった、というのが公の言い分だ」

「〈海の石の御座〉にだれがつくかは、〈溺神〉のご意向にて決めねばならぬ」エイロンはいった。「まずはひざまずかれよ。祝福を授けて進ぜよう」

マーリン公は砂浜にひざまずいた。エイロンは革袋の栓を抜き、ひとすじの海水をたらりと禿頭にたらしてから、祈禱を唱えはじめた。

「われらのために溺れたまいし大神よ——願わくは、これなる汝のしもべ、メルドレッド・マーリンに祝福を賜わらんことを。潮の恵みもて、石の恵みもて、鋼の恵みもて、この者に祝福を授けたまえ」

海水がマーリンの豊頰《ほうきよう》をつたい、顎鬚《あごひげ》からしたたり落ちて、狐の毛皮の外套を濡らしていく。

「死せる者はもはや死なず——」エイロンは祈禱の締めくくりに入った。「されど復起《また》つ、より雄々しく、より強く！」

祈りがおわったものと判断し、立ちあがったマーリンに向かって、エイロンはいった。

「まだだ。ここに残り、わが預言を聞いていかれるがよい。神の御言葉《みことば》をみなに広められるようにな」

波打ち際の一メートルほど海側には、大きな花崗岩が海面から突きだしており、その岩に寄せ波がぶつかって盛大に砕け、波しぶきをあげている。〈濡れ髪〉エイロンは海に入っていき、その岩の上に立った。この高みに立てば、信徒たちはみな祭主の姿を目に収め、これから語らねばならぬことを遠くからでも聞きとれる。

「われらは海より生まれし者。そしてみな海へと還る」これまでに何度となく口にしてきたことばを、祭主エイロンはまたもやくりかえした。「〈嵐神〉は怒りに駆られてベイロンを城よりつかみあげ、放りだした。いまごろベイロンは波の下にあり、〈溺神〉の海中神殿で宴に興じているであろう」

エイロンは高々と両手をかかげた。

「鉄《くろがね》の王は死せり！　されど、王は起つ！　なんとなれば、死せる者はもはや死なず、復《また》起つからだ、より雄々しく、より強く！」

「王は起つ！」溺徒たちが唱和した。

「起つであろう。起たぬはずがない。しかし、どの者が王として起つのか？」〈濡れ髪〉はしばし耳をすましたが、問いかけに応えるのは、ただ潮騒だけだった。「われらが王となる者は何者か？」

溺徒たちはたがいに流木の棍棒を打ち合わせつつ、口々に叫んだ。

「〈濡れ髪〉さまだ！　〈濡れ髪〉さまを王に！　われらはエイロン王をもとむ！　われらに〈濡れ髪〉の王を授けたまえ！」

エイロンはかぶりをふった。

「父にふたりの息子あり、ひとりには斧を、ひとりには漁網を与えり。となれば、父が戦士たらしめんと欲するは、いずれの子か？」

「斧は戦士のもの！」溺徒のひとり、ルスが叫んだ。「漁網は海に出る漁師のもの！」

「いかにも」エイロンは答えた。「神はわれを波の下深く導かれ、甲斐なきかつてのわれを溺死させてくださった。そして、ふたたび海上に蘇らせていただくにあたり、神はわれに、ものを見る目、ものを聞く耳、神の御言葉《みことば》を広める声を与えられた。神の預言者となって、真理を忘れし者どもを諭すことこそは、わが務め。この身は〈海の石の御座〉につく定めにあらず。しかしそれは、〈鴉の眼〉ユーロンとて同じこと。なんとなれば、われは神のこのようなお声を聞いたからだ――〝神なき者、〈海の石の御座〉につくことあたわず！〟」

マーリンが腕組みをし、たずねた。

「では、アシャか？　それとも、ヴィクタリオンか？　教えてくれ、祭主どの！」

「その答えを〈溺神〉は与えてくださるであろう。しかしながら、それはこの地ではない」

マーリンの太った白い顔に、エイロンはすっと指をつきつけた。

「汝、われを見るなかれ、人の法《のり》を見るなかれ、海をば見よ。帆を開け、櫂を引きあげよ、そして赴け、オールド・ウィック島へ。汝のみならず、船長にして王たちも、こぞって彼《か》の島に集うがよい。パイク島に参じてはならぬ。神なき者にこうべをたれるなど沙汰のかぎり。ハーロー島に参じてはならぬ。権謀めぐらす女に与《くみ》するなどもってのほか。汝の船の船首を、ただオールド・ウィック島へ向けるのだ――〈灰色の王《グレイ・キング》の宮殿〉の、肋骨の遺構《いこう》が残る彼《か》の島へ。〈溺神〉の名において、われは汝を――否、すべての者どもを喚《よ》ぶ！　城塁を捨て、小屋を捨て、城を捨て、城塞《キープ》を捨てて、みなみな〈ナーガの丘〉に還《かえ》り集え――選王民会を開くために！」

マーリンは呆然としてエイロンを見つめた。

「選王民会？　しかし、本式の選王民会は、もう……」

「……長きにわたって開かれてはおらぬ！」エイロンは苦渋に満ちた声で叫んだ。「されど、〈黎明の時代〉、鉄《くろがね》の民はみずからのうちよりひときわ偉大なる者を選び、王に戴いた。いまこそ古式にもどるとき。われらをして偉大な民族に返り咲かすすべは、民会を開くことをおいてない。〈鉄の足〉ウラスを大王に選び、そのこうべに流木の冠をかぶせたのも選王民会であった。〈平鼻〉のサイラスしかり、ハラグ・ホアしかり、〈老クラーケン〉しかり――歴史に名を残す王はみな、選王民会によって奉じられた者ばかりなるぞ。今回の民会で選ばれし者はベイロン王が着手した大業を仕上げ、われらに自由を取りもどさせるであろう。いまいちどいう、パイク島へなど参じるな、ハーロー島の十塔城へも参じるな、オールド・

ウィック島へ赴け。〈ナーガの丘〉を求め、〈グレイ・キングの宮殿〉をなす肋骨を訪ねよ。月が溺れ死に、また蘇る彼《か》の聖地こそ、われらが偉大な王、信仰ある王を選ぶにふさわしき場所と知れ」

エイロンはふたたび、骨ばった手を高々とかかげた。

「聴け！　潮騒を！　聴け！　神の声を！　神はわれらに語りかけておられる。その御言葉《みことば》はこうだ——〝われら戴くべし、選王民会で選ばれし真王を！〟」

大歓声が湧き起こった。溺徒たちがたがいの棍棒をぶつけあい、打ち鳴らしはじめる。

「選王民会を！」溺徒たちは叫んだ。「選王民会だ！　選王民会だ！　われらは戴く、選王民会で選ばれし真王を！」

溺徒の叫びと棍棒の音は、パイク島にいる〈鴉の眼〉はもとより、雲の宮殿にいる下劣な〈嵐神〉のもとにさえ届いたにちがいない。

そして、〈濡れ髪〉エイロンは知った——自分がしかるべき成果をあげたことを。

2　衛士長

「ブラッド・オレンジが熟れすぎておるな」

大公《プリンス》ドーランが弱々しい声でそういったのは、衛士長が車椅子でテラスに連れだしたときのことだった。

以来、もう何時間ものあいだ、プリンスはひとことも口をきいていない。

オレンジについては、たしかにそのとおり。淡いピンク色の実がいくつか、大理石の上に熟れ落ちて、ぱっくり裂けた姿をさらしている。その刺激的な甘い香りは、息をするたびに、衛士長アリオ・ホターの鼻孔を満たした。これほど濃厚であれば、実の高さよりも低い位置にすわるプリンスに嗅ぎとれるのもむりはない。プリンスを乗せたまま、ホター衛士長は木々のあいだに車椅子を進めた。この車椅子は学匠《メイスター》キャリオットの手製で、クッションには鵞鳥《ガチヨウ》の羽毛を詰めてある。ゴトゴトと音をたてる車輪は黒檀と鉄でできていた。

長いあいだ、音らしい音は、子供たちがプールや噴水ではしゃぐ声と水音しか聞こえない状態がつづいた。いちど、オレンジがテラスに落ち、裂けてはじけるボタッという音がした。ほどなくして、宮殿のずっと向こうから、長靴《ちようか》が大理石を踏みしめるかすかな音が聞こえてきた。

（オバラだな）とホターは思った。

この足音には聞き覚えがある。長い脚を大股に動かす、怒っているような足音。門のそばの厩舎にはオバラの乗ってきた馬がつながれていて、その腹は拍車で血だらけになっているにちがいない。オバラはかならず牡馬に乗る。なんでも、ドーンの馬で乗りこなせない馬はないという話だ。馬にかぎらず、それは男も同様だという。ホターの耳はもうひとつの足音をもとらえていた。オバラに遅れまいとして小走りに急ぐ、静かだが小刻みなこの足音――これはメイスター・キャリオットのものにちがいない。

オバラ・サンドはつねに、異様なほど速く歩く。

以前、ホターは、あるじのそば近くで警護していて、プリンスが愛娘にこう語るところを聞いたことがあった。

「あれはいつも、けっしてつかまえられぬなにかを追いもとめるような、そんな歩きかたをする女だ」

オバラが三重のアーチ門の下に姿を現わすと、アリオ・ホターは長柄斧をすっと横に倒し、道をふさいだ。斧の柄は七竈《ナナカマド》材で、長さ一メートル八十はあり、横をすりぬけて戸口を通ることはできない。

「マイ・レディ――そこでお止まりを」深く響くホターの声には、ノーヴォスなまりが強く出ていた。「プリンスにおかれては、面会をご遠慮いただきたいとのことです」

それまでは石像のように無表情だったオバラの顔が、一転して険しいものになった。

「おどき、ホター」

オバラ・サンドは、八人の〈砂蛇《サンド・スネーク》〉でも最年長で、背が高く、体格はごつく、年齢は三十ちかい。目と目のあいだがせまいのと、髪が灰褐色なのは、オバラを産んだ娼婦の特徴を受け継いだものだ。灰褐色と金色がまだらになったサンドシルクのマントの下には、よく使いこまれ、あちこち磨りきれた、しなやかな革の乗馬服が覗いている。腰にはひと巻きにした鞭を吊りさげ、背中には鋼と銅の円楯が一帖《じょう》。槍は屋外に置いてきたのだろう。その点はありがたかった。オバラがいかに身のこなしがすばやく、いかに強いとはいえ、しょせんアリオ・ホターの敵ではない。ホターには彼我の実力差が見切れているが、オバラにはそこまでわかっていないのだ。淡いピンクの大理石にオバラの血を散らすのは、ホターとしても本意ではなかった。

足踏みをするようにして左右に重心を移し変えながら、メイスター・キャリオットがいった。

「レディ・オバラ、ですから、申しましたように……」

「プリンスはうちの親父が死んだことをご承知なのかい？」

メイスターを無視して、オバラはホターにたずねた。メイスターの存在など、蝿ほどにも気にかけてはいないようだ。もっとも、そもそもオバラの頭のまわりをうるさく飛びまわるほど馬鹿な蝿がいればだが。

「ごぞんじです」ホターは答えた。「使い鴉《レイヴン》がまいりましたので」

公弟《プリンス》の死を告げる知らせは、使い鴉の翼に乗ってやってきた――赤い封蠟で封じられた、小さな親書にしたためられて。キャリオットはその内容を察したのだろう、無言でホターに親書を託した。親書を受けとった大公《プリンス》はホターに礼をいったが、長いあいだ封蠟をはがそうとはしなかった。そして、午後のあいだじゅう、親書をひざに載せたまま、遊びたわむれる子供たちを眺めていた。やがて陽が沈み、宵の空気が冷えこむころ、子供たちは屋内に引きあげた。それでもプリンスは、水辺に映りこむ星々をじっと眺めていた。あたりがすっかり闇に沈むなか、オレンジの木々のもとで悲報に目を通すために、蠟燭を持ってくるようにとホターに命じたのは、ようやく月が昇ってからのことだった。

　オバラは腰の鞭に手を触れた。

「何千人もが徒歩で砂漠越えをして、〈骨の道〉を登ってきてる。おふくろが親父の亡骸《なきがら》を取りにいく手助けをするためにね。聖堂《セプト》というセプトは人であふれてるし、紅《あか》の祭司どもは拝火寺院に煌々と篝火《かがりび》をともしている。どこの娼館でも、女たちは客を選ばずに寝て、金を受けとろうとしない。サンスピア宮でも、折れた腕《ブロークン・アーム》でも、グリーンブラッド川の流域でも、山地でも、砂漠の奥地でも、いたるところで――ほんとうに、いたるところで――女たちは涙で髪を濡らし、男たちは怒声を張りあげている。そして、どの口からも、出てくる問いはおんなじだ――ドーランはどう出るのか？　殺された弟の報復としてプリンス・ドーランはなにをするのか？」

オバラは衛士長に詰めよった。

「なのに、あんたはいうのかい？　面会はご遠慮いただきたいと？」

アリオ・ホターはくりかえした。

「面会はご遠慮いただきたい旨、承っております」

衛士長はプリンスのじゃまをしてはならないことを心得ていた。青二才であったホターが自由都市ノーヴォスからこの地へやってきたのは、もうずいぶんむかしのことになる。大柄で肩幅が広い青二才の、もじゃもじゃとして黒かった頭髪も、いまではすっかり白くなり、全身はいくたの戦いで受けた傷だらけだが……いまだ力は衰えず、顎鬚《あごひげ》の導師たちの教えにしたがって、長柄斧の刃はつねに鋭く研いである。

（オバラを通してはならぬ）

ホターはあらためて自分に命じ、口に出してこういった。

「プリンスは戯れる子供たちの姿を愛でておられます。戯れる子供たちを嘉《よみ》されるプリンスのおじゃまは、けっしてしてはなりません」

「ホター――そこをおどき。さもないと、この長柄斧をもぎとって――」

「衛士長」背後から声がかかった。「通してやれ。オバラとは話をしてもよい」

プリンスの声はしわがれていた。

アリオ・ホターははじけるように長柄斧を直立させ、一歩脇へどいた。オバラはホターをじろりとひとにらみしてから、大股に目の前を通りすぎていった。そのあとをメイスターが小走りに追いかけていく。

メイスター・キャリオットは、身長が百五十センチたらず、頭は卵のようにつるつるだ。顔はつやつやとして、でっぷりと肥えており、外見からでは年齢がわからない。もっとも、ホターがドーンの王宮勤めをはじめたときには、すでにもうここにいた。以前はプリンスの母親にも仕えていたそうだ。だとすれば、かなりの高齢のはずなのに——しかも、あれだけ太っているというのに——なかなかすばしこい。メイスターだけに、頭も切れる。ただし、ひ弱だった。

(あれでは、どの〈砂蛇《サンド・スネーク》〉の相手にもなるまいな)

オレンジの木々の木陰で、プリンスは痛風の脚を前に投げだし、車椅子にすわっていた。両目の下には濃い隈ができている。昨夜は眠れなかったにちがいない。ただし、悲嘆のせいで眠れないのか、痛風の痛みで眠れないのか、そこまではわからない。テラスの下の噴水やプールを見おろすと、あいかわらず子供たちが戯れていた。最年少の子は五歳にも満たず、最年長の子は九歳か十歳だ。女の子と男の子の数は、おおむね半々だった。かんだかい声で歓声をあげながら、子供たちは水をかけあい、はしゃぎまわっている。

やおら、プリンスがいった。

「おまえがあのプールで遊ぶ子らのひとりだったのも、そう遠いむかしの話ではなかったな、オバラ」

オバラは車椅子の前に片ひざをついたが、鼻を鳴らし、あきれたような声で答えた。

「あたしがここにいたのなんて二十年も前だよ。二、三年の差なんて、関係なくなるくらい大むかしじゃないか。それに、そんなに長くはいなかった。なにしろ、娼婦の子だからね、あたしは。忘れちまったのかい？」

　プリンスが返事をしないので、オバラは立ちあがり、腰に両手をあてた。

「親父が殺された」

「あれは決闘裁判の一騎討ちで死んだのだ」プリンス・ドーランは答えた。「法に照らせば、それを殺されたとはいわぬ」

「あんたの弟だろうが」

「いかにも」

「弟が死んだんだよ？　このけじめ、どう取るつもりだい」

　プリンスは懸命に車椅子を動かし、オバラのほうに向きなおった。ドーラン・マーテルは五十二歳だが、じっさいよりもずっと老けているように見える。リネンのローブをまとったそのからだは、ひどく貧弱で、痩せ衰えていた。両脚は正視に堪えない。痛風で関節という関節がグロテスクに膨れて、真っ赤に腫れあがっている。左のひざは林檎《リンゴ》のようだし、右のひざにいたってはまるでメロンだ。両足の親指は暗紅色《ダークレッド》の葡萄《ブドウ》を――それも、うんと熟れて、さわっただけで弾けそうな葡萄を――思わせた。あの状態では、ひざ掛けの重さでさえも、全身が震えるほどの痛みをもたらしているにちがいない。それでもプリンスは、ひとことも泣きごとをいわず、その痛みに堪えていた。

〝沈黙は大公の友、といってな〟衛士長は、プリンスが娘にそう語るのを聞いたことがある。〝ことばは矢のようなものと憶えておけ、アリアン。ひとたび放たれれば、取りもどすことはできぬ〟

「けじめなら、タイウィン公に手紙をしたためて――」

「手紙？　あんたに親父の半分でも度胸があるなら――」

「わしはおまえの父親ではない」

「知ってるさ」オバラの声に侮蔑が色濃く宿った。

「わしに戦《いくさ》をけしかけておるのか？」

「もっといい手がある。あんたはその椅子を離れるまでもない。このあたしに親父の復讐をさせるんだ。あんた、〈大公の道《プリンス》〉に境界警備の部隊を配してるだろ。アイアンウッド公も〈骨の道〉に部隊を駐屯させてる。あたしにその一隊を、ナイムにもう一隊を預けとくれ。ナイムが〈王の道〉ぞいに進軍するいっぽうで、あたしは周辺の城の諸公を糾合して背後にまわりこみ、搦手《からめて》からオールドタウンを突く」

「陥《お》としたあと、どうやってオールドタウンを保持するつもりだ？」

「略奪しておわりだよ。ハイタワー家の財産たるや――」

「黄金か？　おまえの目あては？」

「血だよ、あたしの目あては」

「待ってさえおれば、タイウィン公が〈馬を駆る山《マウンテン・ザット・ライズ》〉の首を届けてくれるのだぞ」

「そのタイウィン公の首を届けてくれるのはだれだい？　だいたい〈山《マウンテン》〉はタイウィン公のお気にいりなんだよ？」

　プリンスはプールを指し示した。

「オバラ。ひとまず、あの子たちを見てみぬか」

「いやだね。あたしの頭はタイウィン公のどてっ腹に槍を突きたてることでいっぱいなんだ。あいつに『キャスタミアの雨《レイン》』を歌わせながら、はらわたをえぐりだして、腹にためこんだ黄金をさぐってやる」

「いいから、見なさい」プリンスはくりかえした。「これは命令だ」

　年長の子供たちの何人かが、なめらかなピンクの大理石の上で腹這いになり、肌を焼いていた。庭園のすぐ外はもう海で、浅瀬でバシャバシャ遊んでいる子たちもいる。三人は砂の城を作っており、大きな尖塔をそなえているところからすると、サンスピアの旧宮殿にある〈長槍《スピア》の塔〉らしい。大プールには二十人以上の子が集まり、浅い部分でくりひろげられる戦いを観戦していた。小さい子が大きい子の肩に乗り、同様のペアと格闘して、上に乗った子を水中に突き落とすゲームだ。いっぽうのペアが崩れ、上の子が水しぶきをあげて落ちるたびに、どっと笑い声が湧き起こる。見ているうちに、褐色に陽灼けした女の子が、亜麻色の髪をした男の子を突き落とした。兄の肩から落とされた男の子は、まっさかさまに水面へ落下した。

「おまえの父もああしてあそこで遊んでいたものだ。そのまえは、このわしもな」プリンスはいった。「弟とは十も齢が離れているから、あれがあそこで遊べる年齢になるころには、わしはもうプールを離れていたが……弟が母のもとを訪ねてくるたびに、ああして遊ぶのを眺めたものだった。小さいころから、あれは血気盛んな子でな。水蛇のようにすばやかった。自分よりずっと大きな子たちを突き落とすこともめずらしくなかったよ。あれがキングズ・ランディングに発った日のようすを思いだす。あの日、弟は、〝兄者が止めさえしなければ、こんどもまた自分より大きな相手をひっくりかえしてみせる〟といいおった……」

「止めさえしなければ？」オバラは笑った。「まるであんたに親父を止める力があるみたいじゃないか。ドーンの〈赤い毒蛇《レッド・ヴァイパー》〉は、どこへでも好きなところへいく男だよ」

「たしかにな。おまえにかける慰めのことばは――」

「あたしは慰めがほしくてここへきたんじゃない」

オバラの声は侮蔑に満ちていた。

「親父があたしを自分の子として迎えにきた日、おふくろはあたしをいかせたがらなかった。〝この子はね、女の子なのよ。だいいち、あなたの子供とはかぎらないわ、ほかにも千人の男と寝たんだから〟――そういってね。親父はあたしの足もとに槍を放りだすと、手の甲でおふくろをぶん殴ってから、泣きだしたおふくろにこういった。〝娘だろうが小僧だろうが、人は戦わねばならん。しかし、神々もわれらに武器を選ぶ機会は与えてくださる〟。そして親父は、まず槍を、つぎにおふくろの涙を指さし、あたしに選ばせた。あたしは槍を選んだ。〝見たか。いっただろうが、こいつはおれの種だと〟――そういって、親父はあたしを連れだしたのさ。そのあと、おふくろは飲んだくれて、一年とたたずに死んだ。人づてに聞いた話じゃ、泣きながら死んでいったらしい」

オバラは車椅子のプリンスにぐっと顔を近づけた。

「あたしに〝槍〟を使わせとくれ。それ以上に大きな願いごとはしない」

「それは充分に大きな願いだぞ、オバラ。ひと晩、考えさせてもらおう」

「いやというほど考えつづけてるだろ、あんたは」

「かもしれぬ。とにかく、サンスピア宮で待て。あとで使いをやる」

「そいつが〝兵をあげよ〟の使いだったらいいんだがね」

オバラはさっときびすを返し、きたときと同様、怒ったような足どりで歩み去っていった。あのまま厩舎に直行して替え馬にまたがり、疾風のようにサンスピア宮へもどるつもりなのだろう。

丸々とした小男のメイスター・キャリオットは、その場に残り、プリンスにたずねた。

「わが君？　脚の痛みはいかがです？」

プリンスは力なくほほえんだ。

「痛む。陽射しが強すぎるせいかの」

「痛みどめの水薬をお持ちしましょうか？」

「いや、よい。頭をはっきりさせておかねばならぬでな」

メイスターはためらった。

「わが君、その……レディ・オバラにサンスピア宮への帰還をお許しになったのは、いかがなものかと……。あのごようすですと、民草《たみくさ》をたきつけるおつもりでしょう。弟君は民衆に愛されておられましたから」

「民衆のみならず、われらみんなから愛されておったのさ」プリンスは両のこめかみを指で押さえた。「そうだな……おまえが危惧するも道理。わしもまたサンスピア宮にもどらずばなるまい」

丸々とした小男は心配そうな声を出した。

「それはその、あまり賢明なご判断とは……」

「たしかに、賢明ではない。それでも、もどらねばならぬ。家令《リカッツ》のもとに使い番を走らせ、〈太陽の塔《ソーラー》〉のわが執務室を整えさせておいたほうがよかろう。わが娘アリアンには、明朝会うと伝えておけ」

(おれの小さなおひいさま《プリンセス》――)

ホター衛士長がここに移ってなにより残念なのは、プリンセス・アリアンのお顔が見られなくなったことだった。

メイスターが懸念を表明した。

「よろしいので？　お姿を見られることになりますが」

その意味はホターにもわかった。二年前、ここウォーター・ガーデンズの安らぎと隠逸《いんいつ》を求めてサンスピア宮をあとにしたとき、大公《プリンス》ドーランの痛風は現状の半分もひどくなかった。

当時は歩くこともできた。杖にすがって、一歩ごとに顔をしかめ、のろのろとした進みではあったが、それでも歩くことはできた。プリンスとしては、いま現在、自分がこうも衰えたことを敵に知られたくはないだろう。そして、旧宮殿とその〈影の都市〉は、鵜の目鷹の目でいっぱいなのである。

(目も多いが——階段も多い。プリンスには昇ることもおできになるまい。〈太陽の塔〉の最上階にすわられるとなると、羽でもお生やしにならねばむりだろう)

「姿をさらすことこそが目的なのだ。波風はだれかが鎮めねばならぬ。ドーンにはいまなお大公がいることを、みなに思いださせてやらねばなるまい」プリンスは力なくほほえんだ。

「たとえ老い衰え、痛風に苦しむこのありさまであろうともな」

「サンスピア宮にもどられるとなると、王女《プリンセス》ミアセラにお会いにならねばなりますまい」とメイスター・キャリオットがいった。「プリンセスには、警護の白騎士がついておりますし……ご承知かとはぞんじますが、あの者は逐次、太后《クイーン》あてに報告をしたためておりますゆえ……」

「そうであろうと思っておった」

(あの白騎士か)ホター衛士長は顔をしかめた。

サー・アリスは、ミアセラ王女の警護役としてこのドーンへやってきた。アリオ・ホターがドーンへきたのも、公妃《メラリオ》さまの警護役としてだったから、立場がよく似ている。しかも、両警護役は、不思議に名前すら似ていた。アリスとアリオだ。しかし——共通点はそこまでしかない。ホターが自由都市ノーヴォスとその顎鬚《あごひげ》の導師たちと決別したのとは対照的に、アリス・オークハートはいまも〈鉄の玉座〉に仕えている。ホターはたまにプリンスの命を受け、サンスピア宮を訪《おとな》うが、そこで純白の長いマントを翻したあの男を見かけるたびに、一抹の悲しみをおぼえずにはいられない。いずれこの男とは仕合わねばなるまい、と直感がささやくからだ。雌雄を決するその日、オークハートはホターの長柄斧に頭蓋を断ち割られ、絶命するだろう。ホターはなめらかな七竈《ナナカマド》材の長柄に手を這わせ、そろそろその日が迫っているのかもしれないと考えた。

「もうじき、日も傾く」プリンスがいった。「出立は朝まで待とう。払暁《ふつぎょう》には馬車を出せるよう、手配しておけ」

「御意に」

キャリオットは一礼した。入口に立っていたホター衛士長は一歩脇にどき、メイスターを通した。室外に出たメイスターの足音が、しだいに遠くへ離れ去っていく。

「衛士長」

プリンスのおだやかな声がかかった。

ホターはあるじのそばへ歩みだした。片手からはかたときも長柄斧を離さない。手のひらに触れる七竈《ナナカマド》材の長柄は女の肌のようにすべらかだ。車椅子の横にたどりつくと、ホターは長柄の石突きを軽く床に突き、そばにきたことをその音で知らせた。が、プリンスはなおも子供たちに目を向けたままだった。

「おまえに兄弟はおるか、衛士長？」やおら、プリンスはたずねた。「おまえが若いころにいたノーヴォスにだ。姉妹は？」

「どちらもおります。兄がふたり、姉が三人。自分は最年少でした」

（最年少にして、いらぬ子だった。食いぶちが増えただけでもやっかいなうえに、やたらとからだが大きくて、大食らいで、たちまち服が合わなくなるほど、どんどん育つ子だった）

これでは、顎鬚《あごひげ》の導師たちのもとへ売られてしまうのもむりはない。

「わしは最年長であったよ」とプリンスはいった。「それなのに、最後まで生き残ったのはこのわしだ。モースとオリヴァーが揺りかごで死んだのち、わしはもう兄弟は望めぬものとあきらめておった。妹のエリアが生まれたのは、わしが九歳――塩の浜辺城《ソルト・ショア》で従士を務めていたときだったな。九歳といえば、それなりの知識はある。使い鴉の知らせでは、予定より一カ月も早い早産とのことで、これは死産になるなと覚悟を決めたものだ。妹が生まれたとガーガレン公から聞かされたときにも、長生きはできぬだろうと思ったことを憶えている。だが、エリアは長生きした。これも〈天なる母〉の慈悲の賜物《たまもの》といえよう。一年後、つぎにオベリンが生まれた。これがまた、大声で泣く、元気のよい赤子でなあ。あの者たちがあのプールで遊ぶころには、わしは成人していた。が、しかし……わしはいまもここにすわっておるというのに、あの者たちはもうおらぬ」

アリオ・ホターには、なんと答えればいいのかわからなかった。ホターは一介の衛士長にすぎず、この地と七面の神にとっては、いまなお異質な存在でしかない。

〝お仕えし、服従し、お護りします〟

ホターが愛用の斧を娶り、この誓いを立てたのは、十六歳のときである。〝単純な者には単純な誓いを〟と、そのとき顎鬚《あごひげ》の導師たちはいった。じっさい、武辺《ぶへん》一辺倒できたホターには、悲嘆にくれるプリンスに受け答えするすべなど身についていない。

もごもごとことばを探しているうちに、プリンスの車椅子から三十センチと離れていないところで、またひとつオレンジが落ち、グシャッという音をたててテラスの上でひしゃげた。

プリンス・ドーランは顔をしかめた——その音で傷でも負ったかのように。

「もうよい」ためいきとともに、プリンスはいった。「もう中へ入ってよい。すこしひとりにしてくれるか、アリオ。あと二、三時間、子供たちが遊び戯れるさまを、ここでひとり、静かに眺めさせてくれ」

日も暮れて夜気が冷えこみ、子供らが夕食をとりに屋内へ引きあげたあとも、プリンスはひとりオレンジの木々の下に残り、人気《ひとけ》の絶えたプールとその向こうの海を見わたしていた。ほどなく、召使いがパープルオリーブのボウル、平たい円形パン《フラットブレッド》、チーズ、雛豆《ヒヨコ》のペーストを運んできた。プリンスはすこしだけ料理に口をつけ、いつもの甘くて濃厚で強いワインを飲んだ。カップ一杯を飲み干してしまってから、もう一杯を自分でつぐ。やがて夜も更け、真夜中を過ぎたいつごろか、プリンスは車椅子にすわったまま眠りに落ちた。衛士長はここにいたってようやく、車椅子を押してもよいと判断して、差しこむ月光のもと、縦溝彫りが施された柱がならぶ柱廊を通過し、優美なアーチをくぐりぬけ、海のそばに設けられた寝所へとプリンスを運びこんだ。寝所のベッドには、さらさらとしてさわり心地のいいリネンの夜具が整えられている。ベッドに移すとき、ドーランはうめいたが、神々のご加護か、目は覚まさずにいてくれた。

衛士長の寝間はプリンスの寝所のとなりにある。ホターは狭い寝台に腰をおろし、壁龕《へきがん》の砥石と油布を取ると、武器の手入れをはじめた。

〝長柄斧の刃は、いつも鋭く研いでおけ〟

これは烙印を押された日、顎鬚《あごひげ》の導師たちにいわれたことばだ。それ以来、ホターは忠実に手入れを実行している。

斧の刃を研ぎながら、故郷ノーヴォスのことを思った。丘の上の高みから川沿いの低地にかけて広がる、巨大な都市。いまでもなお、あの三つの鐘の音は耳に残っている。骨までも揺るがすヌームの深い轟き、誇り高く力強いナラーの声、いともすずやかなニエルの調べ。その音を思いだしたとたん、生姜《ジンジャー》、松の実、刻みチェリーなどがたっぷり入ったウィンターケーキの味が口の中に広がった。ケーキといっしょに、よく鉄のカップでナサを――蜂蜜をたらした山羊の発酵乳を飲んだことを思いだす。ケーキの味とともによみがえってきたのは、母親の姿だった。母親が着ている栗鼠《リス》毛の襟つきのドレスは、年にいちど、〈罪人の階段《シナーズ・ステップス》〉へ熊のダンスを見にいくときに着用していたものだ。そこで急に、胸毛の燃える匂いがよみがえってきた。あの顎鬚《あごひげ》の導師に胸のまんなかへ焼けた烙印を押しあてられたときの、鼻をつく強烈な匂い――。あのときは、すさまじいばかりの苦痛に心臓がとまるかと思ったものだが、それでも若きアリオ・ホターは怯まなかった。以来、その部分の胸毛は二度と生えてこない。

両刃の斧の刃先が髭を剃れるほど鋭く尖《とが》ると、ようやく衛士長は手を休め、七竈《ナナカマド》材と鉄の〝妻〟を寝台に横たえた。ついで、あくびをしながら汚れた服を脱ぎ、床に放りだして、藁を詰めたマットレスの上に横になった。あの匂いを思いだしたせいで、焼き印をあてられた部分がかゆくなり、ぼりぼりと掻く。目をつむったのはそれからのことだった。

(落ちたあのオレンジ、拾い集めておけばよかったな)

そう思いながら眠りに落ち、酸味も甘味も強いブラッド・オレンジにかぶりつく夢を見た。夢の中で、指は血の色をした果汁でべとべとになっていた。

あっという間に夜が明けた。厩舎の前には、三台ある馬車のうち、もっとも小型なものの準備が完了していた。車体は杉材《シーダー》製で、真っ赤なシルクのクッションが敷いてある。ホター衛士長は、ウォーター・ガーデンズの宮殿に親衛の衛士として配された槍兵三十名のうち、二十名を選んで連れていくことにした。十名はここに残り、施設と子供たちを護る。子供の中には、大貴族や富裕な商人の子女もいるからだ。

プリンスは払暁とともに出立するといったが、アリオ・ホターが予想したとおり、出発は延びに延びた。メイスターが沐浴の手伝いをし、ドーラン・マーテルの膨れあがったひざに鎮痛液を滲みこませたリネンの綳帯を巻いているあいだ、衛士長は立場にふさわしい銅札《どうざね》の小札鎧《スケール・アーマー》を身につけ、その上から灰褐色と黄色のサンドシルクのマントをはおった。このマントは風を孕《はら》むと大きく膨らみ、強い陽光で銅が焼けるのを防いでくれる。きょうも暑い一日になりそうだった。ノーヴォスで着ていた厚い馬毛のケープと鋲を打った革の上着は、とうに捨てて持っていない。ドーンであんなものを着ていたら、蒸し焼きになってしまう。頭頂部に鋭いスパイクがならぶ鉄の半球形兜《ハーフヘルム》は、以前から愛用の武具のひとつだが、いまは全体をオレンジ色のシルクでくるんであった。スパイクにはとくに念入りに巻きつけて着用した。こうしておかないと、陽光に焙られて鉄が熱く焼け、サンスピア宮が見える前に頭が煮えてしまうのだ。

プリンスの出発準備はいっこうにおわらなかった。ひとつには、出発の前に朝食をとっていこう、とプリンスがいいだしたためである。朝食はブラッド・オレンジと鷗《カモメ》の卵料理――角切りハムと火の玉胡椒を混ぜたオムレツだった。食事がすむと、プリンスはとくに必要もないのに、気にいりの子らに別れを告げなくてはならないといいだした。声をかけたのは、ドールト家の男の子と、女公《レディ》ブラックモントの子供たち、それに〈孤児〉のひとりである、丸顔の娘だった。娘の父親はいまもグリーンブラッド川ぞいで布とスパイスを商っているという。子供たちと話しているあいだ、プリンス・ドーランは脚の上に上等なミア産の毛布をかけていたが、これは腫れあがり、繃帯を巻かれたひざを見て、子供たちが怯えたりしないようにとの配慮からだった。

ようやくプリンスの一行が出発したときには、正午ちかくになっていた。プリンスが乗るのは小型馬車、メイスター・キャリオットが乗るのは驢馬《ロバ》で、あとの者はみな徒歩で進む。槍兵の配置は、前衛に五名、後衛に五名、馬車の左右に五名ずつ。アリオ・ホター自身は、プリンスの左すぐ横の定位置につき、馬車馬を引く役目だ。長柄斧は肩にもたせかけてある。さいわい、ウォーター・ガーデンズからサンスピア宮への道は海ぞいにあり、赤茶色の石と砂が延々と連なる土地を歩いていくあいだ、ひんやりとした海風で涼をとることができた。この地に木々の姿はほとんどなく、ところどころ、ねじくれて発育の悪い木がまばらにしか生えていない。

第二の〈砂蛇《サンド・スネーク》〉に追いつかれたのは、その道中なかばでのことだった。

突如として砂丘の向こうに現われた女は、金毛の砂漠馬にまたがっていた。風にたなびく金毛馬の鬣《たてがみ》の毛は、シルクのように細くて白い。馬上にあってさえ艶《あで》やかで美しいレディ・ナイムは、光沢のあるライラック色のローブを身にまとい、その上にクリーム色と銅色の大ケープをはおっている。向かい風にケープを翻すその艶姿《あですがた》は、まるで空を飛んでいるかのようだ。

ナイメリア・サンドは二十五歳。柳のように細腰で、漆黒の長い直毛を一本編みにまとめ、朱金色の針金で留めていた。額のV字形の生えぎわとその下の黒い目とは、亡き父親にうりふたつ。頬骨は高く、唇はふっくらとして、肌の色はあくまでも白く、長姉《ちょうし》にはないありとあらゆる美しさをそなえているが……これは当然だろう。オバラの母親がオールドタウンの娼婦であったのに対して、ナイムの母親は古き自由都市ヴォランティスでもひときわ高貴な某貴婦人なのである。ナイムの背後には、槍を手にした手勢十二騎がつきしたがっていた。円楯を陽光にきらめかせながら、十二騎はレディのあとにぴたりとつづき、砂丘を勢いよく駆け降りてくる。

すずしい海風を味わうために、プリンスの馬車は当初から、紗幕《しゃまく》をあけはなしてあった。レディ・ナイムは疾風《はやて》のようにすぐそばまでやってくると、美しい金毛の牡馬の手綱を引き、馬車の速度に合わせてゆっくりと馬を進めだした。

「これは伯父上、こんなところでお目にかかるとは、またなんと奇遇な」レディ・ナイムは歌うような口調でいった。まるで、偶然に出会ったとでもいわんばかりの口ぶりだった。

「サンスピア宮まで同行させていただいてもよろしいかしら？」

馬と馬車をはさみ、ホター衛士長はレディ・ナイムの反対側にいる。しかし、いまの位置でも、ひとことひとことがはっきりと聞きとれた。

「歓迎しよう」プリンス・ドーランはそう答えたが、あまり歓迎しているふしはなかった。

「痛風と哀悼が道連れでは、旅もつらいばかりでな」

この意味は、衛士長にはよくわかった。馬車の車輪が小砂利を踏むたびに、腫れあがった関節には針で刺されているような激痛が走っているにちがいない。

「痛風については、どうにもしてさしあげられないけれど――」とレディ・ナイムはいった。

「父への哀悼はどうぞご無用に。復讐こそは、父への最良の手向《たむ》けと思し召せ。ところで、グレガー・クレゲインがエリア伯母さまとその子らを惨殺したと認めたとの話、ほんとうですの？」

「うむ。あの男、決闘の場にいあわせた者みなに聞こえるほどの大声で、おのが蛮行を喧伝《けんでん》したそうな」プリンスはうなずいた。「タイウィン公は、あの男の首を差しだすと約束してくれた」

「ラニスターの者は、たしかに借りをかならず返しますが……タイウィン公が返済に使おうとしているのは、わがマーテル家のふところの金に思えてなりません。われらが心やさしきサー・デイモンが送ってくれた使い鴉のことづけによれば、父はあの人でなしを一度ならず毒槍の穂先でつついたそうではありませんか。もしもそれが事実であれば、サー・グレガーはもはや虫の息。タイウィン・ラニスターはなんら手をくだすまでもありません。であれば、先方にとっては痛くもかゆくもない道理」

プリンスは顔をしかめた。痛風が痛むのか、それとも姪のことばに心が痛むのか、ホターにはわからない。

「かもしれぬな」とプリンスは答えた。

「かもしれぬ？そうに決まっています」

「オバラのやつ、わしに戦《いくさ》を起こせとけしかけおった」

ナイムは笑った。

「いかにも姉上らしい発想だこと。姉上はオールドタウンを炎上させたがっているのです。わたしたちの年少の妹とは逆に、姉はあの古都が大きらいだから」

「おまえはどうだ？」

ナイムはちらと肩ごしにふりかえり、背後に連なる十二騎の手勢に目をやった。

「悲報が届いたとき、わたしはファウラー家の双子と褥《しとね》を共にしていました。ファウラー家の標語《モットー》はごぞんじでしょう？〈われを飛翔させよ！〉です。わたしがいまお願いするのは、まさにそのひとこと。なにとぞ伯父上、わたしを飛翔させてくださいまし。大がかりな軍勢など無用、たったひとりの姉妹を使わせていただくだけでけっこうですので」

「オバラか？」

「いえ、タイエニーを。オバラは騒々しくていけません。タイエニーは嫋《たお》やかで控えめゆえ、どんな男も疑いをいだきますまい。オバラならばオールドタウンを父の火葬壇にしてしまうところですが、わたしはそこまで貪欲ではありません。もらい受けるのは、四人の命だけで充分。エリア伯母さまの子供たちへの復讐としては、タイウィン公の金髪の双子の命を所望します。エリア伯母さまご自身の復讐には、あの老いぼれ獅子本人の命を。そして最後に、父への復讐として、あの少年王の命を」

「あの子がわれらに仇なしたことはない」

「たとえトメン本人は信用できるにしても、しょせんは大逆、近親相姦、不義で生まれた、私生の王ではありませんか」

さっきまでのおもしろがっているような口調は、いつしか完全に影を潜めていた。ホタ一衛士長は警戒を強め、レディ・ナイムの動きに目を光らせた。姉のオバラはふだんから武器を誇示し、腰には鞭を吊りさげ、片手に槍を持ち歩く。だが、レディ・ナイムも危険さでは姉に劣らない。しかも、ナイフを巧妙に隠し持っているぶん、いっそうたちが悪い。

レディ・ナイムはつづけた。

「わが父殺害の罪、王の血をもって雪《すす》がねば、けっして贖《あがな》えるものではありません」

「オベリンは、自分とは無関係のことがらで一騎討ちを挑み、死んだのだ。それを殺害とは呼ばぬ」

「でしたら、なんとでもお好きにお呼びになればよろしいわ。わたしたちが送りだしたのはドーン最高の傑物。あの者どもは、それを骨の袋に入れて送り返してきたのですよ」

「あれはわしが求めた以上のことに手を染めた。〝少年王とその小評議会の器量をさぐり、その強みと弱点を調べよ〟。あの日、テラスでともにオレンジを食しながらわしがたのんだのは、それだけでしかなかったのだ。〝見つかるものなら味方を見つけよ。エリアの最期について探れるかぎりのことを探れ。ただし、不用意にタイウィン公を刺激してはならぬ〟。だが、わしがそういうと、オベリンは笑ってこう答えおった。〝兄者、おれは一度でも人を刺激したことなどない……不用意には、のただし書きがつくがな。むしろ、ラニスターの者どもに、おれを刺激するなと警告してやるがよい〟。弟は王室にエリアの死に対する公正な処置を望んだ。しかし、ついに待ちきれず――」

「父は十七年も待ちました。それでもなお〝待ちきれず〟とおっしゃるのですか」レディ・ナイムはプリンスをさえぎった。「殺されたのが父ではなく伯父上であれば、父は伯父上の亡骸《なきがら》が冷たくなる前にマーテルの旗標《はたじるし》をかかげ、全軍を率いて北に攻め寄せていたでしょう。殺されたのが伯父上であれば、いまごろは国境に槍の雨が降っていたはずです」

「それには疑いの余地がないな」

「では、このこともゆめ疑いなさいますな、わが大公《プリンス》——わが姉妹たちとわたしは、われらが復讐に十七年も待ったりはいたしません」

それだけいうと、レディ・ナイムは騎馬に拍車をかけ、サンスピア宮の方角めざし、飄風《ひょうふう》のように走り去っていった——うしろに十二騎の騎兵を引き連れて。

プリンスは枕に頭をもたせかけ、目をつむった。しかしホターには、プリンスが眠ってはいないことがわかっていた。

（おいたわしや、わが君）

つかのま、馬車のそばへメイスター・キャリオットを呼ぼうかと思ったが、やめておこうと思いなおした。お望みなら、プリンス・ドーランみずからがお呼びになるだろう。

午後の影が黒々と長く伸びて、夕陽がプリンスのひざのように赤く膨れあがるころ、東にサンスピア宮の塔群が見えてきた。最初に見えたのは〈長槍の塔《スピア》〉だ。高さ五十メートルの塔の頂には、鋼に金鍍金《きんときん》を施した長槍がそそりたち、その頂からさらに十メートル上にまで伸びている。つぎに見えたのは、黄金と鉛ガラスの大円蓋をいただく、荘厳な〈太陽の塔〉だった。最後に、灰褐色の〈砂の船〉が見えた。その眺めは、岸に打ち上げられ、そのまま石化してしまった、とてつもなく巨大な大型高速帆船《ドロモンド》を思わせた。

ウォーター・ガーデンズからサンスピア宮までは、海辺の道にそって十五キロしか離れていない。とはいえ、たったこれだけの距離でも、両者は極端に世界がちがう。ウォーター・ガーデンズでは、太陽のもと、子供たちがはだかではしゃぎまわり、タイル張りの中庭には絶えず音楽が流れ、空気にはレモンとブラッド・オレンジの刺激的な香りがただよっている。かたやサンスピア宮周辺の空気にただようのは、ほこり、汗、煙の匂いだ。夜は夜で人声がなんとも騒々しい。加えて、ウォーター・ガーデンズの宮殿がピンクの大理石でできているのに対し、サンスピア宮に付随する市壁内の建物は泥と藁でできており、色は茶色と灰褐色が大半を占める。サンスピア宮自体は、古くからあるマーテル家の本城で、岩と砂だらけの小さな岬の東端に建ち、三方を海で囲まれていた。唯一陸地に面する西側にそびえるのは、宮殿を護る大城壁と、その外側に連なる二重の部厚い市壁だ。大城壁の西の影には、内側の市壁とのあいだに、ガレー船の船腹にとりつくフジツボよろしく、日干し煉瓦でできた店や窓のない小屋がびっしりと寄り集まっている。内側と外側の市壁のあいだにも、畜舎、旅籠《はたご》、居酒屋、娼館が多数立ちならんでいて、自前の壁で囲われているものも多い。さらに、それぞれの壁のそばには、さらにまた多数の小屋がひしめきあう。〝そんなふうに、建物と小屋の連鎖は延々とつづくのだ〟と、かつて顎鬚《あごひげ》の導師たちは説明したものだった。タイロシュ、ミア、大ノーヴォスといった大都市にくらべれば、〈影の都市〉は村に毛が生えた程度の町でしかない。それでもここは、ドーンの地でもっとも都市にちかい場所といえた。

数時間ほども先行して到着したレディ・ナイムは、門衛らに宗主の来訪を告げていったにちがいない。というのは、プリンス一行が到着した時点で、三重の大門はどれも大きく開け放たれていたからである。湾曲する大城壁と二重の市壁には、各々に大きな門が設けられており、その三つの門を貫いて、一直線の大路《おおじ》が走っている。外部から旧宮殿へ直行しようと思えば、この大路を通っていくしかない。でないと、何キロもの細い路地、いくつもの秘密の中庭、騒々しい市場を延々と通りぬけていくはめになる。

最初の大門をくぐり、〈長槍の塔〉が見えると同時に、プリンス・ドーランはさっと馬車の紗幕《しゃまく》を閉めた。だが、プリンスの馬車に気づくや、庶民たちはたちまち歓呼の声をあげて出迎えた。

ホターは不安な思いに駆られた。

〈砂蛇《サンド・スネーク》〉たちに煽られおったな)

外側と内側の市壁のあいだの、三日月形をした空間には、みすぼらしい街が広がっている。一行はそこを通りぬけ、第二の大門を通過した。たちまち、タールと海水と腐りかけた海草の匂いが鼻をついた。門内には群衆がひしめいて、一歩進むごとに、進みはますます困難になっていく。

「大公《プリンス》ドーランに道をあけよ！」アリオ・ホターは長柄斧の石突きで煉瓦道を音高くたたき、大音声《だいおんじょう》で叱咤した。「ドーンのプリンスに道をあけよ！」

「公弟《プリンス》さまは死んだんだよ！」背後で女がわめいた。

「槍をとれ！」バルコニーから男が叫んだ。

「ドーランよ！」高貴の生まれらしい声が呼びかけてきた。「槍をとれ！」

煽動している者たちの位置をつきとめたいところだが、詰めかけた群衆が多すぎて見つけようがない。しかも、その三分の一は、早くも煽動に乗って叫びだしている。

「槍をとれ！〈毒蛇〉の仇を討て！」

やっと第三の門にたどりつくころには、馬車の通り道を確保するため、衛士隊は力ずくで群衆を押しのけざるをえなくなっていた。群衆はそれに怒り、ものを投げはじめた。ぼろを着た少年がひとり、腐りかけた柘榴《ザクロ》を片手に槍兵たちのあいだをすりぬけてきたが、長柄斧をかまえ、行く手に立ちはだかるアリオ・ホターを見たとたん、手にした柘榴を放りだし、あわてて引き返していった。だが、周囲からはつぎつぎに、レモン、ライム、オレンジなどが飛んでくる。

「戦だ！　戦だ！　槍をとれ！」

衛士のひとりが片目にレモンをくらった。衛士長の片足にもオレンジがあたってひしゃげ、汁を飛び散らせた。

馬車の中からはなんの反応もない。ドーラン・マーテルはシルクの紗幕の内側でひっそりと静かにしている。やがてプリンスの一行は、ひときわ部厚い大城壁内に駆けこみ、それとともに、ガラガラという音を響かせて、背後の落とし格子が閉じられた。人々の叫び声が、ゆっくりと遠ざかっていく。

プリンセス・アリアンは父親を出迎えるため、旧宮殿の外郭《そとぐるわ》に待機していた。宮殿の半数の者もいっしょだった。老いて盲《めし》いた家令のリカッソ、城代のサー・マンフリー・マーテル、灰色のローブを着て絹糸のような顎鬚《あごひげ》に香料をつけた若きメイスター・マイルズ。ずらりとならぶドーンの騎士四十名は、五十もの色のリネンを風になびかせている。小さなミアセラ・バラシオン王女も、おつきの司祭女《セプタ》と〈王の楯《キングズガード》〉の騎士サー・アリスをともなって立ち、出迎えの列に加わっていた。サー・アリスが汗だくなのは、光沢のある純白の板金鎧《プレート・アーマー》を着こんでいるためだ。

プリンセス・アリアンが馬車に歩みよってきた。脚に履いているのは、太腿にまで蛇皮を編みあげた靴物《サンダル》で、こまかく編んだ漆黒の長い髪は腰のくびれにまで達している。

（あいかわらず、小柄であられる）と衛士長は思った。

〈砂蛇《サンド・スネーク》〉たちがみな、公弟《プリンス》オベリンの血統を受け継いで長身なのに対して、アリアンは母親似のため、百六十センチに満たない。しかし、宝石をちりばめた腰帯や、紫の色合いが優雅なシルクのガウン、金糸を織りこんだ黄色の絹織物《サマイト》の下には、女性らしい丸みを帯びた、みずみずしい肢体が隠されている。

「父上」馬車の紗幕が開かれると同時に、プリンセスは声をかけてきた。「父上のお帰りを、サンスピアはこぞってお歓び申しあげます」

「うむ、民草の歓びの声は聞こえた」プリンスは力なくほほえみ、指の赤く腫れた手を娘の頬にあてがった。「おまえも元気そうでなによりだ。衛士長——すまぬが、わしを馬車から降ろしてくれぬか」

ホターは長柄斧を背中の負い革にすべりこませると、両手でプリンスを抱きあげた。腫れあがった関節を刺激しないよう気をつけたつもりだったが、それでもドーラン・マーテルは小さく苦痛のうめきを漏らした。

「料理人たちには、今宵の祝宴のため、ぞんぶんに腕をふるうよう申しつけておきました」

アリアンがいった。「父上のお好きな物ばかりを取りそろえております」

「せっかくだが、料理人たちの苦労には報いられぬかもしれぬ」プリンスはゆっくりと外郭《そとぐるわ》を見まわした。「はて？……タイエニーの姿が見えぬが」

「折りいって申しあげたいことがあると申しまして、謁見室で父上をお待ち申しあげております」

プリンスはためいきをついた。

「よかろう。衛士長？　わしを運んでくれるか。早急に片をつければ、それだけ早く休めるというものだ」

ホターはプリンスを抱きかかえて、〈太陽の塔〉の長い石段を昇っていき、丸屋根の下の巨大な円形の部屋に入った。室内には、多彩な色の部厚いガラス窓を通して、日没まぎわの夕影が斜めに差しこんでおり、色淡き大理石の床に埋めこまれた多数のダイヤモンドを五十もの色彩にきらめかせていた。

その室内に、第三の〈砂蛇《サンド・スネーク》〉が待っていた。

公座が置かれた台座の下には、クッションが置いてある。タイエニーはその上で蓮華座を組み、刺繍をしていたが、プリンスが姿を見せると、すっと立ちあがった。着ているのは、からだの線をあらわに浮かびあがらせる、ほんのりと青い絹織《サマイト》のガウンだ。袖にはミア産のレースが縫いつけてあり、それが本人を、〈七神《しちしん》〉の一柱《ひとはしら》たる〈乙女〉そのもののように、純粋無垢に見せている。片手に持っているのは刺繍の布、反対の手に持っているのは黄金の刺繍針二本。髪の色も刺繍針と同じく豊かな金色で、目の色は吸いこまれそうに深いブルーだが……その目には、父親の目を思いださせるなにかがあった。公弟《プリンス》オベリンの目は闇夜のように真っ黒だったのに、それでもよく似ている。

(公弟《プリンス》オベリンの娘は、みな父親と同じ、毒蛇の目を持っているのだな)とホター衛士長は気づいた。（目の色とは関係なしに）

「伯父さま」タイエニーが声をかけてきた。「ご到着、待ちわびておりました」

「衛士長。わしを公座へ」

台座の上には二脚の椅子がある。たがいにそっくりだが、いっぽうの背板にはマーテル家の象徴である槍が黄金で象嵌《ぞうがん》されているのに対し、もういっぽうには燃えるロインの太陽が象嵌されていた。この太陽は、祖先らがドーンにやってきたとき、ナイメリア船団のマストに翻っていた船旗の紋章だ。衛士長はプリンスを槍の象嵌がある公座にすわらせ、うしろに下がった。

「そんなに痛みがひどくていらっしゃるのですか?」レディ・タイエニーの声はおだやかで、

姿は夏苺《ナツイチゴ》のように愛らしい。さらに、母親が司祭女《セプタ》だったせいか、この世のものとも思えぬ穢れなき雰囲気をただよわせている。「痛みを和らげられるのでしたら、わたくし、どんなことでもいたしますのに。どうぞおっしゃってくださいまし」

「それよりも、早々に用件をいって、早《はよ》う休ませてくれんものかな。わしは疲れておるのだ、タイエニー」

「いま、伯父さまにこれを作っておりますの」タイエニーはそういって、刺繡していた布を広げてみせた。そこには自分の父親の姿——赤一色の甲冑に身を包み、砂漠馬にまたがってほほえむ、公弟《プリンス》オベリンの姿が描かれていた。「仕あがりましたら、進呈いたします——。父のことをちゃんと憶えておいてくださるように」

「わしがおまえの父親を忘れるはずがないではないか」

「それをうかがって安心いたしました。なにしろ、お忘れになったのではないのかと案じている者がおおぜいおりますので」

「タイウィン公は〈山《マウンテン》〉の首を約束してくれたぞ」

「それはご親切なことに……けれど、たかだか首斬り役人の剣ごときでは、勇猛なるサー・グレガーを見取るのに、あまりにも役者不足というもの。わたくしたちは長いあいだ、あの者の死を祈ってまいりました。本人ですらみずからの死を祈らずにはいられない思いをしてこそ、応分の報いと申せましょう。わたくしは父が使っておりました毒薬を知っております。あれほどじわじわと効き、長く壮絶な苦しみをもたらす毒薬はほかにはございません。あの毒薬を使えば、やがて〈山〉の悲鳴がこのサンスピア宮にいてさえ聞こえるようになりましょう」

プリンス・ドーランは嘆息した。

「オバラは戦《いくさ》をはじめよとけしかける。ナイムは首魁《しゅかい》の謀殺だけで満足だそうな。おまえはなにを望む？」

「戦を――」とタイエニーは答えた。「ただし、姉の望むような戦ではありません。ドーンの戦士は産土《うぶすな》での戦をひときわ得意とする者たちゆえ、槍を研ぎ、ひたすら待つことを進言いたします。やがてラニスター家とタイレル家の軍勢が攻め寄せてきた折は、道々で襲撃し、徐々に戦力を削いで、吹きすさぶ砂嵐のもとに埋めてやりましょう――これまでにも幾度となくそうしてきたように」

「もしも両家の軍勢が攻めてくることがあればな」

「なにをおっしゃいます、攻めてこぬはずがありません。攻めてこなければあの者どもは、また広範な領土を失うことになるのですもの。かつてドーンの者がドラゴンの血統と縁組みをしたときにも同じことがあった、と父から聞いています。父はほかに、〈小鬼《インプ》〉には感謝せねばならん、ミアセラ王女をよこしてくれたことは僥倖《ぎょうこう》であった、とも申しておりました。あの方、ほんとうに可愛い方だと思われません？　わたくしもあの方のように愛らしい巻毛だったらよかったのに。あの方は女王になるべくして生まれてこられた方ですわ――ご自分の母君と同じように」

タイエニーの両頰に、艶然とえくぼが花咲いた。

「わたくし、喜んで婚儀の準備を取りしきり、王冠造りの手配をお引き受けいたしましょう。トリスタンとミアセラはあんなにも無垢だから、きっと白金《ホワイトゴールド》が似あうわ……ミアセラの翠《みどり》の目に合わせて、エメラルドをちりばめて。ああ、ダイヤモンドと真珠も捨てがたいわね、子供同士が結婚して戴冠するんですもの。婚儀がすめば、あとは新婦をミアセラ一世として──アンダル人、ロイン人、〈最初の人々〉の女王、ウェスタロス七王国の正統王位継承者として祭りあげ、獅子どもが攻めてくるのを待つばかり」

「正統の王位継承者とな?」プリンスは鼻を鳴らした。

「弟のバラシオンよりは年上でございましょう?」こんな簡単なこともわからないのか、といわんばかりに、タイエニーは嚙んで含めるような言いかたをした。「法にしたがうなら、〈鉄の玉座〉はミアセラが継承するべきだったのですよ」

「ドーンの法ではな」

「明君デイロン王がドーンのプリンセス・ミリアを娶《めと》り、当地を王領に組みこんださいに、ドーン領ではつねにドーンの法が適用されることが合意されました。そして事実、ミアセラ王女はドーンにおります」

「たしかにそのとおりではあるが……」プリンスの口調にはつらそうな響きがにじんでいた。「この件は考えさせてくれ」

タイエニーは不機嫌な顔つきになった。

「伯父さまは考えすぎですわ」

「そうかな？」

「父はそう申しておりました」

「オベリンこそ、考えが足りなさすぎたというべきであろう」

「考えすぎる者は、えてして行動を怖がりがちなもの」

「怖がりなのと慎重なのとはちがうぞ」

「伯父さまが怖がる姿など、けっして見たくはございません。そして、見ないですむようにとも祈っております。伯父さまが息のしかたを忘れてしまわれるのではないかと、わたくし、気が気ではなくて……」

そういって、タイエニーはすっと片手をかかげた。

すかさず、ホター衛士長は、長柄斧の石突きを大理石の床に音高く打ちつけた。

「マイ・レディ、おたわむれがすぎましょう。恐縮ながら、公座からお下がりを」

「伯父さまに害をなすつもりなど毛頭ありませんよ、衛士長。わたくしは伯父さまを愛しておりますもの。伯父さまがわたくしの父を愛しておられたように」タイエニーはプリンスの前に片ひざをついた。「以上にて、申しあげるべきことはすべて申しあげました、伯父さま。失礼の段がありましたならば、どうぞおゆるしを。いまは少々取り乱しておりますもので。わたくし、まだ伯父さまの愛情を賜わっているものと考えてよろしいかしら？」

「うむ。これまでと変わらずにな」

「では、祝福をお授けくださいまし。授かったなら、早々に引きあげるといたします」

ドーランは鼓動ひとつぶんだけためらったのち、姪の頭に手をのせた。

「勇敢であれ、娘よ」

「まあ、いかにとて勇敢ならざることが？　わたくしはね——父の娘なのですよ」

タイエニーが退出すると、すぐさまメイスター・キャリオットが公座に駆けよった。

「わが君、まさかレディは……どうぞお手をお見せください」メイスターはまず手のひらを調べてから、そっとひっくり返し、プリンスの手の甲と指の背の匂いをひととおり嗅いだ。

「よかった、異常はない。安心いたしました。傷跡もありませんから、たぶん……」

プリンスは手を引っこめた。

「メイスター。すまぬが罌粟《ケシ》の乳液を持ってきてくれぬか。ほんの少量でよい」

「罌粟《ケシ》の乳液でございますね。かしこまりました」

「そのあいだ、わしは考えごとをしておる」

おだやかな声ではあるが、ドーラン・マーテルはいま、遠まわしに退出をうながしたのだ。

キャリオットは足早に階段へ歩み去っていった。

外ではついに夕陽が沈もうとしている。大円蓋の内部に差す光は薄明の青みを帯び、床に埋めこまれたダイヤモンドのきらめきもすでに弱い。プリンスは〝マーテル家の槍〟を象嵌された公座にすわったまま、苦痛に顔を歪め、長らく沈思黙考していたが、やがてアリオ・ホターに問いかけた。

「衛士長よ——わが親衛の衛士はどのくらい忠実だ？」

どう答えればよいのかわからず、衛士長はこう答えた。

「忠実そのものです」

「全員がか？　それとも、一部の者だけか？」

「衛士はみな善き者ども、善きドーン人ばかり。やれと命じることはなんでもいたします」

そこでホターは、長柄斧の石突きで軽く床をこづいてみせた。「プリンスを裏切るやからは、いかなる者であれ、このホターが首を取ってまいりましょう」

「首などいらぬ。ほしいのは服従だ」

「その点はご安心を」

（〝お仕えし、服従し、お護りします〟。〝単純な者には単純な誓いを〟）

「して、お要りようなのは何名ほどでございましょう？」

「人数の判断はおまえにゆだねる。忠誠なき二十名よりも、掛け値なく忠実な数名のほうがよいこともあるからな。ことはできるだけ迅速に、できるだけ隠密裡に運んでもらいたい。流血も望まぬ」

「迅速、隠密、流血はなし。心得ました。で、なにをすればよろしいので？」

「わが弟の娘たちをひとりずつ探しあて、身柄を拘束し、各自を〈長槍の塔《スピア》〉上階の独房に監禁せよ」

「〈砂　蛇《サンド・スネーク》〉の方々を？」衛士長は、一瞬でのどが渇くのをおぼえた。「全員を……八名さま全員をでございますか？　お小さい方々も？」

プリンスはすこし考えた。

「エラリアの娘たちの齢では、まわりに危険をおよぼすこともあるまい。とはいえ、あの者たちを利用してわしの動きを縛ろうとするやからが出てくるやもしれぬ。全員を安全に保護しておくにしくはない。さよう、小さな者たちも含め、全員をな。ただし、ほかの者たちに先駆けて、まずはタイエニー、ナイメリア、オバラ、この三名を押さえよ」

「ご命令のままに」

衛士長の心は沈んだ。

（わが小さきおひいさま《プリンセス》は、けしてよい顔をなさるまい）

「スラレアさまはいかがなさいますか？　あの方も大きくなられました。そろそろ二十歳になられるころかと」

「ドーンに帰ってこぬかぎり、スラレアについてはなにもできぬ。姉たちより道理がわかることを祈るしかあるまい。あれはあれの……ゲームに興じさせておこう。その他の七名は、ただちに拘束せよ。あの者たちの身柄が安全に確保されぬかぎり、枕を高くして眠ることはできぬ」

「かしこまりました」衛士長はためらった。「しかし、このことが巷に知れますと、民衆が騒ぎだすかとぞんじますが」

「ドーンじゅうが騒ぎたてるであろうな」ドーラン・マーテルは、疲れきった声でいった。

「わしとしては、その騒ぎがキングズ・ランディングにいるタイウィン公の耳にまで届き、サンスピア宮に二心なき友がいると知ってくれることを祈るのみだ」

3――サーセイ

〈鉄の玉座〉にすわり、高みから一同を睥睨《へいげい》する夢を見た。

廷臣たちは、はるか眼下に控える派手な色の鼠だ。大物貴族も誇り高い貴婦人も、みんなひざまずいている。勇敢な若い騎士たちは全員が彼女の足もとに剣を寝かせ、寵愛を乞う。その騎士たちを見おろして、太后《クイーン》はほほえみかける。ところがその場へ、どこからともなく、こびとが現われ、太后に指をつきつけて哄笑しだす。諸公も貴婦人もこらえきれないようすで口元を押さえ、笑いを隠している。そこではっと、自分が全裸であることに気がついた。

慄然としつつも、両手でだいじなところを隠し、恥辱をさらすまいと〈鉄の玉座〉の上で身を丸める。たちまち、〈玉座〉の棘と刃が肌に食いこみ、鋼の刃が尻の肉にかぶりついた。両の脚を血が流れ落ちていく。あわてて立ちあがろうとしたとたん、片足がねじくれた金属の隙間にはまり、動けなくなった。もがけばもがくほど、〈玉座〉は太后を包みこみ、胸と腹の肉を咬みちぎって、腕と脚を切り刻んでいく。やがて全身がぬるぬるした血にまみれ、真っ赤に濡れ光りだした。

そのあいだ、こびとの弟は〈玉座〉の下で太后を誹謗し、笑いつづけていた。

耳にこだまする嘲笑の声に苦しんでいるうちに、なにかがそっと肩に触れ――サーセイははっと目覚めた。つかのま、その手が悪夢の一部のように思えて、反射的に悲鳴をあげたが……それはセネルの手だった。侍女は蒼白になり、恐怖に顔を引きつらせている。

そこでやっと、室内の異変に気がついた。

（ほかにも人がいる――）

ベッドのまわりにいくつもの人影が立っていた。みな長身で、マントの下には鎖帷子《チェーン・メイル》を光らせている。寝所に武装兵などいていいはずがない。

（〈王の楯《キングズガード》〉の者はどこ？）

寝室の中は真っ暗だ。光源は侵入者たちが高みにかかげたランタンしかない。

（恐れを見せてはだめ）

サーセイは寝みだれた髪をまとめあげ、影に問いかけた。

「おまえたち、何用です」

ひとりの男がランタンの光の中に進み出てきた。純白のマントを身につけている。

「ジェイミー？」

（弟の夢を見たと思ったら、もうひとりの弟が起こしにきたというの？）

「陛下」ちがう。これはジェイミーの声ではない。「〈王の楯《キングズガード》〉総帥どのより陛下をお護り申しあげろと命じられてまいりました」

騎士の髪は、サーセイの双子の弟ジェイミーの髪と同じく巻毛だが、弟の髪がサーセイと同じ金箔の色なのに対し、この者の髪は黒く、油をつけたような艶がある。わけがわからぬまま、サーセイは騎士を見つめた。騎士はつづけて、信じがたい凶事を口にした。厠《かわや》のこと、弩弓《クロスボウ》のこと。そして、サーセイの父親、〈王の手〉たるタイウィン・ラニスター公の名前。

（父上が……？　わたしはまだ夢を見ているんだわ。まだ目が覚めてはいないのよ。悪夢がおわってはいないんだわ。もうじきティリオンがベッドの下から這いだしてきて、わたしを嘲笑しだすのね）

そもそも、いま騎士が口にしたようなことが起こりうるはずがない。こびとの弟は最下層の暗黒房《ブラック・セル》に閉じこめてある。きょうあたり、死んでいてもおかしくはないころだ。サーセイは自分の両手を見おろし、その手を表に向けて、指がぜんぶそろっていることをたしかめた。ついで、片手を腕に這わせた。鳥肌が立っているが、切れてはいない。脚にも切り傷はないし、足の裏にも裂傷はない。

（夢だわ。これはみんな夢。昨夜、ワインを過ごしてしまったのがいけないのよ。この恐怖はワインが見せている悪夢。夜が明けたら、笑っているのはこのわたし。子供たちも無事にちがいないわ。トメンの王座はゆるぎなく、心のねじけた寸足らずの弟《ヴァロンクァー》は首を失って腐っていく）

見ると、すぐそばにレディ・ジョスリン・スウィフトがいて、そっとカップを差しだした。サーセイはひとくち、その中身をすすった。レモン水だったが、ひどくすっぱかったので、すぐに吐きだした。夜風がガタガタと鎧戸を鳴らしている。夢とは思えないほど生々しい。

ジョスリンは木の葉のようにわなわなと震えていた。セネルと同じほど恐怖しているようだ。すぐそばには、サー・オズマンド・ケトルブラックが長身をそそりたたせている。その背後には、ランタンをかかげて立つ、サー・ボロス・ブラントの姿もあった。戸口に立っているのはラニスター家の衛兵たちだ。兜に輝く金細工の獅子の頭立《ずだて》でそれとわかる。衛兵たちも、やはり歴然たる恐怖の表情を浮かべていた。

(まさか……これは現実なの?) サーセイは自問した。(ほんとうに……ほんとうに起きていることなの?)

立ちあがった。裸身を隠すため、セネルがすぐさま肩からローブをはおらせる。サーセイは自分でひもを結ぼうとしたが、指がこわばっていて、なかなかいうことをきかない。

サーセイは凶事の報告を否定した。

「そんなはずはないでしょう。父はつねに、衛兵たちに身辺を警護させていたのよ。夜も昼も」

舌もこわばっていて、やはりうまく動かせない。もういちどレモン水を口にふくみ、起き抜けの不快感をとるため口をゆすぐ。サー・ボロスがかかげているランタンには一匹の蛾が入りこんでおり、しきりにパタパタとガラスにぶつかって、その羽音と翅《はね》の動く影がわずらわしい。

「警護の兵たちはちゃんと部署についておりました、陛下」オズマンド・ケトルブラックが答えた。「じつはご寝所の暖炉裏に隠し扉が見つかりまして。扉の奥は秘密の通路になっておりました。いま、〈王の楯《キングズガード》〉総帥どのがその通路に潜り、通じている先を調べておられるところです」

「ジェイミーが？」突然の恐怖に呪縛されて、サーセイは総毛立った。「ジェイミーは王のそばにいるべきで……」

「国王陛下に危害がおよぶ恐れはありません。サー・ジェイミーは即刻、陛下警護のために十名の衛兵を遣わされました。陛下はすこやかにお寝《やす》みであられます」

（わたしとちがって、あの子が悪夢にうなされず、快適に目覚められればいいのだけれど）

「王のそばに控える〈王の楯《キングズガード》〉の騎士はだれ？」

「サー・ロラスがその名誉をになっております。ご安心のほどを」

ロラス・タイレルが？　だったら安心などできるわけがない。そのむかし、エイゴン竜王とそのドラゴンが河間平野《リーチ》を蹂躙した当時、タイレル家の当主は一介の執政にすぎなかった。分をわきまえぬその虚栄心を支えるのは、それに輪をかけて貪欲な野心だ。サー・ロラスは見かけこそ乙女の夢かもしれないが、あの純白のマントの下は骨までもタイレル家の人間でしかない。そもそも、今夜のこの凶事自体、タイレル家の根城ハイガーデン城で種を蒔《ま》かれ、育まれてきた陰謀の結果かもしれないではないか。

だが、その疑念を口に出すわけにはいかなかった。

「服を着ます、しばしの猶予を。サー・オズマンド、おまえはわたしにつきそって、〈手の塔〉へ。サー・ボロス、看守らを起こし、こびとめがまだ地下牢にいるかどうかをたしかめなさい」

あの男の名前はあえて口にしなかった。

（あんなやつに、父上を——自分の父親を手にかける勇気があるはずはない）

自分にそう言い聞かせる。だが、それでもたしかめなくてはならない。

「御意」

サー・ブラントがサー・オズマンドにランタンをわたした。サー・ブラントが〈王の楯《キングズガード》〉に復帰したことを、サーセイ個人はさほど不快には思っていない。

（それでも、父上はこの者を白備えの騎士にもどすべきではなかった）

なにしろこの男は、臆病者であることを満天下に示してしまったのである。

サーセイたちが〈メイゴルの天守〉をあとにするころ、暁天は深いコバルトブルーに明けかけていたが、星々はまだまたたいていた。

（ただし、消えた星がひとつある）とサーセイは思った。（西の明星はついに墜《お》ちた。これからの夜は暗さを増すことになる……）

空濠《からぼり》にかかる跳ね橋の上で足をとめ、濠の底にならぶ多数の逆杭《さかぐい》を見おろす。

（これほどの凶事ともなれば、警備の者たちがわたしに嘘をつくはずはない）

サーセイはたずねた。

「亡骸《なきがら》を見つけたのは、だれ？」

「衛兵のひとりです」サー・オズマンドは答えた。「ラムが自然に呼ばれて厠にいきましたところ、倒れておられる公を見つけた由」

（こんな――こんなことがあっていいはずがないわ。獅子の死にざまがそんな形でいいはずがない）

サーセイは不思議に冷静さをたもっていた。ふと思いだしたのは、まだ小さかったころ、はじめて歯が抜けたときのことだ。痛くはなかった。だが、歯ぐきにぽっかりとあいた穴の感覚にはどうにも違和感があり、いつも舌先で探らずにはいられなかった。

（いま、父上が立っていた場所にはぽっかりと巨大な穴があいている。そして、穴があけば、かならず埋めようとする力が働く）

タイウィン・ラニスターがほんとうに死んだのであれば、もはや身内で安全な者はいない。とくに危険なのは、〈玉座〉にすわるサーセイの子だ。獅子が倒れたとたん、その縄張りを狙って下位のけだものどもが群がってくる。ジャッカル、禿鷹、野犬などが群がってくる。そのけだものどもはサーセイの排除にかかるだろう。それは歴史が証明しているとおりだ。それゆえ、いまは迅速に動かなくてはならない――ロバートが死んだときのように。今回の暗殺は、スタニス・バラシオンの差し金とも考えられる。あの男が手先を使って暗殺したのではないか。だとしたら、これはつぎなる王都攻めの序幕かもしれない。サーセイとしては、むしろそうであることを望んだ。

（きたければくるがいい。こんども完膚なきまでに粉砕してやる。父上がしてみせたように。そしてこんどは、あの僭王の命をも奪ってやる）

スタニスなど怖くはない。ましてや、裏で糸を引いているかもしれないメイス・タイレルごとき。この世に怖いものなどなにもない。わたしは磐城《ロック》の娘であり、獅子だ。
（もう二度と、政略《ロック》の具として不本意な縁組を強いられはしない）

キャスタリーの磐城はいまやわたしのもの。そして、ラニスター家の保持する強大な力のすべても。いかなる者にも、二度とわたしを軽んじさせはしない。トメンが成長《か》し、もはや摂政の必要がなくなったのちは、キャスタリー・ロック城の城主として、彼の地に君臨してみせる。

昇りゆく朝陽は塔の頂上を鮮烈な赤に染めあげていた。だが、城壁の陰にはなおも夜闇がわだかまっている。城の外郭《そとぐるわ》部分はひっそりとしており、この一帯の者がみな死に絶えたといっても信じられるほどだった。
（むしろ、殉死して当然ね。タイウィン・ラニスターほどの者がひとりで死んでいいはずがないわ。あれほどの人物だもの、地獄でも随員たちにかしずかれるだけの価値がある）

〈手の塔〉の入口には、真っ赤なマントを身にまとい、兜に獅子の頭立《ずだて》をつけた槍兵四名が立っていた。

その四名に向かって、サーセイは命じた。
「いかなる者も、わたしの許可なくこの塔に出入りさせてはなりません」

命令はごく自然に口を突いて出た。
（父上が命令する声には鋼の響きがあった。わたしもそれに倣《なら》うまでよ）

塔内には松明《たいまつ》の煙が充満しており、目を刺激したが、サーセイはけして涙を流さなかった。父であれば、こんなことで涙を流すはずはなく、それに劣るまねはできない。

（自分のことを、父が遺した唯一の息子と思いなさい）

階段を昇るたびに、かかとが石段に擦れる。サー・オズマンドが手にしたランタンの中で、依然として蛾がはげしく羽ばたいており、その音がうるさくてしかたない。

（死ね）サーセイはいらだち、蛾に念じた。（炎に飛びこんで燃えてしまえ）

階段の最上段にはもう二名、赤マントの衛兵が立っていた。一名は〈赤毛《レッド》のレスター〉で、目の前を通りすぎるとき、サーセイにそっと哀悼のことばをささやきかけていった。すでにサーセイの息は荒く、小刻みで、心臓ははげしく動悸を打っている。

（段数が……）心の中でつぶやいた。（このいまいましい塔には、階段の段数が多すぎる）

できることなら、この階段をみな壊してしまいたい。

最上階の広間は、タイウィン公の眠りをじゃましてはならないと思っているかのように、ひそひそ声でしゃべる愚か者どもであふれていた。サーセイの姿を目にしたとたん、衛兵や召使いたちはうろたえて、口をぱくぱくさせた。ピンクの歯ぐきや舌が動くのは見えるが、ランタンの蛾が羽ばたく音より意味のある音は出てこない。

（この者たち、ここでなにをしているの？　どうやって異変を知ったの？）

優先順位でいえば、この凶事は真っ先にサーセイが報告を受け、この場へ連れてこられるべきではないか。自分は摂政太后なのだから。この者たちはそれを忘れてしまったのか？

〈王の手〉の寝室の前には、純白の甲冑とマントに身を包んだサー・マーリン・トラントが立っていた。兜の面頬《めんぽお》をはねあげてあり、顔が見えている。目の下の隈《くま》は、まだ完全に目が覚めきっていないような印象を与えた。

「室内の者たちを退出させなさい」サーセイはサー・マーリンに指示した。「父の遺体は、いまも厠？」

「いえ。すでにご寝所のベッドに運びこんでございます、陛下」

サー・マーリンはそういって、寝室のドアを押し開き、サーセイを室内に通した。

朝陽が鎧戸からななめに差しこんで、寝室の床に撒かれた藺草《イグサ》の上に金色の縞模様を投げかけている。叔父のケヴァンがベッドの横に両ひざをつき、祈りを捧げようとしていたが、ろくにことばを口にできずにいるようだ。暖炉のまわりには衛兵たちが固まっていた。サー・オズマンドがいっていた隠し扉は、火床の灰の奥にぽっくりと口をあけている。大きさは竈《かまど》の扉ほどもない。大人なら這いずりこまねばならないだろう。

（けれど、ティリオンは大人半分の背丈しかない）

そう思ったとたん、猛烈に腹がたった。

（いいえ。あのこびとは暗黒房《ブラック・セル》に閉じこめてあるはず）

そう、これがティリオンのしわざであるはずがない。

（スタニス——この裏ではスタニスが糸を引いている。あの男の息のかかった者はまだこの街に何人もいるはずよ。スタニスか、でなければ、タイレル家のだれかが……）

赤の王城《レッド・キープ》内に秘密の通路が張りめぐらされているといううわさはつねにあった。メイゴル残酷王は、城の秘密を護るため、築城にかかわった工事関係者を皆殺しにしたといわれる。

(隠し扉がある寝室は、ほかにどのくらいあるの？)

ふと、あのこびとがトメンの寝室のタペストリーを押しのけ、壁の裏から這いだしてくる姿が目に浮かんだ。その手には刃物が握られていて——。

(だいじょうぶ、トメンは厳重に警護されている)

自分にそう言い聞かせはしたものの、タイウィン公とて厳重に警護されていたのだ。

ベッド上の亡骸を見すえた。一瞬、それが父とはわからなかった。髪はたしかに父のものではある。しかし、それ以外ではまったくの別人だった。背も縮んで、ずっと老けたように見える。上掛けは胸の上にめくりあげられ、腹から下はむきだしのありさまだ。太矢は臍《へそ》と局部とのあいだに深々と突き刺さって、矢羽根しか見えていない。陰毛にこびりついた血はすでに乾き、ごわごわになっている。臍の窪みにも凝血があった。

亡骸からただよう死臭に、サーセイは顔をしかめた。

「太矢を抜いてさしあげなさい」だれにともなく、サーセイは命じた。「このひとは〈王の手〉なのよ！」

(そして、わたしの父——偉大な父でもある。娘としては、この場で金切り声をあげ、髪を引きちぎるべきか？)

かけがえのない息子、狼王ロブをフレイ家に惨殺されたさいに、キャトリン・スタークはみずからの顔の肉を掻きむしり、ずたずたにしたという。

(わたしにもそのようにしてほしい、父上?)

できることなら、亡き父にそう問いかけたかった。

(それとも、毅然として対処してほしいかしら? 自分の父上が亡くなったとき、あなたは泣いたの?)

祖父が死んだのは、サーセイがまだ一歳のときだった。が、その死にざまは耳にしている。タイトス公はあまりにも太りすぎ、ある日、愛人のところへいく階段を昇っている最中に、心の臓が破裂してしまったという。そのころ、父タイウィンは〈狂王の手〉を務めていて、このキングズ・ランディングにいたから――幼いサーセイとジェイミーを本城に残し、この王都に詰めていることが圧倒的に多かった――たとえタイトス公の訃報を聞いて涙を流したとしても、だれにも涙を見られない場所でのことだったにちがいない。

気がつくと、サーセイは手のひらにぐっと爪を食いこませていた。

「よくも父をこの状態のままに放置しておけるものね? 父は三人の王に〈王の手〉として仕えた人物――かつて七王国を闊歩したなかで、もっとも偉大な人物なのよ? 弔いの鐘を鳴らしなさい、ロバートのときのように。ただちにからだを浄め、地位にふさわしい正装を――純白のオコジョの毛皮《アーミン》、黄金の衣服、真紅のシルクを着せてさしあげなさい。パイセルはどこ? パイセルはどこにいるの?」サーセイは衛兵たちにふりかえった。「パッケンズ、上級学匠《グランド・メイスター》パイセルを連れてきなさい。タイウィン公の亡骸をただちに調べさせるように」

「もうお調べになりました、陛下」とパッケンズは答えた。「ひととおり調べられたあと、もはや絶命しておられましたので、沈黙の修道女《シスター》たちを呼ぶ手配をされました」

（いちばん最後にわたしを呼んだの！）怒りのあまり、ことばを失った。（しかもパイセルは、しわだらけの軟弱な手を汚すことをきらって太矢を抜こうともせず、沈黙のシスターを呼びにやっただけ？　なんと使えぬ男）

「では、メイスター・バラバーを連れてきなさい」サーセイは命じた。「そうでなければ、メイスター・フレンケンか。いずれでもよい」

指示を受けて、パッケンズと〈短い耳《ショートイヤー》〉は走り去った。サーセイは問いかけた。

「総帥はどこ？」

「隠し通路に潜っておられます。見つかった縦坑《たてあな》の石壁には、鉄梯子が取りつけられておりました。サー・ジェイミーはその深さを調べに降りていかれました」

（ジェイミーには片手がないのよ）〈王の楯《キングズガード》〉の者たちに、そう怒鳴ってやりたかった。（おまえたちのだれかがジェイミーに代わって調べに潜るべきじゃないの。梯子の昇り降りなど、ジェイミーがすべき仕事ではないわ。だいいち、父上を殺した者たちがまだ坑の底にいて、待ちかまえているかもしれないでしょう）

双子の弟ジェイミーはいつも性急にすぎる。片手をなくした程度では、まだ慎重さが身につかないようだ。衛兵たちに、いますぐジェイミーのあとを追って坑内に潜れ、弟をここへ連れてこいと命じかけたとき、パッケンズと〈短い耳《ショートイヤー》〉が左右からはさむようにして半白の髪の男を連れてきた。

「陛下」〈短い耳《ショートイヤー》〉がいった。「この者が、自分はメイスターだと申しておりますが」

男は深々と一礼した。

「陛下におかれましては、メイスターになんのご用でございましょうか?」

ぼんやりと見覚えのある顔だったが、名前までは思いだせなかった。

(老人ではあるが、パイセルほど老いてはいない。そこそこ体力はあるようだけれど)

自称メイスターは背が高いが、すこし背中が曲がっていて、押しの強そうなブルーの目のまわりには小じわが寄っていた。その首には学鎖がない。

「メイスターの鎖がないのはなぜ?」

「剝奪されてしまいました。お耳汚しながら、陛下、名前はクァイバーンと申します。弟君のお手の治療をさせていただいた者で」

「手ではない。切断された手首をでしょう」

それで思いだした。これはジェイミーにくっついてハレンの巨城《ホール》からきた男だ。

「たしかに、サー・ジェイミーのお手をもとどおりにすることはできませんでした。しかし、手首から上が壊死せずにすんだのは、わたくしの治療術があったればこそ。場合によっては、お命まで危なくなったかもしれないのです。〈知識の城《シタデル》〉はわが学鎖を取りあげましたが、知識まで取りあげることはできません」

「なるほど、おまえでも用はたりるかもしれないわね……。ただし、いっておきますよ――

もし期待にそえぬときは、学鎖剝奪程度ではすまないと思いなさい。では、わが父の腹より太矢を抜きとり、遺体を沈黙のシスターたちに渡す準備をととのえるように」

「かしこまりました」クァイバーンはベッドに歩みより、そこで足をとめ、ふりかえった。

「しかし、陛下、この娘の死体はどういたしましょう？」

「娘？」

ほかにも死体があることには気づかなかった。サーセイはベッドに歩みより、朱《あけ》に染まる上掛けの塊を押しのけた。死体はその下にあった。若い娘だ。全裸ですっかり冷たくなっており、肌の色はピンクだが……顔だけは例外で、結婚の宴《うたげ》で殺されたジョフリーの顔のようにどす黒く変色していた。首には小さな黄金の手をつないだ鎖がめりこんでいる。この鎖で首を絞められたのだろう、皮膚が破れて血が出ていた。サーセイは怒った猫を思わせる音を発した。

「この娘、ここでなにをしていたの？」

「われわれがご寝所に入りましたときには、すでにもう、そこへ倒れておりました、陛下」〈短い耳《ショートイヤー》〉が答えた。「あの〈小鬼《インプ》〉の愛妾です」

まるで、そのひとことがすべてを説明している、といわんばかりの口調だった。

（わが偉大なる父上が娼婦になど手を出すはずがない）とサーセイは思った。（母上が亡くなったあとは、どの女にも指一本触れなかったのだから）

サーセイは衛兵たちに冷たい目を向けた。

「見当ちがいもはなはだしいわ。わが祖父が亡くなったときに、キャスタリー・ロック城に帰ってきたタイウィン公は、この……この手の女が……わが祖母の宝石ばかりかガウンまで身につけているのを目にとめて、祖母の持ちものも含め、ただちにその女のものを身ぐるみ剝いでしまったのよ。それから二週間ものあいだ、その女は全裸でラニスポートの街を歩きまわされ、会う者会う者に、自分は泥棒であり、売女であると触れまわらされたの。娼婦に対するタイウィン公の処置はそれほどきびしいもの。その公がよもや……。この娘はおまえたちが思っている以外の目的でここに呼ばれたにちがいない。けっしてみだらな……」

「閣下がこの娘を呼ばれたのは、サンサの件で訊問なさるためではなかったのでしょうか」クァイバーンがいった。「先の国王陛下が殺害の憂き目にあわれた晩、サンサ・スタークが姿を消したと聞いておりますが」

「それだわ」サーセイはクァイバーンのことばに飛びついた。「父上は、この娘を訊問していたのよ。疑いの余地はないわ」

ティリオンの顔が目に見えるようだった。削《そ》げた鼻の下で口を歪め、猿同然の笑みを作り、いやらしい横目でこちらを見ながら、あのこびとはこうささやく。

〝訊問するんなら、はだかに剝いて大股を広げさせるのがいちばんだな。おれもそうやってこの娘に訊問するのが大好きなんだ〟

サーセイは顔をそむけた。

（こんな娘など、見たくもない）

それどころか、娘の死体と同じ部屋にいるだけでも耐えがたく、サーセイはクァイバーンの横をすりぬけ、大広間に出た。

サー・オズマンドのもとには、サーの弟であるオズニーとオスフリッドが合流していた。ケトルブラック三兄弟に向かって、サーセイはいった。

「〈王の手〉の寝所に娘の死体があるわね。あの女がここにいることはだれも知らなかったの？」

「ぞんじませんでした、陛下」サー・オズニーの頬には、ごくかすかな引っかき傷がある。ティリオンの別の愛妾に引っかかれた傷だ。「娘の死体、いかがいたしましょう？」

「犬の餌にくれてやるもよし。ベッドに持ちこむもよし。わたしの知ったことではないわ。そもそも、あの娘はここにはいなかったのよ。いたという者がいたら、その舌を切りとってやる。いいわね？」

オズニーとオスフリッドは顔を見合わせた。

「御意に、陛下」

サーセイはケトルブラック兄弟とともに父の寝所へ引き返し、娘の死体が父親の血まみれの毛布でくるまれるところを見まもった。

（シェイ——この者の名はシェイというのだったわね）

最後にこの娘と口をきいたのは、こびとの決闘裁判の前夜だった。あの薄笑いを浮かべたドーンの〈毒蛇《ヴァイパー》〉が、こびとのために決闘を買って出たあとのことだ。あのとき、シェイはティリオンにもらった宝石のことをたずね、サーセイに〝市内の居館を用意し、結婚相手の騎士を見つける約束をしてくれ〟といった。サーセイはそれに対して、サンサ・スタークの行方をいわないかぎり、おまえにはいっさい財産を持つ資格などないと釘を刺したうえで、こういった。

「おまえはサンサの使用人だったのでしょう。サンサの計画をなにも知らなかったといって通るとでも思うの？」

シェイは泣きながら、引きさがっていったものだった。

サー・オスフリッドが、毛布にくるんだ娘の死体を肩にかついだ。

「金鎖は残しておきなさい」サーセイは命じた。「金には傷をつけないように」

サー・オスフリッドはうなずき、戸口に向かいかけた。

「だめよ、内郭《うちぐるわ》を通っては」サーセイは騎士を呼びとめ、秘密の通路を指さした。「地下室へ通じる縦坑があるでしょう。それを通っていきなさい」

サー・オスフリッドは暖炉の前に近づき、片ひざをついた。ちょうどそのとき、隠し扉の内側が明るくなり、だれかがあがってくる音が聞こえた。出てきたのはジェイミーだった。暖炉の内部は天井が低いので、老女のように腰をかがめている。タイウィン公が暖をとった最後の火床を長靴《ちょうか》で踏みつけ、すすを舞いあがらせつつ、ジェイミーはケトルブラック兄弟に命じた。

「そこをどけ」

サーセイは弟のもとへ駆けよった。

「見つけたの？　殺し屋たちを？　何人いたの？」

単独であったはずがない。たったひとりだけで父上を殺せるはずがない。

双子の弟の顔はひどく憔悴して見えた。

「縦坑を降りきった先は、六つの地下隧道《トンネル》が合流する地下室だった。地下隧道の入口はみな鉄の門で塞がれていて、すべてに鎖がかけられ、錠がかかっていた。鍵がないことにはあけようがない」ジェイミーは寝室内にざっと目を走らせた。「犯人が何者にしても、そいつはまだ壁の裏に潜んでいる可能性がある。壁の裏は迷路だ。しかも暗い」

壁の裏を這いまわるティリオンの、怪物じみた鼠のような姿が浮かんできた。

（そんなはずないわ。なにをばかな想像をしているの。あのこびとは暗黒房《ブラック・セル》にいるはずなのよ）

「大鎚で壁を壊しましょう。必要とあらば、この塔そのものを壊してもかまわない。なんとしてでも見つけてやる。こんなことをしでかした者たちを見つけだして、殺してやる」

ジェイミーにぎゅっと抱きしめられた。斬り落とされなかったほうの手がサーセイの腰をぐっと自分に押しつけている。ジェイミーは灰の匂いがしたが、差しこむ朝陽が髪を金色に輝かせていた。できることなら、その顔を引きよせ、キスしたいところだった。

（でも、だめ。あとになさい）サーセイは自分に言い聞かせた。（あとで——ジェイミーが慰めを求めてわたしのもとへきたときに）

「わたしたちはタイウィン公の跡継ぎよ、ジェイミー」サーセイは弟の耳にささやきかけた。「父の大業を仕あげるのは、わたしたちの務め。あなたは父を引き継ぎ、〈王の手〉になりなさい。いまなら道理がわかるわね。トメンはあなたを必要と……」

ジェイミーはいきなり姉を押しのけ、片腕を持ちあげて、手のない手首を突きつけた。

「片手なき〈王の手〉か？　悪い冗談だな。統治する者の立場におれを立たせようとしないでくれ」

この拒絶はケヴァン叔父の耳にもはっきりと聞こえただろう。クァイバーンにも聞こえたはずだ。そして、火床の灰の奥へ遺体を運びこもうと悪戦苦闘しているケトルブラック兄弟にも。さらに、衛兵たち――パッケンズや〈馬の脚《ホースレッグ》〉ことホークや〈短い耳《ショートイヤー》〉にさえも。

（日暮れまでには、城じゅうにうわさが広まっているはずだわ）

サーセイは顔から火が出るのをおぼえた。

「統治？　統治しろとは、ひとこともいっていないでしょう。統治はわたしが引き受けるわ。息子が一人前になるまではね」

「その場合、どちらをよりあわれんだものだろうな」と弟はいった。「トメンか、それとも七王国か」

弟の頬を引っぱたこうと、サーセイは手をふりあげた。その手を防ぐべく、ジェイミーがすばやく右腕をかかげる。猫のように俊敏な動きだったが……この猫はかつてあった右手首から先をなくしてしまっていた。結果的に、サーセイの手は弟の頬に真っ赤な跡を残した。

室内に響きわたった平手打ちの音に、叔父が見かねて腰をあげた。

「父上の亡骸の御前だぞ。礼儀をわきまえなさい。喧嘩なら外でやることだ」

ジェイミーは小さく頭をさげ、詫びをいった。

「見苦しいところをお見せしました、叔父上。悲しみのあまり、姉は気が動顚して、われを忘れているのです」

弟の無神経なことばに、サーセイはもういちど引っぱたいてやりたくなった。

(こんな男を〈王の手〉にしようだなんて、どうかしていたわ)

いっそ、〈王の手〉という制度を廃止してしまおうか。そもそも、〈王の手〉は悲劇しかもたらしたことがない。かつて〈王の手〉ジョン・アリンは、サーセイをむりやりロバート・バラシオンの王妃にしたあげく、死ぬ前にはジェイミーとの関係を怪しんで、探りを入れはじめていた。アリンの死後はエダード・スタークが〈王の手〉となって調査を引き継ぎ、その干渉ゆえに、予定よりもうんと早くロバートを始末する必要に迫られた。ほんとうなら、じゃまなロバートの弟たちを一掃してから、手を下すはずだったのに。つぎの〈王の手〉のティリオンは、サーセイの娘ミアセラをドーン人に売りわたし、息子のひとりを人質にしたばかりか、もうひとりの息子を殺害した。そして、そのつぎの〈王の手〉となってキングズ・ランディングにもどってきたタイウィン公は、いま……。

(〈手〉を存続させるにしても、つぎは分をわきまえた者を選ばなくては)

それは肝に銘じておこう。その条件で考えるなら、候補者はサー・ケヴァンしかいない。

この叔父は疲れを知らず、慎重で、絶対に裏切らない人物だ。この叔父なら頼りにできる。父が頼りきっていたように。

（〈手〉が頭と議論するようなことがあってはならないものね）

サーセイには統治すべき領土があるが、統治のためには支えとなる新しい人材が必要だ。パイセルはよぼよぼの追従屋だし、ジェイミーは利き手とともに胆力をなくしてしまった。メイス・タイレル公とその仲間たち——レッドワインやロウアンは信用できない。こんどの暗殺に関与している可能性もある。とくにタイレル公は、タイウィン・ラニスターが生きているかぎり、七王国を支配できないことがわかっていただろう。

（あの者は早急に排除しなければ）

メイス・タイレルは王都に多数の手の者を飼っており、息子のひとりを〈王の楯《キングズガード》〉の騎士に仕立てあげたばかりか、娘をトメンの妃にするつもりでいる。父がトメンとマージェリー・タイレルの婚約を認めたことについては、いまだにゆるしがたく、考えただけでも猛烈に腹がたつ。

（あの娘はトメンの倍も齢がいっているのよ。しかも二度、夫に先立たれているというのに）

メイス・タイレルはマージェリーが処女だと断言した。だが、それははなはだ疑わしい。たしかにジョフリーは、あの娘と褥《しとね》をともにする前に殺害された。しかしマージェリーは、そのまえに、まずレンリーに嫁いでいるのだ。

(男は香料入りのワインをありがたがる。けれど、目の前にエールのジョッキを置かれれば、たちまち飲み干してしまう)

ヴァリス公に命じて、なにか策を講じさせよう。

そこではっと、サーセイは気がついた。ヴァリスのことをすっかり失念していたが……。

(あの者もこの場にいなくてはおかしい。こういう場面にはかならずいる男なのに)

赤の王城《レッド・キープ》内で重大事が起きると、あの宦官はかならず、どこからともなく現われる。

(ジェイミーはここにいる。ケヴァン叔父も。パイセルはすでにきて去ったあとだという。それなのに、ヴァリスの姿だけがない)

冷たいものが背筋を走りぬけた。

(父の暗殺にはあの宦官もかかわっているにちがいない。父上に首を斬られることを恐れて、先に寝首を掻いたんだわ)

タイウィン公は常日ごろから、いつも薄笑いを浮かべているあの密告者の元締めのことを心よく思っていなかった。そして、赤の王城《レッド・キープ》のことを知りつくしている者がいるとしたら、それは密告者の元締めにほかならない。

(ヴァリスはスタニス公と共謀したにちがいない。結局のところ、あのふたり、ロバートの小評議会の参議を務めた者同士だもの……)

サーセイは寝室の扉に歩みより、サー・マーリン・トラントに命じた。

「トラント、ヴァリス公をこの部屋へ。わめこうが暴れようが、問答無用で連れてきなさい。

ただし、けっして傷つけないように」

「かしこまりました」

〈王の楯《キングズガード》〉の騎士は、すぐさま階段を降りていった。それと入れ替わりに、別の〈王の楯《キングズガード》〉の騎士が階段を駆けあがってきた。サー・ボロス・ブラントだった。長い階段を一気に駆けあがってきたと見えて、顔を真っ赤に染め、荒い息をしている。

「おりません」サーセイのそばまで近づいてくると、サー・ボロスは片ひざをつき、あえぎあえぎ、報告した。「〈小鬼《インプ》〉が消えました、陛下……地下牢の扉は開け放たれており……姿はどこにも見当たらず……」

（悪夢が現実になった）

「きつく命じたはずよ」とサーセイはいった。「昼夜を問わず、厳重に見張っているようにと——」

肩で息をしながら、ブラントは答えた。

「獄卒のひとりも消えております。ルージェンという男です。もう二人の獄卒は眠りこけておりました」

金切り声でわめきちらすのをこらえるのに、サーセイはありったけの意志力を必要とした。

「その者たちを起こさなかったでしょうね、サー・ボロス。だったら、ずっと眠らせておきなさい」

「眠らせておく……？」サー・ボロスは二重顎の顔でサーセイを見あげた。けげんな表情になっている。「御意に、陛下。しかし、いつまで――」

「永久によ。永久に眠らせてやりなさいといっているの。眠りほうけるような獄卒を飼っておく気はありません」

（あの男は壁の裏に潜んでいる。そして、とうとう父上までも殺害した。かつて母上を、ヴァロンクアー《ヴァロンクアー》そしてジョフを殺害したように）

あのこびとは、かならずわたしをも殺しにやってくる。それはまちがいない。あの天幕の薄闇の中で、あの妖婆が予言したことがついに現実となるのだ。

（あのときは笑いとばしたけれど、たしかにあの妖婆には、予見の力があったらしい。あのときわたしは、血の海に沈む自分の未来を見たんだもの。自分の破滅の姿を……）

ひざから力が抜けていった。ふらつくサーセイを見て、サー・ボロスがすかさず腕を支えようとしたが、サーセイはその手をはねのけた。この男とて、ティリオンの手先でないとはいいきれないではないか。

「わたしに近よらないで。離れなさい！」

一喝したのち、ふらふらと椅子に歩みよる。

「陛下？」ブラントが心配そうに声をかけてきた。「水を持ってまいりましょうか？」

（いまのわたしに必要なのは血よ、水ではなく。ティリオンの血――あの弟《ヴァロンクアー》の血）

周囲では松明の火が躍っている。サーセイは目を閉じた。まぶたの裏に、にたにたと笑うこびとの顔が見えた。

（もうすこしだったのに）とサーセイは思った。（もうすこしであいつを抹殺できたのに）

こびとの手が伸びてきて、サーセイののどにかかった。その指に力がこもり、ぐいぐいと絞めあげはじめるのが感じられた。

4　ブライエニー

「十三歳の乙女を探しているのだが」と、ブライエニーはたずねた。たずねた相手は、村の井戸のそばにいた半白の髪の女だ。「やんごとなき生まれで、見目うるわしく、目はブルー、髪は鳶《とび》色。いっしょに旅をしていたのは、四十がらみの太った騎士だったかもしれないし、道化だったかもしれない。そんな娘を見なかったか？」

「見た憶えはないですねえ、騎士さま」自分の額をとんとんとつつきながら、女はいった。

「だけど、心にとめておきますよ、ええ、それはもう」

鍛冶屋も見たことがないと答えた。村の聖堂《セプト》の司祭《セプトン》も否定したし、豚の群れを引き連れた豚飼いも、畑の玉葱《タマネギ》を収穫していた娘もだ。ロズビーの村の、漆喰と編み枝で作った小屋に住むどの村人に声をかけても、返ってくる答えは同じだった。それでも、〈タースの乙女〉ことブライエニー・タースはあきらめなかった。

（ダスケンデールの町へいくには、この道がいちばん早道だもの。サンサがこの道を通ったのだとしたら、だれかが姿を見ているはず）

城門の前に立つふたりの槍兵にも同じことをきいてみた。槍兵たちの徽章《きしょう》には、オコジョの上に細長い三つの山が赤く描かれている。ロズビー家の紋章だ。

「近ごろはなあ、街道も物騒だからよ。その娘、もう生娘じゃねえだろうなあ」

年かさのほうの門番がいった。若いほうの門番は、その娘の〝あそこの毛〟も鳶色なのかとたずねた。

(このあたりでは、手がかりは得られそうにないわね)

ブライエニーはふたたび馬にまたがった。ふと、村の向こう端にいる少年、白と黒の駁毛《ぱくげ》の馬に乗った、ガリガリに痩せた少年が目にとまった。

(あの子にはまだ訊いていないけれど……)

が、そちらへ向かう前に、少年と馬は聖堂《セプト》の陰に消えた。わざわざ追いかけて探す気にもなれなかった。十中八九、あの子の答えもほかの村人たちの答えと同じだろう。ロズビーはささやかな集落だ。サンサがここにぐずぐずいすわっている理由などない。ブライエニーは街道までもどり、北東へ向かった。林檎《リンゴ》園を通りすぎ、大麦畑を通りすぎるころになると、村と城はうんとうしろに離れていた。きっとダスケンデールまでいけば見つかるはずだ、とブライエニーは自分に言い聞かせた。

(サンサがこの道を通っていればね)

「あの子を見つけだして、安全を確保します」ブライエニーがサー・ジェイミーにそう約束したのは、まだキングズ・ランディングにいたときのことである。「母君のために。そして、あなたのためにも」

勇ましいことばではあった。だが、いうはやすく行なうは難《かた》い。王都では時間を空費するばかりで、結局手がかりは得られずじまいだった。

(もっと早くに王都を発《た》つべきだったんだわ。でも……発ってどこへ？)

ジョフリー王が死んだ晩、サンサ・スタークは姿を消した。その後、姿を見た者がいるとしても、サンサの行き先の手がかりを知っている者がいるとしても、だれも教えてくれようとはしない。

(すくなくとも、わたしには)

サンサは王都を出たとブライエニーは確信している。キングズ・ランディングにいたなら、とうに金色《こんじき》のマントたちが見つけだしているはずだ。サンサはどこかへいったにちがいない。だが、どこへ？　雲をつかむような話で、見当のつけようがない。

(わたしが初花を咲かせたばかりの娘で、たったひとりで怯えていて、身近に深刻な危機が迫っているとしたら、どうするだろう？)ブライエニーは自問した。(どこへいく？)

自分自身の場合、答えは簡単に出る。まっすぐタース島へ、父のもとへともどるだろう。だが、サンサの父親は本人の目の前で首を落とされた。公妃であった母親も死んだ。双子城《ツインズ》で殺されたのだ。しかも、スターク家の巨大な居城、ウィンターフェル城は占領され、略奪され、火をかけられ、城の者はみな斬殺された。

(サンサには逃げ帰るべき家がない。父親もいない。母親もいない。兄弟もいない)

となると、サンサはつぎの町にいるかもしれないし、アッシャイ行きの船に便乗している可能性もある。どこにいてもおかしくはない。

かりにサンサ・スタークが故郷へ向かったとして、どうやってあそこまでいくだろう？〈王の道〉が安全でないことくらい子供でもわかる。地峡《ネック》の要である要塞《モウト》ケイリンは鉄人《くろがねびと》が押さえているし、双子城《ツインズ》はサンサの兄と母を殺したフレイ家の根城にほかならない。船賃さえあれば海路でもいけるが、キングズ・ランディングの港はまだ荒廃したままで、河岸の埠頭もみな破壊され、焼き討ちされて、そこらじゅうにガレー船が沈んでいる状況だ。いちおう、埠頭でたずねまわってはみたものの、ジョフリー王が死んだ晩に出航した船を憶えている者はひとりもいなかった。ある人物の話では、王都攻防戦からこちら、埠頭から離れたところに投錨し、小舟で積み荷を陸揚げする商船もあるにはあるが、大半の商船はキングズ・ランディングを素通りして沿岸を北上し、ダスケンデールの町までいってしまうという。そのため、あちらの港はいつにも増して大忙しらしい。

　見た目も美しいブライエニーの乗馬は快調に歩を進めた。街道には思ったよりも旅行者が多かった。途中、首にひもで鉢を吊るし、ゆっくりと歩く托鉢《たくはつ》の修道士《ブラザー》たちとすれちがった。ほどなく、貴族の飼い馬にも劣らない立派な乗用馬に乗った若い司祭《セプトン》が、勢いよく横を駆けぬけていった。しばらくして、こんどは沈黙の修道女《シスター》の一団に出会ったので、いつもの問いを投げかけてみた。シスターたちは一様にかぶりをふった。つぎに、穀物と羊毛の袋を満載し、ゴトゴトと音をたてて南へ向かう牛車の列とすれちがった。そのあとには、豚の群れを追う豚飼いの男や、小型馬車に乗り、警護の騎兵を何騎か連れた老女と遭遇した。だれかとすれちがうたびに、ブライエニーは毎回、同じ問いをくりかえした。やんごとなき風情で、目はブルー、髪は鳶色、齢は十三――そんな乙女を見かけなかったか？　しかし、見た者はひとりもいなかった。

　サンサのことをたずねるさいには、行く手の街道の状況もついでにたずねた。

「こことダスケンデールのあいだは安全だな」ひとりの男はそう教えてくれた。「だけど、ダスケンデールの向こうには逆徒《アウトロー》どもがうようよしてる。森には脱走兵も隠れてるぜ」

　この時季、いまも緑葉を残しているのは、兵士松《ソルジャー・パイン》と哨兵の木《センチネル・ツリー》だけだ。広葉樹は紅葉が進み、赤や黄色の衣をまとっている。すっかり葉を落とし、むきだしになった茶色の枝々を天にふりたて、大空をひっかいている木々もある。強風が吹くたびに、落ち葉の散り敷いた街道には、大量の枯れ葉が舞い踊った。いまブライエニーが乗っているのは、ジェイミー・ラニスターに与えられた、大柄な鹿毛《かげ》の牝馬だ。その蹄《ひづめ》が踏みおろされるたびに、枯れ葉の絨毯がガサッ、ガサッと音をたてる。

（ウェスタロス全土からひとりの女の子を見つけだすというのは、強風に舞う落ち葉のなかから、たった一枚の葉を見つけだすのと同じようなものね）

　もしかすると、ジェイミーにこの仕事を託されたのは、残酷ないたずらなのではないかという気もする。じつは、すでにサンサ・スタークは死んでいるのかもしれない。ジョフリー王に先駆けて斬首され、碑銘さえない墓に埋められているのかもしれない。サンサの殺害を隠すにあたって、タース島からきた阿呆の大女を探索に派遣する。これは格好の目くらましではないか。

（いいえ、ジェイミーはそんなことはしない。あれは誠実な人だもの。剣も与えてくれたし。それも、〈誓約を果たすもの《オウスキーパー》〉と銘をつけた剣を）

どのみち、ジェイミーの意図は関係なかった。おじょうさまたちをかならず連れ帰ります、と約束した相手はレディ・キャトリンなのだから。そのレディは死んでしまったが、故人に立てた誓いほど厳粛なものはない。もうひとりの娘、アリアのほうはとうに死んでいる、とジェイミーはいった。ルース・ボルトンの私生児に嫁がせるため、ラニスター家が北へ送りだした〝アリア〟は偽物だという。そうなると、あとはもうサンサしかいない。なんとしてでも、サンサを見つけなければ。

夕暮れが近づくころ、小川のほとりに焚火が見えた。火のそばにはふたりの男がすわっており、鱒《マス》を焼いていた。両者の武具は手近の木の下に積みあげてある。ひとりは老人、もうひとりは老人というほどではないが、若いというにはほど遠い男だ。近づいていくと、年下のほうが立ちあがり、ブライエニーを出迎えた。かなりの太鼓腹で、斑点模様のある鹿革の袖なし胴衣《ジャーキン》のひもが腹の上でぴんと張っている。頬と顎をおおった顎鬚《あごひげ》はくすんだ金色で、手入れをしておらず、もじゃもじゃだった。

太った男が呼びかけてきた。

「鱒なら三人ぶんはゆうにあるぞ。いっしょにどうかね、お若いの」

男とまちがわれるのは今回がはじめてではない。ブライエニーは大兜《グレートヘルム》をぬぎ、長髪をこぼれさせた。黄色味を帯びた、汚れた藁《わら》の色の髪は、藁そのもののようにもろい。そんな極細の長い髪が、肩の上にたれかかった。

「ご親切、痛みいる」

遍歴の騎士は目をすがめ、じろじろとブライエニーを見た。どうやら近眼のようだ。

「もしや、ご婦人か？　武器を帯び、甲冑を着こんでいるのに？　驚いたな。見ろ、イリー、あの体格を」

「わしも騎士と見誤った」

鱒をひっくり返しながら、老騎士がいった。

ブライエニーが男であれば、大男と呼ばれるだけですんだだろう。だが、女としては怪物的な部類に入る。いままでに何度、化け物呼ばわりされたかわからない。肩幅は広く、腰はもっと広く、脚はうんと長くて、腕はきわめて太い。胸は乳房というより筋肉の塊だ。手は非常に大きく、足もばかでかい。しかもブライエニーは不美人だった。馬のように長い顔はそばかすだらけ。歯も口のサイズのわりに大きすぎる。いわれるまでもなく、そんなことは自分でもよくわかっていた。

「おふたかた」ブライエニーはたずねた。「この街道筋で、十三歳の乙女を見かけなかっただろうか。目はブルーで、髪は鳶《とび》色。四十がらみの、赤ら顔で太った男がいっしょだったかもしれない」

目の悪い遍歴の騎士は、ぽりぽりと頭をかいた。

「そのような娘、見た憶えはないなあ。そもそも、鳶色の髪というが、それはどんな色だね？」

「赤みがかった茶色のことだ」老騎士がいった。「いいや、そのような娘、見てはおらぬ」

「うん、うん、見ておらんな、ご婦人」比較的若いほうの騎士がいった。「それより、さあ、馬を降りなさい。そろそろ魚が焼けるぞ。腹はへっておらんかね？」

じつをいえば、へっていた。しかし、ここは用心しなくてはならない。遍歴の騎士には、とかくのうわさがある。俗に、〝遍歴の騎士と追いはぎの騎士とは、同じ剣の表裏〟というくらいだから。

（ただし、このふたり、それほど危険そうには見えないわね）

「おふたかた、お名前をうかがってもよろしいか？」

「われこそはサー・クライトン・ロングバウ。歌にも歌われし豪勇の士だ」太鼓腹のほうがいった。「ブラックウォーターの戦いで立てたわがはいの勲《いさおし》は耳にしたことがおありかもしれんな。あちらはわがはいの道連れ、サー・イリファー。〈文なしのイリファー〉、とも人はいう」

かりにクライトン・ロングバウを讃える歌があったとしても、ブライエニーは聞いたことがない。ふたりの名前にしても聞き覚えがないし、武具の紋章もはじめて見るものだ。サー・クライトンの緑地の楯は、上部三分の一が茶色に塗ってあるだけで、これといった意匠《ジャイロン》はなかった。深いへこみは戦斧を受けた跡だろう。サー・イリファーの楯は八個の三角模様が金と白に塗りわけられている。本人がただよわせている雰囲気からすると、金と白の塗装は、他人には意味をなさないものらしい。見た目どおりなら、齢は六十。粗織り《ラフスパン》のマントはつぎあてだらけで、フードの下に覗く顔は細く、しなびている。マントの下の鎖帷子《チェーン・メイル》にはあちこちに赤錆が浮いていて、それがまだら模様のようだ。ブライエニーはどちらの騎士よりも頭ひとつぶん高く、乗馬も武具もずっと上等だった。

（こんな手合いにすら恐れをいだくようでは、長剣を編み針に持ち替えたほうがいいわね）

「お礼を申しあげる、心の広いおふたかた」ブライエニーはいった。「喜んで鱒のお相伴にあずかろう」

ひらりと地に降りたブライエニーは、まず牝馬の鞍をはずしてやり、水を飲ませ、手綱を木につないでから、草を食《は》むにまかせた。剣と楯と鞍嚢《あんのう》は、楡《ニレ》の木の下に積む。積みおえるころには、鱒がほどよくこんがりと焼きあがっていた。サー・クライトンが一匹をわたしてくれた。ブライエニーは地面にあぐらをかき、食べはじめた。

「わがはいらはダスケンデールの町へいくところでな、ご婦人」自分の鱒を指で裂きながら、ロングバウがいった。「道がいっしょなら、わがはいらといっしょに行動してはどうかね。街道は危険だぞ」

街道での危険なら、あなたの想像を超えたことまで教えてあげられそうだけれどね、とブライエニーは思った。

「ご配慮、ありがたく承った。しかし、護っていただくにはおよばない」

「いやいや、遠慮はご無用に。まことの騎士たるもの、かよわき女性を護るのが務めゆえ」

「わたしの身は、これが護ってくれる」

ブライエニーはそういって、自分の剣の柄を、とん、と手でたたいた。

「剣というのは、腕に覚えがあってこそ身を護る役にたつものだぞ」

「剣の心得ならば、ご心配なく」

「ま、そこまでいわれるのなら……。ご婦人の意見に異論を唱えるのは礼儀にもとるでな。いずれにせよ、ダスケンデールまではぶじに送りとどけて進ぜよう。三騎そろっておるだけでも、単騎でいくよりは安全というものだ」

（リヴァーラン城をあとにしたときは、三騎いたんだけれどね。ジェイミーは片手を失い、クレオス・フレイは命を失ってしまったわ）

「おふたかたの騎馬では、わたしの馬についてこられないかもしれないが……」

サー・クライトンの栗毛の去勢馬はよぼよぼで背中がひん曲がり、目も涙っぽい。サー・イリファーの馬はガリガリで、いまにも飢え死にしそうなありさまだ。

「わが愛馬はブラックウォーターで充分な働きをしたぞ」サー・クライトンは言い返した。「わがはいは彼《か》の地でたくさんの勇士を討ち取り、十人以上もの貴族を虜にして、身代金を得ておる。サー・ハーバート・ボーリングの名はごぞんじか？　会いたくても、もはやあの騎士には会えんぞ。わがはいが首級をあげたからな。剣戟の響きあるところ、つねにサー・クライトン・ロングバウは最前線で戦うのだ」

老騎士がのどの奥で乾いた笑い声をあげた。

「クライ、そのへんにしておけ。この女のような手合いに、われらのような者の護りはいらぬ」

「わたしのような手合い？」

ブライエニーは問い返した。老騎士のことばの意味がわからない。

サー・イリファーは、骨の浮き出た指をブライエニーの楯に突きつけた。楯の塗装には、あちこちひびが入り、剝げているが、描かれた意匠ははっきりとわかる。黒蝙蝠《コウモリ》だ。地色は向かって左上から右下にかけ、ななめの線で分断されており、上側が銀色、下側が金色で、その銀と金にまたがって、黒蝙蝠が舞っていた。

「あれはおぬしのほんとうの楯ではあるまい。また、おぬしが持つ資格のある楯でもない。ロストン家の楯だ。ロストン家最後の騎士を誅《ちゅう》するにあたっては、わしの祖父の祖父も助勢した。以来、黒蝙蝠を楯に使う者はおらぬ。あの黒は、あの楯を持つ者の黒き行ないを表わす黒だからな」

この楯は、サー・ジェイミーがハレンホールの武器庫から適当に持ちだしたもので、王都を出発するさい、厩にいってみると、乗馬のそばに用意されていたのだった。楯のほかにも、旅に必要なものはほぼそろえてあった。鞍、馬勒《ばろく》、長鎖帷子《ホーバーク》、面頰《めんぼお》つきの兜、金貨と銀貨の詰まった巾着、そしてなによりも貴重な、羊皮紙に記された全権委任状が一枚。

ブライエニーは説明した。

「自分の楯はなくしてしまったのだ」

「女性が必要とする唯一の楯とは、真の騎士だよ」

サー・クライトンが勇ましい口調でいった。

サー・イリファーは一顧だにせず、ことばをつづけた。

「はだしの男は靴を求める。凍えた男はマントを求める。だが、恥辱に身を包みたがるものがどこにいよう？　その蝙蝠を紋章としていたのは、〈奸物〉と呼ばれたあのルーカス公と、息子の〈漆黒の頭巾《フード》〉こと、マンフリッドだぞ。あえて問おう、なぜそのような忌まわしい紋章を身につける？　それをつけて恥じぬ者は、あの者たちよりもさらに悪辣で……いまも悪事を重ねておる者のみだ」老騎士は短剣の鞘を払った。安っぽい鉄の、醜悪な短剣だった。「異様に大きく、異様に屈強で、おのれの紋章を隠す女——。クライよ、見よ、こやつ、〈タースの乙女〉にほかならぬ。レンリー王ののどを掻き斬ったあの悪女だ」

「そんなことはしていない」

レンリー・バラシオンは、ブライエニーにとってはたんなる王以上の存在だった。成年に達したことを知らしめるため、諸領漫遊の一環としてレンリーがタース島へ立ちよったさい、ブライエニーは心底から若者に惚れた。そのとき、父セルウィン公は盛大な宴でレンリーをもてなし、娘にも饗応に出席せよと命じた。父の命令がなければ、彼女は傷ついたけもののように、自室に閉じこもっていただろう。当時のブライエニーはいまのサンサと同じくらいの齢ごろで、剣などよりもずっと恐ろしいのは、他人に嘲笑されることだったのである。

「世間に〝薔薇《バラ》の似あう姫〟なる者の実態がばれてしまいます」そのとき、ブライエニーはセルウィン公にそういってしりごみした。「そしてわたしは、物笑いの種にされてしまいましょう」

だが、〈夕星《ゆうずつ》〉のセルウィン公は、頑として聞きいれてはくれなかった。

意外なことに、レンリー・バラシオンはブライエニーに対して礼儀をつくし、まっとうで可憐な娘と同じにあつかってくれたうえ、ダンスまで踊ってくれた。レンリーの腕の中で、ブライエニーは自分が美しくなったように錯覚し、足が宙に浮いたかのように、かろやかに踊れたことを憶えている。その後、つぎつぎにダンスの相手を申しこむ者が現われたのは、レンリーのリードのおかげだった。その日、ブライエニーは、以後はつねにレンリーのそばにしたがい、レンリーに仕え、ただレンリーを護るためだけに生きようと固く心に誓った。結果的に、その務めには失敗してしまったのだが……。

（たしかにレンリーさまは、わたしの腕の中で死んだ。けれど、断じてわたしが殺したのではない）

しかし、それをいったところで、この遍歴の騎士たちにはわかってもらえないだろう。

「レンリー王のためならば、わたしは喜んで命を投げだして、死ぬ覚悟を固めていた。王に仇なすなどもってのほか。この剣に誓って、それは真実だ」

「剣に真実を誓うのは騎士だけだよ」サー・クライトンがいった。

「〈七神〉にかけて誓ってみせよ」〈文なし〉のサー・イリファーがうながした。

「では、〈七神〉にかけて誓おう。わたしはレンリー王のお命を奪ってはいない。〈慈母〉の名にかけてわれは誓う、わが言にもし偽りあらば〈慈母〉の慈悲を賜わざるとも可なり。〈厳父〉の名にかけてわれは誓う、願わくは〈厳父〉の裁きの公正たらんことを。〈乙女〉と〈老嫗《ろうう》〉の名にかけて、〈鍛冶〉と〈戦士〉の名にかけて、われは誓う、わが誓言の偽りなきを。〈異客《まれびと》〉の名にかけてわれは誓う、わが言に偽りあらば、われを疾《と》く異世《ことよ》へと連れ去るべし」

「おお、若い娘には似あわぬ立派な宣誓だ」サー・クライトンがいった。

〈文なし〉のサー・イリファーは肩をすくめた。

「ふむ……まあよかろう、いまのが虚偽であれば、神々の裁きがくだるまでのこと」サー・イリファーは短剣を鞘にもどした。「では、最初の見張りは〈ターースの乙女〉どのにたのむとするか」

遍歴の騎士たちが眠ってしまうと、ブライエニーは小さな野営地のまわりを歩きまわった。

(進めるうちに、馬を進めておきたいところだが……)

この男たちのことはよく知らないが、無防備のまま放置していくわけにもいかない。夜が更けても、街道をゆく騎馬の姿はあるからだ。森の中に聞こえる物音の主は、梟《フクロウ》や獲物を求める狐かもしれないし、そうではないなにかかもしれない。だからブライエニーは、いつでも剣の鞘を払える態勢をとり、野営地の周囲を歩きつづけた。

さいわいにして、見張りはなにごともなくすんだ。たいへんだったのは、起きてきたサー

・イリファーと交替し、横になってからのほうだった。ブライエニーは地面に毛布を広げて横になり、目の上まで毛布を引きかぶった。骨の髄まで疲れきっていたが、いまは眠るまい、と自分に言い聞かせた。男がそばにいると安らかに眠れた例《ためし》がない。レンリー王の宿営地でさえ強姦の危険はあった。それはハイガーデン城の城壁のもとで教訓として学んだことだし、ジェイミーとともにヴァーゴ・ホウトの傭兵隊〈勇武党《ブレイヴ・コンパニオンズ》〉の手に落ちたときにも痛感したことだった。

地面の冷たさが毛布を通じて忍びこんできて、骨にまで滲みとおった。ほどなく、顎からつま先にいたるまで、全身のありとあらゆる筋肉が凍えて縮こまった。いまどこにいるのか知らないが、サンサ・スタークもまた同じように寒い思いをしているのだろうか。レディ・キャトリンに聞いた話では、サンサはやさしい心の持ち主で、レモンケーキを愛し、シルクのガウンを好み、騎士物語の歌を愛聴する女の子だったそうだ。そんな娘が、目前で父親の首を刎《は》ねられたうえ、父親を殺した者のひとり、ティリオン・ラニスターと結婚させられてしまうなんて……。聞いている話の半分でもほんとうなら、あのこびとはラニスター家でもとびぬけて残虐な男にちがいない。

（サンサがジョフリー王に毒を盛ったのが事実だとしても、〈小鬼《インプ》〉にむりやりやらされたことのはず。あの子は宮廷でひとりぼっち……味方はひとりもいなかったのだから）

キングズ・ランディングで、ブライエニーはサンサの侍女のひとりであったブレラという女の所在をつきとめた。ブレラの話では、サンサとこびとの関係は冷えきっていたという。

サンサはジョフリー殺害の件からだけではなく、こびとからも逃げだしたのだろう……。

どんな夢を見ていたにせよ、夜が明けて目が覚めると同時に、その夢は消え失せた。地面の冷たさで脚がかじかんで、棒のようになってしまっている。だが、だれにも暴行されてはいなかったし、持ちものをいじられた形跡もなかった。遍歴の騎士たちはすでに起きていた。サー・イリファーは朝食用の栗鼠《リス》の肉を切り分けており、サー・クライトンは木に向かって長々と用を足している。

(遍歴の騎士か……。どちらも若くはなくて気位が高いし、片方は太っていて近眼だけれど、騎士としてのたしなみはあるようね)

この世界に慎みを知る人間がまだいると知って、ブライエニーは気分がよくなった。

朝食に出たのは、栗鼠のロースト、団栗《ドングリ》のペースト、ピクルスだった。食べているあいだ、サー・クライトンはブラックウォーターでの武勇伝を語って聞かせた。なんでも、あの戦いでは十数名の勇猛な騎士を討ち取ったという。ただし、名前をいわれても、ブライエニーが聞いたこともない騎士ばかりだったが。

「あんな戦いはな、めったにあるものではないぞ、ご婦人」とサー・クライトンはいった。

「それほどに酸鼻をきわめる戦いであったよ、あれは」

話のつづきによると、サー・イリファーもその戦いでやはり雄々しく戦ったという。だが、イリファーはなにもいわなかった。

やがて朝食もすみ、一行は出発した。騎士のふたりはブライエニーの左右にならんで馬を進めた。まるで大家《たいけ》の貴婦人を護衛するかのようなあつかいだった。ただし、この貴婦人は、左右の護衛が子供に見えるほど大きく、武器も鎧もずっと立派だったが。

ブライエニーはふたりにたずねた。

「おふたかたが見張りに立っていたあいだ、だれか街道を通ったろうか？」

「鳶色の髪の、十三歳の乙女か？」〈文なし〉のサー・イリファーがいった。「いや。だれも通らなんだ」

「わがはいのときは、何人か通ったがな」サー・クライトンがいった。「最初に白黒の駁毛《ばくげ》の馬に乗った農家のせがれふうがひとり。一時間ほどして、棒や鎌を持った男が五、六人。焚火を見て足をとめ、わがはいらの馬をじっと見ておったので、剣をすこし抜いてみせて、失せろと一喝したところ、そそくさと逃げていきおったよ。顔つきからするに、ならず者の一団《デスパレート》で、向こう見ずなやからと知れたが、サー・クライトン・ロングバウを相手にするほど向こう見ずではなかったと見える」

（というより）とブライエニーは思った。（そこまでがっついて《デスパレート》はいなかったということね）

思わずにやりとしてしまい、それを見られないようにと、顔をそむけた。さいわいサー・クライトンは、赤い鶏の紋章をつけた騎士と戦ったときの武勇談に夢中で、ブライエニーが笑ったことには気づかないでくれた。かくもうらぶれたふたりでも、旅の道連れがいるのはいいものだった。

真昼ごろになり、祈りの声を耳にした。葉が枯れ落ちて茶色い枝のむきだしになった木々の向こうの、そう遠くないところから聞こえてくる。

「祈りの声だ。声を張りあげて祈っている」

この詠誦は知っていた。

〈戦士〉の加護を求める祈り――〈老媼〉に道を照らす明かりを求める声だわ

〈文なし〉のサー・イリファーがくたびれた剣を抜き、手綱を引いて声の主たちを待った。

「近いぞ。すぐそこまできておる」

敬虔《けいけん》な雷鳴のごとく、詠誦が森にあふれかえった。

と思ったとき、行く手の街道に、忽然と詠誦の源が現われた。先頭を歩いてくるのは托鉢の修道士《ブラザー》の一団だ。むさくるしい顎鬚《あごひげ》を生やしており、粗織り《ラフスパン》のローブを身にまとっている。素足の者もいれば、サンダルの者もいる。そのうしろには、三十余名のみすぼらしい一団がつづいていた。ぼろを着た男たち、女たち、子供たちのほかに、斑点模様の牝豚が一頭と、羊が数頭。男たちのいく人かが持っているのは手斧、もう何人かが持っているのは粗雑な木の棒や棍棒だ。集団の中央には二輪の荷車があり――板はぼろぼろで、色は灰色をしている――その上には髑髏《どくろ》や骨のかけらが山と積まれていた。

遍歴の騎士たちに気づいた托鉢のブラザーたちは、ぴたりと足をとめた。詠誦の声がやんだ。

「ご立派な騎士の方々」ひとりがいった。「みなさんが〈慈母〉の慈愛を賜わりますように」

「貴公にもな、ブラザーどの」サー・イリファーが答えた。「貴公らはどういった方々か？」

「〈窮民《ファ・フェローズ》〉さ」

斧を持った大柄な男が答えた。冷え冷えとした秋の森のただなかというのに、男はシャツすら着ていない。その胸には七芒星の刺青《いれずみ》が彫ってある。そのむかし、〈狭い海〉を越えてこの地に侵入し、〈最初の人々〉の諸王国を征服したアンダル人の戦士は、同じく七芒星の刺青を入れていたという。

「あたしらはね、これから王都にいくんだよ」荷車の引き綱の一本を持った、背の高い女がいった。「この聖骨の山をベイラー大聖堂《グレート・セプト》に奉納して、王さまの援助と保護をお願いするんだ」

「わたしたちとともにきなさい、友よ」こんどは、痩せて小柄な男がいった。糸のほつれた司祭《セプトン》のローブをまとい、首のひもをクリスタルで留めている。「ウェスタロスはいま、剣という剣を必要としているのです」

「われらはダスケンデールに向かうところだが」サー・クライトンがいった。「キングズ・ランディングまでなら警護してやらぬでもないぞ」

「ただし、警護料を払えばな」

サー・イリファーがことばをそえた。老騎士は文なしというだけでなく、実際的なようだ。

「〈雀〉は金と無縁です」セプトンがいった。

サー・クライトンはけげんな顔になった。

「はて、雀とは？」

「雀は鳥類のなかでもっともつましく、もっともありふれた鳥。われわれも雀と同様、人のなかでもっともつましく、もっともありふれた者だということですよ」

セプトンは細くてとがった顔だちをしており、茶色の顎鬚《あごひげ》は短く、なかば白くなっていた。薄い頭髪はうしろに引っつめて、団子状に束ねてある。むきだしの足は黒くて胼胝《たこ》だらけで、木の根のごとく固そうに見えた。

「ここにあるのは、信仰ゆえに殺害された聖なる者たちの骨です。この者たちは、死のそのときまで〈七神〉に仕えていました。飢え死にした者もいれば、拷問で殺された者もいます。神なき者らと悪魔の崇拝者らにより、聖堂《セプト》は略奪され、乙女も母親も犯されました。沈黙の修道女《シスター》でさえ暴行されたのです。われらが〈天上の母〉はおおいに苦悩され、悲嘆の叫びをあげておられます。いまこそ、塗油の秘蹟を受けた騎士たるもの、こぞって世俗のあるじを捨て、われらが聖なる〈正教〉を護るとき。さあ、わたしたちとともに王都へきなさい——もしもあなたがたが〈七神〉を愛しているのなら」

「神々のことは深く愛しているが——」サー・イリファーがいった。「わしらとて食わねばならぬ」

「それはすべての〈慈母〉の子らにもいえることです」

サー・イリファーはそっけなく答えた。

「わしらはダスケンデールへ向かうのだ」

托鉢のブラザーのひとりがつばを吐き、女のひとりがうなり声を漏らした。

胸に七芒星の刺青を入れた、例の大男がいった。

「おまえら、騎士のニセモンだな」

何人かが棍棒をふりかぶった。

はだしのセプトンは連れたちを諫《いさ》めた。

「裁いてはいけません。裁くのは〈厳父〉のみがなされる御業。ことをあらだてずに、ここは通してあげましょう。この人たちもまた、地に迷えるあわれな人たち《プア・フェローズ》なのですから」

ブライエニーはずいと牝馬を進めた。

「わたしの妹も迷っているのだが。齢は十三、髪は鳶色、はなはだ見目よき娘だ」

「すべての〈慈母〉の子らは見目よき者です。〈乙女〉がその気の毒な娘さんを見まもってくださいますように……そして、あなたをも」

セプトンは、引き綱の一本を肩にかけ、荷車を引っぱりはじめた。托鉢のブラザーたちが詠誦を再開する。ブライエニーと遍歴の騎士たちは、馬にまたがったまま、横を通りすぎていく集団を見送った。集団はゆっくりと、轍《わだち》だらけの道をロズビー城のほうへ向かっていく。詠誦の声はしだいに遠ざかり、やがてついに聞こえなくなった。

サー・クライトンが片方の尻たぶを鞍から浮かせ、ぼりぼりと尻をかいた。

「聖職者たるセプトンを殺すとは、ぜんたい、どういうやからだ？」

それがどういうやからであるかを、ブライエニーは知っていた。〈勇　武　党《ブレイヴ・コンパニオンズ》〉の悪党どもが、殺したセプトンの死体を木の枝に逆さ吊りにし、遊び半分で弓の的にしていたのは、乙女の池《メイドンプール》の町付近でのことだ。いまの荷車に積まれていた骨には、あのセプトンの骨も混じっているのだろうか。

サー・クライトンがいった。

「沈黙のシスターを犯すとは、いやはや、度しがたい愚か者だな。ましてや手にかけるなど……。だいたい、沈黙のシスターは〈異客《まれびと》〉の妻というではないか。その女陰《ほと》は氷のように冷たいと聞くぞ」そこで、ブライエニーに目をやって、「おっと……これは、野卑なことを申した」

ブライエニーは乗馬に拍車をかけ、ダスケンデールの方向へ走らせた。一拍おいて、サー・イリファーがついてきた。サー・クライトンは最後尾だ。

三時間後、ブライエニーたちはダスケンデールの方向へのろのろと進む一団に遭遇した。商人とその使用人たち、それと、これも遍歴の騎士がひとり。商人は連銭葦毛《れんせんあしげ》の馬に乗っており、使用人たちは交替で荷車を引っぱっている。引き綱を引くのは四人で、残りのふたりはそれぞれ車輪の左右を歩いているが、後方から馬蹄の音が近づいてくるのを聞きつけて、すぐさま荷車のまわりを取りかこみ、七竈材《ナナカマド》の六尺棒をかまえた。商人が弩弓《クロスボウ》を取りだし、騎士は剣を抜く。

「あからさまに疑う無礼をおゆるしいただきたい」商人が呼びかけてきた。「しかし、このようなご時世です。しかも、わたしを護ってくれるのは、この善良なるサー・シャドリックおひとりのみ。そちらはどなたさまのご一行です？」

「なんと、わがはいを知らんのか」サー・クライトンが進み出た。「われこそは彼《か》の有名なサー・クライトン・ロングバウ――ブラッククウォーターの戦いで戦功を立てた勇者なるぞ。こちらはわがはいの連れ、〈文なし〉のサー・イリファーだ」

「危害を加えるつもりはない」ブライエニーもいった。

商人は疑わしげな目をブライエニーに向けた。

「ご婦人は家におられたほうが安全というもの。なぜそのような、女性《にょしょう》に似つかわしくない格好を？」

「妹を探しているのだ」あえて、サンサの名前は出さなかった。なにしろ、王弑逆《しいぎゃく》のかどで追われている娘だ。「見目うるわしい、やんごとなき風情の乙女で、目はブルー、髪は鳶色。もしかすると、四十がらみの太った騎士か、酔っぱらいの道化《フール》がいっしょかもしれない」

「街道には、酔っぱらいの阿呆《フール》も、さらわれた娘も、うようよしておりますからな。太った騎士については、さて……。まっとうな人間たるもの、かくもおおぜいが食にことかく時節に、太鼓腹のままでいられる神経を持ちあわせてはおりますまい……。もっとも、お連れのサー・クライトンは、どうやら飢えたことがないごようすですが」

「じつは、骨太のたちでな」サー・クライトンがいった。「どれ、しばらく道連れになってやろうか。サー・シャドリックの豪勇を疑うものではないが、見たところ小柄であられる。それに、剣三本のほうが、一本よりも心強いぞ」

（四本だけれどね）

とブライエニーは思った。しかし、口には出さない。

商人は護衛の騎士に顔を向けた。

「どう思われます、サー・シャドリック？」

「ふふん。この三人なら、恐るるにたらん」サー・シャドリックは痩せた狐顔の男で、鼻が鋭く突きでており、髪はくしゃくしゃでオレンジ色だった。乗っているのは、痩せた栗毛の軍馬だ。背丈は百六十もないというのに、やけに自信ありげな態度をとっている。「ひとりは老体、ひとりは肥満体、ひとりは大柄だが、女。同行させてもかまうまい」

「では、そのように」

商人は弩弓《クロスボウ》を下げた。

一行が進みを再開すると、サー・シャドリックは馬足をゆるめ、うしろにさがってきて、ブライエニーをじろじろと見まわした。まるで、上等の塩漬け豚の片身を品定めするような目つきだった。

「なんと、とんでもなく大きな女郎《めろう》もいたものよな」

サー・ジェイミーの嘲罵には、さんざん傷つけられた。あれにくらべれば、こんな小男のことばの棘など、なにほどのこともない。ブライエニーは切り返した。

「たしかに、巨人に見えようさ——くらべる相手によってはな」

サー・シャドリックは笑った。

「こう見えても、おれは巨人の働きをするのだぞ、女郎」

「あの商人、貴公をシャドリックと呼んでいたが」

「うむ。影多き《シェイディ・》グレンのサー・シャドリックという。なかには〈狂い鼠《マッド・マウス》〉と呼ぶ者もおる」

狐顔の騎士はそういって自分の楯をかかげ、紋章を見せた。曲折する茶色と青の地色の上に、猛々しく赤い目を持った白い鼠が描いてあった。「茶色はおれが遍歴した土地、青はおれが越えた川を表わす。鼠はおれだ」

「しかも、狂った鼠か？」

「おうよ、いかにも。並の鼠は血と戦いから逃げていくが、狂える鼠は血と戦いに向かっていくのだ」

「血と戦いにはご縁が薄そうにお見受けするが」

「縁ならたっぷりとあったさ。嘘ではない。おれは猪武者ではないからな。豪勇をふるうは戦場だけと決めているのだ、女」

（女といわれるほうが、女郎よりも多少はましね）

「どうやら貴公には、わが善良なるサー・クライトンと共通するところが多々あるようだ」

サー・シャドリックは笑った。

「ふふん、それはどうかな。しかし、人探しという点で、おまえとは共通点があるぞ。行方不明の妹といったな？　ブルーの目に鳶色の髪だと？」ふたたび、笑い声をあげて、「森に獲物を追う狩人はおまえだけではない。おれもまたサンサ・スタークを探しているのだ」

ブライエニーは無表情をたもち、狼狽を隠した。

「サンサ・スタークとは何者だ？　なぜ探している？」

「愛のためさ。ほかに理由などあるか？」

ブライエニーは眉根を寄せた。

「愛のため？」

「いかにも、黄金への愛のためだ。おまえの善良なるサー・クライトンとちがって、おれはじっさいにブラックウォーターの戦いに加わった。ただし、負け組についてしまってな――身代金をとられて破産した。ヴァリスが何者なのかは知っていよう？　あの宦官、おまえが知らぬというサンサ・スタークを探しだした者には、黄金のたっぷり詰まった袋を与えると公示したのだ。おれは貪欲な男ではない。どこかの図体のでかい女郎が、賞金首の娘探しを手伝うというのであれば、〈蜘蛛《スパイダー》〉の約した報償を山分けにしてもよいぞ」

「貴公はあの商人に雇われているのではないのか」

「ハイボルドの護衛をするのはダスケンデールまでだ。あの男の吝嗇《りんしょく》ぶりたるや、臆病さといい勝負でな。その臆病さがまた、ただごとではない。さて、返答やいかに、女郎よ？」

「サンサ・スタークという娘は知らない」ブライエニーはしらを切った。「わたしが探しているのは妹だ。やんごとなき風情で……」

「……目はブルー、髪は鳶色なのだろうが。では、おまえの妹と旅をしているという騎士は何者だ？〝フール〟というのは、道化《フール》のことではなくて、じつはその騎士の名か？」サー・シャドリックは答えを待たずに先をつづけた。ブライエニーとしては、ありがたかった。返答のしようがなかったからである。「ジョフリー王が死ぬ前夜、とある道化《フール》がキングズ・ランディングから逐電した。赤鼻の豪傑で、ついた二つ名が、〈赤鼻のサー・ドントス〉。元はダスケンデールの騎士だった男だ。おまえの妹と、その道連れの酔っぱらいの道化《フール》とが、スターク家の娘とサー・ドントスにまちがえられぬよう、祈っているぞ。まちがえられでもしたら、このうえない悲劇だからな」

それだけいうと、サー・シャドリックは軍馬の腹を蹴り、先頭へ移動していった。

ジェイミー・ラニスターにさえ、これほど打ちのめされた気分にされたことはなかった。

〝森に獲物を追う狩人はおまえだけではない〟。

元侍女のブレラは、ジョフリー王がどのようにしてサー・ドントスの騎士の位を剥奪し、レディ・サンサがどれだけ必死にサー・ドントスの命乞いをしたかを話した。それを聞いて、ブライエニーは確信した。

（サンサ逃亡の手引きをした人物は、サー・ドントスだわ。サー・ドントスを見つければ、かならずそばにサンサがいる）

その点に目をつける者がほかにもいることにまで、思いいたっておくべきだった。

(なかには、サー・シャドリックよりさらに目端のきく者もいるだろう)

サー・ドントスが、サンサをうまく人目から隠してくれていればいいのだが。

(でも、その場合、どうやってサンサを見つければいい？)

ブライエニーは肩を落とし、眉間にしわを寄せたまま、馬を進めつづけた。


一行が旅籠《はたご》に到着するころには、夜になっていた。旅籠は木造の大きな建物で、川の合流地点にかかった古い石橋のそばに建っていた。サー・クライトンによれば、それはそのまま、この旅籠の名前でもあるという。すなわち、〈古い石橋亭〉だ。サー・クライトンは旅籠の亭主と友人だそうで、こう請けあった。

「料理はさほど悪くない。部屋も並の旅籠ほど蚤《ノミ》が多くはないな。さあ、今宵、あたたかいベッドで寝《やす》みたい者はいるか？」

「わしらはむりだ。おまえの友人がただで泊めてくれるというならべつだが」〈文なし〉のサー・イリファーがいった。「宿に泊まるだけの持ちあわせはないのでな」

「三人ぶんの宿賃なら払えるぞ」とブライエニーはいった。

路銀にはことかかない。ジェイミーが潤沢に持たせてくれたからである。鞍嚢《あんのう》には、牡鹿銀貨と星紋銅貨のたっぷり詰まった巾着がひとつ——そしてさらに、それよりは小さいが、ドラゴン金貨がぎっしり詰まった巾着がひとつ入っている。羊皮紙の全権委任状には、この書状の持ち主たるタース家のブライエニーが王命を受けて行動中であり、王に服従する者はみな、この者のために便宜をはかるべき旨がしたためてあった。書面には子供っぽい字で、〝トメン一世、アンダル人・ロイン人・〈最初の人々〉の王にして、七王国の君主〟の署名もあった。

宿屋にはハイボルドも泊まるつもりと見えて、使用人たちに荷車を厩のそばへ駐めるよう命じた。旅籠の菱形の窓からは、暖かい黄色の灯火が投げかけられている。牡馬のどれかがブライエニーの牝馬の匂いを嗅ぎつけて、興奮したいなきをあげるのが聞こえた。厩からひとりの少年が現われ、声をかけてきたのは、ブライエニーが鞍をはずしているときのことだった。

「あとはおまかせください、騎士さま」

「わたしは騎士ではない」ブライエニーは答えた。「しかし、この馬の世話はお願いしよう。餌と水をたっぷり与えて、しっかりブラシをかけてやってくれ」

少年は顔を赤らめた。

「し、失礼しました。淑女の方とは思わず……」

「よくまちがわれる」

ブライエニーは少年に手綱をあずけ、ほかの者たちにつづいて宿屋に入った。鞍嚢は肩にかけ、丸めた寝袋は脇にかいこんでいる。

食堂の厚板の床にはオガクズが敷きつめられ、室内にはホップ、煙、肉の匂いが充満していた。暖炉では肉が焙られて、脂のはぜる音がしているが、肉を見る係の者は席をはずしているようだ。テーブルには六人の地元民がつき、雑談をしていたが、一行が入っていくと、急に口をつぐんだ。ブライエニーは六人の視線が自分に集まるのを感じた。鎖帷子にマント、胴衣を身につけているのに、はだかでいるような気がする。ひとりの男が「見ろよ、あれ」といった。その〝あれ〟がサー・シャドリックを指すものでないことはたしかだった。

旅籠の主人が顔を出した。両の手に三杯ずつジョッキを持っており、歩くたびにエールをこぼしている。

「部屋はあるかね、ご亭主？」商人が声をかけた。

「あるかもしれん」亭主は答えた。「ちゃんと宿代を払える客にはな」

サー・クライトン・ロングバウがむっとした顔になった。

「ナグルよ、旧友が訪ねてきたというのに、そんな言いかたはないだろう。わがはいだよ、ロングバウだ」

「おお、たしかに、あんただ。あんたには銀貨七枚の貸しがあったな。手持ちの金を見せてくれたら、ベッドを見せてやるぞ」

亭主はひとつずつジョッキを置いていき、そのたびにエールをテーブルにこぼした。

「金はわたしが払う。わたし用にひと部屋、連れのふたりにひと部屋」

そういって、ブライエニーはサー・クライトンとサー・イリファーを指し示した。

「わたしもひと部屋たのもう」商人のハイボルドがいった。「泊まるのは、わたしとサー・

シャドリックだ。使用人たちは厩に泊まらせてもらう。ご亭主さえよければだが」

「ちっともよかあないが、ま、いやとはいえんわな。夕めしはいるかい？　ちょうど上等な山羊を焼いてるんだ、旨いぞ」

「上等かどうかは自分で判断するよ」とハイボルドはいった。「うちの使用人には、パンと肉汁少々でいい」

一行は夕食をとった。ブライエニーも山羊肉を注文した。テーブルについたのは、亭主につづいて二階にあがり、亭主の手に心づけを握らせ、二番めに見せられた部屋を選び、荷物を隠してからのことだった。肉はサー・クライトンとサー・イリファーのぶんも注文した。鱒《マス》をふるまってもらった恩があるからだ。遍歴の騎士たちと商人はエールで肉を流しこんだ。ブライエニーだけは山羊のミルクを飲み、肉を食べながら、テーブルで地元民たちが交わす会話に耳をかたむけた。望み薄なのはわかっていたが、サンサを見つける手がかりが得られないともかぎらない。

「あんたさ、キングズ・ランディングからきたんだって？」地元民のひとりがハイボルドにいった。「〈王殺し《キングスレイヤー》〉が片手をなくしたってのはほんとかい？」

「ほんとうだ」ハイボルドは答えた。「利き手をなくした」

「うんうん」サー・クライトンもいった。「大狼《ダイアウルフ》に咬みちぎられたというぞ。例の北からやってきた怪物の一頭にだ。北からくるやつらはろくでもないものばかりだよ。神々でさえけったいだからな」

「いや、狼にやられたのではない」反射的に、ブライエニーは口をはさんでいた。「サー・ジェイミーはクォホールの傭兵に襲われて片手を失ったのだ」

「利き手を失っては満足に戦えまい」〈狂い鼠〉がいった。

「そんなことはない」サー・クライトン・ロングバウが一笑に付した。「げんにわがはいは、どちらの手でも同じように剣をふるえるぞ」

「ふふん。ま、おぬしならそうであろうな」

サー・シャドリックはそういって、ジョッキをかかげてみせた。

ブライエニーは森の中でジェイミー・ラニスターと戦ったときのことを思いだした。あのときは、つぎつぎにくりだされる斬撃を受けとめるだけでせいいっぱいだったものだ。

（サー・ジェイミーは長いあいだ虜にされて弱っていたし、手首には鎖がついたままだった。動きを妨げる鎖をはずして、すっかり体力を回復したジェイミーに太刀打ちできる者など、七王国じゅうを探してもいないはずだわ）

いろいろと悪行を重ねてはいても、たしかにジェイミーは強かった！　あれほどの剣士の利き手を奪うとは……こんなに残酷な話はない。獅子を殺すならともかく、その前趾《ぜんし》を斬り落とし、放置して辛酸をなめさせるとは、あまりにもひどすぎる。

急に、食堂のやりとりがどうにも堪えきれないほどうるさく感じられた。ブライエニーは一同におやすみをいい、二階の部屋に引きあげた。部屋は天井が低く、小蠟燭を持って室内に入るとき、頭をぶつけないように、腰をかがめねばならなかった。室内の備品は、六人が眠れるほど幅のあるベッドが一脚と、窓の下枠に置かれた、短い獣脂蠟燭が一本だけだった。小蠟燭で獣脂蠟燭に火を点し、ドアに閂をかけ、剣帯をベッドの支柱にかける。剣の鞘は、木の鞘を茶色の革でくるんだだけのありふれた拵《こしら》えで、革がだいぶひび割れていた。剣自体はもっとありふれたしろものだ。

この剣は、〈勇武党《ブレイヴ・コンパニオンズ》〉に盗まれた愛剣のかわりとして、キングズ・ランディングで購《あがな》った安物にすぎない。

（レンリーの剣……）

かつての愛剣のことを思うと、いまだに胸が痛む。

しかし、この剣のほかにも、ブライエニーはもうひとふりの剣を隠し持っていた。寝袋の中からその長剣を取りだして、まじまじと検分する。蠟燭の光を浴びて、柄と鞘の金細工は黄金色に輝き、埋めこまれたいくつものルビーが鈍い紅《くれない》の輝きを放っていた。おもむろに、装飾的な鞘から長剣を抜く。抜き身の〈誓約を果たすもの《オウスキーパー》〉の美しさに、思わずためいきがもれた。鋼の奥深くには、黒と紅《あか》のさざなみが宿っている。

（呪鍛《じゅたん》されたヴァリリア鋼の剣――）

これは英雄のための剣だ。子供時代、ブライエニーは乳母からたくさんの英雄譚を聞いて育った。モーンのサー・ギャラドン、〈道化師フロリアン〉、〈ドラゴンの騎士〉こと太子《プリンス》エイモン等々、数々の気高い冒険譚にはわくわくしたものである。そして、どの英雄にも、かならず名のある剣がつきものだった。ブライエニー自身は英雄ではないが、この〈オウスキーパー〉もまた、名剣に列されるものにちがいない。「ネッド・スタークの剣で、ネッド・スタークの娘を護ることになるわけだな」――ジェイミーがいったそのことばは、いまも耳に残っている。

ベッドと壁のあいだにひざまずき、ブライエニーは〈オウスキーパー〉をかかげ、心の中で〈老媼《ろうう》〉に――黄金のランプで人々に道を照らす〈七神〉の一柱《ひとはしら》に祈りを捧げた。

（われを導きたまえ、わが行く手の道を照らしたまえ、サンサへといたる道を示したまえ）

これまでに、ブライエニーはレンリーを護りそこね、レディ・キャトリンを護りそこねた。こんどばかりは失敗できない。ジェイミーを失望させてはならない。（ジェイミーはわたしに自分の剣を与えてくれたのだもの。みずからの名誉をかけてわたしを信用してくれたのだもの）

祈りがすむと、剣をしまい、できるだけ楽な姿勢をとるようにしてベッドへ横になった。幅はあったが長さが足りなかったので、横向きに寝る。階下からは階段ごしに、ジョッキをテーブルに置く音や話し声が聞こえていた。サー・クライトンのいっていた〝多くはない〟蚤がさっそくたかってきた。かゆくてあちこちを掻いてしまうため、うっかり眠りこまずにすむのがありがたい。

ハイボルドが階段をあがってくる音がした。しばらくして、騎士たちも。

「……名乗りを聞く機会はのがしてしまったがな」部屋の前を通りすぎていくとき、サー・クライトンがそういっているのが聞こえた。「そいつの楯には、血の色をした鶏が描かれていた。剣からは鮮血がしたたって……」

声が遠ざかっていく。上の階のどこかで扉が開き、閉まる音がした。

ややあって、獣脂蠟燭が燃えつきた。〈古い石橋亭〉は闇に沈み、旅籠全体もひっそりとして、聞こえるのはもはや川のせせらぎだけだ。ここにいたって、ブライエニーはようやく起きあがり、荷物をまとめた。そっと扉をあけ、耳をすます。人の気配がないのをたしかめ、はだしで階段を降りた。長靴《ちょうか》を履いたのは屋外に出てからのことである。厩に急ぎ、自分の馬に鞍を載せると、心の中でサー・クライトンとサー・イリファーにいとまを告げた。馬にまたがって出ていくさい、厩の中で寝ていたハイボルドの使用人のひとりが目を覚ましたが、別段、とめようともしなかった。馬蹄の音を響かせて、古い石橋を渡っていく。渡りおえるなり、たちまち周囲を木々に閉ざされた。行く手は一寸先も見えぬ暗闇だ。あたりは亡霊と不気味な記憶にあふれている。

(いまいくからね、レディ・サンサ)暗黒の奥へと馬を進めながら、ブライエニーは思った。(怖がらないで。あなたを見つけるまで、わたしはけっして休まないわ)

5――サムウェル

サムがその鼠を見たのは、〈異形《ジ・アザー》〉についての本を読んでいたときのことだった。こすりすぎて、目は真っ赤だ。

（あんまりこすっちゃいけないんだぞ）

目をこするつど、いつも心の中で自分をたしなめる。が、ほこりがひどいので、どうにも目のかゆみと涙がとまらない。なにしろ、ページをめくるたびに、小さなほこりの雲が舞いあがり、底のほうにある本をたしかめようと本の山を動かすたびに、灰色の濃厚なほこりの嵐が湧き起こるありさまなのだ。

もうどのくらい眠っていないのかわからない。だが、製本の撚り糸が劣化して、ページがばらばらになってしまった本の山を読みはじめたときに点《とも》した獣脂蠟燭は、もはや二センチ程度しか残っていなかった。読書疲れでへとへとだ。それでも、やめるにやめられないほどのおもしろさが本の山にはあった。

（あと一冊だけ）と自分に言い聞かせた。（それでやめる。あと一冊、もう一冊だけ。いや、あと一ページでもいい。それを読みおえたら、上にいって休憩して、すこし腹にものを入れ

よう)

だが、ページをめくるたびに、目はまたつぎのページを追ってしまう。そしてまたつぎのページを。その本を読みおえれば読みおわったで、本の山にはつぎの一冊が待っている。

(つぎはどんな内容なのか、ざっと見るだけだ)

そう思いながら、つぎの本を手にとる。それなのに、気がつくと、いつしか、なかばまで読み進んでいる始末。そんな調子で、ピップとグレンが運んできた豆とベーコンのスープを飲んで以来、ほとんど飲まず食わずの状態がつづいていた。

(パンとチーズは食べたが、ほんのふたくちみくちだ)

そんなことを思いながら、からになった皿に目をやった。そのとたん、パンくずを食べている鼠に気がついた。

鼠の体長は、サムのピンク色をした指の半分しかない。目は黒く、体毛は灰色だ。殺してしまうべきであることはわかっていた。鼠はパンとチーズを好むが、紙も食べるからである。本棚や本の山のあいだには鼠の糞《フン》がたくさん落ちているし、本の革装には齧《かじ》りあとがついたものもある。

(だけど、こんなにちっこいんだしな。それに、腹もへらしてる)わずかなパンくずくらい、いいじゃないか。(いや、でも鼠は本を齧るから……)

何時間もぶっとおしで椅子にすわっていたため、背中が板のようにこわばっていた。脚も痺れて感覚がない。これでは満足に動けず、とてもつかまえられないだろう。だが、たたきつぶすことはできるかもしれない。ひじのそばには部厚い革装の『黒の半人半馬《セントア》総帥記』があった。これはかの有名なオーバート・キャスウェルが〈冥夜の守人《ナイツ・ウォッチ》〉の総帥を務めていた九年間のできごとを、司祭《セプトン》ジョークェンが根気よく詳細に記したものだ。一日の例外もなく、かならずなんらかの記録があり、書き出しはほぼ例外なく、〝オーバート公は夜明けに起きだし、大用を足した〟ではじまる。

ただし、最後のページだけは、こんなふうにはじまっていた。

〝オーバート総帥は、朝方、遺体で発見された。夜のうちに亡くなったのだ〟

（セプトン・ジョークェンの本でたたかれたら、鼠なんかひとたまりもないだろうな）

そうっと左手を動かし、本をつかむ。だが、おそろしく部厚くて重いため、左手だけでは持ちあげきれず、本は太短い指からすべり落ち、どすんと大きな音をたてた。鼠はまたたく間に、小動物ならではのすばやさで消え失せた。サムはほっとした。あのあわれな小動物をつぶしていたら、悪夢にうなされていただろう。

「だけど、本は齧るんじゃないぞ」と声に出していった。

つぎにここへ降りてくるときは、もっとチーズを持ってきてやったほうがいいな。

驚いたことに、獣脂蠟燭の残りがいくばくもない。豆とベーコンのスープを口にしたのは、きょうだったのか、きのうだったのか？

（きのうだ。きのうにちがいない）

どれだけ時間がたっていたか認識すると、あくびが出た。ジョン・スノウは心配しているだろうが、メイスター・エイモンはわかってくれるだろう。視力を失う前のメイスターは、サムウェル・ターリーと同じくらい本好きだったからである。ときどきサムは、本の世界にすっぽりと入りこんでしまうことがある。一ページ一ページが、異世界に通じる穴になったかのようにだ。この感覚は、メイスターならわかるにちがいない。

机に両手をついて立ちあがった。ふくらはぎがひどく痺れていて、思わず顔をしかめた。椅子はかなり固く、本にのめりこんでいるあいだ、太腿の裏側に角が食いこんでいたらしい。

(こんどこそ、クッションを持ってくるのを忘れないようにしないとな)

理想をいえば、ここで寝起きするのがいちばんいい。この地下書庫は、四棹《さお》の櫃《ひつ》でなかば隠されているのをサムウェルが見つけたもので、書物からばらけたページの宝庫だ。だが、あまり長いあいだメイスター・エイモンをほったらかしにしておくわけにもいかなかった。このところ、メイスターは衰えが目だち、なにかと手伝いがいるようになっている。とくに、使い鴉《レイヴン》たちの世話をしてやらないといけない。介助はクライダスの役目だが、サムのほうが若いし、使い鴉のあつかいもうまい。

左腕で大量の本と巻物を、右手で蠟燭を持ち、みんなが〈蚯蚓《ミミズ》の道〉と呼ぶ地下道を出口へ向かいはじめた。地上につづく急な石階段の上からは、ほの白い光の矢が射しこんでいる。夜が明けたところらしい。サムは火のついたままの蠟燭を壁龕に残し、階段を昇りはじめた。五段めで息が切れた。十段めで立ちどまり、大量の本を右腕に持ち換えた。

ほどなく、地上に出た。頭上には鉛白色《えんぱくいろ》の空が広がっていた。目をすがめて空を見あげ、サムは思った。

（雪空だな）

雪が降ってくると思うと、なんだか落ちつかなくなる。あの晩、〈最初の人々の拳《フィスト》〉で、〈亡者《ワイト》〉たちと雪の両方に襲われたときのことが浮かんでくるからだ。

（なにをびくびくしてるんだ。まわりには誓約の兄弟《スウォーン・ブラザー》がいるんだし、スタニス・バラシオンとその騎士もそろってるじゃないか）

周囲には黒《カースル・ブラック》の城の城閣や塔群がそびえているが、そそりたつ冷たい〈壁〉の巨大さにくらべれば、どれも玩具のようなものでしかない。〈壁〉の下から四分の一のあたりでは、小人数の工士《ビルダー》が壁面に取りつき、新たな折り返し階段を造っていた。あのまま上に伸ばしていって、残っている旧階段につなげる予定なのだ。鋸と鎚の音が〈壁〉に反響して、大きく響いている。ジョンは工士隊に命じ、昼夜の別なく階段建設にあたらせていた。夕食どき、工士隊の何人かが、モーモント総帥時代にはこの半分もきつくなかったぜ、とこぼしているのを耳にしたことがある。だが、大階段がないと、鎖で巻き揚げる昇降筐《かご》を使わないかぎり、〈壁〉の上にまであがることはできない。サムウェルは階段が大の苦手だったが、昇降筐はもっと苦手だった。いまにも鎖が切れそうな気がして、あれに乗っているあいだは、いつもぎゅっと目をつむってしまう。鉄の筐が〈壁〉にこすれて金切り声をあげるたびに、一瞬、心臓が鼓動をとめる。

（二百年前には、この地にもドラゴンがいたんだよな）昇降筐がゆっくりと降りてくるのを

見あげながら、サムはふと、そんなことを思った。（ドラゴンに乗れば、こんな〈壁〉でもひとっ飛びだったろうに）

かつて王妃《クイーン》アリサンは、シルバーウィングなるドラゴンに乗って黒《カースル・ブラック》の城を訪ねてきたという。そのあとから、王であるジェヘアリーズも自分のドラゴンで飛んできた。シルバーウィングは卵を残せただろうか。スタニスはドラゴンストーン城の中に一個でも卵を見つけられただろうか。

（たとえ見つけたとしても、どうすれば孵《かえ》せるんだ？）

ベイラー聖徒王は卵が孵るようにと祈りを捧げ、ほかのターガリエン家の王たちは魔法で卵を孵そうとした。しかし、どの試みも失敗したそうだ。

「サムウェル」むっつりした声がかかった。「迎えにきたぞ。総師が連れてこいとのおおせだ」

ひとひらの雪がサムの鼻に落ちた。

「ジョンが？　ぼくの顔を見たいって？」

「見たいかどうかは知らん」〈陰気《ドロラス》なエッド〉こと、エッド・トレットが答えた。「おれがいままで見たものの半分は見たくもないものだった。見たいと思ったものは半分も見たことがない。見たい見たくないは関係ないんだ。いずれにしても、早々に出頭したほうがいいぞ。スノウ総帥はおまえと話したいとおっしゃっている——クラスターの妻の件がかたづいたら、すぐにな」

「ジリか」

「そうだ。おれの乳母があんなだったら、いまでも乳首にしゃぶりついていたろうぜ。おれの乳母には髭があったんだ」

「山羊に髭はつきものだろ」ピップがいった。見ると、角を曲がって、グレンといっしょにやってきたところだった。ふたりとも、片手に長弓《ロングボウ》を持ち、矢籠《しこ》を背中にしょっている。

「どこいってたんだ、〈異形退治《スレイヤー》のサム〉。昨夜《ゆうべ》は夕めしにも顔を出さないでよ。おかげで牛のローストがまる一頭ぶん残っちまったぜ」

「その名で呼ぶな」牛のローストうんぬんは無視した。ピップに大食らいをからかわれるのは毎度のことだ。「本を読んでたんだ。そうしたら、鼠が……」

「グレンの前で鼠の話はやめてやれ。こいつ、鼠が怖いんだ」

「怖かねえよ」グレンがむっとして答えた。

「怖がってんだろ、鼠一匹食えねえくせに」

「おまえよりはたくさん食えるさ」

〈陰気なエッド〉がためいきをついた。

「おれが新入りのころは、特別の宴席でも、鼠しか食えなかったものだがな。おれは最年少だったから、まわってくるのはいつも尻尾だけだった。尻尾には肉なんかない」

「ロングボウはどうした、サム？」グレンがきいた。

サー・アリザーに〈野牛《オーロクス》〉と呼ばれるグレンは、日増しにその通り名にふさわしい体格になりつつある。当初、〈壁〉のもとへきたころのグレンは、大柄ではあったが鈍重で、首は太く、腹まわりも太く、すぐに赤面する鈍くさい男だった。ピップにばかにされたときなど、いまでも顔が赤くなる。だが、毎日何時間も剣と楯の練習をするうちに、ふくれていた腹は引っこみ、腕が硬く引き締まり、胸板も厚くなっていた。いまのグレンは野牛《オーロクス》のように屈強で毛深い。

「アルマーがな、おまえが射場にこないと怒ってたぞ」

「アルマーか……」

顔を赤らめて、サムはつぶやいた。ジョン・スノウが総帥の座について真っ先にしたのは、日々、欠かさず弓の訓練をするよう、全軍に義務づけることだった。これは雑士《スチュワード》も賄《まかな》い方も例外とはされない。〈冥夜の守人《ナイツ・ウォッチ》〉は剣技に重きを置きすぎて、弓を軽視しすぎている、というのが新総帥の見解なのである。この偏重は、誓約の兄弟《スウォーン・ブラザー》のうち、十人にひとりが騎士だった時代の名残で、百人にひとりしか騎士がいない現体制の実情には合わないとジョンはいう。

たしかに、筋は通っていると思う。しかしサムは、階段昇りと同じくらい、ロングボウの訓練が苦手だった。手に弓懸《ゆがけ》をはめて射ると的にあたらない。はずして射れば指が豆だらけになる。だいたい、弓は危険だ。〈繻子《サテン》〉があやまって弓弦《ゆづる》を親指にあてたときには、爪が半分ちぎれてしまった。

「忘れてたよ」とサムはいった。

「そういや、野人の姫さん、おまえにぞっこんだぜ、〈異形退治のサム〉」ピップがいった。「ここんとこな、ヴァルは〈王の塔〉の部屋から下のようすを眺めるようになってってだろ。あれ、おまえを探してんだぞ」

「そんなんじゃない！　そんなこというな！」

ヴァルと口をきく機会はいままでに二回しかなかった。いずれも、メイスター・エイモンが赤ん坊たちの健康状態をたしかめにヴァルのもとを訪ねたさい、くっついていったときのことだ。野人の姫はものすごく可愛くて、面と向かうとサムはどもってしまうし、顔も真っ赤になってしまう。

「いいじゃないか、いったって」ピップがいった。「姫さん、おまえの子供がほしいってよ。こりゃあ、おまえのことを〈たらしのサム〉と呼ばなきゃいけないかもなあ」

またもや顔が赤らんだ。ヴァルの処遇については、スタニス王に考えがあることをサムは知っている。ヴァルをつなぎにして北部人と自由の民の和平をたしかなものにしようとしているのだ。

「きょうは弓の練習をしているひまがないんだ。ジョンに会いにいかなきゃいけないから」

「ジョン？　ジョン？　ジョンなんて名前のやつ、知ってっか、グレン？」

「総帥閣下のことだろ」

「ああ、そういやあ！　おえらいスノウ大閣下《ロード》のことか。やっと思いだした。なんであんなやつに会いにいきたいんだ？　あいつ、耳も動かせないんだぜ」そういって、ピップは耳を自慢げに動かしてみせた。ピップの耳は人より大きく、寒さで赤くなっている。「あの野郎、ほんとの閣下《ロード》になっちまったら、とんとお見限りじゃねえか。やんごとなき血筋の御曹子におかれては、おれらみたいなクズなんざ、おかしくって相手にできねえとよ」

「ジョンはやることがたくさんあるんだ」サムは弁護した。「〈壁〉をしょって立ってるんだからさ。それに付随する諸事もこなさなきゃならないし」

「だからって仲間に知らんぷりはねえだろ。おれたちがいなかったら、ジャノス・スリントがうちの総帥さまになってたかもしれないんだぞ。で、いまごろスノウは、はだかで騾馬《ラバ》に乗せられて、顎でこき使われてたんだぜ――〝おい、大至急、クラスターの砦までいって、〈熊の御大《オールド・ベア》〉のマントと長靴《ちょうか》をとってこい〟とかいわれてな。そんな境遇に落ちるところを防いでやったおれたちをだぞ、やることがいっぱいあるからって袖にすんのかよ。暖炉のそばで香料入りワインを引っかけるひまもねえのか？」

グレンもうなずいた。

「やることが山ほどあるわりに、教練に出るひまはあるみたいだな。教練場でだれかと剣の稽古をしていない日は見たことがない」

たしかに、そのとおりだった。その点はサムも認めざるをえない。ジョンがメイスター・エイモンのところへ相談にきたとき、サムはたずねたことがある。なぜあれほど剣技に時間を割くのかと。そして、こう指摘した。

「総帥になって以来、〈熊の御大《オールド・ベア》〉はほとんど訓練をしなかったそうじゃないか」

それに対し、ジョンはまず、サムの手に〈長い鉤爪《ロングクロー》〉を握らせて、その軽さとバランスを実感するようながしてから、刃面を回転させ、くすんだ黒の剣身に光る刃紋を検分させたうえで、こう答えた。

「これはヴァリリア鋼だ。呪鍛《じゆたん》されて剃刀《かみそり》なみに鋭く、たいていのことでは刃毀《はこぼ》れしないし、折れない。剣士たるもの、自分の愛剣にふさわしい技倆を持つべきだ。〈ロングクロー〉はヴァリリア鋼の名剣だが、おれの腕前はこの剣に見あったものじゃない。おれが殺さざるをえなかった〈二本指のクォリン《ハーフハンド》〉は、まともに立ちあったなら、羽虫をつぶすようにおれを殺せていただろう」

剣を返しながら、そのとき、サムはいった。

「ぼくが羽虫をつぶそうとしても、いつも逃げられちゃう。自分の腕をたたくばっかりでさ。自分が痛いだけだよ」

ジョンは笑った。

「まったく、おまえらしいな。別のたとえをすれば、おまえがボウル一杯のかゆ《ポリッジ》をやすやすと平らげられるように、クォリンもやすやすとおれを殺せたはずだということさ」

サムはポリッジが大好きだった。とくに、蜂蜜で甘くしてあるときには。いずれにしても、いまはピップたちと話している場合ではない。

「とにかく、ジョンのところへいかなきゃいけないから」

サムは友人たちに別れを告げ、本の束を胸にかかえて武器庫へと向かった。歩きながら、誓約のことばを思いだす。

（われは人間の領土を護る楯なり、か）

その〝人間の領土〟を護っているのが、グレン、ピップ、〈陰気なエッド〉みたいな連中だと知ったら、〝護られている人たち〟はなんていうだろう？

〈総帥の塔〉は内部が焼けてしまったし、〈王の塔〉はスタニス・バラシオンが自分の居城がわりにするというので、ジョン・スノウはやむなく、いまは亡きドナル・ノイの、武器庫の奥にあるささやかな居室を総帥の執務室《ソーラー》に使っていた。サムが入口にたどりついたとき、おりしも、屋内からジリが出てきた。クラスターの砦から逃げだすさい、サムが与えた古いマントを身につけている。ジリがそばをすりぬけて去ろうとしたので、サムはすばやくその腕をつかみ、引きとめた。そのさい、本のうちの二冊を落としてしまった。

「ジリ」

「サム」

声に力がなかった。ジリは黒髪でからだつきが細く、牝鹿のような大きな目の持ち主だ。サムの古マントにすっぽりと身を包み、顔もフードでなかば隠してはいるが、それでも身をわななかせているのがわかる。顔は蒼白になり、怯えた表情をしていた。

「どうかしたのかい？」サムはたずねた。「赤ん坊たちは元気？」

ジリはサムの手をふりほどいた。

「だいじょうぶよ、サム。赤ん坊たちは元気」

「あの子たちにはさまれて眠れること自体、驚異だよ」サムは元気づけるようにいった。

「昨夜、夜泣きしてたのはどっち？　まったく泣きやむふしがなかったけど」

「ダラの子。おっぱいがほしくなると泣きだすの。わたしの子は……めったに泣かないわ。ときどき、ぐずりはするけれどね……」目に涙があふれだした。「もういかなきゃ。お乳をあげる時間を過ぎてるから。いかないと、お乳があふれちゃう」

当惑するサムをあとに残して、ジリは逃げるように裏庭を走り去っていった。

落とした本を拾うため、サムは地に両ひざをつかなければならなかった。

(こんなにたくさん持ってくるんじゃなかったな)

コロクォ・ヴォーターの『翡翠の書大概』についた土を払いながら、そう思う。この本は東方の民話と伝説を集めた大著で、メイスター・エイモンに見つけてこいといわれたものだ。こちらはとくに被害はなさそうだったが、もう一冊のほう——メイスター・ソマックス著、『ドラゴンの系譜：漂泊から神格化にいたるターガリエン家の歴史——ドラゴンの生と死に関する考察とともに』のほうは、それほど運がよくなかった。開いた状態で地面に落とした ため、何ページかが泥だらけになっていたのである。そのなかにはカラーインクで描かれたドラゴン——〈黒い恐怖〉ことバレリオンの、立派な挿画も含まれていた。サムはおのれのまぬけぶりをののしりつつ、曲がったページを伸ばし、泥を払った。ジリの前だと、いつも胸が高鳴って……いかがわしい思いが頭を——あっちの頭といっしょに——もたげてしまう。

〈冥夜の守人《ナイツ・ウォッチ》〉の誓約の兄弟たるもの、こんなよこしまな気持ちをいだいていいはずがない。だが、ジリを見ると抑えがきかなくなる。とくに、あの口から〝おっぱい〟だの〝乳〟だのといわれたら……。

「スノウ公がお待ちだぞ」

武器庫の扉の前には、黒マントに黒い鉄の半球形兜《ハーフヘルム》をつけた衛兵二名が、地についた槍にもたれかかって立っていた。本の泥を払うサムに声をかけたのは〈毛むくじゃらのハル〉のほうだった。マリーはサムが立ちあがるのに手を貸してくれた。サムは礼をいい、本の束をしっかり胸にかかえたまま、ふたりのあいだを通って屋内に入った。入ってすぐのところは鍛冶場になっており、鉄床《かなとこ》とふいごがいくつか置いてある。作業台に載せてあるのは、造りかけの鎖帷子《チェーン・メイル》の胴鎧だ。鉄床のそばには大狼《ダイアウルフ》のゴーストが横たわり、牛の骨をかじって髄を嘗《な》めていた。サムが横を通りすぎるとき、巨大な純白の大狼は顔をあげたが、いっさい声を出さなかった。

ジョンの執務室《ソーラー》は槍と楯の棚の奥にある。サムが入っていくと、ジョンはちょうど一枚の羊皮紙を読んでいるところだった。その肩の上には、前総帥ジオー・モーモントの使い鴉がとまり、いっしょに読んでいるかのように羊皮紙を覗きこんでいたが、サムの姿を見るや、大きく翼を広げてはばたかせ、こう叫んだ。

「穀粒《コーン》、コーン！」

サムは本を片手に持ち替え、あいた手を扉の横の袋につっこみ、ひとにぎりの穀粒を取りだした。使い鴉はサムの手首にとまり、手の上からひと粒をついばんだ。強烈につつかれたため、サムは小さく悲鳴をあげ、反射的に手を引っこめた。使い鴉は空中に舞いあがって、黄色と赤の粒がそこらじゅうに散らばった。

「扉を閉めてくれ、サム」ジョンの頬にはうっすらと傷跡が残っている。鷲に目玉をえぐりだされそうになったときの傷跡だ。「その性悪鴉に皮膚を突き破られたか？」

サムは本を降ろし、手袋をはずしてみた。

「うん」手のひらを見たとたん、めまいがした。「血が出た」

「血を流すのは〈冥夜の守人《ナイツ・ウオッチ》〉の宿命だ。こんどからもっと厚手の手袋をはめることだな」片脚でサムのほうに椅子を押しやりつつ、ジョンはいった。「まあ、すわれ。こいつを見てほしい」

そういって、読んでいた羊皮紙を差しだす。

「なんだい、これは？」

使い鴉が藺草《イグサ》の隙間に散らばった穀粒をついばみだした。

「釈明書さ」

手のひらの傷をなめなめ、サムは内容を読んだ。書いたのがメイスター・エイモンであることはひと目でわかる。こぢんまりとして几帳面な字は老メイスター独特のものだ。それに、エイモンは目が見えないので、インクがしたたってもわからず、そのため、ところどころに大きなしみが残ってしまう。

「ふうん。トメン王に手紙を出すのか」

「ウィンターフェル城で、トメンは弟のブランと木剣で打ち合った。ごてごてと防具で身を包んで、詰め物をぎゅうぎゅうに詰めこんだ鵞鳥《ガチョウ》みたいな格好だったよ。結果的に、ブランはトメンを打ち倒した」ジョンは窓ぎわに歩みよった。「それなのに、死んだのはブランだ。あのぽちゃぽちゃとしてピンクの顔のトメンは、いまだに〈鉄の玉座〉にすわっている――金髪の巻毛に王冠をのせて」

（ブランは死んじゃいない。〈冷たい手《コールドハンズ》〉といっしょに、〈壁〉の向こうへいってしまったんだ）もうすこしで、そういいそうになった。（だけど、絶対に口外しないと約束したからな）

「きみの署名がまだじゃないか」とサムはいった。

「〈熊の御大《オールド・ベア》〉は何度となく〈鉄の玉座〉に支援を要請した。それなのに、〈玉座〉が送りこんできたのはジャノス・スリントだけだ。手紙を送ったところで、ラニスター家の対応がよくなるはずもない。われわれがスタニスと手を結んだと知られたあとでは、なおさらだろう」

「あれはあくまで〈壁〉の防衛のために手を結んだんであって、スタニスの反逆に加担したわけじゃないだろ」サムはもういちど、手紙の内容にざっと目を通した。「ほら、ここにもそう書いてある」

「そのちがいがタイウィン公に通じるとはとても思えない」ジョンは手紙を取りもどした。

「だいいち、いまになって急に〈冥夜の守人《ナイツ・ウォッチ》〉を支援する理由などないだろう？　いままでいちども支援したことがないんだから」

「だけど、タイウィン公としても、スタニスが人間の領土を護るために立ちあがったというのに、トメン王はおもちゃで遊んでいると後ろ指を差されるのはいやだと思うんだけどな。そんな風評が立ったら、ラニスター家は七王国じゅうの笑いものになるぞ」

「おれの望みはラニスター家が笑いものになることじゃない。完膚なきまでに滅んでくれることだ」ジョンは手紙を読みあげた。「〝〈冥夜の守人《ナイツ・ウォッチ》〉は七王国の戦いにいっさい関知するところではありません。われわれの固い誓いは人間の領土に対して捧げられたもの。そしてその領土はいま、恐るべき危険に直面しているのです。たしかに、スタニス・バラシオンは〈壁〉の向こうの敵を退けるため、支援してくれてはおりますが、われわれは彼の部下ではなく……〟」

「じっさいの話」身をもぞもぞと動かしながら、サムはいった。「部下じゃない。そうだろう？」

「スタニスに与えたのは、食料、避難所、夜の砦《ナイトフオート》、それだけだ。それと、〈贈り物《ギフト》〉の一部に自由の民が住みつくことも黙認したが」

「タイウィン公にいわせれば、〝貢ぎすぎ〟だろうな」

「当のスタニスは、まだまだ足りないという。王というやつは、与えれば与えるほど多くを求めるものだ。われわれはいま、細い氷の橋を渡っているんだよ。橋の左右には千仭《せんじん》の谷がぱっくりと大口をあけている。ひとりの王を満足させるだけでもおおごとだ。ふたりの王を満足させるのはまずむりだろう」

「それはそうだけど……ラニスターが最終的に勝って、ぼくらがスタニスを保護したことで王を裏切った、とタイウィン公が判断したら、〈冥夜の守人《ナイツ・ウォッチ》〉は終わりだぞ。ラニスター家にはタイレル家も味方してる——ハイガーデン城の総力をあげてだ。それにタイウィン公は、ブラックウォーターの戦いでいちどスタニスを破ってる」

「ブラックウォーターの戦いはただ一回の会戦にすぎない。ロブは全戦全勝だったが、最後には首を刎《は》ねられた。スタニスが北部の諸勢力を糾合することができれば……」

（ジョンのやつ、自分を納得させようとしているらしいな）とサムは気づいた。（だけど、できないんだ）

黒の城《カースル・ブラック》より、はばたく黒い翼の嵐となって諸方に放たれた使い鴉の群れは、北部諸公に対してスタニス・バラシオン支持を宣言し、スタニスのもとへ戦力を派遣せようながす書状を携えていた。その大半は、サムが自分で送りだしたものだ。いまのところ、もどってきた使い鴉は一羽のみ——カーホールド城へ送った鴉しかいない。その他の諸城は不気味に沈黙をまもっている。

たとえ北部の諸公を味方につけられたとしても、キャスタリーの磐城《ロック》、ハイガーデン城、双子城《ツインズ》の連合軍に対して、スタニスが対抗できる見こみは薄い。だが、北部の支持を得られなければ、スタニスは確実に破滅してしまう。

（そして、〈冥夜の守人《ナイツ・ウォッチ》〉もだ。タイウィン公がぼくらを叛徒と断じたなら）

サムはいった。

「北部にもラニスター家の息のかかった勢力はいるだろう。ボルトン公とその私生児だ」

「スタニスにはカーホールドのカースターク家がついた。もし白い港《ホワイト・ハーバー》を手中にできれば……」

「できれば、だろう」サムは指摘した。「できなければ……一巻のおわりだよ。やっぱり、釈明書といえども、送らないよりはましだ」

ジョンは手紙をひらひらと動かした。

「そうだろうな、やはり」ジョンはためいきをつき、羽根ペンを取ると、手紙の下のほうにさらさらと署名した。「封蠟をたのめるか」

サムは黒い蠟の棒を蠟燭で焙り、手紙を入れた封筒に封蠟をたらしてから、ジョンが蠟にしっかりと総帥の刻印を押すところを見つめた。

「帰ったら、これをメイスター・エイモンにたのむ」ジョンがいった。「使い鴉に持たせて、キングズ・ランディングへ飛ばすようにと伝えてくれ」

「わかった」サムはためらった。「ところで、こんなことを訊くのはあれなんだけどさ……ジリが出ていくとき、鉢合わせしたんだ。泣きそうになってたぞ」

「またヴァルに遣わされて、マンスの助命嘆願にきたんだよ」

「なるほど」

ヴァルは〈壁の向こうの王〉マンス・レイダーが王妃に選んだ女ダラの妹だ。スタニスとその将兵は〝野人の姫〟と呼んでいる。ダラは戦いの最中に死んだが、戦死したのではない。レイダーの息子を産むさいに死んでしまったのである。サムが耳にしたうわさ話が多少とも信用できるなら、レイダー自身、もうじき処刑されるらしい。

サムはたずねた。

「ジリになんていったんだい？」

「スタニスに話はしてみるが、聞きとどけてもらえる見こみは薄い、といった。王の第一の務めは領土を護ることにある。マンスはその領土を襲ったんだ。スタニスがその行為を水に流すとは思えない。父はよく、スタニス・バラシオンは公正な男だといっていた。おまけに、あれが寛大な男だという声は聞いたことがない」ジョンはことばを切り、眉根を寄せた。「遠からず、マンスの首はおれが刎ねよう。いちど〈冥夜の守人《ナイツ・ウォッチ》〉に身を置いた以上、その命はすでに自分のものじゃない。〈冥夜の守人《ナイツ・ウォッチ》〉のものだ」

「レディ・メリサンドルはマンスを火刑に処すつもりでいる、ってピップがいってたけど。なにかの魔法のためだって？」

「ピップのやつも、いいかげん、口をつぐむことを憶えてもらわなくてはこまるな。ほかの者たちからも同じような話を聞いたよ。王の血を使って、ドラゴンを目覚めさせるんだとか。メリサンドルがどこで眠れるドラゴンを見つけるつもりなのかは、だれにもわかっていない。まあ、たわごとさ。マンスの血はおれたちの血より高貴なわけじゃない。なにしろ、王冠をかぶったことも、〈玉座〉にすわったこともない男だからな。あれは略奪者の頭目であって、それ以上の存在じゃないよ。魔術的な力なんて、あるはずもない。あいつの血《ち》は略奪者の血だ」

ここで、使い鴉が床から顔をあげ、大声でジョンの言葉を口真似した。

「チ！」

ジョンはそれにかまわず、先をつづけた。

「ジリはよそへ移す」

「えっ」サムは驚き、顔をのけぞらせた。「それは、その……いいんじゃないかな、うん」

たしかに、ジリにとっては、それがいちばんいいだろう。〈壁〉と戦いから遠く離れた、暖かくて安全な場所へいったほうがいい。

「ジリと息子を移す。そうなると、ダラの息子のために新しい乳母を見つける必要があるな」

「代理が見つかるまで山羊の乳でしのげるかもしれない。赤ん坊には牛の乳よりよかったと思う」どこかでそんな話を読んだ記憶がある。すわりなおして、サムはいった。「ところで、総帥――古い年代期を読んでいたら、ほかにも少年総帥がいたという記録を見つけたんだ。たとえば、〈征服〉から四百年ほど前のオズリック・スタークは、六十年間、総帥の地位にあったんだけど、選任された当時は十歳だった。しかも、このオズリックでさえ、着任時の年齢では若いほうから四番めでしかない。きみはいままで選ばれたなかでいちばん若い総帥というわけじゃないんだ。五番めだよ」

「おれより若かった四人は、みな〈北部の王〉の息子か兄弟か私生児ばかりだったんだろう。そんなことより、もっと役にたつことを教えてくれないか。たとえば敵のことを」

「〈異形《ジ・アザー》〉のことかい」サムは唇をなめた。「年代期に言及はあるけど、思ったほど多くはなかった。もちろん、ぼくが見つけて中身を読んだ年代期ではだけどね。見つかっていない本がまだまだたくさんあることはわかっているんだ。年代の古い本のなかには、分解しかけのものも多々あって、ページをめくろうとするとぼろぼろにくずれてしまう。もっともっと古い書物となると……すでに分解してしまったか、まだ見つけていないどこだかに埋もれているかで……もはや現存していないか、そもそも、存在したことがなかった可能性もある。ぼくらの手にある最古の歴史書は、アンダル人がウェスタロスにきてから書かれたものだ。〈最初の人々〉が遺したのは、岩に刻んだ神秘文字《ルーン》だけだから、〈英雄の時代〉、〈黎明の時代〉、〈長き夜〉についてぼくらが知っていると思っていることは、そういった時代から何千年かを経て、司祭《セプトン》たちが書き記したものだけなんだよ。〈知識の城《シタデル》〉には、その内容に疑いを持つ大学匠《アーチメイスター》たちもいる。そういう〝古文書〟には、治世が何百年もつづいたという王がたくさん出てくるし、騎士というものが出現する前の時代に、一千年にもわたって騎士が活躍していたとの記述がある。その手のお話はきみも知ってるだろう。ブランドン建設王、〈星の目のシメオン〉、〈夜の王〉……。きみは、〈冥夜の守人《ナイツ・ウォッチ》〉の第九百九十八代総帥ということになっているけど、ぼくが見つけた最古のリストには、六百七十四人の総帥の名が載っていた。ということは、それが書かれたのは……」

「ずっとむかしってことだろ」ジョンが口をはさんだ。「それよりも、〈異形〉については?」

「ドラゴングラスに関する言及は見つけたよ。〈英雄の時代〉には、毎年、〈森の子ら〉が百本の黒曜石の短剣を〈冥夜の守人《ナイツ・ウォッチ》〉に提供していたそうだ。たいていの物語にあるとおり、〈異形〉は寒くなるとやってくる。でなければ、〈異形〉がくると寒くなるのかもしれない。ときに連中は雪嵐とともに現われ、空が晴れると融けてしまったという。太陽の光をきらい、夜がくると現われる……あるいは、連中が現われると夜がくる。物語のなかには〈異形〉が動物の死骸を乗りまわす、とするものもある。たとえば、熊や、大狼《ダイアウルフ》、マンモス、馬——種類はなんだっていい。それが動物の死骸でありさえすればね。〈大男《スモール》のポール〉を殺したやつは死んだ馬に乗っていたから、その言い伝えは事実だろう。なかには巨大な氷の蜘蛛に言及した物語もある。それがどういうものかはわからない。〈異形〉と戦って死んだ人間は燃やす必要がある。でないと、死体が〈異形〉の奴隷となって動きだすんだ」

「すでにわかっていることばかりじゃないか。問題は、どうやってやつらと戦うかだ」

「〈異形〉の鎧には、通常の剣はほぼ歯が立たない——伝承が信用できるものならだけど。連中のふるう剣は猛烈に冷たくて、鋼を打ち砕いてしまう。ただ、〈異形〉は火をきらう。黒曜石にも弱い」

サムは〈幽霊の森〉で遭遇した一体を思いだした。ジョンが作ったドラゴングラスの短剣で突き刺したところ、融けてしまったように見えたこともだ。

「それから、〈長き夜〉の物語で、こういうのを見つけた。〈最後の英雄〉が、ドラゴン鋼の剣をふるって〈異形〉たちを斬り捨てたというんだ。どうやら連中、ドラゴン鋼にも弱いらしい」

「ドラゴン鋼？」ジョンが眉をひそめた。「ヴァリリア鋼のことか？」

「ぼくも真っ先にそう思った」

「とすると、七王国の諸公にありったけのヴァリリア鋼の剣を提供してくれるよう納得させられれば、みんなが助かるということか？　それならむずかしいことじゃないな」ジョンは笑ったが、その影のある笑顔は、およそ楽観などしていないことを物語っていた。「〈異形〉が何者か、どこからきたのか、なにが望みなのか、それはわかったかい？」

「まだだ。だけど、調べているのが見当ちがいの本だという可能性もある。中身を見てない本は、まだまだ何百冊とあるんだ。もっと時間をもらえるなら、必要なことを見つけだしてみせるけど」

「残念ながら、そんな時間はもうない」ジョンは悲しげな口調でいった。「荷物をまとめてもらわなくてはならなくなった。おまえにはジリといっしょに出発してもらう」

「出発？」つかのま、サムは絶句した。「出発って？　東の物見城《イーストウォッチ》へかい？　それとも……ほかにいくとしたら……」

「オールドタウンだよ」

「オ、オールドタウン？」

悲鳴にちかい声が出た。オールドタウンは生まれ育った角の丘城《ホーン・ヒル》のすぐそばなのである。(家のそばか) そう思っただけで、くらりときた。(父上のそば……)

「エイモンもいっしょだ」

「エイモン？　メイスター・エイモンも？　だけど……おん年百二歳のご老体なんだぜ？　とても旅なんか……エイモンといっしょにぼくも？　だれが使い鴉たちの面倒を見るんだ？　使い鴉が病気になったり怪我をしたりしたら、だれが……」

「クライダスが面倒を見る。もう何年もエイモンのところにいたんだから」

「クライダスはただの雑士《スチュワード》じゃないか。目も悪くなってきてる。必要なのはメイスターだ。メイスター・エイモンはからだも弱い。船旅なんて、とても……」アーバー島とガレアス艦《アーバー・クイーン》を思いだした。「ともかく……メイスターはお年だから……」

「生命の危機がおよぶだろう。それはわかってる、サム。しかし、ここにいたほうが危険は大きい。スタニスは、エイモンがターガリエン王家の流れを汲《く》むことを知っている。もしも〈紅の女《レッド・ウーマン》〉が——メリサンドルが——魔法のために王家の血を求めたら……」

「そ、そうか」サムの顔から血の気が引いた。

「東の物見城《イーストウォッチ》でダレオンがおまえたちに合流する。できることなら、彼の歌が南部で同志を集める力になってほしいものだが。ブレーヴォスまでは東の物見城《イーストウォッチ》に停泊中の《黒い鳥《ブラックバード》》で送りとどける。そこからオールドタウンまでの脚は自力で手配してくれ。まだジリの赤ん坊を自分の私生児として養子にする気があるんなら、ホーン・ヒル城へジリと赤ん坊を送ってやるといい。でなければ、エイモンが〈知識の城《シタデル》〉でジリに使用人の仕事を見つけてくれるだろう」

「ぼくの――し、し、私生児」

たしかに、自分からそう申し出はした。しかし……。

（海にはあんなに水があるんだぞ。溺れてしまうかもしれない。船はしょっちゅう沈んでる。秋は嵐の多い季節だ）

とはいえ、ジリもいっしょにいくわけだし――赤ん坊もここを離れたほうが安全ではある。

「そうだな。ぼくは……。母上も姉上たちも、ジリが赤ん坊を育てるのを助けてくれるとは思う」

（家には手紙を送ればいいさ。自分でホーン・ヒル城へいく必要はない）

「ぼくがいかなくたって、オールドタウンへ連れていくのはダレオンにまかせればいいじゃないか。ぼくは……きみの命令どおり、毎日午後になると、アルマーのところで弓の練習をしてきた……地下書庫にこもっているときだけは別だけど、それはきみが〈異形〉について調べろと命じたからだ。ロングボウを射ると肩が痛くなるし、指に水ぶくれができてこまる」

サムはジョンに水ぶくれのつぶれたあとを見せた。

「それでも、がんばってはいるぞ。的をはずすより、当てることのほうが多くなってきた。

いまでも史上最低のヘタクソだけどね。それと、アルマーの物語は好きだ。あれはだれかが書きとめて、本にまとめなきゃいけない」

「それはおまえがやれ。〈知識の城《シタデル》〉には羊皮紙もインクもあるだろう。ロングボウもな。現地でも弓の練習はつづけるように。ただし、サム、〈冥夜の守人《ナイツ・ウォッチ》〉には矢を射れる人間が何百人といるが、読み書きのできる人間はひとにぎりしかいない。おまえにはおれの新しいメイスターになってもらいたいんだ」

サムはたじろいだ。

〟もういいません、父上、お願いです、もう二度とメイスターになりたいなんていいません、〈七神〉にかけて誓います。だから、ここから出してください、ここから出して――〟

「なあ、総帥。ぼくには……ここでやることがあるんだ。たくさんの本が……」

「……ちゃんとおまえの帰りを待っているさ」

サムはのどに手をあてがった。のどに鎖が食いこみ、首を絞める感覚を思いだす。

「だけど、〈知識の城《シタデル》〉というところは……あそこでは死体の解剖をさせられるんだぜ」

〟あそこでは首に鎖をつけさせるんだぞ。そんなに鎖がほしければつけてやる、こい〟

あのときは三日三晩、手足を壁に固定され、泣き疲れては眠るということをくりかえした。首にはめられた鎖はおそろしくきつくて、皮膚に食いこみ、血を流す。眠っているあいだ、まちがった方向に寝返りを打つと、鎖がいっそう食いこんで、息が詰まったものだった。

「とても学鎖はつけられないよ」

「つけられるさ。つけるんだ。メイスター・エイモンは高齢で目が見えない。衰弱も進んでいる。メイスターが死んでしまったら、だれがあとを継ぐ？ 影の塔《シャドウ・タワー》にいるメイスター・マリンは、学者というよりも戦士だし、東の物見城《イーストウォッチ》のメイスター・ハーミューンは、しらふより酔っぱらっているときのほうが多い」

「〈知識の城《シタデル》〉にメイスターの派遣をたのんだら……」

「要請はするつもりでいる。メイスターはひとりでも多いほうがいい。しかし、エイモン・ターガリエンの代わりが務まる人物など、そうそうはいないだろう」ジョンはけげんな顔をしていた。「てっきり、喜んでくれると思ったんだがな。〈知識の城《シタデル》〉には、どんな人間も読みきれないほどたくさんの本がある。おまえなら、あそこでうまくやれるはずだ、サム。やれないはずがない」

「むりだよ。たしかに、本は好きだけどさ、でも……メ、メイスターというのは、治療師でなくてはならないわけで……ち、ち、血を見ると、ぼくは気が遠くなってしまう」わなわなと震える両手を、ジョンに向かって差しだしてみせた。「ぼくは〈臆病者のサム〉なんだ。〈異形退治のサム〉じゃない」

「臆病？ なにを恐れる？ 老人の叱責か？ サム、〈拳《フィスト》〉で襲いくる〈亡者《ワイト》〉の群れを、おまえはその目で見たじゃないか。黒い手と青く光る目を持つ、動く死人の寄せ波をだぞ。しかも、その手で一体、〈異形〉を斃《たお》してもいる」

「斃したのは、ド、ド、ド、ドラゴングラスであって、ぼくの手柄じゃない」

「だまれ。おれをだましたうえ、あれこれと画策して総師の地位につけたやつに文句はいわせない。だまって指示にしたがえ。おまえには〈知識の城《シタデル》〉にいき、学鎖を取得してもらう。そのために死体を解剖しなければならないのなら、そうしろ。すくなくともオールドタウンでは、死体は抵抗しないからな」

(ジョンにはわかっていないんだ)

「むりだよ、総帥」とサムはいった。「ち、ち、ち、父上が、ランディル公が、ゆ、ゆ、ゆ、ゆるさない……メイスターの暮らしは奴隷の暮らしだといって」どもっていることは、自分でもわかっていた。「ターリー家のいかなる息子も、学鎖をつけることはゆるされないんだ。ホーン・ヒル城の男たるものが、小貴族ごときにへいこら頭をさげることはゆるされない」

〝そんなに鎖がほしければつけてやる、こい……〟

「ジョン、父上のいいつけにはさからえないんだよ」

しまった、ジョンと呼んでしまった。もうジョンと気安く呼ぶことはできないというのに。目の前にいる人物、氷のように冷徹なグレイの目を持つ人物は、もはやスノウ総師なんだから。

「おまえに父親はいない」とスノウ総師はいった。「いるのは誓約の兄弟《スウォーン・ブラザー》だけだ。われわれだけだ。おまえの生は〈冥夜の守人《ナイツ・ウォッチ》〉に属する。だから、さっさと部屋にもどって、衣類の類いを袋に詰めろ。オールドタウンへ持っていきたいものもいっしょにな。明朝、日の出の一時間前に発て。それから、これも命令だ。今日《こんにち》ただいまより、自分のことを絶対に臆病者

ものに直面し、立派に対処してきた。たいていの男が一生かけてもおよばないほどたくさんのと呼ぶな。おまえはこの一年間で、

※

と呼ぶな。おまえはこの一年間で、たいていの男が一生かけてもおよばないほどたくさんのものに直面し、立派に対処してきた。〈知識の城《シタデル》〉にだってちゃんと対処できる。ただし、〈知識の城《シタデル》〉に相対するときは、〈冥夜の守人《ナイツ・ウォッチ》〉の誓約の兄弟として相対しろ。勇敢であれと命令することはできないが、恐怖を押し隠せ、と命令することはできる。おまえは誓約のことばを口にしたはずだな、サム。憶えているか？」

〝われは暗黒に立ち向かう剣《つるぎ》なり〟。

しかし、サムは剣が得意ではないし、闇は恐ろしい。

「うん……やってみる」

「〝やってみる〟じゃない。やるんだ。したがえ」

モーモントの使い鴉が、大きな黒い羽をはばたかせ、くりかえした。

「シタガエ」

「わかった。総帥閣下のいうとおりにする。メイスター・エイモンは……この件を知ってるのかい？」

「おれとまったく同じ考えだった」ジョンは戸口に歩いていき、サムのために扉をあけた。

「だれにも別れは告げるな。この件は、知っている者がすくないほどいい。では、夜明けの一時間前に、墓所《リッチャード》のそばで」

サムは武器庫をあとにした。いつ、どうやって外に出たのかは憶えていない。気がつくと、メイスター・エイモンの部屋に向かう泥と根雪の道をとぼとぼと歩いていたのだった。

（いっそ隠れてしまおうか）と思った。（地下書庫に隠れて、本のあいだにまぎれこんで。鼠といっしょに地下書庫に住みついて、夜になったら食いものを盗みに出ていく……）

いかれた考えだし、無意味だった。あそこに潜ったところで、見つからないはずはない。みなが真っ先に探しにくるのはあの地下書庫だ。最後に捜索するとしたら、〈壁〉の向こうだが、それはもっといかれてる。

（野人たちにとっつかまって、なぶり殺しにされてしまうのが落ちだ。生きたまま焼かれてしまうかもしれない。あの〈紅の女〉がマンス・レイダーにしようとしているように）

メイスター・エイモンは使い鴉の小屋にいた。サムはジョンの手紙を差しだして、いまの思いを切々と訴えた。

「父はわかってくれっこありません」いまにも吐きそうな気分だった。「ぼくが学鎖なんてつけたら、ち、ち、ち、父は、父は……」

「わたしが学問に身を捧げる道を選んだときも、父に強く反対されたものだよ」老メイスターはいった。「わたしを〈知識の城《シタデル》〉へいかせてくれたのは、父の父だった。祖父のデイロン王には四人の息子がいてね。そのうち三人が、それぞれに息子を作っていた。〝ドラゴンの数が多すぎるのは、少なすぎるのと同じくらい危険だぞ〟——わたしを送りだす日、祖父王がそう父を諭したことを憶えている」

エイモンは老人斑の浮き出た手をもたげ、細い首にかけた多彩な金属の鎖に触れた。

「学鎖とは重いものでな、サム。しかし、わたしの祖父はこの重みを正当に評価してくれた。

きみの総帥、スノウもだ」

「スノウ」使い鴉の一羽がつぶやいた。

「スノウ」もう一羽がくりかえした。

たちまち、小屋じゅうの使い鴉がくりかえしだした。

「スノウ、スノウ、スノウ、スノウ、スノウ」

使い鴉たちにこのことばを教えこんだのはサムだ。〝スノウ〟の連禱にげんなりしながら、サムは気づいた。メイスター・エイモンに相談しても、なんにもならない。メイスターとて、スノウの指示にはしたがうしかないんだから。

（メイスターは海上で死んでしまうかもしれない）それを思うと、気持ちが沈んだ。（この高齢だもの。船旅をつづけるのはむりだ。ジリの小さな赤ん坊だって危ないぞ。あの赤ん坊、ダラの赤ん坊ほど大きくないし、強くもない。ジョンはぼくらをみんな殺してしまいたいんだろうか？）

翌未明、結局、サムはホーン・ヒル城から乗ってきた牝馬に鞍をつけ、東の道の横にある墓所へ引いていった。鞍嚢《あんのう》はチーズ、ソーセージ、固茹で卵、塩漬け豚の半身でぱんぱんに膨れている。この塩漬け肉の塊は、料理番の〈三本指のホッブ〉が、サムの命名日の祝いにくれたものだった。

「おまえは味がわかるやつだからな、〈異形退治〉の大将」そのとき、料理番はそういった。

「おまえみたいなのがもっといてくれりゃいいんだがなあ」

この塩漬け肉があれば、かなり食いつなげるだろう。東の物見城《イーストウォッチ》までは寒くて長い騎行がつづく。〈壁〉の影には町も宿屋もない。

夜明けの一時間前は、まだ暗くてひっそりとしていた。黒の城《カースル・ブラック》も異様なほどに静かだ。墓所には二台の二輪馬車が用意されており、〈ブラック・ジャック〉ブルワー以下、十三名の哨士《レンジャー》が待機していた。いずれも練度が高く、小型農耕馬《ガロン》なみにタフな連中だ。そのなかのひとり、〈白い目《ホワイトアイ》のケッジ〉が、見えているほうの目でぎろりとサムをにらみつけ、大声で毒づいた。

「こいつのことなら気にするな、〈異形退治のサム〉」〈ブラック・ジャック〉がいった。「賭けに負けただけだ。泣き叫ぶおまえをベッドの下から引きずりだすほうに賭けたのさ」

メイスター・エイモンは衰えがはげしく、自力では馬に乗っていけないため、専用の二輪馬車が用意されていた。その寝床には毛皮が山と積まれているし、雨と雪を防ぐため、革の幌がかぶせてある。ジリと赤ん坊はもう一台の馬車に乗せていくことになっていた。こちらの馬車には、衣類その他の荷物のほかに、書物の行李《こうり》も載せていく。行李には、エイモンが〈知識の城《シタデル》〉にもないと判断した稀覯《きこう》の古書が詰めこんであった。もっともこれは、指示にあった本の四分の一でしかない。サムは半徹夜して探しまわったものの、これだけしか発掘できなかったのである。

（しかし、かえってそのほうがよかったかもしれないな。でないと、あともう一台、馬車が

要《い》ったろうから）

やがて姿を見せたメイスター・エイモンは、体格の三倍はある熊の毛皮にくるまっていた。クライダスに手を引かれて馬車に向かう途中、いきなり突風にあおられ、老人はよろめいた。サムはすかさずそばに駆けより、老メイスターの背中に腕をまわした。

（もう一回突風が吹いたら、〈壁〉の向こうにまで吹きとばされちゃいそうだ）

「ぼくの腕につかまっていてください、メイスター。馬車までそう遠くはありませんから」

盲目のメイスターはうなずいた。強烈な向かい風に、三人ともフードをうしろにはねとばされた。

「オールドタウンはいつでも暖かい。ハニーワイン河の中洲には一軒の酒場があって、若い修練者時代は、よくそこへ通ったものだよ。またあそこにすわって林檎《リンゴ》酒をするのは楽しかろうな」

メイスターを馬車に乗せおえたころ、ジリが厚着をさせた赤ん坊を胸に抱いてやってきた。フードの下に覗いているジリの目は、泣き腫らして真っ赤になっていた。ジリとほぼ同時に、ジョンもやってきた。そばには〈陰気なエッド〉をともなっている。

「スノウ総帥」メイスターが呼びかけた。「わたしの部屋にきみあての本を一冊残してきた。『翡翠《ひすい》の書大概』だ。著者はヴォランティスの冒険家コロクォ・ヴォーター。東に旅をして、翡翠海《ジェイド・シー》ぞいの土地をひととおり訪ねた人物だよ。そのなかに、きみが興味を引きそうな一節がある。クライダスにいって、そこに記《しる》しをつけさせておいた」

「あとでかならず目を通します」ジョン・スノウは答えた。メイスター・エイモンの鼻からひとすじの洟《はなみず》がたれた。メイスターは手袋をはめた手の甲でそれをぬぐった。

「知識は武器だ、ジョン。戦いに臨むに先立って、知識で十二分に武装しておきなさい」

「わかりました」

はらはらと雪が降りだした。大きくてふわふわしたボタン雪が、暗天からゆっくりと舞い落ちてくる。ジョンは〈ブラック・ジャック〉ブルワーに向きなおった。

「できるだけ急いでいけ。ただし無用の危険は冒すな。老人と乳飲み児がいっしょだからな。つねに暖かく、腹をへらすことのないようにしてやってくれ」

「あなたもあの子にそうしてやってください、閣下」ジリがいった。「きっとしてあげて、あの子のために。前におっしゃったように新しい乳母を見つけてやってください。見つけてくださると約束してくれましたよね。あの子に……ダラの子に……小さな王子に……立派な乳母を見つけてあげてください、あの子が大きく、強く育つように」

「約束する」ジョン・スノウは厳粛な顔で答えた。

「名前をつけてはだめ。二歳を過ぎるまでは絶対に名前をつけてはだめ。乳離れしていないうちに名前をつけると不運を呼びます。あなたがた〝鴉〟は知らないかもしれないけれど、これは真実です」

「誓って言うとおりにするよ、マイ・レディ」

ジリの顔が怒りで赤くなった。

「わたしをレディだなんて呼ばないで。わたしは母よ、レディなんかじゃないわ。わたしはクラスターの妻であり、クラスターの娘であり、ひとりの母なんです」

〈陰気なエッド〉にいったん赤ん坊をあずけ、ジリは馬車の中に乗りこみ、黴《カビ》くさい毛皮で脚をくるんだ。そのころには、真っ暗だった東の空が、ほんのりと灰色を帯びかけていた。〈左手《レフト・ハンド》のルー〉は早く出発したくてじりじりしているようだ。エッドが赤ん坊をジリに返す。ジリはしっかりと赤ん坊を胸に抱きしめた。

（これが黒《カースル・ブラック》の城の見納めになるかもしれないな）

自分の牝馬にまたがりながら、サムは思った。当初はあんなにいやだった黒《カースル・ブラック》の城だが、いつしか離れがたい場所になってしまっている。

「さ、出発だ」ブルワーが命じた。

鞭が馬の尻をたたく。二台の馬車は、ごとごととでこぼこ道を動きだした。馬車のまわりにはひらひらと雪が舞いつづけている。

サムはすこしだけ、クライダス、〈陰気なエッド〉、ジョン・スノウのそばにとどまった。

「それじゃ、みんな──元気で」

「おまえもな、サム」〈陰気なエッド〉がいった。「おまえの船が沈むことはないだろう。船が沈むのはおれが乗っているときだけだ」

去りゆく馬車を見送りながら、ジョンがいった。

「おれがはじめてジリを見たときは——クラスターの砦の壁に背中を押しつけていたっけな。がりがりに痩せているのに、子を孕んで腹だけは膨れた黒髪の娘が、おれの大狼《ゴースト》を怖がって壁にへばりついていたんだ。ゴーストはジリの兎が目あてだったが、当人は、腹を裂かれて胎児をむさぼり食われると思いこんでいたらしい。だけど、ほんとうにジリが恐れるべきはゴーストじゃなかった。そうだろう？」

（うん、たしかに。危険なのはクラスター——自分自身の父親だった）

そう思いつつ、サムはジョンにいった。

「自分で思っているより、勇気のある子なんだよ、あの子は」

「それはおまえもだ、サム。では、すみやかで安全な航海を祈っている。ジリとエイモンと赤ん坊のことをよろしくたのむ」

　そこでジョンは、奇妙な、悲しげにも見える笑みを浮かべた。

「さあ、フードをかぶれ。頭の雪が融けて、髪が濡れているぞ」

6 ―――― アリア

はるか遠く、かすかな光が、水平線の上低くにかかって燃えている。海霧を通して、その光はぼんやりと見えた。

「星みたい」とアリアはいった。

「故郷《ふるさと》の星さ」デニョが答えた。

デニョの父親が怒鳴る命令は途切れることがない。水夫たちは敏捷に三本のマストを昇り降りし、索具ぞいに動きまわって、重たい紫色の帆を縮めようとしているところだ。甲板の下では、ずらりとならんだ二列の櫂を漕手《そうしゅ》たちが懸命に動かして、波をかいている。甲板をかしがせ、きしみをあげつつ、ガレアス船《タイタンの娘》《タイタンズ・ドーター》は右にかたむき、上手まわしを開始した。

（故郷の星……）

アリアは船首に立ったまま、その光を見つめた。片手は船首像にかけている。フルーツの籠を持った乙女の船首像だ。鼓動半分のあいだ、アリアはこの船が向かっているのが自分の故郷であると思いこもうとした。

（でも、そんなの、ばかげてる）

アリアの故郷はなくなってしまった。両親は死に、兄弟たちもほとんど殺された。生きている兄弟は〈壁〉にいるジョン・スノウだけだ。アリアがいきたいのはその〈壁〉だった。じっさい、〈壁〉に連れていってくれとたのんでみたが、〈鉄の貨幣〉を見せても、船長は頑として応じようとはしなかった。どうやら、いこうとするところへいけないのがアリアの宿命らしい。ヨーレンはかならずウィンターフェル城へ連れていくと請けあったが、たどりついたのはハレンの巨城《ホール》だったし、そのヨーレンはいま墓の中だ。ハレンホールを脱出してリヴァーラン城に向かおうとしたときには、レム、アンガイ、〈七つのトム《トム・オ・セブンズ》〉につかまり、かわりに洞窟の丘《ホロウ・ヒル》へ引きずっていかれた。そこでさらに〈猟犬《ハウンド》〉ことサンダー・クレゲインに攫《さら》われて、双子城《ツインズ》のそばまでいったものの、手前で引き返さざるをえなくなり、こんどは潮だまりの町《ソルトパンズ》をめざした。瀕死の〈猟犬《ハウンド》〉を河岸に放置したのは、その途中でのことである。ソルトパンズからは、海を望む東の物見城《イーストウォッチ・バイ・ザ・シー》へ渡るつもりだったが、結局は……。

（ブレーヴォスだって、悪くはないかもしれない。シリオはブレーヴォスの出身だったし、ジャクェンもたぶんそうだ）

アリアに〈鉄の貨幣〉をくれたのはそのジャクェンだった。シリオとちがって、けっして友だちといえる間柄ではなかったが、友だちがいままでなにをしてくれただろう？

（友だちなんかいらない。〈針《ニードル》〉があるかぎり）

アリアは親指のつけねで小剣〈針《ニードル》〉のなめらかな柄頭《つかがしら》をなでた。ほしいのは……ほしいのは……。

本音をいうと、なにがほしいのかは自分でもよくわからない。あの遠い光のもとになにが待っているのかわからないのと同じように。船長は船に乗せてはくれたが、以来、話をする機会はまったくなかった。船乗りの態度はさまざまで、近づこうとしない者もいれば、ものをくれる者もいる。くれたのは銀のフォーク、指がない手袋、革のパッチをあてたへなへなのウールの帽子などだった。ある船乗りは、絶対にほどけない索の結びかた《セーラーズ・ノット》を教えてくれた。別の水夫は、ごく少量の強烈な火《ファイアー》のワインをついでくれた。好意的な者たちは、自分の胸をつつき、アリアがおうむがえしにいうまで、何度も何度も自分の名前をくりかえした。だが、アリアの名前をたずねようとする者はひとりもいなかった。みんなは勝手に、アリアのことを〈ソルティー〉と呼ぶ。三叉鉾《トライデント》河の河口にちかい町、ソルトパンズの港で乗ってきたからだろう。ずいぶん安直な名前をつけるものね、とアリアは思った。

夜明けの空が明るさを増すと、星々は完全に姿を消した。まだ残っているのは、まっすぐ前方に光る一対の星だけだ。一対？

「星がふたつに増えてる」

「ふたつの目だからね」デニョが答えた。「タイタンがおれたちを見まもってるのさ」

〈ブレーヴォスのタイタン〉。ウィンターフェル城にいたころ、タイタンの物語は城住みのばあやからいろいろと聞かされた。タイタンは山ほどもある巨人で、ブレーヴォスが危機に瀕すると目を覚まし、炎の目をかっと見開いて、岩でできた手足を音高く動かしながら海に入っていき、敵を粉砕するのだという。

〝ブレーヴォス人はね、高貴な生まれの幼い娘を攫っては、みずみずしいピンクのからだをタイタンの生贄に捧げるんですよ〟

そういってばあやが物語をおえるたびに、姉のサンサはいつもいつも馬鹿みたいに悲鳴をあげたものだった。けれど、メイスター・ルーウィンにいわせれば、タイタンはただの巨像であり、ばあやの物語は作り話でしかない。

(でも、ウィンターフェル城は燃えてしまった)

ばあやもメイスター・ルーウィンも死んでしまった――ほかの者たちみんなと同じように――サンサと同じように。みんなのことを思いだすと胸が痛む。

(すべての者は、いつか死なねばならぬ)

このことばの意味が身に滲みた。これは磨耗した〈鉄の貨幣〉をくれたとき、ジャクェン・フ＝ガーが教えてくれたことばだ。ソルトパンズの町を出発して以来、アリアはいろいろとブレーヴォスのことばを学んできた。〝おねがい〟、〝ありがとう〟、〝うみ〟、〝ほし〟、〝ファイアーワイン〟などである。しかし、真っ先に憶えたのは、〝すべての者は、いつか死なねばならぬ〟だった。ガレアス船《タイタンの娘》に乗り組んだ船乗りのほとんどは、オールドタウン、キングズ・ランディング、メイドンプールなどの港町で上陸した夜に聞きかじった共通語を話すが、ちゃんとした会話ができるのは、船長とその息子たちしかいない。息子のなかでも、デニョはいちばん年の若い、ぽっちゃりとして陽気な男の子で、ふだんは父親の船室の片づけをしたり、経理を受け持つ長男の手伝いをしたりしている。

アリアはデニョにいった。

「あんたたちのタイタン、おなかすかしていないといいな」

「おなかをすかす？」デニョはけげんな顔になった。

「なんでもないよ」

たとえタイタンがほんとうに幼い娘のみずみずしいピンクのからだを貪るのだとしても、べつに怖くはない。自分は筋張っていて巨人の食欲をそそる体形ではないし、齢もそろそろ十一で、幼い女の子ではないからだ。

（それに、〈ソルティー〉は高貴な生まれじゃないしね）

「タイタンって、ブレーヴォスの神さまなの？」アリアはたずねた。「それとも、やっぱり〈七神《しちしん》〉を奉ってるの？」

「ブレーヴォスでは、どの神さまも敬意をはらわれるんだ」船長の息子は、自分の生まれた都市のことを話すのが大好きだった――父親の船のことを話すのと同じくらいに。「きみらの〈七神〉の聖堂《セプト》もひとつあるよ。〈海の向こうの聖堂《セプト》〉と呼ばれてるんだ。でも、そこに参拝するのはウェスタロスの船乗りたちだけだけど」

（〈七神〉はわたしの神じゃないわ。かあさまの神よ。しかも、フレイ家のやつらが双子城《ツインズ》でかあさまを殺すのをとめてはくれなかった）

ブレーヴォスにも〈神々の森〉はあるのだろうか。まんなかにウィアウッドの大樹を持つ森があるのだろうか。デニョなら知っているかもしれない。でも、それをたずねるわけにはいかなかった。〈ソルティー〉は潮だまり《ソルトパンズ》の町の娘だ。ソルトパンズの娘が北の古い神々のことを知っているはずはない。

(古い神々は死んだのよ)アリアは自分に言い聞かせた。(それといっしょに、かあさまも、とうさまも、ロブも、ブランも、リコンも、みんな死んでしまった)

ずっとむかし、とうさまがこういっていたのを思いだす——寒風吹きすさぶとき、孤独の狼は息絶えるが、狼の群れは生き延びる、と……。

(でも、まったく逆になったじゃない)

孤独の狼であるアリアは生き残り、狼の群れは一網打尽にされてつぎつぎに殺され、皮を剝がれてしまった。

「ぼくらをブレーヴォスに導いたのは月下唱人《ムーンシンガー》なんだ。あそこならヴァリリアのドラゴンにも見つからないからね」デニョがいった。「だから、いちばん大きなのは月下唱人の寺院。〈万水の父〉の聖殿も大きいけど、〈父〉が新婦を娶《めと》るたびに新しく建てなおされるんだぜ。ほかの神々は、都市のまんなかにある島にまとめて祀《まつ》られてる。そこにいけば、きみたちの……〈多面の神〉も祀られてるよ」

タイタンの一対の目は、いつしか明るさを増しているように見えた。目と目の間隔も広くなってきたようだ。〈多面の神〉など聞いたこともなかったが、自分の祈りに応えてくれるのなら、それこそはアリアが探しもとめてきた神なのだろう。

〈サー・グレガー、ダンセン、〈善人面のラフ〉、サー・イリーン、サー・マーリン、それにクイーン・サーセイ。残る仇は六人〉

ジョフリーは死んだ。ポリヴァーも〈猟犬《ハウンド》〉に斬り殺された。〈一寸刻み《ティクラー》〉はアリア自身が刺し殺した。あの馬鹿なにきび面の従士もだ。

〈わたしをつかんだりしなければ、殺されることもなかったのに〉

〈猟犬《ハウンド》〉はトライデント河の河岸に放置してきた。負傷がもとで、高熱を発して死にかけていたからだ。

〈心臓にナイフを突きたてて、息の根をとめておくべきだったかな〉

「〈ソルティー〉、見て！」デニヨに腕をとられ、向きを変えさせられた。「見える？　ほら、あそこ！」

デニヨが行く手を指さしている。

船首に灰色のとばりを切り裂かれるかのように、前方の霧が晴れつつあった。《タイタンの娘》は紫色の帆に風を孕《はら》み、灰緑色の海水を切って快走していく。頭上からは海鳥たちの鳴き声も聞こえている。デニヨの指さす先には、水平線のただなかに、岩がちの横に長い島が見えていた。その険しい斜面には、兵士松《ソルジャー・パイン》と黒樅《クロモミ》がびっしり生えている。ただし——まっすぐ前方、島のまんなかあたりは海峡で隔てられており、その海峡をまたいで、双眸《そうぼう》を爛々《らんらん》と輝かせ、長い緑の髪を風になびかせながら、タイタンの巨体がそびえたっていた。巨大な二本の脚は大きく開かれて、その肩は左右の険峻な峰よりも高い。岩を削りだした脚は、巨像が立つ島そのものと同じく、黒花崗岩でできていた。腰の周囲には青緑色の青銅の草摺《くさずり》をつけ、胸当ても同じく青銅製だ。頭には立物《たてもの》のついた兜をかぶり、左右の目にあいた穴のなかでは巨大な篝火《かがりび》が煌々《こうこう》と燃えている。左手は向かって右の尾根にのせ、青銅の指で山頂の岩塊をつかむいっぽうで、高々とかかげた右手には先が折れた剣の柄を握りしめていた。

(なによ、キングズ・ランディングにあるベイラー聖徒王の巨像より、ちょっと大きいだけじゃない)

アリアは自分にそう言い聞かせた。とはいえ、島はまだずっと遠くにある。そして、寄せ波の砕ける分水線へとガレアス船が近づいていくにつれて、タイタンはますます巨大に伸びあがっていった。デニヨの父親が深く響く声で命令を怒鳴るのが聞こえた。すぐさま、頭上で船乗りたちが索具をあやつり、縮帆にかかった。

(タイタンの股の下をくぐるんだ)

このへんまでくると、タイタンの細部がわかるようになった。青銅の胸当てには矢狭間《やざま》が見える。腕や肩の、海鳥たちがとまる部分には、無数のしみや汚れもついていた。近づくにつれて、アリアはますます上を仰ぎ見る形になった。

(ベイラー聖徒王の像は、タイタン像のひざほどまでしかない。タイタンなら、ウィンターフェル城の城壁だってひとまたぎにできるわ)

その瞬間——タイタンがすさまじい咆哮を発した。

巨体ならではの圧倒的な雄叫び、身の毛もよだつ雷鳴のような轟きに、船長の怒鳴り声も、松でおおわれた岩場に寄せ波が砕け散る音も、ことごとく呑みこまれてしまった。一千羽の海鳥がいっせいに飛びたち、アリアは身をすくませた。が、そこでデニョが笑っているのに気がついた。

「この船が造兵廠《ぞうへいしょう》に近づいてるんだって、タイタンが知らせてるのさ！　それだけだよ！」

タイタンの咆哮のなか、デニョが大声を張りあげた。「怖がらなくてもいい！」

「怖がってなんかいないよ！」アリアは叫び返した。「あんまり大きな音なんで、びっくりしただけ！」

強風と寄せ波に乗って、《タイタンの娘》は海峡めざし、ぐんぐん進んでいく。左右二列ずつの櫂はなめらかに水をかき、海面に白い泡をたてている。ややあって、タイタンの影に入った。このままの勢いで進めば、船が巨大な脚の下の岩礁にぶつかってしまう気がして、アリアはデニョと船首にしっかりとしがみついた。顔に水しぶきがかかり、なめると塩辛い。

タイタンの顔を見あげるには、もう真上を仰ぎ見なければならない状態だ。

〝ブレーヴォス人はね、高貴な生まれの幼い娘を攫っては、みずみずしいピンクのからだをタイタンの生贄に捧げるんですよ〟

もういちど、ばあやのことばが心の中にこだました。もちろん、アリアは幼い女の子ではないし、ばかげた彫像なんかに怯えたりはしない。

そうとわかってはいても、〈針《ニードル》〉をしっかりと握りしめずにはいられなかった。やがて船は、そそりたつ二本の脚のあいだにすべりこんだ。ばかでかい太腿の内側には、ここにも多数の矢狭間がならんでいた。上を通過していく巨大な草摺《くさずり》の下端は、マストの見張り台のゆうに十メートルは上にある。通過するとき目をこらすと、巨大な草摺の内側にはいくつもの殺人孔《さつじんこう》が設けられていて、鉄柵の奥からたくさんの白い顔が見おろしていた。

ほどなく、船は脚のあいだを通りぬけた。

影を通り抜けると同時に、松におおわれた急斜面が左右に遠ざかりだし、風もぐっと弱くなった。つぎの瞬間、船は広大な礁湖《ラグーン》にすべりでた。行く手にまたひとつ、海にせりだした岩島が見えた。一見、棘《トゲ》だらけのこぶしのようだ。岩島の胸壁には、無数のねじり力投石機《スコーピオン》、大砲、錘式投石機《トレビュシェット》などが針鼠のようにならんでいる。

「あれが〈ブレーヴォスの造兵廠《ぞうへいしょう》〉だよ」デニョが名前を告げた。自分が造ったかのように、誇らしげな口調だった。「あの造兵廠ではね、一隻の戦闘ガレー船を、たった一日で造ってしまえるんだ」

埠頭には数十隻のガレー艦が停泊しているのが見えた。進水台にも、何隻か船が載っている。岩がちの岸壁には巨大な船渠《せんきょ》がならび、彩色された船首がそこから突きだしているさまは、犬小屋に収まった猟犬——スマートで貪欲で腹をへらし、獲物を追っていっせいに飛びだすべく、猟師の角笛を待つ猟犬のようだ。アリアはガレー艦の数を数えようとしたが、あまりにも多すぎて、とても数えきれなかった。しかも、岩島をまわりこんでいくにつれて、あとからあとから、船渠、突堤、桟橋がその姿を現わす。そのそれぞれにガレー艦が舫《もや》われていた。

そのとき、向こうのほうから二隻のガレー艦が誰何《すいか》しにやってきた。多数の白い櫂を翻し、水上をすべるように近づいてくるようすは、どこか蜻蛉《トンボ》を思わせる。その二隻に向かって、《タイタンの娘》の船長がなにごとかを怒鳴った。向こうの艦長たちも怒鳴り返してきた。アリアにはことばの意味がわからない。ふいに大角笛が吹き鳴らされた。二隻のガレー艦が《娘》の左右をすれちがっていく。あまりにも近いので、紫に塗られた二隻の艦内で響く、くぐもった太鼓の音までもが聞きとれるほどだった。ドンドン、ドンドン、ドンドン、ドンドン、というリズムは、生きものの鼓動を連想させる。

二隻はあっという間に後方へ去っていった。同様に造兵廠も離れていく。替わって、行く手に広大なターコイズグリーンの浅瀬が見えてきた。さざ波がきらめく浅瀬は、まるで色をつけたガラス板のようだ。その浅瀬の中央に、大規模な都市が広がっていた。多数の円蓋、塔、橋からなる、灰色と金色と赤の大都市——。

（あれが海のまっただなかの都、百の島からなる大都市、ブレーヴォスね）

メイスター・ルーウィンは、ブレーヴォスのことをいろいろと教えてくれたが、アリアはそのほとんどを忘れてしまっていた。平面的な都市であることは、遠くから見てもひと目でわかる。三つの高い丘陵にまたがったキングズ・ランディングとはまったく異なる趣《おもむき》だ。ここで唯一の〝丘〟といえるのは、人間が煉瓦、花崗岩、青銅、大理石で築きあげた構築物しかない。ほかにもなにか欠けているものがあったが、それがなにかに気づくのに、すこし時間がかかった。

（この都市には囲壁《いへき》がないんだ）

その点を口にすると、デニョは笑って答えた。

「ぼくらの都市の囲壁は、木と紫の艤装でできてる。たくさんのガレー艦がぼくらの囲壁さ。ほかには要《い》らないんだよ」

そのとき、背後の甲板がきしんだ。ふりかえると、デニョの父親が目の前にそそりたっていた。紫のウールで仕立てた、長い船長用のコートを着ている。商人であり、船長でもあるテルネシオ・テリスは髭を生やしていない。風焼けした四角い顔を縁どるのは、短く刈ったごま塩の頭髪だけだ。航海のあいだ、船長が乗組員たちと冗談をいって笑うところを何度も見たが、ひとたびこの男が眉をひそめると、嵐がせまったかのように、屈強な船乗りたちが飛んで逃げていく。そして、いま、船長は眉をひそめていた。

「じきに港に着く」船長はアリアにいった。「向かう先はチェクィ港だ。そこで海頭《シーロード》の税関職員が積み荷を調べるため乗船してくる。検査はいつものように半日がかりだろう。しかしおまえは連中を待っている必要はない。荷物をまとめろ。小舟を降ろしてやるから、ヨルコに岸まで連れていってもらえ」

（岸まで……）

思わず、唇をかんだ。アリアは〈狭い海〉を越えてここまでやってきたが――もし船長に訊かれたら、このまま《タイタンの娘》に乗っていたいと答えただろう。〈ソルティー〉は小柄すぎて櫂をあやつることはできない。自分でもそれはわかっている。だが、索具同士をつなぐ方法や縮帆のしかた、舵をあやつり海路にそって広大な海を渡る技術などは学べると思う。いちどデニョにマストの見張り台の高みへ連れていってもらったことがある。甲板ははるか下に小さく見えたが、ちっとも怖くなかった。

(わたしだって、計算の手伝いならできるし、船室の掃除もできる)

だが、ガレアス船には、雑用係のボーイをふたりも乗せておく余裕はない。それ以前に、船長の顔つきを見ただけで、早々にアリアをやっかいばらいしたがっていることがわかった。だからアリアは、こくんとうなずき、

「岸までね」と答えた。

とはいえ、上陸することは、また見知らぬ者たちのあいだに放りだされることを意味する。

「ヴァラー・ドヘリス」船長が二本の指を自分の額にあてがい、いった。「忘れんでくれ、テルネシオ・テリスのことを、そして、おれがおまえにしてやったことを」

「うん、忘れない」

アリアは小さな声で答えた。風がマントをあおり、幽霊のように執拗に引っぱっている。もういかなくてはならない。

荷物をまとめろと船長はいったが、荷物といえるものはごくわずかで、いま着ている服と、貨幣少々を入れた小さな巾着、船乗りたちがくれた贈り物のほかは、左の腰に吊った短剣と、右の腰に吊った〈針《ニードル》〉しかなかった。

　小舟はすでに降ろされて待っており、ヨルコが櫂を握っていた。ヨルコも船長の息子だが、デニヨよりも年上で、デニヨほど愛想がよくはない。

（デニヨにさよならをいいそこねた）船腹の梯子を小舟へと這い降りながら、アリアはそう思った。もういちどあの子に会う機会があるだろうか。（さよなら、っていっておくべきだったな）

　小舟が岸に向かいだした。ヨルコが櫂を動かすたびに、《タイタンの娘》は徐々に後方へ遠ざかり、前方の都市がしだいに大きくなっていく。右手に港が見えた。ごちゃごちゃした桟橋と埠頭には、船腹の大きなイッベンの捕鯨船や夏諸島《サマー・アイランズ》からきた白鳥船が何隻も停泊していた。ガレー船の数も多く、とても数えきれないほどだ。左手のもっと遠くには、また別の港が見える。その手前には沈みかけた陸地があり、なかば水没した多数の建物が海面に頭を突きだしていた。ひとところにこれほど大きな建物がこんなにもたくさん集まっているのを、アリアはいままで見たことがない。キングズ・ランディングには赤の王城《レッド・キープ》があるし、ベイラー大聖堂《グレート・セプト》もあり、〈竜舎《ドラゴンピット》〉もある。しかしこのブレーヴォスには、そのいずれにも引けをとらない、いや、もっと大きな寺院や塔や宮殿が二十ほどもあった。

（また鼠に逆もどりか……）と、アリアは陰気に思った。（逃げだす前のハレンホールでもそうだったよね）

　造兵廠を通過したあたりから見た都市は、ひとつの巨大な島のように見えたが、ヨルコが小舟を近づけるにつれて、じつは密集する多数の小島の集合体であることがわかってきた。

複雑に入り組む小海峡で隔てられた島々は、おびただしい石組みのアーチ橋で結ばれている。右手の港の向こうには、灰色の石造家屋がならぶ通りが見えた。家々はぎっしりと密集して、たがいに支えあっているように見える。アリアの目には奇妙に映るそれらの家は、どれも四、五階建てではっそりとしており、故郷のとんがり屋根の小屋に似て頂の鋭くとがった屋根は、すべて石瓦らしきもので葺《ふ》いてあった。草葺き屋根はまったく見当たらない。ウェスタロスではあたりまえの木造家屋も数えるほどだ。

（木がないからだわ）とアリアは気づいた。（ブレーヴォスで手に入る建材は石だけ。翠《みどり》の海に囲まれた灰色の都市ね）

ヨルコが港の北で小舟の向きを変え、大きな運河に入りこんだ。幅の広い緑色の水路は、まっすぐ都市の中心部へ向かっている。進むうちに、多彩な彫刻を施された石橋のアーチをくぐった。彫刻されているのは、五十種類もの魚や蟹や烏賊《イカ》の姿だった。ややあって行く手に現われた第二の橋には繊細な蔓《つる》植物が刻まれていたし、その向こうにある第三の橋からは、全面に描かれた一千もの目がこちらを見おろしていた。運河の左右にはいくつもの小運河が口を開いており、もっと小さな水路もたくさんあった。家のなかには、その水路をまたいで建てられているものもあり、それが水路を暗渠《あんきょ》に変貌させている。あちこちの水路に出入りするほっそりとした小舟は、いずれも海蛇を象ったもので、舳《へさき》には蛇の頭部が描かれ、艫《とも》は蛇が尾をもたげたような形状になっていた。よく見ると、どの小舟も、櫂で漕ぐのではなく、棹で運河の底を突いて進んでいく。棹をあやつるのは、小舟の艫に立つ、灰色や茶色や深いモスグリーンのマントをまとった男たちだ。大きな平底の艀《はしけ》もたくさん見かけた。木箱や樽を満載した艀を動かしているのは、いっぽうの船縁《ふなべり》にならんだ二十人の棹手《とうしゅ》だった。色つきガラスのランタン、ベルベットのカーテン、真鍮の船首像をそなえた、豪華な水上家屋の姿もあった。

はるか遠くには、運河や家々のずっと上に走る、灰色の石で造った巨大な空中道のようなものが見えた。ところどころで道を支えているのは巨大なアーチで、三つまでは見えたが、そこから先、道は南の靄に呑まれて消えていた。

「あれはなに?」石の道を指さして、アリアはたずねた。

「導水橋だ」とヨルコは答えた。「本土から真水を運んできてる——干潟と浅瀬を越えて。上質の水で、飲み水に使える」

うしろをふりかえると、港も礁湖も見えなくなっていた。前方に目をもどす。運河の両岸に一列ずつ、巨大な青銅像がならんでいるのが見えた。いずれもいかめしい顔をした人間を象ったもので、身につけた青銅のローブは、海鳥の落下物だらけだ。像のなかには、書物を持っているものもあれば短剣を持っているものもあり、鎚を持っているものもある。一体が高くかかげた手に握っているのは黄金の星らしい。別の一体が逆さに持つ石の細口瓶からは絶えず水がほとばしり、運河に注ぎこまれていた。

「あれはみんな、神さま?」アリアはたずねた。

「歴代海頭《シーロード》だよ」ヨルコは答えた。「神々の島はもっと遠い。あっちのほう——右岸方向へ橋六つぶんいったあたり。見えるだろ？　あれが月下唱人の寺院だ」

それは礁湖から見えたあの建物の一棟だった。荘厳な純白の大理石建築は、上部に巨大な銀のドームをいただいている。そのドームの周囲にぐるりとならぶ乳白色の窓の形は、月の満ち欠けのさまざまな相を表わすものだ。寺院正門の左右には、一対の大理石の乙女が立ち――大きさは歴代海頭像と同じほどだろう――門上部の楣《まぐさ》石を支えていた。

純白の大寺院のとなりには、要塞のようにいかめしい感じの赤石でできた大寺院があった。その四角い大塔の頂には、一辺六メートルはある鉄の聖炉が設置され、天に赤々と炎を噴きあげている。真鍮の扉の各所にも、点々と炎が灯っていた。

「紅《あか》の祭司は火が大好きだからな」ヨルコがいった。「連中の祭神は〈光の王《ロード・オブ・ライト》〉こと、紅《あか》のル＝ロールなんだ」

（知ってるよ、そんなこと）

アリアはミアのソロスのことを思いだした。ソロスが着ていた古い鎧はあちこちが欠け、ローブもひどく擦りきれて、紅の祭司というより、ピンクの祭司に見えたものだ。しかし、ソロスのキスによってベリック公が死から蘇ったのは、まぎれもない事実だった。後方へと去っていく紅い神の拝火寺院を眺めやりながら、ブレーヴォスの紅の祭司たちも同じことができるんだろうか、とアリアは思った。

つづいて見えた巨大な煉瓦の建築物は、全体を苔でおおいつくされていた。倉庫かなにかだろうかと思ったとき、ヨルコがこう説明した。

「あれは〈救聖院〉といって、忘れさられた弱小の神々を祀ってあるところだ。〈養兎場〉と呼ばれることもある」

「そんなにたくさん神々がいるなんて知らなかった」

ヨルコはのどの奥でうなっただけだった。

やがて小舟は横手の水路に折れ、また橋の下をくぐった。左に岩がちの丘が見えてきた。その頂には、ダークグレイの石造りの聖堂が建っている。聖堂の入口からは、石段が斜面を這い降りて、屋根のある桟橋に通じていた。

ヨルコが櫂をあやつり、艫のほうから桟橋に近寄せた。小舟が軽く、石杭にぶつかった。杭の一本に埋めこまれた鉄の環をつかみ、小舟を一時的に固定して、ヨルコはいった。

「ここで降りてもらう」

桟橋は屋根つきで、その下の影は暗くよどみ、石段は急勾配だった。聖堂の黒い瓦屋根は、運河ぞいの家々と同じように、これもとがり屋根になっている。アリアは唇をかんだ。

(シリオはブレーヴォスからきた。この聖堂にもきたことがあるかもしれない。この石段を昇ったことだってあるのかも)

自分も鉄の環をつかみ、小舟から桟橋にあがる。

「おれの名前は知ってるな」小舟からヨルコがきいた。

「ヨルコ・テリス」

「ヴァラー・ドヘリス」

ヨルコはそれだけいうと、櫂で桟橋を押しやり、水深のある水路の中央部分にもどった。小舟を漕いで大運河へと引き返していくヨルコを、アリアはじっと見送った。やがて小舟は橋の下の影に消えた。とうとう櫂が水をかく音も途絶えると、聞こえるのは自分の鼓動の音だけになった。唐突に、自分がどこか別の場所にいるような錯覚をおぼえた。ここはハレンホールで、そこいらにジェンドリーがいるのではないか。あるいは、トライデント河ぞいの森の中で、そこいらに〈猟犬《ハウンド》〉がいるのではないか。

（馬鹿なことを考えるんじゃない）自分にそう言い聞かせる。（わたしは狼よ、なにものも恐れないの）

幸運のまじないに、〈針《ニードル》〉の柄をとんとたたいてから、アリアは桟橋の影を通りぬけ、いちどに二段ずつ、勢いよく石段を昇っていった。怖がっているなどとはだれにもいわせないためだ。

石段を昇りきったところには、彫刻を施された両開きの木の扉があった。高さはゆうに、三メートル半を超えている。左側の扉は骨のように白いウィアウッド、右側の扉は艶のある黒檀だ。二枚の扉の中央には月の顔が彫刻されていた。顔の部分だけ材質が異なっていて、ウィアウッド側には黒檀が、黒檀側にはウィアウッドが嵌めこまれている。その姿はどことなく、ウィンターフェル城の〈神々の森〉にあった〈心の木〉を思いださせた。

（この扉、わたしを見てる）とアリアは思った。

手袋をはめた手をあてがい、左右の扉を押してみたが、どちらもびくともしない。

「入れなさいよ、この馬鹿。わたしはね、〈狭い海〉を越えてきたのよ」

こんどはこぶしで殴りつけた。

「ジャクェンにいわれて、わざわざきたの。〈鉄の貨幣〉も持ってるのよ」

巾着から〈鉄の貨幣〉を取りだし、かかげてみせる。

「ほら、ね？　すべての者は《ヴァラー》、いつか死なねばならぬ《モルグリス》」

扉はなにも答えない。かわりに、すーっと開いた。

音もなく内側へ開いた扉は、人の手があけたわけではなかった。アリアは一歩なかへ踏みこんだ。そしてもう一歩。背後で扉が閉まった。つかのま、真っ暗でなにも見えなくなった。いつ抜いたのかは憶えていないが、手にはしっかりと〈針《ニードル》〉を握りしめている。

壁には何本かの蠟燭が燃えていた。ただし、ごくほのかな光なので、自分の足もとも見えない。どこかでだれかがつぶやいている。声はあまりにも小さくて、なんといっているのかわからない。しくしくと泣く声も聞こえた。そして、小さな足音。革が石の上をすべる音。扉が開き、閉まる音。

（水音だわ。水音も聞こえる）

徐々に目が闇に慣れてきた。聖堂内部は、外から見たときよりもずっと広いように思えた。ウェスタロスの聖堂《セプト》は奥に七つの壁面があり、そのひとつずつに祭壇が設置され、それぞれに七柱《ななはしら》の神が一柱ずつ祀《まつ》ってあるが、ここにはもっとたくさんの神々が祀られているらしい。壁面に立ちならんだ多数の神像は、どれもごつくて、いかめしかった。各々の神像の足もとには、赤い蠟燭がちろちろと燃えていた。どれもこれも、遠い星のようにはかなく、暗い。

もっとも近い神像は、高さ三メートル半の、大理石の女神像だった。その両目からは絶えず涙が流れ、両手で持った鉢にしたたっている。女神像の真横には、獅子の頭を持ち、玉座にすわる男神像があった。黒檀を削りだしたもののようだ。入ってきた扉の正面には、青銅と鉄の巨大な馬が二本の大きな後肢で棹立ちになっており、そのとなりにもさらに多数の神像がならんでいた。巨大な石の顔、剣を手にした白い子供、野牛《オーロックス》ほどの大きさがある毛の長い黒き山羊《ブラック・ゴート》、杖によりかかった頭巾の男。そこから向こうは闇に呑まれて、そそりたつ黒い影としか見えない。神像と神像のあいだには、奥まって濃い影に閉ざされた壁龕《へきがん》があり、そこここで一本ずつ、蠟燭が燃えていた。

影のように音もなく、横に長い石の信徒席の列のあいだを通って、アリアは奥へと進んでいった。手には〈針《ニードル》〉を握りしめている。踏みしめた感触からして、床も石張りのようだ。ただし、ベイラー大聖堂《グレート・セプト》の磨きあげられた大理石の床とはちがって、もっと仕上げが粗い。ひそひそとささやきあっている女たちのそばを通りすぎた。空気は暖かくてよどんでおり、あまりにもよどんでいるため、あくびが出た。蠟燭の燃える匂いが鼻をつく。この馴じみのない匂いは、なにか独特の香を練りこんであるのだろうか。だが、聖堂の奥へ進むにつれて、雪と松葉と熱いシチューの匂いもただよいはじめた。

（いい匂い）

匂いのおかげで、すこし勇気が出てきた。剣をかまえていなくても平気になったので、

〈針《ニードル》〉を鞘にもどす。

聖堂の中央には、さっき聞きつけた水音の源があった。一辺が三メートルほどの人工池だ。水はインクのように黒く、ほのかに燃える数本の赤い蠟燭で照らされている。池のそばには銀色のマントを着た若い男がすわり、静かに泣いていた。見ているうちに、男は池に片手を突っこんだ。黒い水にかすかな波紋が生じ、蠟燭の光を受けて赤く光る輪が広がっていく。水から手を引き抜いた男は、一本ずつ指をなめはじめた。

（のどが乾いてるんだ）

見ると、池の淵には石のカップがならんでいた。アリアはそのひとつで水をすくい、男のところまで持っていった。男は長いあいだこちらを見つめていたが、アリアがカップを差しだすと、

「すべての者は《ヴァラー》、いつか死なねばならぬ《モルグリス》」といった。

「ヴァラー・ドヘリス」とアリアは答えた。

男はごくごくと水を飲み、からになったカップを池に落とした。小さく、チャポンという音がした。ついで、腹を押さえながら、男はふらふらと立ちあがった。アリアは一瞬、男が倒れるのではないかと思ったが、そこではっと、男のベルトより下に黒いしみができていることに気がついた。見ているうちにも、黒いしみは広がっていく。

「刺されたのね」ぎょっとして、アリアはいった。

男はアリアのことばになんの反応も示さず、ふらつきながら壁に歩いていき、壁龕の中に

潜りこむと、そこの固い石のベッドに横たわった。見まわせば、ほかにも似たような壁龕がたくさんある。そのいくつかには老人が眠っていた。

（そうじゃない――）どこか聞き覚えのある声が頭の中でささやいた。（――死んでるんだ。でなければ、死にかけてるんだ。自分の目でよく見なさい）

その瞬間、何者かの手がアリアの腕に触れた。

すばやく向きなおる。そこに立っていたのは――女の子だった。身につけたフードつきのローブに呑みこまれてしまいそうなほどの、青白い小さな女の子。ローブは向かって右側が黒、左側が白に染め分けられている。フードの下には、痩せて骨格の浮き出た顔があった。頬はこけ、黒い目は皿のように大きい。

「いきなりつかまないで」アリアは痩せた娘にいった。「このまえ無断でつかんだ男の子を、わたし、殺したのよ」

女の子は、アリアには理解できないことばを口にした。

アリアはかぶりをふり、たずねた。

「共通語はわからないの？」

ふいに、背後から声がいった。

「わたしにはわかる」

つぎからつぎへと、意表をつくことばかり。この驚かせかたは気にいらない。ふりかえると、フードをかぶった背の高い男が立っていた。この男もまた、女の子とそっくりの、黒と白のローブに身を包んでいる。だが、フードの下に見えているのは、両目に反射する蠟燭のかすかな赤い光だけだ。

「ここ、どういう場所？」アリアはたずねた。

「安らぎの場所だよ」おだやかな声だった。「危険なことはなにもない。ここは〈黒と白の館〉というんだ。しかし、〈数多《あまた》の顔を持つ神〉の救いを求めるにしては、きみはずいぶん若いようだね」

「それ、南部の神さまみたいなもの？　七つの顔の神みたいな？」

「七つ？　いいや、幼子よ、彼は数えきれないほどたくさんの顔を持っておられる。夜空の星と同じほどたくさんの顔をね。ブレーヴォスでは、人はそれぞれの神を自由に信奉するが……あらゆる道の果てには、かならず〈数多の顔を持つ神〉が立って待っておられる。いつの日か、きみの前にも立たれるときがくるだろう。しかし、恐れることはない。また、神の抱擁を急いで求めることもない」

「わたしはジャクェン・フ＝ガーを見つけにきただけ」

「その名前は知らないな」

アリアは途方にくれた。

「ロラスの出身だって。髪は頭の半分が白くて、もう半分が赤。秘密を教えてやるといって、これをくれたの」

アリアはさっきから〈鉄の貨幣〉をずっと握りしめていた。そのため、手を開いてみると、貨幣は汗ばんだ手のひらに張りついていた。

司祭は貨幣をしげしげと見つめたが、けっして手を触れようとはしなかった。大きな目の娘も、ただじっと貨幣を見つめるだけだ。やっとのことで、フードの男がいった。

「名前をいいなさい、幼子よ」

「〈ソルティー〉。ソルトパンズからきたの。トライデント河の河口の町の」

顔は見えなかったが、なんとなく、男が薄く笑うのが感じられた。

「そうではない」男はいった。「名前をいいなさい」

こんどはこう答えた。

「〈鶵《ヒヨコ》〉」

「ほんとうの名前だ、幼子よ」

「かあさんはわたしのことをナンと呼んだわ。でも、みんなは〈鼬《ウィーゼル》〉と——」

「きみの名前を」

アリアはごくりとつばを呑みこんだ。

「アリーよ。わたしはアリー」

「だいぶ近づいてきたね。さあ、ほんとうの名前は？」

（恐怖は剣よりも深く人を抉《えぐ》る）

恐れてはだめだ。

「アリア」最初はささやくように名前を口にした。それから、こんどは挑むような調子で、

「アリアよ。スターク家の」

「それでいい」と男はいった。「しかしね、〈黒と白の館〉は、スターク家のアリアがくるようなところではないよ」

「お願い――ほかにいくところがないの」

「きみは死が怖いかね？」

アリアは唇をかんだ。

「ううん」

「ためしてみよう」

司祭らしき人物はフードをぬいだ。そこに現われた頭部には、造作らしい造作がなく――ただ黄色味を帯びた髑髏《どくろ》があるのみだった。わずかな頬の皮膚だけが骨にへばりついている。ぽっかりとあいた眼窩の片方からは、一匹の白蛆《しろうじ》が這いだし、くねくねとうごめいていた。

「わたしにキスをしなさい、幼子よ」

きしるような声――乾ききってかすれた、臨終の喉声。

(そんなことで、わたしが怖がるとでも思うの？)

アリアは鼻があるはずの場所にキスをし、ついでに目の中から蛆を剝ぎ取った。が、咬みつぶしてやろうと手にしたとたん、蛆は影のように融け去った。

同様にして、黄色い髑髏も融けていき、いままでに見たなかでもっとも柔和な顔の老人が、やさしくほほえんでいた。

「いまだかつて、わたしの蛆を食べようとした者はいなかった」と男はいった。「そんなに飢えているのかね、幼子は？」

（そうよ）とアリアは思った。（でも、食べものに飢えてるんじゃないわ）

7——サーセイ

冷たい雨が降っている。雨に濡れた赤の王城《レッド・キープ》の外壁は、鮮血に染まっているかのようだ。サーセイ太后は少年王の手を握りしめ、ぬかるんだ内郭《うちぐるわ》を横切り、待たせてある衛兵と馬車のもとへ引きずっていった。有無はいわせない。

少年王が文句をいった。

「ジェイミーおじさんは、自分で馬に乗って、平民たちに小銭を投げ与えていいっていったよ」

「風邪を引きたいの？」そんな危険は冒せない。トメンはジョフリーほどたくましくはないのだから。「おじいさまはね、おまえにご自分の衣鉢《いはつ》を継ぐ立派な王になってほしかったの。大聖堂《グレート・セプト》で濡れ鼠の姿をさらすわけにはいきません」

(最悪だわ、また喪服を着なくてはならないなんて)

黒という色は、どうしても好きになれない。色白なので、黒い服を着ると、なかば死体のように見えてしまうのだ。それに、けさは夜明けの一時間前に起きだし、時間をかけて髪をととのえた。長く雨に濡れれば、せっかくの努力がだいなしになってしまう。

馬車に収まると、トメンは支えのクッションに頭をもたせかけ、降りしきる雨を眺めた。

「神さまたち、おじいさまのために泣いてるんだね。レディ・ジョスリンがいってた。雨は神さまの涙だって」

「ジョスリン・スウィフトもばかなことを。神々が泣けるなら、おまえのおにいさまのためにも泣いたはずでしょう。雨は雨よ。さ、カーテンを閉めなさい、それ以上、雨が降りこまないうちに。そのマントは黒貂《クロテン》なのよ、上等のマントがびしょびしょになってもいいの？」

トメンはいわれたとおりにした。その覇気のなさに、サーセイははがゆい思いをいだいた。王たる者、力強くなくてはならないのに。

（ジョフリーなら文句を言っていたところだわ。あの子はけっして、おとなしく言うことをきいたりはしなかった……）

「そんなにだらしない格好ですわらないの」ふたたび、小言が口をついて出た。「王らしく、堂々とすわっていなさい。肩をそびやかして、王冠をまっすぐにかぶって。諸公の目の前で王冠を落としてもいいの？」

「ううん、かあさま」

トメンは背筋を伸ばしてすわり、冠を正した。ジョフ用の冠は、この子には大きすぎる。それに、前はぽっちゃりした子だったのに、すこし顔がほっそりしてきたようだ。

（この子、ちゃんと食べてるのかしら？）

あとでかならず侍女に問いただそう。トメンを病気で伏せさす危険は冒せない。ミアセラがドーン人の手にある以上。

（じきにトメンも成長して、ジョフの王冠がぴったりになるけれど……）

そのときまで、もっと小さな王冠が必要だ。頭を呑みこみそうなほど大きな王冠ではなく。早いところ、金細工師に造らせよう。

トメンがカーテンごしに人気《ひとけ》のない街路を覗いた。

「もっとたくさん、人がいると思ったのに。とうさまが亡くなったときは、街じゅうの人がこぞってぼくらを見にきたよ」

「この雨で、みんな家の中に引きこもっているのよ」

じっさいには、人気《にんき》がないだけだ。タイウィン公は、キングズ・ランディングではあまり愛されていなかったのである。

（けれど、父はけっして愛など望まなかった）

〝愛など食えんし、愛では馬の一頭も買えん。寒い夜に広間を暖めることもできん〟

以前、父がジェイミーにそういっているのを聞いたことがある。ジェイミーがまだトメンとたいして変わらない年ごろのことだ。

〈ヴィセーニアの丘〉の頂上に設けられた荘厳な大理石造りの建物、ベイラー大聖堂《グレート・セプト》には、少数の弔問者《こんじき》しか集まっていなかった。サー・アダム・マーブランドが広場の向こうに集合させた金色のマントをまとう〈王都の守人《シティ・ウォッチ》〉のほうが、まだ数が多いほどだ。

（じきにもっとやってくるわ）

サー・マーリン・トラントの差しだす手につかまって馬車を降りながら、サーセイは自分にそう言い聞かせた。朝の葬礼には、貴族とその随員しか出席をゆるされない。平民向けの葬儀は午後に営まれる予定で、夜の祈りは万民に解放されることになっている。サーセイとしては夜の祈りにも姿を見せておく必要があった。自分が嘆き悲しむ姿を平民どもに見せておくためだ。

（大衆にはショーを見せてやらなくてはね）

わずらわしいことではあった。サーセイの肩には、処理しなければならない政務、勝利しなければならない戦争、統治しなければならない領土がのしかかっている。亡き父ならば、それをわかってくれただろうに。

石段の最上段には、総司祭《ハイ・セプトン》が待っていた。まばらな白い顎鬚《あごひげ》を伸ばした腰曲がりの老人だ。装飾的な刺繍を施したローブの重みによって、ただでさえ曲がった腰はいっそう折れ曲がり、その目はサーセイの胸の高さにまで下がっている。だが、頭にかぶった総司祭冠は、老人の頭から五十センチ近く上にまでそそりたっていた。総司祭冠はカットした水晶と金線細工でできていて、気泡の多い砂糖菓子のようだ。

タイウィン公が老セプトンにこの冠を与えたのは、先代ハイ・セプトンが暴徒に殺されたさい、それまでの総司祭冠が行方不明になってしまったためだった。ミアセラがドーンへと出帆したあの日、例の太った愚か者は馬車から引きずりだされ、ばらばらにされてしまったのである。

（あの大食漢はあやつりやすかったのに。この男ときたら……）

唐突に、サーセイは思いだした。現ハイ・セプトンは、ティリオンの画策でいまの地位についた男だ。それを思うと、不安をかきたてられずにはいられない。

金糸の渦巻模様で縁どられ、小さな水晶を大量に縫いつけられた袖からは、老人斑だらけの、まるで鶏の足のような手が差しだされている。サーセイは濡れた大理石にひざまずき、その指にキスをした。ついで、トメンにも同じことをするようにとうながした。

（この男、わたしのことをどこまで知っているのだろう？　あのこびとはどこまで話したの？）

ハイ・セプトンは微笑を浮かべ、聖堂《セプト》の中へ導きはじめた。この微笑は、世間に知られていないおまえの秘密を知っているぞという無言の圧力の笑みなのか、それとも、しわだらけの唇に宿る、なんの意味もない痙攣なのか？　なんともいえない。

導かれるままに、サーセイはトメンの手を引いて、天井に色つき鉛ガラスの球がいくつもぶらさがった〈ランプのホール〉を横切りだした。ふたりの左右に、濡れたマントから床に雨水をしたたらせつつ随行している〈王の楯《キングズガード》〉の騎士は、トラントとケトルブラックだ。

ハイ・セプトンはのろのろとしか動けない。宝玉を飾ったウィアウッドの杖にすがるようにして歩いている。そのそばには七人の篤信卿《モースト・ディヴァウト》がつきしたがっていた。篤信卿が着ているのはきらめく銀糸の服だ。それに対して、トメンは黒貂のマントの下に黄金の衣服を、サーセイは白いオコジョの毛皮《アーミン》を裏打ちした黒ベルベットのガウンを着用している。ガウンは古いものだが、これはどうしようもない。喪服を新調するひまなどなかったし、といって、かつてと同じ喪服を着て人前に出るわけにもいかないからである。息子ジョフリーの葬儀のときに着た喪服も、夫ロバートを埋葬したときに着た喪服も、このような場で着るわけにはいかない。

（これがティリオンの葬儀だったなら、もっと衣装に気をつかうところだけれど……もしもそうだったら、真っ赤なシルクと金のドレスを着て、ルビーをちりばめた頭飾りをかぶっていたわね）

あのこびとの首を持ってきた者は、どんなに卑しい生まれでも、どんなに身分が低くても、だれであれ、きっと貴族に取り立ててやる——そんな主旨の触れをサーセイは出していた。この公告を告げる使い鴉《レイヴン》は、すでに七王国の隅々にまで送りだされている。まもなく触れは〈狭い海〉を越え、自由九都市やその彼方の土地にまで伝わるだろう。

（あの〈小鬼《インプ》〉め、地の果てまでも追いつめてやる。絶対に逃がしはしない）

王の列は内側の扉を通りぬけ、大聖堂《グレート・セプト》の広大な身廊に入った。内部には七本の広い通廊があり、七本すべてが丸天井の下で合流する中央部分へと向かっていて、そのうちの一本を進んでいく。通廊の左右には、貴人の弔問者がずらりとならんでおり、王と王母が目の前に差しかかるとつぎつぎにひざまずいた。その顔ぶれを見て、父の旗主の多くが参列していることがわかった。五十余度もの戦《いくさ》でタイウィン公とともに戦った騎士たちもだ。見知った者たちが多く参列していることを知って、サーセイは意を強くした。

（わたしにはまだ、味方がいないわけではない）

ガラス、黄金、水晶で構築された、大セプトの荘厳な丸天井の下には、一段高い大理石の棺台上に、タイウィン・ラニスター公の遺体が安置されていた。遺体の頭の側には、ぶじなほうの手で黄金の大剣の柄を握りしめ、その剣尖を床についていて、ジェイミーが立っている。ジェイミーがかぶっているフードは、降ったばかりの新雪のように白い。身につけた特殊な長い小札鎧《ホーバーク》は、一枚一枚に特大の真珠を埋めこんだ黄金の札《さね》をつづったものだ。

（タイウィン公としては、息子にはラニスター家の色である金と真紅で着飾ってほしかったでしょうね）とサーセイは思った。（白備えのジェイミーを見ると、父はいつも怒っていたわ）

ジェイミーはふたたび、以前のように髭を伸ばしはじめていた。だが、頬髯《ほおひげ》も顎鬚《あごひげ》もまだ短いので、なんだか粗削りで粗野な印象を与える。

（生やすにしたって、せめて父の遺骨がキャスタリーの磐城《ロック》に埋葬されてからにすればいいのに）

サーセイは王の手を引き、三段の短い階段を昇ると、遺体のそばにひざまずいた。トメンの目には涙があふれている。

「声を出さずに泣きなさい」王の耳もとに顔を寄せて、サーセイはいった。「おまえはね、王なのよ、ただの子供のように泣き叫んではだめ。諸公がおまえを見ているのだから」

トメンは手の甲で涙をぬぐった。サーセイの目の色と同じ、エメラルド・グリーンに輝く少年王の目は、大きくて生き生きとして、この年齢だったころのジェイミーの目を思わせる。弟ジェイミーもこんなに愛らしい少年だった。ただし……ずっと猛々しかった。ジョフリーのように猛々しくて、真の獅子の魂を受け継ぐ者だった。サーセイはトメンの背中に片腕をまわし、金色の巻毛にキスをした。

(この子にはわたしが必要だわ。統治の仕方や敵から身を護るすべを、手をとっていちいち教えてやらなくては)

こうしているいまでさえ、敵はすぐそばに立っている。葬列者の一部は、表面上は味方を装っているが、いつ牙を剝《む》くかわかったものではない。

沈黙の修道女《シスター》たちはタイウィン公の亡骸《なきがら》に、これから最後の戦いに望むかのような最高の軍装束《いくさしょうぞく》をつけさせていた。最上等の板金鎧《プレート・アーマー》は、厚い鋼に色調の濃いダーク・クリムゾンの琺瑯《エナメル》を引いたものだ。籠手《ゴーントレット》、脛《すね》当て、胸当てには、それぞれに華麗な金線細工が象嵌《ぞうがん》されている。腕当てにあしらわれているのは旭日《きょくじつ》模様、両肩にうずくまるのは黄金の獅子。頭の横には大兜《グレートヘルム》が置いてあり、その頭頂部には鬣《たてがみ》豊かな獅子の頭立《ずだて》が飾ってあった。胸の上に載せられた長剣の鞘はルビーを象嵌した金箔拵《ごしら》え。金鍍《きんと》金《きん》の鎖手袋をはめた両手は、その剣の柄を握る形で、胸の上で組みあわせてある。

(死してなお、父の顔は気高い)とサーセイは思った。(ただし、唯一、この口もとだけは……)

タイウィン公の両の口角はわずかに上向いており、それがどことなくおもしろがっているような印象を与えていた。

(こんな死に顔であってはならない)

悪いのはパイセルだ。沈黙のシスターたちに、生前のタイウィン公は笑ったことがないと伝えるべきだったのに。

(あの男は役にたたない——胸当ての乳首なみに)

こんなふうに薄笑いを浮かべていると、どういうわけか、タイウィン公はかつての凄味を失って見えた。その薄笑いに加えて、目を閉じているせいもあるのだろう。父の目——淡い翠《みどり》に金の斑《ふ》を散らし、発光しているかのごときあの目には、見る者を怯ませずにはおかない力があった。そして、相手の心の奥底までも見透かして、おまえなど無価値で醜悪なことをちゃんと見ぬいているのだぞ、と思わせるなにかがあった。

(父に見すえられた者は、かならずそう感じたものだわ)

ふと、かつての記憶がよみがえってきた。サーセイがまだ夏草のようにみずみずしい少女だったころ、はじめて出席したエイリス王主催の宴席でのことだ。メリーウェザー老が酒税をあげようという話をしていたさい、ライカー公がこういった。〝金が必要ならば、陛下、タイウィン公を寝室用の便器にすわらせてはいかがでしょう。いくらでも黄金をひりだしてくれますぞ〟。エイリス王とその腰巾着たちがげらげらと笑うなかで、父はワインのカップごしにライカーを凝視した。笑い声が消えてしばらくたっても、その目はじっとライカーに注がれたままだった。ライカーは顔をそむけ、顔をもどし、父と目を合わせ、視線を無視し、ジョッキ一杯のエールを飲み干すと、こゆるぎもせぬ父の凝視にとうとう耐えきれなくなり、赤い顔で席を立った。

(そのタイウィン公の目も永遠に閉じられてしまった。これからは、見る者を怯ませるのは、このわたしの視線となる。わたしが柳眉《りゅうび》を逆立てれば、だれもが恐怖するようにしなくてはならない。わたしもまた獅子のひとりなのだから)

大セプトの中は薄暗い。雨空が鉛色に曇っているからだ。この雨さえ降っていなければ、ななめに射しこむ陽光が天井に吊るされた多数のクリスタルを通過し、遺体を虹色の輝きで包みこんでいただろう。キャスタリー・ロック城の城主には、虹の絢爛《けんらん》さこそがふさわしい。父はそれほどに偉大な人物だった。

(けれど、わたしはもっともっと偉大になってみせる。いまから一千年後、学匠《メイスター》たちがこの時代の歴史を書くときに、あなたは〝クイーン・サーセイの父〟としてのみ記されるのよ、父上)

「ねえ、かあさま」トメンが袖を引っぱった。「このひどい匂い、どこからくるの?」

(わたしの父だわ)

「それはね、死の匂いよ」

サーセイにも死臭は感じられた。かすかだが、思わず顔をしかめたくなる悪臭。しかし、そんな匂いに気をとられている場合ではない。棺台の向こうには、銀のローブを着た七人の司祭《セプトン》が立ち、タイウィン公を公正に裁いてくださいますようにと〈天上の父〉に祈っている。

祈りがすむと、〈慈母〉の祭壇の前に集う七十七人の司祭女《セプタ》が〈慈母〉の慈悲を乞う聖歌を歌いはじめた。このころになると、トメンはそわそわしだしており、サーセイのひざでさえも痛みはじめていた。ちらとジェイミーを見る。双子の弟は、石の彫像のごとく、微動だにせずに立っており、サーセイと目を合わせようとはしない。

信徒席に目を向けると、叔父のケヴァンががっくりと肩を落とし、床にひざまずいていた。そのとなりでは、息子のランセルもひざまずいている。

(ランセルのほうが父親よりもずっと悲惨なありさまね)とサーセイは思った。まだ十七だというのに、七十だといっても通るほどだ。顔は土気色になり、げっそりと頬がこけ、目も落ちくぼんで、髪は白墨のように脆く、白くなっている。(どうしてランセルごときがまだ生きていられるのよ。タイウィン・ラニスターが死んだというのに。神々は正気をなくしてしまったの?)

ジャイルズ公は、いつにも増して咳がひどい。鼻には赤いシルクの手巾をあてがっている。

(ジャイルズ公も死臭に気づいたのね)

上級学匠《グランド・メイスター》パイセルは瞑目していた。

(じつは居眠りしているのだとわかったら、あとで鞭打たせてやる)

棺台の右手には、タイレル一族がひざまずいていた。ハイガーデン城の城主を筆頭にして、そのおぞましい母と生気のない嫁、そして息子のガーランと娘のマージェリー——。

(いいえ、もうじきクイーン・マージェリーだわ)

ジョフの未亡人であり、こんどはさらに、トメンの妃となる娘。マージェリーは兄である〈花の騎士〉にそっくりだった。だが、ほかに共通点はあるのだろうか。

(われらが薔薇《バラ》の一族の若き姫には、昼も夜も、おおぜいの有能な淑女がかしずいている)

そして、くだんの淑女たちは、いまもマージェリーのそばに控えていた。十人以上もいる。その淑女たちの顔をつぎつぎに眺めて、サーセイは値踏みした。

(いちばん脅しに弱いのはどの女？　いちばん放埒な女は？　権力の寵愛に貪欲な者は？もっとも口の軽い者はどれ？)

あとで確実に探りださなくては。

ようやく聖歌がおわったときにはほっとした。いつのまにか、父の遺体が放つ死臭が強くなってきている。弔問者のほとんどは、なにごともないふりを装っているが、マージェリーの従妹のうちのふたりと、タイレル家の幼い娘たちとが、小さな鼻にしわをよせているのがわかった。

サーセイとトメンは、通廊を歩いて外にもどりはじめた。その途中で、だれかが〝厠〟とつぶやき、くすくす笑った気がした。だが、声の主を求めてふりかえっても、そこには厳粛な顔の海が見返しているばかり――。

(父が存命であれば、父をネタに冗談をいえる者などいなかったのに。父がひとにらみしただけで、その者は失禁してしまっただろうから)

やがてサーセイたちは〈ランプのホール〉に出た。そのとたん、弔問者たちが蠅のように群がってきた。愚にもつかない哀悼の意を表するためだ。レッドワイン家の双子はサーセイの片手に、双子の父親はサーセイの頬にキスをした。火術師《パイロマンサー》のハライン公は、故人の遺骨が西へと運ばれる日、王都の空には燃える手が現われるだろうと請けあった。ジャイルズ公はしきりに咳をしながら、タイウィン公の彫像を彫らせるため一流の石彫師を雇った、〈獅子の門〉の横に立てて、未来永劫、王都を見まもらせるつもりだといった。サー・ランバート・ターンベリーは、右目に眼帯をあてて現われ、「こびとの弟君の首を持ち帰らぬうちは、この眼帯をとらぬ所存です」と告げた。

ようやく愚か者たちの集団から脱したと思ったとたん、こんどはストークワース家出身のレディ・ファリースと、その夫のサー・バルマン・バーチにつかまった。

「わが母タンダより、衷心よりお悔やみをお伝え申しあげるよう言いつかってまいりました、陛下」ファリースはよくまわる舌でそういった。「あいにくと、妹のロリスが出産を間近に控えておりますので、そばについていてやらなくてはならず、やむをえず葬儀を欠席させていただく非礼、ひらにお詫び申しあげるようにとのことでございます。それと、もうひとつ、このことにつきまして、陛下のご意向をばうかがってまいるようにとも……母は亡き父君をいかなる殿方よりも偉大なお方と心服しておりましたので、ロリスが男の子を産んだ暁には、ぜひにタイウィンと名前をつけさせていただきたい由……もちろん、もしも陛下に諾《だく》としていただけるものでございましたら、ですが」

サーセイは愕然とし、ファリースをまじまじと見つめた。

「あなたの心の働きが弱い妹御は、キングズ・ランディングの男どもの半数に犯されたのでしょう？　それなのに、レディ・タンダは、そんな生まれの私生児に父の名をつけさせろというの？　冗談ではないわ」

ファリースは引っぱたかれでもしたかのように、うしろによろめいた。だが、夫のサー・バルマンは、ブロンドの濃い口髭を親指でひとなでし、冷静に答えた。

「レディ・タンダにはそのように申しあげたのですが……ご安心ください、ロリスの私生児には、もっと……ふさわしい名前をつけるとお約束いたします」

「たのみましたよ」

サーセイはすげない態度でふたりのそばを離れた。ふと見ると、トメンがいつのまにか、マージェリー・タイレルとその祖母、レッドワイン家出身の、レディ・オレナ・タイレルにつかまっていた。レディ・オレナこと〈茨《いばら》の女王〉はひどく背が低く、サーセイはつかのま、子供だと思ってしまったほどだった。だが、薔薇の紋章の一族から息子を救いだそうにも、弔問者たちの群れがじゃまで、なかなかそちらには向かえない。そのうち、ケヴァン叔父とばったり鉢合わせした。叔父とはあとで今後の相談をすることになっている。その旨、念を押すと、ケヴァンは浮かない顔でうなずき、一礼をして歩み去った。ランセルだけはあとに残ったが、その姿はもはや、墓に片足を突っこんだ人間のそれだった。

（でも、墓に入ろうとしているのかしら？　それとも、出ようとしているの？）

サーセイはむりをして笑みを浮かべた。

「ランセル、ずいぶん元気になったようでなによりだわ。メイスター・バラバーから重篤と聞いたときには、みんな心から心配したものよ。でも、そのようすなら、いつでもダリー城に向けて出発して、晴れて城主の名乗りをあげられそうね」

タイウィン公は、ブラックウォーターの戦いののち、弟ケヴァンへの行賞としてランセルを公に昇格させ、ダリー城の城主に封じていた。

「いや、まだまだです。わがダリー城には逆徒《アウトロー》が巣食っていますから」

従弟の声は、上唇の上の口髭のようにかぼそかった。頭髪はすっかり白くなっているが、口髭はまだ砂色をたもっている。サーセイはかつて、従弟が自分の上に乗り、せっせと腰を動かしているあいだ、この口髭を見あげていたものだった。

（まるで唇の上についた汚れのよう）

以前はよく、つばをつけてその〝汚れ〟をこすり落としてやりたい衝動に駆られたことを思いだす。

「河川地帯《リヴァーランド》には剛腕の主が必要だ、と父は申しているのですが」

（それがあなたの腕なのが、河川地帯《リヴァーランド》にとっての不幸ね）

そういいたい気持ちをこらえ、かわりにサーセイはほほえんだ。

「すばらしい縁組も進んでいるそうじゃないの」

若き騎士の憔悴した顔に、暗い影がよぎった。

「相手はフレイ家の娘です。わたしが選んだ女性ではありません。処女でさえない。ダリー家の血を引く後家ですよ。父はそれで農民の支持を得られるといいますが、その農民はみな死んでしまいました」ランセルは手を伸ばし、サーセイの手をとった。「残酷な話ではありませんか、サーセイ。あなたも知っておいでのはずだ、わたしが愛しているのは——」

「ラニスター家ね」ランセルに最後までいわせず、サーセイはあとを引きとった。「だれもあなたの忠誠心を疑ってはいませんよ、ランセル。あなたの妻になる人が丈夫な息子たちを産んでくれるようにと祈っています」

(もっとも、娶《めと》る娘の祖父——フレイ家のウォルダー公には、けっして挙式を仕切らせてはならないけれど)

「あなたなら、ダリーの領地で数々の功績をあげることでしょう」

ランセルはうなずいた。すっかりみじめな顔つきになっていた。

「わたしが死に瀕していたとき、父のたのみに応じて、ハイ・セプトン聖下が祈りを捧げにきてくださいました。聖下はとてもよい方です」従弟の目は濡れて光っていた。老人の顔に埋めこまれた子供の目だ。「聖下がおっしゃるには、〈天なる母〉は、聖なる目的のためにわたしの命を救ってくださった由。そしてわたしに、懺悔の機会も与えてくださいました」

懺悔を？　ランセルに懺悔をさせて、ハイ・セプトンはなにを聞きだそうとしたのだろう。

(この男を騎士に叙任したのは失敗だった。この男と寝たのは、もっと大きな失敗)

ランセルは弱い。しかも、急に芽生えた信仰心は、まったく気にいらない。ジェイミーのような騎士になろうとしていたころは、もっともっと面白い人間だったのに。

（すっかり女々しくなりはてたこの軟弱者は、ハイ・セプトンになにを懺悔したのだろう。それに、フレイ家のろくでもない嫁と暗くした部屋で同衾するとき、この男はなにを話すのだろう？）

わたしと寝たことを告白した程度なら、どうとでも乗りきれる。男は女のことで嘘ばかりつくものだ。クイーンの美貌に目がくらんだ青二才の大言壮語として、それならなんなく、ごまかしてしまえる。

（でも、ロバートとあの強い《ストロング》ワインのことをしゃべられたなら……）

「懺悔は祈りを通じて行なうのがいちばんだわ」サーセイはいった。「それも、ことばには出さない祈りを通じてね」

それだけいって、あとはランセルがその意味を考えるにまかせ、サーセイはタイレル一族のもとへ歩いていった。さすがにこんどは緊張をおぼえた。

そばにいくなり、マージェリーが妹のように抱擁してきた。なんと身の程をわきまえないふるまいか、とサーセイは思ったものの、このホールは公然となじっていい場所ではない。マージェリーの母レディ・アレリーとマージェリーの従妹たちは、サーセイの指にキスするだけにとどめた。レディ・グレイスフォードは、おなかの子供が男の子ならタイウィンと、女の子ならラナと命名する許可をいただけないか、とたずねてきた。

（またなの？）もうすこしで、いらだちの声をあげるところだった。（こんな調子では、王土じゅう、タイウィンだらけになってしまうじゃないの）

サーセイは喜んでいるふりを装い、できるだけ優雅に許可を与えた。

ほんとうに喜ばせてくれたのは、レディ・メリーウェザーだった。

「陛下」官能的なミアなまりで、レディはいった。「〈狭い海〉の向こうの友人たちに連絡をいたしまして、〈小鬼《インプ》〉めが自由九都市にその醜悪な顔を見せたなら、ただちに捕縛するよう伝えておきました」

「〈狭い海〉の向こうには、あなたの友人がおおぜいいるの？」

「ミアにはおおぜいおります。ライスにも、タイロシュにも。いずれもみな有力者ばかりでございます」

サーセイは容易にその言を信じることができた。ミア出身のこの女は、あまりにも美しい。脚はすらりと長くて、胸は豊満、褐色の肌はすべらかで、豊かな唇と大きな黒い目を持ち、ふさふさした黒髪は、いつもたったいまベッドから起きだしてきたように乱れている。

（罪深い匂いさえするわね——異郷の睡蓮《スイレン》のように）

「夫とわたくしは、つね日ごろより、ただ陛下と幼き国王陛下にのみお仕えしたいと願っております」

レディ・メリーウェザーはのどを鳴らすような声でそういった。その眼差しには、レディ・グレイスフォードの腹と同じほど大きな野心を感じさせるものがあった。

（これは野心的な女——。そして、この者の夫は、誇り高い城主ながら、貧しい）

「改めて話をせねばならないでしょう、マイ・レディ。テイナ、でしたわね？　心づかい、うれしく思いますよ。わたしたち、とてもよい友人同士になれそうね」

ハイガーデン城の城主に不意をつかれたのは、まさにそのときだった。

メイス・タイレルはサーセイより十歳足らず年上なだけだが、サーセイには父タイウィンと同世代に感じられてならない。タイウィン公ほど背が高くはないくせに、もっとからだが大きく見えるのは、胸板が厚く、腹はさらに大きいためだ。髪の色は栗色ながら、顎鬚《あごひげ》にはちらほらと白いものが混じりはじめている。顔は赤みを帯びていることが多い。

「タイウィン公は偉大な人物であられました。この世に並びなき傑物というべきでしょう」

サーセイの両頬にキスをしたあと、タイレル公は重々しくいった。「もう二度と、あれほどの人物にはお目にかかれますまい」

(あなたの目の前にも〝あれほどの人物〟はいるでしょう。その目は節穴なの？　あなたの目の前に立っているのは、その大人物の娘なのよ)

だが、トメンを〈玉座〉につかせておくためには、タイレル家とハイガーデン城の協力が欠かせない。だからサーセイは、あたりさわりなく、こう答えた。

「これほどの損失はありません」

メイス・タイレルはサーセイの肩に手を置いた。

「いまの世に、タイウィン公に代わってその鎧をつけるに足る人物がいないこと――それは明白です。しかしながら、王土は存続させ、統治せねばなりません。この暗黒の時代に多少とも支えになれるなら、微力ながら、このわたしがお力になりましょう。なんなりとお申しつけを」

〈王の手〉になりたいのなら、はっきりとそう口にする勇気を身につけなさい）サーセイはほほえんでみせた。（このほほえみを好きなように解釈するがいいわ）

そして、口に出してこういった。

「閣下のお力は、河間平野《リーチ》でこそ必要とされているのではありませんか」

「長男のウィラスも、なかなか有能でありますれば」あからさまなほのめかしを、タイレル公はさらりとかわした。「片脚がよじれてはおれど、あれも機知まで失ってはおりません。それに、次男のガーランもじきにブライトウォーター城塞《キープ》入りします。両名に要所を押さえさせておけば、河間平野《リーチ》もつつがなく治まるはず。たまたまわたしは、わが領地以外の地で必要とされておりますからな。王土の統治こそ第一義、とタイウィン公もよくおっしゃっておられました。その第一義のために、ひとつ、よい知らせをお伝えしましょう。わが叔父のガースは、亡きお父上のご要望どおり、蔵相に就任いたすことを了承しました。王都へ回航する船に乗るべく、ただいまオールドタウンへ向かっているところです。むろん、叔父の息子たちもいっしょです。タイウィン公は、その息子たちふたりにも役職を与えるといっておられました。〈王都の守人《シティ・ウォッチ》〉などはいかがでしょうか」

サーセイの笑みが凍りついた。口を閉じて、歯をギリッと嚙みあわせる。あまりにも強く嚙んだので、歯にひびが入ったのではないかと心配になったほどだった。

〈肥満のガース〉が小評議会に加わり、その私生児がふたりとも金のマントをまとう……

この者たち、わたしが王土を金の皿にのせてタイレル家に差しだすとでも思っているの？）

あまりの傲岸さに、息をすることも忘れた。

「ガースはわが本城の家令として、じつによく尽くしてくれました。先代たる父にもです」

タイレル公はつづけた。「たしかに、〈小指《リトルフィンガー》〉には並はずれた金勘定の才覚がありましたが、ガースもあれでなかなか――」

「閣下」サーセイはことばをはさんだ。「残念ながら、どこかで誤解があったようですわね。すでにもう、ジャイルズ・ロズビーに新蔵相就任を依頼して、快く引き受けてもらったあとなのです」

タイレル公は呆然とした顔でサーセイを見つめた。

「ロズビーを？　あの……咳ばかりしている男を？　しかし……この件はもう了承ずみで、動きだしておるのですぞ、陛下。ガースはすでにオールドタウンへ向かっているのです」

「でしたら、ハイタワー公に使い鴉を送って、叔父上が船に乗らぬよう、早々に引きとめていただいたほうがよろしいわ。ガースが無為に秋の荒海に乗りだすことは、おたがい、本意ではないでしょう」

そういって、サーセイはにっこりとほほえんでみせた。

タイレルの太い首に朱が差した。

「これは……あなたの……父君が約束されたことで……」

怒りのあまり、ことばがうまく出てこないらしい。

そのとき、タイレル公の母親、〈茨の女王〉ことレディ・オレナが、息子のひじの内側にすっと腕をすべりこませた。

「どうやらタイウィン公は、われらが摂政太后陛下とお考えを分かちあっておられなかったごようす。わたくしごときには、理由は想像もつかないけれど……いずれにしても、陛下の宸襟《しんきん》を悩まし奉るものではありませんよ。陛下のおっしゃるとおり、ガースが船に乗らないうちに、早々にレイトン・ハイタワー公へ手紙を出さなくてはね。ガースが船酔いに弱くて、放屁癖がますますひどくなることは、あなたも承知しているでしょう」

レディ・オレナはことばを切り、歯のない笑顔を浮かべてみせた。

「あえて申しあげるなら、ジャイルズ公の咳には閉口いたしますが、ガースのかわりにあの方を迎えいれれば、たしかに陛下の小評議会の議事室は悪臭をまぬがれましょう。わたくしどもはみな、老ガースを敬愛しておりますけれど、あの放屁癖は困りもの。その点は反駁の余地がございません。わたくしも悪臭は大の苦手でございます」

しわだらけの顔に、いっそうたくさんのしわが刻まれた。

「じつを申しますれば、この大セプトにもなにか不快な匂いを感じました。もしや陛下も、お感じになられたのではありますまいか？」

「いいえ」サーセイは冷たく答えた。「なにかおきらいな香りでも？」

「むしろ、悪臭というべきかとぞんじますが」

「おおかた、お国の秋薔薇《バラ》が恋しくていらっしゃるのではないかしら。あまりにも長く王都にお引きとめしすぎたようですわね？」

レディ・オレナとその側近たちは早々に追いだしてしまうにかぎる。母親を安全に本城へ送りとどけるため、タイレル公は相当数の騎士を随行させざるをえなくなるから、その点も都合がいい。王都にいるタイレル家の剣がすくなければすくないほど、枕を高くして眠れるというものだ。

「たしかに、ハイガーデン城の薔薇の香りは懐かしいけれど……」と老女はいった。「……当然ながら、まだまだ王都を引きあげるわけにはまいりませんよ。わたくしの可愛い可愛いマージェリーが、陛下のおだいじな幼君トメンさまとお式をあげるまではね」

「わたしも挙式の日を心待ちにしております」タイレル公が口をはさんだ。「じつをいえば、タイウィン公とわたしは、もうすこしで日取りを決めるところまでいっておったのですよ。よろしければ、その話を詰めさせていただきたいとぞんじますが、陛下」

「遠からずね」

「遠からず——それならば、申し分ございませんわ」匂いを嗅ぐようなしぐさをしながら、レディ・オレナがいった。「さ、いらっしゃい、メイスや。陛下をおひとりにしてさしあげましょう……いまはおひとりで悲嘆にくれさせてさしあげなくてはね」

（老婆め、いずれかならず、息の根をとめてくれる）とサーセイは心に誓った。よたよたと去りゆく〈茨の女王〉は、すぐさま、身の丈二メートル十を超す護衛に左右からはさまれた。レディ・オレナがたわむれに〈左〉と〈右〉と呼ぶ者たちだ。（おまえの死体を見るのは、

さぞ小気味よいことでしょうね)

あの老婆は息子メイスの倍は賢い。それはたしかだ。

サーセイはマージェリーと従妹たちから息子を救いだし、出口に向かった。外に出ると、雨はようやくやんでいた。秋の空気は新鮮でかぐわしい。

トメンが冠をとった。

「もどしなさい。早く」サーセイは命じた。

「だって、かぶってると首が痛くなるんだもん」幼王は文句をいったが、いわれたとおりにした。「ぼく、もうじき結婚するの？　マージェリーがね、結婚したらすぐ、ハイガーデン城にいけるって」

「ハイガーデン城になどいきませんよ。でも、きょうのところはお城まで馬に乗って帰っていいわ」サーセイはサー・マーリン・トラントを差し招いた。「国王陛下に騎馬の用意を。それから、ジャイルズ公のもとにいって、よろしければわたしの馬車にご同乗願えないかとたずねてきなさい」

事態は思ったよりも急速に動いている。ぐずぐずしてはいられない。

トメンは騎馬で帰れて大喜びだった。そしてもちろん、ジャイルズ公は一も二もなく招きに応じた……が、蔵相就任を切りだしたとたん、老人はひときわはげしく咳きこみだした。このまま馬車の中で死んでしまうのではないかと心配になったほどだった。さいわいにも、〈慈母〉の慈悲を得て、咳の発作はどうにか収まり、依頼に応じます、と答えられるまでになった。そして、咳きこみながらも、就任にあたって罷免したい人物の名前をあげはじめた。〈リトルフィンガー〉の指名した税関職員や毛織物の問屋は総入れ替えにし、鍵の保管者のひとりも首をすげ替えたいとのことだった。

「好きな牝牛をお選びなさいな。乳を出すかぎり、だれでもいいわ。それから、もしたずねられたら、あなたは昨日づけで小評議会に加わったと答えるように」

「昨——」またしても咳の発作に見まわれて、ジャイルズ公は身をふたつに折った。「——昨日。承知しました」

咳きこむとき、ジャイルズ公は赤いシルクを口にあてる。まるで痰に混じる血を隠そうとしているかのように。サーセイは気がつかないふりをした。

(この者が死んだら、すぐにあとがまを見つけなくては)

もしかすると、〈リトルフィンガー〉を呼びもどしたほうがいいかもしれない。ライサ・アリンが死んだいま、ピーター・ベイリッシュがいつまでも谷間《ヴェイル》の守護代の地位につかせていてもらえる見こみはないだろう。パイセルの情報が正しければ、谷間《ヴェイル》の諸公には、すでに不穏な動きが見られるという。

(ひとたび諸公にあのみじめな跡継ぎを取りあげられたなら、ピーター公はあたふたと這いもどってくるでしょう)

「陛下——」

ジャイルズ公はひとしきり咳きこみ、口をぬぐった。

「おたずねしてもよろしゅうござ……」

ふたたび、咳きこんでから、

「……どなたが……」

またもや咳きこみ、からだをふたつに折った。

「……〈王の手〉になるのかを？」

「叔父よ」と、サーセイはぼんやりと答えた。

目の前に赤の王城《レッド・キープ》の大手門が高々とそびえたときには、ほっとした。サーセイはトメンの世話を侍女たちにまかせ、休息をとりに自室へ引きあげた。

部屋に入って靴を脱いだとたん、ジョスリンがおずおずと入ってきて、クァイバーンが訪ねてまいりました、お目にかかりたいと切望しております、と告げた。

「通しなさい」サーセイは命じた。

（統治者に休みなし、ね）

クァイバーンはかなりの齢だが、髪は白いというより、ごま塩の状態だ。口のはたに笑いじわができているため、小さな女の子に好かれる好々爺《こうこうや》という印象を与える。

（ただし、むさくるしい好々爺だけれどね）

なにしろ、ローブの襟はひどくほつれ、裂けた片方の袖をいいかげんに縫っただけのありさまなのである。

「このなりは、なにとぞご容赦くださいますよう。ご命令にしたがいまして、〈小鬼《インプ》〉めの脱出路を探るべく、地下に潜っておりましたもので」

「わかったことは?」

「ヴァリス公と弟君が消えたあの晩、姿を消した者がもうひとりおります」

「知っているわ、獄卒でしょう。その者がどうしたの?」

「名前をルージェンと申しまして、暗黒房《ブラック・セル》担当の獄卒のひとりでございます。獄卒長によりますと、肥満、不精髭の、ぶっきらぼうな男の由。エイリス王時代に暗黒房の番人となった者で、仕事のあるときにだけきていたと申します。近年、暗黒房はめったに使われることがございません。ほかの獄卒たちはルージェンを恐れていたもようでございますが、この者のことをよく知る者はおりません。友もなく、縁者もなし。酒も飲まず、淫売宿にもいかず。寝部屋はじめじめとして陰気で、寝藁はカビだらけ。便器には汚水があふれておりました」

「そんなことはすべて知っています」

ルージェンの寝部屋はジェイミーが捜索した。そのあと、サー・アダムの金色《こんじき》のマントの者らも改めて捜索を行なっている。

「これは失礼を、陛下」とクァイバーンはいった。「ですが、悪臭を放つ便器の下の石畳がはずれるようになっておりまして、その下に小さな空洞がありますことはごぞんじでしたでしょうか? 見つけられたくない貴重品を隠すような場所でございます」

「貴重品?」これははじめて聞いた。「それは、貨幣ということ?」

サーセイは当初から、ティリオンがくだんの獄卒を買収したのではないかと疑っていたのである。

「まぎれもなく。そしてその穴は、わたくしが見つけた時点でからっぽになっておりました。行方をくらますさい、ルージェンが金を持っていったに相違ありません。ですが、その穴にかがみこみまして、松明《たいまつ》で内部を照らしてみましたところ、土中に光るものが顔を覗かせておりましたので、掘りだしてみました。それが、この――」ヴァイバーンは握っていた手を広げてみせた。「金貨でございます」

金の小塊であることはまちがいない。ただし、手に持ってみて、ふつうの金貨でないことはすぐにわかった。

(小さすぎる。それに、薄すぎる)

〝金貨〟は古く、磨耗していた。一面には王の横顔が描かれており、反対の面には手が刻印されている。

「これは――ドラゴン金貨ではないわね」

「おっしゃるとおりで」ヴァイバーンはうなずいた。「征服以前の時代の金貨でございます、陛下。描かれている王はガース十二世。裏面の〝手〟はガードナー家の紋章にほかなりません」

(というと――ハイガーデン城がらみ?)サーセイは金貨を握りしめた。(父の殺害は反逆行為だったというの?)

メイス・タイレルはティリオンの裁判で判事のひとりを務め、声高に死刑を叫んでいた男だ。

（あれは陰謀だったの？　タイレル公は最初から〈小鬼《インプ》〉と謀《はか》って父を亡き者にするつもりだったの？）

タイウィン・ラニスターが墓に入ってしまえば、つぎはメイス・タイレルが〈王の手〉につくのが順当だ。それにしても……。サーセイは釘を刺した。

「この件、他言は無用ですよ」

「わたくしめの分別をご信用ください。傭兵組織に身を置いた者はみな、口をつぐむことを心得ております。でなければ、長くは生きられません」

「わたしのもとに身を置く者とて、それは同様です」サーセイは金貨をしまいこんだ。この件はあとでじっくり考えよう。「で、もうひとつの調査は？」

「サー・グレガーでございますね」クァイバーンは肩をすくめた。「ご命令のとおり、昏睡状態のあの者を検分してまいりました。〈赤い毒蛇《レッド・ヴァイパー》〉の槍に塗ってありました毒物は、東のマンティコアの毒にまちがいございません。この点は命を賭けてもよろしゅうございます」

「パイセルはちがうといっていたわ。マンティコアの毒というものは、心臓に達した瞬間に命を奪うものだ、と亡き父に報告していたもの」

「まことにもって、そのとおりで。ところがこの毒は、どのようにしてか、変質させられておりまして。〈馬を駆る山《マウンテン・ザット・ライズ》〉の――サー・グレガーの苦しみをば引き延ばし、死の訪れを遅くするようにと」

「変質？　どうやって変質を？　ほかの薬物を使うの？」

「陛下のご推察どおりかもしれませんが、たいていの場合、毒物に混ぜ物をすれば、効力を弱めるだけの結果におわります。あるいは、原因は……自然のものではないかもしれません。わたくし個人は、もしや呪いではないかと」

（この男、パイセルにも劣らぬ大馬鹿者なの？）

「するとおまえは、〈山《マウンテン》〉が死にかけているのは魔導の業のせいだというのね？」

クァイバーンはこのことばに含まれた侮辱に気づかないふりをした。

「〈山〉は毒で死につつあります。ごくゆっくりと、とてつもない苦痛に悶えながら。その苦痛をやわらげるべく、ありとあらゆる処置をいたしましたが、パイセルの手当てと同様、まったく効き目がございません。また、サー・グレガーは罌粟《ケシ》の乳液を過度に常用しておりましたようで。従士にたずねましたところ、サー・グレガーは強烈な頭痛持ちで、その痛みをとめるため、並みの男がエールを飲むように、罌粟の乳液をがぶ飲みしていたとのこと。そのせいでしょうか、頭からつま先にいたるまで、血管はことごとく黒く変色し、分泌液は膿のように濁りきっておりました。そのうえ、毒に冒されて、脇腹にはわたくしのこぶし大の穴があいているありさま。正直申しあげて、あの男がまだ生きていること自体、不思議でなりません」

眉根を寄せて、サーセイはたずねた。

「大男だからではないの？　グレガーはとても大柄で、総身に知恵がまわりかねる男の典型だったわ。愚かすぎて、いつ死ぬべきなのかもわからないのではなくて？」そういいながら、カップを横に差しだした。侍女のセネルが、すぐさまワインを満たした。「あの男があげる悲鳴はトメンを怯えさせる。いつかの晩は、このわたしまで飛び起きたほどよ。処刑人《イリーン・ペイン》の出番はとうに過ぎているのではないかしらね」

「陛下」クァイバーンはたずねた。「ひとつ、サー・グレガーを地下牢に移させていただくわけにはまいりませんか。あそこなら悲鳴も聞こえませんし、わたくしももっと思いきった処置を施せます」

「思いきった？」サーセイは笑った。「思いきった処置ならば、サー・イリーンにまかせておきなさい」

「陛下の御意とあらば。しかしながら、この毒につきましては……もっと研究をしておいたほうがよろしいのではございますまいか。騎士には騎士を、射手《いて》には射手をもって敵すべし、と平民は申します。黒魔術と戦うには……」

クァイバーンは最後までいいおえず、にんまりと笑ってみせた。

(この男、パイセルとはちがうわ——それはたしかね)

この男を評価しなおすべく、サーセイはたずねた。

「おまえが〈知識の城《シタデル》〉に学鎖を剥奪されたのはなぜ？」

「大学匠《アーチメイスター》はいずれも、心の底では臆病者ばかり。アーチメイスター・マーウィン自身も、自分たちを〝灰色羊〟と呼んでいるほどで。わたくしは治療師としてイブローズに匹敵する技術を持っていたがゆえに、あのアーチメイスターをも超えようと考えたのでございます。もう何百年ものあいだ、〈知識の城《シタデル》〉の学究たちは死体を切り開いてまいりました――生の性質を研究するために。わたくしは死の性質を理解したいと願い、生きている人間の身体を切り開いたのです。〝灰色羊〟どもはそれを犯罪と決めつけ、学者の風上にも置けぬとして、わたくしを追放しました。しかしわたくしは、生と死の性質を、オールドタウンのいかなる者よりも深く理解しているつもりでございます」

「おまえが？」サーセイは興味をそそられた。「よろしい。では、〈山〉はおまえにあげる。好きになさい。ただし、その研究は暗黒房の中にかぎって行なうこと。〈山〉が死んだら、首を持っていらっしゃい。ドーンに送りとどけると父が約束していたからね。ドーンの大公《プリンス》ドーランとしては、みずからの手でグレガーを殺してやりたいところでしょうが、なんぴとにとっても、この世に失望はつきもの」

「かしこまりました、陛下」クァイバーンは咳ばらいをした。「しかしながら、わたくしはパイセルほど充分な設備を与えられてはおりません。暗黒房で研究を行なうとなりますと、専用の設備がそれなりに……」

「ジャイルズ公に命じて、必要な設備を購《あがな》う資金を用立てさせるわ。まずは新しいローブを用意なさい。その格好、まるで〈蚤の溜まり場〉からさまよいでてきたようよ」サーセイはクァイバーンの目を凝視し、この男をどれだけ信用していいものかと思案した。「おまえの……仕事……のことが外部に漏れたとき、その身にどのような不都合がおよぶかについて、念を押しておく必要があるかしら？」

「ございません、陛下」クァイバーンは、どうぞ大船に乗ったおつもりで、といわんばかりの笑みを浮かべた。「陛下の秘密を漏らすようなまねはけっしていたしませんので」

クァイバーンが立ち去ると、サーセイはカップに自分で強い《ストロング》ワインをつぎ、窓ぎわに歩みよって、内郭《うちぐるわ》に落ちる影が長くなっていくのを眺めながら、ワインを飲み、クァイバーンが見つけてきた金貨のことを考えた。

（河間平野《リーチ》の金貨。なぜ河間平野《リーチ》の金貨などを、キングズ・ランディングの一獄卒が持っていたのだろう。父殺害の片棒をかついだ報酬以外に、可能性はあるだろうか）

考えようとしたが、タイウィン公の死を思いだすと、あの馬鹿みたいな薄笑いを浮かべた死に顔と、遺体から放たれる死臭がよみがえってきて、なかなかうまくいかなかった。あの死に顔と死臭には、なんらかの形でティリオンが関与しているのだろうか。

（この金貨は小さくて残酷。まるであのこびとのよう）

はたしてティリオンに、パイセルを手先として使うことができたろうか？

（老メイスターを暗黒房《ブラック・セル》へ送りこんだのは、あのこびとだった。そして、そのときの暗黒房の獄卒は、このルージェンという男だった）

すべての糸は、好ましくない形でからみあっているように思われる。そこでサーセイは、はっと思いだした。

（現ハイ・セプトンもティリオンの画策によって就任した人物——そして父の亡骸は、深更から夜明けまで、ハイ・セプトンの管理下にあった……）

日が暮れると、ただちに叔父がやってきた。身につけているのは、いまの顔つきに劣らず陰鬱な黒の、キルト仕上げをしたウールの胴衣《ダブレット》だった。サー・ケヴァンもまた、色白で金髪という、ラニスター家の特徴をそなえてはいる。ただ、まだ五十五歳だというのに、頭髪はほとんどない。この人物を美丈夫だという者はいないだろう。腹まわりは太く、肩は丸く、短く切りそろえた金色の顎鬚《あごひげ》は、突き出て角張った顎を隠しきれていない。その顔は老いたマスティフ犬を連想させる。しかし、信義に厚い老マスティフ犬こそは、いまのサーセイになによりも必要なものだった。

ひとまず、ビーツ、パン、レアのローストビーフという質素な食事を、たっぷりのドーン産赤ワインで流しこんだ。だが、サー・ケヴァンはことば少なで、ワインにもほとんど手をつけなかった。

（そうとうに落ちこんでいるわね）とサーセイは判断した。（悲しみから脱け出させるためには、むりにでも仕事を与えるしかないわ）

食器が片づけられ、召使いたちが退出すると、サーセイは切りだした。

「父が叔父さまに頼りきっていたことは知っています。これからはわたしも同じように頼らなくてはなりません」

「おまえには〈手〉が必要だ」とサー・ケヴァンはいった。公の場ではないので、堅苦しい口調ではなくなっている。「そしてジェイミーは、おまえの〈手〉となることを拒否した」

（はっきりいってくれるわね。いいでしょう）

「ジェイミーのことは……わたしも父の死で動揺していましたから。自分がなにを口走ったのか、わかっていなかったようです。ジェイミーは勇猛ですが、正直なところ、少々理知に欠けるといわざるをえません。トメンに必要な人物は、もっと年輪を重ねた、もっと年上の……」

「齢ならメイス・タイレルのほうが上だ」

サーセイは鼻孔をふくらませ、

「論外だわ」といって、額にたれたひとすじの髪をかきあげた。「タイレル家は分を超えていますもの」

「たしかに、メイス・タイレルを〈手〉とするのは愚かの極みだが……」サー・ケヴァンはうなずいた。「いっそう愚かなのは、あの男を敵にまわすことだ。〈ランプのホール〉での顛末は聞いた。あんな話を公の場で切りだすべきではないことくらい、メイスも心得ていてしかるべきだが、そうはいっても、宮廷の半数がそろっている前で恥をかかせたおまえも、けして賢明とはいいがたいぞ」

「タイレル家の者をもうひとり小評議会に迎えいれるよりも、まだましではありませんか」

叔父の叱責は気にいらなかった。「ジャイルズ・ロズビーなら、充分に蔵相の任に耐えるにちがいありません。叔父さまとてジャイルズ公の馬車はごらんになったでしょう——精緻な彫刻とシルクのカーテンをそなえたあの馬車を。あの者の馬装はたいていの騎士のものより上等です。あれほど裕福な者であれば、王室の収益を確保することなど、造作もないはず。〈王の手〉については……長年、父の相談に乗ってきた叔父さまをおいて、父の仕事を完成させるにふさわしい人材がおりましょうか」

「だれしも、信用に値する者は必要だ。タイウィンにはわしがいた。かつてはおまえの母上もな」

「父は母を心から愛しておりました」父が殺された晩に、ベッドで見つかった娼婦の死体のことは、考えたくもなかった。「ふたりはようやく、またひとつになれたのですね」

「そうあってほしいものだて」サー・ケヴァンは長いあいだサーセイの顔を観察していたが、ややあって、こういった。「おまえはわしに多くを求めすぎだ、サーセイ」

「父ほど多くを求めてはおりませんわ」

「もう疲れはてたのだよ、わしはな」叔父はワインのカップを手にとり、ひとくち飲んだ。「わしには丸二年も顔を見ていない妻がいる。亡き息子のことも思いだして、哀悼してやらねばならない。しかも、もうひとりの息子は結婚して城主になろうとしている。ダリー城をふたたび強力な城として復活させ、その領地を保護するのがあれの仕事だ。焼きはらわれた農地を開墾しなおし、新たに作物を植えてやらねばならん。それゆえ、ランセルにはわしの力が必要となる」

「それはトメンとて同じでしょう」まさか、サー・ケヴァンを説得しなければならないとは思いもしなかった。父の時代には、叔父がこんな逃げを打ったりすることはなかったのに。

「王都もまた、叔父さまを必要としているのです」

「王都もな。たしかに。それに、ラニスター家もだ」サー・ケヴァンはふたたび、ワインをすすった。「よかろう。では、王都にとどまり、陛下のためにひと肌脱ぐとしよう……」

「それは、とても――」

サーセイはいいかけたが、サー・ケヴァンは声に力をこめ、押しかぶせるようにして先をつづけた。

「……ただし、わしを〈手〉とするだけでなく、摂政に任命し、おまえ自身がキャスタリー・ロック城に引っこむならばだ」

鼓動半分のあいだ、サーセイは叔父を見つめることしかできなかった。それから、やっとの思いでことばを口にした。

「摂政はこのわたしです」

「いままではな。しかしタイウィンには、おまえを今後も摂政にしておくつもりはなかった。おまえをロック城に送り返し、新たな夫と結婚させるといっていた」

サーセイは怒りがこみあげてくるのをおぼえた。

「たしかに、そんなこともいっておりました。けれどそのとき、再婚するのはわたしの本意ではない、ときっぱり伝えました」

叔父は動じなかった。

「再婚せぬと覚悟を決めているなら、無理強いはすまい。しかし、国元に帰る件については……おまえはキャスタリー・ロック城の現城主なのだぞ。おまえがいるべき場所は、あそこだ」

(よくもそんなことがいえたものね)

怒鳴りたい気持ちを必死に抑えて、サーセイはいった。

「わたしは摂政太后でもあるのですよ。息子のそばこそがわたしの居場所です」

「おまえの父親は、そう考えてはおらなんだ」

「父は死にました」

「残念なことにな。わしにとっても、王土全体にとっても。目を大きく開いてまわりを見ろ、サーセイ。王国は荒廃しきっている。タイウィンならば、復興させることもできただろう。しかし……」

「わたしが復興させてみせます!」思わず声を荒らげてから、サーセイは口調をやわらげた。「ただし、それには叔父さまの助力が必要です。父に誠実に仕えてくださったのと同じく、わたしにも――」

「おまえはタイウィンではない。それにタイウィンは、つねづねジェイミーを正統後継者と見なしていた」

「ジェイミーを……けれどジェイミーは、〈王の楯《キングズガード》〉の騎士の誓約を立ててしまいました。

それに、思慮にも欠けます。どんなものでも、どんな人間でも、鼻先で嘲笑して、頭に思い浮かんだことをそのまま口にしてしまう。ジェイミーは顔だちがよいだけの愚か者です」

「そうとわかっていて、おまえは真っ先に〈王の手〉就任を依頼したのか？　それをなんと説明する、サーセイ？」

「いったでしょう、悲しみのあまり、どうかしていたって。あのときは考えが足りず――」

「それだ」サー・ケヴァンはうなずいた。「それこそが、おまえがキャスタリー・ロック城へ帰り、王の養育を心きいたる者たちにまかせるべき理由なのだ」

「王はわたしの子よ！」サーセイは立ちあがった。

「いかにも。そして、ジョフリーの王ぶりから判断するに、おまえは母としても、統治者としても、およそ適任ではない」

反射的に、サーセイはカップのワインを叔父の顔にひっかけていた。

サー・ケヴァンは威厳のある態度で立ちあがり、

「陛下」といった。ワインが頬をつたい、短く切りそろえた顎鬚《あごひげ》からしたたり落ちていく。

「これにて、ごめんをこうむらせていただいてよろしいか？」

「いかなる権利があって、このわたしに指図しようというの？　あなたはね、父の禄《ろく》を食《は》む一介の騎士にすぎないのよ！」

「わしは土地を持たぬ。それは事実だ。しかし、一定の収入はあり、それなりの蓄えもある。わが父は亡くなるとき、どの子供への配慮も忘れなかった。タイウィンも奉公ぶりに見あう報酬の支払い方を心得ていた。いまこのとき、わしが扶持《ふち》する騎士は二百騎。いざとなれば倍の兵力を養うこともできる。わが旗標《はたじるし》のもとに集う自由騎兵は多い。傭兵部隊を雇うだけの金もある。わしを軽んじるのは賢明なことではないし……敵にまわすのは、いっそう賢明なことではないぞ——陛下」

「わたしを脅す気？」

「諭《さと》しているのだ。どうあっても摂政を譲らぬというなら、わしをキャスタリー・ロック城の城代に任命し、マシス・ロウアンかランディル・ターリーを〈王の手〉に任命しろ」

（どちらもタイレル家の旗主じゃないの）あまりの提案に、しばしことばが出てこなかった。（まさか、買収されたの？　タイレル家に金をつかまされて、ラニスター家を裏切るつもり？）

「マシス・ロウアンは分別のある慎重な男で、みなから好かれている」

サーセイの疑心にかまわず、叔父はつづけた。

「ランディル・ターリーは、王土において最高の戦士だ。平時であれば無能な〈手〉でしかないが、タイウィン亡きいま、この戦をおわらせるのに、あれ以上うってつけの男はおらぬ。みずからの旗主のひとりを〈手〉に選ばれれば、メイス・タイレルとて文句はつけられまい。ターリーもロウアンも有能な男であり……なにより、忠実だ。どちらを選んでも、かならずおまえの支えとなろう。そのうえ、おまえの力を増強し、ハイガーデン城の力を削ぐ人事でありながら、メイスはおまえに礼をいわざるをえぬ」

サー・ケヴァンは肩をすくめた。

「それがわしの助言だ、容《い》れるにせよ、退けるにせよな。たとえおまえが道化の〈ムーン・ボーイ〉を〈手〉に選ぼうと、もはや関知するところではない。わが兄は死んだのだ、女。亡骸は故郷へ連れて帰る」

（裏切ったわね）とサーセイは思った。（この反逆者）

いったいどれほどの額をメイス・タイレルにつかまされたのだろう。

「あなたの王がもっともあなたを必要としているとき、それを見捨てていくというの？」とサーセイはいった。「トメンを見捨てるのね」

「トメンには母御どのがついているではないか」

サー・ケヴァンの翠《みどり》の目がサーセイの翠の目と合った。叔父の視線はこゆるぎもしない。顎の下にたれ、赤いしずくとなってわなないていたワインの最後の一滴が、ついにしたたり落ちた。

「それに——」と、一拍おいて、サー・ケヴァンは静かな口調でつけくわえた。「あの子の父御どのもな」

8 ジェイミー

サー・ジェイミー・ラニスターは、白一色の礼装に身を包み、父の棺台のそばに立ちつくしていた。左手の五本の指は黄金の大剣の柄を握りしめている。

黄昏どき、ベイラー大聖堂《グレート・セプト》内は薄闇に沈み、神妙の雰囲気を帯びる。高窓からななめに射しこむ夕陽が、そびえる七柱《ななはしら》の神々を赤い幽光で包みこんだ。各祭壇のまわりには芳香を放つ蠟燭がちらつくいっぽうで、袖廊の影は濃さを増し、大理石の床を音もなく這っていく。夕べの祈りの残響が消えゆくなか、最後まで残っていた弔問者たちも引きあげた。

だが、ほかの者たちの姿が消えたあとも、ベイロン・スワンとロラス・タイレルだけは、ジェイミーのそばに残った。

「どんな勇者であれ、七日七晩、寝ずの番に立てるものではありません」サー・ベイロンがいった。「最後に寝《やす》まれたのはいつです？」

「わが父が生きていたときだ」とジェイミーは答えた。

「今夜はかわりに、わたしを不寝番に立たせてください」

サー・ロラスが申し出た。

「タイウィン公はおまえの父ではない」

(それに、おまえが殺したのではない。おれだ。弩弓《クロスボウ》で太矢を放ち、父の命を奪ったのは、ティリオンかもしれぬ。だが、そのティリオンを解き放ったのは、このおれなのだ)

「おれにかまうな。ゆけ」

「——ご命令のままに」ベイロン・スワンが答えた。

サー・ロラスはまだなにかいいたそうにしていたが、サー・ベイロンに腕をとられ、引きずっていかれた。ふたりの足音のこだまが小さくなっていく。やがてとうとう、ジェイミーはふたたび、蠟燭とクリスタルに囲まれ、吐き気をもおよす死の甘ったるい匂いのなかで、ラニスター家の当主であった父親とふたりきりになった。鎧の重みで背中が痛い。脚からはほとんど感覚が失せている。ジェイミーはわずかに重心を移し、黄金の大剣の柄を握る手に力をこめた。もはや剣を自在にふるうことはできないが、こうして保持することはできる。なくなった手首から先が疼いた。なんとも奇妙な感覚だった。まだ残っているからだの他の場所よりも、なくなってしまった手のほうが存在感があるとは……。

(おれの手は剣に飢えている。だれかを斬り殺さねば、この餓《かつ》えは収まらぬ。手はじめは、ヴァリスか。だが、殺す前に、まず〈蜘蛛《スパイダー》〉めが下に潜りこんだ石を見つけなくては)

「わたしはあの宦官に、こびとを船へ連れていけと命じたのです。父上の寝室にではなく」ジェイミーは遺体に告げた。「ヴァリスの手もまた、血まみれだ……ティリオンの手と同じように」

ほんとうは、〝わたしの手と同じように〟といおうとしたのだが、そのことばは、のどにつかえて出てこなかった。

(ヴァリスがなにをしたにせよ、それを行なう機会を与えたのはこのおれにほかならない)

あの晩、宦官の部屋で待つうちに、ジェイミーは決意した。あんなやつでも弟だ。やはり殺させはすまい、と。待っているあいだは、片手で短剣を研ぎつづけた。シュッ、シュッ、シュッ、シュッ――ひたすら砥石で鋼を研ぐ作業は、不思議に安らぎをもたらしてくれた。ほどなくして、足音が聞こえてきたので、ジェイミーは戸口の横に立った。そして、白粉《おしろい》とラベンダー香水の匂いをぷんぷんさせながらヴァリスが入ってくるなり、その背後にそっと忍びより、ひざの裏を蹴りつけ、仰向けに倒れた宦官の胸をひざでぐっと押さえつけると、鋭い短剣の刃先をやわらかな白いあごの下に押しつけて、顔をあげさせた。「こんなところで「これはこれは、ヴァリス公ではないか」と、あえて陽気な声を出した。お目にかかるとはめずらしい」

「サー・ジェイミー?」ヴァリスはあえいだ。「あまり脅かさないでいただきたいもので」

「脅かすためにやったのさ」刃先をぐいとひねった。ひとすじの血が刃面を流れ落ちた。「ひとつ、弟を暗黒房《ブラック・セル》から脱け出させる手引きをしてもらおうと思ってな。サー・イリーンにあいつの首が刎《は》ねられないうちに。たしかに醜悪な首ではあるが、あいつにはあれひとつしか首がないのだ」

「それは……その……まずは、この短剣を……のけていただければ……そうです、そうっとお願いしますよ、そうっとね——ああ、あごの下が痛い」宦官は首に手を持っていき、指についた血を見てたじろいだ。「わたしは自分の血を見ると気が遠くなってしまうのです」

「もっと血を流すことになるぞ——おれに手を貸さなければな」

ヴァリスは必死の面持ちで上体を起こした。

「弟君が……あの〈小鬼《インプ》〉が……逃げられるはずのない暗黒房から姿を消したとなれば……て、手厳しい訊問がなされることになりましょう。そうなったら、わ、わたしの命も……」

「おまえの命はおれのものだ。おまえがどれほどの秘密を知っていようが、どうでもいい。ティリオンが死ねば、遠からずあとを追ってもらう。肝に銘じておけ」

「ああ……」宦官は手についた血をなめた。「なんと恐ろしいことを切りだされるものやら……あの〈小鬼《インプ》〉を解き放てとは。あれはわれらが敬愛する国王陛下を弑《しい》し奉ったのですよ。それともあなたは、あれが〈小鬼《インプ》〉のしわざではないと信じておられるのですか？」

「あれのしわざであろうとなかろうと関係ない」ジェイミーは答えた。われながら、阿呆のようないいぐさだった。「ラニスターの一員たる者、借りは返さねばならぬ」

そのひとことだけは、躊躇《ちゅうちょ》なく出てきた。

だが——以来、眠れぬ夜がつづいている。弟の姿が目に見えるようだ。松明《たいまつ》の火を間近に突きつけられながらも、鼻梁を削がれた鼻の下でにやにや笑いを浮かべていた、あのときのこびとの姿——。

「現実の見えん、度しがたい阿呆め」あのときティリオンは、悪意に歪む声で、吐き捨てるようにそういった。「サーセイは不実にまみれた淫乱女だ。ランセルとも寝た。オズマンド・ケトルブラックとも寝た。おれの見るところでは〈ムーン・ボーイ〉とも寝ている。それにな、たしかにおれは、おまえのいうように人でなしだよ。なにしろ、おまえの不義の子を殺したんだからな」

（ティリオンは、父上を殺すとはいわなかった。もしそういっていたら、殺してでも止めていただろう。その場合、あいつではなく、おれのほうが身内殺しになっていたわけだ）

ティリオンが消えた晩に、ヴァリスもまた姿をくらました。いったいどこに隠れているのだろう。密告者たちの長は、賢明にも自室にはもどらなかったし、赤の王城《レッド・キープ》を隅々まで捜索しても見つけることはできなかった。もしかすると、王都に残って訊問の憂き目を見るよりはと、ティリオンとともに船出してしまったのかもしれない。だとしたら、ふたりはとうに海の上だ。いまごろは、ガレー船の船室で、アーバー・ゴールドでも酌みかわしていることだろう。

（ただし——おれの弟がヴァリスを殺し、城の地下迷宮に腐るまま放置していった可能性もある）

とすれば、骨が見つかるまでには何年もかかるだろう。ジェイミーは十二名の衛兵をともない、松明、ロープ、ランタンを用意して地下に潜った。そして、何時間もかけて、曲がりくねった通路、極小の部屋、隠し扉、秘密の階段、真の暗闇に降りていく縦坑《たてあな》などをめぐりつづけた。あのときほど、片手がないことの不便さを痛感したことはない。人は両手があるのがあたりまえだと思っている。だが、片手だけでは、梯子の昇り降りさえ満足にできない。床を這うだけでもひと苦労だ。なにしろ、〝よつん這いになる〟という表現がもう使えないのだから。さらに、ほかの者たちとちがって、松明を持ったまま梯子《はしご》を昇ることもできない。

結局、捜索は徒労におわった。見つかったのは、暗闇、ほこり、鼠だけだった。

（それと、ドラゴン。地下にわだかまるドラゴンだ）

あの鉄のドラゴンの顎《あぎと》の中で、禍々《まがまが》しく燃えていた石炭——そのオレンジ色の輝きを思いだす。縦坑の底の、六本の地下隧道《トンネル》が合流する部屋で、ドラゴンを模した鉄の火鉢は赤々と燃え、部屋を暖めていた。床一面のモザイク模様が描きだすのは、人の足に踏まれてだいぶ磨耗してはいたが、赤と黒のタイルで描かれた図象——ターガリエン家の紋章である三つ頸《くび》ドラゴンだった。

（おれはおまえを知っているぞ、〈王 殺 し《キングスレイヤー》〉）床のドラゴンは自分にそう語りかけているようだった。（おれはずっとここにいて、おまえが降りてくるのを待っていたのだ）

そのことばはよく見知った人物の声で頭に響いた。かつてのあるじ——ドラゴンストーン城の城主、太子《プリンス》レイガーの、鉄の意志がにじむ声だ。

あの日、赤の王城《レッド・キープ》の内郭《うちぐるわ》でレイガーに別れを告げた日、風は一段と強く吹きつのっていた。プリンスが着ていた漆黒の甲冑の胸当てには、多数のルビーで三つ頸のドラゴンが描かれていたことを憶えている。

「殿下」と、そのとき、ジェイミーは懇願した。「こんどばかりはわたしをお連れください。

国王陛下の警護の役目は、どうかわたしではなく、ダリーにおまかせを。あるいは、サー・バリスタンに。両名のマントも、わたしのものと変わらず純白なのです」

だが、プリンス・レイガーはかぶりをふるばかりだった。

「わが父王は、これから戦うわが従兄弟ロバートよりも、おまえの父のほうを恐れている。ゆえに、おまえをそばにとどめておきたいとのお考えだ。おまえがいれば、タイウィン公に危害を加えられる心配がないからな。かかるときにあって、父から松葉杖を取りあげるようなまねはできぬ」

怒りで声を詰まらせながら、ジェイミーは抗議した。

「わたしは松葉杖ではありません。〈王の楯《キングズガード》〉の騎士です」

「ならば、黙って陛下をお護り申しあげろ」サー・ジョン・ダリーが声を荒らげた。「そのマントをまとったとき、おまえは絶対服従を誓ったはずだぞ」

プリンス・レイガーはジェイミーの肩に手をかけた。

「この戦《いくさ》がおわれば、おれは大評議会を召集する。その暁には、諸事にわたって激変が起きよう。ほんとうは、もっと早くから改革に手をつけておくつもりだったのだが……まあよい、いまだ未踏の道を語ったとて栓なきこと。やがてもどってきたとき、じっくりと話しあおうぞ」

それが、レイガー・ターガリエンがジェイミーにかけた最後のことばとなった。大手門の外には征討軍が集結をおえていた。別動の一軍は、三叉鉾河《トライデント》を下っているところだ。

ドラゴンストーン城のプリンスはひらりと騎馬にまたがると、漆黒の大兜《グレートヘルム》をかぶった。そして、破滅へ向かって進みだしたのだった。

(殿下はご自分でおわかりになっていた以上に、事態を正確にいいあてておられた。合戦がおわったのち、激変が起こったのは事実だ)

「エイリス王は、わたしがそばにいれば、ご自分に危害がおよぶことはない、と思いこんでおられました」ジェイミーは父親の亡骸に語りかけた。「――そんなに可笑《おか》しいのですか、父上？」

タイウィン公はそう思っているようだった。硬直とともに、その口もとに宿った笑みは、いっそう大きくなってきたように見える。

(死体であることすら、父上はおもしろがっているのか)

奇妙なことに、悲しみは感じなかった。

(おれの涙はどこへ消えた？　怒りは？)

ジェイミー・ラニスターが怒りを忘れたことは、かつてなかったのに。

「父上――」ふたたび死体に語りかける。「涙は男の弱さのしるしとおっしゃったのは父上でした。であれば、わたしが父上のために涙を流すとも思ってはおられますまい」

けさ、棺台の亡骸に別れを告げる列にならんだ諸公淑女は、一千人を数えた。午後からは、さらに数千の平民がその列に加わった。どの弔問者も喪服に身を包み、厳粛な顔をしていたものだ。しかし、そのうちのかなりの数は、とうとう世を去った大物の死に顔を拝み、心中ひそかに笑うためにきたのだとジェイミーは思っている。西部でさえ、タイウィン公は敬愛されるというより、畏敬される存在だった。それに、キングズ・ランディングの者たちは、まだあの大略奪のことを忘れていない。

弔問者の中でもっとも動揺しているように見えたのは、グランド・メイスター・パイセルだった。

「わたしは六代の王に仕えてきました」聖餐式のあと、いまだに信じられぬという顔で死体の匂いを嗅ぎながら、パイセルはジェイミーにいった。「しかし、われわれの前に横たわるこの方は、かつて知遇を得たなかでも、飛びぬけて偉大な人物でした。タイウィン公が王として戴冠されることはありませんでしたが、ひときわ王らしい資質を備えた方だったと思います」

顎鬚《あごひげ》がないと、パイセルは老けて見えるだけでなく、ひ弱に見えた。

（パイセルに鬚を剃らせたのは、ティリオンの数々の所業のなかでも、とくに残酷な仕打ちだったな）

自分の一部を失うこと、自分を自分たらしめる部分を失うのがどれほどつらいことかを、ジェイミーは身をもって知っている。パイセルの顎鬚は、それはそれはみごとなしろもので、雪のように白く、仔羊《ラム》の毛の織物《ズウール》のようにやわらかで、頬から顎をおおってベルトのあたりまでたれかかり、神々しいまでの威厳をそなえた白鬚《はくしゅ》だった。もったいぶって話をするとき、いつも思慮深げになでていたその白鬚は、いかにも賢者らしい雰囲気をもたらすだけでなく、もろもろの見苦しいもの——老いた顎の下にたれた皮膚、小さくて不満げな口、いぼ、しわ、数えきれないほどたくさんの老人斑を隠す役目をもはたしていた。失われた威厳の象徴を、老学者はふたたび伸ばそうとしているが、あまりうまくいってはいない。しわだらけの頰としなびた顎からは、貧弱な白い毛がまばらに生えているだけで、しみだらけのピンクの肌が透けて見えるほどだ。

「サー・ジェイミー——物心ついて以来、わたしは数々のむごい悲劇を見てきました」と、そのとき老人はいった。「戦《いくさ》、闘争、胸の悪くなる殺人……オールドタウンにいた子供時代には灰鱗病《グレイスケール》が流行り、都市の半分、〈知識の城《シタデル》〉の四分の三の者が罹病《りびょう》しました。当時のハイタワー公は港に停泊していた船に一隻残らず火をかけ、市壁の門という門を閉じ、町から出ようとする者は、男であれ女であれ、母親の腕に抱かれた赤子であれ、兵士に命じてひとり残らず殺させました。ついにクェントン・ハイタワー公が港を開いたその日、怒れる民衆は公を馬から引きずり降ろし、のどを搔き切り、年若い息子も同じ目に遭わせました。きょうにいたるも、オールドタウンの無知なる者たちは、クェントン公の名を聞いただけでつばを吐きます。しかし、クェントン・ハイタワーは、なさねばならぬことをしたにすぎません。父上がなさってきた偉業もそれに重なります。父上はなさねばならぬことをなさったのです」

「父がこんなにもうれしそうにしているのは、そのためか？」

死体から立ち昇る腐臭混じりの気化物質に刺激され、目に涙をにじませながら、パイセルは答えた。

「肉体が……肉体が乾くにつれて筋肉が縮み、唇の両端を上に引っぱる。これは笑っているのではありません。ただの……乾燥の結果――それだけのことです」そこでまばたきをし、涙を絞りだした。「これにて失礼させていただきます。わたしは疲れました。ひどく疲れました」

それを最後に、おぼつかない足どりで、パイセルはのろのろと大聖堂《セプト》を出ていった。

ジェイミーは気がついた。

（あの男もまた死にかけている……）

サーセイがパイセルを無能呼ばわりするのもむりはない。

じっさいのところ、愛しい姉は、廷臣の半数を無能者か反逆者の予備軍だと考えている。パイセルしかり、〈王の楯《キングズガード》〉の騎士たちしかり、タイレル家しかり、ジェイミーしかり……さらには、首斬り役人を務める沈黙の騎士、サー・イリーン・ペインすらもだ。王の執行吏であるサー・イリーンは地下牢の監督責任を持つ。舌がないので、地下牢の管理はおおむね部下たちにまかせていたが、しかしサーセイは、ティリオンが逃げたのはサー・イリーンのせいだと糾弾していた。

（あれはおれのしたことだ、サー・イリーンではない）

ジェイミーはもうすこしでサーセイにそういうところだった。だが、かわりに、地下牢の獄卒長に――レニファー・ロングウォーターズという腰の曲がった老獄卒に――状況を問いただしてくると約束してしまった。

「首をひねっておられますな？　ロングウォーターズとは、そも、どういったたぐいの名前かと？」本人のもとへ赴き、状況をたずねると、老獄卒長はかんだかい声でひゃっひゃっと笑った。「これでなかなか、由緒ある名前でしてな。いやいや、ほんとうに。自慢するわけではないが、わたしのからだには王家の血が流れておるのです。自分はさる公女の子だ――と、わたしがまだ小僧っ子のころ、父が申しておりました」

老人斑だらけの禿頭と顎鬚《あごひげ》の白さからすれば、ロングウォーターズが小僧っ子だったのはそうとうにむかしのことだろう。

「祖母は〈乙女の蔵〉の至宝とも称された器量よしで、海軍の偉大な提督であったオーケンフィスト公に恋慕されたのですが、提督はすでに、妻ある身。で、祖母はふたりのあいだに生まれた子供に、提督にあやかって、〝ウォーターズ〟の私生児名をつけたのです。長じてその子は立派な騎士となり、その騎士の子もまた立派な騎士となりました。それがわたしというわけで。のちに〝ウォーターズ〟の前に〝ロング〟をつけたのは、わたし自身は私生児ではないことを周囲に知らしめるためでした。なんにせよ、わたしの中にはドラゴンの血が流れておるのですよ」

「たしかに、もうすこしでエイゴン征服王と見誤るところだったぞ」そのとき、ジェイミーはそういった。〝ウォーターズ〟とは、ブラックウォーター界隈で私生児に与えられる姓だ。老ロングウォーターズは、公女の子というより、小家の禄を食む、名もない騎士の子にしか見えない。「しかし、いまは一刻を争う。おまえの身の上よりも聞きたいことがあるのだ」

ロングウォーターズはうなずいた。

「逃げた囚人のことでございましょう」

「消えた獄卒のこともな」

「ルージェンですな」老獄卒長は名前をいった。「地下牢の看守として、あれは地下三階の暗黒房を受け持っておりました」

「その男のことを話してくれ」

ジェイミーは心にもないことをいわねばならなかった。こんなのは茶番だ。ルージェンがどういう男であるかを、自分はすでによく知っている。ロングウォーターズが知らなくとも知っている。

「髪はぼさぼさ、髭は伸びほうだいで、ことばづかいも粗野な男です。正直に申しあげて、好かぬやつですよ。いやいや、ほんとうに。十二年前、わたしが着任したときには、すでにここにおりました。なんでもエイリス王に任命された由。ただし、ここへめったに顔を出さなかったことは申しあげておかねばなりますまい。それは報告書にも触れてあるとおりです。さよう、たしかにそう書いたはずで。誓って偽りなどありません、王家の血を引く者の名にかけて、これは真実です」

（もういちど王家の血といってみろ。その血をすこしばかり流してやる）

「その報告書を見た者は？」

「蔵相と密告者の元締めのところへは、必要な部分だけを抜きだして提出しました。獄長と王の執行吏のもとへは一式ぜんぶを。むかしから、地下牢ではそういうしきたりなのです」

ロングウォーターズは鼻をかいた。「ルージェンは仕事のあるときだけ牢へきておりました。それは申しあげておかずばなりますまい。暗黒房《ブラック・セル》は、めったに使われることがありません。閣下の弟御が送りこまれる以前には、グランド・メイスター・パイセルが一時期収監されておりました。そのまえといえば、反逆者のスターク公です。それ以前にも三人おりましたが、スターク公が〈冥夜の守人《ナイツ・ウォッチ》〉に送ってしまわれましてな。あの三名を解放するのはよくないことだと思いましたが、書類はきちんとしたものでしたので。その点も、報告書には書いておきました。これは真実です」

「事件当夜は眠っていたという、ふたりの獄卒についてはどうだ」

「獄卒？」ロングウォーターズは鼻を鳴らした。「あやつらは正規の禄をいただく獄卒ではありません。臨時雇いの牢番です。予算だけは牢番二十名ぶんが確保されておるのですが、閣下、わたしの時代になってからは、多くても十二名どまり。正規の獄卒にしても、各階に二名ずつ、都合六名の獄卒が配置されていなくてはならんのですが、じっさいには三名しかおりません」

「おまえのほか、ふたりということか？」

ロングウォーターズは鼻を鳴らした。

「わたしは獄卒長です。平の獄卒ごときといっしょにせんでいただきたい。囚人の出入りを記録するのがわたしの仕事。わたしがつけた台帳を見ていただければ、いま収監されている人数が正確にわかります」

ロングウォーターズは大きな革装の台帳を目の前に広げた。「いまの囚人は、地下一階に四名、地下二階に一名。ほかにもう一名、弟御がいることになっておりますが……」老人は眉をひそめた。「脱走してしまった以上、もうおらぬ道理ですな。いやいや、ほんとうに。これは記録から削除しましょう」

老人は羽根ペンをとりあげ、先端を削りはじめた。

(囚人はたった六名か)とジェイミーは苦々しく思った。(牢番二十名、獄卒六名、獄卒長、獄長、王の執行吏が一名ずつ――これだけを雇う経費をかけておきながら)

「眠っていた牢番二名と話をしたい」

レニファー・ロングウォーターズは羽根ペンを尖らせおえ、上目使いにジェイミーを見た。警戒したようだった。

「両名に訊問なさる、ということですか?」

「聞こえただろう」

「聞こえましたとも、閣下。たしかに聞こえましたとも。しかしながら……。閣下がだれに訊問なさろうとご自由です、いやいや、ほんとうに。わたしごときがとやかくいう立場にはありません。しかしながら、失礼を承知で申しあげるならば、両名が訊問にお答えするとは思えませんな。というのは、ふたりとも処刑されてしまったからです」

「処刑？　だれの命令でだ？」

「てっきり、閣下のご命令か……あるいは、太后陛下のご命令かと思ったのですが、あえてたずねてはおりません。なにしろ……〈王の楯《キングズガード》〉の騎士どののおっしゃることに、とやかくいえる立場ではございませんからな」

傷口に塩をすりこまれる思いだった。サーセイはジェイミーの指揮下にある者たちを使い、血なまぐさい仕事をさせたのだ。それも、気にいりのケトルブラック兄弟を使って。

ややあって、血と死の匂いが立ちこめる地下の一室で、ジェイミーはボロス・ブラントとオズマンド・ケトルブラックを叱責した。

「この考えなしの馬鹿者どもが――自分たちがなにをしでかしたか、わかっているのか？」

「われわれは命令にしたがったまでです、総帥どの」サー・ボロスはジェイミーよりも背が低いが、もっとがっしりしている。「それも、陛下の――姉上のご命令に」

サー・オズマンドは、剣帯に片手の親指を引っかけ、こういった。

「永眠させてやれ、とのお達しでしたので。わが弟ふたりといっしょに、実行に移したまでです」

(愚かなまねを)

死体のひとつは、テーブルにうつぶせに倒れこんでいた。一見、酒宴の最中に眠りこんでしまったように見えるが、その顔がくっつけているのは、ワインの海ではなく、血の海だ。もうひとりの牢番は、ベンチから立ちあがり、短剣を抜きかけたところで、あばらを長剣で貫かれていた。こちらはもうひとりよりも長く悶え苦しんで死んだにちがいない。

(ヴァリスには、脱出するさい、だれひとり傷つけるなといったが──それはむしろ、わが弟と姉にいうべきだったな)

「早まったまねをしてくれたものだ」

サー・オズマンドは肩をすくめた。

「こやつらが死んだとて、悲しむ者がいるわけでもなし。賭けてもいいが、この両名も脱走に加担しているはずです。行方不明のひとりだけではなく」

(ちがう)ということばがのどまで出そうになった。(このふたりは、ヴァリスがワインに盛った一服で、眠らされていたのだ)

「だとしたら、このふたりから真相を聞きだせたはずだろうが」〝……ランセルとも寝た。オズマンド・ケトルブラックとも寝た。おれの見るところでは〈ムーン・ボーイ〉とも寝ている……〟。「おれが疑り深い人間なら、このふたりを早々に殺したのは、訊問を受けさせないためだと勘ぐるところだぞ。まさか貴公ら、自分らがこの件に加担していたことを隠す目的で口封じをしたのではあるまいな?」

「われらが?」ケトルブラックは絶句した。「われらはただ太后陛下のご命令にしたがったまで。あなたの誓約の兄弟として誓いましょう」

幻影の指が痙攣するのをおぼえつつ、ジェイミーはいった。

「オズニーとオスフリッドをここに呼び、自分たちが引き起こした惨劇の後始末をさせろ。

それからな、こんどわが愛しの姉にだれかを殺せと命じられたら、まずおれのところへ相談にこい。それ以外はおれの前に姿を見せるな」

ベイラー大聖堂《グレート・セプト》の薄闇の中で、自分のことばが頭の中にこだました。頭上を見あげれば、すべての窓は暗くなり、遠い星々のかすかな光も見える。太陽はとうに沈んでいた。香料を加えた蠟燭が点されているのに、死臭はますます強くなっていくばかりだ。その匂いは、黄金の歯《ゴールデン・トゥース》のふもとの道で起きた顚末を思いださせた。開戦当初の数日間、輝かしい勝利をあげたのがあの道だった。合戦の翌朝に見ると、戦場にころがった多数の死体には鴉《クロウ》どもが群がり、勝者と敗者の区別なく死の饗宴にふけっていた——トライデント河の戦いのあとで、レイガー・ターガリエンの死体に群がっていたのと同じように。

（王とても鴉の餌になるのなら、王冠にどれほどの価値があろう）

こうしているいまも、ベイラー大セプトの七つの塔と大円蓋の周囲を鴉どもが舞っているにちがいない。黒い翼で夜の空気を打ちすえながら、堂内に侵入できる場所を探しているのだろう。

（七王国のすべての鴉はあなたに敬意を払うべきですな、父上。キャスタミアからブラックウォーター河にいたるまで、鴉どもにたっぷりと餌を与えたのだから）

その考えが気にいったのか、タイウィン公の口もとの笑みがいっそう大きくなった。

（あきれたものだ。新婚初夜、花嫁と床入りする新郎のように笑み崩れている）

あまりにもグロテスクな光景に、ジェイミーは声をたてて笑った。

その笑い声は、袖廊に、納骨棚に、礼拝堂に、たがいに重なりあって反響した――まるで大セプト内のあらゆる遺骨がこぞって笑っているかのようだった。

（案外、ほんとうに笑っているのかもしれんぞ。これは戯《おど》け芝居よりももっと滑稽な状況だ。自分が殺すのに手を貸した父親のそばで寝ずの番に立ついっぽうで、自分が逃げるのに手を貸した弟を捕縛させるために部下を送りだしたのだからな……）

〈王都の守人《シティ・ウォッチ》〉を率いるサー・アダム・マーブランドには、〈絹の道〉を探すように命じておいた。

「ベッドというベッドの下までたしかめろ。おれの弟の淫売宿好きは知っているはずだ」

金色《こんじき》のマントの者たちは、娼館のベッドの下よりも、娼婦たちのスカートの下を念入りに探すことになるだろう。この形ばかりの捜索で、どれだけの私生児が生まれることになるのやら。

とりとめない考えをつづけるうちに、思いはタースのブライエニーに向かっていった。

（愚かで頑固で醜い大女だが……）ブライエニーはいま、どのあたりにいるだろう。（父よ、どうかブライエニーに力を与えたまえ）

それは祈りにもちかい願いだった。だが……その願いの相手の〝父〟とは、〈天上の父〉――内陣の向こうがわで蠟燭の光を浴びてきらめく、黄金張りの巨大な神像なのだろうか？

それとも、目の前に横たわる死体のほうか？

（どちらでも同じではないか。どうせどちらも願いを聞いてはくれぬのだ）

剣を持てる齢になって以来、ジェイミーが奉ずる神はずっと〈戦士〉だった。ほかの者の場合、最大の関心の対象は、夫や息子や妻であるかもしれない。しかし、みずからの金髪と同じ色をした黄金の剣をふるうジェイミー・ラニスターは、そのようなものに関心を持ったことがいちどもない。ジェイミーは戦士なのである。むかしもいまも、ただ戦士であることだけが望みなのだ。

(サーセイには真実を告げるべきだろうな。小さな弟を暗黒房から逃がしたのがおれであることを、ちゃんと打ち明けるべきだろう)

結局、すべてにおいて、ティリオンだけが得をしたらしい。

〝おれはおまえの不義の子を殺した。そしてこんどは、暗黒房《ブラック・セル》を脱出し、おまえの父親をも殺してやった〟

大セプトの薄闇のなかで、〈小鬼《インプ》〉の笑い声が聞こえた気がした。ぎょっとしてあたりを見まわしたが、その笑い声の波は、周囲の壁に反響して返ってくる自分の笑い声だった。

まぶたを閉じる。が、閉じてすぐに、ぱっと開いた。

(眠ってはならぬ)

眠ったら悪夢を見かねない。ああ、ティリオンがにたにた笑っている。

〝……不実にまみれた淫乱女だ……ランセルとも寝た……オズマンド・ケトルブラックとも……〟

真夜中をまわったとき、〈厳父の扉〉が重々しい音とともに開き、祈禱を捧げるために、数百名の司祭《セプトン》が列をなして入ってきた。銀の礼服を身につけ、水晶の宝冠をかぶった数人は篤信卿《モースト・ディヴァウト》たちだ。一般のセプトンたちは、ひもでつづった水晶を首にかけ、白いローブを身にまとい、七色のひもを編みあげた七色の聖帯を腰に巻いている。〈慈母の扉〉からは、七列をなし、修道院《クロイスター》の司祭女《セプタ》が静かに聖歌を歌いながら入ってきた。これも白いローブ姿だ。いっぽう、〈異客《まれびと》の階段〉からは、こちらは一列になって、沈黙の修道女《シスター》たちが降りてきた。別名〈死の侍女〉たちはくすんだグレイのローブを身につけ、頭にはフードをかぶり、顔は面紗《めんしゃ》でおおっていて、目の部分しか見えていない。別の扉からは、おおぜいの修道士《ブラザー》たちが現われた。身につけたローブは、茶色、薄茶色、灰褐色などで、なかには生成りの粗織り《ラフスパン》を着ている者もいる。帯代わりに締めているのは麻のひもだ。首に〈鍛冶〉を象徴する鉄鎚をかけている者もいれば、托鉢の鉢をぶらさげている者もいる。

どの聖職者もジェイミーには目もくれない。七つの祭壇のそれぞれに礼拝し、神の七つの顕現《けんげん》を讃えながら、堂内をひとめぐりしていく。そして、一柱一柱の神に供物を捧げ、それぞれに賛美歌を歌う。耳に心地よく、厳粛な歌声だった。ジェイミーは目をつむり、歌声に聞きいったが、ふと睡魔に襲われて、またもかっと目を開いた。

（むかしより体力が落ちている）

もっとも、〝寝ずの番〟に立つのはずいぶんとひさしぶりだったが。

（前のときは若かったからな。まだ十五歳だった）

それに、前回は鎧も着ていなかった。着用していたのはありふれた白い上下の服だったし、あの晩を過ごしたセプトは、この大セプトの七つの身廊のいずれとくらべても、三分の一の大きさもなかった。そのときジェイミーは、〈戦士〉のひざに剣を横たえて、鎧を足もとに積み、祭壇の前の粗石の床にひざまずいていた。夜が明けたときには、両のひざがすりむけ、血がにじんでいたものだった。

「騎士たる者はみな血を流さねばならぬ、ジェイミーよ」これはそのとき、サー・アーサー・デインが口にしたことばだ。ジェイミーが顔をあげると、サー・アーサーはつづけた。

「血こそはわれらが献身のしるしなのだ」

夜明けの訪れとともに、サー・アーサーは剣でそっとジェイミーの肩に触れた。白銀の刃はおそろしく鋭くて、そっと触れただけなのに、ジェイミーの上着は裂け、鮮血が流れた。それでも、痛みはまったく感じなかった。ひざまずいていた少年は、かくして立ちあがり、騎士となった。

（若き獅子としてな。あのころはまだ〈王殺し《キングスレイヤー》〉ではなかった）

だが、それもずいぶんむかしのことだ。あのときの少年ジェイミーは死んだ。

祈禱がいつおわったのかはわからない。おそらく、立ったままうとうとしていたのだろう。祈禱者らの列がぞろぞろと出ていってしまうと、大セプトはふたたび静まり返った。多数の蠟燭は暗黒のなかで燃える星々の壁となったが、空気には死の匂いが濃厚にただよっている。ジェイミーは黄金の大剣の柄を持ちなおした。もしかすると、サー・ロラスと交替しておくべきだったかもしれない。

（サーセイは露骨にいやな顔をしただろうがな）

〈花の騎士〉はまだ少年のあどけなさを残しており、傲慢で虚栄心が強い。が、ジェイミーの見るところ、あの男はいずれかならず功績を重ね、〈白の書〉を管理するに値する偉大な騎士になるはずだ。

この寝ずのつきそいがおわったら、〈白の書〉が待っている。またしてもおのれの恥辱を書きつづらねばならない。

（嘘で埋めつくす前に、あのいまわしい書をずたずたにしてしまおうか）

だが、嘘を書かないとなれば、真実を書かざるをえなくなる……。

気がつくと、目の前に女が立っていた。

（また降りだしたのか）

そう思ったのは、その女がずぶ濡れになっていたからだった。マントからしたたり落ちるしずくが、足のまわりに円を描いている。

（どうやって目の前までできた？　入ってくる音は聞こえなかったぞ）

女は居酒屋にいる女給のような服装をしており、その服の上から粗織り《ラフスパン》の厚手のマントをはおっていた。マントの色は茶色だが、染め方が悪く、全体にむらがあり、裾はぼろぼろになっている。フードをかぶっているため、顔はわからないが、ちらつく蠟燭の灯が翠《みどり》の目に映りこんで躍っているのに加え、からだを動かしたことで、だれだかわかった。

「サーセイ……」夢から覚めかけ、ここはどこかととまどっている男のように、ジェイミーはゆっくりとしゃべった。「……いま何時だ？」

「狼の刻《とき》」

姉はフードを降ろし、顔をしかめた。

「おおかた、溺れた狼の刻でしょうね」

そこで、にっこりと、とろけるような笑みを浮かべてみせた。

「はじめてこんなふうに会いにきたときのこと、憶えている？〈鼬《ウイーゼル》小路〉の陰気な宿だったわね。父の衛兵の目をごまかすために、わたしは召使いの身なりをしていたわ」

「憶えている。〈鰻小路《イールレーン》〉だ」（なにか目あてがあってきたな）「こんな時間になにをしにきた？　なにをさせたいんだ、このおれに？」

最後のことばは堂内にこだまして――おれに、おれに、おれに、おれに、おれに、おれに――だんだんと小さくなったのち、消えた。ジェイミーはつかのま、サーセイが自分の腕に抱かれ、慰めを得るためだけにきたのではないかと、あだな希望をいだいた。

「声を低くして」妙なしゃべりかたをするものだ。声をひそめて……まるでなにかに怯えているようではないか。「ジェイミー――じつはね、ケヴァンに協力を拒否されたの。つぎの〈手〉になる気はないそうよ。ケヴァンは……ケヴァンはわたしたちのことを知っているの。はっきりとそういったわ」

「拒否？」これには驚いた。「それに、おれたちのことを知っているだと？　スタニスからの書簡は読んだかもしれないが、あれにはなにも……」

「ティリオンは知っていたわ」とサーセイはいった。「あの邪悪なこびとがどんな話をしたのか、わかったものじゃない。それに、だれに話したのかもね。すくなくともケヴァン叔父には話しているでしょう。それに、ハイ・セプトンにも……。あの太った前ハイ・セプトンが死んだあと、いまのハイ・セプトンを選んだのは、ティリオンなのよ。現ハイ・セプトンだって、知っている可能性があると見ておかなくてはね」サーセイはそばにすりよってきた。「こうなったら、トメンの〈手〉はあなたになってもらうしかないわ。メイス・タイレルは信用できないし。父の殺害にあの男も関与していたらどうするの？ あの男はティリオンと共謀していたのかもしれないのよ。〈小鬼《インプ》〉はいまごろ、ハイガーデン城へと向かっていて……」

「それはないな」

「ね、わたしの〈手〉になって」サーセイは懇願する口調になった。「そして、いっしょに七王国を支配しましょう——王と王妃のように」

「きみはロバート王の妃だった。おれの妃にはならない」

「なっていたわよ、できることなら。でも、わたしたちの息子が——」

「トメンはおれの息子じゃない。ジョフリーもそうではなかったのと同じだ」ひとりでに、声がこわばった。「ふたりとも、きみがロバートの子にしてしまったんだ」

サーセイはたじろいだ。

「いつまでも変わらずにわたしを愛すると誓ったじゃないの。わたしにこんな懇願をさせて、それでも愛しているといえるの？」

死体が放つこの死臭のなかでさえ、サーセイの全身から立ち昇る恐怖の匂いははっきりとわかった。できることなら、ぎゅっと抱きしめて、キスをしてやりたい。金髪の巻毛に顔をうずめて、だれにも傷つけさせないと約束してやりたい。

（だが、ここではだめだ。神々の前では。父の前では）

「むりだ」とジェイミーはいった。「きみの〈手〉になることはできない。なる気もない」

「わたしにはあなたが必要なの。わたしの片翼が必要なの」はるか頭上の窓を雨が打つ音が聞こえた。「あなたはわたし、わたしはあなた。あなたはわたしのそばにいなくてはだめ。わたしと一体になってもらわなくては。お願い、ジェイミー。お願いよ」

ジェイミーは棺台に目を向けた。タイウィン公が怒って飛び起きるのではないかと思ったからだ。だが、父は腐りゆく冷たい骸《むくろ》をその場に横たえたままだった。

「おれは議事室向きの人間ではない。戦場を馳駆《ちく》するべくして生まれた男だ。しかもいまは、その戦場ですら満足な働きを示せないかもしれない」

サーセイはぼろぼろになった茶色の袖で涙をぬぐった。

「わかった。そんなに戦場が好きなら、戦場を与えてあげる」憤然とフードをひきかぶる。「こんなところへきたわたしが馬鹿だったわ。あなたなんかを愛したわたしが馬鹿だったのよ」

静寂のなか、大きく足音を鳴り響かせて、大理石の床に点々と雨のしずくを残しながら、サーセイは歩み去った。

それからどれくらい立ちつくしていたのだろう……気がつくと、夜が明けていた。大円蓋上部のガラスが徐々に明るく染まっていく。突如として、ガラスごしに虹色の輝きが射し、内壁を、床を、柱を、燦然と燃えたたせ、七色の光の暈《かさ》でタイウィン公の亡骸を包みこんだ。その光の下で見ると、先代〈王の手〉の腐敗が目に見えて進んでいることがわかった。顔は緑色を帯びて、目は深く落ちくぼみ、一対の黒々とした穴と化している。頬にはいくつもの裂け目ができており、美麗な黄金と真紅の甲冑の継ぎ目からは悪臭を放つ白い液体がにじみ出て、からだの下にたまりだしていた。

最初にその惨状に気づいたのは、夜明けの祈禱にやってきたセプトンたちだった。賛美歌を歌い、祈りをあげながら入ってきたセプトンたちは、鼻にしわを寄せはじめた。篤信卿のひとりは卒倒しかけ、かつぎだされるようにして大セプトから退出していった。その直後、おおぜいの修練士が手に手に香炉を持って現われ、棺台のまわりに配置しだした。香炉から立ち昇る香煙は濃密で、棺台は煙のとばりでおおわれたような状態になった。構内にあふれかえっていた虹は香煙でかき消されたが、それで悪臭が消えることはなく、すさまじく強烈な腐臭に、ジェイミーは吐き気をおぼえた。

やがて礼拝者用の扉が開き、現在の序列にしたがって、タイレル家が真っ先に入ってきた。マージェリーは黄金の薔薇《バラ》の大きな束を携えており、これみよがしにタイウィン公の棺台の足もと側へ献花したが、一本だけは手もとに残し、信徒席にすわって以後、ずっと鼻の下にあてがっていた。

(なるほど、この娘、可愛いだけではなく、頭もまわるわけだ。トメンはもっとだめな妃を迎えることもありえた――先代の王たちのように)

マージェリーにつきそう淑女たちも、みな先例にならった。

サーセイは葬送者たちがすべて着席してから、トメンとともに入口に現われた。ふたりの背後には、白琺瑯《エナメル》引きの甲冑と白いウールのマントを身につけたサー・オズマンド・ケトルブラックがつづいている。

〝……ランセルとも寝た。オズマンド・ケトルブラックとも寝た。おれの見るところでは〈ムーン・ボーイ〉とも……〟

ジェイミーは浴場でケトルブラックの裸身を見たことがある。あの男の体毛は真っ黒だ。胸毛は強《こわ》いし、股間をおおう陰毛はさらに強い。あの胸が姉の胸に押しつけられ、強い胸毛が乳房の柔肌にこすりつけられているところを想像してみた。

(サーセイがそんなことをするはずはない。〈小鬼《インプ》〉は嘘をついたんだ)

やわらかな金色の産毛と、針金のような黒い胸毛――それが淫靡《いんび》にからみあう。腰を突きいれるたびに、ケトルブラックが細いあごを食いしばる。姉のせつなげな声が聞こえる気がした。

(ちがう。嘘だ)

目を真っ赤に泣き腫らし、蒼白になったサーセイが、トメンの手を引いて、数段の階段を昇り、父親の横にひざまずいた。祖父の姿を見たとたん、少年王はぎょっとしたが、息子が逃げだす前に、サーセイがすかさずその手首をつかみ、耳もとにささやきかけた。

「祈りなさい」

トメンは祈ろうとした。だが、少年王はまだ八歳だ。そして、タイウィン公の姿は、この世のものとは思えぬ凄惨な様相を呈している。少年王は泣きだした。

「泣きやんで！」サーセイが叱りつけた。

そのとたん、トメンは遺体から顔をそむけ、身をふたつに折ってえずいた。王冠が頭から落ち、大理石の床を転がっていく。サーセイが柳眉《りゅうび》を逆立て、手を離したすきに、少年王は戸口に向かってだっと駆けだした——八歳の子供の足に可能なかぎりの速さで。

「サー・オズマンド、おれと代われ！」

王冠を拾いにいこうと背中を向けたケトルブラックに、ジェイミーはことば鋭く命じた。そして、黄金の剣をケトルブラックに預けるや、急いで少年王のあとを追った。二十数人のセプタたちが目をまるくして見まもるなか、少年王をつかまえたのは、〈ランプのホール〉でのことだった。

「ごめんなさい」泣きじゃくりながら、トメンはいった。「このあとはちゃんとやるから。かあさまがね、王は道を示さなくちゃだめだって。だけど、あの匂いを嗅いだら、気持ちが悪くなっちゃったんだよ」

（これはまずいな。そばだてている耳、凝視している目が多すぎる）

「外に出たほうがいいでしょう、陛下」

ジェイミーは少年王の手をとり、空気の新鮮な屋外へと連れていった。新鮮といっても、キングズ・ランディングのことだから限度はあるが。広場の各所には、金色《こんじき》のマントを着た警備兵四十名が配置され、馬や馬車の見張りについている。ジェイミーは警備の者らに話を聞かれないよう、少年王をいっぽうの隅に連れていき、大理石の上がり段にすわらせてから、そのまえに片ひざをついた。

「ぼくね、怖かったんじゃないんだよ」トメンはいいわけをした。「あの匂いで、気持ちが悪くなったの。あの匂いで吐きそうにならなかった？　どうしておじさまは平気なの？」

（おれは自分の片手が腐っていく匂いを嗅いだことがある――ヴァーゴ・ホウトに斬られた手を首飾りにさせられたときに）

ジェイミーは自分の息子に答えた。

「いざとなれば、人はたいていのことに耐えられるものさ」

（おれは人間が生きながら焼かれる匂いも嗅いだことがある――リカード・スタークが甲冑ごめに、エイリス王に焙られたときに）

「世界は恐怖に満ちているんだ、トメン。その恐怖に相対するには、戦ってもいいし、笑いとばしてもいいし、見ていながら目に入れないようにしてもいい……内にこもってね」

トメンはその意味を考えこんでから、

「ぼく……ぼくね、ときどき内にこもってたんだ」と打ち明けた。「ジョフィーが……」

「ジョフリーよ」見ると、すぐそばにサーセイが立っていた。強風で脚のまわりにスカートがはためいている。「おまえの兄の名前はジョフリー。あの子なら、これほどわたしに恥をかかせるようなまねはしなかったでしょうに」

「逃げるつもりはなかったんだよ。怖かったんじゃないんだ、かあさま。かあさまの偉大なとうさまが、すごく気持ち悪い匂いがしたものだから……」

「わたしになら、あの匂いが〝妙なる芳香〟に感じられたとでも思うの？　わたしにもね、鼻はあるのよ」サーセイは息子の耳をつかみ、むりやり立ちあがらせた。「タイレル公にも鼻はあるわ。大セプトのなかでタイレル公が吐いていた？　レディ・マージェリーが赤ん坊みたいに泣き叫んでいた？」

ジェイミーは立ちあがった。

「サーセイ、もういい」

サーセイは鼻孔をふくらませた。

「おおや、これは〈王の楯《キングズガード》〉の騎士どの。ここでなにをしていらっしゃるのかしら。通夜がおわるまで、父のそばで寝ずのつきそいに立つと誓ったのではなかったの？」

「通夜はもうおわった。父上のありさまを見ろ」

「いいえ。七日七晩とあなたはいったわ。〈王の楯《キングズガード》〉の総帥たる者、七つの数えかたくらい、わからないわけはないわよね。あなたが持っている指を五本とも折って、それに二を足せばいいのよ」

ほかの葬送者たちも広場に出てきつつあった。聖堂内に立ちこめる強烈な腐臭から逃げだしてきたのだ。

「サーセイ、声が高い」ジェイミーは釘を刺した。「タイレル公が近づいてくるぞ」

サーセイはそれではっとわれに返り、トメンを自分の脇に立たせた。メイス・タイレルは三人の前で一礼した。

「国王陛下におかれては、おむずかりでないとよろしいのですが……？」

「王は悲しみのあまり動転されたのです」サーセイが答えた。

「おお、われらみんながそうです。なにかわたしにできることがありましたなら……」

はるか頭上で、一羽の鴉がギャーッと鳴いた。鴉は巨大なベイラー聖徒王像のてっぺんにとまっており、神聖な頭に糞《フン》をしていた。

「王のためにしていただけることなら、たくさんあります、閣下」とジェイミーはいった。

「たとえば、今夕の埋葬ののち、太后陛下を晩餐にお招きしてはいただけますまいか」

サーセイがすごい目でにらみつけてきたが、この場では口をつぐんでおく理性を見せた。

「晩餐に？」タイレルは意表をつかれた顔になった。「それは……もちろん、このうえなく名誉なことで。妻ともども、喜んでお招き申しあげましょう」

サーセイは笑顔を返し、楽しみにしています、と答えた。だが、タイレルが立ち去って、トメンをサー・アダム・マーブランドのもとに預けてしまうと、ジェイミーに向きなおり、猛然と食ってかかった。

「あなた、酔っぱらってるの？　それとも夢でも見ているの？　冗談じゃないわ、どうしてわたしがあんな貪欲な阿呆と幼稚な妻の晩餐に招かれなければならないのよ！」一陣の風がサーセイの金髪をかきみだした。「あの男を〈手〉に任命させるつもりなら、わたしは絶対に――」

「きみにはタイレルが必要だ」ジェイミーはさえぎった。「ただし、この王都にではない。トメンのために嵐の果て城《ストームズ・エンド》を陥《お》としてもらいたい、とあの男にたのめ。おおいに持ちあげて、父の代わりに戦場を司るには、どうしてもあなたの力が必要だといってやるんだ。メイスは自分が武人中の武人だとうぬぼれている。ストームズ・エンド城を陥とせればよし、陥とせなければあの男が武人として恥をかくだけのこと。どちらにしても、きみの得になる」

「ストームズ・エンド城を？」サーセイは考えこんだ顔になった。「なるほど、そうね……でも、タイレル公は、トメンがマージェリーと結婚しないうちは、キングズ・ランディングを離れないと公言しているのよ」

　ジェイミーは嘆息した。

「だったら、さっさと結婚させてしまえ。結婚したところで、トメンが床入りできるのは、何年も先だ。そのときまでなら、いつでも離縁できる。いまはタイレルの望みどおりに結婚させて、それと引き替えに戦場に追いやり、好き勝手に遊ばせてやれ」

　姉の顔に、したたかな笑みが浮かんだ。

「攻囲している側にさえ危険はつきもの……」サーセイはつぶやいた。「そうね、われらがハイガーデン城の城主どのも、なにが起こるかわからない戦場では、命を落とす危険がないとはいえないわ」

「その危険はある」ジェイミーはうなずいた。「とりわけ、今回、とうとう忍耐を失って、正面から城門を攻めたりでもすればな」

サーセイはまじまじとジェイミーを見つめた。

「気がついてる？　いまのあなた、父上にそっくりよ」

9 ――― ブライエニー

ダスケンデール城市の門は固く閉じられて、門がかけられていた。暁闇《ぎょうあん》のなか、城市を取りまく市壁はほのじろく見える。胸壁の上にたなびく霧の動きは、あたかも亡霊の見張りのようだ。門の外には十台ほどの荷車や牛車がならび、日が昇って門があくのを待っていた。ブライエニーは蕪《カブ》を満載した荷車のうしろにならんだ。ふくらはぎが痛くなっていたので、馬を降りて脚を伸ばせるのがありがたい。ほどなく、背後の森から一台の荷車がやってきて、うしろにならんだ。空が白々と明るむころには、入門待ちの行列は四百メートルちかくにもなっていた。

農民たちはじろじろと好奇の目を向けてくるが、だれも話しかけてはこない。

(ほんとうは、こちらから話しかけるべきなのだけれど)

そうとわかってはいても、見知らぬ人間に話しかけるのは、どうにも苦手だった。少女のころから内向的だったうえ、長年、侮蔑の視線にさらされてきて、内気さにいっそう拍車がかかっているのだ。

(サンサのことを訊かなくては。でないと、見つけようがない)

ブライエニーは咳ばらいをし、蕪《カブ》の荷車に乗っている農婦に声をかけた。

「そこな女性《にょしょう》。道中、わたしの妹を見なかったか？　若い乙女だ。齢は十三、はなはだ見目よく、目はブルーで髪は鳶《とび》色。酔っぱらいの騎士といっしょに馬に乗っていたかもしれない」

農婦はかぶりをふったが、横から夫が答えた。

「そりゃもう、乙女じゃなくなってるでしょうなあ。その娘、名前は？」

ブライエニーは返答に窮した。

（名前くらい、でっちあげておくべきだったわね）

どんな名前でもいい。なのに、ひとつも浮かんでこない。

「名なしかい？　まあ、街道にゃ名なしの娘がごろごろしてっからなあ」

「死体はもっとごろごろしてるよ」農婦もいった。

やがて夜が明け、胸墻《きょうしょう》の上に門衛たちが現われて大門が開かれた。農夫たちはそれぞれの馬車に乗り、手綱をとった。ブライエニーも自分の乗馬にまたがり、うしろを眺めやった。列を作っているのは、おおむね、ダスケンデール城市に売りにいく果実や野菜を馬車に満載した農民たちだ。列の十組ほどうしろには裕福そうな市民がふたりいて、それぞれ毛づやのいい乗用馬にまたがっている。さらにそのずっとうしろには、駁毛《ばくげ》の汎用馬にまたがった、がりがりに痩せた男の子もいた。例のふたりの騎士や、〈狂い鼠《マッド・マウス》〉ことサー・シャドリックの姿は見当たらない。

馬車の農夫らは身元を確認されることなく、つぎつぎに門内へ通されたが、ブライエニーが門に差しかかったとたん、たちまち呼びとめられた。長い鎖帷子《ホーバーク》を着たふたりの門衛が、すかさずブライエニーの前に槍を交差させる。

「おまえ！　停まれ！」門衛の長が怒鳴った。「訪問の目的を聞こう」

「ダスケンデール公かそのメイスターに会いにきた」

門衛の長はブライエニーの楯にじっと目を注いでいる。

「それはロスストンの黒蝙蝠《コウモリ》ではないか。悪評つきぬ楯だ」

「これはわたしのものではない。楯は塗りなおすつもりでいる」

「ほほう？」門衛長は不精髭の生えたあごをなでた。「たまたま、おれの妹が楯絵師でな。〈七剣亭〉の向かいの、扉に人目を引く絵を描いた家がそれだ」

門衛長は部下たちに合図した。

「通してやれ。これは女だ」

門楼の向こうは開けていて、市場になっていた。先に入った者たちは、早くも露店に荷をならべ、呼び売りをはじめている。蕪《カブ》、黄色玉葱《タマネギ》、大麦の粒《バーリーコーン》などを売っている者もいれば、武器や鎧を売っている者もいる。武具売りのまえを通りすぎるさい、耳に入った呼び売りの声によれば、どれも安物ばかりだった。

（合戦のあとには、腐肉喰らいの鴉とともに、武具剝ぎが群がってくる）

通りかかった露店のなかには、褐色の血糊がこびりついた鎖帷子《チェーン・メイル》、へこんだ兜、刃毀《はこぼ》れした長剣などを売っているところもあった。また、まだ着られる衣類を売っている店もあり、そこには革の長靴《ちょうか》、毛皮のマント、綻《ほころ》びとしみと汚れだらけの外衣などがならべられていた。見覚えのある徽章《きしょう》もたくさんある。鎖手袋をはめた拳、箆鹿《ヘラジカ》、白い日輪、両刃の斧、これらはいずれも北部の家々の紋章だ。もっとも、ターリー家の戦士も多数が討ち死にしており、嵐の地《ストームランド》各地の家の紋章もいろいろあった。赤林檎《リンゴ》家と青林檎家の武具各種、レイグッド家の三本稲妻をあしらった楯、アンブローズ家の蟻をあしらった馬衣《うまぎぬ》——それに、ターリー家の〝大股に歩む猟師〟を描いた徽章、ブローチ、胴衣《ダブレット》も多い。

（味方であれ敵であれ、鴉どもは斟酌《しんしゃく》しないということか）

青銅貨数枚で購《あがな》える松材や科《シナ》の木《き》材の楯も売ってはいたが、ブライエニーは素通りした。ジェイミーがハレンの巨城《ホール》からキングズ・ランディングへと持ち帰った、この重い樫《オーク》の楯を使いつづけるつもりだったからだ。松の楯にもそれなりに利点はある。軽量で取りまわしが楽だし、やわらかい木材は打ちこまれた斧や剣が抜けにくく、敵の武器を奪いとりやすい。だが、樫《オーク》のほうが防御性はずっと上だ——その重さに負けずにふりまわせるだけの力があるならば。

ダスケンデールの城市は港を中心に成立した町である。城市の北には白亜の絶壁がそそりたつ。南には岩がちの岬がせりだして、そこに投錨した船を、〈狭い海〉を越えて襲いくる嵐から護ってくれている。ダスケンデール城はこの港を一望する高台に位置し、その四角い天守《キープ》と大きくて細長い塔群とは、城市のどこにいてもよく見えた。丸石を敷いた街路は混雑しており、馬の脚よりも人の脚のほうが動きやすいため、ブライエニーは牝馬を途中の厩にあずけ、そこから先は徒歩で目的地へ向かった。楯は背中にななめにかけ、寝袋は腋の下にかいこんでいる。

門衛長の妹の家を見つけるのは、むずかしいことではなかった。〈七剣亭〉は四階建ての、この町でいちばん大きな宿屋で、一帯ではひときわ高くそびえている。道を隔てて向かいにある家の両開きの扉には、なるほど、人目を引く絵が描いてあった。描かれているのは秋の森にそびえる城で、木々は黄や赤に紅葉している。前景に何本もそびえるオークの古木には、幹にからみつく蔦《ツタ》が描いてあり、団栗《ドングリ》までもが細かく描きこんであった。顔を近づけてよく見ると、森には動物たちの姿もあった。狡猾そうな赤狐一頭のほか、枝に二羽の雀もいるし、木々のうしろには猪の影も見える。

「ずいぶん立派な扉絵だね」ノックに応えて出てきた黒髪の女に向かって、ブライエニーはいった。「この城はどこの城？」

「どこということはないんです」門衛長の妹は答えた。「わたしが知っているお城は、港のそばのダン城砦《フォート》だけですから。どういうお城がお城らしいのか、頭の中で想像して描いたんです。ドラゴンやグリフィンやユニコーンも見たことはありませんが、やはり絵に描きます。それと同じですよ」

陽気な物言いの女性だったが、ブライエニーが楯を見せたとたん、顔を曇らせた。

「年寄りの母がよくいっていました——月のない夜、大蝙蝠《オオコウモリ》の群れがハレンホールから飛びだして、悪い子たちを連れにくる、連れていかれた子供たちは魔女〈狂える《マッド》ダネル〉の大鍋に放りこまれちゃうんだよって。ときどき、大蝙蝠が鎧戸を引っかく音が聞こえた気がしたものですよ」迷っているのだろう、楯絵描きの女は考えこんだ顔になった。「――代わりになにを描きましょう」

ダース家の楯は、薔薇色と藍色に四分割された地色に、黄色い太陽と三日月がひとつずつ描かれたものだ。しかし、自分が〝王殺し〟と見なされている以上、家の紋章をつけるのは避けたい。

「あなたの家の扉を見たとき、父の武器庫で見た古い楯を思いだしたのだが……」

ブライエニーはそういって、できるかぎりくわしくその楯の意匠を説明した。

絵描きの女はうなずいた。

「それならすぐに塗れますが、塗りあがったら乾かさないといけません。よければ、向かいの〈七剣亭〉に部屋をとってくださいな。明朝までには楯をお持ちします」

ダスケンデールに泊まるつもりはなかったが、そうするのがよさそうだった。城主が在城かどうかはわからないし、たとえいたとしても、すぐに会ってくれるかどうかわからない。

ブライエニーは絵描きの女に礼をいい、玉石の道を横切って旅籠《はたご》へと向かった。旅籠の扉の上には、木で作った七本の剣が鉄の大釘に吊るしてあった。剣には白い塗料が塗ってある。塗料はひび割れてだいぶ剝げかけていたが、その白い剣が意味するところはすぐにわかった。これはダークリンの七人の息子を表わすものだろう。ダークリンの息子は、じつに七人もが

〈王の楯《キングズガード》〉の白いマントをまとったという。王土の貴族中、これほど多数の〈王の楯《キングズガード》〉の士を輩出した家はほかにない。

（その七人は、ダークリン家の誉れだったのだろう。それがいまでは、宿屋の看板がわりか……）

扉を押しあけて食堂に入り、亭主に部屋と湯浴みの用意をたのむ。

案内されたのは二階の一室だった。ほどなく、顔に茶褐色の痣がある女が木の盥《たらい》を持ってあがってきた。ついで、何度も階下と往復して、手桶の湯を盥に注ぎこんだ。

盥に入りながら、ブライエニーはたずねた。

「ダスケンデールにダークリン姓の者は残っているか？」

「ダークならいるよ。あたしもそう。亭主がいうにゃあ、嫁にくる前もダークだったのに、きたあとはもっと汚《ダ》く《ー》な《カ》り《ー》やがったってさ」そういって女は笑った。「ダスケンデールじゃ、石を投げたら、ダークかダークウッドかダーグッドに当たらないってことがないんだけど、お貴族さまのダークリンはいなくなっちまったねえ。デニス公が最後のひとりだったけど、あれも能天気な馬鹿息子だったからさあ。ダークリン家といったら、アンダル人がくる前はダスケンデールの王家だったんだよ、知ってたかい？　とてもそうは見えないだろうけど、こう見えても、あたしゃ王家の血筋を引いてんだ。わかるかい？　だもんでね、家の者とか常連たちにゃ、〝陛下〟って呼ばれてんだよ。〝よう、陛下、エールをもう一杯所望じゃ〟、〝おい、陛下、部屋の便器をあけてきな、ついでに薪も持ってこい〟、〝おう、陛公、火が消えかけてんぞ〃ってなもんさ」

女はふたたび笑い、最後の手桶の湯を盥に注ぎおえた。

「さ、これでおしまい。お湯、ぬるくないかい？」

「なんとかしのげる」湯というよりは、ぬるま湯だった。

「もっと持ってきたげたいところだけど、もうやめといたほうがよさそうだねえ。お客さんくらい大きな娘さんだと、お湯があふれちゃう」

（あふれるのは、盥がこんなに小さいからだろうが）

ハレンホールには、盥ではなく、大きな湯船があった。それも、石造りの湯船だ。浴場にはもうもうと湯気が立ちこめていて、その湯気のなか、生まれたときそのままの姿で歩いてくるジェイミーは、なかば人、なかば神のように見えたものだった。

（わたしがつかっていた湯船にジェイミーは入ってきた）

あのときのことを思いだすと、ひとりでに顔が赤くなる。ブライエニーは、固いアルカリ石鹸を握って腕の内側にこすりつけながら、レンリーの顔を思いだそうとした。

ぬるま湯がすっかり冷めるころには、なんとか旅の汚れを落とせていた。からだを拭い、着ていたのと同じ服を身につけ、腰のまわりに剣帯をしっかりと締める。ただし、鎖帷子と兜はつけていかないことにした。ダン城砦《フォート》の者たちに無用の警戒をさせたくなかったからだ。鎧なしに歩けるのは快適だった。

城門の門衛たちは革の袖なし上着を着ており、〃白いX十字に戦鎚《せんつい》重ね〃の徽章をつけていた。その門衛たちに、ブライエニーは声をかけた。

「城主どのにお話があるのだが」

ひとりが笑って、

「だったら、大声で怒鳴ったほうがいいぜ」

「ライカー公はランディル・ターリー公といっしょに騎馬で乙女の池《メイドンプール》の町へ向かわれた」もうひとりの門衛がいった。「レディ・ライカーと齢若いお子さまたちを後見するために、城代に任命されたのは、サー・ルーファス・リークだ」

連れていかれたのはそのリークのところだった。サー・ルーファスは背が低く、がっしりとした体格の、半白鬚《ひげ》の人物で、左脚はひざから先がなかった。

「立ちあがってごあいさつできぬが、おゆるし願いたい」

詫びをいうサー・ルーファスに、ブライエニーは全権委任状を差しだした。が、リークは字が読めないとのことで、メイスターのもとへいかされた。メイスターはしみだらけの禿頭《とくとう》の男で、堅苦しい印象を与える赤い口髭を生やしていた。

ドントス・ホラードという名前を聞いたとたん、メイスターはいらいらと眉をひそめた。

「何度この歌を歌わねばならんのだね？」ブライエニーの顔にはけげんな表情が浮かんだにちがいない。それを見て、メイスターは先をつづけた。「ドントスを求めて訪ねてきたのは、あなたが一番めだと思うのか？　むしろ、二十一番めといったほうがいいくらいだよ。最初に訪ねてきたのは、タイウィン公の書状を携えた金色《こんじき》のマントたちだった。王が弑逆《しいぎゃく》されて数日後のことだ。あなたの書状はどなたが発行したものだね？」

ブライエニーは書状を差しだした。トメン王の玉璽《ぎょくじ》が押され、子供っぽい署名が記された全権委任状だった。メイスターは、しきりにうなりながら封蝋の刻印をためつすがめつしてから、やっとのことで書状を返した。

「どうやら、本物のようだ」

メイスターは腰かけにすわり、ブライエニーにも椅子を勧めた。

「サー・ドントスと面識はない。なんでも、ダスケンデールを出たときは少年だったという。ホラード家は、かつては高貴なる家柄だった。ほんとうだよ。ホラード家の紋章をごぞんじかな？　下側に赤とピンクの横帯が交互にならび、上の三分の一は青地で、そこに黄金の冠が三つ描かれたものだ。〈英雄の時代〉、ダークリン家はこの一帯代々の藩王を務め、うち三人の藩王がホラード家から妃を迎えている。のちにダークリンの小国は大国に併呑《へいどん》されてしまうが、ダークリン家はなおダスケンデールの統治権を維持し、ホラード家も同家に仕えつづけた……ただし、両家は中央に対して反抗的だったという。それは知っていたかね？」

「多少は」

その話は、タース家のメイスターからも聞かされたことがある。そもそも、エイリス王を狂わせたのは、〈ダスケンデールの謀叛〉が原因だったそうだ。

「あれだけの災厄を呼びこんだというのに、ダスケンデールではいまなお、デニス公は敬愛されている。なにもかも、ミア出身の妃、レディ・セララが悪いということになっていてな。

ついた異名が〈レースの海蛇〉だ。ダークリン公がストーントン家かストークワース家から妃をとってさえいたら……と、いまだに平民らは残念がる。世間では、〈レースの海蛇〉がデニス公の耳にミアの毒をたっぷりとたらしこんで謀叛を起こさせ、エイリス王を虜にしたことになっている。エイリス王を虜にするさいの大立ちまわりでは、デニス公の衛兵隊長であったサー・サイモン・ホラードが、〈王の楯《キングズガード》〉の騎士サー・グウェイン・ゴーントを斬り伏せたそうな。それから半年ものあいだ、エイリス王はこの城に軟禁されていた。その間、ダスケンデールの城市は、〈王の手〉が率いる大軍にずっと包囲されていたそうだよ。当時〈王の手〉だったタイウィン公は、その気になればいつでも城市を蹂躙できるだけの軍勢を連れてきていた。しかし、すこしでも攻めこむ気配を見せたら即座に王を殺すとデニス公にいわれていたため、動くに動けない」

ブライエニーはそのあとの展開を思いだした。

「そののち、王が救出されたのだったな。救出したのは、〈豪胆バリスタン〉」

「さよう」メイスターはうなずいた。「人質を失うや、デニス公は即座に城市の門を開いた。タイウィン公に町を焼きつくさせないためだ。そして、ひざを屈し、慈悲を乞うたのだが、むろん、エイリス王が許すはずもない。デニス公は首を刎《は》ねられた。公だけではない。兄弟姉妹、叔父、従兄弟にいたるまで、ダークリン家の血筋の者全員がだ。〈レースの海蛇〉はあわれにも生きながら焼き殺されたが、そのまえにまず舌を切られ、女性のだいじな部分を抉《えぐ》られた。デニス公を血迷わせた諸悪の根源というわけだ。だが、ダスケンデールの住民の半分は、エイリスの処分がまだまだ手ぬるかったというだろう」

「ホラード家は？」

「私権を剝奪され、廃絶された」とメイスターは答えた。「当時、わたしは〈知識の城《シタデル》〉で学鎖を修めている最中だったが、ホラード家の審問経過と刑罰内容はひととおり読んでいる。デニス公の妹と結婚していた家令のサー・ジョン・ホラードは、妻君および、ダークリンの血を半分引く幼い息子とともに処刑された。従士だったロビン・ホラードは、人質になっていた王のまわりで踊り、王の髭を引っぱったそうだが、これは拷問を受けて死んだという。サー・サイモン・ホラードは王救出のさい、サー・バリスタンに斬殺されている。ホラード家の領地は召しあげられ、城は打ち壊されて、領地の村は火をかけられた。ダークリン家とともに、ホラード家はことごとく死に絶えたんだ」

「……ドントスを除いて」

「そう、そのとおり。若きドントスの父はサー・サイモンの双子の弟、サー・ステッフォン・ホラードで、この人物は、事件の数年前に熱病で死亡しているから、〈ダスケンデールの謀叛〉には加担していない。そんな事情などおかまいなしに、エイリス王は少年ドントスの首を刎ねようとしたが、この者は無関係だからと、サー・バリスタンが助命を嘆願してな。王としても、自分を助けだしてくれた者の願いを無下に断わるわけにはいかない。そのため、ドントスは従士としてキングズ・ランディングへ連れていかれた。わたしの知るかぎりでは、その後、ダスケンデールへ帰ってきたことはない。そもそも、帰る理由がどこにあるね？

ここに領地があるわけでもない。縁者もいなければ城もない。もしドントスと北部の娘が、われらが敬愛するジョフリー王を殺したのだとしたら、法の正義からできるだけ遠くへ身を置こうとするだろう。必要ならオールドタウンを探しなさい。〈狭い海〉の向こうでもいい。あるいは、ドーンなり〈壁〉なり、とにかく、ここ以外の場所を探すことだ」メイスターは立ちあがった。「使い鴉《レイヴン》たちが呼ぶ声が聞こえる。これで失礼するが、悪く思わないでくれよ」

旅籠への帰路はダン城砦《フォート》への往路よりも長く感じられたが、それはたぶん気持ちが沈んでいたためだろう。ダスケンデールには、サンサ・スタークはいない——どうやらそれは確実のようだ。あのメイスターが考えているように、サー・ドントスがサンサをオールドタウンなり〈狭い海〉の向こうなりへ連れていったのだとしたら、この探索行は無駄足になる。

（けれど、オールドタウンにいってなんになるだろう）とブライエニーは自問した。（あのメイスターは、サンサのことを知っているわけではない。ドントス・ホラードのこともだ。サンサが見知らぬ者たちばかりのところへいくとは思えない）

キングズ・ランディングを発つまぎわになり、ブライエニーはサンサの元侍女のひとりが売春宿で洗濯しているところを見つけた。声をかけると、元侍女のブレラは苦々しげな口調で答えた。

「先《せん》だってまで仕えていたレディ・サンサの前には、レンリー公にも仕えていましたけどね、どっちも反逆者になってしまいましたでしょう。だもんだから、もうどこの貴族も雇ってはくれません。それで、こんなところで娼婦の洗濯婦をしているというわけです」

サンサのことをたずねると、ブレラはこういった。

「わたしにいえるのは、タイウィン公にお答えしたことだけです。あの子はいつもお祈りをしてました。明るいうちは、まっとうな淑女みたいに聖堂《セプト》へいって、蠟燭に火を点《とも》すんですけどね。夜になると、それはもう毎晩のように、〈神々の森〉へ脱け出していくんですよ。たぶん、北へ向かったんじゃないかな。あの子の神さまたちがいるのは、あっちだから」

しかし、北部は広い。いまはなき父親どのの——エダード・スタークの——旗主のうち、サンサがもっとも頼りにしているのがだれなのかを、ブライエニーは知らなかった。

（あるいは、血縁者をたよっていくだろうか？）

サンサの兄弟姉妹はみんな殺されてしまったが、〈壁〉にはまだ、叔父がひとり、それと半分だけ血のつながった私生児の兄がいて、〈冥夜の守人《ナイツ・ウォッチ》〉に所属している。もうひとりの叔父、エドミュア・タリーは、双子城《ツインズ》につかまっているが、エドミュアの叔父であるサー・ブリンデン・タリーは、まだリヴァーラン城で籠城中だ。それに、サンサの母親の妹は——亡きレディ・キャトリンの妹は、谷間《ヴェイル》を治める立場にある。

（血縁は血縁を招く）

サンサはこのうちのいずれかに向かったのかもしれない。しかし、だれのもとへ？

〈壁〉は遠すぎる。しかも、寒冷で苛酷な場所だ。また、リヴァーラン城へたどりつくためには、戦乱で荒廃した河川地帯《リヴァーランド》を横断して、ラニスター家の攻囲線を突破していかなくてはならない。それよりは、高巣城《アイリー》へいくほうが簡単そうだった。レディ・ライサも、妹の娘が訪ねてくれれば歓迎するだろう……。

行く手で小路が曲がっていた。どこかで曲がる場所をまちがえたらしい。そこを曲がった先は行きどまりで、土がむきだしの小さな庭になっていた。庭の中には豚が三頭おり、低い石積み井戸のまわりで土を掘り返していたが、ブライエニーの姿を見て、その一頭が鳴き声をあげた。豚の鳴き声で、井戸から水を汲んでいた老婆がこちらに気づき、うさんくさげな視線を送ってきた。

「なにか用かい？」

「〈七剣亭《セプト》〉を探しているんだが」

「きた道を逆。聖堂の角を左」

「ありがとう」

ブライエニーはうしろに向きなおり、きた道を引き返そうとしかけた。そのとたん、角をまわって飛びだしてきた何者かと正面衝突した。ぶつかってあおむけに倒れ、泥に尻もちをついたのは、相手のほうだった。

「ゆるせ」ブライエニーはつぶやくように詫びた。見ればまだ男の子だ。がりがりに痩せていて、直毛の髪は薄く、片方の目の下にはものもらいができている。「怪我はないか？」

助け起こそうとして手を差しのべた。が、男の子は両のひじとかかとであとずさっていく。

齢はせいぜい十歳から十二歳というところだろう。ただ、鎖帷子を着ていて、背中には革の鞘に収めた長剣を背負っている。

　ブライエニーはたずねた。

「どこかで会ったか？」

　少年の顔にはどことなく見覚えがあったが、どこで見たのかは思いだせなかった。

「いえ。ないです。会ったことない……」少年はあわてて立ちあがった。「す、すいませんでした、マイ・レディ。よそ見してたんで。その、えと、下を見てて。下を見てたんです。足もとを」

　少年はくるりと背を向け、きた道を一目散に逃げだしていった。

　少年にはなにかしら気にかかるものがあった。だが、ダスケンデールの街路を追いまわすわけにもいかない。

（そうだ——けさ、城市の門外で見たんだわ。駁毛《ぱくげ》の汎用馬に乗っていた子だ）

　門外のほかにも、どこかで見たような気がする。どこでだったろう？

　ようやく〈七剣亭〉まで帰りついたときには、食堂は満席になっていた。暖炉のいちばんちかくにすわっているのは四人の司祭女《セプタ》だった。どのローブも旅のほこりで汚れきっている。それ以外の席はみな地元民が占領していて、数切れのパンで熱い蟹のシチューをかきこんでいた。いい匂いに、腹が鳴った。なのに、あいている席がない。そのとき、うしろから声がかかった。

「ご婦人、こちらへ——ここにおすわりなさい」

声の主が席を立つまで、それがこびとだとは、ブライエニーにはわからなかった。こびとは身長一メートル五十たらず、膨れた鼻には血管が浮きあがり、歯はサワーリーフで真っ赤になっている。身につけているのは〈正教〉の修道士《ブラザー》が着る茶色いラフスパンのローブで、太い首には〈鍛冶〉を象徴する鉄鎚をぶらさげていた。

「せっかくだが、どうぞそのままで」とブライエニーはいった。「わたしなら立っていても平気だから」

「そうかもしれませんが、わたしの背丈では、頭が天井につっかえることもありませんのでね」

耳ざわりな声ながら、礼儀正しいしゃべりかただった。こびとは頭頂部を丸く剃っている。頭をこういうふうに剃髪《トンスラ》にしたブラザーは多い。以前、司祭女《セプタ》のロエルから聞いた話では、これは〈七神〉の〈厳父〉に対し、なにも隠しごとをしていないというあかしなのだそうだ。そのときブライエニーは、セプタにこうたずねた。

〝〈厳父〉は髪の毛があると頭の中身が読めないの？〟

（馬鹿なことをたずねたものだ）

ブライエニーは呑みこみの悪い子供だった。セプタ・ロエルからも、よくそういわれた。いまでもそこは変わっていない気がする。結局、テーブルの端にいき、あけてもらった席にすわってシチューを注文すると、横に向きなおり、こびとに礼をいった。

「ブラザーがお勤めの聖堂《セプト》はダスケンデールに？」

「いえ、メイドンプールの町の近くにありましたが、ム・レディ、狼の兵士たちに焼かれてしまいましてね」パンの耳をかじりながら、ブラザーはいった。「できるだけ再建したとき、こんどは傭兵の一団が襲ってきたのです。どこの手の者なのかわかりませんでしたが、豚をぜんぶ略奪して、ブラザーを皆殺しにしていきましたよ。わたしだけは、中身をくりぬいた丸太に潜りこんで隠れおおせたものの、ほかの者たちはからだが大きすぎて……。ブラザーみんなを埋葬するには長い時間がかかりましたが、〈鍛冶〉が力をお与えくださいました。埋葬がすむと、師兄のブラザーが隠していたわずかな貨幣を掘り起こして、ひとりでここへ避難してきたしだいです」

「キングズ・ランディングへ向かうというブラザーの一団に会ったが……」

「そうです、街道にはそういうブラザーが何百人もいます。ブラザーだけではありません。司祭《セプトン》も、平民もです。みんな〈雀〉ですよ。わたしもまた〈小さき者《スズメ》〉なのかもしれません。そもそも〈鍛冶〉は、わたしをこのように小さなからだに造られたのですし」そういって、ブラザーは笑った。「あなたが担う悲劇はどのようなものでしょう、ム・レディ？」

「妹を探している。やんごとなき風情の乙女で、齢はまだ十三、見目うるわしく目はブルー、髪は鳶《とび》色。男といっしょに旅をしていたかもしれない。騎士か、もしくは道化か。妹探しの手がかりをくれた者には、報酬として金貨を差しあげる」

「金貨を？」ブラザーは真っ赤な歯を見せて笑った。「わたしへの報酬なら、椀一杯の蟹のシチューで充分ですが、残念ながら、お力にはなれません。道化には何人も遭遇しましたが、可愛い娘さんとなると、ほとんど見たことがありませんね」

ブラザーは小首をかしげ、すこし思案した。

「――そういえば思いだしました、メイドンプールで道化をひとり見ましたよ。汚れきったぼろぼろの服を着ていましたが、たしかあれは、道化特有のまだら服でした」

（ドントス・ホラードはまだら服を着ていたか？）

着ていたという話はだれからも聞いたことがないが……着ていなかったとも聞いていない。ではなぜ、その男の服はぼろぼろになっていたのだろう？　キングズ・ランディングを脱出したあと、ドントスとサンサを悪い運命が襲ったのか？　街道の危険さを考えれば、充分にありうる。

（しかし、それがドントスとはかぎらない）

「その道化、細かい血管が切れて、赤い鼻をしていなかっただろうか」

「さあ、そこまでは。あまり注意を払っていなかったもので。メイドンプールへいったのは、ブラザーたちを埋葬したあとのことでした。キングズ・ランディング行きの船に乗れないかと思ったのです。最初に道化を見かけたのは波止場のそばでした。なんだかこそこそとしている感じで、タ―リー公の兵士たちを避けていましたね。あとでまたその道化を見かけたのですが、これは〈臭い鵞鳥亭《ガチヨウ》〉でのことでした」

「〈臭い鵞鳥亭〉？」

「その名のとおり、悪臭ぷんぷんたる店ですよ」こびとはうなずいた。「メイドンプールの港はターリー公の兵士が警邏していますが、〈鵞鳥亭〉はいつも船乗りであふれている店でして。船乗りというものは、値段さえ折りあえば、自分の乗っている船に密航させてくれるものなのです。くだんの道化は、〈狭い海〉を渡りたい、三人いっしょに乗せてほしい、と交渉していました。その後もたびたび、その道化を見かけましたが。ガレー船の漕手たちとよく交渉していましたね。ときどき、妙な歌を歌うところも見ました」

「三人？　ふたりではなく？」

「三人です。〈七神〉にかけて誓います」

（三人――サンサ、サー・ドントスはいいとして……三人めはだれだ？　〈小鬼《インプ》〉か？）

「その道化は船に乗れただろうか」

「そこまではわかりかねます」とこびとのブラザーは答えた。「しかし、ある晩、ターリー公の兵士たちが、その道化を探して〈臭い鵞鳥亭〉にやってきましてね。二、三日後には、ある道化をだましてやったと自慢して、証拠の金貨を見せびらかしている男も見かけました。男は酔っぱらっていて、店じゅうの者にエールを奢っていましたよ」

「道化をだました――具体的には、どうだましたのか、おわかりだろうか？」

「さあ、そこまでは。ただ、そう、思いだしました、男は呼び名を〈手器用《ニンブル》のディック〉といいました」こびとは両手を広げてみせた。「残念なことに、わたしから提供できるものはこれだけです。あとはささやかな祈りのみ」

約束したとおり、ブライエニーはブラザーに熱々の蟹のシチューを一杯注文してやり……焼きたてのパン少々とカップ一杯のワインも奢った。立ったまま食べはじめたこびとの横で、ブライエニーはいま聞いた話を反芻してみた。

(〈小鬼《インプ》〉がふたりに合流したのか?)

サンサ失跡の裏にいるのがティリオン・ラニスターであり、ドントス・ホラードではないのなら、〈狭い海〉を越えて逃げねばならないのもうなずける。

自分のシチューを食べてしまったこびとは、ブライエニーの食べ残しも平らげてから、「もっとしっかりと食事をとられたほうがよろしいですよ」といった。「あなたほど大柄な女性が体力を維持するには、もっと食べないといけません。メイドンプールまで遠くはありませんが、昨今、街道は危険に満ちています」

(そんなことは百も承知よ)

サー・クレオス・フレイが落命し、サー・ジェイミーが〈血みどろ劇団〉にとらわれたのは、まさにこの街道でのことだったのである。

(ジェイミーはわたしを殺そうとした。とはいうものの、衰弱していたのに加えて、両手を鎖でつながれていた)

そんな状態でありながら、もうすこしでわたしを殺せるところだったのだから、たいした使い手というほかはない。あれはサー・ジェイミーがゾロに片手を斬り落とされる前のことだった。あのとき、この女には体重ぶんのサファイアの価値がある、とサー・ジェイミーがいってくれなかったら、ゾロとロージとシャグウェルに五十回も犯されていただろう。

「ム・レディ？　悲しそうな顔をしていますね。妹さんのことが心配なのですか？」こびとはそっとブライエニーの手をたたいた。「だいじょうぶです、〈老媼《ろうう》〉が行く手を照らしてくださいます、恐れることはありません。それに〈乙女〉があなたを安全に導いてくださいますよ」

「ブラザーのいわれるとおりだとよいのだが」

「だいじょうぶですとも」そこでこびとは一礼した。「さて、わたしはそろそろ出発せねばなりません。キングズ・ランディングまで、まだまだ先は遠いですから」

「馬はお持ちか？　騾馬《ミュール》は？」

「いや、いや、ミュールならひとそろい」といって、こびとは笑った。「ごらんなさい、わたしの足につっかけ靴《ミュール》が一足。わたしのいきたいところへ、これはどこにでも連れていってくれます」

こびとはもういちど会釈をし、一歩ごとに大きくからだをゆらしながら、よたよたと扉に歩いていった。

こびとが出ていったあとも、ブライエニーはもうしばらくテーブルに居残り、水で割ったワインをちびちびと飲んだ。ブライエニーはめったにワインを飲まないが、ごくたまに飲むと、腹具合がよくなるのがありがたい。

（さて、どこへいこう）と自問した。（メイドンプールにいって、〈臭い鵞鳥亭〉とやらを訪ね、〈手器用《ニンブル》のディック〉という男を探そうか）

最後にメイドンプールを見たとき、あの町は荒廃の極致にあり、領主は城に閉じこもっていて、平民たちはみな死ぬか逃げたか隠れているかのありさまだった。焼け落ちた家、無人の通り、破壊された門などの姿は、いまでも目に焼きついている。腹をへらして兇暴化した犬たちは、いつまでもブライエニーたちの馬のあとをついてきた。そして、乙女の池《メイドンプール》という名の由来となった、泉から清水を引いた池《プール》には、巨大な青白い睡蓮のように、膨満した死体がいくつも浮かんでいた。

（あのときジェイミーは『六人の乙女が池で』を歌いだして、わたしがやめてくれとたのむと、声をあげて笑ったものだった）

それに、あの町にはランディル・ターリーもいる。その点もまた、あの町にいきたくない理由のひとつだ。それよりも、ここで船に乗って、ガルタウンや白い港《ホワイト・ハーバー》にいったほうがいいかもしれない。

（いえ、両方こなす手もあるわね。まず〈臭い鵞鳥亭〉で〈手器用《ニンブル》のディック〉の話を聞きこんで、それからメイドンプールで船に乗って北へ向かってもいいわ）

いつしか、食堂からは人がいなくなりはじめていた。ブライエニーはパンを半分に割り、食べるふりをしながら、ほかのテーブルの話し声に耳をかたむけた。たいていはタイウィン・ラニスター公殺害の話だった。

「自分の息子に殺されたっていうじゃねえか」地元の男がいっていた。身なりからすると、靴屋らしい。「あの邪悪なこびとによ」

「いまの王といえば、まだお小さいのでしょう」四人の司祭女《セプタ》のうち、最年長の者がいった。

「成年なさるまで、どなたが統治なさるのでしょうか」

「タイウィン公の弟だろう」町の警備兵がいった。「でなければ、タイレル公かもしれん。〈王殺《キングスレイヤー》し〉の線もある」

「冗談じゃねえ——あんな誓約破りに牛耳られてたまるかよ」

宿の亭主がきっぱりと否定して、暖炉につばを吐いた。ブライエニーは持っていたパンを放りだすと、太腿のパンくずを払い落とした。これ以上は聞きたくない。

その晩、またもやレンリーの天幕にいる夢を見た。蠟燭はすべて燃えつきていて、寒さがしんしんと身に滲みる。気がつくと、緑の暗闇のなか、なにかが動いていた。なにか醜悪で恐ろしいものが、ブライエニーのかけがえのない王に向かって這い寄っていく。護ってやりたかったが、手足が凍てつき、こわばっていて、渾身の力をこめても片手を持ちあげることさえできない。とうとう影の持つ剣が緑の鋼でできた喉当てを刺し貫いた。血がほとばしる。しかし、よくよく見ると、死にゆく王はレンリーではなく、ジェイミー・ラニスターだった。結局ブライエニーは、ジェイミーを護ることにも失敗したのだ。


翌朝、宿屋の食堂で、生卵三個を混ぜた蜂蜜入りミルクを飲んでいると、門衛長の妹——例の絵描きの女が楯を届けにきた。

「おお、これはみごとな」

仕あがった楯を見せられて、ブライエニーは感嘆の声をあげた。楯の紋章絵というよりも、これはむしろ絵画だ。そこに描かれた光景は、何年もの時を一瞬で越え、父の武器庫のひんやりとした暗闇へと連れもどしてくれた。あのとき見た楯の絵——ひび割れて剝がれかけた塗装に指先を這わせ、木をおおう緑の葉や、ひとすじの流れ星をなぞったことを思いだす。

ブライエニーは門衛長の妹に約定の一倍半の代価を払い、料理人から堅焼きパン、チーズ、小麦粉を購《あがな》うと、楯を肩にかけ、宿屋をあとにした。馬に乗って北門から町を出発し、畑や農場のあいだをゆっくりと北上していく。このあたりは、狼の兵士たちがダスケンデールを襲ったとき、ひときわはげしい戦闘がくりひろげられた場所だ。

ランディル・ターリー公の指揮のもと、ジョフリー勢を構成していた西部人、嵐の地人《ストームランド》、河間平野《リーチ》の騎士のうち、ここで戦死した者はみな市壁内に運びこまれ、ダスケンデールの各聖堂《セプト》にある勇者たちの地下納骨堂へ埋葬された。いっぽう、はるかにたくさん出た北部勢の戦死者が埋葬されたのは、海のそばの一般用墓地だった。北部人の埋葬場所を示す石塚には、勝者により、板に殴り書きされた墓標が立てられた。その墓標には〈狼ども、ここに眠る〉とだけしか書かれていなかった。ブライエニーはそんな墓標のひとつの前で馬をとめ、戦死者のために、そしてキャトリン・スタークとその息子ロブ、および、ふたりとともに死んだすべての者たちに対し、黙禱を捧げた。

息子たちが死んだ、とレディ・キャトリンが知った晩のことを思いだす。危険がおよばぬようにと、わざわざウィンターフェル城に残してきた息子が、ふたりとも死んだのである。

レディの反応から、なにか恐ろしいことが起きたと知ったブライエニーは、ふたりの消息についてそっとたずねた。するとレディ・キャトリンは、こう答えた。

「わたしにはもう、ロブしか息子がいない……」

腹にナイフを突きたてられ、ぐりぐりと抉《えぐ》りまわされているかのような声だった。

慰めようとして、ブライエニーはテーブルごしに手を伸ばしかけたものの、年上の女性の指に触れる前に、その手を引きもどした。ふりはらわれるのを恐れてのことだった。やがて、レディ・キャトリンは両の手のひらを上向け、手のひらから指にかけて走る、ナイフで深く切り裂かれた傷跡をブライエニーに見せた。そして、娘たちのことを静かに語りはじめた。

「サンサは小さな淑女。いつも礼儀正しくて、人を楽しませようとしてね。騎士の英雄物語が大好きな子なのよ。いまのあの子を見てもわかるでしょうけど、成長したら、わたしよりずっと美しくなるわ。あの子の髪には、よくこの手でブラシをかけるのだけれど、鳶《とび》色の髪はふさふさしていて、やわらかくて……松明《たいまつ》の光を受けると、赤みを帯びた髪が銅のように光り輝くの」

ついでレディは、次女のアリアのことも語った。しかし、そのアリアは行方不明になってしまっている。おそらくはもう亡くなっているだろう。だが、サンサは……。

(きっと見つけだします、マイ・レディ)ブライエニーはレディ・キャトリンの不安そうな影に誓った。(けっして探索をあきらめたりはしません。必要とあらば一生を費やしてでも。名誉を投げ打ち、すべての夢を捨てて、かならず見つけだしてみせます)

戦場の向こうには海辺の道がつづいていた。道のすぐ右側は波打ち際で、浪の荒い灰緑色の海が一望できる。道の左側に連なるのは石灰岩の低い丘だ。街道をゆくのはブライエニーだけではなかった。沿岸には何十キロにもわたって点々と漁村が存在しており、そこの漁民たちはみな、市場へ魚を売りにいくのにこの街道を使うらしい。やがて、空《から》の籠をかついで漁村に帰る漁婦と、その娘たちに遭遇した。甲冑を着ているので、先方は最初、騎士と思いこんだようだったが、ブライエニーの顔を見たとたん、娘たちはひそひそとささやきあい、けげんな顔を向けた。

「この道で十三の乙女を見なかったか？」ブライエニーは漁婦たちにたずねた。「やんごとなき生まれの娘で、目はブルー、髪は鳶色なのだが」

サー・シャドリックの例もあるので、問うのに気おくれはあったが、たずねないわけにはいかない。

「道化といっしょに旅をしているかもしれないんだ」

しかし、漁婦たちはかぶりをふり、口に手をあててくすくす笑うばかりだった。

最初の漁村に差しかかると同時に、はだしの男の子たちが馬の周囲を駆けまわりだした。ブライエニーはあらかじめ兜をかぶっていたため、漁民たちの忍び笑いにさらされはしたが、男として通用したようなので、それはそれでかまわなかった。男の子のひとりが貝を、別のひとりが蟹を買ってくれといってきた。もうひとりにいたっては、妹を売りつけようとした。

ブライエニーは、ふたりめの子から蟹を三匹買いいれた。村を通りぬけるころには、雨が降りだし、風も強くなりだしていた。

(嵐がくる……)

そう思い、海を眺めやる。雨粒が兜の鋼を打つ音はかなりやかましく、耳を責めさいなんだが、この天気で海路をいくよりはましだろう。

一時間ほど北に進んだ時点で、街道は二股に分かれていた。道を左右に分かつ石の山は、崩れた小城の名残《なごり》だ。右手の道をいけば、沿岸ぞいに曲折する道を経て、湿原と松ばかりが連なった陰気な荒れ地、鋏み割りの蟹爪岬《クラッククロー・ポイント》に——左手の道をいけば、丘と草原と森を経て、メイドンプールの町にたどりつく。この時点で、雨足はいっそうはげしくなっていたので、ブライエニーはひとまず雨宿りしようと下馬し、牝馬の手綱を引いて街道をはずれ、城址《しろあと》に入っていった。木苺《キイチゴ》、雑草、楡《ニレ》の自生に埋もれていても、城壁の名残はわかったが、大石の大半は崩れ落ちて、道と道とのあいだに積木のように散乱していた。ただし、天守の一部はまだ無事だった。天守の角にそびえる三本の塔自体は、崩れた城壁と同じく灰色の花崗岩でできているのに対して、鋸歯《きょし》状の胸壁部分は黄色い砂岩でできている。

(三つの冠か)しのつく雨をすかして黄色い胸壁を見あげながら、ブライエニーは思った。

(あの三つの胸壁を黄金の冠に見たてているのね)

〝黄金の三冠〟はホラード家の紋章だ。つまりここは、同家の持ち城のひとつだったことになる。サー・ドントスがここで生まれた可能性もないとはいえない。

牝馬の手綱を引き、瓦礫のあいだを通って、天守の正門から屋内に入った。戸口には赤く錆びた鉄の蝶番が残っているだけだったが、屋根はまだぶじで、屋内は濡れていなかった。ブライエニーは牝馬を壁の突き出し燭台につないで兜をぬぎ、髪をはらりとふるい落とした。火を熾《おこ》すため、乾いた薪を探しにかかる。

そのとき——もう一頭の馬の蹄の音が聞こえてきた。この城址へと近づいてくるようだ。本能的に、街道から姿を見られないよう、物陰に身をひそめた。自分とサー・ジェイミーがつかまったのは、まさにこの街道でのことだった。あの屈辱と辛酸をもういちど味わいたくはない。

馬に乗っているのは小柄な男だった。

〈狂い鼠《マッド・マウス》〉ね）ぱっと見た瞬間、ブライエニーはそう思った。（どのようにしてか、あとをつけてきたにちがいないわ）

剣の柄に手をかける。サー・シャドリックは、相手が女だからといって、舐《な》めてかかってくれるだろうか。グランディソン公の城代は、かつてその過ちを犯した。サー・ハンフリー・ワグスタッフがその城代の名前だ。六十五歳の誇り高き老人で、鷲鼻としみだらけの頭の持ち主だった。婚約の決まったその日、老人はブライエニーに、結婚したらまっとうな女性になってもらわなくてはこまる、と注文をつけた。

「淑女たるわが妻に、男の鎧を着て跳ねまわらせたくはない。この点にかけては、いやでもいうことを聞いてもらうぞ。でなければ、折檻せざるをえぬ」

当時、ブライエニーは十六歳、剣の腕におぼえがなくはなかったものの、内郭《うちぐるわ》の稽古では強くても、まだまだ内気だった。それでも、必死に勇気を奮い起こし、自分を折檻していいのは自分より強い人間だけだ、とサー・ハンフリーに言い放った。老騎士は顔を紫色にして怒ったものの、女の分というものをわきまえさせるべく、鎧をつけての手合わせを了承した。戦いに使ったのは、馬上槍試合用の刃をつぶした武器で、ブライエニーの棍棒《メイス》にはひとつも棘がついていなかった。それでも、ブライエニーはサー・ハンフリーの鎖骨と二本の肋骨をたたき折り、あっさりと打ち破ったついでに、婚約も破談にしてしまったのだった。老人は三番めの夫候補であると同時に最後の夫候補となった。以後、父も結婚を強要しなくなったからである。

つけてきたのがサー・シャドリックだったら、腕ずくであきらめさせよう。あの男と手を組むつもりも、あの男にサンサを追わせるつもりもない。

(あの男は、腕におぼえがある者にありがちな、相手を舐めてかかった態度をとっていた。しかし、からだは小さい。リーチでは軽く勝つし、力もこちらのほうが強いだろう)

ブライエニーは、こと力では並の騎士に劣らない。武術の老師だったサー・グッドウィンは、姫はその体格の女性に似あわぬすばやさを持っておられる、とよくいっていた。神々のご高配により、スタミナもある。サー・グッドウィンによれば、これは貴重な天稟《てんぴん》だという。剣と楯で戦うのは、体力を消耗する作業だ。勝利はたいてい、スタミナに勝る者に訪れる。サー・グッドウィンからは、慎重に戦いを進め、自分の体力を温存するいっぽうで、相手の猛攻を誘い、敵の体力を消耗させるようにと教えこまれていた。

「男はかならず姫を見くびるでしょう」と、サー・グッドウィンはそういったものである。「そして、プライドゆえに、女に舐められたといわれるのをきらって、早々に勝負をつけてしまおうとするものです」

それが真実であることは、世に出てみてとくとわかった。ジェイミー・ラニスターでさえ、メイドンプールのそばの森で戦ったときは、そのような態度をとったのだ。神々のご加護があらば、〈狂い鼠《マッド・マウス》〉もまた同じ過ちを犯すだろう。

(あの男は手練《てだれ》の騎士かもしれない。しかし、ジェイミー・ラニスターではない)

剣を鞘走らせる。

だが、街道を分かれ道の城址へ近づいてくるのは、サー・シャドリックの栗毛の軍馬ではなく――脊柱の曲がった、くたびれた駁毛の汎用馬だった。その背にまたがっているのは、がりがりに痩せた少年だ。その馬を見たとたん、ブライエニーはひどく当惑した。

(ただの男の子じゃないの)

しかし、引きかぶったフードの下の顔を見たとたん、考えが変わった。

(ダスケンデールのあの子だわ。袋小路でぶつかってきたあの男の子だ)

少年は城の廃墟に目もくれず、いっぽうの道を眺めやり、反対の道を見やった。ちょっとためらってから、汎用馬を左に向け、丘陵を抜ける道を進みだす。どしゃぶりの雨の中へと消えていく少年を見送るうちに、ブライエニーは唐突に思いだした。そう、あれはロズビーの村でも見かけた少年だ。

（わたしをつけてきてるんだわ）とブライエニーは気がついた。（つけるように命じた人間がいるとしたら、あのふたりしかいない）

ブライエニーは馬の手綱をほどき、鞍にまたがると、少年のあとを追った。

少年は、下に目をこらしながら馬を進めていた。路面は雨で水びたしだが、それでも蹄のあとを探しているらしい。近づいても気づかれないですんだのは、降りしきる雨に加えて、少年がフードを引きかぶっていたためだろう。少年はいちどもうしろをふりかえりはしない。ブライエニーはすぐ背後に近づき、長剣の平で汎用馬の尻を引っぱたいた。

馬は棹立ちになり、痩せた少年はマントを一対の翼のようにはばたかせて宙に投げだされ、泥道に転がった。地に手をついてひざ立ちになったときには泥まみれで、口に枯れ草が入りこんでいた。

ブライエニーは馬上から少年を見おろした。やはりあの少年だ。まちがいない。このものもらいには見覚えがある。

「おまえは何者だ？」

少年の口がぱくぱくと動いた。しかし、声がまともに出てこない。目は卵のようにまるくなっている。

「お」出てくるのは、それがせいいっぱいだった。「お」がたがたふるえており、それに合わせて、鎖帷子がジャラジャラと音をたてている。

「お、お――」

「〝お願い〟か？　お願いです、助けてください、とでもいいたいのか？」ブライエニーは剣尖を少年ののどぼとけに突きつけた。「だったら、何者かをいえ。なぜつけてくる」

「お、お、お願い、じゃなく――」少年は口に指をつっこみ、つまっていた泥の塊をこそぎだすと、ぺっぺっと吐いてから、「お、お――おれの名前は、ポッド。ポ、ポ、ポドリック。ペ、ペイン」

ブライエニーは剣を降ろした。少年があわれになったからである。そのどもりっぷりに、タース島の夕暮れ城《イーヴンフォール・ホール》で味わったみじめな気持ちを思いだした。あれは若い騎士が薔薇《バラ》の花を持ってきたときのことだった。

（あの薔薇はわたしに持ってきたのだったわね）

すくなくとも、家の司祭女《セプタ》はそういっていた。騎士は十八歳で、赤い髪を肩まで伸ばしていた。当時、父の城に連れていくことだけだった。ブライエニーにできることは、その騎士を締めつけていた。ブライエニーは十二歳で、胴の部分をあでやかに柘榴石《ガーネット》で飾った真新しいドレスでからだを締めつけていた。双方の背丈は同じほどだったが、ブライエニーは恥ずかしくて騎士の目を見ることができず、セプタにいうよう指示されていた簡単なあいさつさえ口にしそびれた。ほんとうは、〝サー・ロネット、父の城館へようこそ。ついにお目もじすることがかなって幸甚にぞんじます〟といわなくてはならなかったのである。

「なぜあとをつけてくる？」いま、ブライエニーは少年を問いつめた。「わたしを見張っていろと命じられたのか？　おまえはヴァリスの手の者か？　それとも、太后にいいつかってきたのか？」

「ちがう。どっちでもないです。だれにもいわれてない」

齢は十歳ほどだろうか。だが、ブライエニーは子供の年齢を見積もるのが苦手だ。いつもじっさいより若く見てしまう。おそらく、自分が齢のわりに大きな子供だったからだろう。〝姫は常軌を逸して大きい方なんですからね〟とセプタ・ロエルにはよくいわれたものだ。〝それに、男っぽくていらっしゃるし〟。

ブライエニーはいった。

「この道は、男の子ひとりでいくには危険すぎるぞ」

「従士には危険じゃないです。おれ、あのひとの従士だから。〈手〉の従士だから」

「というと、タイウィン公のか？」

ブライエニーは剣を鞘に収めた。

「ちがう。あの〈手〉じゃなくて。そのまえの。息子のほう。おれ、あのひととといっしょに、戦場で戦ったんです。おれはいつも、あのひとのために叫んでました――〝こびと、ここにあり！　こびと、ここにあり！〟って」

（〈小鬼《インプ》〉の従士か）

あの男に従士がいるとは知らなかった。そもそもティリオン・ラニスターは騎士ではない。身のまわりの世話をする従者のひとりふたりや、小姓、酌人、服を着る手伝いをする召使いくらいはいても不思議ではないが……従士？

「なぜあとをつけてくる」ブライエニーは問うた。「なにが望みだ」

「あのレディを見つけることです」少年は立ちあがった。「あのひとのレディを。あなたもレディを探してるんでしょ？　ブレラに聞きました。あれはあのひとの奥さんなんだ。えと、ブレラじゃなくて、レディ・サンサが。だから、もしもレディを見つけたら……」

少年は急に怒りで顔を歪ませて、

「おれはあのひとの従士なんです」とくりかえした。雨が顔を流れ落ちていく。「なのに、おれは置いてけぼりにされて……」

10 サンサ

かつてサンサがまだ小さな女の子だったころ、吟遊詩人が半年ほどウィンターフェル城に滞在したことがある。白髪の老人で、頰は風焼けしていたが、詩人が歌う騎士物語、探求の旅、淑女たちの清らかさたるや、ためいきが出るほどすばらしく、詩人が城を去るときには大泣きに泣いて、お願いだからあのひとがいってしまわないようにして、と父親にねだったものだった。

「あの詩人は、知っているかぎりの歌を三度もくりかえして歌ってくれたんだよ」エダード公はやさしく諭《さと》した。「それに、本人の意志に反してここに留めおくことはできないだろう。泣かなくてもいいさ。きっとほかの吟遊詩人たちが訪ねてきてくれるから」

だが、代わりの吟遊詩人はやってこなかった。一年、いや、もっとたってもだ。サンサは聖堂《セプト》の〈七神〉と〈心の木〉の古き神々たちに、あの老吟遊詩人をまた連れてきてください、できれば別の詩人、もっと若くてハンサムな詩人を連れてきてください、と何度も願った。しかし、神々は願いを聞きいれてはくれず、ウィンターフェル城の広間からはずっと歌声が絶えたままだった。

もっとも、それはサンサがまだ小さくて、愚かだったころの話である。いまはもう十三歳。一人前の乙女として成熟した身だ。昼間は声に出さないでお祈りをする――たとえ夜が歌であふれていても。

高巣城《アイリー》がほかの城と同じ造りだったなら、例の死刑囚の歌声を聞くのは、鼠と獄卒だけですんだだろう。牢屋はふつう、地下にあり、壁が部厚くて、囚人の悲鳴とともに歌をも呑みこんでしまうからだ。だが、ここにある〝地下牢〟は天空房《スカイ・セル》――壁の一面がなく、かわりに虚空に面した独房で、死刑囚のあげるどんな声も、高峰〈巨人の槍《ジャイアンツ・ランス》〉の、岩がむきだしになった肩に反響して城じゅうに響きわたる。そしてあの死刑囚が歌うのは、『双竜の舞踏』、〈麗しのジョンクィル〉と道化の物語、古石城《オールドストーンズ》のジェニーとドラゴンフライ家の公子《プリンス》の物語など、裏切りの歌や、このうえなく酷《むご》い人殺しの歌、絞首刑にされた者や血なまぐさい復讐の歌ばかり――つらい歌、悲しい歌ばかりだったのである。

城のどこにいっても、その歌声から逃れることはできない。悲しい歌声は塔の螺旋階段を這い登り、浴場で全裸になっているときにも、黄昏どきにも、容赦なく襲いかかってくるし、鎧戸をしっかりと閉めた寝室にも忍びこんでくる。冷たく薄い空気に乗ってくるその声は、冷たい空気そのものと同じく、サンサをぞっとさせた。レディ・ライサが落下した日以来、高巣城《アイリー》に雪は降っていないが、毎夜の身を切るような寒さは変わっていない。

吟遊詩人の歌声は力強く、甘かった。苦痛と恐怖と生への渇望に満ち満ちた詩人の声は、どういうわけか、かつてなく美しく、かつてなく豊かに感じられた。神々がどうしてあんな邪悪な男にあれほどの美声を与えたもうたのか、サンサには理解できない。

（ピーターがサー・ローサーにようすを見にこさせなかったら、あの男はフィンガーズで、わたしを手ごめにしていたかもしれない。しかも、ライサおばさまがわたしを殺そうとしたとき、歌声でわたしの悲鳴をかき消そうとした）

その報いを受けて、あの男は天空房《スカイ・セル》に閉じこめられた。それでも、だからといって、あの歌声が耐えやすくなるわけではない。

「お願いです」サンサはピーター公にたのんだ。「あの歌をやめさせていただけませんか？」

「歌ってもよいと言質《げんち》を与えてしまったのだよ、いとしい娘や」書いていた手紙から顔をあげて、ピーター・ベイリッシュ公はいった。ハレンの巨城《ホール》の城主にして、三叉鉾河《トライデント》の管領、高巣城《アイリー》とアリンの谷間《ヴェイル》の守護代は、レディ・ライサが落下して以来、百通もの手紙を書いている。飼育小屋から使い鴉《レイヴン》が飛びたっていき、もどってくるのを、サンサは何度も見た。

「泣き声を延々と聞かされるよりは、歌声を聞かされたほうがまだましというものだ」

（たしかに、歌のほうがましだけれど、でも……）

「夜通し歌わせておくのはいかがなものでしょう。ロバート公はお寝みになれずに、泣いてばかりで……」

「……それは母君を想って泣いているのだろう。であれば、どうにもできまい。なにしろ、母君が亡くなったのだからな」ピーターは肩をすくめた。「それに、あの歌もさほど長くはつづかない。明朝、ネスター公が登ってくるまでの命だ」

　サンサはネスター・ロイス公にいちどだけ会ったことがある。ピーターがサンサの叔母と結婚したあとのことだ。〈巨人の槍《ジャイアンツ・ランス》〉のふもとには、巨大城塞月門城《ザ・ゲーツ・オブ・ザ・ムーン》がそそりたち、高巣城《アイリー》へ昇る階段の入口を護っている。その門城《ザ・ゲーツ》の城守がネスター・ロイス公で、サンサたちが高巣城《アイリー》へ昇る日の前夜、披露宴に客として招かれていたのである。そのとき、ネスター公の目にはサンサなど入っていないように見えた。しかし、あの人物がここへくることを思うと、ぞっとしてしまう。ネスター公は谷間《ヴェイル》の執政でもあり、ジョン・アリンに、そしてレディ・ライサに、深く信頼されていた人物だが、それでも……。

「まさか、あの方に……ネスター公に……マリリオンを引き合わせたい、とは思われないでしょう？」

　恐怖が歴然と顔に現われていたのだろう、ピーターは羽根ペンを置いた。

「思うとも。ネスター公にはぜひ会ってもらう」ピーターはサンサを差し招き、そばの椅子へすわるようにうながした。「それについては、マリリオンとも合意ができている。牢番のモードを丸めこむはたやすい。われらが吟遊詩人がわれわれを裏切り、われわれが聞きたくない歌を歌ったとしても、きみとわたしでそれは嘘だといえばすむことだ。詩人とわれわれ――さて、ネスター公はどちらを信じると思うかね？」

「わたしたち……ですか？」

　はっきりといいきれないのが不安だった。

「もちろんだよ。われわれの嘘をとるほうが、ネスター公にとっては利益になるのだからね」

執務室《ソーラー》は暖かく、暖炉では薪が陽気にはぜている。にもかかわらず、サンサは身ぶるいした。

「ええ、でも……でも、もしも……」

「ネスター公が、利益ではなく、名誉を重んじた場合かな？」

ピーターは力づけるように、サンサの背中に腕をまわした。

「あの男が望むのが真実であり、自分の女主人殺害の真相を知りたいのではないか、と心配なのだね？」にっこりとほほえんで、「わたしはネスター公という人物をよく知っている。そもそも、わたしが愛しい娘にみすみす危害を加えさせるとでも思うかね？」

（わたしはあなたの娘なんかじゃないわ）とサンサは思った。（わたしはサンサ・スターク。エダード公とレディ・キャトリンの娘、ウィンターフェル城の血を引く者よ）

だが、そんなことはとてもいえるものではない。ピーター・ベイリッシュがいなかったら、冷たい青空をくるくるまわりながら奈落に落ちていき、二百メートル下の岩場にたたきつけられて死んだのは、ライサ・アリンではなく、自分のほうだったのだから。

（このひとは肝が太い）

ピーターなみの度胸が自分にもあればいいのにと思った。せめて、ベッドにもどって毛布をかぶり、たっぷりと睡眠をとりたかった。ライサ・アリンが死んで以来、ろくに眠れない夜がもう何日もつづいている。

「ネスター公に会わずにすむようにしていただけないでしょうか。わたしが、たとえば……気分が悪いかなにかで……」

「ライサの死について、きみの話を聞きたがるだろうな」

「でも……もしもマリオンがほんとうのことをいったなら……」

「つまり、嘘をついたなら、ということかね？」

「嘘？　ええ……もしもマリオンが嘘をついて——どちらの話が正しいのかということになったなら、どうします？　ネスター公がわたしの目を見つめて、わたしがどれだけ怯えているかを知ったなら……」

「怯えているのは、べつにおかしなことではないよ、アレイン。じっさいに恐ろしい場面を見たのだからね。ネスターも妙とは思うまい」ピーターはサンサの目を、はじめて見るかのように、まじまじと見つめた。「おまえの目は母上の目にそっくりだな。正直な目、無垢な目——陽光にさざめく海のように青い目だ。もうすこしおとなになったら、その目に溺れる男はおおぜいいるだろう」

サンサにはなんと答えていいのかわからなかった。

ピーターはつづけた。

「おまえはただ、われらが君主ロバート公にしたのと同じ話を、ネスター公にもすればいいんだ」

（でも、ロバートはただの病弱な男の子でしかないわ。それに対して、ネスター公は立派なおとな――厳格で疑り深いおとなよ）

ロバートは強くないから、護ってやらなくてはならない――たとえ真実を隠してでも。

「ときには嘘が愛であることもあるのさ」

ピーターのことばに、サンサはあえて指摘した。

「わたしたちがロバート公に嘘をついたのは、心を護ってさしあげるためです」

「そしてこの嘘は、われわれを護ってくれるかもしれない。さもなければ、おまえとわたしは高巣城《アイリー》を出ていくことになる――ライサが通ったのと同じ扉からな」ピーターはふたたび羽根ペンを手にとった。「われわれが嘘とアーバー・ゴールドでもてなせば、ネスター公は両方を一気飲みして、おかわりを所望するだろう。まあ見ていなさい」

（このひと、わたしをも嘘でもてなそうとしているんだわ）とサンサは気づいた。ただし、それはサンサを安心させるためであり、善意の嘘ではあった。（善意から出るのであれば、嘘もそう悪いものではないのね）

もっとも、その嘘を信じることさえできればだが……。

落ちる直前に叔母のライサがいったことは、いまもサンサを悩ませてやまない。

「たわごとだよ」と、あのときピーターはいった。「妻は狂っていた。それはおまえもその目で見たとおりだ」

たしかに、狂っていたとは思う。

（わたしは雪のお城を造っていただけなのに、ライサおばさまは、わたしを〈月の扉〉から突き落とそうとした。助けてくれたのはピーター。それというのも、このひとがかあさまを愛していたからで……）

だからわたしのことも愛しているの？　それは疑いようがないでしょう。わたしを助けてくれたんだから。

（いいえ、このひとが助けたのはアレイン。自分の娘よ）

心の中の声がそうささやいた。しかしアレインはサンサでもある……そして、ときどき、ピーターも——谷間《ヴェイル》の守護代も——自分と同じく、ふたりの人物であるように思えることがある。このひとはピーター——わたしの保護者であり、あたたかくておもしろくてやさしい……けれど同時に、〈小指《リトルフィンガー》〉——キングズ・ランディングでは蔵相として知っていた、あの人物でもある。そして、狡猾そうな笑みを浮かべつつ、顎鬚《あごひげ》をなでなで、サーセイ太后に耳打ちしていた、あの人物でもある。そして、〈リトルフィンガー〉はサンサの友人ではない。ジョフリーがわたしを打たせたとき、かばってくれたのは〈小鬼《インプ》〉であって、〈リトルフィンガー〉ではなかった。暴徒がわたしを犯そうとしたとき、安全な場所へ連れていってくれたのは〈猟犬《ハウンド》〉であって、〈リトルフィンガー〉ではなかった。ラニスター家がわたしの意志に反して〈小鬼《インプ》〉と結婚させようとしたとき、慰めてくれたのは〈高士《ギャラント》〉ことサー・ガーラン・タイレルであって、〈リトルフィンガー〉ではなかった。〈リトルフィンガー〉はサンサのために小指の一本もあげてくれたことがない。

（でも、わたしをキングズ・ランディングから逃がしてはくれたわ。それは事実。てっきり、助けてくれたのはサー・ドントスだとばかり──あわれな酔っぱらいの老道化師《フロリアン》だとばかり──思っていたけれど、その裏にいたのは、じつはピーターだった。〈リトルフィンガー〉とは、処世のための仮面でしかなかったのかも）

ただし、ときどきサンサは、この人物のどこからどこまで仮面なのか、判別に苦しむことがある。〈リトルフィンガー〉とピーター公はあまりにもそっくりなのだ。もしかすると、この二面性を持つ人物から逃げるべきなのかもしれない。だが、逃げたところで、行き先はどこにもなかった。ウィンターフェル城は焼かれて、廃墟と化してしまっている。ブランとリコンは死んで冷たくなってしまった。ロブは双子城《ツインズ》で裏切られて、母キャトリンとともに殺された。ティリオンはジョフリーを殺した罪で死刑を宣告された。わたしだってキングズ・ランディングにもどれば、クイーン・サーセイに首を刎《は》ねられてしまうだろう。しかも、かくまってもらおうと頼ってきた叔母には、逆に殺されそうになった。叔父のエドミュアはフレイ家の虜だし、大叔父の〈漆黒の魚《ブラックフィッシュ》〉ことブリンデン・タリーはリヴァーラン城で攻囲されている。

（わたしにはどこも行き場がない）サンサはみじめな気持ちで思った。（ピーターのほかに心を許せる友もいない）

その晩、死刑囚の吟遊詩人は、『黒の駒鳥《ブラック・ロビン》が吊るされた日』、『母の涙』、『キャスタミアの雨《レイン》』を歌った。そこでしばし歌は途絶えたが、サンサがまどろみかけたとき、またしても歌がはじまった。つぎは『六つの悲しみ』、『落ち葉』、『アリサン』だった。

（どれもこれも、悲しい歌ばかり）

目をつむれば、天空房《スカイ・セル》にいる吟遊詩人の姿が見える。冷たく黒い空からできるだけ離れた一角で、毛皮にくるまってうずくまり、胸にウッドハープをかかえた姿が見える。

（あわれむことはないのよ）サンサは自分に言い聞かせた。（あれはうぬぼれが強くて残酷な男。もうじき死んでしまうんだし）

あの男を救うことはできない。そもそも、救ってやる理由などどこにもない。マリリオンはわたしを犯そうとしたのだ。それに対してピーターは、わたしの命を一度どころか二度も救ってくれた。

（ときには嘘をつかなければならないこともあるわ）

キングズ・ランディングで生き延びられたのは、嘘をついたおかげだった。ジョフリーに嘘をつかなかったら、わたしは〈王の楯《キングズガード》〉の者たちに手ひどく打ちすえられていただろう。

『アリサン』を歌いおえると、吟遊詩人はふたたび歌うのをやめた。こんどの中断はわりと長かったので、サンサは一時間ほどまどろむことができた。しかし、暁光が鎧戸の隙間から射しこむころ、またも〝地下牢〟から『霧深い朝に』のおだやかな調べがただよってきて、ふたたび目を覚まされた。これは本来、女が歌う歌だ。熾烈な戦いがおわって明くる夜明け、ひとりの母親がひとり息子の姿を探しもとめ、累々たる死者のあいだを歩きまわって歌う、嘆きの歌だ。

（歌の母親は、死んだ息子を悼《いた》んで歌う）とサンサは思った。（でも、マリリオンは自分の指を悼み、自分の目を悼んで歌っている）

詩人の歌う歌詞は、矢のようにつぎつぎと〝地下牢〟から射放たれ、暁闇のなかでサンサに突き刺さった。

ああ、わたしの息子を見ませんでしたか、騎士さま？
髪の色が栗色の息子を
かならず帰ってくると約束したのに
ウェンディッシュ・タウンのわたしたちの家へ

サンサは鵞鳥の羽を詰めた枕で耳をふさぎ、歌声を締めだそうとした。が、むだだった。

夜は明け、目は覚めてしまった。やがてネスター・ロイス公が山道を登ってくる。

月の門《ザ・ゲーツ・オブ・ザ・ムーン》城の城守にして谷間《ヴェイル》の執政、ネスター・ロイス公の一行は、午後も遅くに高巣城《アイリー》へ到着した。黄と赤に紅葉する谷をはるか下に残し、吹きつのる強風のなかでの到着だった。ネスター公は息子のサー・アルバーのほか、騎士十二騎、兵士二十名をともなってきていた。

（知らない人たちがずいぶんたくさん）

執政一行の顔を不安の面持ちで眺め、あれは味方なのだろうか、敵なのだろうかとサンサは考えた。

一行を迎えるにあたり、ピーターが着用した黒ベルベットの胴衣《ダブレット》は、ウールの半ズボンによく合う灰色の袖つきで、灰緑色の目に重厚さをもたらしていた。メイスター・コールモンはといえば、何種類もの金属の環からなる学鎖を、長くて細い首にゆったりとかけている。メイスターのほうがずっと背が高いが、人目を引くのは小柄な守護代《ピーター》のほうだ。ピーターもきょうばかりは、いつもの笑顔をしまいこむことにしたようで、連れてきた騎士たちを紹介するロイスのことばを厳粛な顔で聞いたのち、こうあいさつした。

「よくこられた、ネスター公。もちろん、メイスター・コールモンのことはごぞんじだろう。わたしの庶子の娘、アレインは憶えておられるかな？」

「むろんだ」

ネスター・ロイス公は猪首《いくび》で、樽のように胸板が厚く、頭髪は薄くなりかけている。顎鬚《あごひげ》には白いものが混じり、顔つきはいかめしい。サンサに向かってはごくかすかに会釈をしてみせただけだった。

サンサはひざを曲げ、腰をかがめて、無言であいさつをした。無言なのは口上を失敗するのが怖かったからだ。ピーターはサンサをまっすぐに立たせてから、指示を出した。

「アレインや、ロバート公を〈高広間《ハイ・ホール》〉までお連れしておくれ。お客さまに会っていただかなくてはな」

「はい、おとうさま」

われながら、かぼそくて緊張した声だった。

(嘘つきの声だわ)と思いながら、急いで階段を昇り、柱廊を横切って〈月の塔〉へ向かう。

(心にやましいことのある声)

宗主の寝室に入っていくと、ロバート・アリン公は侍女である老グレッチェルとマディに半ズボンをはかされているところだった。高巣城《アイリー》の城主はまたしても泣いていた。目は泣き腫らして真っ赤だし、睫毛《まつげ》は濡れてたがいにくっつき、腫れた鼻をぐずぐずいわせている。片方の鼻孔の下には洟《はな》をたらしており、下唇は噛み破って血が出ていた。

サンサはがっくりと肩を落とした。

(ネスター公にこんな姿は見せられないわ)

「グレッチェル、お湯を持ってきて」少年の手を引いて、ベッドまで連れていく。「愛しい《スイート》ロバートさま《ロビン》におかれては、夕べはよく眠れました?」

「ううん」ロバートは鼻を鳴らした。「ちっとも眠れなかったよ、アレイン。あいつがまた歌ってたからさ。扉には鍵がかけられてたし。外に出せって叫んでも、だれもきやしない。だれかがぼくを閉じこめたんだ」

「それはひどい目に遭われましたね」

やわらかい布を湯にひたし、そっと顔をぬぐいはじめる。そうっと、そうっとだ。あまり強くこすると、ロバートが痙攣を起こしてしまう。この少年は虚弱で、齢のわりには小さい。

いまは八歳だが、サンサはもっと大きな五歳の子供たちを知っている。

ロバートの唇がわなないた。

「おまえのところで寝るつもりだったのに」

(知っているわよ)

スイートロビンは、母親がピーター公と結婚するまで母親のベッドに潜りこんで寝るのに慣れていたし、レディ・ライサが死んでからは、潜りこむベッドを求めて夜な夜な高巣城《アイリー》内をさまよった。いちばん気にいっているのはサンサのベッドだ。だからこそサンサは、昨夜、サー・ローサー・ブルーンにたのんで、ロバートの扉に鍵をかけてもらったのである。ただ潜りこんで寝るだけならまだしも、かならず乳房にむしゃぶりついてくるし、痙攣の発作が起きると、たいていおもらしをするのが困りものだった。

鼻の下をぬぐってやりながら、サンサはいった。

「ネスター・ロイス公がふもとの門城《ザ・ゲーツ》からあいさつにあがってこられました」

「あんなやつ、会いたくない」ロバートはだだをこねた。「それより、お話が聞きたい。〈翼ある騎士〉のお話」

「あとにしましょう。そのまえに、ネスター公に会っていただかなくては」

「ネスター公にはほくろがあるんだ」ロバートは身をくねらせた。この少年はほくろのある人間が怖いのである。「マミーが、あれは怖い男だって」

「おかわいそうなスイートロビン」サンサはロバートの髪をうしろになでつけてやった。

「おかあさまが恋しいのですね。ピーター公も同様に申しております。おかあさまのことを、スイートロビンに負けないくらい愛していたと」

これは嘘だ。しかし、相手を思いやっての嘘だった。ピーターが愛した女性は、サンサの殺された母親ただひとり。レディ・ライサを〈月の扉〉から突き落とす前、ピーターが自分で本人にそういったのである。

(ライサおばさまは狂っていて危険だった。自分の夫を殺したばかりか、あのときピーターが助けにきてくれなかったら、わたしまで殺すところだった)

だが、ロバートにそれを教える必要はない。この子は母親に頼りきった、病弱で小さな男の子なのだから。

「ほうら、ね」サンサはいった。「立派な城主らしくなりましたよ。マディ、閣下のマントをとってちょうだい」

マントはやわらかくて暖かい仔羊の毛織り《ラムズウール》で、鮮やかなスカイブルー一色に染めてあった。クリーム色の上着によく映える。それを肩にはおらせ、三日月形の銀のブローチで留めて、公の手をとった。ロバートはとりあえず、おとなしくなってくれた。

レディ・ライサが落ちて以来、ずっと閉鎖されていた〈高広間《ハイ・ホール》〉に足を踏みいれるさい、サンサはぞくりとするのをおぼえた。ホールは細長く、荘厳で美しいはずだが、この場所がどうにも苦手でしかたがない。いつも薄暗くて寒く、細い柱は指の骨のようだし、白大理石に無数に走る青い筋は、老婆の脚に浮いた静脈を思わせる。壁には五十もの突き出し燭台がならんでいるのに、灯《とも》されるのは十本ほどの松明《たいまつ》だけで、いつも濃い影が床に躍り、隅々にわだかまっている。大理石に寒々しく響く足音に混じって、風が〈月の扉〉をがたつかせる音が聞こえた。

（あの扉を見てはいけない）と自分に言い聞かせた。（見てしまったら、ロバートのようにがたがた震えだしてしまう）

マディの手を借りて、ロバートをウィアウッド製の公座にすわらせた。からだが小さいので、座面にはいくつもクッションを積み重ねてある。それがすむと、公がお客さまにお会いになります、との使いを出した。スカイブルーのマントをまとった二名の衛兵が、ホールの下座側にある両開きの扉を開く。ピーターにうながされてホールに入ってきた来客たちは、骨のように白い左右の列柱のあいだに敷かれた、長いブルーのカーペットを踏んで近づいてきた。

少年守護はかんだかい声で、礼儀正しくネスター公にあいさつした。さいわい、ほくろのことは口にしないでくれた。だが、執政がレディ・ライサのことをたずねるや、ロバートの両手がかすかにわななきだした。

「マリリオンが、かあさまをあんな目に……。〈月の扉〉から突き落としたんだ」

「その場面をごらんになりましたか？」

たずねたのは、サー・マーウィン・ベルモアだった。これはひょろりとした生姜色《ショウガ》の髪の騎士で、ピーターがサー・ローサー・ブルーンを後任にすえたときまで、レディ・ライサの衛兵隊長をしていた男である。

「アレインが見てる」少年は答えた。「ぼくの義父もだ」

ネスター公はサンサに視線を向けた。サー・アルバー、サー・マーウィン、メイスター・コールモンもだ。

（あのひとはわたしの叔母なのに、わたしを殺そうとした）とサンサは思った。（わたしを〈月の扉〉に引きずっていって、突き落とそうとした。ピーターにキスをしてほしいなんていってない、ただ雪の中でお城を造っていただけなのに）

からだが震えるのを防ぐため、両腕でぎゅっと上体を抱きしめなくてはならなかった。

ピーター・ベイリッシュがおだやかな声でいった。

「どうかお手やわらかに、諸君――この子はいまだに、あの日の悪夢を見るありさまなのだ。あのときのことをしゃべれなくても、驚くにはあたるまいて」ピーターはサンサのうしろに歩みより、両手をそっと肩にのせた。「おまえがどれほどつらいかはようくわかっているよ、アレイン。しかし、わが友人たちは真実を聞かねばならないんだ」

「はい」のどがひどく乾いていて、しゃべっただけでも血が出そうな気がした。「わたし、見たんです……レディ・ライサといっしょにいたとき……」

そこまでいったとき、ひとつぶの涙が頬をつたい落ちた。

（効果的だわ。涙は雄弁にものをいうから）

「……マリリオンが……おばさまを突き落とすのを」

サンサはふたたび、作り話を語った。自分の口から流れ出る内容が、すこしも耳に入ってこなかった。

なかばほどまで話したとき、ロバートが泣きだした。そのからだの下では、クッションが危なっかしくぐらついている。

「あいつはかあさまを殺したんだ。あいつを空に飛ばせたい！」

公の手の震えはひどくなっており、腕までもがわなわなきだしていた。頭も小刻みに動き、歯の根がガチガチ鳴っている。その状態で、少年は金切り声でわめいた。

「飛ばせろ！　飛ばせろ、飛ばせろ！」

腕と脚がわなわなと震えだす。ローサー・ブルーンがすばやく公座に駆けより、転げ落ちかけた少年をあやういところで受けとめた。メイスター・コールモンはすぐうしろに立っていたが、なにもできずに眺めているばかりだ。

ほかの者たちと同様、サンサはなすすべもなく立ちつくし、少年が痙攣の発作にのたうつところを眺めているしかなかった。ロバートの片足がサー・ローサーの顔面を蹴りつけた。ブルーンは毒づいたものの、主君を──痙攣し、手足をばたつかせ、小便を漏らす少年を、ぐっと押さえつづけた。訪問者たちはなにもいわない。すくなくともネスター公は、前にもこの発作を見たことがあるはずだ。ロバートの痙攣が収まるまで、毎回、長い時間がかかるのだが、きょうは格別長くかかるように思われた。痙攣が収まるころには、少年城主は疲れきり、とてもこの場に立ちあえる状態ではなくなっていた。

ピーター公がいった。

「ベッドにお連れして、休ませてさしあげたほうがいい」

ブルーンは少年をかかえあげ、ホールから連れだしていった。浮かない顔で、メイスター・コールモンもあとにつづく。

ブルーンらの足音が聞こえなくなると、高巣城《アイリー》の〈高広間《ハイ・ホール》〉にはなんの音もしなくなった。宵風が〈月の扉〉の外でうめき、扉をかきむしっているのが聞こえる。サンサは凍えそうに寒く、このうえなく疲れきっていた。

(もういちど最初から話さなくてはならないの？)

だが、いうべきことは、いましがたの話できちんといえていたらしい。咳ばらいをして、ネスター公がいった。

「はじめから、あの吟遊詩人めは気にいらなかったのだ」うなるような口調だった。「あのような者は放逐なさい、とレディ・ライサには申しあげたのに。一度ならず、何度もだ」

「あなたはいつも、よき助言をしてこられた、ネスター公」ピーターがいった。

「いっかな、耳を貸そうとはなさらなかったがな」ネスター・ロイスは不満そうにいった。

「いつもうるさそうな顔をされるばかりで、一顧だになさらなかった」

「わたしの妻はこの世界を信じきっていたのだよ」ピーターがいった。おそろしくやさしい口調だったので、事情を知らなかったなら、サンサはピーターが心から妻を愛している、と思ったことだろう。「ライサは人の中の悪を見ることができず、ただ善だけを見ていたんだ。

マリリオンは甘い歌を歌う。それであの男の本質を見誤ったのだろう」

「やつはわれらを豚呼ばわりしました」サー・アルバー・ロイスがいった。サー・アルバーは、いかにも洗練とは縁のない、肩幅の広い騎士で、顎はきれいに剃っているが、かわりに黒い頬髯《ひげ》を生やしており、それが武骨な顔を生垣のように取り巻いている。父親をそっくりそのまま若くしたような感じだった。「あの男め、二匹の豚が山の周囲を嗅ぎまわり、鷹の食い残しをあさる歌を作りおった。あの豚とはわれわれのことにちがいないが、それを難詰すると、あやつめ、笑ってこうぬかしおったのです――〝おやおや、なにをおっしゃいますやら、これは豚そのものの歌にほかなりませんよ〟」

「わたしも侮辱を受けました」サー・マーウィン・ベルモアがいった。「わたしをサー・キンコン《ディンドン》などと呼ぶものですから、その舌を切りとってやるぞというと、レディ・ライサのもとに駆けこんで、スカートの陰に隠れる始末」

「あやつはいつもそうだった」ネスター公がいった。「臆病者のくせに、レディ・ライサの庇護があるをいいことに増長しおって。レディ・ライサがまた、あの男に城主なみの服装をさせ、黄金の指輪と月長石《ムーンストーン》を与えられるものだから、それでますます図に乗りおった」

「ジョン・アリン公の鷹をも自分のものにしてしまいました」そういった騎士の胴衣《ダブレット》には、ワクスリー家の者であることを示す六本の白蠟燭が描かれていた。「閣下はあの鷹をとても愛でておられた。ロバート王から下賜《かし》されたあの鷹です」

ピーター・ベイリッシュはためいきをつき、

「まったくもって、僣上《せんじょう》の沙汰だな」といった。「しかし、そのような不遜もこれまでだ。ライサもあの男の放逐に賛成してくれた。だからこそ、あの日ライサはあれと会ったのだよ。わたしも同席するべきだったが、よもや、あんなだいそれたまねをしでかすとは……わたしが放逐せよと迫りさえしなければ……ライサを殺したのは、このわたしだ」

（だめよ！）とサンサは思った。（そんなことをいってはいけない、そんなことを認めてはだめ、絶対に！）

だが、サー・アルバー・ロイスはかぶりをふった。

「そんなことはありません、閣下。どうかご自分をお責めにならぬよう」

「手を下したのはあの吟遊詩人だ」サー・アルバーの父親もうなずいた。「あの男をこれへ引きだされたい、ピーター公。この悲劇にけりをつけてしまおう」

ピーター・ベイリッシュは、もっともだという顔になり、

「では、そのように、ネスター公」

といって、衛兵たちに命令を出した。

天空房《スカイ・セル》から吟遊詩人が引きずりだされてきた。引きずってきたのは、牢番のモードという、化け物じみた男だった。目は小さくて黒く、歪んだ顔には傷跡が走り、喧嘩でもしたのか、片耳と頬の一部は裂けていて、青白い肉体は体重百三十キロちかい。服はまったくからだに合っておらず、全身からひどい悪臭を放っている。

それにくらべて、マリリオンはエレガントにさえ見えた。だれかに湯浴みをさせられて、

新しい服に着替えさせてもらったのだろう。スカイブルーの半ズボンの上に、袖の広がったゆったりめの白い上着を着ており、腰にレディ・ライサに贈られた銀の飾り帯をつけている。両手には白い手袋をはめていた。はたからは、その双眸《そうぼう》は見えない。目の上に白いシルクの繃帯を巻いてあるからだ。

マリリオンの背後には、モードが鞭を持って立っている。牢番にあばらをつかれると、吟遊詩人は片ひざをつき、いった。

「心広きみなさまがた、ごめんをこうむりまして、わが心のうちを吐露させていただきたくぞんじます」

ネスター公が顔をしかめた。

「犯した罪を告白するとでもいうのか？」

「わたくしに目があれば泣いているところでございましょう」夜にはあれほど力強く自信に満ちていた詩人の声は、すっかりかすれ、しわがれ声になっていた。「わたくしはあの方を愛しておりました。あの方がほかの男の腕に抱かれ、ほかの男とベッドをともにするところは、とても見るに耐えず……。もちろん、いとしいレディに危害を加えるつもりなど、毛頭ありませんでした。ほんとうです。わたくしが扉に閂をかけたのは、胸にたぎる熱い想いを縷々《るる》つづるあいだ、だれにも邪魔させないためだったのです。しかし、レディはあまりにも冷たくて……おなかにピーター公のお子を宿していると告げられましたとき……わたくしはとうとう狂気に取り憑かれ……」

詩人がしゃべっているあいだ、サンサはその手を見つめていた。〈太り肉《じし》のマディ〉の話では、モードは詩人の指を三本もぎとったという。左右の小指と左の薬指をだ。そう思ってみると、どちらの小指もほかの指より硬直して見えるが、手袋をはめているため、はっきりとはわからない。

（だいたい、そんなの、作り話かもしれないじゃないの。マディはどうやって知ったというの？）

「ピーター公はご親切にも、ハープは奪わずにいてくださいました」両目を失った吟遊詩人は先をつづけた。「わたくしのハープと……舌もです。おかげで歌を歌うことができます。レディ・ライサはわたくしの歌をいたく気にいってくださり……」

「この悪鬼めを下がらせていただけるか。さもないと、いまにも斬り殺してしまいそうだ」ネスター公がうなるようにいった。「この男を見ているだけで気分が悪くなる」

「モード、この男を天空房《スカイ・セル》へ」ピーターが命じた。

「へい、閣下」モードはマリリオンの襟首を乱暴につかんだ。「もう口をきくんじゃねえぞ」

モードがしゃべったときに、ちらりとその口の中が見えて、サンサは驚いた。牢番の歯は総金歯だったのだ。一行は、モードが詩人をなかば引きずり、なかば突き飛ばすようにして、出口に連れていくのを見送った。

「あの男に、死を」ふたりの姿が見えなくなると、サー・マーウィン・ベルモアがいった。

「レディ・ライサのあとを追わせて、あいつも〈月の扉〉から突き落とすべきです」

「ただし、舌を引っこぬいてな」サー・アルバー・ロイスがいった。「あやつの嘘と嘲りにまみれた舌だけは残しておけぬ」

「あの男に対する処罰が手ぬるかったという自覚はある」ピーター・ベイリッシュが詫びるような口調でいった。「しかし、本音をいえば、あの者があわれでならない……。なにしろ、愛のためにライサを殺したのだから」

「愛のためだろうと憎悪のためだろうと――」ベルモアがいった。「あんな男には死を与えねば」

「もうじきだ」ネスター公がぶっきらぼうにいった。「いかなる者も、天空房《スカイ・セル》に入れられて長く生きることはできぬ。青空がじきにやつを呼ぶ」

「そうかもしれないがね」ピーター・ベイリッシュが答えた。「マリリオンがその呼び声に応えるかどうかは、あの者にしかわからない」

そこでピーターは、衛兵たちに合図を出した。ホールの突きあたりにある扉が開かれた。

「さて、諸卿《けい》。山道を登ってきて、さぞやお疲れだろう。今夜はゆっくりお休みいただけるよう、各位に部屋を用意させた。下の大広間には酒食の用意もある。オズウェルよ、卿らをご案内してくれ。ご所望にはなんなりとお応えするように」ネスター・ロイスに顔を向けて、「ネスター公は、わたしといっしょに、執務室《ソーラー》でワインでもいかがかな？　アレイン、わが愛し子や、われわれのために給仕をしておくれ」

ソーラーの暖炉には細々と火が燃えており、ワインの瓶が用意してあった。

（アーバー・ゴールドだわ）

そう思いながら、サンサはネスター公のカップにワインをついだ。そのあいだ、ピーターは鉄の火かき棒で薪をかきまぜ、火を赤々と熾《おこ》していた。

ネスター公は暖炉のそばに腰をおろし、

「これで一件落着とはいかんぞ」と、ピーターにいった。まるで、サンサなどそこにいないかのような口ぶりだった。「おれの従兄どのは、みずから吟遊詩人に訊問をすると息まいている」

「〈青銅《ブロンズ》のヨーン〉はわたしを信用していないからな」

ピーターはそういいながら、薪の一本を脇にどけた。ネスター公はつづけた。

「軍勢を率いて乗りこんでくると聞いた。サイモンド・テンプルトンも合流する。疑うな。おそらくは、女公《レディ》ウェインウッドもだ」

「ベルモア公もだよ。若きハンター公も、ホートン・レッドフォートもだ。〈豪勇《ストロング》〉サム・ストーンほか、トレット家、シェット家、コールドウォーター家など、ヨーン公の封臣たる旗主連もこぞってやってくる。コーブレイ家の者もある程度は加わるかもしれん」

「ずいぶんと早耳だな。コーブレイ家のだれだ？　ライオネル公ではなかろう？」

「うむ。弟のほうだ。とある理由で、サー・リンはわたしをきらっているからな」

「リン・コーブレイは危険な男だぞ」ネスター公は陰鬱にいった。「で、どうするつもりだ？」

「わたしにどうすることができるね？　彼らがきたら歓迎するのみさ」

ピーターは薪をもうひとかきし、火かき棒を置いた。

「おれの従兄は、貴公を力ずくで守護代の地位から引きずりおろすつもりでいる」

「そうだとしても、わたしにとめる力はない。わたしの手元にあるのは二十名の守備隊のみ。それに対して、きみの従兄どのと友人たちは二万の軍勢を仕立てられるのだからね」

ピーターは窓の下に置いてあるオークのチェストに歩み寄り、語をついだ。

「〈青銅《ブロンズ》のヨーン〉がその気になれば、できないことはなにもない」

そういいながらひざをつき、チェストのふたをあけると、ひと巻きの羊皮紙を取りだして、ネスター公に差しだす。

「ネスター公――これはきみに対する、レディ・ライサの真心のしるしだ」

サンサの見ている前で、ネスター公は羊皮紙を開いた。

「……これは……これはまた……思いがけない……」

サンサは驚いた。ネスター公の目に涙があふれだしたからだ。

「思いがけない内容かもしれないが、当然の内容でもある。レディはきみを、麾下《きか》の旗主のなかでひときわ高く買っていた。レディにとってはだれよりも頼れる要石《ロック》であるともいっていた」

「要石……」ネスター公は顔を赤らめた。「そんなことをおっしゃったのか？」

「たびたびな。そして、それが——」ピーターは羊皮紙を指さして、「——そのあかしだ」

「これは……これは……光栄なことこのうえもない……。ジョン・アリン公に高く評価していただいていたのは知っていたが、レディ・ライサには……あいさつにうかがうつど冷たくあしらわれるものだから、おれはてっきり……」そこで、ネスター公の眉間に深い縦じわが刻まれた。「たしかに、アリン家の紋章は記してある。しかし、この署名は……」

「この文書に署名してもらうひまもなく、ライサが殺されてしまったのだ。それでわたしが、守護代として署名した。それがライサの意志であったことは、わたしがよく知っている」

「そうか……」ネスター公は羊皮紙を巻いた。「貴公は……主君に忠実なのだな。そして、なかなか勇気もある。なかには、この認可状を怪しみ、貴公の偽造と疑う者も出てこよう。月の門城《ザ・ゲーツ・オブ・ザ・ムーン》の城守が世襲制であった例《ためし》はない。門城《ザ・ゲーツ》を築いたのは、アリン家だ。アリン家がまだ〈鷹の王冠〉を戴き、王家としてこの谷間《ヴェイル》に君臨していたころのことだった。アリン王朝は、夏のうちは高巣城《アイリー》を居城としていたが、雪が降りはじめると、宮廷をふもとの門城に移した。なかには、月の門城は高巣城《アイリー》に劣らず高貴な城という者もいる」

「しかし、この三百年、谷間《ヴェイル》に王はいない」ピーター・ベイリッシュが指摘した。

「ドラゴンどもがきてからはな」ネスター公はうなずいた。「しかし、そのあとでさえも、月の門城はアリン家の城でありつづけた。ジョン・アリン公自身、お父上がご存命のうちは門城の城守職についておられたほどだ。ジョン公が高巣城《アイリー》にあがられてからは、その名誉を弟君のロネルどのに、ついで従弟のデニスどのに与えられた」

「だが、現宗主たるロバート公に兄弟はいない。遠縁の縁者がいるだけだ」

「たしかに」ネスター公はしっかりと羊皮紙を握りしめた。「これを望んだことがなかったとはいわぬ。ジョン公が〈王の手〉として王土を治めておられたとき、公に代わって谷間《ヴェイル》を治める役はおれに委ねられた。その間、公の望まれることはすべてこなし、自分への見返りはいっさい望まなかった。だが、神々もご照覧あれ、これがついに、わが手に――！」

「そのとおり。きみが頼りになる友としてこの山のふもとに常駐してくれれば、ロバート公も安んじてお寝《やす》みになれようというもの」ピーターはカップをかかげた。「ゆえに……乾杯しよう、ネスター公。ロイス家に。きみの家は、月の門城の城守でありつづける……いまも、これからも、ずっと、永遠に」

「いまも、これからも、ずっと、永遠に！」

銀のカップが音高く触れあわされた。


そののち、何時間もが経過し、アーバー・ゴールドがからになるころ、ネスター公は辞去し、連れてきた騎士の一党のもとへ合流した。そのころには、サンサは立ったままうとうとしかけており、早くベッドに入りたくてしかたがなかったが、引きあげようとしたとたん、ピーターに手首をつかまれ、引きとめられた。

「嘘とアーバー・ゴールドがどれほど目覚ましい効果をあげるものか、その目で見たね？」

どうして泣きたくなるのだろう？　ネスター・ロイスが味方についたのは、喜ぶべきことなのに。

「どうしてあんなに嘘ばかりを？」

「嘘ばかりではないさ。ライサはよくネスター公のことを石くれ《ロック》と呼んでいた。誉めことばとは思えないがね。公のせがれのことは土くれ《ボンクラ》とも呼んでいたな。ネスター公が月の門城を自分の持ち城とし、名実ともに公を名乗りたいと夢見ていたことを、ライサは知っていた。しかし、ライサ自身はといえば、もうひとり息子を儲けて、門城をロバートの弟にまかせるつもりだったんだ」ピーターは立ちあがった。「さっきこの部屋でどういうことがあったか、わかるかね、アレイン？」

サンサはすこしためらった。

「ネスター公に門城を与えることで、支持をゆるぎないものにしたのですね」

「そのとおり」ピーターはうなずいた。「しかし、われらが要石《ロック》どのはロイス家の一員だ。それだけに、極端に誇り高く、あつかいには神経を要する。月の門城をやるかわりに味方になれ、と馬鹿正直に持ちかけていたなら、あれは名誉を傷つけられたと思い、怒った蟇《ヒキガエル》のように膨れあがっていただろう。しかし、ああいう持ちかけかたをすれば……あの男も、まるっきりの馬鹿ではないが、わたしが与えた嘘は、真実よりも甘美なものだったからな。あの男はほかの旗主よりも高くライサに評価されていたと信じたい。なにしろ、旗主のなかには〈青銅《ブロンズ》のヨーン〉もいるんだ。そしてネスターは、自分がロイス一族では分家筋であることをよく知っている。あの男としては息子により多くを遺してやりたい。名誉を重んずる人間は、自分自身のためには考えさえしないことでも、子供のためには目の色を変えてするものなんだよ」

サンサはうなずいた。

「あの署名は……ロバート公にさせて、封印までやらせてもよかったのに、そうするかわりに……」

「……わたしがした。守護代の名において。なぜだろうね？」

「それは……あなたが追放されたり、でなければ……殺されたりしたら……」

「……月の門城を急にわがものとしたネスター公が、にわかに疑惑を招くことになるからだ。安心しなさい、その点はあの男にもちゃんとわかっている。そこまで見ぬくとは、なかなか鋭いぞ。しかし、わたしの娘であれば、そのくらいは当然ともいえるか」

「ありがとうございます」ピーターの権謀を読み解いたことを急に誇らしく思ういっぽうで、混乱をもおぼえた。「でも、わたしは――あなたの娘ではありません。つまり、ほんとうの娘では。アレインのふりをしてはいますが、じっさいには……」

〈リトルフィンガー〉はサンサの唇に指を押しあてた。

「もちろん、ちゃんとわかっているとも。おまえとてそれは同様だろう。しかしね、世の中には、口に出していわないほうがいいこともあるんだよ、愛し子よ」

「わたしたちのほかに、だれもいなくても？」

「だれもいないときにこそ、とくに注意しなくてはならない。ふいに召使いが部屋に入ってきたり、戸口の衛兵が聞いてはならないことを聞いてしまったりしたら、どうする？　油断していれば、そんな日がかならずくる。その可愛い手で、これ以上、血を流したいと思うのかね？」

マリリオンの顔が目の前に浮かんだ。そして、目をおおうあの白い繃帯も。その背後には、弩弓《クロスボウ》の太矢に射抜かれたサー・ドントスの姿も見えた。

「思いません」とサンサは答えた。「絶対に」

「われわれがやっているのは、ゲームではない——といいたいところだが、娘や、もちろん、これはゲームなのだ。権力をめぐるゲームなのだよ」

(そんなゲームに加えてくれといった憶えはないわ) このゲームは危険すぎる。(一手でもまちがえれば、わたしは死んでしまう)

「オズウェルは……キングズ・ランディングを脱出した晩に、わたしを乗せた小舟を漕いでいたオズウェル・ケトルブラックは、わたしの正体に気づいているはずです」

「あの男に羊の糞の半分も脳ミソがあればピンとくるだろうな。サー・ローサー・ブルーンも知っている。しかし、オズウェルはわたしの下で働くようになって長い。ブルーンは生来、口が固い男だ。それに、ケトルブラックにはブルーンを監視させつつ、ブルーンにもケトルブラックを監視させている。〝だれも信用してはなりません〟と、わたしはかつてエダード・スタークに忠告した。結局は忠告を聞いてもらえなかったわけだが、そういう忠告をした当人として、抜かりはないよ。いずれにしても、おまえはアレインだ。そして、二六時中、つねにアレインでなくてはならない」ピーターは二本の指をサンサの左の乳房につきつけた。「ここの中でもだ。自分の心の中でもだ。できるかね？ 心底からわたしの娘になりきれるか？」

「わたしは……」

わかりません——と、もうすこしで口にするところだった。だが、それはピーターが聞きたい答えではない。

（嘘とアーバー・ゴールド）とサンサは思った。

「……アレインです、おとうさま。それ以外のだれであるはずがありましょう」

〈リトルフィンガー〉公はサンサの頬にキスをした。

「わたしの機知と母君《キャット》の美しさがあれば、世界はおまえのものだ、愛し子よ。さ、もう寝《やす》みなさい」

部屋にもどると、老グレッチェルが暖炉に火を熾《おこ》し、羽毛のベッドを寝心地よくととのえてくれていた。

（今夜はきっと、詩人も歌わないわ。ネスター公とほかの客たちがこの城にいるあいだは、あえて歌おうとしないはず……）

祈るような気持ちでそう思い、サンサは目を閉じた。

だが、夜中のいつごろか、サンサは目覚めた。いつのまにか、小さなロバートがベッドに潜りこんできていたのだ。

（今夜も閉じこめておくようにと、ローサーにいうのを忘れていた……）

いまさらどうしようもないので、ロバートの背中にそっと腕をまわした。

「スイートロビン？　ここにいてもいいですけれど、もぞもぞしてはだめですよ。ただ目をつむって、眠るだけ。いいですね？」

「うん」ロバートは、ひし、としがみついてきて、サンサの乳房のあいだに顔をうずめた。

「ねえ、アレイン？　いまはおまえがぼくのママ？」

「ええ、たぶん」とサンサは答えた。

善意の嘘であれば、だれも傷つくことはない。

11――クラーケンの娘

大広間にはハーロー一族の酔声《すいせい》がこだましていた。どれも遠縁の者たちだ。各家の当主は、自分の一族がすわるベンチの背後の壁にそれぞれの旗をかかげさせている。

（少なすぎる）二階の回廊から下を見おろして、アシャ・グレイジョイは思った。（いまだに頭数が集まっていないのか）

ベンチの四分の三は空席のままだ。

《黒き風《ブラック・ウインド》》が海上から島に近づいた時点で、それは〈乙女のクァール〉が予見していたことだった。伯父の居城、十塔城《テン・タワーズ》の基部に舫《もや》われた長船《ロングシップ》の数を見るなり、クァールは険しい顔になった。

「みな、まだ参着しておらぬか――でなければ、集まりが悪いということになりますな」

クァールのいうとおりであることはひと目でわかったが、立場上、船乗りたちに聞こえるところで肯定するわけにはいかなかった。部下たちの忠誠は疑うべくもないが、鉄《くろがね》の民といえども、負け色が濃厚な大義のために命を投げだすことは躊躇する。

（わたしの味方はこれっぽっちしかいないのか？）

旗幟《きし》を見まわせば、ボトリー家の銀の魚、ストーンツリー家の石の木、ヴォルマーク家の漆黒のリヴァイアサン、マイア家の輪縄が見える。その他はみなハーロー家筋の大鎌ばかりだが、その意匠はさまざまだった。ボアマンドの旗は水色の地に鎌ひとつ。ホソの旗は大鎌を狭間《はざま》胸壁の輪で取りかこんだもの。〈騎士〉の旗の、四分割した地に描かれているのは、自分の紋章である鎌と、母方の紋章である派手な孔雀《クジャク》だ。〈銀髪のシーグフリード〉でさえ、向かって左上から右下にかけ、ななめに分割された地の上で交差する二本の鎌をあしらっている。闇夜の地に銀の鎌という、〈黎明の時代〉以来のシンプルな意匠が描かれているのは、ひとりハーロー公の旗だけだ。ロドリック・ハーロー――十塔城の城主であり、〈愛書家〉、ハーロー公、〈ハーローのハーロー〉など、さまざまな異名を持ったこの人物は、アシャの気にいりの、母方の伯父だった。

ロドリック公がすわるべき上座は空席になっている。その背後の壁には、交差する一対の巨大な鎌がかかっているが――銀を打ちだした巨大な鎌は、巨人でさえもふるえそうにないほど大きい――クッションの上にすわっている者はいない。アシャとしては意外なことではなかった。宴《うたげ》はだいぶ前にお開きになっていたからである。架台上に天板を載せたテーブルには、骨と脂で汚れた大皿が残っているのみ。みなはまだ席にいすわり、酒を飲んでいるが、伯父のロドリックはいつも早々に、喧嘩っぱやい酔客たちがくだをまく席から退出してしまう。

アシャは〈三本歯〉に向きなおった。見るからに高齢の老婆〈三本歯〉は、そのむかし、

〈十二本歯〉として知られていたころから、家令として伯父に仕えてきた人物だ。

「伯父上は、また本のところか？」

「はい。ほかにどこへいかれるはずがございましょう？」

〈三本歯〉は想像を絶する高齢で、某司祭《セプトン》からは〝〈七神〉の〈老媼《ろうう》〉の世話をした覚えがあるにちがいない〟とも評されたことがある。まだ鉄《くろがね》諸島で〈正教〉が許されていたころの話だ。ロドリック公はかつて、この十塔城にもセプトンたちを置いていた。といっても、それは信仰のためではなく、本のためだったのだが。

「書斎には、ボトリー公も御前さまとごいっしょにおられます」

大広間にはたしかに、ボトリー家の旗もかかげられていた。淡い緑の地に泳ぐ、銀の魚の群れだ。だが、港に舫われた長船《ロングシップ》のなかに、ボトリーの当主の船、《高速のひれ《スウィフトフィン》》の姿はなかった。

「サウェイン・ボトリー老は、わが叔父、〈鴉の眼《クロウズ・アイ》〉によって溺死させられたと聞いたが」

「いらしておられるのは、トリスティファー・ボトリー公でございます」

（トリスのほうか）とアシャは思った。サウェインの長男、ハレンはどうなったのだろう。

（もうじき、いやでもわかる。剣呑なことになりそうだな）

トリス・ボトリーとは、もうずいぶん……いや、こんなことを考えている場合ではない。

「母者は？」

「伏せっておられます」と〈三本歯〉は答えた。「〈未亡人の塔〉にて」

（そうだったな。ほかのどこにいるはずがある？）

〈未亡人の塔〉は、伯母にちなんで命名されたものである。伯母のレディ・グウィネスは、ベイロン・グレイジョイが最初に起こした反乱のさい、フェア島《アイル》で戦死した夫を悼《いた》むため、生まれ故郷の島に帰ってきたのだ。

「悲しみが癒えるまで逗留するだけです」レディが弟であるロドリック公にいったことばは知らない者がない。「ただし、法的には、本来、十塔城はわたしのものになるはずだったのですよ。あなたより七歳も年上なのだから」

以来、長い年月がたったが、レディ・グウィネスはいまも亡き夫を悼んでいすわりつづけ、ときどき、この城は自分のものなのに……とつぶやく日々を送っている。

（そしていま、ロドリック公は、なかば狂った後家の姉妹をもうひとりこの城にかかえこむことになったわけだ）とアシャは思った。（本の部屋に慰めを求めるのもむりはないな）

それにしても、あの病弱な母レディ・アラニスを差し置いて、タフで殺しても死にそうになかった夫ベイロン公が先に逝ってしまうとは、いまだに信じられない。アシャが戦《いくさ》に出帆したさいには、もどってきたとき母が死んでいるのではないかと気が気ではなかったのだが、よもや母ではなく、父が命を落としていようとは、まったくもって予想外だった。

〈溺神《できしん》〉はわれわれみんなに残酷な笑劇を演じさせる。だが、人間は神よりもさらに残酷だ）

突然の嵐で綱が切れて、ベイロン・グレイジョイは死に追いやられた——。

（ということになってはいるが……）

最後に母の姿を見たのは、深林の小丘城《ディープウッド・モット》攻略のために北上する途中、真水を補給する目的で十塔城に立ち寄ったときのことだった。ハーロー家出のアラニスは、歌に歌われるほどの美しさはないが、アシャはその猛々しく力強い顔だちと、目に浮かべた笑いが好きだった。だが、最後に見たレディ・アラニスは、何枚もの毛皮にくるまって、未亡人の席にすわり、海の彼方をうつろな目で眺めていた。

（これはわが母なのか。それとも、母の亡霊か？）

母の頬にキスをしながら、そう思ったことを憶えている。母の肌は羊皮紙のように張りを失い、長い髪はことごとく白くなっていた。多少の誇りは残っていたのだろう、まっすぐこうべをあげてはいたものの、その目は暗く曇り、シオンのことをたずねたとき、唇がわななくのが見えた。

「幼いあの子を連れて帰ってきてくれたの？」

シオンが人質としてウィンターフェル城へ連れていかれたのは、当人が十歳のときだった。以来、レディ・アラニスにとって、シオンはずっと十歳のままだ。

「シオンは帰ってこられません」そのとき、アシャは母にそう答えた。「父上が岩石海岸《ストーニイ・ショア》の略奪に送りだしたからです」

レディ・アラニスは返事をしなかった。ただゆっくりとうなずいただけだった。それでも、自分のことばがどれだけ深く母を傷つけたかは明白だった。

（そしていま、シオンは死んだと母上に報告しなければならない。またしても母上の心臓に短剣を突きたてることになる……）

母の心臓には、すでに二本の短剣が突き刺さっている。それぞれの刃に刻まれているのは、先に死んだ息子たち、〃ロドリック〃と〃マロン〃の文字だ。そして、夜になると、二本の刃は延々と母の胸を抉り、責めさいなむ。

（母上に会うのはあすにしよう。あすにはかならず）

とアシャは誓った。船旅は長く、疲れるものだったから、いまは母と顔を合わせる気力がない。

「ロドリック公と話をせねばならない」アシャは〈三本歯〉にいった。「わが《黒き風《ブラック・ウィンド》》の荷下ろしがすんだら、乗組員の世話をたのむ。船には捕虜も乗せてきた。その者たちには、暖かいベッドを用意し、熱い食事をとらせてやってくれ」

「厨房にコールドビーフがございます。それと、大きな石の壺の中に、オールドタウン産のマスタードがたっぷり」

マスタードのことを思っただけで生つばが出てきたかのように、老女はにんまりと笑った。歯ぐきから突きだした長い茶色の歯は、もはや一本しか残っていなかった。

「それでは不充分だな。船は荒海を越えてきたんだぞ。腹に温かいものを入れさせてやれ」

アシャは腰に両手をあて、鋲を打ったベルトに片手の親指をかけた。「レディ・グラヴァーとその子らに火とぬくもりを絶やすな。地下牢ではなく、どれかの塔に収容してやるように。

赤ん坊が病気なんだ」

「赤ん坊とは、よく病気になるもの。たいていは死んでしまい、残った者を悔やませます。さてさて、狼の一族をどこに放りこんだものやら」

アシャは親指と人差し指で老婆の鼻をつまみ、ぐいとひねりあげた。

「いいから、いわれたとおりにしないか。もしも赤ん坊が死んだら、だれよりも悔やむのはきさまということになるぞ」

〈三本歯〉は小さく悲鳴をあげ、仰せのとおりに、と約束した。アシャは鼻を放し、伯父のもとへ向かった。ふたたびここの廊下を歩くのは気分のいいものだ。いつきても、十塔城はくつろげる。パイク島よりもずっと居心地がいい。

(ひとつの城じゃない。ここには十の城閣がひとつところに詰めこまれている——)

はじめてこの城を見たとき、そう思ったものだった。息を切らして長い階段を昇り降りし、城壁内の歩廊や掩《おお》いのある橋を駆けめぐり、〈長き石の桟橋〉で魚を釣り、伯父の大量の本に埋もれて昼夜を忘れたあの日々を思いだす。この城を建てたのは伯父の祖父の祖父だ。鉄《くろがね》諸島の城では、ここがいちばん新しい。築城者のシオモア・ハーロー公は、乳児を三人なくしたのち、その原因が古いハーロー城館《ホール》の海水が入りこむ地下室、いつでも湿った石、劣化した硝石のせいだと断じた。落成した十塔城は、じめじめしておらず、居心地もよくて、城としての地の利もよくなったが……シオモア公は気まぐれだった。何人もいた妻のだれに訊いても、この点は肯定したはずだ。結局、その後も新たに六つの城を築き、そのどれもが、十塔城とはまるで趣《おもむき》の異なる城となった。

〈書の塔〉は十の塔のなかでもっとも太く、八角柱の形をしており、切りだした巨石を高く積みあげて造ったものだ。階段は部厚い壁の内部に設けてある。アシャは急ぎ足で五階まであがった。この階層の部屋は、伯父がいつも本を読むのに使っているところだ。

（ただし、伯父はどの部屋にいても本を読んでいるがな）

ロドリック公が本を持っていない姿というのは、めったに見られるものではない。厠《かわや》でも、《海の詩《シー・ソング》》の甲板でも、嘆願者への引見中も、かならず本を手にしている。交差する銀の鎌のもとで伯父が公座にすわり、引見の合間に本を読んでいるところを、アシャは何度となく目にした。嘆願に耳をかたむけ、判断をくだし、嘆願者が引きあげてしまうと……衛兵隊長がつぎの嘆願者を呼びにいっているあいだに、寸暇を惜しんで本を読んでいるのだ。

伯父は窓辺のテーブルの前にすわり、書物にかがみこんでいた。テーブルには大量の巻物と本が積みあげてある。羊皮紙の巻物は、〈破滅〉以前のヴァリリアからきたものかもしれない。ごつい革装の書物は、青銅と鉄の掛け金で留めてあった。伯父が読んでいる本の左右には、人の腕ほども太くて高い蜜蠟の蠟燭が装飾的な鉄の燭台上で燃えている。ロドリック・ハーロー公は、太ってもいなければ痩せてもいなかった。それに、背が高くもなく、低くもないし、醜くもなければハンサムでもない。髪の色はブラウン、目の色もブラウンだが、きちんと刈りこんだ短い顎鬚《あごひげ》には、だいぶん白いものが混じっている。総じて伯父は、見た目にはごくふつうの人物だった。この人物をきわだたせているのは、書物への強い愛着だ。

鉄者《くろがね》のあいだでは、これは女々しくて世をすねた態度だと見なされやすい。「伯父御《ナンクル》」アシャはうしろ手に扉を閉じた。「客人がたの接待をほっぽらかして、なんの本を読んでいる」

ロドリックは読んでいた本から目をあげ、アシャを見た。

「大学匠《アーチメイスター》マーウィンの著した『失われた書物の書』だよ。ホソがオールドタウンの土産に持ってきてくれたんだ。あれは娘のひとりをわしに娶《めと》らせたがっているのでな」ロドリックは人差し指の長い爪で、とんとページをつついた。「見てごらん。マーウィンは散逸した『凶事の前触れ』のうち、三ページを見つけたと主張している。くだんの本は、ヴァリリアに〈破滅〉が訪れる前、エイナー・ターガリエンのまだ乙女だった娘が見たという諸現象を書きとめたものだ。……ときに、ラニーはおまえが到着したことを知っているのか？」

「いや、まだだ」ラニーとはアシャの母親の愛称である。レディ・アラニスのことをラニーと呼ぶのは、兄であるこの〈愛書家〉だけだ。「いまはお休みいただこう」

アシャは椅子に積んであった書物の山を動かし、そこにすわった。

「〈三本歯〉はさらに二本の歯を失ったようだが。いまは〈一本歯〉と呼んでいるのか？」

「あれの名前を呼ぶことはまずない。あれを見るたびに、ぎょっとしていかん。いま、何時だね？」ロドリック公は窓外を眺めやった。そこに見えるのは、月光に照らされた海だった。「なんと、もう暗くなっていたのか。気がつかなかった。それにしても、やけに遅かったな。数日前に物見を出したほどだぞ」

「風向きが悪いうえに、捕虜のからだも気づかってやらねばならなかったんでね。ロベット・グラヴァーの妻子だ。最年少の娘はまだ乳飲み児で、航海中に母親の乳が出なくなった。やむをえず、《黒き風《ブラック・ウィンド》》をストーニイ・ショアに上陸させて、部下たちに乳母を探しにいかせたんだが——見つかったのは山羊一頭だけ。それもあって、赤子の生育はよくない。ここの村に乳母になれそうな者はいるか？　ディープウッドの城は、わたしの計画にとって重要な場所なんだが」

「おまえの計画は変更せねばなるまい。帰着が遅すぎた」

「遅れに遅れて腹ぺこさ」アシャはすらりと長い脚をテーブルの下に伸ばすと、手近の本を手にとり、適当にページを開いた。メイゴル残酷王と〈正教〉の民兵組織〈窮民《プア・フェローズ》〉との戦いをつづった、あるセプトンの著書だった。「それに、のどもからからだ。エールを角杯に一杯いただければ、この乾きもいえるんだがな、伯父御」

ロドリック公は唇をかんだ。

「おまえも知っているはずだぞ。わが図書室では、飲食は厳に禁ずる。本が——」

「汚れてはこまるからな」あとを受けて、アシャは笑った。

伯父は眉根を寄せた。

「まったく、おまえというやつは、わしの顔を見るとからかいおって」

「なあに、そう悲観することはない。伯父御にかぎらず、男と見たらからかうのがわたしの性《さが》だ。そんなことくらい、とっくに知っていると思っていたんだがな。ま、わたしのことはいい。伯父御は息災だったか？」

ロドリック公は肩をすくめてみせた。

「まあ、それなりにな。目が衰えてきたので、ミアにレンズを発注した。本が読みにくくてかなわん」

「伯母御はどうだ？」

ロドリック公はためいきをついた。

「わしより七つ年上であることに変わりはないから十塔城は自分のものだ、といまだに言いはっている。グウィネスもだいぶ物忘れがひどくなったが、そのことだけは忘れようとせん。死別した夫のことはいまでも深く悼んでいるものの、ちかごろでは夫の名前を思いだせないこともある」

「ほんとうは、夫の名前を知っていたかどうかも怪しいもんだぜ」アシャはセプトンの本を閉じ、テーブルの上にどすんと置いた。「ときに、伯父御——わたしの親父どのは殺されたのか？」

「おまえの母親はそう思っている」

（可能であれば、おふくろは喜んで親父を殺していただろうさ。じっさい、そんな修羅場も何度かあった）

「そういう伯父御はどう思う？」

「ベイロンは、渡っていた掛け橋の縄が切れ、落下して死んだ。折あしく、嵐が吹き荒れていて、突風が吹くたびに、橋は大揺れの状態だったという」ロドリックは肩をすくめた。

「すくなくとも、そういう話だ。おまえの母親のもとへメイスター・ウェンダミアが送ってきた使い鴉《レイヴン》の便りによればな」

アシャは鞘の短剣を抜き、爪に詰まった汚れをほじりながら、いった。

「三年前に放逐された〈鴉の眼《クロウズ・アイ》〉がもどってきた——それも、親父どのが死んだ日に」

「死んだ翌日だと聞かされている。やつの船《沈黙《サイレンス》》は、ベイロンが死んだとき、まだ海上にあったというのが先方の言い分だ。たとえそうだとしても、ユーロンの帰国はあまりにも……タイミングがよすぎる、というべきかな？」

「わたしなら断じてそんな言いかたではすまさない」アシャは短剣をふりかぶり、勢いよくテーブルに突き立てた。「わたしを支持する船はどこだ？　下に舫《もや》ってあるロングシップは四十隻。あれでは〈鴉の眼〉を親父どのの王座からたたきだすのに足りない」

「召集の檄《げき》は広く送ったさ。おまえとおまえの母への愛ゆえに、おまえの名でな。ハーロー家はこぞって参集したとも。ストーンツリー家も、ヴォルマーク家もだ。マイア家も一部は……」

「すべてハーロー島の者どもじゃないか。七つの島のうち一島だけか。一枚だけ、パイク島のボトリー家の旗が大広間にあったが。ソルトクリフ家、オークウッド家、各ウィック島の連中の船はどうした？」

「ブラックタイド島からは、ベイラー・ブラックタイドが相談にきて、そそくさと出帆していった」ロドリック公は『失われた書物の書』を閉じた。「いまごろはオールド・ウィック島だ」

「オールド・ウィック？」アシャが恐れていたのは、〝〈鴉の眼〉に臣従すべく、ほかの家の者どもがこぞってパイク島へ向かった〟ということばだった。「なぜオールド・ウィックに？」

「もう聞きおよんでいると思っていたが、知らなかったか。〈濡れ髪《ダンプヘア》〉エイロンが選王民会を召集したのだ」

アシャは頭をのけぞらせ、大声で笑った。

「〈溺神〉が棘魚《トゲウオ》の棘でエイロン叔父のケツの穴でもつついたか？　選王民会だ？　それは〈濡れ髪〉どのの冗談か？　それとも、本気でいっているのか？」

「溺れて以来、〈濡れ髪〉が冗談をいったことはない。ほかの祭主連も召集を支持している。〈盲《めしい》のベイロン・ブラックタイド〉、〈三度溺れたタールル〉……〈灰色鷗《カモメ》〉のご老体でさえ、常住の岩島をあとにして選王民会に参集すべし、とハーロー島じゅうに説いてまわっているほどだ。こうして話しているあいだにも、船長たちはぞくぞくと、オールド・ウィック島へ駆けつけているだろう」

アシャは驚いた。

「〈鴉の眼〉もか？　あの男まで、この聖なる茶番に賛同して、民会の決定を受けいれるといっているのか？」

「〈鴉の眼〉はわしを信用しておらんからな。パイク島へ臣従しにこいといってきて以来、なんの連絡もよこさん」

（選王民会か。これは新しい発想だ……いや、むしろ古めかしいというべきか）

「では、ヴィクタリオン叔父は？　〈濡れ髪〉の呼びかけに対して、なんと？」

「ヴィクタリオンのところへも、おまえの父の死は伝えられた。選王民会の件も確実に伝えられているだろう。それ以上のことは、なんともいえん」

（戦《いくさ》よりも選王民会のほうがましか……）

「それでは、ひとつ〈濡れ髪〉の臭い足にキスをして、足の指にはさまった海草でもとってさしあげるとするか」アシャはテーブルに刺した短剣をゆすって抜きとり、鞘にもどした。

「開催場所はオールド・ウィック島だ」ロドリック公はいった。「流血沙汰《ブラッディ》に発展しなければよいのだがな。ヘイレグの『鉄《くろがね》の民の歴史』をあたってみたところ、最後に塩の諸王と岩の諸王が選王民会で一堂に会したさい、オークモント島のウーロン・グレイアイアンは、そのただなかに戦斧兵を解き放ったそうだ。ナーガの肋骨は血で真っ赤に染まったという。その暗黒の日以来、アンダル人がくるまでの一千年にわたって、グレイアイアン家が王位につき、民会を経ずに統治しつづけたといわれる」

「それにしても、選王民会とは恐れいったぜ！」

「そのヘイレグの本、貸してもらわねばならないな、伯父御」

オールド・ウィック島にたどりつく前に、選王民会について、できるかぎり多くを調べておかなくてはならない。

「ここでなら読んでもよいぞ。古い書物で、もろくなっているからな」ロドリックは眉根を寄せつつ、アシャを見つめた。「かつて大《アーチ》メイスター・リグニーは、歴史とは車輪のようにめぐるもの、と書いたことがある。人の性質は、根本的に変わらないということだ。かつて起こったことはきっとまた起こる、とアーチメイスターはいう。〈鴉の眼〉のことを考えるとき、かならず思い浮かぶのはそのことばだ。〝ユーロン・グレイジョイ〟は、この老いた耳には奇妙に〝ウーロン・グレイアイアン〟と重なって響く。わしはオールド・ウィック島へはいくまい。おまえもいくな」

アシャはにやりと笑った。

「そして、長年来の選王民会に出る機会をふいにしろというのか？　最後に民会が開かれたのは……いつのことだ、伯父御？」

「四千年前だ、ヘイレグの記述が信用できるのならな。メイスター・デネスタンが『疑義』で論じていることを受けいれる場合は、その半分。オールド・ウィック島になどいっても、なんにもならんぞ。王位の夢は、われらの血に宿る狂気だ。おまえの父親にも最初の挙兵のときにそういった。いまはなおさら自重せねばならぬ。われらに必要なのは土地であって、王冠ではない。スタニス・バラシオンとタイウィン・ラニスターが〈鉄の玉座〉をめぐって争っているいまこそは、本土に土地を確保する千載一遇の好機。どちらでもよいから味方につき、わが水軍の力をもって、戦に勝たせてやれ。しかるのち、王の謝意とともに、領地を確保すればよい」

「一考に値する考えだな——わたしが〈海の石の御座《シーストーン・チェア》〉にすわったあとでは」

伯父は嘆息した。

「聞く耳持たぬだろうが、いっておくぞ、アシャ。おまえが民会で王に選ばれることはない。いかなる女も鉄《くろがね》の民を治めた先例はないのだ。グウィネスはわしより七歳年長だが、父が死んで十塔城を継承したのはこのわしだった。おまえの場合とて事情は変わらぬ。おまえはベイロンの娘だ、息子ではない。そのうえ、親には兄弟が三人もおる」

「四人だよ」

「クラーケンの叔父は三人だ。わしは数に入らん」

「わたしにはとっては数に入るさ。十塔城の伯父御がついていてくれるかぎり、ハーロー家はわたしにしたがう」

ハーロー島は鉄《くろがね》諸島で最大の島でこそないが、もっとも豊かでもっとも人口が多いし、ロドリック公の勢力はけっして侮れるものではない。ハーロー島にはハーロー家に敵対する勢力など存在しない。ヴォルマーク家もストーンツリー家も、この島に広大な所領を持ち、それぞれが独自に高名な船長たちと多数の勇猛の士をかかえているが、そのもっとも向こう見ずな者でさえ、大鎌旗の前にはひざを屈する。かつて強敵だったケニング家とマイア家も臣従を誓ってひさしい。

「従兄弟たちはわしに忠誠をつくすし、戦においてなら、あの者どもの剣と帆はわが旗下《きか》に収まる。しかし、選王民会ではな……」ロドリック公はかぶりをふった。「ナーガの肋骨のもとではすべての船長が等しく対等となるのだ。それなりの人数がアシャの名をあげはするだろう。それはたしかと見てよい。だが、充分な数ではない。そして、ヴィクタリオンか〈鴉の眼〉を推《お》す声の輪が広がるにつれて、いま大広間で飲んだくれておる者どももまた、その声に加わるだろう。もういちどいう。嵐のただなかに船を乗りいれるな。戦いに勝てる見こみは薄い」

「どんな戦いでも、戦ってみないことには、勝てる見こみが薄いかどうかなどわからないさ。それに、王位継承権がいちばんあるのはこのわたしだ。なんといっても、ベイロンの血肉を受け継いでいるんだから」

「おまえもまだまだ駄々っ子だな。おまえのあわれな母親のことも考えてやらんか。ラニーに残された子供は、もうおまえしかいないのだぞ。おまえを引きとめるために必要ならば、わしは《黒き風《ブラック・ウインド》》に火をつけることも辞さぬ覚悟だ」

「ほほう。では、オールド・ウィック島まで泳いでいけというのかい？」

「延々と冷たい海を泳いでいくことになるだろうな――手に入るはずもない王冠を求めて。おまえの父親は理性よりも豪気《ごうぎ》の人物だった。われらが〝多数の王国中の小王国〟であった当時なら、〈古《いにしえ》の流儀〉も通用したろう。しかし、エイゴンの征服により、そんな時代は終わりを告げた。目の前にあるこの明快な事実を、いっかな見すえようとしなかったのが、あのベイロンという男だ。〈古の流儀〉は、ハレン暗黒王と――〈黒のハレン〉とその息子たちとともに死んだというのに」

「そんなことはわかっているさ」

アシャは父親を愛していたが、自分を欺く気はない。いくつかの点において、ベイロンはものごとを見通す力に欠けていた。

（勇敢な男ではあった。だが、宗主の器としては三流だった）

「ということは、われわれは〈鉄の玉座〉の奴隷として生き、奴隷として死なねばならないということかい？　右舷に岩礁があり、左舷に嵐があるときは、気のきいた船長なら第三の針路をとるものだがな」

「――その第三の針路とは、なんだ？」

「くだんの……選女王民会に参加することだよ、伯父御。そもそも、参加すまいと思うこと自体、不思議でならない。これは生きた歴史として……」

「自分の歴史は死んだ歴史であってほしいとわしは思う。死んだ歴史はインクで記されるが、生きた歴史は血で記される」

「陸《おか》の上のベッドで、老いさらばえてみじめに死ぬほうがいいとでも？」

「ほかにどんな死にかたを選ぶ？　もっとも、読むべき本を読まないうちは、死んでも死にきれんがな」ロドリック公は窓ぎわに歩みよった。「それにしても、おまえ、自分の母親のことをちっともたずねようとせんな」

（そうら、おいでなすった）

「おふくろさん、どんなぐあいだい？」

「だいぶ元気になった。われわれのだれより長生きするかもしれん。すくなくとも、おまえよりは確実に長生きするだろうさ、おまえが民会に出るなどという愚挙にこだわるならな。それに、ここにきた当座よりも、食が進むようになった。夜も眠りを妨げられることなく、ずっと眠っていることが多い」

「そいつは安心だ」

　パイク島で過ごした最後の数年間、レディ・アラニスは満足に眠れない日々を送っていた。夜になると、蠟燭を手にして廊下をうろついては、いるはずのない息子たちを探しまわっていたものだ。

〝マロン？〟と、金切り声で、母はよく闇に呼びかけていた。〝ロドリック？　どこなの？シオン、わたしの可愛い赤ん坊、おかあさまのところへいらっしゃい〟

ある朝、城のメイスターが、母親のかかとに刺さった多数の棘や木片を抜くのを見たことがある。はだしのまま、揺れる厚板の吊り橋をわたって、〈海の塔〉までいってきたのだ。

「明朝、顔を見にいくよ」

「シオンのことを訊かれるのは覚悟しておけ」

（〝ウィンターフェル城の太子《プリンス》〟さまか）

「どこまでおふくろに話した？」

「ほとんど話しておらん。話すべきことがらがないからだ」伯父はためらった。「シオンが死んだというのは、たしかなのだろうな？」

「たしかなことなんか、なにもないさ」

「死体は見つけたのか？」

「たくさんの死体の端切れは見つけた。狼どもが先にきてたんだ……ああ、四本脚のほうさ。二本脚の〝狼〟にはこれっぱかりの遠慮会釈もなしに、やつらの死体を食いあさってたよ。殺された者たちの骨はそこいらじゅうに散乱していて、髄を食うために咬み割られたものも多かったな。正直いうと、あそこでなにが起こったのかわからない。まるで、北部人同士、同士討ちしたみたいなありさまだった」

「鴉どもはひとつの死体の肉をめぐって争いあい、目玉を求めて殺しあう」ロドリック公は海を眺めやり、波間にきらめく月光を見つめた。「最初にひとりの王がおり、それが五人に増えた。いまのわしに見えるのは、ウェスタロスという死体を奪いあう鴉どもの姿だけだ」

公は鎧戸を閉めた。

「オールド・ウィック島へはいくな、アシャ。母親のそばにいろ。残念だが、おそらくもう、わが妹は長くない」

アシャはすわりなおした。

「おふくろどのは、肝太くあれとわたしを育てた。いまいかねば、残りの一生を、あのときいっていればどうなったかと悔やんで暮らすことになる」

「いまむりにいけば、残りのおまえの一生は、そんなことを悔やむひまもないほど短いものになるぞ」

「〈海の石の御座《ぎよざ》〉の正統継承者は自分のはずなのに——と鬱々と世を拗《す》ねて残りの日々を過ごすよりはましさ。わたしはグウィネス伯母じゃない」

伯父は露骨にいやな顔をした。

「アシャ。わしの背が高いふたりの息子は、フェア島で蟹の餌食となった。わしはもう結婚したくない。ここに残れ。そうすれば、十塔城の跡継ぎに指名してやる。それで満足しろ」

「十塔城の？」

（その程度で満足などできるものか）

「それでは伯父御の従兄弟どのたちが収まるまい。〈騎士〉もシーグフリード老も、〈背中曲がりのホソ〉も……」

「あの者らには、それぞれに封地と居城がある」

（たしかにな、あるといえばある）

〈銀髪〉こと老シーグフリード・ハーローは、いかにじめじめして朽ちかけているとはいえ、歴史あるハーロー城館《ホール》を持つ。〈背中曲がりのホソ〉の持ち城は、西海岸の岩山の上に建つ輝きの《タワー・オブ・グリマリング》塔城だ。〈騎士〉ことサー・ハラス・ハーローは灰色の庭園《グレイ・ガーデン》城に本拠をかまえ、〈青のボアマンド〉は高みのハリダンの丘《ヒル》城を統《す》べる。だが、この者たちがみなロドリック公の封臣であることを忘れてはならない。

「ボアマンドには三人の息子がいる。〈銀髪のシーグフリード〉には孫たちがいて、ホソは野心家だ」とアシャはいった。「あの連中はな、伯父御だから臣服しているんだぞ。永遠に生きるつもりでいるシーグフリードでさえもだ」

「〈騎士〉はわしに代わってハーロー公を継ぐことになろう」と伯父はいった。「しかし、灰色の庭園《グレイ・ガーデン》城から支配するも、この十塔城から支配するも、たいして変わりはすまい。この城を受け継ぐ条件として、おまえがあれに忠誠を誓えば、サー・ハラスはかならずおまえを護ってくれる」

「自分の身くらいは、自分で護れるさ、伯父御。わたしはクラーケン——グレイジョイ家のアシャだ」アシャは立ちあがった。「わたしがほしいのは親父どのの椅子で、伯父御の椅子じゃない。だいたい、伯父御の椅子は危なっかしくていけないね。いつ鎌が落ちてきて首を斬られるかとひやひやものだ。わたしはやはり、〈海の石の御座〉にすわるとしよう」

「それでは、おまえもまた、屍肉を求めて哭《な》く鴉の一羽ということになるな」ロドリックはふたたびテーブルについた。「もうゆけ。わしはアーチメイスター・マーウィンとその研究にもどる」

「アーチメイスターがほかにも散逸したページを見つけたかどうか、あとで教えてくれ」

伯父はやはり伯父だった。まったく変わらない。

(だが、結局はオールド・ウィック島へくることになるんだ。口ではなんといおうともな)

いまごろはもう、《黒き風《ブラック・ウィンド》》に乗り組む部下たちは、大広間で食事をとっているころだろう。部下たちのところにもどり、オールド・ウィック島の集会の件と、それが部下たちにとってどんな意味を持つかを話さねばならない。乗組員はみな、地獄の果てまでもついてくるだろうが、ほかの者たちにも同じ覚悟を固めさせなくては。ハーロー家の従兄弟たち、ヴォルマーク家、ストーンツリー家の者たちにもだ。

（まず掌握しなければならないのは、あの連中だ）

そのためには深林の小丘城《ディープウッド・モット》の勝利がおおいにものをいう。部下たちがあの城攻略の勲《いさおし》を自慢しだしたら――そして、しないはずはないのだが――ほかの者たちの気持ちもかたむくだろう。《黒き風《ブラック・ウインド》》の乗組員は、女船長の戦績に誇りをいだいている。それは屈折した誇りであり、半数はアシャを娘のように慈しみ、残りの半数は股を押し広げたがっているが、そのいずれであれ、乗組員はみな、アシャのためなら喜んで死ぬ。

（それはわたしも同様だ。あいつらのためなら死んでも悔いはない）

そんなことを考えながら、塔の階段をくだりきり、基部の扉を肩で押して、月光の照らす内郭《うちぐるわ》に出た。

「――アシャ？」

井戸の陰から、ひとつの影が歩み出てきた。

とっさに、腰の短剣に手を伸ばしたが……月明かりがその影を変貌させ、海豹《アザラシ》皮のマントを着た男の姿をとらせるにおよんで、緊張をほどいた。

（またしても、亡霊か）

「トリス。大広間にもどったものとばかり思っていたぞ」

「きみに会いたかったんだ」

「わたしのどの部分にだい？」そういって、にやりと笑った。「ともあれ、一別以来だな。見てのとおり、わたしも一人前になった。おまえも元気そうでなによりだ」

「きみは一人前の女性になったな」近づいてきた。「それに、美しい」

トリスティファー・ボトリーは、最後に会ったときとくらべて肉がついていたが、頭髪は記憶にあるとおりのくせっ毛で、目は海豹のそれのように大きく、人を疑うことを知らない目をしていた。

（じっさい、やさしい目だ）

あわれなトリスティファーのかかえる問題はそこにある。この男、鉄《くろがね》諸島で生きるにはやさしすぎるのだ。

（顔はずっとすべすべになったか）

少年時代のトリスは大量のにきびに苦しんでおり、アシャも同じく、にきびに悩まされていた。ふたりを近づけたものは、たぶんそれだろう。

アシャはいった。

「親父さん、気の毒だったな」

「きみの父上もな」

〝なぜおまえが気の毒に思うんだ？〟と、もうすこしで問い返しそうになった。ベイラー・

ブラックタイドの被後見人とするため、トリスをパイク島から追いだしたのは、父ベイロンなのだ。

「いまはおまえがボトリー公だというのはほんとうか？」

「すくなくとも名目上はな。兄のハレンは要塞《モウト》ケイリンで死んだ。沼地の悪魔どもに毒矢で射られたんだ。もっとも、ボトリー公といっても名ばかりで、当主としての力はなにもない。〈海の石の御座〉を要求して拒絶された〈鴉の眼〉は、父を溺死させたあげく、叔父たちに臣従の誓いを立てさせた。そのうえ、ボトリーの領地の半分を鉄の穴城《アイアン・ホルト》に与えた。城主のウィンチ公が最初にひざを屈して、〈鴉の眼〉を王と呼んだからだ」

ウィンチ家はパイク島でかなりの勢力を持つ。だが、アシャは失意を表に出すまいとした。

「ウィンチごときに、親父さんの胆力があった例《ためし》はないさ」

「ウィンチは〈鴉の眼〉に金で釣られたんだ」とトリスは答えた。「血の色の船《沈黙《サイレンス》》は宝を満載して帰ってきた。高価な皿や真珠でいっぱいの箱、山のようなエメラルドにルビー、卵ほども大きなサファイアの数々、ひとりではかつげないほど重い貨幣の袋がいくつも……〈鴉の眼〉は友人の忠誠を手あたりしだいに金で購《あがな》っている。いまでは叔父のジャーマンドが勝手にボトリー公を名乗り、〈鴉の眼〉の手下となって宗主の港《ローズポート》の町を支配している始末だ」

「正当なボトリー公はおまえじゃないか」アシャは力づけるようにいった。「このわたしが〈海の石の御座〉についたら、おまえの父親の領地は取りもどしてやる」

「好きなようにしてくれていい。おれにはどうでもいいことだから。それにしても、月光のもとで見るきみはきれいだな。立派な女性になったものだ。ガリガリでにきび面だったあのころを思いだすと、嘘のようだよ」

(昔なじみときた日には、かならずにきびのことに触れるんだな)

「ああ、思いだすな、あのころを」

(もっとも、おまえとちがって、いい思い出じゃないが)

ネッド・スタークがベイロンのひとりだけ残った息子を人質にとったあと、アシャの母親は五人の男の子をパイク島に連れてきた。そのなかで、いちばんアシャと年齢がちかいのがこのトリスだった。最初にキスをした相手ではないが、はじめて袖なし胴着《ジャーキン》のひもをほどき、汗ばんだ手を突っこんで膨らみかけた乳房をまさぐったのは、このトリスだ。

(それ以上のことをさせてやる用意はあったが、トリスのほうにそれだけの勇気がなかったからな)

初花を咲かせたのは戦時中のことで、性に目覚めたのはそれ以来だが、そのまえから興味はあった。

(手近なところにいて、年ごろも同じ、向こうにもその気があった——それだけの相手だ。それと、月のもののせいもあるか)

とはいえ、それは愛だったと思う——トリスが自分の子供を産んでくれといいだすまでは。それも、息子を一ダース、娘も何人かほしいといいだすまでは。

「息子を一ダースも作る？　そんなことはしたくないね」慄然としつつ、そのときアシャはトリスにそういった。「わたしがしたいのは冒険なんだ」

ほどなく、ふたりで戯れているところをメイスター・クェイレンに見つかり、若きトリスティファー・ボトリーは、ブラックタイド島へ追いやられてしまったのだった。

「きみには何通も手紙を書いた」とトリスはいった。「なのに、メイスター・ジョセランは一通も送ってくれなかった。いちど、ローズポートに向かう交易船の漕手《そうしゅ》に銀貨《スタッグ》を握らせて、きみに手紙を送りとどけるようたのんだこともある」

「その漕手にカモられたな。手紙は速攻で海に捨てられたろう」

「だろうと思っていた。きみからの手紙も渡してはもらえなかったし」

（それはそうだ。一通も書いたことがないんだから）

じつをいうと、トリスが放逐されたとき、アシャはほっとした。そのころには、トリスのぎごちない愛撫に飽きていたからである。もっとも、当人がそんなことを聞きたがっているはずもない。アシャはたずねた。

「〈濡れ髪〉エイロンが選王民会を召集した。おまえもきて、わたしを支持してくれるか？」

「きみといっしょなら、どこにでもいこう。ただ……ブラックタイド公は、この選王民会は危険きわまりない、狂気の沙汰だといっている。〈鴉の眼〉が襲撃してきて、集まった者を皆殺しにすると思ってるんだ。大むかしのウーロンのように」

（たしかに、あの叔父のいかれぐあいなら、それくらいはやりかねないな）

「そこまでの実力はないさ」

「きみは〈鴉の眼〉の現有勢力を知らないんだ。オークモント島のオークウッド家の当主は、パイク島に二十隻のロングシップを連れてきた。〈剃刀顔《ピンチフェイス》〉ことジョン・マイアは十二隻だ。そのなかには、〈左手〉ことルーカス・コッドも加わっている。それに、ハレン・ハーフ＝ホアも、〈紅蓮《ぐれん》の漕手《そうしゅ》〉も、〈私生児〉ケメット・パイクも、ロドリック・フリーボーンも、〈茶色い歯《ブラウントウース》〉のトアウォルドも……」

「どいつもこいつも小物じゃないか」いま名のあがった全員をアシャは知っていた。「塩の妻のせがれや、下人の孫ばかり。コッド家にいたっては……やつらの標語《モットー》を知ってるか？」

「〈たとえ万人に蔑まれようとも〉だったな。しかし、やつらの漁網にからめとられたら、死んだも同然だ——死に絶えたドラゴンの貴人たちと同じように。いや、もっと悪いか。〈鴉の眼〉は東の化け物どもも連れてきた……それと、魔導師たちもだ」

「あっちの叔父御は、むかしからフリークスと馬鹿どもが大好きだったからな」とアシャはいった。「それでよく親父どのと喧嘩をしていたよ。魔導師どもがやつらの神々を呼ぶなら、そうすればいい。〈濡れ髪〉がわれわれの神を呼びよせて、ことごとく溺れさせるだけだ。で、どっちだ、トリス？　選女王民会では、わたしの名を叫んでくれるのか？」

「おれのすべてはきみのもの——おれは永遠に、きみの男だ。アシャ、おれと結婚しよう。きみの母上から許可をいただいている」

　アシャはのどの奥でうなりそうになるのをこらえた。

（そのまえに、わたしの許可を〝いただく〟のが筋だろうが……もっとも、返事を聞いたら聞いたで、おまえは納得しないだろうがな）

「おれはもう次男坊じゃない。さっききみがいったように、正当なボトリー公だ。そして、きみは――」

「わたしがなにになるかは、オールド・ウィック島で決まる。トリス、おたがい、もう子供じゃないんだ。成りあまるところがどこにはまるか、たがいのからだを探りあう齢じゃない。わたしと結婚したいと思うのは勝手だが、結婚にいたることはないと思ってくれ」

「いいや、ある。おれが毎夜見るのは、きみの夢ばかりだ。アシャ、ナーガの肋骨にかけて誓う。いままできみ以外の女には指一本触れたこともない」

「だったら、触れてくるがいい……ひとりといわず、ふたりでも、十人でも。わたしは数えきれないくらいの男に触れてきたぞ。なかには唇で触れたやつもいる。ま、斧で触れた者のほうが多いがね」

　アシャが初体験を迎えたのは十六のときのことだった。相手はライスからきた交易ガレー船の、顔のいい金髪の船乗りで、知っていた共通語は六語しかなく、そのうちのひとつは〝やろうぜ《ファック》〟だったが――それこそは、アシャがその男から聞きたいことばだった。事後、アシャはただちに森の魔女を見つけ、妊娠せずにすむ〈月の茶〉の淹《い》れかたを教わるだけの理性があった。

　ボトリーは目をしばたたいた。アシャのいったことがよく理解できないような反応だった。

「きみは……きみは待っていてくれると思ったのに。なぜだ……」唇をこすった。「アシャ、まさか――だれかに力ずくで？」

「力を入れすぎて、相手の服を裂いちまったことはある。さあ、これで結婚する気が失せただろう。わたしのことばは額面どおりに受けとってもいい。おまえは心根のやさしい男だ。昔からそうだった。対するわたしは、そんなに可愛いタマじゃない。わたしと結婚したら、おまえはすぐにわたしを憎むようになるぞ」

「それはない、アシャ。ずっときみだけに恋い焦がれてきたんだ」

もううんざりだった。母は病気、父は殺され、叔父たちは勝手のしほうだい。それだけで、どんな女の手にもあまる。このうえ、愛に飢えた〝ぼくちゃん〟にまとわりつかれるなど、たまったものではない。

「適当な娼館にいけ、トリス。恋い焦がれてくすぶった心は娼婦たちが癒してくれる」

「娼婦では話にならない……」トリスティファーは首をふった。「きみはおれといっしょになる運命なんだ、アシャ。きみがおれの妻に、おれの息子たちの母親になることは、ずっと前からわかっていた」

そういいながら、トリスはアシャの二の腕をつかんだ。

つぎの瞬間、トリスののどには短剣が突きつけられていた。

「この手を放せ。さもないと、息子の種を蒔《ま》くまで生きていられなくなるぞ。早くしろ」

トリスが手を放すと、アシャは短剣を降ろした。

「おまえがほしいのは女だ。気だてがよくて善良な女だ。今夜、そんな女をひとり、おまえのベッドに送りこんでやる。それをわたしと思ってかわいがってやれ。それで気がまぎれるならしめたもの。ただし、二度とわたしの腕をつかんだりするな。わたしはおまえの女王《あるじ》だ、女房じゃない。それを肝に銘じておくことだな」

短剣を鞘に収め、アシャは歩みだした。その場に立ちつくすトリスののどもとに、血玉《ちだま》がじわじわと膨れあがり、血の糸がゆっくりと首を流れ落ちていく。ほのじろい月光のもとで、その血はどす黒く見えた。

12――サーセイ

「ああ、国王陛下の挙式のお時間には、どうか雨が降りませんように」

サーセイ太后のドレスを縫いながら、ジョスリン・スウィフトがいった。

「雨を望む者など、だれもいないわ」とサーセイはいった。

本音をいえば、霙《みぞれ》と雹《ひょう》が降り、烈風が吹きすさび、赤の王城《レッド・キープ》の石壁をも揺るがすほどの、すさまじい雷が轟いてほしい。この強烈な怒りに見あうだけの嵐が吹き荒れてほしい。

ジョスリンに向かって、サーセイは命じた。

「もっときつく。もっともっと強く締めるのよ、もう、にたにた笑ってばかりで、ほんとうに馬鹿な子ね」

頭の働きの鈍いスウィフトの娘は、怒りの捌《は》け口にしやすいため、つい罵倒してしまう。じっさいには、サーセイが怒っているのは結婚に対してであって、ほんとうはタイレル家を罵倒してやりたいところだが、トメンの王位はまだまだ盤石とはいいがたく、ハイガーデン城を敵にまわすような危険は冒せなかった。スタニス・バラシオンがドラゴンストーン城と嵐の果て城《ストームズ・エンド》の二大牙城を確保しているうちはいかんともしがたい。リヴァーラン城がまだ公然と反抗しているあいだはむりだ。鉄人《くろがねびと》どもが狼のように海をうろついているあいだはどうしようもない。だから、遠からずマージェリー・タイレルとその忌まわしいしわくちゃの祖母に突きつけることになるであろう怒りの矛先を、いまはジョスリンにでも向けるしかなかった。

ひとまず朝食をとっておこうと、ゆで卵二個、パンひときれ、蜂蜜の壺を取りにいかせた。ところが、一個めの卵を割ってみると、中から出てきたのは雛になりかけた血混じりの塊で、サーセイは吐き気をもよおし、侍女のセネルに命じた。

「これを下げて、香料をきかせたホットワインを持っておいで」

骨まで寒さが染み透るほど空気は冷たい。そしてサーセイは、これから長く不愉快な一日を過ごさねばならない。

ジェイミーがきても、サーセイのささくれだった気分をやわらげる役にはたたなかった。あいかわらず髭を剃らぬまま、白一色の甲冑に身を包んだジェイミーは、自分の息子が一服盛られないよう、二重三重の警戒体制をととのえた旨を報告した。

「厨房に手の者を配置して、料理を一皿ずつ検分させることにした。サー・アダムの金色《こんじき》のマントたちを、料理を運ぶ召使いのひとりひとりに張りつかせて、途中、だれにも手を加えさせないよう警戒させる。運ばれた料理は、トメンが口にする前に、すべてサー・ボロスが毒味する手はずだ。これだけのことをしても毒が盛られた場合の用心に、大広間の後方にはメイスター・バラバーが待機して、二十種類の一般的な毒に対応できる血清と解毒剤を用意している。トメンは安全だよ。請けあおう」

「安全ね」そのことばは、舌に苦い味わいをもたらした。ジェイミーにはわかっていない。いや、だれにもわかっていない。あの天幕で占いの老婆がしわがれ声で口にする不吉な予言を聞いたのは、メララしかいないのだから。そしてそのメララは、とうに死んでしまった。

「ティリオンは二度と同じ手を使わないわ。あんなに狡猾な男だもの。こうしているいまも、この床の下に忍んでいて、わたしたちが口にするひとことひとことに聞き耳を立てながら、トメンののどを掻き切る計画を立てているかもしれない」

「たとえそうだとしても——どんな計画を立てようと、あれは小さくて、発育もあの状態だ。いっぽうトメンは、ウェスタロス最高の騎士たちに警護されている。〈王の楯《キングズガード》〉がかならず王を護りぬくとも」

サーセイは弟の白い上着の袖を見た。手首から先を斬り落とされた利き腕の袖口は、ピンで綴じあわせてある。

「ジョフリーがどれだけ厳重に警護されていたかは、ようく憶えているわ——あなたのいう最高の騎士たちによってね。あなたにはひと晩じゅうトメンのそばについていてもらいます。いいわね？」

「部屋の外に警護の者を常駐させておく」

サーセイは弟の腕をとった。

「ほかの者ではだめ。あなたよ。あなたが常時見張っていないと。それも、トメンの寝室の中で」

「ティリオンが暖炉から這い出てきた場合にそなえてか？　それはないな」

「あなたはそういうけれど、壁の中に張りめぐらされた無数の隠しトンネルを、すべて見つけたとでもいうつもり？」そうではないことは、おたがい、よくわかっていた。「トメンをマージェリーとふたりきりにしておくつもりはありません。たとえ鼓動半分のあいだでも」

「トメンたちがふたりきりになることはない。マージェリーの従妹たちがいっしょにいる」

「そして、あなたもよ。これは命令。王の名において命じます」

そもそも、トメンに新妻と褥《しとね》をともにさせること自体、気が進まない。しかし、タイレル家はどうしてもそれだけはゆずらなかった。

「いっしょに寝てこそ、夫と妻というものです」と、〈茨《いばら》の女王〉こと、レディ・オレナはいいはった。「眠る以上のことはしなくとも、寄りそって寝るだけでけっこう。トメン陛下のベッドともなれば、ゆうにふたりで眠れるほど広うございましょう」

レディ・アレリーも、義母の横からことばをそえた。

「夜のあいだ、子供たち同士で暖をとらせてあげましょう。そうすれば親密にもなりますし。マージェリーはよく従妹たちと毛布を分かちあって眠ります。蠟燭が消えてしまったあとも、歌を歌ったりゲームをしたり、秘密をささやきあったりしておりますよ」

「それはそれは楽しそうだこと」そのときサーセイはそう答えた。「それでは、これからもぜひにそうしていただきましょう――乙女だけの部屋でね」

「陛下のことをだれよりごぞんじなのは太后陛下よ」レディ・オレナがレディ・アレリーにいった。「なんといっても、陛下はトメン陛下の実の母上さまであらせられるのですからね。わたくしどももはみな、そのことをようく承知してございますとも、陛下。ですけれど、お式の当夜はいかがいたしましょう？　新婚初夜だというのに、新郎が新婦と別々に寝るのは、よろしいことではございません。そんなことをすれば、せっかくの門出に不吉の影が差すというもの」

（いつの日か、〝不吉〟の意味を、いやというほど思い知らせてあげるわ）

心の中でそう誓いつつ、それに対しては、こう答えざるをえなかった。

「初夜だけは、マージェリーがトメンと寝室をともにすることを認めましょう。でも、その一夜だけよ」

「ああ、太后陛下はお心が広くていらっしゃる」

そして、〈茨の女王〉のことばとともに、全員がほほえみを交わしあったのだった。

サーセイはいま、くっきりとあとがつくほど強くジェイミーの腕を握りしめ、こういった。

「王の寝室には、絶対に見張りが必要なの」

「しかし、なにを見張るんだ？　ほんとうの床入りにいたる恐れはない。トメンはまだまだそんな齢ではないんだぞ」

「オシファー・プラムも同じ齢だったけれど、結局、子供の父親となったでしょう？」

ジェイミーはけげんな顔になった。

「オシファー・プラム？　たしか、フィリップ公の父親だったような……でなければ、だれだ？」

(ジェイミーはロバートと同じくらい、ものを知らないのね。でなければ、才知は失われた右手に詰まっていたのか)

「プラムのことなどどうでもいいわ。ただ、わたしがいったことだけを憶えていて。朝陽が昇るまで、かたときもトメンのそばを離れないと誓ってちょうだい」

「そこまでいうのなら、そうしよう」ジェイミーはうなずいたが、その顔つきからすると、サーセイの恐怖が意味のないものだと思っていることは明らかだった。「それにしても……やはり思いきりよく〈手の塔〉を燃やしてしまうつもりか？」

「祝宴のあとにね」きょうの数々の催事で唯一楽しめそうなのは、その部分しかなかった。「わたしたちの父は、あの塔で殺されたのよ。とても見るに耐えないわ。神々が嘉《よみ》したまうなら、浄化の炎は瓦礫にひそむ鼠の何匹かもいぶりだしてくれるでしょう」

ジェイミーはやれやれという顔になった。

「ティリオンのことか」

「ティリオンと、ヴァリス公、それに、あの獄卒よ」

「どれかひとりでもあの塔に忍んでいたなら、すでに見つかっているはずだ。かなりの人数に鶴嘴《つるはし》と大鎚を持たせて、くまなく捜索させたんだから。塔じゅうの壁に穴をあけ、床石をはがして見つけた隠し通路は、五十にものぼる」

「そのほかに、まだ五十もの隠し通路がないとはいいきれないでしょう」

見つかった隠し通路のなかには、あまりにもせまくて、小姓や馬屋番の少年を使わないと潜りこめないものもあった。暗黒房《ブラック・セル》に通じている通路も見つかったし、底なしに思える石の井戸も見つかった。ある部屋からは、山なす頭蓋骨と黄色くなった人骨に混じって、光沢をなくした銀貨四袋が出てきた。銀貨はヴィセーリス一世の統治時代のものだった。そのほかに、一千匹の鼠も見つかったが……どの鼠もティリオンやヴァリスではなく、ジェイミーはとうとう捜索の打ち切りを決定した。ある少年は、せまい通路にはまって出られなくなり、悲鳴をあげているところを、脚を引っぱって出してもらった。別の少年は縦坑に落ち、両脚とも骨折した。兵士のうちの二名は、側道を捜索中、行方不明になった。兵士のなかには、石壁の向こうからかすかな呼び声が聞こえるという者もいたので、ジェイミーの部下たちがすぐに崩してみたところ、その壁の向こうには土砂と瓦礫が山をなしているのが見つかっただけだった。

「〈小鬼《インプ》〉は小さくて狡猾よ。いまも壁の中に潜んでいるかもしれない。だとしたら、火をかけることでいぶりだせるはず」

「たとえティリオンが赤の王城《レッド・キープ》内に隠れているのだとしても、〈手の塔〉にはいないだろう。ほとんど側《がわ》だけしか残っていないのが現状なんだ」

「いっそのこと、この忌まわしい城をまるごと焼きつくしてしまえたらいいのに。この戦《いくさ》がおわったら、川の向こうに新しく宮殿を建てるつもりなの」一昨日の晩は、じっさい、その城の夢を見た。キングズ・ランディングの悪臭と騒音から遠く、森と庭園に囲まれた、荘厳な純白の城──。「この都は汚物溜めよ。機会さえあれば、宮廷をラニスポートに移して、キャスタリーの磐城《ロック》から王土を支配したいくらいだわ」

「それは〈手の塔〉を燃やすよりずっと破滅的な愚行だな。トメンが〈鉄の玉座〉についているうちは、王国はあの子を真の王と見なす。ロック城に隠してしまえば、〈玉座〉継承権を主張する者のひとりに降格させるに等しい。スタニスと同列に置くことになる」

「そんなこと、重々承知してるわよ」サーセイはことば鋭く応じた。「わたしはただ、宮廷をラニスポートに移したいといっただけ。移すなどとはいっていないでしょう？　あなた、前からこんなに鈍かった？　それとも、片手といっしょに、知恵も失ってしまったの？」

ジェイミーは侮辱を無視した。

「炎が塔のほかにも燃え広がれば、意図するとせざるとにかかわらず、王城全体を燃やしてしまうことになる。いちど暴れだした火災は人の手に負えない」

「ハライン公が、炎は自分の火術師《パイロマンサー》たちが制御できると請けあったわ」じっさい、錬金術師ギルドは、二週間にもわたって火事を煽りつづけたことがある。「キングズ・ランディングじゅうの住民に、ひとつ盛大な炎を見せてやりましょう。それはわたしたちの敵にとっても教訓となるはずよ」

「……きみ、だんだんエイリス王に似てきたな」

サーセイは鼻孔をふくらませた。

「口を慎みなさい」

「そんなきみでも、おれは愛しているよ、愛しい姉上」

ジェイミーが引きあげたあと、サーセイは自問した。

（どうしてあんなに癪《しゃく》にさわる男を愛せたのだろう）

別の声がささやいた。

（あれはあなたの双子、あなたの影、あなたの半身）

（かつては半身だったかもしれないわ）とサーセイは思った。（でも、もうそうではない。ジェイミーは見知らぬ人間になってしまった……）


ジョフリーの挙式の盛大さとくらべると、トメン王の挙式はつましく小規模なものだった。もういちどあんな豪勢な式典を開きたいと思う者はひとりもいない。とりわけ、クイーン・サーセイがそうだ。それに、その費用を用立てたいと思う者もいない。とりわけ、タイレル家がそうだ。それゆえに、若年のトメン王がマージェリー・タイレルを妃に迎える挙式は、赤の王城《レッド・キープ》の王室用聖堂《セプト》で開かれることになった。列席者は百名にも満たなかった。トメンの兄が同じ女性を迎えた式典で数千人の列席者がいたことを思えば、ずいぶんささやかというほかはない。

花嫁は美人で快活で美しいのに対して、新郎はまだあどけなさを残し、ぽっちゃりとした顔だちをしている。トメンはかんだかい、子供らしい声で、メイス・タイレルの二度未亡人となった娘に愛と献身を誓った。マージェリーが身につけているのは、ジョフリーとの式で着ていたのと同じドレス——艶のある象牙色のシルク、ミア産のレース、多数の小粒真珠を組みあわせた、凝ったデザインのドレスだ。いっぽうサーセイは、殺された長男ジョフリーの喪にいまも服している意志を示すため、黒一色のドレスを着てきていた。ジョフの未亡人であるマージェリーは、よく笑い、よく飲み、踊りを披露し、先夫のことはすっかり忘れてしまったように見えるが、母親がそう簡単にあの子のことを忘れられるはずもない。

サーセイは思った。

（こんなことがあっていいはずがないわ。あまりにも早すぎる。最低でも、一年——いえ、二年は待つべきなのに。ハイガーデン城は婚約式だけで満足するべきだったのよ）メイス・タイレルをきっと見すえた。花嫁の父は妻と母にはさまれて立っている。（おまえはこんな結婚式のまねごとをわたしに強いた。このことを、そう簡単に忘れはしないからね）

マント交換の儀になると、優雅にひざを曲げる新婦の肩に、トメンは金糸織りのマントをかけた。サーセイの結婚式の日、みずからもロバートの手で肩にかけられた、あのとんでもなく重たい大仰なマントだった。マントの背中には、バラシオン家を表わす冠を戴いた牡鹿が黒玉髄《オニキス》のビーズで縫いとられている。サーセイとしては、ジョフリーのときと同じ繊細な赤いシルクのマントを使いたかったので、タイレル家を説得しようとした。

「あれは父が母と結婚したときに使ったマントなのです」

だが、またしても〈茨の女王〉の横槍が入った。

「まあ、あんな古いものを？」と、そのとき老婆はいった。「わたくしには少々古くさくてみすぼらしく見えますけれど……それに、あえていわせていただければ、不吉のような気がいたします。そもそも、ロバート王の嫡子たる方には、牡鹿の紋章以上にふさわしいものがございましょうか。わたくしの時代には、新婦は新郎の色を身につけるものでした。新郎の母の色などではなく」

　スタニスの卑劣な手紙のせいで、トメンのほんとうの父親については、すでにいろいろなうわさが立っている。ラニスターの真紅のマントをごり押しすれば火に油をそそぐことにもなりかねないので、サーセイはあえて我を通さず、できるだけ体面をたもって折れてみせた。しかし、こうやって大量の黄金と黒玉髄《オニキス》を見せつけられると、やはり怒りをかきたてられずにはいられない。

（譲歩すればするほど、タイレルの者どもは図に乗って多くを求めだす）

　結婚の誓言がひととおりすんだのちは、祝福を受けるため、王と新王妃《クイーン》は聖堂の外へ出ていった。

「ウェスタロスにはいま、ふたりのクイーンがおられる。お若い王妃《クイーン》殿下も年長の太后《クイーン》陛下に劣らずお美しい」

　大声でそういったのは、ライル・クレイクホールだった。この騎士を見ると、サーセイはいつも、亡き夫を――だれからも惜しまれることのなかった夫を思いだす。騎士の無神経なことばに、よほど頬を引っぱたいてやろうかと思った。

新蔵相のジャイルズ・ロズビーは、サーセイの片手にキスをしようとしたが、途中で咳きこみ、指に息を吐きかけただけにおわった。レッドワイン公はサーセイの片頬に、メイス・タイレルは両頬にキスをした。上級学匠《グランド・メイスター》パイセルは、太后陛下はご子息を失われたのではありません、新たにご息女を得られたのです、といった。せめてもなのは、レディ・タンダに涙ながらの抱擁をされずにすんだことだった。ストークワース家の者はひとりも出席しておらず、その点はむしろありがたかった。

最後にあいさつにやってきた者のなかには、ケヴァン・ラニスターの姿もあった。自分の叔父に向かって、サーセイはいった。

「もうひとつ結婚式に出なくてはなりませんね、叔父上」

「〈硬い石《ハードストーン》〉がダリー城に立てこもる脱走兵どもを一掃しました。ランセルの式はあそこで行ないます」

「お式には奥さまも出席なさるのかしら?」

「河川地帯《リヴァーランド》は、まだまだ危険ですからな。ヴァーゴ・ホウトのならず者の残党もうろついておりますし、逆賊《アウトロー》の頭目ベリック・ドンダリオンは、フレイ家の者と見れば、木に吊るしている状況です。ときに、サンダー・クレゲインがドンダリオンのもとに合流したというのはほんとうですか?」

(どうしてそれを?)

「さあ、そういううわさも耳にしたけれど。報告内容が錯綜しているので」

三叉鉾《トライデント》河河口の小島にある修道院《セプトリー》から使い鴉《レイヴン》による報告が届いたのは、昨夜のことだった。修道院付近にある河岸の町潮だまり《ソルトパンズ》が、逆徒の一団によって手ひどい略奪を受けたという。しかも生存者の一部は、〝略奪者のなかに猟犬を模した兜をかぶり、暴れまわっている逆徒がいた〟と証言しているそうだ。その猟犬の兜の男は十名以上を殺戮して、十二歳の少女を犯したらしい。

「ランセルのことだから、果敢にクレゲインとベリック公を討伐して、河川地帯《リヴァーランド》に王統治下の平和を取りもどしてくれるものと信じておりますよ」

サー・ケヴァンはつかのま、サーセイの目を覗きこんだ。

「サンダー・クレゲイン討伐は、わが息子の役目ではありません」

（すくなくともその点では、意見が一致するわね）

「ええ、むしろその父親の役目かしら」

叔父はぐっと唇を引き結んだ。

「わたしの務めは、キャスタリー・ロック城の……」

（あなたの務めはここに詰めていることよ）サーセイはすでに、父の従弟であるダミアン・ラニスターをロック城の城代に、自分の従弟であるサー・デイヴン・ラニスターを西部総督に任命している。（傲慢の罪には代償を払っていただきましょうか、叔父上）

「それよりも、サンダーの首を持っていらっしゃいな。そうすれば、国王陛下も愁眉《しゅうび》を開かれるはず。ジョフは気にいっていたかもしれないけれど、トメンはつねにあの男を怖がっていたわ……それもむりからぬこと——ではないかしら？」

「飼い犬が悪さをすれば、その責めを負うのは主人ではありますまいか」

サー・ケヴァンはそれだけいって背を向け、歩み去った。

小広間へはジェイミーがつきそってきた。広間にはすでに、祝宴の用意がなされている。

「これはぜんぶあなたのせいよ」歩きながら、サーセイは弟にささやきかけた。「ふたりを早々に結婚させろといったのはあなたじゃないの。マージェリーはジョフリーの死を悼《いた》んでいるべきで、ジョフリーの弟と結婚していい状況ではないのに。マージェリー自身、わたしのように、悲しみで心が張り裂けそうになっているべきなのに。それに、あの子が乙女だとは、わたし、思っていません。レンリーにも一物はあったはず。あれはロバートの弟だったけれど、一物をぶらさげていたことはたしかよ。もしもあの忌まわしいしわくちゃ婆あが、わたしの息子をそんな男と寝た女に——」

「レディ・オレナは、じきに障害ではなくなる」ジェイミーは静かに口をはさんだ。「あすにはハイガーデン城へ向けて出発する予定だ」

「本人はそういっているけれど——」

タイレルの約束を、サーセイはいっさい信じていない。

「出発するのはまちがいない」ジェイミーはくりかえした。「メイスは軍勢の半分を率いてストームズ・エンド城へ向かい、残り半分はサー・ガーランとともに河間平野《リーチ》へ引きあげる。

接収したブライトウォーター城塞《キープ》の戦力強化が目的だ。あと二、三日もすれば、キングズ・ランディングに残る薔薇《バラ》の一族は、マージェリー、その取り巻き、少数の親兵だけとなる」

「それと、サー・ロラスもね。自分の誓約の兄弟《スウォーン・ブラザー》のことを忘れてしまったの？」

「サー・ロラスは〈王の楯《キングズガード》〉の騎士だ」

「サー・ロラスだって薔薇水の小便をたれるタイレルの一員よ。あんな男に純白のマントを与えるべきではなかったわ」

「おれが知っていれば与えはしなかったさ。危ぶむのはもっともだ。おれの知らないうちに〈王の楯《キングズガード》〉になってしまった男だからな。だが、サー・ロラスは務めを果たすと思っていい。ひとたび純白のマントをまとえば、その人間は変わる」

「たしかにあなたも変わったわね。ただし、よい方向にではなく」

「それでもおれは、きみを愛しているぞ、愛しい姉上」

ジェイミーはサーセイのために扉をあけ、姉を先に通し、一段高い壇の上に設けられた、まだ無人の主賓テーブルまでエスコートしていった。サーセイは王のとなりの席についた。マージェリーの席はトメンをはさんで反対側の名誉ある位置に用意されている。ほどなく、小さな王と腕を組んで入ってきたマージェリーは、すぐそばで立ちどまり、サーセイの両頰にキスをすると、ぎゅっと抱きついてきた。

「ああ、陛下」と娘はいった。ずうずうしいことこのうえない。「わたし、もうひとり母上ができたような気持ちがいたします。お可愛らしいご子息への愛で結びつけられて、どうか太后陛下といっそう親密になれますように」

「わが息子への愛は、トメンだけでなく、ジョフリーにも向けられていました」

「ジョフリーの件は心から悼《いた》んでいます」マージェリーは答えた。「わたくしはジョフリーのことも深く愛しておりました。もっとも、あまり深く知りあう機会はなかったけれど」

（嘘つき。一瞬でもあの子を愛していたら、こんなにあわててあの子の弟と結婚するはずがないじゃないの。おまえがほしいのは王冠だけよ）

頬をそめてしゃあしゃあと調子のいいことをいう花嫁を、一瞬ながら、宮廷の半数の者が見まもるこの壇上で引っぱたいてやろうかと思った。もちろん、それはこらえたが。

挙式と同じく、披露宴も控えめなものだった。すべての手配をしたのは、マージェリーの母、レディ・アレリーだ。ジョフリーの式があんな最期を迎えたあとだけに、サーセイにはとてもこんなに煩瑣《はんさ》な仕事をくりかえす気力は持てなかった。供された料理はわずかに七品だけだった。料理と料理の合間には、道化師の〈バターバンプス〉と〈ムーン・ボーイ〉が芸を披露して客たちを娯《たの》しませ、料理が運ばれてくると、こんどは楽師たちが音楽を奏でた。楽師の陣容は、縦笛吹きとフィドル弾きが数名ずつ、リュート、フルート、ハイハープ奏者が各一名ずつだった。ただひとりの吟遊詩人は、レディ・マージェリーのお気にいりという、全身、淡青色一色の衣装に身を包んだ〈青き詩人《ブルー・バード》〉を名乗る若い男で、意気揚々と小広間に登場し、愛の歌を数曲歌って退出していった。

「ああ、がっかりだこと」レディ・オレナが大声で不満を漏らした。「『キャスタミアの雨《レイン》』を楽しみにしていたのに」

　この老婆の顔を見るたびに、サーセイのまぶたの裏には、〈蛙面《カエルづら》の妖婆《メイギー》〉の顔が浮かんでくる。しわくちゃで、恐ろしくて、狡猾な人間の顔――。

（老婆というものは、みなそっくりなものよ）サーセイは自分に言い聞かせようとした。（それだけのこと）

　だが――。腰の曲がったあの魔女には〈茨の女王〉と似たところなどまったくないのに、レディ・オレナのいやらしい薄笑いを見ていると、ふたたび〈妖婆《メイギー》〉の天幕に引きもどされてしまう。そして、まざまざと思いだすのは、東方の奇妙な香の匂いがただようあの天幕の中の空気や、サーセイの指から血を吸ったときの、〈妖婆《メイギー》〉の歯ぐきのやわらかさだ。

〝そなたはクイーンとなる〟唇を赤く濡れ光らせたまま、老魔女は予言した。〝……ただしそれは、つぎなるクイーン、より若く、より美しいクイーンが現われ、そなたをクイーンの座から引きずりおろし、そなたの愛しきもののすべてを奪いとるまでのこと〟

　サーセイはとなりのトメンごしに、父親メイス公と談笑するマージェリーをちらと見た。

（たしかに美しいわ）それは認めざるをえない。（けれど、その大半は若さゆえの美しさ。農夫の娘でさえ、年ごろのうちは美しい。みずみずしくて無垢で世俗にまみれていないうちは美しい。そんな凡婦どもと同じく、この娘の髪はブラウン、目もブラウン。これをわたしよりも美しいというのは、よほどの愚か者だけよ）

　だが、世界は愚か者にあふれている。それは息子の宮廷にもいえることだ。

メイス・タイレルが立ちあがり、乾杯の音頭をとるにおよんで、不快感はさらにつのった。メイスは黄金のゴブレットを高々とかかげ、溺愛の齢若い娘にほほえみつつ、広間じゅうに響きわたる声でこう叫んだのだ。

「国王陛下《キング》と王妃殿下《クイーン》に！」

羊どもがメイスに唱和した。

「国王陛下《キング》と王妃殿下《クイーン》に！」

カップを触れあわせながら、唱和はくりかえされた。

「国王陛下《キング》と王妃殿下《クイーン》に！」

サーセイとしても、みなとともに酒杯をかかげるしかなかったが——そのあいだずっと、客たちの顔がひとつだけであればいいのに、と思っていた。そうすれば、その目にワインをぶっかけて、真のクイーンはサーセイだけであることを思いださせてやれるのに。

タイレル家の腰巾着どものなかでサーセイのことを憶えていたのは、パクスター・レッドワインだけのようだった。すこしふらつきながら立ちあがったパクスターは、かんだかい声でこう乾杯した。

「われらがクイーンおふたりに！」だが、その先は——。「うら若きクイーンと、臈長《ろうた》けたクイーンに！」

サーセイはほとんどなにも食べず、ワインを数杯飲み、黄金の皿の料理をすこしつついただけだった。ジェイミーはさらに食事量がすくないうえ、壇上の主賓テーブルについているときがほとんどなかった。

（わたしと同じくらい心配なんだわ）

小広間を歩きまわるジェイミーのようすを見て、サーセイは確信した。使えるほうの手であちこちのタペストリーをめくっているのは、その裏にだれも隠れていないのをたしかめるためだろう。この小広間がある建物の要所要所にはラニスターの槍兵たちが配置されている。扉のひとつはサー・オズマンド・ケトルブラックが護っているし、もうひとつの扉はサー・マーリン・トラントが固め、王の椅子の背後にはベイロン・スワン、王妃の椅子の背後にはロラス・タイレルが立っている。白備えの騎士以外、この宴席で剣の携行を認められている者はいない。

（息子は安全よ）サーセイは自分に言い聞かせた。（いかなる危害も加えられることはない。ここでは――いまこのときは）

だが、トメンを見るたびに、のどをかきむしるジョフリーの姿がどうしても浮かんできてしまう。そのとき、トメンがむせた。サーセイの心臓はとまりそうになり、給仕の娘を押しのけ、大急ぎでトメンのそばに駆けよった。

「ワインが少々、気管に入っただけですよ」マージェリーがほほえみ、サーセイをなだめた。そして、トメンの手をとり、その指にキスをした。「わたくしの小さな陛下におかれては、もうすこし少量ずつお口に含まれるようになさらなくてはいけませんね。ほら、母君さまがいまにも卒倒なさりそうなごようすですよ」

トメンが顔を赤らめ、詫びをいった。

「ごめんなさい、かあさま」

この展開は、サーセイに耐えられる限度を超えていた。

（この者たちに涙を見せてはだめ）

自分を叱咤し、目に涙があふれそうになるのを必死にこらえる。サー・マーリンのそばを通りすぎ、奥の通路に入った。そして、一本の獣脂蠟燭のもとでひとりきりになると、身をわななかせ、嗚咽を漏らした。さらに、もういちど。涙が頰をつたい落ちる。

（女は泣いてもいい。でも、クイーンは泣いてはだめ）

「──陛下？」背後から声がかかった。「おじゃまでしたでしょうか？」

女の声だ。東方なまりがある。つかのま、〈蛙面の妖婆《メイギー》〉が墓から語りかけてきたのかと思った。しかしそれは、オートン・メリーウェザーの妻だった。追放中だったオートン公がミアで結婚し、ロングテーブル城に連れ帰ってきた、あの吊りあがった目を持つ美女だ。「煙が目を刺すものだから、涙が出てしまったの」

「小広間はどうにも空気が悪くてね」サーセイは自分の声が言い訳するのを聞いた。

「お気持ちはよくわかります、陛下」

レディ・メリーウェザーはサーセイと同じほど背が高い。だが、髪は金髪ではなく漆黒で、肌の色はオリーブ色、齢は十歳下だ。レディはレースの縁どりのある、淡青色をしたシルクのハンカチーフを差しだした。

「わたくしにも息子がおりまして。あの子が結婚する日には、滂沱《ぼうだ》の涙を流すことでございましょう」

サーセイは頬の涙をぬぐった。不覚にも涙を見られたことで猛烈に腹がたち、ひとりでに声がこわばった。

「そう。気づかい、礼をいいます」

「陛下、じつは……」ミアの女は声を低めた。「お耳に入れておきたいことが——。陛下の侍女は買収されております。陛下のなさることを、逐一、レディ・マージェリーに報告しているのです」

「セネルが？」突然の怒りに駆られ、サーセイのはらわたは煮えくり返った。身のまわりに信用できる人間はだれもいないの？「それはたしか？」

「尾《つ》けさせましたので、まちがいございません。マージェリーがセネルとじかに会うことはございませんが、従妹たちが使い鴉の役目を務めておりまして、そのつど、マージェリーに報告を入れております。ときにはエリノア、ときにはアラ、ときにはメガが。この三人は、マージェリーとは姉妹も同然の間柄で、セネルとは聖堂《セプト》で落ちあい、祈るふりをして報告を受けとっているのです。明朝、どなたかを回廊に忍ばせていただければ、〈乙女〉の祭壇のもとでセネルがメガにささやくところが見られるものとぞんじます」

「それが事実として、なぜわたしに教えるの？　あなたはマージェリーの取り巻きのひとりでしょう。なぜマージェリーを裏切るの？」

サーセイは父のひざもとで、けして人を信用してはならないことを学んだ。これはなにかの罠かもしれない。獅子と薔薇の関係に亀裂を入れるための虚偽かもしれない。

「ロングテーブル城は、ハイガーデン城に忠誠を誓っているかもしれませんが――」黒髪をうしろにかきあげて、レディは答えた。「わたくしはミアの女。そして、なによりも忠誠を尽くすべき相手は、夫と息子であろうと心得ます。そのふたりのために、もっとも良かれと思う行動をとるのがわたくしの務めでございますれば」

「なるほどね」

せまい通路の中、ミアの女がふりまく香水の匂いは、麝香《じゃこう》の香りのほかに、苔と土と野の花の香気も含んでいた。そして、その香りの下には、濃厚な野望の匂いも嗅ぎとれた。

（ティリオンの審判のとき、この女は証言したわね）唐突に、サーセイは思いだした。

（〈小鬼《インプ》〉がジョフのカップに毒を入れたところを目撃したと、恐れ気《げ》もなく証言した……）

「その件、たしかめさせましょう」とサーセイはいった。「あなたのいったことがほんとうなら、それなりの見返りを期待していなさい」

（そして、もしも嘘だったなら、その舌を切りとって、夫の領地と財産を没収してやる）

「陛下はお心が広くていらっしゃいます。そして、お美しい」

そういって、レディ・メリーウェザーはほほえみを浮かべた。その歯は白く、唇は豊かで、黒く見えた。

小広間にもどると、双子の弟が落ちつきなく歩きまわっていた。サーセイを見たとたん、ジェイミーはさっそくそばに歩みよってきて、こう報告した。

「やはり、ワインが気管に入ってむせただけだった。じっさい、あれには肝を冷やしたよ」

「煮え湯を飲まされたようで、なにも食べられないわ」かみつかんばかりの口調で、サーセイは弟にささやいた。「ワインはまるで胆汁の味。やはりこの結婚はあやまちだったのよ」

「いいや、どうしても必要なことだ。トメンの安全を確保するためにはな」

「寝言はよして。王冠を戴いた者が安全でいられるはずがないじゃないの」

小広間を見わたした。メイス・タイレルは自分の騎士たちに囲まれて笑っている。レッドワイン公とロウアン公はひそひそ話の最中だ。サー・ケヴァンは小広間の奥の席にすわり、なにやら難しい顔でワインを飲んでいるし、その息子のランセルはセプトンになにごとかをささやきかけている。セネルはテーブルぞいに動きまわって、花嫁の従妹たちに血のように赤いワインをつぐのに余念がない。グランド・メイスター・パイセルは眠りこけていた。

(頼りになる者はひとりもいない——ジェイミーさえもあてにならない)鬱々とした思いで、サーセイはそれを実感した。(この者たちをさっさと一掃して、王のまわりをわたしの息がかかった者たちで固めねば)

後刻、デザート、ナッツ、チーズが供され、ややあって片づけられたあと、マージェリーとトメンがダンスをしはじめた。くるくると回転しながら、ふたりがフロアを移動していくようすは、〝少々滑稽〟どころの騒ぎではなかった。幼いトメンは、タイレルの娘より五十センチほども背が低く、どうひいき目に見てもぎごちない踊り手で、ジョフリーの悠然たる優雅さはまったくない。一生懸命に踊ってはいるが、自分がどれだけぶざまな姿をさらしているかには気づいていないようだ。マージェリーとのダンスがすむと、こんどは取り巻きの従妹たちがわれ先に王のもとへ駆けより、こんどは自分と踊ってくださいといいだした。

（このうえさらに王をつんのめらせ、足を引きずらせたあげく、ダンスがひととおりおわるころには、道化も同然に仕立てあげて、物笑いのタネにしようという魂胆ね）そのようすを眺めながら、サーセイは憤然と思った。（宮廷の半分は陰で王を笑うことになるわ）

アラ、エリノア、メガが交替でトメンと踊っているあいだ、マージェリーは父親とフロアをひとめぐりし、つぎに兄のロラスとひとまわりした。〈花の騎士〉はシルクの白い礼装に身を包み、腰には黄金の薔薇のベルトをはめ、純白のマントを翡翠《ひすい》の薔薇で留めていた。

（まるで双子のよう）ダンスをするふたりを見ながら、サーセイは思った。サー・ロラスは妹よりも一歳年上なだけであり、大きなブラウンの目といい、肩にたれかかるふさふさしたブラウンの巻毛といい、しみひとつないなめらかな肌といい、うりふたつといえるほどよく似ている。（顔じゅうににきびでもできれば、あの者たちも謙虚ということばの意味を思い知るでしょうに）

そんな思いを、サーセイ自身の双子がさえぎった。

「太后陛下におかれては、臣下の白騎士と一曲踊っていただけるかな？」

サーセイはじろりと弟をにらんだ。

「そんな手でわたしをぶざまにあつかって、笑いものにしたいの？　遠慮しておくわ。そのかわり、ワインをついでちょうだい。こぼさずにつげると思うのならね」

「そんな手のおれにか？　むりだな」

　ジェイミーはすっと背を向け、ふたたび小広間の巡回をはじめた。サーセイは自分で自分のカップを満たさねばならなかった。

　メイス・タイレルからもダンスを申しこまれたが、これもまた断わった。ランセルからの誘いもだ。ほかの者たちは、それでようやくサーセイの意図を察し、以後はだれも近づいてこなくなった。

（親密な友も、忠実な臣下もいない）

西部人でさえ――父に忠誠を誓った臣下や旗主でさえ信用できなかった。血のつながった叔父でさえ敵と通じている可能性がある……。

　マージェリーは従妹のアラと、メガは〈長身の騎士〉ことサー・タラッドとダンスをしていた。もうひとりの従妹エリノアは、若くてハンサムな〈海標城《ドリフトマーク》の私生児〉オーレイン・ウォーターズとワインのカップを分かちあっている。サーセイがウォーターズに目をとめたのは、こんどがはじめてではない。灰緑色の目と長いシルバー・ゴールドの髪を持つ、あの細身の若者をはじめて見たときには、一瞬、レイガー・ターガリエンが灰から蘇ったのかと思ったほどだった。

（あの髪の色のせいだわ。じっさいには、レイガーさまの半分も立派ではない。顔の造りが

細すぎるし、顎も割れてはいない）

だが、あの男の父親はモンフォード・ヴェラリオンだ。ヴェラリオン家は古いヴァリリアの血統で、一部の者はいにしえのドラゴン歴代王と同じ銀の髪を持つ。

トメンが席へもどってきて林檎《リンゴ》のケーキをかじった。ジェイミーは席をはずしたままだ。サーセイは室内を見まわし、やっとのことで弟の姿を見つけた。片隅でメイス・タイレルの息子のガーランと熱心に話をしている。

（あんなやつと、なにを話すことがあるのよ？）

河間平野《リーチ》ではサー・ガーランを〈高士《ギャラント》〉などと呼ぶが、サーセイはあの男をマージェリーやロラスなみに信用していない。姿をくらました獄卒の便器の下にクァイバーンが見つけた金貨のこともずっと気になっている。

（手の刻印がある金貨の出どころは、ハイガーデン城にちがいない。そしてマージェリーは、わたしの動静を探らせている）

セネルがカップにワインをつぎにやってきた。そののどをわしづかみにして、首を絞めてやりたい衝動を必死に抑えた。

（そんな偽りの笑顔をわたしに向けるんじゃない、この裏切り者のスベタが。見ておいで、さんざん慈悲を乞わせてから、始末してやる）

「太后陛下におかれては、御酒《ごしゅ》を過ごされたようだな」

いつのまにもどってきたのか、そばで弟のジェイミーがいうのが聞こえた。

（なにをいってるのよ。世界じゅうのワインを飲みつくしたとしても、この式がおわるまで酔えるものじゃないわ）

勢いよく立ちあがった。勢いが過ぎて倒れそうになったところを、ジェイミーにすかさず抱きとめられ、姿勢を正された。サーセイはその腕をふりはらい、パンパンと手をたたいた。たちまち音楽がやみ、話し声が静まった。

「諸卿《しょけい》ならびに淑女各位」大きな声で呼びかける。「よろしければ、わたしとともに屋外へおつきあい願いましょう。ハイガーデンとキャスタリー・ロックの結びつきを祝し、七王国に訪れる平和と繁栄の新時代をたたえて、蠟燭に火を点《とも》したいと思います」

〈手の塔〉は黒々と孤影《こえい》をそそりたたせていた。かつてオークの扉や鎧戸つきの窓があったところに口をあけているのは漆黒の穴だ。だが、いくら荒廃し、陵辱しつくされてはいても、塔は外郭《そとぐるわ》に高く屹立しており、小広間からぞろぞろと出てきた祝賀客たちは、みなかならずその影を通ることになった。見あげれば、塔の頂を縁どる鋸歯《きょし》状の狭間《はざま》胸壁が、天にかかる狩猟月《まんげつ》に向かって牙を剥いている。その姿を眺めて、つかのま、サーセイは思った――この三世紀のあいだに、何人の王の、何人の〈手〉がここを拠点としてきたのだろう。

塔から百メートル離れたところで、ふらつく頭をはっきりさせるため、ひとつ深呼吸してから、サーセイは命じた。

「ハライン公！　はじめなさい」

「ぬうぅんっ」

火術師《パイロマンサー》のハライン公が異様なうなり声を発し、手にした松明《たいまつ》を左右にふった。すぐさま、城壁の上にならぶ十余名の弓兵が弓を引きしぼり、あちこちで口をあける窓の中へいっせいに火矢を射こんだ。

ぼっという音とともに火炎が燃えあがる。塔の内部はまたたく間に炎上して、さまざまな色の炎が躍りだした。赤、黄色、オレンジ色……そして緑色——胆汁と翡翠《ひすい》と火術師の尿の色をした、不気味なダークグリーン。平民が〝鬼火《ワイルドファイア》〟と呼ぶこの火の源を、錬金術師は〝炎素《サブスタンス》〟と名づけた。〈手の塔〉内部の各所には、その炎素を満たした五十の鉢と、大量の薪、タールの樽が配置されている。それに、ティリオン・ラニスターなるこびとの財産の大半もだ。

サーセイにはその緑の炎の熱さを感じることができた。火術師たちによれば、炎素よりも熱く燃えるものはこの世に三つしかないという。ドラゴンの吐く焔、大地の下でたぎる業火、そして真夏の太陽だ。最初の火炎が窓から噴きだし、長い緑の舌で外壁を舐めはじめると、何人もの淑女が息を呑んだ。ほかの者が歓声をあげ、酒杯をかかげだす。

（美しいわ）とサーセイは思った。（生まれてすぐ、この腕に抱かせてもらったジョフリーのように美しい）

ジョフリーが乳首を口にふくんだときにおぼえたあのえもいわれぬ快楽を、いかなる男も与えてくれたことはない。

トメンは目を丸くして炎を見つめている。炎に魅いられるいっぽうで、ひどく怯えているようでもあったが、マージェリーがその耳になにごとかささやくと、楽しそうに笑いだした。騎士の何人かは、どのくらいで塔が倒壊するか賭けをしだした。ハライン公は相変わらず、立ったままうなり声をあげ、かかとを軸にして前後に身を揺すっている。

サーセイはこれまでに自分の目で見た歴代の〈王の手〉たちを思い浮かべた。オーウェン・メリーウェザー、ジョン・コニントン、クァールトン・チェルステッド、ジョン・アリン、エダード・スターク、弟のティリオン。そして父、タイウィン・ラニスター。とりわけ印象に強く残っているのは父だ。

（燃えていく……そのすべてが）サーセイは胸のすく思いを味わった。（知っていた〈手〉はことごとく死んだ。ひとり残らず死んでしまった。その存在感とともに、それぞれの謀略、計略、背信も燃えていく。これからは、わたしの時代。ここはわたしの城であり、わたしの王国なのよ）

突如として、〈手の塔〉が呻き声をあげた。あまりにも大きな音だったので、列席者たちの会話がぴたりとやんだほどだった。積み石がひび割れ、欠け落ちていく。最頂部の胸壁の一部が崩落し、すさまじい地響きとともに地に激突して丘を揺るがせ、粉塵と煙の雲を噴きあげた。崩れた石壁から内部へ新鮮な空気がなだれこむのにつれて、炎がいっそう猛々しく天を衝《つ》きはじめる。夜空に挑みかかり、たがいにからみあう緑の炎の姿に、トメンが怯えてあとずさった。が、その手をマージェリーがそっと握り、こういったとたん、ぴたりと足をとめた。

「ごらんなさい、炎が踊っています。さっきのわたしたちと同じですよ、愛しいお方」

「ほんとだ」少年王の声は驚異に満ちていた。「かあさま、見て、炎が踊ってる！」

「見えていますよ。ハライン公、火はいつまで燃えているの？」

「ひと晩じゅうでございます、陛下」

「まあまあ、たいそう立派な蠟燭でございますこと――いやはや、まことにもって」レディ・オレナ・タイレルがいった。〈左〉と〈右〉にはさまれて、杖にすがって立っている。「これほどの明るさとなれば、おいそれと眠ることはかないますまい。老骨には少々つらく、若者にも一夜の座輿には過ぎたる興奮。王と王妃におかれましては、そろそろお寝《やす》みになるべきころかとぞんじますが」

「そうね」サーセイはジェイミーに手招きした。「〈王の楯《キングズガード》〉総帥どの。よければ国王陛下とお若い王妃殿下を寝所まで送ってもらえるかしら」

「御意に。陛下もご寝所までお送りしましょうか」

「無用よ」ひどく興奮していて、とても眠れそうになかった。鬼火はサーセイの心を浄化してくれる。すべての怒りと恐怖を焼きつくし、不退転の覚悟で満たしてくれる。「見なさい、あの炎のあでやかなこと。もうしばらく見ていたいの」

ジェイミーはためらった。

「おひとりになるのはよろしくありません」

「ひとりではないわよ。サー・オズマンドがこの場に残って、わたしを護ってくれるもの。あなたの誓約の兄弟がね」

「陛下が嘉《よみ》したまうならば、慎んでお護り申しあげます」とオズマンド・ケトルブラックがいった。

「では、そうなさい」

サーセイはケトルブラックの腕に自分の腕をすべりこませ、燃え盛る炎を見つめつづけた。

13 背徳の騎士

秋とはいえ、今夜はこの季節に似あわぬ冷えこみようだ。湿気を含んだ寒風が路地を吹きぬけ、昼間の塵を巻きあげていく。

(北風か。身を切るように冷たい)

サー・アリス・オークハートは、フードを目深に引きかぶり、すっぽりと顔をおおった。いずれにしても、顔は見られないほうがいい。二週間前に、ひとりの商人が〈影の都市〉でリンチにあい、嬲《なぶ》り殺しにされた。無害な男で、ドーンへは果実の買いつけにきていただけなのに、棗椰子《デーツ》のかわりに死《デス》を購《あがな》うはめになってしまったのである。リンチにあった理由は、キングズ・ランディングからきた——それだけだった。

(おれの正体を知れば、民衆はますます激昂してしまう)

だが、自分の愚行を思えば、いっそ襲ってほしい気持ちもあった。手はつねに、腰に吊した長剣の柄に軽くかけている。もちろん、重ね着したローブのひだに隠れて、はたからはそれとわからない。ローブはともにリネン製で、外側はターコイズの縞模様に黄金の太陽をならべた柄、内側は無地で淡いオレンジ色だ。ドーンの服は着心地がいいが、こんな服装の息子を亡き父が見たら、きっと目をむき、卒倒していただろう。生粋の河間平野人《リーチ》である父から見れば、ドーン人は不倶戴天の仇敵だ。それは父が統《す》べる古き樫《オールド・オーク》城のタペストリーを見てもわかる。目をつむるだけで、多数のタペストリーに描かれた情景がまざまざと甦ってきた。美麗な軍装束《いくさしょうぞく》に身を包んですわる、〈雅量公〉ことエッジラン・オークハート公――その足もとにうずたかく積まれた百ものドーン人の首。あるいは、〈大公《プリンス》の道〉で何本ものドーンの槍に貫かれるオークハート家の三葉紋の旗標《はたじるし》、その下で最後の息をふりしぼり、戦角笛《いくさつのぶえ》を吹き鳴らすアレスター・オークハート。そして、若きドラゴンのそばで死にゆく、純白の甲冑を着こんだ〈緑のオーク〉こと、サー・オリヴァー・オークハート。

（いかなるオークハートの者にとっても、ドーンはのこのこ訪ねてきてよい地ではない）

〈赤い毒蛇《レッド・ヴァイパー》〉こと公弟《プリンス》オベリンが死ぬ前ですら、サンスピア宮をあとにし、〈影の都市〉の路地を歩くたびに、サー・アリスは剣呑な空気を感じていた。どこへいっても、いくつもの目、小さくて黒いドーン人の目が、敵意むきだしで見つめてくるのだ。店主たちはことあるごとにだまそうとするし、居酒屋の亭主どもときたら、ときどき注文した飲みものにつばを吐いていたふしもある。ぼろぼろの服を着た男の子の集団に石を投げつけられたこともあり、ついに剣を抜いて追いはらうまで投石はつづいた。ただでさえそんな状態のところへもってきて、〈赤い毒蛇〉が殺されたものだから、ドーン人がますます激昂したことはいうまでもない。いちおう、大公《プリンス》ドーランが〈砂蛇《サンド・スネーク》〉たちを塔に閉じこめて以来、通りはやや静かになっている。とはいえ、夜間、堂々と白いマントを着て〈影の都市〉を歩くのは、襲ってくれと公言するも同然の行為といえた。純白のマントは三枚持ってきてある。二枚はウールで、いっぽうは軽量、いっぽうは重い。三枚めは繊細な白のシルクだ。そのどれかを肩からかけていないと、なんだかはだかになったような気がしてしかたがない。

（しかし、はだかのほうが、死ぬよりはましだ）と、サー・アリスは自分に言い聞かせた。

（マントを着ていなくても、おれは〈王の楯《キングズガード》〉の騎士。その点はあの方にもわかってもらわなくては。なんとしてもわかってもらうよう、努めなくては）

ほんとうは、こんなことに足をつっこむべきではなかったと思う。だが、吟遊詩人たちも歌うように、愛はどんな男をも愚かにしてしまう。

サンスピア宮に接する〈影の都市〉は、陽射しが強烈な昼のあいだはほこりっぽい街路を蠅がうるさく飛びまわるばかりで、無人のように思えることが多い。しかし、ひとたび日が陰るや、同じ街路が見ちがえるように活気を帯びる。とある鎧窓の下を通りかかったとき、屋内からかすかな音楽が聞こえてきた。どこかから聞こえる指太鼓《フィンガー・ドラム》の音は、槍ダンスのめまぐるしいビートを刻み、夜に躍動のリズムをもたらしている。曲折する第三市壁の前の、三本の路地が合流するところでは、目の前の建物のバルコニーから娼婦が声をかけてきた。娼婦が身につけているのは、宝石のほかはオイルのみだ。サー・アリスは娼婦を見あげると、前のめりになり、身を切る向かい風に吹きさらされつつ、進みつづけた。

（男というのは弱いものだな。もっとも気高《けだか》い男でさえ、肉体に裏切られる）

ベイラー聖徒王のことを思いだす。彼の王は、みずからを辱める欲情を抑えこむ目的で、失神しそうなほどの苦行をおのれに強いたという。自分も見習うべきだろうか。
とあるアーチ形の戸口に背の低い男が立ち、コンロの上で蛇の肉を焼いていた。ときどき、木のトングで切身をひっくり返しているのは、表面をパリッと焼きあげるためだ。ソースの焦げる刺激臭で涙がにじむ。最高の蛇焼き肉のソースは、マスタード・シードとドラゴン・ペッパーをきかせたうえで、仕上げに蛇毒を一滴たらしたものと聞いたことがある。ドーンの公子《プリンス》に慣れたときと同じように、ミアセラ王女はあっという間に、ドーンの食べものにも慣れた。そのミアセラを喜ばせるため、ときどきサー・アリスも、ひと皿かふた皿、現地の料理を試してみることがある。だが、どれも香辛料が強烈で、何度食べても、すぐにワインで口を洗わずにはいられない。口に入れるときも辛いが、出すときの刺激はもっと強烈だ。しかし、小さな王女はそれすらも気にいっていた。

ミアセラは自分の部屋に残っている。いまごろはまだ、ゲーム・テーブルをはさんで公子《プリンス》トリスタンと向きあい、翡翠《ひすい》、紅玉髄《カーネリアン》、瑠璃《ラピスラズリ》製の四角い盤にかがみこんで、装飾的な駒を動かしているところだろう。出しなに見たとき、ミアセラ王女は豊かな唇をわずかに開き、翠《みどり》の目を細めてゲームに熱中していた。サイヴァスなるこのゲームは、ヴォランティスからきた交易ガレー船がプランキー・タウンに伝え、それを〈孤児〉たちがグリーンブラッド川の上流と下流一帯に広めたものだ。いまではドーンの宮廷じゅうが夢中になっている。

サー・アリスには、それはちんぷんかんぷんのゲームだった。駒は十種類あり、それぞれ異なる属性と能力を持つ。ゲーム盤自体の構成も、指し手が陣地をどう配置するかによって、ひと勝負ごとに変化する。プリンス・トリスタンはたちまちこのゲームにはまり、ミアセラもプリンスにつきあうためにルールを憶えた。ミアセラは十一歳間近、婚約者のプリンスは十三歳だが、このごろではミアセラが勝つことのほうが多い。それでも、トリスタンは気にしていないようすだった。ふたりの子供は見た目の印象が極端に異なる。オリーブ色の肌に直毛の黒髪を持つトリスタンに対して、ミアセラはミルクのように白い肌と、ふんわりした黄金の巻毛の持ち主だ。明と暗の対照は、サーセイ女王とロバート王を思わせた。嵐の地《ストームランド》の王との結婚は不遇におわった現太后《サーセイ》だが、ミアセラさまだけは、あのドーンの少年と楽しく暮らせますように、とサー・アリスは祈った。

ミアセラを残してきたことには不安もあるが、城内にいるかぎりは安全と思っていい。〈太陽の塔〉でミアセラの部屋に通じる扉はふたつしかなく、そのそれぞれには二名ずつ、警護の者を配してある。いずれもキングズ・ランディングから連れてきたラニスター家生え抜きの衛兵で、場数を踏み、屈強で、骨まで忠誠心の塊のような男たちだ。やはり同行してきた侍女たちや、司祭女《セプタ》エグランタインもいっしょだし、プリンス・トリスタンの警護には、プリンスの誓約の楯、〈グリーンブラッド川のサー・ガスコイン〉もついている。

(姫に危害がおよぶ恐れはない。それに、あと二週間で安全なところへいける)

プリンス・ドーランはそう確約してくれた。ひさしぶりに拝謁したドーン宗主の、ぐっと老けこみ、衰弱した姿には愕然としたものの、そのことばには疑いをいだいていない。

「長いあいだ貴公と会わず、ミアセラ王女とも顔を合わせずにきたこと、ゆるされよ」呼びだされて執務室《ソーラー》に出向いたサー・アリスに、ドーラン・マーテルはそういった。「しかし、娘のアリアンが心を尽くしてもてなしておることと思う」

ここで顔に朱でもさせれば、格別のもてなしに気づかれかねない。平静に見えることを祈りつつ、そのとき、サー・アリスはこう答えた。

「このうえなく厚遇していただいております、閣下」

「ドーンは物成《ものな》り悪く苛酷な地。が、それなりの美しさもないわけではない。サンスピア宮のほかにドーンの地を見てもらえぬのは残念しごくだが、貴公も貴公の姫も、城壁の外では安全を保障できぬ。われらドーン人は血気盛んな民族でな。激情のたちで、たやすく恨みを忘れることがない。戦《いくさ》を望むのが〈砂蛇《サンド・スネーク》〉たちだけであると請けあえるなら、どんなに心安らかなことか。しかし、貴公に嘘をつくわけにもいくまい。街路の民草《たみくさ》の叫びは、兵を起こせとわしに迫る叫びは、その耳にも聞こえておろう。困ったことに、わが臣下の半数も民草と同じ気持ちでおる」

サー・アリスは思いきってたずねた。

「閣下のお考えはいかがでございましょうか」

「ずっとむかし、母にいわれたものだ。勝てぬ戦をはじめるのは狂人だけだとな」ぶしつけな質問に腹をたてたとしても、大公《プリンス》ドーランは片鱗もそれを見せなかった。「しかしながら、いまの平和はもろい……貴公のだいじな王女と同じように」

「齢若い娘を害するのは、けだものだけでございます」

「わが妹エリアにも小さな娘がおった。名前はレイニス。レイニスもまた王女であったよ」プリンス・ドーランは嘆息した。「ミアセラ王女にナイフを突きたてんともくろむ者どもは、悪意からそうするのではない。それはサー・エイモリー・ローチがレイニスを殺したときとなんら変わらぬ——もちろん、ローチがほんとうに犯人であればだがな。刃《やいば》をふるう者らの目的は、このわしを動かすことにある。ミアセラがわが庇護下にありながら、ドーンの地で殺されたとあれば、いくらわしが関与を否定したとて、だれが信じよう」

「わたくしの目の黒いうちは、いかなる者にもミアセラ王女に危害を加えさせはいたしません」

「いとも気高き誓いよの」ドーラン・マーテルは、わずかに笑みを浮かべた。「とはいえ、貴公はひとりしかおらぬ。主戦論の急先鋒である姪たちを閉じこめることで波風を鎮められればと思うたが、結局は蜚蠊《ゴキブリ》どもを藺草《イグサ》の下に追いこんだだけにおわった。毎晩、姪どもがささやきあい、ナイフを研ぐ音が聞こえるようだ」

（恐れているのか）とサー・アリスは思った。（見ろ、手が震えている。ドーンのプリンスは恐れているんだ）

ことばのはしばしからも、それは読みとれた。

「すまぬな。つまらぬ内情を聞かせてしもうたか」プリンス・ドーランは詫びた。「わしも衰えた。衰弱はますます進みつつある。ときどき……このサンスピア宮に耐えきれぬときがあってな。ここの騒音とほこりと匂いにはほとほと参る。やるべきことをすませたのちは、早々にウォーター・ガーデンズへもどりたい。それでだ。そのさいには、ミアセラ王女にも同行していただこうと思う」

サー・アリスが抗議するひまもなく、プリンスは片手で制した。各指の付け根が真っ赤に腫れあがった手だった。

「貴公もともに参られよ。ミアセラのセプタや侍女、警護の親兵らも引き連れてくるがよい。サンスピア宮の城壁は頑丈だが、城壁のすぐ外には影の都市が広がる。城壁の内側にさえ、日々、何百人もが出入りしている始末だ。それに比して、ウォーター・ガーデンズは完全にわが掌握下にある。あれはドーンが〈鉄の玉座〉の縁戚になったことを祝し、ターガリエンの花嫁への贈り物として大公《プリンス》マロンが築いた城だ。彼《か》の地の秋は美しいぞ……日中は暑いが、夜はすずしいし、海からは心地よい潮風が吹きわたり、泉もプールもある。それに、ほかの子供たち──高貴な生まれの子女らもおるからな。ミアセラにはともに遊べる同年齢の友人ができよう。さびしい思いをすることはない」

「……かしこまりました」

サー・アリスの頭のなかでこだましていたのは、プリンスのこんなことばだった。

〝あそこのほうが、ミアセラは安全でいられる〟

ただし、気になるのは、ミアセラの移動をキングズ・ランディングに報告するな、と釘を刺されたことだ。

（たしかに、姫の安全を考えれば、だれにも居場所を知られぬままでいるのがいちばんだが……）

結局、サー・アリスは受けいれた。ほかにどうしようがあったろう。〈王の楯《キングズガード》〉の騎士といえども、いみじくもプリンスがいったように、しょせんはひとりしかいないのである。

歩いていた路地が急に開け、月光に照らされた中庭に出た。

〝蠟燭職人の店の前を通りすぎると〟と、女からの手紙には書いてあった。〝門があって、その奥に短い外階段があります〟

門を押しあけ、磨耗した階段を昇る。昇りつめた先にはなんのしるしもない扉があった。

（ノックすべきか？）

だが、あえてノックはせず、扉をあけた。

そこは大きくて天井の低い部屋だった。室内は薄暗く、光の源は、厚い土壁に設けられた壁龕内で燃える、香料を練りこんだ二本の蠟燭しかない。サー・アリスのサンダルが踏んだのは、幾何学模様が特徴的なミアの絨毯だった。壁の一面にはタペストリーがかかっており、その手前にはベッドがあった。

「マイ・レディ？」サー・アリスは呼びかけた。「どちらです？」

「ここに――」

扉の背後の影から、ひとりの女が現われた。

右の二の腕には装飾的な蛇の腕環をはめている。その動きに合わせて、銅と黄金のうろこがきらきらと光った。身につけているのはその腕環しかない。

なのです）

（だめです）ほんとうは、そういうつもりだった。（わたしは別れを告げるためにきただけなのです）

だが、蠟燭の光を受けて光沢を放つ女の裸身を見たとたん、ドーンの砂漠のようにのどがからからになり、口をきけなくなった。無言でその場に立ちつくし、女体の光沢を、のどのくぼみを、豊満な乳房と大きくて黒い乳首を、腰から尻にかけての官能的な曲線を堪能する。気がつくと、女をひしと抱きしめていた。女もサー・アリスのローブを脱がしにかかった。やがてシルクのシャツに手をかけた女は、両肩の布地をつかみ、一気にへそまで引き裂いた。裂かれたことなど気にもかけず、サー・アリスは女の肌を愛撫した。すべらかな肌はドーンの太陽で焼かれた砂のように熱い。女の顔をあげさせ、唇に自分の唇を重ね合わせる。女もキスに応えてきた。たわわな乳房は両手にあふれそうなほど大きい。親指で愛撫するたびに、乳首が固くしこっていく。女の髪はふさふさとして黒く、蘭《ラン》の香りがした。その濃厚で官能的な香りに、自分のものが痛いほど猛り立つのがわかった。

「もっとまさぐって……」

女が耳もとにささやきかけてきた。丸みを帯びた腹の下へ手をすべらせ、黒々と濃い茂みの下の、ひめやかに濡れた部分を探りあてる。

「そうよ、そこ」

サー・アリスが指を秘裂にすべりこませると、女はささやいた。そして、せつなげな吐息を漏らし、ベッドに導いて、褥《しとね》の上に押し倒した。

「もっとよ、ああ、もっと、そう、愛しいあなた、わたしの騎士《ナイト》、わたしの騎士《ナイト》、わたしの白備えの騎士《ナイト》、そうよ、あなた、あなた、あなたがほしいの」

女の両手がサー・アリス自身を自分の秘所へと導きいれた。ついで、女はその手を背中にまわしてきて、いっそう強く抱きよせ、

「もっと深く」とささやいた。「そうよ……ああっ」

両脚がサー・アリスの脚にからみついた。鋼かと思うほど強靭なバネだった。爪を背中に立てられたまま、思いきり腰を突きいれる。そうやって、何度も何度も突くうちに、女はとうとう感きわまり、大きな声をあげて弓なりにのけぞった。のけぞりながら、サー・アリスの両の乳首をつまみ、ぐっとひねりあげた。サー・アリスはこらえきれず、女の中に精を放った。

(幸せすぎて死にそうだ)とサー・アリスは思った。

それから心臓が十何度か搏《う》つあいだ、じっと安らぎに身をゆだねた。

結局、死にはしなかった。

欲望は海原のように深く、広い。だが、ひとたび情欲の潮が退いてしまうと、羞恥と罪の意識がかつてないほど鋭く頭をもたげてきた。ときどき波をかぶって見えなくなるが、波の下には厳然と、固く黒く醜悪な暗礁となってそこにある。

(おれはなにをしてるんだ?)と自問した。(おれは〈王の楯《キングズガード》〉の騎士だぞ)

横に転がり、手足を伸ばして天井を見つめる。いっぽうの壁から反対の壁にかけ、大きな

ひびが走っていた。これに気づいたのは、いまがはじめてだ。タペストリーに描かれている情景にも、いまになってようやく気がついた。それは伝説のロイン人の女王ナイメリアと、女王率いる一万隻の大船団を描いたものだった。

（この女《ひと》だけしか見えていなかったわけか。たとえ本物のドラゴンが窓から覗きこんでいたとしても、おれにはこの乳房と顔と微笑しか見えなかっただろうな）

「ワインの用意があります」首筋まで顔を近づけてきて、女がささやいた。そして、サー・アリスの胸に手を這わせながら、語をついだ。「のどがかわいていらっしゃるでしょ？」

「いいえ」

横に転がって身を起こし、ベッドの縁に腰かけた。室内は暑いほどだ。それでも、サー・アリスは震えていた。

「血が出ているわ……」女がいった。「強く引っかきすぎたのね」

背中を指が這いまわりだした。焼きごてでもあてられたかのように、サー・アリスは身をこわばらせた。

「どうか、もう……」はだかのまま、立ちあがった。「これ以上は――」

「軟膏があります。引っかき傷によく効く薬が」

（だが、恥辱に効く薬はない）

「引っかき傷などなんでもありません。どうかおゆるしを、マイ・レディ。もういかなくては……」

「こんなに早く？」

ハスキーな声だった。大きな口はささやき声のためのもの、豊かな唇はキスのためのもの。ふさふさとして黒い髪は、むきだしの肩を経て豊かな胸の先にまでたれかかっている。黒い巻毛はやわらかくて、巻きがゆるい。下の膨らみをおおう茂みまでもがやわらかく、カールしていた。

「今夜は泊まっておいきなさいな。お教えすることもまだまだありますし」

「お教えはもう充分にいただきました」

「教えていた最中は喜んでいたみたいだったのに。まさか、よそのベッドへ——ほかの女のところへいくのではないでしょうね？　そうだったら、その女の名をおっしゃい。この胸をさらしたまま、ナイフをふるいあってあなたを取りあいます」そこで女は艶然《えんぜん》とほほえんだ。「ただし、その相手が〈砂蛇《サンド・スネーク》〉なら別。もしそうであれば、あなたをいっしょに分かちあえるもの。わたしは従姉妹たちを愛していますから」

「ほかに女などいないことはご承知でしょう。ただ……務《デューティー》めが——」

女は横に向きなおり、片ひじをついてサー・アリスを見あげた。蠟燭の光を受けて、その黒い目がきらきらと輝いている。

「務《デューティー》め？　あんな瘡《かさ》っかきのスベタになんのご用？　あの女なら知っていますとも。股は干からびて、かさかさもいいところ。あんなに荒れた唇でキスをされたら血が出てしまうわ。務めなど放っておいて、今夜はここにお泊まりなさい」

「わたしがいるべき場所は宮殿です」

女はためいきをついた。

「あなたのたいせつな、もうひとりの姫のところ？　ああ、妬《ねた》ましいこと。あなたはわたしよりあの方を愛しているのね。あなたには不釣り合いなほど幼いというのに。あなたに必要なのは成熟した女よ、小娘などではなく。でも、そのほうが興奮するというなら、わたし、おぼこ娘のまねもできますわ」

「そんなことはおっしゃらないでください」

（忘れるな、この女《ひと》もドーン人だということを）河間平野《リーチ》では、ドーン人があれほど逆上《のぼ》せやすく、ドーンの女たちがきわめて奔放でみだらなのは、食べもののせいだといわれている。（口から火が出そうなペッパーと異郷のスパイスとが、血を熱くたぎらせるんだろう。この女《ひと》のふるまいも、食べものに影響された結果なんだ）

「わたしはミアセラさまを愛しておりますが、それは娘に対するのに似た気持ちからです」サー・アリスには、自分の娘はもとより、妻を持つことさえゆるされない。ひとたび純白のマントをまとった以上、それは絶対にかなわぬ夢だ。「じつは、ウォーター・ガーデンズへ移ることになりまして」

「ああ、やっと」女はうなずいた。「でも、父といっしょでは、なにをするにも四倍の時間がかかってしまうわね。父があす出立するといえば、二週間のうちには出発するということ。ガーデンズにいったら、孤独な暮らしを送ることは避けられないわ。残りの一生をわたしの腕の中で過ごしたい——そういった勇敢な若き騎士さまは、いったいどこへいってしまったのかしら？」

「あのときは酔っておりましたので」

「水で割ったワインを三杯飲んだだけですよ」

「あなたに酔っていたのです。なにしろ、十年ぶりのことで……白いマントをまとって以来、女性には指一本触れたこともなかったものですから。愛するというのがどういうものかを、わたしは絶えて知りませんでした。しかし、いまは……。恐ろしい」

「わたしの白騎士さまが、なにを恐れるというの？」

「自分の名誉が傷つくことを——そして、あなたの名誉を傷つけることをです」

「自分の名誉は自分で面倒を見ますよ」女はみずからの乳房に指を這わせ、乳首のまわりをゆっくりとなぞりだした。「必要とあらば、自分の快楽もね。わたしは成熟した女ですもの」

成熟した女であることには疑いの余地がなかった。こうやって羽毛のベッドに横たわり、みだらな笑みを浮かべ、自分の胸をもてあそんでいる姿を見ていると、もう……。これほど大きく、これほど反応のよい乳首を持った女がほかにいるだろうか。見ているだけで、わしづかみにしたくてたまらなくなる。揉みしだき、むしゃぶりつき、つやつやと濡れた乳首がつんと固く立ちあがるまで……。

目をそらした。自分の下着が絨毯の上に散らばっている。サー・アリスは床に腰をかがめ、下着を拾いあげた。

「手が震えているわ」女がいった。「そのくらいなら、わたしを愛撫すればよろしいのに。そんなに急いで服を身につけなければならないの？　わたしもね、こういうことは大好き。あなたと同じくらいにね。一糸もまとわず褥《しとね》の上に横たわれば、男と女、愛しあう者同士、ほんとうの自分をさらけだして、ふたりの人間に可能なかぎりひとつになれるわ。けれど、服を着れば別々の人間になってしまう。シルクと宝石であるよりも、わたしは血と肉でありたい。あなただって……あなただって、白いマントのままでいたくはないでしょう？」

「いいえ、それはちがいます」とサー・アリスは答えた。「わたし自身が白いマントそのものなのです。こんなことは、もうやめにしなくてはいけません。あなたのためにも、わたしのためにも。こんなところを人に見られでもしたら……」

「運のいい男、と思われるでしょうね」

「誓約を破った男と思われます。だれかが父君のもとへ赴き、わたしがあなたの名誉を踏みにじったと耳打ちしたなら、どうなさるおつもりです」

「父もとかくの評判がある人物ながら、愚かといわれた例《ためし》はありませんよ。わたしの処女は〈神《ゴッズグレイス》　麗城の私生児〉に奪われました。向こうもわたしも、十四のときに。それを知った父がなにをしたかごぞんじ？」女は上掛けをこぶしにからみつけ、あごの下に引きあげて、裸身を隠した。「なんにもよ。父はなにもしないことが得意なの。本人はそれを〝慮《おもんぱか》り〟と呼んでいるけれどね。さあ、ほんとうのことをおっしゃい。あなたが気にしているのは、わたしの名誉？　それとも、あなたの名誉？」

「両方です」女の指摘は胸にぐさりとこたえた。「だからこそ、今回かぎりでおわらせなくてはなりません」

「前のときにもそうおっしゃったわね」

（たしかに。あのときは本気だった。だが、おれは弱い男だ。でなければ、どうしてここにいるはずがあろう）しかし、それを口にするわけにはいかない。相手は弱さを軽蔑する女だ。それは肌で感じられる。（この女《ひと》は父親よりも叔父に似ているんだ）

サー・アリスは顔をそむけた。見ると、縞模様のシルクのシャツが椅子の上に放りだしてある。強引に脱がされたとき、女がへそまで裂いてしまったあのシャツだ。

「もう着られない……」サー・アリスはつぶやいた。「どうやってこれを着ろというんです？」

「後ろ前にすればいいのよ。ローブを着てしまえば、破れていることなんてだれにもわからないわ。もしかすると、あなたの小さな姫さまが縫ってくれるかもしれないわね。それとも、ウォーター・ガーデンズへ新しいシャツを送ってあげましょうか？」

「贈り物などはなさらないでください」そんなことをされれば、無用の注意を引いてしまう。サー・アリスはくしゃくしゃのシャツを広げ、後ろ前にして頭からかぶった。シルクは肌にひんやりと心地よかったが、背中の引っかき傷にへばりつくのがわずらわしい。ともあれ、宮殿に帰りつくまで、これでなんとかもつだろう。「わたしがしてほしいのはけりをつけることです。この……この……」

「騎士としてどうなのかしらね、そういう態度は。わたし、傷つきましたよ。愛している、とさんざんあなたが口にしてきたことばは、じつは嘘ではなかったのかと思いはじめているところです」

（あなたに対して、嘘などつけるものか）

女のきついことばに、引っぱたかれたような衝撃をおぼえつつ、サー・アリスはいいわけをした。

「名誉を地にまみれさせる危険を冒してまでこんなことをしたのは、むろんのこと、あなたを愛しているからにほかなりません。あなたといっしょにいると、わたしは……わたしは、ろくにものを考えることができなくなってしまう。あなたはわたしの夢見たすべてなのです。しかし……」

「ことばは風のごとし。わたしを愛しているのなら、どうか帰らないで」

「ですが、わたしは誓約を……」

「それは結婚もせず、子供の父ともならない、という誓約でしょう。わたしは〈月の茶〉を飲んでいるから、妊娠の恐れなどありませんよ。あなたと結婚したくてもできないことは、あなただって百も承知のはず」そういって、女はにっこりと笑った。「もっとも、あなたを情夫として囲わせるよう、まわりを説きふせることはできるかもしれないわね」

「わたしをからかうおつもりですか」

「ええ、ちょっぴり。だいたい、あなた、ご自分が女を愛した唯一の〈王の楯《キングズガード》〉の騎士だとでも思ってらっしゃるの？」

「誓約を立てるはたやすく、守るのが難しいことを知った者はつねにおりました」この点は認めざるをえない。サー・ボロス・ブラントは娼館街であるシルク通りの常連だし、サー・プレストン・グリーンフィールドは、とある服地屋の店主が留守をするたびにその服地屋を訪ねていた。しかし、同輩たる誓約の兄弟たちの不行跡《ふぎょうせき》をあげつらう資格は、サー・アリスにはない。だから、かわりにこういった。「王の愛妾と同衾《どうきん》している現場を見つかったのは、サー・テレンス・トインです。これは純粋な愛のなせるわざだとサー・テレンスはいいはりましたが、結局は、自分とその愛妾の命を犠牲にすることになり、トイン家の没落を招いたばかりか、かつて世に出たもっとも気高い騎士を死なせる原因も作りました」

「そうだったわね……それに、〈好色ルカモア〉はどう？　三人の妻《めと》を娶り、十六人の子をなしたというあの〈王の楯《キングズガード》〉の騎士は？　あの歌を聞くたびに、わたし、笑ってしまうの」

「真相は、それほど可笑《おか》しいものではありません。生きているあいだには、あの男が〈好色ルカモア〉と呼ばれたことはないのです。名前はサー・ルカモア・ストロング。その人生は虚偽のかたまりでした。最初の虚偽が明るみに出たとき、ルカモアは同輩である誓約の兄弟たちの手で去勢され、〈老王〉の命により、嘆き悲しむ十六人の子供をあとに残して〈壁〉送りにされました。ルカモアは真の騎士ではなかったのです。そう、テレンス・トインと同様に……」

「では、〈ドラゴンの騎士〉は？」女は上掛けをはねのけ、脚をふり動かして身を起こすと、ベッドの縁に腰をかけた。「あなたがいう、かつて世に出たもっと気高い騎士は、兄王の妃をベッドに連れこんだあげく、子供を産ませたのですよ」

「そんな話は信じません」むっとして、サー・アリスは否定した。「太子《プリンス》エイモンが、王妃《クイーン》ネイリスとともに王を裏切ったなどというのは作り話――兄王エイゴン四世が正嫡を排除し、私生児に王位を継がせようと企んででっちあげた、でたらめです。エイゴン四世が下劣王と呼ばれるのは、由《よし》なきことではありません」

剣帯を見つけだし、腰に巻いた。ドーン風のシルクのシャツの上からつけるのは違和感があったが、身に馴じんだ長剣と短剣の重みは、自分がだれであり、何者であるかを思いださせてくれた。

「わたしは下劣なサー・アリスとして記憶されたくはない――わが白マントを背徳の汚名にまみれさせるわけにはいきません」

「そういえば、その純白のマント――あなたは忘れてしまったのかしら、わたしの大叔父もそのマントをつけていたことを。わたしが小さいころに亡くなってしまったけれど、大叔父のことはよく憶えていますよ。塔のように背が高い人で、よくくすぐられて、息ができないほど笑いころげたものだったわ」

「公子《プリンス》ルーウィンに拝謁する栄誉に浴したことはありませんが、偉大な騎士であったことはだれしも認めるところです」

「その偉大な騎士がね、愛人を囲っていたのよ。いまはもうすっかりおばあさんだけれど、若いころはたぐいまれな美人だったそう」

（プリンス・ルーウィンが？）

そんな話は聞いたことがない。サー・アリスは愕然とした。テレンス・トインの裏切りと〈好色ルカモア〉の虚偽は〈白の書〉に記録がある。だが、プリンス・ルーウィンのページには女の存在をにおわす記述などない。

「叔父はつねづねいっていたわ、男の価値を決めるものは手に握るほうの剣であって、股間の剣ではないと。だから、背徳にまみれたマントを擁護する必要はないのですよ。あなたの名誉を損なうものは、わたしたちの愛ではないの。あなたが仕えた怪物たち、そしてあなたが誓約の兄弟と呼ぶけだものたちのほう」

これは効いた。骨近くまで肉を断ち斬られた感じだった。

「ロバート王は、怪物などではありませんでした」

「他人の子の屍を踏み越えて〈玉座〉に昇った男が？　まあ、ジョフリーほどの人でなしでなかったことは認めるけれどね」

（ジョフリーか……）

あれはハンサムな少年で、齢のわりには背が高く、力も強かった。だが、あの子に関して誉められるところといえば、ほかにない。ジョフリーに命じられ、あわれなスタークの娘をたたいたことを思いだすたびに、恥ずかしさでいても立ってもいられなくなる。ティリオンにミアセラの警護役を命じられ、このドーンへくると決まったときには、〈戦士〉の祭壇に蠟燭を点《とも》し、心から感謝を捧げたものだった。

「ジョフリー王は亡くなりました。〈小鬼《インプ》〉に毒を盛られて」あのこびとがそんな大それたまねをするとは思いもしなかった。「いまの国王はトメンさまです。亡き兄君とはまったくちがいます」

「妹ともちがうわね」

たしかにそのとおりだった。トメンは心やさしい小人物で、つねに最善をつくそうとするが、最後に姿を見たときには埠頭でべそをかいていた。それとは対照的に、ミアセラはひと粒の涙も見せなかった。みずからの処女性を犠牲に捧げてドーンと同盟を結ぶため、生まれ育った王宮を離れるのは、トメンではなく、ミアセラのほうだというのにだ。正直なところ、ミアセラ姫は弟王よりも度胸があり、頭もよく、王族らしい自信に満ちた態度がそなわっている。気転がきくし、その礼儀作法はもっと洗練されたものだ。そして何者にも怯むことはない。あのジョフリーにさえも怯まなかった。

(じっさい、女のほうが男よりも強いのだな)

意識にあるのは、ミアセラのことだけではなかった。ミアセラの母親もそうだし、サー・アリス自身の母親も、〈茨《いばら》の女王〉も、〈赤い毒蛇〉の美しいが恐るべき〈砂蛇《サンド・スネーク》〉たちもそうだ。わけても、ぬきんでて強いのが、目の前にいる女性——公女《プリンセス》アリアン・マーテルだった。

「それはちがう、とはいわないでおきましょう」

不覚にも、かすれ声になってしまった。

「いわない？　いえないのまちがいでしょう！　君主の器としてはミアセラのほうが……」

「優先されるのは女子よりも男子です」

「なぜ？　どの神がそんなことを決めたの？　わたしは父の跡継ぎよ。自分の権利を弟に譲れとおっしゃるの？」

「あなたはわたしのことばをわざと曲解しておられる。わたしはそんなことは……そもそも、ドーンはよそと風習がちがうではありませんか。七王国が支配者に女王をいただいたことはありません」

「ヴィセーリス一世は娘のレイニラに跡を継がせるつもりだったのよ、それも否定するの？　ヴィセーリス一世が身罷《みまか》るまぎわに、〈王の楯《キングズガード》〉の総帥がそれをひっくり返しただけのことでしょう？」

（サー・クリストン・コールか）

〈国王擁立者《キングメーカー》〉クリストンは、跡継ぎと決まっていた姉に対抗して弟を擁立し、〈王の楯《キングズガード》〉を二分させ、熾烈な戦《いくさ》を引き起こした。吟遊詩人たちが歌うところの〈双竜の舞踏〉である。一説によれば、サー・クリストンが内紛を起こしたのは、王国支配の野望につき動かされたためで、弟のエイゴン太子のほうが聡明な姉レイニラ王女よりも傀儡《かいらい》にしやすかったからだという。それとは正反対に、いや、じつはもっと崇高な動機からだった、サー・クリストンはアンダル古来の慣習を護ろうとしたのだとする説もある。また、少数派ながら、白騎士となる以前、サー・クリストンはレイニラ王女と恋仲で、自分をふった女への復讐に弟を擁立したのだ、とささやく者もいた。

「〈国王擁立者〉は王国に甚大な被害をもたらしました」サー・アリスはいった。「そして、その被害にふさわしい報いを受けました。しかし……」

「……しかし、〈七神〉が白騎士であるあなたをここへ遣わしたのは、〈国王擁立者〉なる白騎士とは対照的に、混乱を収拾するためであったのかもしれなくてよ。父がウォーター・ガーデンズへ帰るさい、ミアセラをいっしょに連れていくといった時点で、父の腹のうちはわかったでしょう？」

「だれにも危害を加えられない安全な場所へお連れするのだ、と理解しておりますが」

「ちがうわ。父の真の目的は、ミアセラを王位につけようと企む者たちから遠ざけること。〈毒蛇〉プリンス・オベリンが生きていたなら、みずからミアセラの頭に冠をかぶせようと画策したでしょうけれど、父にその度胸はありません」アリアンは立ちあがった。「あなた、自分の血を引く娘を愛するようにあの子を愛している、とおっしゃったわね。その愛娘が、みすみす正当な権利を剝奪されて、牢獄の中に収容されようとしているのよ。それでも平気なの？」

「ウォーター・ガーデンズは、牢獄では……」

反論しかけたものの、われながら力のない声だった。

「牢獄には泉も無花果《イチジク》の木立ちもない——そう思ってらっしゃるのね？　けれど、ひとたびあそこへ連れていかれたら、もう宮殿の外に出ることは不可能。いかにあなたが奮闘してもむり。ホターが絶対にゆるさないから。あなたはホターのことをあんまり知らないでしょうけれど、わたしはよく知っています。あれが本気を出せば、とてもあなたの手に負える相手ではないわ」

サー・アリスは眉をひそめた。顔に向こう傷のある、あの大柄なノーヴォス人の衛士長を見ると、たしかにぞわぞわと剣呑な気を感じずにはいられない。

（あの男、寝るときも、例のばかでかい斧を抱いているという話だが……）

「わたしにどうしろとおっしゃるのです？」

「あなたが誓約したとおりのことをよ。命をかけて、ミアセラを護ること。あの子を護っておあげなさい……そして、あの子の権利をも。あの子の頭に王冠を戴《の》せてあげるの」

「わたしは王に忠誠の誓いを立てた身です！」

「それはジョフリーに対してであって、トメンに対してではないでしょう」

「たしかにそうではありますが……。しかしトメンさまは心根のやさしいお子です。きっとジョフリーさまよりも立派な王になられます」

「けれど、ミアセラほど立派にはならないわ。ミアセラはトメンを愛しているから、王位を継ぐにあたって、いっさい弟に危害を加えたりはしないはず。レンリー公が子孫を残さず、スタニス公の所有権が剝奪されたいま、嵐の果て城《ストームズ・エンド》の正当な所有者は、トメン。だったら、当面、あそこに収まってもらえばいいのではなくて？　ゆくゆくは、母親の後継者として、キャスタリーの磐城《ロック》を受け継ぐことになるのだし。あの子だったら、王国のだれにも引けをとらない、立派な領主になるでしょう。けれど、〈鉄の玉座〉にふさわしいのは、ミアセラのほうです」

「法が……そんな……わたしにはわかりません……」

「わかるのよ、わたしには」

そうやって立っていると、長い黒髪が腰のくびれまで届いているのがわかる。

「〈王の楯《キングズガード》〉とその誓約を創設したのはエイゴン竜王だけれど、ひとりの王が創った決まりごとであれば、後世の王が廃してもいいし、変えてもいいはず。かつてジョフリーは、自分に命がけで尽くしてきた〈王の楯《キングズガード》〉の騎士サー・バリスタンを罷免したわね——自分の犬に純白のマントを着せたいがために。ミアセラはあなたに幸せになってほしいと思っているの。わたしのことも好いてくれているわ。だから、きちんとお願いすれば、わたしたちの結婚をゆるしてもくれるでしょう」アリアンは背中に腕をまわし、胸に顔をすりよせてきた。そうしていると、頭頂部があごの下に触れる。「わたしと純白のマント——その両方を、あなたは自分のものにできるはず——それがあなたの望みならばね」

（この女《ひと》はおれをまどわせる……）

「たしかに、それはわたしの望みですが、しかし……」

「わたしはドーンのプリンセスなのよ」アリアンはハスキーな声でいった。「プリンセスにこうして頭を下げさせるのが、はたして騎士のすることかしら？」

髪の香気が鼻をくすぐった。押しあてられた乳房を通して心臓の鼓動が感じられる。そうやって密着しているうちに、からだがまたもや反応しだした。それがアリアンにわからないはずがない。サー・アリスはプリンセスの肩に手をまわした。そして、震えているのがわかった。

「……アリアン？　わたしのプリンセス？　なぜに震えておられるのです、わたしの愛しいお方？」

「そこまで口に出さなくてはならないの？　わたしはね、怖いのよ。わたしを愛しいお方と呼ぶその口であなたはわたしを拒絶する。いつにも増してあなたを必要としている、まさにそのときに。騎士に護ってほしいと願うのが、そんなにまちがったことかしら？」

アリアンがこれほど気弱な物言いをするところは、はじめて耳にした。

「いいえ、そんなことはありません。しかし、あなたにはお父上の衛士隊がついています。だったら、なぜ……」

「わたしが怖いのは、その衛士隊なのよ」つかのま、アリアンの声は、ミアセラの声よりも幼く聞こえた。「わたしの愛しい従姉妹たちを問答無用で取り押さえ、幽閉してしまったのは、父の衛士たちだもの」

「幽閉というほどのことではないでしょう。外出以外では、なに不自由ない暮らしを送っておられると聞いていますから」

アリアンは辛辣な声で笑った。

「従姉妹たちのようすをその目でごらんになったの？　父はこのわたしにも面会をゆるしてくれないのよ。そのことはごぞんじ？」

「反逆を語らい、戦《いくさ》を煽動したのであれば、それもやむをえないことかと……」

「ロリザは六歳、ドリアは八歳。そんな小さな子がどうやって戦を煽れるというの？　それなのに父は、ほかの姉妹たちといっしょに、あのふたりまで幽閉してしまった。父のようすはあなたも見たでしょう。恐怖というのは、強い男たちにさえあらぬ行動をとらせてしまうもの。しかも父は、むかしからけっして強い男ではなかった。アリス、わたしの愛しい人、わたしを愛しているというのなら、どうかわたしのいうことを聞いて。わたしは従姉妹たちほど恐れ知らずだった例《ためし》はないわ。あのように弱い父の娘だもの。けれど、タイエニーとは同い齢で、小さいころから姉妹同然に育った仲。タイエニーとのあいだに隠しごとはないの。タイエニーが幽閉された以上、わたしもまた幽閉されてしまう……ミアセラ即位の謀《はかりごと》をめぐらせたかどで」

「お父上がそんなことをなさるとは思えません」

「あなたは父を知らないのよ。股間の一物なしでこの世に生まれてきたとき以来、わたしは父を失望させてばかりだから。なにしろ、歯もない老人たちに嫁がされそうになったことが六回もあるのよ。しかも、縁談のたびに、相手はますます悲惨になっていったわ。そう、たしかに、その老人たちと結婚しろと命じられたことは一度もなかったわ。それはたしか。でも、そんな縁談を持ちかけること自体、わたしをまったく評価していないことのあかしでしょう」

「そうはいっても、あなたはお世継ぎですから」

「わたしが？」

「あなたにサンスピア宮と領国の統治をまかせて、プリンスはウォーター・ガーデンズへと隠遁してしまわれた。そうではありませんか？」

「統治？　まさか。城代に従兄弟のサー・マンフリーを、家令には老いて盲いたリカッソを残していったのに？　税を集めるのは父の収税吏、その税を管理するのは蔵相のアリーズ・レディブライト、〈影の都市〉を取り締まるのは父の執行吏、審判を下すのも父の司法長官、プリンスの手をわずらわすまでもない手紙の処理等は、メイスター・マイルズの役目。そのすべての上に、父は〈赤い毒蛇〉を置いていったのよ。わたしの仕事は、饗応と祝宴、賓客の接待だけ。オベリンは、二週間に二夜はウォーター・ガーデンズへ呼ばれていったけれど、わたしは年に二回呼ばれるのがせいぜい。わたしが父の目にかなった跡継ぎでないことは、この処遇を見ても明らかでしょう。それでも父がわたしを跡継ぎとしているのは、ドーンの法律に縛られているからよ。でもね、遠からず、父はわたしの弟に当主の座を継がせるはずだわ。ちゃんとわかっているの」

「弟君に？」サー・アリスは、アリアンのあごの下に片手をあてがい、上を向かせた。目をしっかり覗きこむためだ。「弟君とは、トリスタンさまのはずはないですね。まだお小さいのだから」

「ええ、トリスではないわ。クェンティンよ」

アリアンの大胆な黒い目は、罪深さを自覚しつつ、すこしのゆらぎも見せなかった。

「それを知ったのは十四のときだったわ……。ある晩、おやすみのキスをしに父の執務室《ソーラー》へいくと、父がいなくてね。あとで知ったことだけれど、たまたま母に呼ばれて席をはずしていたのよ。執務室内には一本の蠟燭が灯されたままになっていたものだから、吹き消そうと思って歩みよってみると、そのそばに書きかけの手紙があったの。それはアイアンウッド家で修業中の弟クェンティンあての手紙で、こんなことが書いてあったわ。〝アイアンウッド家のメイスターと武術指南役が要求することはすべて修めよ。なんとなれば、いつの日にか、おまえはわしがすわっている座につき、ドーン全土を治めることになるからだ。統治者なるものは、身も心も強くあらねばならぬ――〟」

ひとすじの涙が、アリアンのやわらかな頰をつたい落ちた。

「それが父の本心。父が自分の手で書いたことばだったの。そのことばは、わたしの記憶に強烈に焼きついたわ。その夜は泣き寝入りしたものよ。その夜だけでなく、それから幾夜もね」

サー・アリスは、いまだクェンティン・マーテルに会ったことがない。幼少のみぎりより、アイアンウッド公のもとで養育されているからである。はじめは小姓として修業し、やがて従士に昇格、騎士に叙任されたのも〈赤い毒蛇〉より早かった。

（おれが父親なら、息子にも自分と同じ道を歩んでほしいと願うだろう）

サー・アリスはそう思ったものの、アリアンの声からは、傷ついていることがありありと伝わってきた。本音を口にすれば、この関係はおわりだ。

「それは誤解ではないでしょうか」かわりに、サー・アリスはそういった。「あなたはまだ子供だった。お父上は、弟君を発奮させるためにそう書かれたのかもしれません」

「本気でそんなことを？　だったら、いってごらんなさいな。クェンティンはいま、どこにいるの？」

「〈骨の道〉に陣どる、アイアンウッド公の本陣に」

サー・アリスは慎重な言いまわしで答えた。これはドーンへやってきたばかりのときに、サンスピア宮の老いた城代から聞いた話だ。絹糸のような顎鬚《あごひげ》を生やしたメイスターも同じことをいった。

アリアンは否定した。

「父はわたしたちにそう信じさせたがっているけれどね。友人たちから耳打ちされた話では、そうではないわ。弟はいま、商人に身をやつして、秘密裏に〈狭い海〉を越えているところ。なぜだと思う？」

「わたしにわかるはずがありません。理由は百通りでも考えつきます」

「この場合には、たったひとつしかないわ。〈黄金兵団《ゴールデン・カンパニー》〉がミアとの契約を打ちきったことはごぞんじ？」

「傭兵の契約破棄は、めずらしいことではありません」

「〈黄金兵団〉にかぎっては契約を勝手に破棄したことはないの。〈われらが契約は金石のごとし〉が、ビタースティール時代このかた、あの一党の標榜する標語《モットー》だもの。ミアはね、ライスとタイロシュを相手に、戦争をはじめる寸前だったのよ。それなのに、潤沢な報酬と略奪の機会を蹴ってまで、金石の契約を破棄する理由がどこにあるの？」

「ライス側がもっといい条件を出したのでしょう。あるいは、タイロシュが」

「いいえ。これがほかの傭兵部隊であれば、それもありえたでしょう。ほとんどの傭兵は、はした金で寝返るもの。でも、〈黄金兵団〉となれば話は別よ。亡命者とその息子たちが、ビタースティール家の再興を夢見て結束したのが、あの兄弟団なんだもの。彼らの目的は、金銭ももちろんだけれど、第一に、故国を取りもどすこと。わたしと同じように。アイアンウッド公もそれを承知しているわ。そもそも、アイアンウッド公の祖先は、三度のブラックファイアの反乱において、ビタースティールと馬をならべて戦った者たちなのよ」アリアンはサー・アリスの手をとり、指をからめあわせた。「幽霊の丘《ゴースト・ヒル》城の、トーランド家の紋章は見たことがおあり？」

すこし考えて、思いだした。

「自分の尾を喰らうドラゴン——ですか？」

「あのドラゴンが表わしているのは〝時〟。始まりも終わりもなく、すべては円環をなしてくりかえされるということ。アンダーズ・アイアンウッドは、謀叛を指嗾《しそう》したクリストン・

コールの再来なの。あの男がクェンティンに耳打ちしたのはこう——〝あなたが宗主の座を継がなくてどうします、男が女にひざを屈するのは正しいことではない……とくにアリアンは統治に不適格だ、あれはわがままなはねっかえり娘でしかありません〟」

アリアンは挑戦的なしぐさで髪をうしろにはねあげた。

「だから、あなたのふたりのプリンセスには、共通の大義があるのよ。そして、そのふたりを愛していると主張する騎士をも、ふたりの姫は分かちあっているの……それなのに、当のその騎士は、だいじなふたりのために戦おうとしない」

「——戦いましょう」

ここにおいて、サー・アリスは覚悟を固めた。アリアンの前で、すっと片ひざをつく。

「ミアセラさまはトメンさまよりも年長であり、戴冠するにふさわしいお方です。ミアセラさまの権利を護る者は、〈王の楯《キングズガード》〉の騎士たる警護役のわたしをおいてほかにおりません。わが剣、わが命、わが名誉、そのすべてはミアセラさまのもの……そして、喜ばしきことに、それらはあなたのものでもあります。ここに誓いましょう——この身に剣をふるう力があるうちは、いかなる者にもあなたの生得の権利を奪わせはしないと。わたしはあなたのもの。さあ、お求めのものはなんです? なにを差しあげればよろしいのです?」

「すべてを」アリアンはひざまずき、サー・アリスの唇に口づけをした。「すべてをよ——わたしの愛しい人、わたしの思い人、心から愛してやまない人。あなたのすべてを、永遠に。でも、まず手はじめに……」

「なんなりとお申しつけを。それはあなたのものです」

「……ミアセラを」とアリアンはいった。

14　ブライエニー

石壁は古く、崩れかけていたが、草原ごしに見えてきたその姿に、ブライエニーは慄然とした。

（隠れていた弓兵にクレオス・フレイが射殺《いころ》されたのは、ここだった……）

ところが、もう何百メートルか進むと、さっきのものとそっくりの石壁があり、どちらが待ち伏せの場所だったのか自信がなくなった。轍《わだち》だらけの道はくねくねと曲折し、葉が枯れ落ちて茶色にくすんだ木々は、記憶にある緑豊かな木々とはまったく印象がちがう。サー・ジェイミーが従弟の鞘から剣を引き抜いたあの場所は、もう通りすぎてしまったのだろうか。わたしと戦ったあの森はどこだろう？　水しぶきをあげて戦ううちに、〈勇武党《ブレイヴ・コンパニオンズ》〉に襲われたあの小川は？

「マイ・レディ？　騎士さま？」ポドリックはブライエニーのことをなんと呼んでいいのかわからないようだった。「なにを探してるんです？」

（亡霊よ）

「前にとおりかかった石壁だ。気にしなくてもよい」

（あれはサー・ジェイミーにまだ両手がそろっていたときのことだった。あのころは、あの嘲罵と嘲笑がひどく疎《うと》ましかったものだ）

「静かにしていろ、ポドリック。ここらの森には、まだ逆徒《アウトロー》どもがいるかもしれないぞ」

少年は葉の枯れ落ちた木々、散り敷いて濡れた落ち葉、行く手の泥道に目をやった。

「おれ、長剣、持ってます。戦えます」

（足手まといになるだけだけどね）

少年の勇気は認めるにやぶさかでないが、いかんせん、この子は剣の修業をまったくしていない。従士ではあるかもしれないが——すくなくとも、本人はそういっている——この子を従士にする者は、足をすくわれてたいへんだろう。

ダスケンデールからの途上、少年からすこしずつ身の上を聞きだした。どうやらこの子は、ペイン家でも傍流の分家——末男《ばつなん》あたりの貧乏な分家の出らしい。父は裕福な従兄弟の従士を務め、とある商人の娘と結婚してポドリックを儲けたが、グレイジョイ家の反乱のさいに戦死した。母親はポドリックを父親の裕福な従兄弟のひとりに預け、腹に子を宿したまま、漂泊の吟遊詩人と手に手をとって行方をくらましたという。それはポドリックが四歳のときで、そのため、母親の顔は憶えていないとのことだった。少年が知るかぎり、もっとも親に近いのは、サー・セドリック・ペインだったが、口ごもりがちの身の上話から察するところ、セドリックはポドリックを、息子というより召使いとしてあつかったようだ。キャスタリーの磐城《ロック》が旗主たちに召集をかけたときには、サー・セドリックも駆けつけて、そのさいにはポドリックも同行させたが、それは馬と鎧の手入れをさせるためだった。やがてセドリックは、タイウィン公の軍勢の一員として河川地帯《リヴァーランド》の戦いに臨み、戦死してしまう。故郷からはるか遠く、身寄りもなく無一文の少年は、その後〈太っ腹〉のサー・ロリマーという、肥満した遍歴の騎士に仕えることになった。この騎士は、レフォード公の分遣隊に所属し、輜重《しちょう》隊の警護を担当する男で、いつも〝食いものでいちばんいい思いができるのは糧食警護の者だ〟とうそぶいていたそうだが、あるとき、塩漬け豚肉をタイウィン公個人の糧食から盗んだことが発覚してしまった。そのため、ロリマーはタイウィン・ラニスターの命により、ほかの食料泥棒への見せしめとして、絞首刑に処された。ポドリックもその肉は食べていたので、あやうくいっしょに吊るされるところだったが、すんでのところでペイン家の名に救われた。その後、ポドリックの身柄はサー・ケヴァンの預かりとなり、しばらくのち、その甥であるティリオンに従士として仕えることになったのだという。

サー・セドリックからは馬の手入れや靴の中に石が入っていないことを確認する気配りのしかたなどを教わり、サー・ロリマーからは盗みのしかたを教わったものの、どちらも剣の手ほどきはしてくれなかった。赤の王城《レッド・キープ》にもどったあとで、〈小鬼《インプ》〉は武術指南役のサー・アーロン・サンタガーにつけてくれたが、食料暴動のさい、そのサー・アーロンも殺されて、ポドリックの修業はそれっきりになってしまったそうだ。

ブライエニーは落ちていた枝を削り、木剣を二本こさえて、ポドリックの技倆をためしてみた。しゃべりこそとろくさいが、剣術のほうはそうひどくもなく、その点では安心だった。

とはいえ、栄養状態が悪くてガリガリのため、剣を使いこなせるだけの体力がない。これでブラックウォーターの戦いを生き延びたのだとしたら——本人はそういっている——それはだれも少年を殺すに値する相手と見なかったからだろう。

「従士を名乗るのはかまわない。しかし、おまえの半分の齢で、おまえをぼろぼろにたたきのめせる小姓はたくさん見てきた。わたしに同行するなら、たいていの晩、手は血豆だらけ、腕は打ち身だらけで寝ることになるぞ。痛くてろくに眠れまい。そんなのはいやだろう」

「いやじゃないです」少年は食いさがった。「望むところです。打ち身も血豆も。本気です。ほんとはいやだけど、がんばります、騎士さま。マイ・レディ」

ブライエニーは、自分のことばどおりのきつい修業を少年に課した。だが、いまのところ、ポドリックは約束したとおり、よく耐えている。泣きごとはひとこともいわない。むしろ、利き手に血豆が増えるたびに、誇らしげに見せるほどだ。ふたりの馬の世話もかいがいしく行なう。

(一人前の従士とはいいがたいが——それをいうなら、わたしだって騎士ではないものね。この子に何度〝騎士さま〟と呼ばれても)

どこへなりと好きなところへいけ、と突き放してもいいのだが、この子には行き場がない。それに、サンサ・スタークがどこへいったのか知らないと当人はいうが、自分では気づいていない情報を知っている可能性もある。なにかの拍子に耳にしたうろおぼえの記憶に、この探索行の鍵があるかもしれない。

「騎士さま？　マイ・レディ？」ポドリックが行く手を指さした。「あそこに荷車が」

ブライエニーは前方に目をこらした。木製の牛車だ。二輪で側面が高い。乙女の池《メイドンプール》の町へ向かって、轍だらけの道を懸命に引いているのは、牛ではなく、男と女だった。

（外見からすると農民だな）

「速度を落とせ」ブライエニーは少年にいった。「逆賊《アウトロー》の一味と勘ちがいされる恐れがある。どうしてもいわなければならないこと以外、けっして口にするな。慎重にな」

「そうします、騎士さま。慎重にします、マイ・レディ」

逆賊とまちがえられかねない状況を、少年はむしろ喜んでさえいるようだった。

ふたりの農民は、近づいていくブライエニーたちにうろんな目を向けたが、危害を加える意図がないとわかると、同行を認めてくれた。

道をおおう雑草を踏み越え、泥の水たまりを渡り、黒焦げになった木々を乗り越えて荷車を引きながら、老農夫はいった。

「前は牛に引かせてたんだけんどもよ――狼どもに食われちまったんだわ」荷車を引くのに必死で、老農夫の顔は真っ赤だ。「あいつら、うちらの娘まで連れてっちまってよお。戦《いくさ》がおわったあとで、娘さ、どうにかダスケンデールにもどってきたけんど、牛はもどってこねかった。狼どもが食っちまったんだろなあ」

女のほうはなにもいわない。齢は老農夫より二十歳ほど若いが、口をつぐんだまま、双頭の牛でも見るような目でブライエニーを見ている。〈タースの乙女〉は、いままでに何度もこういう視線を受けてきた。レディ・スタークは親切にしてくれたが、たいていの女は男と同じく残酷だ。可愛い娘たちに痛烈な陰口をたたかれ、けらけらと笑われるのも、表面上は礼儀正しい淑女たちに軽蔑に満ちた冷たい視線を向けられるのも、やりきれないほど深い傷を心に負う。平民の女となると、もっと容赦がないのかもしれない。

「前に見たとき、メイドンプールは廃墟と化していた」とブライエニーはいった。「市壁の門は破壊されて、町は焼きつくされているありさまだった」

「あれから、すこしゃあ復興したがなあ。こんどのターリーっちゅう領主さまは、きびしい人だけんども、ムートンさまよりかよっぽど勇敢でありなさる。森にゃまだ無頼のやからがいるが、むかしほど多くはねえな。とくにたちの悪いやつらぁ、ターリーさまが大剣で皆殺しにするか、徒党を組めんほど数をへらすかしてしまいなさったでよ」老農夫は横を向き、ぺっとつばを吐いた。「街道にゃ逆徒がおらんかったろ？」

「たしかに」（今回はな）

じっさい、ダスケンデールを離れるほど、街道は閑散とするいっぽうだった。たまに旅人を見かけても、追いつく前に、森にまぎれてしまう。唯一の例外は、大柄で顎鬚《あごひげ》を生やした司祭《セプトン》が率いる、四十人ほどの信徒の一行だけだった。北から南へと向かっていく一行は、歩き疲れてへとへとのありさまになっていた。この地へくるまでのあいだに通過した旅籠《はたご》という旅籠は、略奪されて廃屋になるか、軍に接収されて宿営になっているかのどちらかだった。昨日は、ランディル・ターリー公の警邏隊の一隊と遭遇した。長弓《ロングボウ》と槍で武装した騎兵らに囲まれるなか、隊長に訊問されたが、結局、そのまま通してくれた。そのとき、隊長はこういった。

「気をつけていけよ、女。このつぎ遭遇する男たちは、うちの若いやつらほどまっとうではないかもしれんぞ。〈猟犬《ハウンド》〉めは百人の逆徒どもを率いて三叉鉾河《トライデント》を越えた。うわさでは、女と見ればかたはしから犯したあげく、記念に乳首を切りとっていくそうだ」

ブライエニーは、これは教えておいてやるべきだと思い、農夫とその妻にも隊長の警告を伝えた。話を聞きながら農夫はうなずいていたが、話を聞きおえると、ふたたびつばを吐き、毒づいた。

「犬っころも狼も獅子も、どいつもこいつも〈異形《ジ・アザー》〉に取って食われちまえ。けだものどもはもう、メイドンプールのそばにゃ近づいてこねえ。ターリーさまがあそこに君臨されてるうちゃあ、手も足も出ねえんだ」

ターリー公のことは、レンリー王の軍勢にいた当時から見知っている。個人的には好きになれない男だったが、あの男に受けた恩は忘れていない。

(神々の慈悲により、わたしがきたことをターリー公に気づかれる前に、メイドンプールを通りぬけられればいいのだが)

「この戦《いくさ》が終われば、メイドンプールの町はムートン公に返還される予定だ」ブライエニーは農夫に教えた。「あの町の支配権を王に認められているからな」

「認められてるだぁ？」老農夫は笑った。「なにをだよ？　メイドンプールのろくでもねえ城にぼけっとすわってることをか？　あのぼんくら領主、リヴァーランに兵隊を送りはしたけんど、自分は一歩も外に出やしねえ。じきに、獅子どもが町へ略奪にきやがった。つぎは狼どもで、つぎは傭兵どもだ。なのに、ムートンの馬鹿殿ときた日にゃ、城壁の中に隠れてぬくぬくとすわってるだけじゃねえかよ。あの野郎の兄貴どのが生きておわしたら、あんなふうに隠れてたりゃあしなかったろうによ。サー・マイルズはもっと豪胆な領主さまだった。あの方がロバートの馬鹿王に殺されたりしなきゃなあ」

（またしても亡霊か）

そう思いつつ、ブライエニーは農夫にたずねた。

「じつは、妹を探している。はなはだ見目よき乙女で、齢は十三。見かけたことはないか？」

「乙女なんて見たこたねえな。美人でも醜女《しこめ》でもよ」

（この男もか）

だが、人を見たらたずねないわけにはいかない。

「ムートンの娘は乙女だけんどな」老農夫はつづけた。「ま、床入りまでは、だけんどもよ。わしらが荷車に積んでる卵は、その娘の婚礼用ちゅう話だ。なんでも、ターリーさまの息子と結婚なさるんだと。で、料理人がケーキを焼くのに、卵が山ほどいるんだそうな」

「だろうな」

（ターリー公の息子。あの幼いディコンが結婚するのか）

ディコンが何歳だったかを思いだそうとした。たしか、八歳から十歳あたりだったと思う。ブライエニーは七歳で婚約させられた。相手はブライエニーより三つ歳上の、キャロン公の若い息子で、唇の上にほくろのある内気な少年だった。会ったのは一度だけ。婚約式の晩に顔を合わせたきりだった。しかし、その二年後、少年は死んだ。キャロン公夫妻や娘たちとともに、熱病にかかって死んだのだ。あの少年が生きていれば、その一年以内には結婚し、初夜を迎えていたはずで、その場合、ブライエニーの人生はまったくちがったものになっていただろう。こんなところで、男の着る甲冑をまとい、剣を帯びて、亡くなった女性の娘を探しまわっていることもなかったはずだ。いまごろは、十中八九、夜の詩城《ナイトソング》にいて、ひとり、もしかするとふたりくらい、自分の子を育てていたにちがいない。こんなことを考えるのは、はじめてではない。ありえた人生を考えると、いつもちょっぴり悲しくなる。そのいっぽうで、現状にちょっぴり安心もした。

ようやく黒焦げの森を抜けると、太陽をなかば覆い隠す雲のもと、前方に広がるメイドンプールの町が見えた。その向こうには奥行の深い湾も見えている。町の門が再建され、補強されていることはひと目でわかった。ピンクの石を積みあげた市壁の上にも、ふたたび弩弓《クロスボウ》を手にした弓兵たちが歩きまわっているのが見える。門楼の上にはトメン王の長旗も翻っていた。金と真紅に二分された地色の上で向きあう、黒い牡鹿と黄金の獅子の旗だ。ターリー家の狩人の旗もあったが、ムートン家の赤い鮭の旗が見えるのは、丘の上に建つ城だけしかない。

落とし格子の手前には、十二人の門衛が鉾槍《ハルバード》を持って立っていた。共通する徽章から判断すれば、ターリー公のもとに集《つど》った軍勢の者だが、いずれもターリー家の家中の者ではないようだ。個別の徽章を見ると、半人半馬《セントア》がふたり、稲妻、青い甲虫、緑の矢がひとりずつ、ほかにもさまざまな徽章の者がいるが、角の丘城《ホーン・ヒル》の〝大股に歩く狩人〟の徽章をつけた者はひとりもいない。門衛長の胸には孔雀の紋章が記されていた。本来ならきらびやかな尾が、雲間から顔を出した陽の光のもとでは色褪せて見えている。

農民夫婦が荷車を引いて近づいていくと、門衛長は笛を吹いて制止した。

「こんどはなんだ、卵か？」門衛長は一個を上に放り投げ、空中でパシッとつかみ、にやりと笑った。「こいつはみんな、おれたちがもらってやろう」

老農夫は悲鳴をあげた。

「この卵はムートン公にお納めするもんだ。結婚式のケーキかなにかに使うとかで」

「だったら、雌鶏にもっと産ませればよかろうが。卵なんぞ、ここ半年はありついていないからな。待て待て、金を払わんとはいっとらん」

門衛長はひとにぎりの青銅貨を老農夫の足もとにばらまいた。

農夫の女房が声を荒らげた。

「それじゃ足りないよ。ぜんっぜん足りゃしない」

「なにをいうか、充分だ。そうだな、卵といっしょに、おまえもいただくとするか。おまえたち、この女を連れていけ。これだけ若いんだ、こんなじじいの女房にはもったいない」

門衛のうちのふたりが鉾槍を壁に立てかけ、いやがる女を荷車から引きずっていきだした。老農夫は蒼白な顔でそのさまを見つめているが、動こうとはしない。

ブライエニーはずいと馬を進ませた。

「放してやれ」

ブライエニーのただならぬ口調に、門衛たちはしばしとまどった。その隙に、女房は門衛たちの手をふりほどき、逃げもどってきた。

「おまえには関係ないことだ」ひとりがいった。「口のききかたに気をつけろ、女」

答えるかわりに、ブライエニーはすらりと長剣を引きぬいた。

「ほほう」門衛長がいった。「抜きおったな。なにやら逆賊の匂いがするぞ。ターリー公が逆賊をどうあつかわれるか、知ったうえでの所業だろうな」

門衛長はまだ荷車から盗った卵を握っている。その手にぐっと力をこめた。殻は割れて、指のあいだから黄身が流れ出た。

「ランディル公の逆賊のあつかいは承知している」ブライエニーはいった。「女を犯す者のあつかいもな」

公を〝ランディル〟とファーストネームで呼んだことで門衛らが怯んでくれればいいがと思ったが、門衛長は握りつぶした卵を投げ捨て、部下たちに包囲しろと合図しただけだった。ブライエニーは鋼の切先に囲まれる形となった。

門衛長がいった。

「いま、なんといった、女？　ターリー公がどうあつかうだと？　女を……」

「……犯す者だ」門衛たちの背後から、深く響く声があとを受けた。「去勢するか、〈壁〉送りか。それが公のとられる処置さ。ときには、その両方だな。盗っ人については指を斬り落とす」

目をやると、ものうげな感じの若者が門楼から一歩踏みだしてきた。腰には剣帯をはめている。鎖帷子《チェーン・メイル》の上から着ている外衣《サーコート》は、かつては白かったらしく、そこここに白い部分も残ってはいるが、大半は草の汁と乾いた血で汚れきっていた。胸には大きく紋章が描かれている。縛られて棹に吊るされた、茶色い鹿の死体の図柄だった。

（この男は――）

若者の声に、腹を殴りつけられたような衝撃をおぼえた。その顔は刃となって腹を抉《えぐ》るかのような痛みをもたらした。

「サー・ハイル……」

自然と声がこわばった。

「通してやったほうがいいぞ、おまえたち」サー・ハイルは門衛たちに警告した。「それは〈麗しのブライエニー〉、またの名を〈タースの乙女〉といって、レンリー王を斬殺し、〈虹の楯《レインボウ・ガード》〉の半数を斬り伏せた悪名高い女だ。そいつのたちの悪さたるや、醜さといい勝負だろう。これより醜いやつといえば……おまえくらいのものかな、〈しょんべん壺《ピスポット》〉。もっとも、おまえの親父は野牛《オーロクス》の末裔だから、醜いのにも充分な理由がある。かたやあの女の父親は、〈タースの夕星《ゆうずつ》〉だ」

門衛たちは笑ったが、とにもかくにも、鉾槍は左右に分かれた。

「こいつをつかまえなくていいんですか？」門衛長がたずねた。「レンリー王殺害のかどで？」

「つかまえてなんになる？　レンリーは謀叛人だったじゃないか。おれたちもみんなそうだ。なのに、いまやトメン王の忠実な家来だぞ」サー・ハイルは農民夫婦に向きなおり、門内に入れと手ぶりでうながした。「公の家令どのがこの卵を見れば喜ぶだろう。家令どのは市場にいる」

老農夫は自分の額をぴしゃりとたたいた。

「ありがとうごぜえます、だんなさま。あなたさまは本物の騎士さまです、そりゃあもう、見ればわかりまさ。おい、いくぞ、おまえ」

ふたりはふたたび荷車に肩をあてがい、ごとごとと門内へ押していきはじめた。

ブライエニーはポドリックをしたがえ、ふたりにつづいて門に進みだした。

（本物の騎士さまか。あんなやつが）

眉をひそめてそう思いつつ門内に入り——そこで手綱を引いた。左のほうの、泥道の路地に面して、厩の焼け跡がある。その焼け跡の向かいには淫売宿があり、バルコニーに半裸の娼婦が三人立って、ささやきあいながらこちらを見ていた。娼婦のうちのひとりは、以前、ブライエニーのそばに寄ってきて、あんたのズボンの中にあるのはマンコなのかい、チンコなのかい、と訊いた従軍売春婦にちょっぴり似ていた。

「いやはや、こんなにも悲惨な汎用馬は見たことがないな」サー・ハイルがいった。これはポドリックの馬のことだ。「これに乗ってるのがあんたでないのが不思議でしょうがないぜ、マイ・レディ。ところで、助けてもらったというのに、礼のひとつもないのか？」

ブライエニーは牝馬を降りた。地に立つと、頭ひとつぶん、サー・ハイルより高い。

「そのうち、礼をいうさ——模擬合戦《メレ》でな」

「〈赤毛のロネット〉のときみたいにか？」ハイル・ハントは笑った。大きな声の、心から愉快そうな笑いかただった。なんともあっけらかんとした顔だ。つかのま、心を読みやすい、正直な顔かと思ったものの、そうでないことはよくよく見ればわかった。ぼさぼさの茶色の髪、榛《ハシバミ》色の目、左耳の小さな傷。あごは割れていて鼻は曲がっている。けっして正直者の顔ではない。それでも、この男はよく笑った。それも、けたたましく。

ブライエニーはいった。

「門を見張っていなくていいのか？」

サー・ハイルは顔をしかめた。

「従兄弟のアリンは逆賊狩りに出かけていて、十中八九、〈猟犬《ハウンド》〉の首を持って帰ってくる。栄光につつまれて、やつはご満悦だろう。対するにおれは、こんな門の警備についていろ、とあんたに叱られる始末だ。助けてやったんだから、喜んでもらえると思ったんだがなあ、麗しの姫。で——なにをお探しだい？」

「それなら東門のそばだ。ここのは焼けちまった」

「厩を」

（そんなことは見ればわかる）

「さっき門衛たちに貴公がいったことだがな……レンリー王が亡くなられたとき、たしかにわたしはおそばにいた。しかし、王のお命を奪ったのはなんらかの魔法だ。この剣にかけて誓う」

ブライエニーは片手を剣の柄にかけた。ハントに嘘つき呼ばわりをされたら、戦うことも辞さない覚悟だった。

「知ってるよ。それに、〈虹の楯《レインボウ・ガード》〉の騎士たちを斬り伏せたのは〈花の騎士〉だ。同じ〈虹の楯《レインボウ・ガード》〉でも、相手がサー・エモンあたりなら、運しだいではあんたでも倒せたかもしれん。あれは腕力まかせの戦いかたをする男で、疲れやすかったからな。しかし、ロイスはどうだ？　サー・ローバー・ロイスとなると、剣士《ソーズウェンチ》としては、あんたの倍は強かったぞ。もっとも、あんたは剣士《ソーズマン》じゃない。そうだろう？　剣女なんてことばがあるもんかね？　ま、それはいい。メイドンプールくんだりまで、〈タースの乙女〉がなんのご用だ？」

妹を探してるんだ、十三の乙女で——といいかけて、思いなおした。自分には妹がいないことをサー・ハイルは知っているからだ。

「男を探している。〈臭い鵞鳥亭《ガチヨウ》〉という店によくくるそうなんだが」

「〈麗しのブライエニー〉に男は無用だろうに」サー・ハイルの笑みに残酷な影がよぎった。

「〈臭い鵞鳥亭〉か。いや、あそこにはぴったりの名前だよ……すくなくとも、〝臭い〟というところはな。港のそばにある店だが――しかし、そのまえに、まずはランディル公のところへきてもらおうか」

このサー・ハイル自身は怖くない。とはいえ、ランディル・ターリーの腹心のひとりだ。この男が口笛を吹いたら、百人の兵士が駆けつけてくる。

「わたしは捕縛されるのか？」

「なんの罪状で？　レンリーの件か？　はて、レンリーとはだれだった？　あれ以来、王は替わったんだ。なかには尽くす相手が二度変わったやつだっている。レンリーのことなんかだれも気にしやしないし、だれも憶えちゃいない」サー・ハイルは軽くブライエニーの腕をつかんだ。「さ、きてくれ――よかったら」

ブライエニーは手をふりほどいた。

「できれば、手を触れないでもらうとありがたい」

「やれやれ、やっと〝ありがたい〟が出たか」

そういって、サー・ハイルは人の悪そうな笑みを浮かべた。


最後にブライエニーがメイドンプールの町を見たときは、荒廃のきわみにあり、がらんとした街路の脇では家という家が焼け落ちて、惨憺たる姿をさらしていた。いま、街路は豚と子供たちであふれかえり、ほとんどの焼け跡は片づけられている。瓦礫を撤去された跡地のなかには、野菜が植えられているところもあれば、商人の露店や騎士用の天幕が設けられているところもある。新しい家屋もあちこちに建てられつつあった。燃え落ちた木造の旅籠の跡地には石造りの旅籠が新築され、町の聖堂《セプト》には新たに石瓦の屋根が葺《ふ》かれている最中だ。ひんやりとした秋の空気は、鋸を引く音や鎚を打つ音で震えていた。街路では男たちが材木を運び、未舗装の小径《こみち》では石切り工が石材を積んだ荷車を運んでいく。よく見ると、胸に〝大股で歩く狩人〟の紋章をつけている者が多い。

驚いて、ブライエニーはいった。

「兵士が町を再建しているのか」

「やつらにしたって、博打に酒に女のほうがいいに決まっているが、手のあいている兵士は働かせるのがランディル公の方針でな」

てっきり、城へ連れていかれるものとばかり思っていた。が、ハントが連れていった先は、人でごったがえす港だった。メイドンプールの港に貿易商人がもどってきているのを見て、ブライエニーはほっとした。ガレー船が一隻、ガレアス船が一隻、二本マストの大型コグ船が一隻——この三隻が、二十隻ほどの小型漁船に混じって停泊している。湾内にはさらに、何隻もの漁船が見えた。

(〈臭い鵞鳥亭〉でなんの手がかりも得られなければ、船に乗ろう)

船に乗ればガルタウンまで短時日《たんじじつ》でいける。そこから高巣城《アイリー》まではそう遠くない。ランディル・ターリー公は魚市場で裁判を行なっていた。

海辺には審判台が設けられ、公が台上から犯罪者として告発された者たちを見おろす形だ。公の左側には、二十人ぶんの絞首縄を取りつけた横長の絞首門があり、すでに四人の死体がぶらさがっている。ひとりは刑に処せられたばかりのようだが、ほかの三人は何日もそこに吊るされているようだ。そのうちの、ひときわ腐敗の進んだ死体には、一羽の鴉《クロウ》がとまって腐肉をついばんでいた。ほかの鴉たちは、人が吊るされる光景を眺めに押しかけた町民たちをきらい、どこかへいってしまったらしい。

ランディル公のとなりの席には、ムートン公の姿もあった。青白く、ぶくぶくと太って、見るからに軟弱そうなムートン公は、白い胴衣《ダブレット》と半ズボンを身につけ、白いオコジョの毛皮《アーミン》のマントをはおり、肩のところを、鮭の形をした朱金色のブローチで留めている。となりにすわるターリーが身につけているのは鎖帷子と硬革《ボイルド・レザー》の革鎧、それに灰色の鋼の胸当てだ。その左肩の上からはななめに背負った大剣の柄が突きだしていた。〈心臓裂き《ハーツベイン》〉の銘を持つあの大剣は、ターリー家の誇りにほかならない。

ブライエニーたちが近づいていくと、粗織《ラフスパン》りのマントと泥だらけの袖なし胴着《ジャーキン》を着た若者が訊問されているところだった。

「聖堂《セプト》の人間なんて、傷つけちゃいませんて、だんな」と若者はいっていた。「司祭《セプトン》たちが逃げだしたんで、あとに残してったものをいただいただけでさ。それで指を切られるってんなら、しかたねえですけど」

ターリー公はきびしい声でいった。

「盗っ人は指一本を切り落とすのが慣例だ。しかし、セプトからものを盗むのは、〈七神〉からものを盗むに等しい」そこで、執行吏の長に顔を向けて、「指を七本切り落とせ。両の親指は残してやるように」

「な、七本？」

盗っ人は蒼白になった。執行吏たちにひったてられるさい、抵抗しようとしたが、すでに指を切られたかのように、弱々しい抵抗しか見せない。その姿からは、ひとりでにあのときのサー・ジェイミーが思いだされた。ゾロの刀《アラク》が振りおろされたとき、ジェイミーが発した悲鳴もだ。

つぎの罪人はパン職人だった。小麦粉にオガクズを混ぜたかどで告発されたのだという。ランディル公は、スタッグ銀貨五十枚の科料を申しわたした。パン職人がそれだけの銀貨は持っていませんと答えると、足りない銀貨一枚につき、鞭打ち一回を命じた。つぎの罪人は、げっそりとやつれて青白い顔をした娼婦だった。こちらの罪状は、ターリー公の兵士四名に梅毒を移したというものだった。ランディル公は審判をくだした。

「女の秘所を灰汁《あく》で洗ったのち、地下牢に投獄せよ」

娼婦が泣きながら引きずられていったのち、ランディル公はふと、こちらに目を向けた。見物の輪のすぐ外で、ポドリックとサー・ハイルとともに立つブライエニーを目にとめて、眉根を寄せたものの、だれだかわかったそぶりは見せない。

つぎはガレアス船の船乗りの番だった。告発者はムートン公の守備隊に所属する弓兵で、胸には鮭の紋章をつけ、片手に繃帯を巻いていた。

「閣下に申しあげます。このクズ野郎めはわたしの手に短剣を突き刺しました。サイコロでいかさまをしたといいがかりをつけてきたのです」

ランディル公はブライエニーから視線を引きはがし、目の前の男たちに意識をふりむけた。

「刺したのは事実か？」

船乗りは答えた。

「滅相もねえ。そんなこと、しちゃいません」

「盗みを働けば、指を一本切り落とす。わしに嘘をつけば、縛り首に処す。そのサイコロを見せてもらおうか」

「サイコロを？」弓兵はムートンを見たが、自分の主君はぼんやりと釣り船を眺めている。弓兵はごくりとつばを呑みこんだ。「それが、そのう……たしかにサイコロが……わたしに都合のいい目ばかり出たのはほんとうですが……しかし……」

ランディル公はこれで充分だと判断した。

「この者の小指を切れ。どちらの手の指かは、本人に選ばせろ。船乗りの手のひらには釘を打ちつけよ」それだけいうと、立ちあがった。「本日の裁判はここまでとする。残りの者は地下牢にもどせ。その者らの裁定は明日くだす」

ついで、ランディル公はサー・ハイルに手招きをした。ブライエニーもいっしょについていき、ランディル公の前に立って、おずおずと声をかけた。

この人物の前に出ると、八歳の娘にもどった気がする。

「閣下」

「マイ・レディ。いかなる用向きで……ご来駕《らいが》を賜わったのかな？」

「命《めい》を受けて人を探しております。その者は……その者の名は……」

そこから先を、ブライエニーはいいよどんだ。

「探す相手の名前すら知らずに、どうやってその男を見つけられるというのだ？　ときに、そなたがレンリー公を殺《あや》めたというのはほんとうか？」

「殺《あや》めてなどおりません」

ランディル公はこのひとことを吟味した。

（わたしのことばを量っているんだ――罪人たちのことばと同じように）

「そうか」ややあって、ランディル公はいった。「レンリー公を目の前で死なせただけか」

たしかに、レンリーがこの腕のなかで死んだのは事実だ――生命とともに、おびただしい血を流し、この身を濡れそぼらせながら。

気おくれしつつも、ブライエニーは答えた。

「あれは魔法でした。わたしは絶対に……」

「絶対に、なんだ？」鞭のように鋭い声が飛んできた。「そなたは絶対に、鎧などをまとい、剣ごときを帯びるべきではなかったのだ。そもそも、父君の城を離れるべきではなかった。いまは戦《いくさ》のさなか。収穫期の舞踏会をしているわけではないのだぞ。すべての神々にかけて、そなたを船に押しこめ、タースに送り返すのがわしの務めであろう」

「それでは〈玉座〉の意にそむくことになります」凛《りん》とした声で答えたいところだったが、意に反してかんだかく、娘じみた声が出てしまった。「ポドリック。わたしの袋に羊皮紙がある。それを持ってきて公にお見せしろ」

ランディル公は丸めた書状を受けとり、広げ、眉根を寄せて中を見た。唇を動かしながら内容を読んでいる。

「王命とな。それはいかなる命令だ」

（わしに嘘をつけば、縛り首に処す——）

「サ——サンサ・スターク探しです」

「スタークの娘がこの町におれば、わしの耳に入らぬはずがない。賭けてもよい、あの娘は北へ向かったはずだ。父親の旗主のいずれかを頼っていったのだろう。頼る相手をまちがえねばよいが」

「かわりに谷間《ヴェイル》へ逃げこんだ可能性もあります」気がつくと、ブライエニーはそう口走っていた。「母親の妹を頼って」

ランディル公は蔑みの一瞥をくれた。

「レディ・ライサは死んだ。どこぞの吟遊詩人に山の上から突き落とされたそうな。いまは〈小指《リトルフィンガー》〉が高巣城《アイリー》を仕切っているが……長くはもつまい。谷間《ヴェイル》の諸公は、銅貨を数えるしか能のない、気どりくさった成りあがり者にひざを屈する者どもではないからな」公は王の書状をブライエニーに返した。「どこへなりとゆき、好きなことをするがよい……ただし、たとえ犯されても、裁きを求めてわしに訴え出るなよ。それはみずからの愚かさが招いた報いと思え」

ランディル公はサー・ハイルに目をやった。

「おまえもおまえだ。門衛にもつかず、ここでなにをしておる。わしは門を護れと命じたのではなかったか」

「たしかに、承りました」ハイル・ハントは答えた。「しかし、わたしが考えるに――」

「下手の考えは休むに似る」

いい捨てて、ランディル・ターリー公は大股に歩み去っていった。

（ライサ・タリーが死んだ――）

貴重な羊皮紙を握りしめたまま、ブライエニーは呆然と絞首門の下に立ちつくしていた。見物人たちが散っていき、鴉たちが饗宴を再開しにもどってきた。

（吟遊詩人に山の上から突き落とされた……）

鴉たちは、レディ・キャトリンの妹をも餌食にしたのだろうか。

「〈臭い鵞鳥亭〉にいきたいといっていたな、マイ・レディ」サー・ハイルが水を向けた。「ご希望なら、そこまで案内を――」

「門にもどれ」ブライエニーはいった。

つかのま、けげんな表情がサー・ハイルの顔をよぎった。

（たんに考えのわかりやすい顔なんだ。正直な顔というのではなく）

「ま、それがあんたの望みなら」

「望みだ」

「あれはひまつぶしのゲームだったんだよ。傷つけるつもりはなかったんだ」サー・ハイルはためらった。「あのときにいたベンは死んだ。ブラックウォーターの戦いでな。同じく、ファロウも、〈鸛《コウノトリ》のウィル〉もだ。マーク・マレンドアは片腕のひじから先を失った」

（いい気味だ）とブライエニーはいってやりたかった。（当然の報いというべきだろう）

自分の天幕の前で、小さな鎖帷子を着せた猿を肩に乗せ、その猿とにらめっこをしていたマレンドアを思いだす。ビタープリッジのそばで過ごした晩、キャトリン・スタークはあの者たちをなんと呼んでいただろう？

（〝夏の騎士〟だ）

いまは秋。じっさい、あの者たちは、木の葉が舞い散るように散ってしまった……。

ハイル・ハントに背を向けた。

「ポドリック、こい」

少年は二頭の馬の手綱を引き、小走りにあとからついてきた。

「例の場所へいくんですか？〈臭い鵞鳥亭〉に？」

「そうだ。おまえは東門のそばの厩へ。馬を預けるついでに、厩番に今夜泊まれそうな旅籠があるかどうか訊いておけ」

「訊いてきます。騎士さま。マイ・レディ」ポドリックはもうしばらく、ときどき石ころを蹴りながら、うつむいてついてきたが、ややあって、こうたずねた。「場所はわかってるんですか？〈鵞鳥〉の？あの、〈臭い鵞鳥亭〉の」

「わからない」

「あのひと、案内するって。あの騎士。サー・カイルが」

「ハイルだ」

「ハイル。あのひとになにをされたんです、騎士さま？あ、マイ・レディ」

（この子、ことばはこうだが、けっして愚かではないな）

「レンリー王がハイガーデン城に旗主を呼集したとき、何人かがわたしをめぐってゲームをしたのさ。サー・ハイルもそのひとりだった。残酷で心ない、人の心を深く傷つけるゲームだった」ブライエニーはことばを切った。「東門はあっちだ。そこでわたしを待て」

「わかりました、マイ・レディ。騎士さま」

〈臭い鵞鳥亭〉にはなんの看板も出ていなかった。一時間ちかくも探しまわって、ようやく見つけたその酒場は、廃船を解体する業者の納屋の地下、木の階段を降りていったところにあった。地下室は薄暗くて天井が低く、入っていくさい、ブライエニーは梁に頭をぶつけてしまった。鵞鳥の姿はどこにもなかった。腰かけが何脚かあちこちに置いてあり、いっぽうの土壁にはベンチがくっつけて置いてある。テーブルはみな古いワイン樽を流用したもので、すっかり色褪せて虫食い穴だらけの状態だった。そのすべてを包みこんで、話に聞く強烈な悪臭がただよっていた。ブライエニーの鼻に識別できるかぎりでは、大半はワインの匂い、ものが湿気って饐《す》えた匂い、白黴《カビ》の匂いだが、厠《かわや》の匂いも少々混じっている。死体置き場の匂いもだ。

店内の客はタイロシュ人の船乗り三人だけだった。顎鬚《あごひげ》を緑や紫に染め、なにやらうなるような声で話をしていた三人は、ブライエニーをちらりと見やり、ひとりがなにかをいった。ほかのふたりがげらげら笑った。店の奥には、ふたつの樽に差しわたした厚板のカウンターがある。その向こうに立つ店主は女で、丸々と肥え、肌の色は青白く、頭はだいぶ毛が薄くなって、汚れた上っ張りの下にはぶよぶよのばかでかい乳房が揺れていた。まるで神々が、焼く前のパン生地で創ったような肉づきだった。

さすがにここでは、水をくれとはいいにくい。ブライエニーはワインを注文し、たずねた。

「〈手器用《ニンブル》のディック〉と呼ばれる男を探しているんだが」

「ディック・クラブかい。毎晩のようにくるよ」女はブライエニーの鎧と剣をじろりと見た。「あいつをぶった斬るんなら、よそでやっとくれ。ターリー公に目をつけられたかないんでね」

「話をしたいだけだ。なぜ斬りにきたと思った？」

女は無言で肩をすくめただけだった。

「その男がきたら、うなずいて合図してくれるとありがたい」

陣どった。

「どのくらいありがたいんだい？」

ブライエニーは星紋銅貨を一枚、厚板に置くと、店の片隅の、階段がよく見える暗がりに陣どった。

ワインを試してみた。ねっとりしているうえ、髪の毛が一本浮いていた。その髪をつまみだしながら、ブライエニーは思った。

（やけにかぼそい髪の毛ね——サンサを見つけられる可能性なみにかぼそいわ）

サー・ドントスを追っても無駄なことはわかった。谷間《ヴェイル》のレディ・ライサが死んだ以上、あそこへ逃げこんだ可能性も小さい。

（あなたはどこにいるの、レディ・サンサ？　ウィンターフェル城へ向かって、逃げている最中？　それとも、ポドリックが思いこんでいるように、〝夫〟といっしょにいるの？）

〈狭い海〉の向こうまで追いかけていきたくはない。あちらの土地は、ことばでさえ異様に聞こえる。

（向こうへいけば、ますます奇妙なものを見る目で見られるでしょう。ことばが通じなくて、うなり声としぐさだけで意思を疎通せざるをえないんだから。また笑いものにされるわ——ハイガーデン城のときのように）

あのときのことを思いだすと、ひとりでに頬が赤らんでしまう。

レンリーが戴冠したとき、〈タースの乙女〉はわざわざ河間平野《リーチ》を越えて新王のもとへと駆けつけた。王自身は丁重にブライエニーを迎えいれ、臣下に加えてくれたが、諸公や騎士たちはそんなに甘くなかった。ブライエニーとて、あたたかい歓待を期待していたわけではない。冷たいあしらい、嘲り、敵意は覚悟していた。そんなあつかいなら、以前にも受けたことがある。しかし、ブライエニーを当惑させたものは、大多数の者が見せる軽蔑ではなく、少数の者が見せた親切さだった。〈タースの乙女〉は三度も婚約したが、ハイガーデン城へいくまで、一度も口説かれたことがなかったのである。

最初に言いよってきたのは、レンリーの陣営の中でブライエニーよりも背が高い数少ない男のひとり、〈ビッグ・ベン・ブッシー〉だった。〈ビッグ・ベン〉はまず従士を遣わし、ブライエニーの鎧を磨かせ、銀器の角杯を贈ってきた。サー・エドマンド・アンブローズはその上手《うわて》をいき、みずから花を持って現われ、ともに馬で散策しませんかと誘った。サー・ハイル・ハントはさらに意表をついて、本の贈り物をよこした。美しい装丁の、百もの騎士英雄譚が収められた本だった。そのうえ、馬のために林檎《リンゴ》と人参を用意し、ブライエニーの兜飾りにと、青いシルクの頭立《ずだて》まで持ってきた。野営地のうわさ話もいろいろとしてくれたし、辛辣で気のきいたせりふには思わず顔がほころんだものだった。剣の訓練につきあってくれた日もあり、これはなによりも励みになった。

そのときブライエニーは、レンリー王の手前もあって、この者たちがこんなに親切にしてくれるのだろうと思っていた。

（いいえ、親切などという次元ではなかったわね）

テーブルでは、みな競ってブライエニーのとなりにすわろうとしたし、率先してカップにワインをついでくれたり、ひときわ旨い胸腺肉の部分を取りわけてくれたりもした。サー・リチャード・ファロウはブライエニーの天幕の前でリュートを奏で、愛の歌を歌った。サー・ヒュー・ビーズベリーは、〝タースの乙女たちなみに甘い《スイート》〟蜂蜜を壺に入れて持ってきてくれた。サー・マーク・マレンドアには、連れている猿の愉快な芸でさんざん笑わされた。あの奇妙な小さくて白と黒の生きものも、飼い主と同様、夏諸島《サマー・アイランズ》の出身だったはずだ。〈鸛《コウノトリ》のウィル〉と呼ばれていた遍歴の騎士は、肩を揉もうと申し出てきた。

ブライエニーは断わった。そのほかの者たちの申し出についても、すべて断わった。ある晩、サー・オーウェン・インチフィールドに押さえつけられ、強引にキスをされたときには、反射的に殴り倒し、調理の焚火に尻もちをつかせたこともある。そののちブライエニーは、ガラスに自分の顔を映してみた。横に広い顔はそっ歯でそばかすだらけ、唇は大きくて厚く、顎はごつくて、全体にひどく醜い。ブライエニーの望みは騎士となり、レンリー王に仕えることだけだった。それなのに、こんな事態になるなんて……。

野営地に女がひとりだけならまだわかるが、そんな状態ではない。そもそも、従軍娼婦でさえブライエニーより可愛いくらいだし、毎晩タイレル公がレンリー王を饗応している城内では、やんごとなき乙女や美しい淑女たちが、笛や角笛やハープの調べに合わせてダンスをしているのだ。

（なぜわたしに親切にするの？）見知らぬ騎士がお愛想をいってくるたびに、ブライエニーはそう叫びたくなった。（なにが望み？）

その謎を解いてくれたのはランディル・ターリー公だった。ある日、公に遣わされてきたふたりの兵士に求められ、ランディル公の天幕まで出向いてみると、年若い息子のディコンがたまたま耳にし、報告してきたという話を聞かされた。なんでも、四人の騎士たちが馬に鞍をつけるさい、げらげら笑いながら、きわめて不謹慎な話をしていたという。

騎士たちは賭けをしていたのである。

はじめたのは、若手の騎士のうちの三人だった——と、ランディル公はいった。公の郎党であるアンブローズ、ブッシー、ハイル・ハントの三人だ。ところが、賭けの話が野営地に広がるにつれ、ほかの騎士たちもゲームに加わりだした。ゲームへの参加料はドラゴン金貨一枚。そして、ブライエニーの処女をみごと勝ちとった者が、参加料の総取りをすることになっていたとのことだった。

「愚劣な遊びはやめさせた」とランディル公はいった。「この愚行の……新規参入者のなかには……不心得者もおるし、総額は日ごとに膨れあがっていくいっぽうだった。いずれかの者が力ずくで手ごめにしようとするのも、時間の問題であったろう」

「あの者たちは騎士でしょう？」呆然としながら、ブライエニーはいった。「ちゃんと叙任された騎士なのでしょう？」

「本来は恥を知る者どもだ。非はおまえにある」

思わぬ非難に、ブライエニーはたじろいだ。

「わたしはけっして……閣下、わたしはけっしてあの者たちを挑発するようなまねはしておりません」

「おまえがいること自体が挑発になっていると、なぜわからぬ。従軍娼婦のごとくに陣中をうろつく女は、このようなあつかいをされても、文句をいえる筋合いではない。軍陣というものは、女がうろちょろしていいところではないのだ。自分の身の安全と家の名誉がだいじなら、その鎧を脱ぎ、家に帰って、夫を見つけてくれと父御にたのめ」

「わたしは戦うためにきたのです」ブライエニーは食いさがった。「騎士になるために」

「神々は戦いを男にゆだねられた。女の役目は子を産むことにある。女の戦いの場は産褥と知れ」

この時点で、ブライエニーの回想は破られた。だれかが地下室への階段を降りてくる音がする。ブライエニーはワインのカップを脇に置いた。入ってきたのは、ぼろぼろの服を着た男だった。やせていて、細い顔はとげとげしく、茶色の髪は薄汚れている。男はタイロシュの船乗りたちをちらりと見やり、ブライエニーにはもうすこしだけ長く視線をすえてから、カウンターに歩みよって、女将《おかみ》にいった。

「ワインだ。おめえんとこの馬のションベン、混ぜんじゃねえぞ」

女将はブライエニーに目をやり、うなずいてみせた。

「ワインならわたしが奢ろう」ブライエニーは隅から呼びかけた。「そのかわり、話を聞きたい」

男はこちらにふりかえり、警戒の視線を向けた。

「話？　話なら、いっぱい知ってんぞ」男はそばまで歩いてきて、ブライエニーの向かいのスツールに腰を降ろした。「どんな話をご所望だい？　いってみな、〈手器用《ニンブル》のディック〉さんが話してやるぜ」

「道化《フール》をカモった《フールド》そうだが？」

ぼろを着た男はワインをすすり、考えこんだ顔になった。

「そんなこともあったかもしんねえし、なかったかもしんねえな」男が着ている擦りきれた胴衣《ダブレット》には、どこかの貴族の徽章をむしりとった跡があった。「そいつを知りてえといってんのは、どこのどなたさんだ？」

「ロバート王だ」

ブライエニーはスタッグ銀貨を一枚、たがいのあいだの樽の上に置いた。銀貨の一面にはロバートの顔が、反対の面には牡鹿《スタッグ》が刻印されている。

「いまでもかい？」男は銀貨を取りあげ、にやにや笑いながらピンとはじくと、テーブルの上で回転させた。「王さまってやつが踊るとこを、いっぺん見てみてえよなあ。やれそれ《ヘイ・ノニ》、やれそれ《ヘイ・ノニ》、やれそれ《ヘイ・ノニ》、ホーッてなもんでよ。ま、あんたのいう道化、たしかに見たかもしんねえわ」

「娘がいっしょではなかったか？」

「娘かい？　ふたりいたかな」男は即座に答えた。

「娘がふたり？」

（もうひとりはアリアということか？）

「おおっと、いっとくが、娘を見たわけじゃねえぜ。ただ、三人乗せてけっていってたからよぉ」

「どこへ？」

「海の向こうとかいってたな」

「どんな格好をしていたか憶えているか？」

「だから、道化だよ」銀貨の回転速度が落ちてくると、ディックはテーブルの上からさっとひっつかみ、すばやくふところにしまいこんだ。「怯えた道化だ」

「怯えた？　なぜ？」

男は肩をすくめた。

「理由なんざ知らね。ただよ、海千山千の〈手器用《ニンブル》のディック〉さんにゃあ、恐怖の匂いがちゃんとわかるんだな、これが。やっこさん、毎晩のようにここへきちゃあ、船乗りどもに酒を奢って、寸劇をやらかして、二、三曲、歌を歌ってた。ところが、ある晩、胸に狩人の紋章をつけた兵隊が何人か入ってきやがってよ。したらあの道化、みるみる真っ青になって、兵隊どもが出てくまでじっとしてるじゃねえか」すわったまま、スツールをブライエニーのほうへずりよせてきた。「ターリーの野郎ときたら、兵隊どもに桟橋のたくらせて、出入りする船をぜえんぶ見張らせてやがるんだ。鹿を獲りたきゃ森にいく。船に乗りたきゃ桟橋にいく。なのに道化にゃその度胸がねえ。で、おれが、いいことを教えてやろうかっていったのさ」

「どんなことを？」

「そいつぁ、銀貨一枚じゃなあ」

「話すなら、もう一枚やろう」

「どれどれ」

ブライエニーは、樽にもう一枚、銀貨を置いた。男は銀貨を回転させ、にやりと笑うと、さっとひっつかんだ。

「船のところへいけねえやつぁ、船のほうからきてもらうっきゃねえ。だからよ、そういうこともある場所があるぜって耳打ちしてやったんだ。隠し桟橋ってえのかな」

ブライエニーの両腕に鳥肌が立った。

「密輸業者の入江か。密輸業者のところにその道化をいかせたのか」

「道化と娘ふたりをな」

男はそういって、くっくっと笑った。

「ただよ、おれが教えた場所にゃ、もうずいぶん長《なげ》ぇこと船がきてねえ。三十年ってとこかなあ」鼻をかきながら、男はつづけた。「よう、あの道化、あんたのなんなんだ？」

「その娘ふたりは、わたしの妹だ」

「えー、ほんとかよ？　そりゃまあ気の毒に。おれにも妹がいてよ。むかしゃあひざ小僧がぽっこり出たガリガリのやせっぽちだったくせに、年ごろになったとたん、パイオツが出てきやがってよ、騎士の息子をくわえこんじまった。じきに、キングズ・ランディングで淫売やって暮らすって出てっちまって、それっきりだわ」

「道化と娘たちがいった場所は？」

ふたたび、肩をすくめた。

「あれえ、こりゃどうしたことだ。まるで思いだせねえ」

「どこだ？」

ブライエニーはテーブルにたたきつけるようにして、もう一枚銀貨を置いた。

男は人差し指で銀貨をはじき返した。

「銀貨じゃあ見つけらんねえとこだよ……けど、金貨なら話はべつだ」

銀貨ではもう聞きだせない、とブライエニーは判断した。

(金貨を出したところで、はたして口を割るかどうか。確実なのは鋼にものをいわせることだろう)

ブライエニーは短剣の柄に手をかけたが——そこで思いなおし、巾着に手をつっこんだ。

ドラゴン金貨を一枚取りだし、樽の上に置く。

「どこだ？」

ぼろを着た男は金貨をひっつかみ、軽く噛んだ。

「おほ、こりゃマジモンだ。うん、突然思いだしたぜ、ありゃあ鋏み割りの蟹爪岬《クラッククロー・ポイント》だった。ここから北、丘と沼地だらけの荒野の向こうだ。おれぁたまたま、あのへんの生まれでよ。

名前はディック・クラブてんだ。たいていのやつぁ〈手器用《ニンブル》のディック〉と呼ぶけどな」

ブライエニーは名乗るつもりなどなかった。

「鋏み割りの蟹爪岬《クラッククロー・ポイント》のどこだ？」

「〈呟《つぶや》く者たちの館〉だよ。さすがに、クラレンス・クラブのうわさは聞いたことがあんだろ？」

「ない」

クラブは驚いた顔になった。

「おいおい、あのサー・クラレンス・クラブだぜ。おれぁ、その末裔なんだ。サーは身の丈二メートル半、片手で松の木を引っこぬき、投げれば何百メートルも先まで届くってえ大力《だいりき》の主だった。どんな馬もサーが乗ったらつぶれちまうんで、いつも野牛《オーロクス》に乗ってたって話だ」

「その大男が、密輸業者の入江となんの関係がある？」

「嫁さんが森の魔女でよ。人を殺すたんびに、サー・クラレンスはそいつの首を持って帰る。そうすっと、女房がその首の唇にキスをして、生き返らせるってわけさね。首だけになって生き返ったやつらのなかにゃあ、城主もいたし、魔導師もいたし、有名な騎士も海賊もいたそうな。ひとりなんか、ダスケンデールの王さまだったっていう話だぜ。その首どもがよ、クラブにいろいろと入れ知恵をするわけよ。首から上しかねえんで、どいつも小さな声しか出せねえが、そのかし、口を閉じることもねえ。首だけになっちまったら、しゃべるっきゃ時間のつぶしようがねえだろ。〈呟く者たち〉ってのは、クラブがつけた首たちの呼び名さ。ま、それもむかしの話で、千年も前から廃墟になってっけどよ。さびしいところだぜえ、〈呟く者たちの館〉はよぉ」クラブは金貨を手の甲に載せ、はじいて回転させつつ、器用に関節の上を走らせた。「金貨《ドラゴン》一枚じゃあ、きっとさびしいまんまだろうなあ。けど、十枚もありゃあ……」

「金貨《ドラゴン》十枚といえば、ちょっとした財産だ。わたしを馬鹿《フール》だと思っているのか？」

「うんにゃ。けどよ、道化《フール》のいったところには連れてってやれるぜ」右から左へ、左から右へ、金貨が関節の上を動いていく。「〈呟く者たちの館〉のところへよ、ム・レディ」

金貨をあやつるこの男の小器用な手つきは気にいらない。だが……。

「妹を見つけられたら、六枚。道化《フール》だけなら二枚。なにも見つからなければ無報酬だ」

クラブは肩をすくめた。

「六枚なら、ま、いいか。六枚なら、なんとかなんだろ」

（返事が早すぎる）

クラブが金貨をしまいこむ寸前、ブライエニーはすばやくその手首をつかんだ。

「甘く見ないでもらおうか。簡単にカモれると思ったら大まちがいだぞ」

ブライエニーが手を放すと、クラブは手首をさすりながら、つぶやくようにいった。

「おお痛ぇ――腕が折れるかと思ったじゃねえかよ」

「それは悪かったな。妹は十三歳。早々に見つけてやらなくては――」

「――どっかの騎士にツッコマれちまうってか？　まあいい、話はよくわかった。その娘、助かったも同然だと思っとけ。これからは〈手器用《ニンブル》のディック〉さまが手を貸してやらあ。夜明けどき、東門で落ちあおう。それまでに、馬の手配をしとかねえとな」

15 サムウェル

海の上に出ると、サムウェル・ターリーはいつも体調不良《グリーンシックネス》に陥る。

たんに溺れるのが怖いからではない。もちろん、それもかなり大きな要素ではある。だが、船の揺れ――足の下で甲板が上下し、前後左右に揺れる動き、これが苦手なのだ。

「気持ちが悪い。吐きそうだ」

東の物見城《イーストウォッチ》を出帆した日、吟遊詩人のダレオンにそう告白した。すると、たちまち背中をどやされ、こういわれた。

「そんなにでっかい腹じゃあ、〈異形退治のサム〉よ、大量に吐くことになるだろうな」

なるべく、すずしい顔を装おうと試みはした。ジリの手前もある。なにしろ、ジリが海を見るのははじめてなのだ。クラスターの砦を逃げだし、雪原を必死で越えるさい、いくつかの湖に出くわしたが、その湖さえ、ジリには驚異の対象のようだった。ガレー船《黒い鳥《ブラックバード》》が岸辺を離れ、海原にすべりだすと、ジリはがたがた震えだし、大粒の涙をぽろぽろこぼしながら、「神々よ、お護りください」とつぶやいた。東の物見城《イーストウォッチ》はあっという間に遠ざかり、〈壁〉自体もどんどん遠く、小さくなっていって、ついには姿が見えなくなった。そのころになると、海風が出てきた。本来、黒かった帆は、何度も洗われて色落ちし、灰色になってしまっている。ジリの顔は恐怖で蒼白になっていた。

「だいじょうぶ、これはしっかりした船だから」サムは慰めようとした。「怖がらなくてもいいよ」

だが、ジリはなにもいわず、サムをちらりと見ただけで、赤ん坊をいっそう強く抱きしめ、船室に逃げこんでいった。

サムはまもなく、船縁《ふなべり》をぎゅっと握りしめ、海上に顔を突きだして、すぐ下でなめらかに動く櫂の列を見おろすはめになった。一糸乱れぬ多数の櫂の動きは美しく、海面を見つめているよりもずっとましだった。海面を見ていると、いまにも溺れそうな気分に陥ってしまう。小さいころ、泳ぎを教えようとした父ランディル公により、角の丘《ホーン・ヒル》のふもとの養魚池へ放りこまれたことがある。サムはたちまち溺れかけ、鼻にも口にものどにも水が入りこみ、サー・ハイルに引きあげられたあとも何時間も咳きこんで、ぜいぜいとあえぎつづけていたものだった。以来、腰より深いところへはけっして近づかないようにしている。

だが、〈海豹《アザラシ》の入江〉は腰よりずっと深く、父親の城の下にあった小さな養魚池のようにおだやかなしろものではない。海の水は灰色がかった緑色で、波は荒く、木々におおわれた海岸のそばは岩礁と渦だらけだ。船から落ちたら、たとえ必死に手足をばたつかせて岸まで泳ぎきったとしても、荒浪に翻弄され、岩場に頭をたたきつけられて死んでしまうだろう。

「人魚でも探してるのかい、〈異形退治〉のだんな？」

海岸を眺めるサムに気づいて、東の物見城《イーストウォッチ》で合流したダレオンがたずねた。髪はブロンド、目は榛《ハシバミ》色のハンサムな若き吟遊詩人には、黒一色に身を包む誓約の兄弟というより、黒太子《こくたいし》のような趣《おもむき》がある。

「ちがうよ」

自分でもなにを探しているのかわからなかった。この船で自分がなにをしているのかもだ。

〝おまえには〈知識の城《シタデル》〉にいき、学鎖を修めてメイスターになってもらう。そのほうが〈冥夜の守人《ナイツ・ウォッチ》〉のためになるからな〟とジョンにはいわれた。だが、そのことを考えただけで憂鬱になる。メイスターになんてなりたくない。ずしりと重く、肌にひんやりと冷たい鎖なんて首にかけたくない。誓約の兄弟たちから——これまでにできた唯一の友人たちのそばから——離れるのはいやだ。なにより、もう死んでしまえとばかりに、自分を〈壁〉に追いやった父親とは顔を合わせたくない。

ほかの同行者たちにしてみれば、それほど憂うべき状況ではなかった。みんなにとっては、この航海はハッピーエンドにおわる公算が高い。〈幽霊の森〉で経験したいくたの恐怖から遠く隔てられ、ウェスタロスの最南端にちかいホーン・ヒル城で、ジリは安全に匿《かくま》われる。父親の城の召使いになれば、クラスターの妻でいるうちは夢想だにしなかった幸せのうち、ごくささやかな一部——ぬくもりとたっぷりの栄養を満喫して暮らせるだろう。自分の息子が強く大きく成長し、狩人や馬丁や鍛冶になるところを見とどけることもできる。その子に武術の素質でもあれば、どこかの騎士に従士として取り立ててもらえる可能性さえある。

メイスター・エイモンも、従来よりずっといい環境に落ちつけるはずだ。あとどれだけの余生が残されているかはわからないが、オールドタウンの温暖な気候のもと、老エイモンが他のメイスターたちと対話し、侍者や修練者と叡知を分かちあうことを思うと、サムの心はなごんだ。なにしろ、余生を百回くりかえすに値するだけの貢献を、老エイモンはしてきたのである。

ダレオンでさえ、いままでよりもいい目が見られるだろう。ダレオンはつねづね、自分は強姦の罪で〈壁〉に追放されたが、それは無実の罪で、かつてはさる大貴族の宮廷に仕え、晩餐のたびに歌を吟じていたのだといっている。そんなダレオンを、ジョンは新兵募集係に任命した。かつてこの役目を務めていたヨーレンという男が、あるとき、行方不明になってしまったからだ。どうやら死亡したらしい。ダレオンの仕事は七王国じゅうをめぐり歩き、〈冥夜の守人《ナイツ・ウォッチ》〉の勇敢さを歌で讃え、ときどき新兵を〈壁〉へ連れて帰ることにある。

航海は長くてつらいものになるだろう。それはだれにも否定できない。しかし、すくなくともほかの者には幸せが待っている。サムにとっては、それが唯一の慰めだった。

（おれはみんなのためにいくんだ）と、自分に言い聞かせた。〈冥夜の守人《ナイツ・ウォッチ》〉のために、同行する者たちを幸せにするために）

海面を眺めれば眺めるほど、海はいっそう冷たく、いっそう深く感じられる。

とはいえ、眺めなければ眺めないで、いっそうつらさがつのるばかりであることにサムは気づいた。乗客は船尾楼下のせまい船室を分かちあっている。その船室の中で、息子を抱くジリと話をして、サムは胸のむかつきから気をそらそうとした。

「オールドタウンまでいくには、ブレーヴォスで別の船に乗り換えなきゃならない。小さいころ、ブレーヴォスのことは本で読んだんだけどね。都市全体が礁湖《ラグーン》の中にあって、百もの小島にまたがって造られてるんだってさ。そこにはタイタン——高さ何百メートルもある、大きな石の人間が立っているそうだよ。馬のかわりに小舟が移動手段でね。よくある即興のばかばかしい道化芝居じゃなくて、台本という、あらかじめ作られたお話のとおりに芝居が演じられるんだって。食べものもみんな格別で、とくに魚が旨いらしい。礁湖《ラグーン》で獲れたての、ありとあらゆる二枚貝に、鰻《ウナギ》に牡蠣《カキ》——。船の乗り継ぎのときには、二、三日、待つことになると思うんだけど、そのあいだに芝居を見て、牡蠣でも食べようか」

ジリが大喜びすると思っていったことだったが、すっかりあてがはずれた。洗っていないぼさぼさの髪のあいだから生気のない目でサムを見て、ジリはこういったのだ。

「あなたがそう望むなら」

「きみはどうしたいんだい？」

ジリはそういって目をそらし、息子を左から右へと抱きかえて、あとは黙りこんでしまった。

「なにも」

そのあいだも、船の揺れによって、出帆前に食べたベーコン・エッグと揚げパンを胃の中でかきまわされつづけていたのだが、突如として、それ以上はもう船室にいられなくなり、サムは必死に立ちあがると、よろよろと梯子《はしご》を昇って甲板にあがった。朝食を海に吐きだすためだ。だが、あまりにも吐き気が強烈で、あらかじめ風向きをたしかめる余裕もなかったので、風上側の舷縁から吐いてしまい、嘔吐物をだいぶかぶるはめになった。吐いたことで、気分はずっとましになったが……それも長くはつづかなかった。

この船は《黒い鳥《ブラックバード》》——〈冥夜の守人《ナイツ・ウォッチ》〉の持つガレー船で最大の船だ。コター・パイクが東の物見城《イーストウォッチ》でメイスター・エイモンに助言したところでは、《襲《ストーム》 鴉《クロウ》》や《鉤爪《タロン》》のほうがずっと速いが、あっちは軍艦であり、快速の猛禽であって、漕手《そうしゅ》は上部甲板上にならぶ。スカゴス島を越えて〈狭い海〉の荒浪をいくのなら、《黒い鳥《ブラックバード》》にしたほうがいいとのことだった。

「すでにいくつか嵐がきているからな」とパイクは警告した。「激烈さでは冬の嵐のほうが上だが、頻発するのが秋の嵐の特徴だ」

最初の十日間、海は凪いでいて、《黒い鳥《ブラックバード》》はなめらかに〈海豹の入江《アザラシ》〉を進みつづけた。その間に、陸影が消えることはなかった。風が吹いてくると寒いが、潮風の匂いには独特のすがすがしさがある。サムはほとんど、ものを食べることができず、なんとか嚥《の》みこんでも長く胃にとどめてはおけなかったが、それを除けば、とくにひどい目に遭うこともなかった。そのあいだ、ジリを元気づけようとしていろいろ声をかけたものの、なかなかうまくいかなかった。なにをいっても甲板に出てこようとはせず、息子を抱いて暗い船室に閉じこもってばかりなのだ。赤ん坊自体、母親と同じくらい船が苦手なようだった。泣いていないときは母親の乳にむしゃぶりついている。腹はつねにくだしぎみで、防寒も兼ねておくるみにしている毛皮はすでに茶色く染まり、船室内には異臭がただよって、サムがどれだけ獣脂蠟燭を点《とも》しても、いっこうにその匂いをかき消すことはできなかった。

船室にいるよりも、甲板で外気に触れていたほうが気持ちがいい。ダレオンが歌を歌っているときは、とくにそうだ。吟遊詩人は《黒い鳥《ブラックバード》》の漕手のあいだでも有名で、漕手たちが櫂をあやつるときはいろいろと歌って聞かせた。漕手たちの好む歌については、『黒い駒鳥《ブラック・ロビン》が吊るされた日』、『人魚の嘆き』、『わが人生の秋』のような悲しい歌から、『鉄の槍《ランス》』、『七人の息子に七振りの剣』のような勇ましい歌や、『わがレディの晩餐』のような春歌にいたるまで、ダレオンはじつによく知っていた。ダレオンが『熊と美貌の乙女』を歌うと、船じゅうの漕手が声をそろえて合唱し、《黒い鳥《ブラックバード》》は空を飛んでいるかのように快走する。アリザー・ソーンのもとでともに修業した経験から、ダレオンがたいした剣士でないことは知っていたが、声はじつに美しかった。

「あれは蜂蜜をかけた稲妻だな」

と、かつてメイスター・エイモンはそう形容したことがある。メイスターもウッドハープと弦楽器《フィドル》を弾くし、自分でも歌を作ったりする。サムの耳には、演奏も歌もあまり上手には思えないが、そばにすわってその調べを聴いていると、不思議に心がなごんだ。ひとつだけ難をいえば、腰をおろす長櫃《ながびつ》が固いうえに、割れやすいことだ。そのときばかりは、自分の尻が肉厚なことに感謝する。

（太った人間というのは、尻の下にクッションを持ち歩いているようなものだからな）

メイスター・エイモンも、航海中は甲板上で過ごすことを好んだ。外に出ているときは、何枚もの毛皮を着こみ、海の彼方に目を向けていることが多い。

「なにを見てるんだろう？」ある日、ダレオンがサムの前で疑問を口にした。「だいたい、メイスターにとっては、船室も甲板も真っ暗なはずなのに」

老メイスターはその疑問を聴きつけた。目は視力を失っていても、耳はまだまだしっかりしているのだ。

「わたしとて、生まれつき目が見えなかったわけではないよ」と、メイスターはサムたちにいった。「最後にこの航路を通ったときは岩場や木々や白波が見えたし、船のあとをついてくる鷗《カモメ》たちも見た。当時、わたしは三十五歳でね。メイスターの学鎖をつけて十六年。弟のエッグは統治の手助けをしてほしいといったが、わたしには自分のいくべき場所が〈壁〉であるとわかっていたんだ」

エッグというのは、狂王エイリスの祖父王、エイゴン五世のことである。メイスターは、さらに語をついで、

「北の地へと送りだすにあたって、エッグは大型船《黄金《ゴールデン》のドラゴン》にわたしを乗せて、東の物見城《イーストウォッチ》まで安全に送りとどけるために、友人のサー・ダンカンを護衛につけるといってゆずらなかった。それだけではない。新兵があれほど鳴り物入りで〈冥夜の守人《ナイツ・ウォッチ》〉入りするのは、伝説の女王ナイメリアが六人の王に黄金の足枷をつけて〈壁〉に送りこんで以来の話

だろう。エッグはなんと、わたしがひとりきりで宣誓をせずにすむように、地下牢の囚人をこぞって供につけたんだ。これは兄上の護衛だ、とエッグはいったものさ。その〝護衛〟のなかには、あのブリンデン・リヴァーズも加わっていた。のちに選ばれて〈冥夜の守人《ナイツ・ウォッチ》〉の総帥になった人物だ」

「というと、あの〈血斑鴉《ブラッドレイヴン》〉ですか？」ダレオンがいった。「あのひとの歌だったら一曲知っています。『千の目にして、目はひとつ』という歌です。でもあれは、百年も前の人物じゃないんですか？」

「そのとおり。わたしも含めて、いま話に出た全員がそうだよ。わたしがきみほど若かったころの話だからな」

過ぎ去った年月のことを思うと、悲しくなったらしい。メイスターはひとしきり咳きこみ、目を閉じると、毛皮にくるまったまま、甲板で眠りについた。船が波で突きあげられるつど、そのからだが揺れるのがわかった。

どんよりした空のもと、船は航海をつづけた。東へ、いったん南へ、また東へ――沖合に出るにつれて〈海豹の入江《アザラシ》〉の幅は広くなっていく。船長はエールの小樽のような腹をした半白の男だった。誓約の兄弟である以上、本来、その衣服は黒いはずだが、汚れと潮風で色褪せたのとであまり黒くはなく、むしろぼろ服のように見える。そのため、船員たちからは〈潮馴《しおな》れ衣《ごろも》の大将〉と呼ばれていた。船長はめったに口をきかない。が、船乗りたちは船長の寡黙さを補ってあまりあり、風がやんだり漕手が漕ぎ疲れたりするたびに、潮風に罵声をまきちらす。朝食に出るのはオート麦のかゆ《ポリッジ》、昼食に出るのは豌豆《エンドウ》のポリッジだけだ。夕食にはビーフの塩漬け、鱈《タラ》の塩漬け、マトンの塩漬けなどが出て、これをエールで流しこむ。ダレオンは歌い、サムは吐き、ジリは泣きながら赤ん坊の世話をし、メイスター・エイモンは震えながら眠る日々……。そして、日一日と、風は冷たく、荒々しくなっていく。

それでも、サムが以前に経験した航海よりはましだった。レッドワイン公のガレアス艦、《アーバー・クイーン》に乗ったのは、サムがまだ十歳になっていないころのことである。あの船は《黒い鳥《ブラックバード》》の五倍は大きく、五倍は立派で、三本マストには葡萄酒色《バーガンディ》の帆が張られ、ずらりとならぶ櫂は陽光を浴びて金と白にきらめいていた。オールドタウンの港を出ていくとき、櫂の列が一糸乱れず上下するさまに、サムは胸をときめかせたものだ。だが、レッドワイン海峡でのよい思い出はそこまでしかない。そのあと、サムはたちまち船酔いし、父親を苦りきらせたからである。

しかも、アーバー島にはもっと悲惨な運命が待ち受けていた。顔合わせをすませたとたん、レッドワイン公の双子の息子たちから、これはいじめやすいやつだと目をつけられたのだ。以後は毎朝、手を変え品を変え、修練場で恥をかかされた。三日めには、双子のかたわれのホラス・レッドワインに、参ったというかわりに豚の鳴きまねを強要されて、いうとおりにしないかぎり、いつまでも打たれつづけた。五日めには、もうかたわれのホッバーが、厨房の下働きの娘に自分の鎧を着させ、木剣でサムを打ちすえさせるといういたずらをしかけてきた。〝練習〟がおわって娘が顔を見せると、その場にいた従士、小姓、厩番の少年たちは、どっと大笑いしたものだった。

その晩、父ランディル公はレッドワイン公にいった。

「せがれは少々、刺激《シーズニング》と習熟を必要としておる。それだけのことだ」

すると、性悪のレッドワイン公はげらげら笑い、こう答えた。

「ほほう、香辛料《シーズニング》を。では、こんどご子息が林檎《リンゴ》を食うときは、胡椒をひとつまみ、上等の丁子を少々加えてさしあげよう」

今後、パクスター・レッドワイン公のもとにいるかぎり、絶対に林檎を食ってはならん。サムがランディル公にそう申しわたされたのは、このやりとりの直後のことである。

帰路の船旅でもまた船酔いにかかったが、アーバー島から解放されたことがうれしくて、こみあげてくる反吐《へど》の味さえありがたく感じたほどだった。その後、ホーン・ヒル城に帰りついてのち、ランディル公はサムをアーバー島に残し、修業させるつもりであったのだ、と母親から聞かされた。

「あなたのかわりに、帰りの船でここへくるのはホラスのはずでね。あなたはアーバー島に残って、パクスター公の小姓兼酌人として修業するはずだったのよ。それでパクスター公のお気に召せば、先方のおじょうさんと婚約することになっていたの」

レースの縁どりのある手巾《しゅきん》をつばで濡らし、涙をぬぐってくれたときの母のやさしい手の動きは、いまでもはっきりと憶えている。

「ああ、かわいそうなサム」と母はつぶやいた。「わたしのかわいそうなサム」

（母上に会えるのはうれしい）《黒い鳥《ブラックバード》》の船縁につかまり、寄せ波が海岸の岩場に砕けるのを眺めながら、サムは思った。（母上が黒衣のぼくを見たら、誇りに思うかもしれないな。母上に会ったらこういおう）

〝一人前の男になって帰ってきました、母上。いまは〈冥夜の守人《ナイツ・ウォッチ》〉の一員であり、雑士《スチユワード》です。誓約の兄弟たちはぼくのことを、ときどき〈異形退治のサム〉と呼びます〟

弟のディコンや姉たちに会うのも楽しみだ。会ったらこういってやるつもりだった。

〝ほうらな。ぼくだって、やればできるんだぞ〟

だが、ホーン・ヒル城に寄ることになれば、そこには父がいる。

父のことを考えただけで、また気持ちが悪くなり、サムは舷縁から身を乗りだして吐いた。ただし、こんどは風上に向かってではない。ちゃんと風下側の舷縁にまわった。吐くのにもだいぶ慣れてきたらしい。

そんなふうに思うのも、《黒い鳥《ブラックバード》》が陸地を遠く離れ、スカゴス島の岸壁めざして湾内を東進しだすまでのことだった。

スカゴス島は〈海豹《アザラシ》の入江〉の入口に位置する山がちの大きな島で、荒涼とした禁断の地であり、蛮族のスカゴス人が住みついている。サムが本で読んだところでは、スカゴス人が住むのは洞窟や陰気な山塞で、戦うときは長毛の大柄なユニコーンを駆るそうだ。スカゴスは古語で〝石〟を意味する。そこから、スカゴス人はみずからを〈石の民〉と呼んでいた。もっとも、本土の北部人は彼らを忌みきらい、スカッグという蔑称で呼ぶのだが。スカゴス人が反乱を起こしたのは、つい百年ほど前のことだった。反乱鎮圧には何年もの歳月を要し、当時のウィンターフェル城主ほか数百の忠臣が犠牲になったという。歌によれば、スカッグは人食いで、その戦士は斃《たお》した敵の心臓と肝臓を食らうといわれる。いにしえの時代のあるとき、スカゴス人は近隣のスケイン島に船団をくりだして、現地の女たちを攫《さら》い、男たちを虐殺し、荒磯砂の浜辺で二週間におよぶ饗宴をくりひろげ、殺した島民の死体を貪り食った。そのため、今日にいたるも、スケイン島にはだれも住んでいない。

ダレオンもその手の歌はひととおり知っていた。そして、スカゴス島の灰色の荒涼たる峰々が海面上にせりだしてくると、《黒い鳥《ブラックバード》》の船首に佇むサムのもとにやってきて、こういった。

「神々の思し召しがあれば、ユニコーンの姿がかいま見えるかもしれないぞ」

「船長に良識があれば、それほどそばには近づかないさ。スカゴス島の付近は潮が気まぐれだし、船体を卵の殻みたいに割ってしまう岩礁だらけだ。このことはジリにいわないでくれ。もういやというほど怯えてるんだから」

「ジリも泣くし、赤ん坊も泣くし、どっちがうるさいか、わからないくらいだぜ。赤ん坊が泣きやむのは乳を含ませるときだけで、そうすると、こんどはジリが泣きだす」

それにはサムも気づいていた。

「赤ん坊に嚙まれて痛いんだろう」サムは力なく答えた。「赤ん坊に歯が生えてきているのなら……」

ダレオンは指の一本をリュートの弦に走らせ、嘲るような音を出した。

「野人はもっと肝がすわってるもんだと聞いたけどな」

「ジリはちゃんと肝がすわってるよ」

サムは言い返した。とはいえ、あんなに萎縮しきったジリを見たことがないのも事実だ。たいていは顔を隠し、船室を暗くしているが、ジリがいつも目を真っ赤に泣き腫らし、頬を涙で濡らしていることは知っている。なにをそんなに泣くのかときいても、左右に首をふるばかり。その答えはサムが自分で見つけざるをえない。

「海が怖いのさ。それだけのことだよ」サムはダレオンにいった。「〈壁〉にくる以前は、クラスターの砦とその周辺の森しか知らなかったんだ。生まれた場所から二キロ以上離れたことがあったかどうか。小川と川は知っていたけど、遭遇するまで湖は見たこともなかった。ましてや、海ともなれば……じっさい、海は恐ろしいものだからな」

「陸地はずっと見えてるじゃないか」

「じきに見えなくなるさ」

その点は、サム自身、ぞっとしない部分だった。

「〈異形退治のサム〉ともあろうものが、ちょっとばかしの海水を怖がりゃしないだろ」

「ぼくは怖がらないよ」これは嘘だ。「ぼくは平気だ。しかし、ジリは……。よかったら、子守り唄でも歌ってやってくれ。そうしたら、赤ん坊もすこしは安眠できるんじゃないかと思う」

ダレオンは不快そうに口をゆがめた。

「そのまえに、赤ん坊の尻に栓をしてもらうのが先だぜ。あの匂いときたら、どうにもこうにも」


翌日は雨が降りだし、波が荒くなった。

「船室に降りましょう。ここでは濡れてしまいます」

サムはエイモンにうながした。が、老メイスターはほほえみ、こう答えた。

「雨が顔を濡らすのは気持ちがよいものだよ。なんだか涙のような気がする。もうしばらくここにいさせてくれないか。たのむ。もうずいぶん長いあいだ泣いていないんだ」

老いて衰弱したメイスター・エイモンがあえて甲板に残るのなら、サムとしてはつきあうしかない。それから一時間ほど、サムはマントにくるまり、しとしとと降る雨が肌を濡らすのを感じながら、老人のそばにつきそっていた。しかし、老人は雨の感触がよくわからないらしく、やがてためいきをつき、目を閉じた。吹きつのりだした強風をすこしでもさえぎるため、サムはいっそう老人のそばちかくに寄りそった。

（もうじき、船室に入るから手を貸してくれといわれるはずだ）サムは自分に言い聞かせた。

（そうでなきゃ困る）

だが、老メイスターはまったく下におりる気配を見せなかった。じきに、東の彼方で雷鳴が轟きだした。

「もう船室に入らないと」

身ぶるいしながら、サムは声をかけた。しかし、メイスター・エイモンは返事をしない。ここにいたってようやく、サムは老人が眠りこんでいたことに気がついた。

「メイスター」片方の肩をそっとゆすり、もういちど声をかける。「メイスター・エイモン、起きてください」

するとエイモンは、視力をなくして白く濁った目をかっと開き、

「エッグか？」といった。雨が頬をしとどに濡らし、流れ落ちていく。「エッグ、わたしは齢をとった夢を見ていたよ」

どうすればいいかわからぬまま、サムはひとまず老人を抱きかかえ、船室へ運びはじめた。いままで人に力持ちといわれたことはないが、黒衣が雨をたっぷり吸って倍の重さになったメイスター・エイモンのからだは、それでも子供なみの重さしかないように感じられた。

エイモンをかかえて船室に入ると、ジリが蠟燭をみな消してしまっていることがわかった。赤ん坊は眠っており、ジリは片隅で身を丸め、サムが与えた大きな黒いマントにくるまってすすり泣いていた。

「手を貸してほしい」切迫した口調で、サムは声をかけた。「メイスターを着替えさせて、暖めてやらなきゃ」

ジリはすぐさま立ちあがり、サムといっしょに老メイスターの濡れた服を脱がして、何枚もの毛皮をかぶせた。が、さわってみると、肌は濡れて冷えきっていた。

「いっしょに毛皮にくるまって暖めてやってくれ。ぎゅっと抱いて。からだで暖めるんだ。体温をあげなきゃ」

ジリはひとこともいわず、絶えず洟《はな》をすすりあげながら、いわれたとおりにした。

「ダレオンはどこだ？」サムはたずねた。「三人で暖めたほうが体温をあげやすい。あいつにもいてもらわないと」

返事がないので、吟遊詩人を見つけに甲板へ引き返しかけたとき、船が波に突きあげられ、すとんと落ちた。ジリが悲鳴をあげる。サムはバランスを崩し、勢いよく床に倒れこんだ。赤ん坊が目を覚まして、火がついたように泣きだした。

ようやくよろよろと立ちあがったとき、つぎの大きな縦揺れがきた。赤ん坊のもとへ駆けよりかけていたジリがよろめき、サムは正面から抱きとめる形になった。あまり強くしがみつかれたので、息が苦しくなったほどだった。

「怖がることはないよ。こんなのはささやかな冒険だ。そのうち息子に聞かせてやれる物語ができたと思えばいい」

なだめても、ジリはますます強く腕に爪を食いこませるばかりだ。そして、震えていた。がたがた震えながら、泣きじゃくっていた。

（なにをいっても怖がらせるだけだな）

かわりに、ぎゅっと抱きしめてやった。気まずいことに、乳房を胸に押しつけられ、サム自身も恐怖しているというのに、あそこが硬くなってしまった。

〈ジリに気づかれてしまう〉

恥ずかしくていたたまれない。もっとも、たとえ気づいていたとしても、ジリはまったくそんなそぶりを見せず、いっそう強くしがみついてきた。

それからはずっと悪天候で、いっこうに陽の目を拝めなかった。日中の空は灰色に曇り、夜は漆黒の闇に閉ざされ、光の源といえば、スカゴス島の峰々の上で閃く電光だけの状態がつづいた。みんな腹をへらしているのに、なにも食べることができない。船長は漕手たちの元気づけにファイアーワインの樽をあけた。サムもひとくち飲んでみて、生き返ったように感じ、心から吐息をついた。炎の蛇がのどに潜りこみ、胸全体に広がっていく。ダレオンもファイアーワインが気にいって、それからはおおむね酒っ気が抜けることがなかった。

風の強さに合わせて帆をあげ、また帆を降ろす。一枚がマストから引きちぎられ、巨大な灰色の鳥のように飛び去っていった。スカゴス島の南岸をまわりこむさい、岩礁で難破したガレー船の残骸が見えた。乗員の一部は岸辺に打ち上げられ、鴉や蟹が群がってきて死者を弔ったにちがいない。

「岸に近すぎる」難破船の姿を見たとたん、〈潮馴《しおな》れ衣《ごろも》の大将〉がうなるようにいった。「突風が吹いたら、この船もあのとなりで残骸をさらすことになるぞ」

漕手たちはみな疲れきっていたが、ふたたび懸命に櫂を動かしだした。船は〈狭い海〉の南方向へじりじり進んでいき、やがてスカゴス島はずっと後方に遠ざかって、水平線に頭を突きだすいくつかの黒い影にまで縮んだ。これだけ離れると、入道雲のようにも見えるし、高山の黒い峰のようでもあり、その両方のようでもある。ともあれ、その後の八日七晩は、順調でなめらかな帆走がつづいた。

いっそう強烈な嵐がやってきたのは、そのあとのことだった。

あれは三度の嵐と見るべきだろうか、それとも、ひとつの長い嵐に凪がふたつはさまったと見るべきなのだろうか。

「そんなこと、どうだっていいだろ！」

あるとき、ダレオンがそう叫んだ。乗客全員、船室に逃げこんでいたときのことである。

（たしかに、どうだっていいさ）とサムはいってやりたかった。（だけど、そういうことを考えていれば、溺れたり吐いたりの心配をせずにすむじゃないか。メイスター・エイモンの震えっぷりにやきもきすることもなくなるし）

「どうだっていいさ！」

じっさい、かんだかい声ながらも、なんとかそこまではいえたが、その先は、突如として轟いた雷鳴に呑みこまれてしまった。おりしも船が大きく揺れて、サムは横に倒れこんだ。ジリはすすり泣いている。赤ん坊は泣き叫んでいる。上甲板からは、めったに口をきかない〈潮馴れ衣の大将〉が船乗りたちを怒鳴りつづける声が聞こえる。

（海はきらいだ）とサムは思った。（海はきらいだ。海はきらいだ。海はきらいだ）

つぎの稲妻はおそろしくまばゆくて、頭上の甲板の隙間から船室内に、かっと雷光が射しこんだ。

（これは丈夫でいい船だ、丈夫でいい船だ、いい船だ）くりかえしくりかえし、自分に言い聞かせる。（この船は沈まない。怖くなんかないぞ）

　強風がいっとき収まった隙に、甲板に出て、手の関節が白くなるほど強く舷縁を握りしめ、必死に吐こうとしていると——船乗りの何人かが、これは船に女を、それも野人の女なんかを乗せた祟《たた》りだ、と話しているのを耳にした。

「あのくされ淫売がよぉ」ひとりがそういうのが聞こえた。風はふたたび強まりだしている。「つぎはこんなもんじゃすまねえ。こんどはもっとひでえ風が吹く。おれたちゃみんな溺れちまうぞ。いまのうちに、あの女を放りだしたほうがいい。あのくそうるせえガキもだ」

　サムはあえて口を差しはさまなかった。向こうのほうが年上だし、タフで筋骨たくましい。腕も肩も、長年、櫂をあやつってきて、隆々と盛りあがっている。だが、自分の短剣とて、それなりに鋭い。こんどから、ジリが用を足しに船室を出るときにはかならずつきそおう、とサムは心に決めた。

　ダレオンでさえ、野人の娘にはあまりいい感情をいだいていなかった。あるとき、サムにうながされて、赤ん坊を泣きやませるため、吟遊詩人は子守り唄を歌った。ところが、歌いだしてまもなく、ジリがさめざめと泣きだした。

「いいかげんにしろ《セブン・ブラッディ・ヘルズ》！」ダレオンは毒づいた。「歌一曲聴くあいだくらい、泣くのをがまんできないのか？」

「そのまま弾き語りをつづけてくれよ」とサムはなだめた。「ここはこらえて、歌を歌ってやってくれ」

「歌なんかでどうにかなるもんか。さんざんひっぱたくか、めちゃくちゃに犯してやらないかぎり、こいつはどうにもならない。おれは出ていく。そこをどけ、〈異形退治〉」

ダレオンはサムを押しのけ、漕手たちの荒っぽいながらも気さくなつきあいに――それとファイアーワインにも――慰めを求めて、甲板へ出ていった。

このころには、サムもすっかり途方にくれていた。悪臭にはどうにか慣れていたが、嵐とジリの泣き声にさいなまれて、もう何日もろくに眠っていない。

「なにかしてやれることはないんでしょうか？」メイスター・エイモンが目覚めているのに気づき、サムはごく静かな声でたずねた。「薬草なり、水薬なり、恐怖をやわらげてやれるものはないんですか？」

「あの娘《こ》が泣いているのは、恐怖のせいではない」と老人は答えた。「あれは悲嘆の涙だ。悲しみを癒してやれる薬など存在しないよ。気がすむまで泣かせてやりなさい、サム。涙に栓をすることはできない」

サムにはよくわからなかった。

「だって、安全なところへいくんですよ。暖かいところへいくんですよ。なにを悲しむことがあるんです？」

「サム」老人は声を落とした。「きみにはものが見える目がふたつもある。しかし、なにも見えてはいない。あの娘は母として、子供の身を憂えているんだ」

「赤ん坊はただの体調不良《グリーンシックネス》です。もっとも、ぼくらもみんな、そうですが。ブレーヴォスに着きさえすれば……」

「……どこへいこうと、あの子がダラの息子であることに変わりはないよ。自分のおなかを痛めて産んだ子ではないのだ」

エイモンがほのめかしている意味を理解するのに、すこし時間がかかった。

「そ……そんなことって……そんなはず……あれはジリの息子に決まってるじゃありませんか。息子がいっしょでなかったら、ジリが〈壁〉を離れるはずがない。あんなに愛してるんだから」

「ジリは両方の子の乳母であり、両方ともに愛していた。しかし、まったく同じようにではない。いかなる母親も、わが子たちをまったく同じように愛することはできないんだ――〈天なる母〉でさえもな。ジリとて進んで自分の子供を置いてきたわけではないさ。それはたしかだ。総帥がどのように脅しつけて、どのような約束をしたのかは想像の域を出ないが……強要と約束があったことはまちがいない」

「そんな……そんな……それはなにかのまちがいです……ジョンがそんなことをするはずが……」

「〝ジョン〟ならしなかっただろう。しかし、総帥たるスノウ公としては、せざるをえないこともある。ときにはつらい選択肢しかない場合もあるのだよ、サム。そのつらい選択肢のなかから、比較的つらくないものを選ぶしかない場合が、たしかにあるんだ」

（つらい選択肢しかないって――）

自分とジリが味わってきた数々の試練を思い返した。クラスターの砦、〈熊の御大《オールド・ベア》〉の死、雪と氷と凍てつく寒風、何日も何日も何日もつづく雪中の行軍、ホワイトツリー村で襲ってきた〈亡者《ワイト》〉の群れ、〈冷たい手《コールドハンズ》〉と鴉の木、〈壁〉、〈壁〉、〈壁〉、地下経由で〈壁〉を抜ける〈黒の門〉。あの試練はいったいなんだったんだ？

（つらい選択肢しかなかったうえ、待っていたのは悲惨な結末のみだなんて……）

大声で叫びだしたかった。わめきちらし、がたがた身を震わせ、小さく身を丸めてすすり泣きたかった。

（赤ん坊を交換させたんだ――ジョンはジリに、赤ん坊を交換させたんだ――小さな王子を護るために、レディ・メリサンドルの炎から遠ざけるために、レディの紅《あか》い神から遠ざけるために。レディがジリの息子を燃やしてしまったとしても、だれも気にしやしない――ジリのほかには。ジリの子はクラスターの子供のひとりであって、近親相姦の忌み子でしかない。〈壁の向こうの王〉の嫡子じゃないんだ。人質の価値はないし、生贄にする重みもないし、なんの役にもたたない。そもそも、名前すらない）

ことばもなく、サムはふらふらと甲板に這いあがり、舷縁から吐こうとしたが、胃の中がからっぽで、もうなにも吐くものがなかった。やがて夜のとばりが降りた。ひさかたぶりに訪れる、異様に静かな夜だった。海面は黒い鏡のように凪いでいる。漕手たちは櫂のそばで休憩していた。なかにはひとりふたり、すわったまま眠りこんでいる者もいた。風は順風で、北の空の一部には星々の姿までも見える。自由の民が〈盗っ人〉と呼ぶ赤い惑《まど》い星までもだ。（あれはぼくの星にちがいない）みじめな気持ちでサムは思った。（ぼくはジョンを総帥の座につけるのにひと役買った。そのジョンのもとにジリと赤ん坊を連れてきたのはぼくだ。そして、待っていたのは悲惨な結末だけ……）

「よう、〈異形退治〉」ふいに、となりにダレオンがやってきた。サムの苦悩になど気づいてもいない。「ひさしぶりにいい夜だな。見ろよ、星が顔を出してる。このぶんだと、月もちょっぴり拝めるかもしれない。最悪の部分は脱したかもな」

「ちがう」サムは鼻をふき、太い指で南を指さした。南では闇が黒々と濃さを増しつつある。「あれを見ろ」

いったそばから、唐突に、音もなく、目もくらむまばゆい稲妻がほとばしった。ごく一瞬、この世のいかなる山も遠くおよばないほどに高く、うずたかく重畳《ちょうじょう》する遠い暗雲の峰々が電光に染まり、紫、赤、黄色に浮かびあがった。

「まだ最悪の部分を脱してなんかいない。最悪の部分は、はじまったばかりだ——そして、待っているのは悲惨な結末だけなんだ」

「やれやれ」ダレオンは笑った。「〈異形退治〉——おまえ、ほんとうに怖がりで心配性なやつだな」

16　ジェイミー

かつて威風堂々と王都に乗りこんできたとき、タイウィン公は牡馬に乗り、真紅の琺瑯《エナメル》を引いた甲冑をつやつやと輝かせ、鎧の各所に埋めこんだ宝石と金細工をきらめかせていた。それがこうして、真紅の旗を重々しくたらした車高の高い馬車の中、六人の沈黙の修道女《シスター》につきそわれ、骨だけになって出ていくとは、だれが予想しえただろう。

葬列がキングズ・ランディングを出るさいには、〈神々の門〉を使った。こちらのほうが〈獅子の門〉より大きく、立派ではある。が、ここを通るのはまちがいのようにジェイミーには思えた。父タイウィン公が獅子であったことはだれにも否定できない。しかし、さすがのタイウィン公も、神であると主張したことはない。

タイウィン公の馬車のまわりには、五十騎の騎士からなる儀杖兵の一団がつき、槍の胴金《どうがね》に真紅の槍旗を結わえつけ、粛々と馬を進めていた。そのすぐうしろには西部諸公の一団がつづく。強風が各々の旗標《はたじるし》をはためかせ、紋章を荒々しく翻らせている。その諸公の縦列の横を通り、ジェイミーは速足で馬を進めた。各家の紋章がつぎつぎに後方へと去っていく。猪、穴熊、甲虫、緑の矢と赤い狐、ぶっちがいの鉾槍《ハルバード》、交差した槍、麝香猫《ジャコウネコ》、苺《イチゴ》、飾り袖《マーンチ》、四分割して交互に色を変えた日輪模様——。

ブラックス公は淡い灰地に銀の布を縞状に縫いつけた胴衣《ダブレット》を着用し、紫水晶のユニコーンを左胸につけている。ジャスト公が身につけている黒鋼《くろがね》の鎧の胸当てには、三つの獅子の頭が黄金で象嵌《ぞうがん》されていた。公の外見から察するところ、死期も間近いとのうわさは、あながち的はずれではないのかもしれない。あちこち負傷して投獄されていたため、そこにはかつての精強な姿はまったくなかった。ベインフォート公は磨耗した軍装束《いくさしょうぞく》を身につけており、いまにも戦場へ引き返しそうな風情だ。プラム公は紫、プレスター公は白、モアランド公は朽葉《くちば》色と緑の衣装を着ていたが、いずれも故国へ送っていく故人に敬意を表し、服の上から真っ赤なシルクのマントをはおっていた。

諸公のすぐあとからは、百名の弓兵、三百名の歩兵が、やはりそれぞれに真紅のマントをまとい、粛々と行進している。この真紅の川の流れにあって、ひとり純白のマントと純白の板金鎧《プレート・アーマー》を一縮《いっしゅく》したジェイミーは、なんとなく疎外感をおぼえた。

叔父ケヴァンの存在も、けっしてその疎外感をやわらげてくれるものではなかった。

「これはこれは、総帥どのではござらぬか」葬列の先頭をゆくサー・ケヴァンに追いつき、馬をならべて進みだすと、叔父はそう声をかけてきた。「太后陛下がこのわしに最後の命令でもくだされたのか？」

「サーセイの命できたのではありません」

背後で送葬の太鼓が鳴りだした。ゆっくりとした、一定のリズムの、しめやかな太鼓。

〝死《デッド》〟とその音はいっているようだった。〝死《デッド》、死《デッド》〟。

「わたしは別れを告げにきたのです。自分の父ですから」

「そして、サーセイの父でもある」

「わたしはサーセイではありません。わたしには顎鬚《あごひげ》があり、サーセイには乳房があります。それでもまだ見わけがつかぬようなら、叔父上、いっそ、手の数を数えてみてはどうです。二本あるのがサーセイですよ」

「姉弟そろって皮肉な物言いが得意なことだ。嘲弄は無用に願おう。わしはそういう物言いを楽しむたちではない」

「お望みのままに」（この話しあい、期待したほどうまくはいきそうにないな）「サーセイもお見送りに出向いてくる予定だったのですが、多事多端にて断念せざるをえないとのことでした」

サー・ケヴァンは鼻を鳴らした。

「忙しいのはみな同じだ。で、国王陛下のごようすは？」

その口調は、質問ではなく、非難のそれだった。

「いとごきげんうるわしく」ジェイミーは用心深く答えた。「毎日、朝のうちはベイロン・スワンがつねにおそば近くに控えています。あれは優秀で勇敢な騎士です」

「白きマントをまとうほどの者であれば、いわずもがなのことだ」

（だが、〝兄弟〟というものは選べないからな）とジェイミーは思った。（おれに顔ぶれを

選ぶ権限さえあれば、〈王の楯《キングズガード》〉はふたたび強大になれるものを）

だが、それをあからさまにいえば女々しく聞こえる。王国全土で〈王殺し《キングスレイヤー》〉と呼ばれる者が口にすることばとしては、あまりにも情けない。

（なにしろおれは、名誉などとは無縁の男だからな）

まあ、それはいい。わざわざ叔父と言いあいをするためにきたのではない。

「ときに叔父上――ひとつ、サーセイと和解してはいただけませんか」

「われらが不仲であるというのか？　はて、それは初耳だ」

とぼける叔父のことばにかまわず、ジェイミーはいった。

「ラニスター家内の反目は、わが一族の敵につけこむ隙を与えるだけです」

「反目があるにせよ、わしが望んでしていることではない。サーセイは支配したがっている。よかろう、ならば支配すればよい。王国はあれのものだ。ゆえに、わしのことはもう放っておいてくれ。わしの望みは、ダリー城にあって息子を支えることにある。城は復旧させねばならぬし、領地は畑をととのえ、保護してやらねばならぬ」そこで、辛辣な笑い声をあげた。「なにしろ、おまえの姉君にふりまわされて、いままで自分の時間をとれなかったのでな。ランセルにも早々に式をあげさせてやりたいと思っていた。あれの花嫁になる女は、わしと息子が城にいく日をじりじりしながら待っておるぞ」

（例の双子城《ツインズ》の未亡人か）

従弟のランセルは、ふたりの後方、十メートルのあたりを、馬に乗ってついてきている。

落ちくぼんだ目とぱさついた白髪のせいで、その姿はジャスト公よりも老けこんで見えた。ランセルを見ると、いまはなき利き手の指がむずむずする錯覚をおぼえてしまう。

〝……ランセルとも寝た。オズマンド・ケトルブラックとも寝た。おれの見るところでは〈ムーン・ボーイ〉とも……〟

ランセルと話をしようとしたことは、これまでに何度となくあった。しかし、ランセルとふたりきりになれる機会はついになかった。父親のサー・ケヴァンがそばにいないときは、かならずいずれかの司祭《セプトン》がくっついていたからだ。

(あの男はケヴァン叔父の息子ではある。しかし、あいつの血管に流れているのは、血ではない、乳だ。ティリオンめ、おれに嘘をついたにちがいない。あれはおれを傷つけるためのでっちあげだったんだ)

ジェイミーは従弟のことを頭から締めだし、叔父に意識をもどした。

「結婚式のあとはダリー城に逗留されるのですか?」

「たぶんな、しばらくは。しかしながら、サンダー・クレゲインのやつが三叉鉾河《トライデント》の流域で暴れまわっているそうな。おまえの姉はやつの首をほしがっている。やつがドンダリオンのもとに合流した可能性もある」

潮だまり《ソルトパンズ》の町のうわさはジェイミーも聞いていた。いまごろは王国の半分の者が耳にしているだろう。略奪はひときわ惨酷《さんこく》をきわめたという。女は犯され、手足を斬られ、子供たちは母親の腕に抱かれたまま虐殺されて、町の半分が焼かれたそうだ。

「メイドンプールにはランディル・ターリー公がいます。逆徒《アウトロー》どもの討伐はあの猛者にまかせましょう。叔父上にはむしろ、リヴァーラン城へいっていただきたい」

「あそこの指揮はサー・デイヴンがとっておる。新しい西部総督どのがな。わしの出る幕はない。だが、ランセルにはわしが必要だ」

「そうおっしゃられては、やむをえません、叔父上」送葬の太鼓に合わせて、ジェイミーはゆっくりとうなずいた。死《デッド》、死《デッド》、死《デッド》——。「それでは、くれぐれも……おそばを騎士たちで固めておかれますように」

叔父はじろりと冷たい目を向けた。

「それは脅しか？」

（脅し？）

意外なことばに、ジェイミーは鼻白んだ。

「気をつけてくださいといっているのです。なにしろ……サンダーは危険な男ですから」

「おまえがおしめをしているころから、わしは逆賊や略奪を働く騎士どもを吊るしてきたのだぞ。そもそも、わしみずから現地へ出向き、クレゲインやドンダリオンに対峙するようなまねはせぬ。おまえが恐れているのがそういうことならばな。ラニスター家のみながみな、栄光を追いもとめる愚か者ばかりとは思うな」

（きついことを、叔父上。それはおれのことですね）

「逆賊討伐は、叔父上でなくとも、アダム・マーブランドが立派になしとげてくれましょう。

ブラックス、ベインフォート、プラム——宗徒《むねと》の将ならだれでも代役は務まります。しかし、〈王の手〉となると、叔父上でなければ務まりません」

「わしの条件はおまえの姉に伝えてある。その条件に変わりはない。あれにそう伝えておけ——こんどおまえが、あれと褥《しとね》をともにするときにな」

サー・ケヴァンは乗馬に拍車をあて、一方的に会話を打ち切って、駆け足で走りだした。失われた幻影の利き手をひくつかせながら、ジェイミーはその後ろ姿を見送った。絶望的と知りつつ、サーセイが叔父を誤解していることに一縷《いちる》の望みを託して話しあいを試みたが、やはり誤解ではなかったわけだ。

(叔父上はおれたちの関係を知ってる。トメンとミアセラの親がだれであるのかも。そしてサーセイは、叔父がその秘密を知っていることを知っている)

サー・ケヴァンは、キャスタリー・ロック城に生を受けた、生粋のラニスターの一員だ。サーセイが叔父に危害をおよぼすことがあるとはとても思えない。だが……。

(ティリオンの考えをおれは読み誤った。サーセイの考えを理解していると、どうしていいきれよう)

なにしろ、息子が実の父を殺す世の中だ。姪が叔父の暗殺命令を出すことは、充分にありうる。

(秘密を知りすぎたうえ、意のままにならぬ叔父か……)

もしかするとサーセイは、〈猟犬《ハウンド》〉が叔父の始末をつけてくれることをあてにしているのかもしれない。サンダー・クレゲインがサー・ケヴァンを殺したら、サーセイはみずからの手を汚さずにすむ。

（じっさい、ふたりが出会う機会があれば、〈猟犬《ハウンド》〉はかならず叔父を殺すだろう）

ケヴァン・ラニスターといえば、かつては剣をとれば無双と呼ばれた男だが、もう若くはない。それに対して〈猟犬《ハウンド》〉は……。

縦列が追いついてきた。ランセルが左右をセプトンたちの馬にはさまれて通りすぎるさい、ジェイミーは声をかけた。

「ランセル、わが従弟よ。ひとこと結婚の祝いをいいたいと思っていた。職務があるゆえ、婚儀に参列できぬことが悔やまれてならぬ」

「陛下をお護りするのが第一だからね」

「護衛は全力をあげて行なうとも。とはいえ、床入りを見物できぬのは残念だ。おまえには初めての結婚でも、向こうは二度めだったな。その場にいれば、太后陛下も喜んで床入りの手ほどきをしてくださったろうに」

卑猥な冗談に、付近にいた諸公の何人かが笑い、ランセルつきの二名のセプトンは眉根を寄せた。従弟自身は、鞍の上で居心地悪そうに身じろぎするばかりだ。

「夫としての務めは承知しているよ」

「花嫁が新婚初夜の夫に望むものは、まさしくそれだ」とジェイミーはいった。「夫としての務めをいかにはたすか――それに尽きる」

ランセルは頰を染めた。

「あなたのために祈ろう、従兄どの。そして、太后陛下のためにも。陛下に〈老嫗《ろうう》〉の叡知のお導きがあり、〈戦士〉のご加護がありますように」

「なぜ〈戦士〉のご加護など？　陛下にはおれがついているではないか」

純白のマントを強風にはためかせ、ジェイミーは馬首をめぐらした。

（〈小鬼《インプ》〉のやつ、嘘をついたな。ランセルのようにみじめな愚か者を股に咥《くわ》えこむくらいなら、サーセイはむしろロバート王の死体を抱く。ティリオン——あの性悪のひねくれ者め。ということは、ほかの男の話も嘘だったか）

ジェイミーはそう思いながら、父の送葬馬車の横を駆けぬけ、遠くに見える都に引き返しだした。


市壁の中に入り、〈エイゴンの高き丘〉の頂にそびえる赤の王城《レッド・キープ》へと向かう。キングズ・ランディングの市街はやけに閑散としているように感じられた。王都の賭博部屋や酒場《ポット・ショップ》にひしめいていた兵士たちが、ごっそりといなくなったためだろう。タイレル勢の半数は、〈高士《ギャラント》〉サー・ガーランに率いられ、その母親と祖母一行の護衛として、ハイガーデン城に出発した。残りの半分は、嵐の果て城《ストームズ・エンド》攻略のため、メイス・タイレルとマシス・ロウアンの指揮のもと、南へ進軍中だ。

ラニスター勢のうち、歴戦の兵《つわもの》どもは市壁外に夜営して、パクスター・レッドワインの船団が到着するのを待っている。兵らはその船団に分乗し、ブラックウォーター湾を越え、ドラゴンストーン島へ向かう予定だった。スタニス公は、北へ向けて出帆したさい、島には少数の守備兵力しか残していかなかった。そのため、二千の兵を差し向けるだけで十二分に島を攻略できるだろう、というのがサーセイの判断だった。

残りの西部諸公はそれぞれの妻子のもとへ引きあげた。城や館を再建し、領地の畑に種を蒔《ま》き、今年最後の穫《と》り入れを行なうためである。諸公の出発にさいして、サーセイはトメンを連れて各陣屋をまわり、少年王に別れのあいさつをさせた。あの日ほどサーセイが美しく見えた日はない。つねに微笑を浮かべて、秋の陽光に金髪を輝かせた艶姿《あですがた》。とかくの評判がある姉ではあるが、本人がその気になりさえすれば、いまも男たちを虜にするすべを心得ていることはたしかだった。

城門をくぐりぬけると、二十余騎の騎士が外郭《そとぐるわ》で馬を駆り、回転式の槍的《やりまと》に向かって突撃の練習をしていた。

(おれにはもうできないことのひとつだな)

槍《ランス》は剣よりも重く、あつかいにくい。そして、剣でさえもうまくあつかえなくなっていることは、すでに証明ずみだ。槍を使うとしたら、左手で持つしかないが、そうすると、楯は右腕につけることになる。馬上槍試合の作法では、騎士はたがいの左側をすれちがうものと決まっている。右腕に楯があったところで、胸当てに飾りとしてつけられた乳首と同じく、なんの役にもたたない。

(もっとも、もう馬上槍試合などをやる立場ではないか)

馬を降りながら、ジェイミーはそう思った。だが……それでもしばし、その場に足をとめ、練習のようすを眺めた。

〈長身の騎士〉ことサー・タラッドが、一回転してきた砂袋に頭を一撃され、乗馬から転げ落ちた。〈強い猪《ストロングボア》〉ことサー・ライル・クレイクホールは、槍的《やりまと》の楯を強く突きすぎてひびを入れてしまい、〈ケイスのサー・ケノス〉は完全に楯を割ってしまった。つけかえられた新たな楯へ向かって最初に突進したのは、〈雨の森《レインウッド》のサー・ダーモット〉だった。つぎに、ランバート・ターンベリーが突進したが、これは楯の縁をつついただけにおわった。つづく〈鬚《ひげ》なし〉ジョン・ベトリー、ハンフリー・スウィフト、アリン・スタックスピアはみごと的のまんなかを突いてのけ、〈赤毛のロネット〉ことサー・コニントンにいたっては、槍がまっぷたつに折れるほどの強打を見せた。最後に、〈花の騎士〉がひらりと馬にまたがり、ほかの騎士たちが恥じいるほどのみごとな突きを披露した。

馬上槍試合は四分の三がたが馬術で決まる——ジェイミーはつねづね、そう思っていた。サー・ロラスは卓越した乗馬技術を持ち、その槍使いたるや、最初から槍を持って生まれたかのような巧みさだ。母親があんなやつれた顔をしているのは、槍もいっしょに産んだからにちがいない。

(サー・ロラスは、狙った場所を、針穴を通すような正確さで自由自在に突ける。バランス感覚も猫なみにいい。前に馬上槍試合をしたとき、おれに勝ったのも、まぐれではなかった

かもしれないな)
あの若者ともう一戦交える機会を持てないのが、残念でならなかった。練習にはげむ騎士たちから目を離し、ジェイミーはその場をあとにした。

サーセイは〈メイゴルの天守〉の最上階にある執務室《ソーラー》にいた。トメンのほかには、メリーウェザー公の妻である黒髪のミア人もいっしょだった。三人は声をあげて笑っていた。見ると、室内には上級学匠《グランド・メイスター》パイセルもいる。どうやら、老メイスターのことばを聞いて笑っているらしい。

「なにか気のきいた冗談でも聞きそびれたかな?」

扉をあけて室内に足を踏みいれながら、ジェイミーはたずねた。

「まあまあ、これはこれは」レディ・メリーウェザーが猫なで声でいった。「勇敢な弟君がもどってこられましたよ、陛下」

「片手を除いてね」

サーセイは手にカップを持っている。すでに何杯もあけているふしがあった。このところ、サーセイがワインの瓶を手にしていないときはないように思う。亡きロバート・バラシオン王の飲酒癖をあれほど蔑んでいたというのに、いまではこのありさまだ。この点はどうにも気にいらない。しかし、昨今は、姉のやることなすことが気にいらないように思える。

「グランド・メイスター」サーセイがいった。「〈王の楯《キングズガード》〉の総帥どのにも、いまの知らせを聞かせてあげなさい」

パイセルはひどく居心地の悪そうな顔をしながらも、ジェイミーに報告した。

「じつは、使い鴉《レイヴン》が参りまして。ストークワース家からです。レディ・タンダより、ロリスおじょうさまが丈夫で健康な男の子を産んだとの知らせが届いたのです」

サーセイがいった。

「その私生児になんと名前をつけたか、あなたに見当がつくかしら？」

「たしか、タイウィンと名づけたがっていたようだが」

「そう、でもそれは禁じたの。ロリスの姉《ファリース》には、どこの馬の骨とも知れぬ男と頭の弱い女の私生児ごときに、われらが父の高貴なる名前をつけさせるわけにはいかないといってやったのよ」

「レディ・タンダは――生まれた子の名前をつけたのは、断じて自分ではないと念を押しておられまして」グランド・メイスター・パイセルがいった。しわだらけの額には、玉の汗が浮かんでいる。「名前を決めたのはロリスの夫である、と書いておられます。その夫が――あのブロンが――つけた名前とは……その……」

「ティリオンか」ジェイミーはいった。「子供にティリオンと名づけたんだな」

老人は震えがちにうなずき、ローブの袖で汗をぬぐった。

これはたしかに、笑うしかない。

「とうとう見つかったじゃないか、愛しい姉上。ティリオンを血眼になって探しまわったというのに、そのあいだずっと、ロリスの子宮に隠れていたわけだ」

「たいした道化者もあったものだわ。あなたもブロンも道化者。こうして話しているあいだにも、赤ん坊は頭の弱いロリスの乳首を吸っている。そしてあの傭兵あがりは、例の尊大な薄笑いを浮かべて、そのようすを眺めているというわけ」

「生まれた赤ん坊は、下の弟君に似ているところがあるのかもしれませんよ。どこか身体がゆがんでいたり、鼻が欠けていたりするのではないでしょうか」

レディ・メリーウェザーがそういって、のどの奥でくっくっと笑った。

「愛しい赤子に贈り物をしなくてはならないわね」サーセイがいった。「そうではなくて、トメン？」

「仔猫を贈ればいいよ」

「でなければ、獅子の仔はいかがでしょう」

そういうレディ・メリーウェザーの顔には、〝赤子ののどを喰い破らせるために〟とでもつけくわえんばかりの笑みが浮かんでいた。

「それとはべつの腹案があるのよ」サーセイがいった。

（おおかた、新しい継父だろう）とジェイミーは思った。

姉の目に浮かぶ光からすれば、まずそんなところだ。この光、前に何度か見たことがある。最近では、トメンの婚儀の夜に、〈手の塔〉を燃やすときにも見た。鬼火の放つグリーンの光に染まって、参列者たちの顔はみな、朽ちゆく死体か、浮かれ騒ぐ食屍鬼《グール》の群れのそれに見えたが、そんななかにも、ほかより見目よい死体がいくつかあった。わけてもサーセイは、不気味な光に染まっていながら、群を抜いて美しかった。片手を胸にあてがい、唇を半開きにし、翠《みどり》の目はきらきらと濡れ光って――。泣いているんだ、とそのときジェイミーは気がついた。それが悲しみのためなのか、炎上する塔がもたらした法悦のためなのかはわからなかったが。

その姿はジェイミーの不安をかきたて、エイリス・ターガリエンのことや、燃える緑炎が自分の身内に呼び覚ます気持ちを思い起こさせた。〈王の楯《キングズガード》〉に対し、王はいかなる秘密も持てない。その治世末期の数年において、エイリス王と王妃との関係はすっかり冷えきっていた。眠るときは別々の部屋で眠り、起きているときはたがいに避けあうありさまだった。だが、人ひとり焚刑《ふんけい》に処すたびに、王は夜になるとレイラ王妃のもとを訪ねた。エイリスが股肱《ここう》の〈手〉を火焙りにした晩にもだ。その晩、王がお娯しみのあいだ、王妃の寝室の前で不寝番に立っていたのは、ジェイミーとジョン・ダリーだった。

「どうしてこんなひどいことをするの」そのときふたりは、オークの扉ごしに、レイラ妃がそう叫ぶのを聞いた。「どうしてこんなひどいことを――」

それはある意味で、焚刑にされた〈王の手〉チェルステッド公の悲鳴よりも悲痛な響きをともなっていた。

「われわれは王妃さまをお護りすることも誓ったはずだ」

いたたまれなくなって、そのとき、とうとうジェイミーはいった。

「たしかにな」ダリーはうなずいた。「しかし、お護りしようにも、相手が国王陛下では、いかんともしがたい」

その後、レイラの姿は一度しか見かける機会がなかった。王妃がドラゴンストーン島へと出発する朝のことである。王妃はマントをまとい、フードを引きかぶって、王族用の馬車に乗りこみ、〈エイゴンの高き丘〉を下って、待たせてある船のもとへ進んでいった。王妃が出発したのち、侍女たちのひそひそ話を小耳にはさんだところでは、王妃はまるでけだものに襲われたようなありさまで、太腿には鉤爪でひっかかれたような痕が、乳房には咬み痕があったとのことだった。

ジェイミーにはわかっていた。

(つまり、冠をかぶったけだものだ)

治世が終焉するまぎわには、狂王はすっかり怯えきっており、そばに近づく者には寸鉄を帯びることもゆるさなかった。例外は〈王の楯《キングズガード》〉の騎士が持つ剣だけだった。鋏すら近づけさせないため、顎鬚《あごひげ》は長く伸びて絡みあい、もはや洗われることもなく、もつれにもつれたシルバー・ゴールドの髪は腰まで伸び、ひびだらけの爪は長さ二十センチ以上の黄色い鉤爪と化していた。そこまでして刃物を遠ざけても、狂王を苦しめつづける刃《やいば》があった。王位にあるかぎり触れずにはすまない、〈鉄の玉座〉に取りつけられた多数の刃だ。ために、狂王の両腕両脚は、つねに治りかけの傷が絶えない状態だった。

(狂王をして、黒焦げの骨と焼けた肉の王たらしめよ)姉の笑みをしげしげと見つめながら、

ジェイミーはかつてそう思ったときのことを思いだした。（狂王をして、灰の王たらしめよ）

「ところで、太后陛下」ジェイミーはいった。「内々のお話があるのだが」

「いいでしょう。トメン——そろそろ、きょうのお勉強をはじめる時間ですよ。グランド・メイスターといっしょにいきなさい」

「はい、かあさま。いまね、ベイラー聖徒王のお勉強をしているの」

レディ・メリーウェザーもいとまを告げ、太后の両の頬にキスをした。

「お夕食どきになりましたら、もどってまいりましょうか」

「もどってこないと、わたし、不機嫌になりますよ」

ミアの女は戸口へ歩きだした。そのなまめかしい腰のふりかたは、いかにも煽情的だった。

（一歩一歩が、男を誘惑するステップというわけだ）

レディ・メリーウェザーが扉を閉めて去ると、ジェイミーは咳ばらいをした。

「はじめはケトルブラック兄弟で、つぎにクァイバーン、こんどはあの女か。このところ、ずいぶんと妙な取り巻きばかりはべらせているんだな、愛しい姉上よ」

「レディ・テイナのことは気にいるいっぽう。なかなかにおもしろい相手だわ」

「あれはマージェリー・タイレルの取り巻きのひとりじゃないか。きみのことは逐一、若きクイーンに報告しているはずだぞ」

「もちろん、そうでしょう」サーセイは酒の棚に歩みより、カップをふたたび酒で満たした。

「テイナをわたしの話し相手にちょうだいといったらね、マージェリーは大喜びだったわ。聞かせてあげたかったわよ、あの女がこういうのを。〝テイナは陛下のよき姉妹となることでしょう、わたしにとってもそうでありましたように。どうぞ、ぜひ話し相手にしてやってくださいまし。わたしには従妹たちがおりますし、そのほかにも話し相手がおりますから〟。どうやら、わたしたちのお若いクイーンは、わたしをひとりきりにしておきたくないようね」

「あの女がマージェリーのまわし者だとわかっているなら、なぜそばにはべらせておく？」

「マージェリーは、自分で思っているほどの半分も賢い女ではないわ。ミアの色女が身内にどれだけ油断ならない毒蛇を秘めているか、ちっとも気がついていないんだもの。わたしはテイナを通じて、若いクイーンの耳に入れておいたほうが都合のいいことだけを報告させているのよ。なかには事実も混じっているわ」サーセイの目がいたずらっぽく光った。「そのいっぽうで、テイナはマージェリーがしていることを逐一教えてくれるというわけ」

「ほんとうにそうか？　きみはあの女のことをどれだけ知っているんだ？」

「まず、母親であること。齢の若い息子がいること。その息子を、この世界で立身出世させたがっていること。そのためなら、どんなことでもすること。いつの世も、母親というのはそういうものよ。レディ・メリーウェザーは毒蛇かもしれないけれど、愚かにはほど遠い女。マージェリーよりもわたしのほうが、おのれの野望を達成するうえで影響力が大きいことを心得ていて、わたしの役にたとうと尽くしているのね。あの女がこれまでに耳打ちした興味深い話の数々を聞いたら、あなた、驚くわよ」

「たとえば、どんなことだ？」

サーセイは窓ぎわに腰かけた。

「〈茨の女王〉が自分の馬車の中に金貨の箱を持ち歩いているのを知っている？　それも、〈征服〉以前の古い金貨をよ。ドラゴン金貨と指定せずに、金貨の枚数だけで代価を求めるほど頭の悪い商人がいたら、あの女はハイガーデン城の古金貨——いまのドラゴン金貨半分の重さしかない金貨で支払いをするの。メイス・タイレルの母親にだまされて文句をいえる商人がどこにいて？」サーセイはそういって、ワインをすすった。「ところで、ささやかな遠乗りは楽しかったのかしら？」

「叔父上は、きみが見送りにこなかったことに不満を漏らしていたぞ」

「叔父がどう不満を漏らそうと、わたしには関係ないわ」

「いや、そんなことはない。叔父上にはまだ働いてもらえる。リヴァーラン城やロック城に置きたくないのなら、北部に差し向けてスタニス公を討伐させればいい。父上はいつも、ここぞというときにケヴァン叔父の力を——」

「北部総督はルース・ボルトンよ。スタニスの始末はあの男にまかせておけばいいわ」

「ボルトン公は地峡《ネック》より先に進めずにいる。要塞《モート》ケイリンの鉄人《くろがねびと》に北部への道を塞がれているからだ」

「その状態も長くはつづかないわよ。ボルトンの私生児が、遠からずあのちっぽけな障害を取り除くでしょう。それに、ボルトン公のもとへは、じきにフレイ勢二千の増援が参着するはず。ウォルダー公の息子、ホスティーンとエイニスに率いられてね。スタニスとたかだか数千の敗残兵を殲滅《せんめつ》するには十二分な兵力よ」

「サー・ケヴァンは――」

「――ダリー城のことで手いっぱい。ランセルにお尻の拭きかたから教えなくてはいけないんだもの。父が死んでからというもの、叔父はすっかり覇気がなくなったわ。叔父はもう、絞りかすの老人。デイヴンとダミアンのほうが、まだ役にたつくらい」

「まあ、あのふたりでも充分だろうが」ジェイミーとしても、従弟や縁者を取り立てることに否やはなかった。「それでも、〈手〉は必要だぞ。叔父でないとすれば、だれだ？」

姉は笑った。

「あなたでないことはたしかね。その点は心配しなくてもいいわ。候補としては、たとえばテイナの夫、オートンあたり。彼の祖父はエイリスの〈手〉を務めていたから」

（豊饒の角を紋章にかかげた〈手〉か）

オーウェン・メリーウェザーのことはよく憶えている。人あたりはよいが、無能な男だった。

「あれは優秀すぎてエイリス王に追放されたあげく、領地を没収された人物だぞ」

「領地はロバートが返還したわ。すくなくとも、ある程度はね。オートンが残りを取りもどしたら、テイナも喜ぶでしょう」

「目的はあのミアの娼婦を喜ばせることか？　ことは王国統治の問題だと思っていたんだがな」

「王国を統治しているのはこのわたしよ」

（〈七神〉よ、なにとぞわれらみなを救いたまえ）

姉は自分のことを〝乳房のあるタイウィン公〟と考えたがるが、それは大きなまちがいだ。父タイウィンが氷河のように冷酷で、容赦がなかったのに対して、サーセイは火口《ほくち》のように火がつきやすく、ひとたび火がついたら、野火のように手がつけられない。自分の行く手をはばまれたときはとくにそうだ。たとえばスタニスがドラゴンストーン島を捨てたと知って、サーセイは小娘のように狂喜乱舞した。ついに戦いをあきらめ、船に乗って逃走したと思いこんだのだ。ところが、北部で〈壁〉に身を寄せ、ふたたび挙兵したとの報告が届くなり、見るに堪えないほど怒り狂った。

（サーセイもけっして馬鹿ではない。しかし、判断力に欠けるし、辛抱が足りない）

「きみには支えてくれる強力な〈手〉が必要だ」

「強力な〈手〉が必要なのは弱い支配者だけよ、エイリスが父を必要としたように。強力な支配者には、命令を唯々諾々と実行する勤勉な下僕《しもべ》がいさえすればいいの」ワインのカップをゆすった。「だとしたら、ハライン公がぴったりね。〈王の手〉となる最初の火術師《パイロマンサー》ではないことだし」

（たしかにな。おれが殺した前の〈手〉も火術師だった）

「そういえば、オーレイン・ウォーターズを海相に任命するという話を聞いたが？」

「だれに告げ口されたのかしら？」ジェイミーがだまっていると、サーセイは髪をうしろにはねあげ、いった。「ウォーターズは海相にうってつけの人材よ。半生を船の上で過ごしてきたんだもの」

「半生？　たかだか二十歳の若僧のか？」

「正確には二十二歳。でも、若さがなんの弊害になるの？　父上がエイリス・ターガリエンの〈手〉に任命されたときは、まだ二十一にもなっていなかったんだし。そろそろトメンのまわりからしわだらけの年寄りどもを一掃して、若い臣下で固めてもいいころでしょう？　オーレインは強くて精力的よ」

（たしかに、強くて精力的でハンサムだな）

〝……ランセルとも寝た。オズマンド・ケトルブラックとも寝た。おれの見るところでは〈ムーン・ボーイ〉とも……〟

「あんな男より、パクスター・レッドワインのほうがいい。パクスター公はウェスタロスで最大の艦隊を擁する人物だ。オーレイン・ウォーターズも、小型帆船くらいなら指揮できるだろうが、そのまえに、まず一隻を買い与えてやらないといけない」

「あなたは子供ね、ジェイミー。レッドワインはタイレル家の旗主で、あの身の毛もよだつ〈茨の女王〉――メイス公の母の娘婿なのよ。タイレル公の飼い犬なんて、一匹たりとも、わたしの小評議会に入れるつもりはないわ」

「トメンの小評議会だ。きみのではない」

「わたしがいう意味はわかるでしょう」

（痛いほどにな）

「オーレイン・ウォーターズを海相にすえるのは愚策だ。ハラインを〈手〉にするのは愚かきわまりない。クァイバーンにいたっては……常識を超えている。いいかサーセイ、あれはヴァーゴ・ホウトと行動をともにしていた男だぞ。しかも〈知識の城《シタデル》〉に学鎖を剥奪されたやつなんだ！」

「灰色の羊どもに剝奪されたからなんだというの？　わたしにしてみれば、クァイバーンはこのうえなく利用価値がある男だわ。それに、忠実よ。わたしの身内などよりもね」

（このままでは、鴉どもが饗宴をくりひろげて、おれたちはすっかり餌食にされてしまうぞ、愛しい姉上）

「サーセイ、自分の胸に手をあててよく考えてみろ。きみは影という影にこびとの姿を見て、つぎつぎに味方を敵にまわしている。ケヴァン叔父はきみの敵ではない。おれとてきみの敵ではない」

サーセイの顔が怒りでゆがんだ。

「先《せん》だって、頭をさげてあなたの力添えをたのんだでしょう。わたしはひざを屈してまで、あなたに助けを求めたのよ。それを断わったのはだれ！」

「それは誓約が……」

「……誓約がありながら、エイリス王を平気で殺したじゃないの。ことばは風のごとしよ。あなたはわたしを選ぶこともできたわ。それなのに、わたしではなく、白のマントを選んだ。出ていって」

「サーセイ……」

「出ていって、といったのよ。手を斬り落とされたその醜い切断面を見せられるのは、もううんざり。出ていきなさい！」

追いだそうとして、サーセイはワインのカップを投げつけてきた。当たりはしなかったが、これ以上話してもむだなことが、ジェイミーにははっきりとわかった。

黄昏どき、ジェイミーは〈白き剣の塔〉の広間にひとりですわり、ドーン産の赤ワインを片手に、〈白の書〉をひもといていた。ページをめくるのは、手首から先を失った利き手の付け根だ。おりしも、〈花の騎士〉が入ってきて、白いマントと剣帯をはずし、壁にかけたジェイミーのマントに歩みよると、そのとなりの装備掛けに掛けた。

「きょう、外郭《そとぐるわ》の練習ぶりを見た」ジェイミーは声をかけた。「みごとな模範演技だったぞ」

「みごとというより、完璧でしょうね、じっさい」

サー・ロラスは自分でカップにワインをつぎ、半月形の会議卓の向かいにすわった。

ジェイミーはいった。

「慎み深い男ならこう答えるものだ――〝過分なおことば、痛みいります〟、でなければ、〝馬がよかったのです〟などとな」

「馬はほどほどでした。わたしの慎み深さなど、総帥どののやさしさといい勝負でしょう」

そこでロラスは、〈白の書〉を指さした。「レンリー公はつねづね、本はメイスターのものだとおっしゃっておられましたよ」

「この本はわれわれのためのものだ。かつて白いマントをまとった男たちそれぞれの歴史が、すべてここに書いてある」

「覗いてみたことはあります。楯が美しい。絵はもっと多いほうが好みだな。レンリー公も何冊かは絵つきの本をお持ちでしたが、セプトンが見たら目がつぶれるほどひどい絵ばかりでした」

ジェイミーは苦笑した。

「挿画つきの本などここにはない。しかし、この書をひもとく者の前に、歴史は開かれる。先人たちの生きざまを知っておくのも悪いことではないぞ」

「でしょうね。〈ドラゴンの騎士〉こと太子《プリンス》エイモン、〈豪勇の士〉ことサー・ライアム・レッドワイン、〈豪胆バリスタン〉……」

「……グウェイン・コーブレイ、アリン・コニントン、〈ダリーの悪魔〉……いろいろだ。ルカモア・ストロングのことも聞いたことがあるだろう？」

「〈好色ルカモア〉ですか？」サー・ロラスは愉快そうな顔になった。「妻が三人、子供が三十人もいたという？　最後は一物をちょん切られたんでしたね。彼の歌を歌ってさしあげましょうか？」

「では、テレンス・トインは？」

「王の愛人と同衾《どうきん》して、泣き叫びながら死んだそうで。その教訓は、ひとたび白いズボンをはいた男は、ひもをきっちり締めておけ、ということですか」

「〈灰色のマント〉のジャイルズは？　〈心広き者〉オリヴェルは？」

「ジャイルズは反逆者、オリヴェルは臆病者。みんな、白きマントの面汚しです。いったいなにをいおうとしておられるんです？」

「たいしたことではない。なんの意味もなくても怒らんでくれ。では〈背高《ロング・トム》のコステイン〉は？」

サー・ロラスは、知らない、とかぶりをふった。

「知らぬか。六十年にわたって〈王の楯《キングズガード》〉に在籍していた人物なのだがな」

「それはいつの時代です？　いちども聞いたことが――」

「では、ダスケンデールのサー・ドネルは？」

「その名前は聞いたことがあるような。しかし――」

「アディソン・ヒルは？　〈白梟《シロフクロウ》〉こと、マイケル・マーティンズは？　ジェフォリー・ノークロスは？　〈不屈の騎士〉と呼ばれた男だ。〈赤《レッド》のロバート〉ことサー・フラワーズはどうだ？　このへんの先達についてはなにを知っている？」

「フラワーズは私生児につける名前ですね。ヒルもです」

「いずれも〈王の楯《キングズガード》〉の総帥に登りつめた男だよ。彼らの物語は〈白の書〉に記されている。ローランド・ダークリンについてもだ。おれの就任までは、最若年で〈王の楯《キングズガード》〉に加わった男だった。戦場で白のマントを賜わり、身につけて一時間足らずで戦死したという」

「あまり優秀な騎士ではなかったようですね」

「優秀だったとも。自分は死んでも、王を生き延びさせたのだからな。これまでに数多くの勇士たちが白のマントをまとった。だが、その大半は忘れ去られている」

「大半は忘れられてもしかたがない者たちでしょう。のちのちまで記憶されるのは英雄だけです。最良の者だけです」

「最良の者は当然として、最悪の者もだ」（そうだとしたら、おれたちのうちのどちらかは、後世まで歌に歌われて知られることになるんだろうな）「それに、その両方を兼ねそなえた少数の者もだぞ。たとえば、この男のように」

ジェイミーはそういって、読んでいたページをつついた。

「だれです？」サー・ロラスは首を伸ばし、ページを覗きこんだ。「真紅の地色に十個の玉──見たこともない紋章ですね」

「ヴィセーリス一世とエイゴン二世に仕えた男、クリストン・コール──」ジェイミーは、ぱたんと〈白の書〉を閉じた。「──世にいう〈国王擁立者《キングメーカー》〉さ」

17——サーセイ

（革の袋を背負った、三つのみじめな愚者の顔——）目の前にひざまずく三人を見ながら、太后はそう思った。三人の顔を見るかぎりでは、およそ報告内容に期待できそうにもない。

（けれど、一縷《いちる》の望みがないわけではないわ）

「陛下」クァイバーンが横から静かな声でいった。「そろそろ小評議会がはじまる時刻にて……」

「……わたしがいくまで待たせておけばよい。この者らの報告しだいでは、反逆者死す、の知らせを携えてゆけるかもしれないでしょう」

王都の反対側では、ベイラー大聖堂《グレート・セプト》の鐘が弔いの歌を歌っている。

（でも、おまえのために鳴る鐘はない。この革袋に入っているのがおまえなら、頭はタールに沈めて、そのねじけたからだを犬どもに食わせてやる）

「立つがよい」サーセイは、貴族に取り立てるかもしれない男たちにいった。「持ってきたものを見せよ」

三人は立ちあがった。三人とも醜くて服はぼろぼろだ。ひとりの首にはできものができている。どの男も半年はからだを洗っていないだろう。このようなやからを貴族に取り立てる可能性を考えると、どこか痛快でもあった。

(宴《うたげ》のときは、マージェリーの横にすわらせてやろう)

愚者の頭分《かしら》が革袋の口ひもをほどき、中に手をつっこんだ。腐った薔薇《バラ》にも通じる独特の腐臭が謁見の間に広がった。男が取りだした頭は灰緑色をしていて、表面を多数の蛆が這いずりまわっていた。

(父上と同じ匂い――)

ドーカスは息を呑み、ジョスリンは口に手をあて、身をふたつに折ってえずいた。

サーセイはたじろぐことなく、腐りかけた首を検分した。

ややあって、しぼりだすような声でサーセイはいった。

「そのほうが殺したのは、手配中のこびとではない」

「そんなはずはねえ」愚者のひとりが不遜にも異論を唱えた。「こいつにまちがいねえはずでさ。見てのとおり、こびとでやしょ。腐ってっから、人ちがいに見えるだけで」

「ふたたび鼻を生やしたというのか」生首を見ながら、サーセイはいった。「それも、そのようなだんごっ鼻を。ティリオンの鼻は戦《いくさ》で削ぎ落とされたのだぞ」

三人は顔を見交わした。

「そりゃあ初耳で」首を持った男がいった。「この野郎がでっけえ面して歩いてきやがって、醜いこびとだもんだから、こいつぁてっきり……」

「この野郎、自分じゃ〈雀〉だといってやした」できものの男がいった。それから、これは三人めの男に向かって、「それぁ嘘だと、おめえがいったんじゃねえかよ」

こんな茶番のために小評議会を待たせておいたかと思うと、腹がたってきた。

「そのほうらはわたしの時間を無駄にし、罪もない男を殺したのだ。本来ならば、首を刎《は》ねられても文句はいえぬ」しかし、首を刎ねてしまえば、報賞めあての者たちはこびと狩りをためらうようになり、結果的に〈小鬼《インプ》〉は網をすりぬけてしまう。たとえ無関係なこびとの死体を三メートル積みあげることになろうとも、そんな事態は避けたい。「即刻、わが眼前から消え失せよ」

「かしこまりやした、陛下」できものの男がいった。「これで失礼いたしやす」

「この首、どうしやしょう?」首を持った男がたずねた。

「そこのサー・マーリンに渡せ。ああ、ちがう、袋に入れてだ、この愚か者め。それでよい。サー・オズマンド、この者らを外へ」

マーリン・トラントが首を始末するために、そして首斬り役人も兼ねているオズマンド・ケトルブラックが三人を連れだすために立ち去ると、男たちが訪ねてきた形跡は、床にぶちまけられたレディ・ジョスリンの朝食だけとなった。

太后はジョスリンに命じた。

「ただちに汚物をかたづけよ」

サーセイのもとに届けられた首は、いまので三つめだ。

（すくなくとも今回は、こびとの首ではあったわね）

前回持ちこまれたのは、醜い子供の首だったのだ。

「だれかがきっと、こびとめを見つけだします、陛下。ご案じなさいませんよう」もどってきたサー・オズマンドが力づけた。「見つかった暁には確実に始末してごらんにいれます」

（おまえにできて？）

昨夜、サーセイの夢には、あの占いの老婆が現われた。あごの肉がたれて、しわがれ声で話す老婆——ラニスポートでは〈蛙面《カエルづら》の妖婆《メイギー》〉と呼ばれていたあの占い師だ。

（わたしに告げた占いの内容を聞きつけていたら、父上はあの老婆の舌を切りとらせていたでしょうね）

しかし、あの老婆から聞いたことを、サーセイはだれにも話してはいない。ジェイミーにさえもだ。

（メララはいったわ——だれにも予言を話さなければ、いずれ忘れ去られると。忘れられた予言が当たることはありえない、とも）

「〈小鬼《インプ》〉の行方は、各地の密告者どもを使って、ありとあらゆる場所を探させております、陛下」クァイバーンがいった。クァイバーンが着ているローブは、形こそメイスターのそれにそっくりだが、色は灰色ではなく、〈王の楯《キングズガード》〉のそれと同じ純白だ。裾や袖は細かい黄金の渦巻紋で縁どられ、固い襟は高く、腰にはこれも黄金の飾り帯を締めている。「オールドタウン、ガルタウン、ドーン——さらには各自由都市にまでも探索の手を伸ばしておりますれば、どこに逃げたのであれ、かならずわたくしの密告者たちが〈小鬼《インプ》〉めを見つけだしてごらんにいれます」

「そなたはあれがキングズ・ランディングを出ていったものと決めてかかっているようだが、ベイラー大聖堂《グレート・セプト》にでも潜み、あのすさまじい音をたてる鐘のひもにぶらさがっていない、とはいいきれぬではないか」

　眉根を寄せつつ、サーセイは小さく合図した。ドーカスがさっと差しだした手につかまり、立ちあがる。

「きなさい、クァイバーン。わたしの小評議会が待っている」サーセイは、元メイスターの腕をとり、〈玉座〉の上がり段を降りはじめた。「わたしが申しつけた例のささやかな仕事、もうすんだのでしょうね？」

「すみましてございます、陛下。これほど時間がかかりましたことをお詫び申しあげます。なにしろ、大きな頭でして。甲虫どもが肉を食らいつくすのに、ずいぶんと時間がかかってしまいました。お詫びのしるしに、黒檀と銀の箱にはフェルトの内張りをしてございます。これに髑髏《どくろ》を入れますと、それはもうよく映えて――」

「布の袋でも充分であったろうに。大公《プリンス》ドーランはあの男の首がほしいだけよ。どんな箱に入れて送ろうと気にもしないわ」

　屋外に出ると、重なりあって響く鐘の音がいっそう大きく聞こえた。

（たかだか総司祭《ハイ・セプトン》が死んだだけで、おおげさな。いつまでこの鐘をがまんすればいいの）

弔いの鐘の音は、〈山《マウンテン》〉の悲鳴よりは音楽的に響く。しかし……。

クァイバーンはサーセイの思いを察したようだった。

「あの弔鐘は、日没にはやみます、陛下」

「そう、せいせいするわ。けれど、どうしておまえが知っているの？」

「知ることこそ、わが職務の要諦にございますれば」

（自分に代わりうる人材はいない、とヴァリスはみなに信じこませてきたけれど——わたしたちはなんと愚かだったのだろう）じっさい、あの宦官の地位をクァイバーンが継ぐことになったと太后が公表するや、ヴァリスの息のかかった害虫どもは時を移さずクァイバーンのもとを訪れ、わずかな貨幣と引き替えに情報をささやきだした。（結局、ものをいうのは、〈蜘蛛《スパイダー》〉ならぬ、銀《シルバー》ということね。このぶんなら、クァイバーンも十二分に務めをはたすはずだわ）

ヴァリスのすわっていた席にクァイバーンがつくときの、パイセルの顔が見ものだ。

小評議会の議事中は、議事室の扉の外に、つねに一名の〈王の楯《キングズガード》〉の騎士が警護に立つ。きょうの警護役はサー・ボロス・ブラントだった。

「サー・ボロス」サーセイはにこやかに声をかけた。「けさは顔色が悪いのね。もしかして、食べものに変なものでも入っていたのかしら？」

ジェイミーに任命されて、サー・ボロスは王の毒味役を務めているのである。

（美味を味わえる役目だけれど、騎士としては屈辱的）

じっさい、サー・ボロスもこの役目をいやがっている。扉をあけ、ふたりが戸口をくぐるまで押さえているあいだ、騎士のたれた頰は屈辱に震えていた。

サーセイが入っていくと、雑談をしていた参議たちはぴたりと口をつぐんだ。ジャイルズ公があいさつをするかのように咳きこみ、その大きな音で、うたた寝をしていたパイセルが目を覚ました。ほかの者たちは立ちあがり、口々にあいさつのことばで迎えた。サーセイはごくかすかにほほえみを浮かべてみせた。

「諸公には、わが遅参に理解を示してもらえるものと信じます」

「わたくしどもはみな、太后陛下にお仕えするためにこうして集まっておるのです」サー・ハリス・スウィフトがいった。「一同、胸を高鳴らせながら、おでましをお待ち申しあげておりました」

「みな、クァイバーン公は知っていますね」

上級学匠《グランド・メイスター》パイセルは、期待にたがわない反応を示した。

「クァイバーン公？」やっとのことで、ことばをしぼりだした。すっかり血の気が引いている。「おそれながら、陛下……メイスターは絶対の誓いを立てておりますゆえ、いかなる領地も貴族の称号も持たぬはずで……」

「この者の学鎖を取りあげたのは、おまえの〈知識の城《シタデル》〉ではないの。メイスターでないとなれば、もはやメイスターの誓約には縛られぬ道理。そもそも、わたしたちはあの宦官を〝公〟と呼んでいたのですよ、忘れたの？」

パイセルは口ごもった。

「この男は……不適格ゆえに、資格を……」

「適不適を語る資格は、おまえにはないわ。諸公の面前で父の亡骸をあのように腐敗させておいて、よくもそんな口がきけたものね」

「陛下」パイセルは打擲《ちょうちゃく》を防ごうとするかのように、老人斑だらけの手を前にかかげた。「タイウィン公の体内からは沈黙の修道女《シスター》が内臓を掻き出し、血も排出してありました……必要な処置はすべてすませてあったわけで……体内には塩を詰め、香り高い香草も……」

「つまらぬ細部など、いちいち口にせずともよい。おまえがどのような処置をしたにせよ、その結果としてあの腐敗臭がただよったことは事実なのですよ。いっぽう、わが弟が一命をとりとめたのは、クァイバーン公の治療技術の賜物。薄笑いを絶やさぬあの宦官などより、この者のほうがずっとよく王に仕えてくれること、疑いの余地はないわ。クァイバーン公、ここに居ならぶ参議はみな見知っていますね？」

「存じあげぬとすれば、わたくしはよほどの物知らずということになりましょう、陛下」

クァイバーンは、オートン・メリーウェザーとジャイルズ・ロズビーのあいだに着席した。

（わたしが選んだ参議たち……）

薔薇の一族は一本残らず引っこぬいた。叔父ケヴァンやふたりの弟に忠実な者たちもだ。かつてその者たちがいた場所には、サーセイにのみ忠誠を誓う者らがすわっている。さらに、自由九都市の制度に倣い、新たな体制を確立した。宮廷はもはや言いなりの木偶《でく》ばかりで、太后に意見できるほどの大物はひとりもいない。司法長官にはオートン・メリーウェザーを、蔵相にはジャイルズ・ロズビーを選び、海相には若くて覇気のある〈海標城《ドリフトマーク》の私生児〉ことオーレイン・ウォーターズをすえてある。

そして、太后の〈手〉に任命したのは、サー・ハリス・スウィフトだった。

当たりがやわらかく、禿頭《とくとう》で追従屋のスウィフトは、あごらしいあごがなくて、かわりにちんまりとしたみっともない白鬚《はくしゅ》を生やしている。フラシ天の黄色い胴衣《ダブレット》に瑠璃《ラピスラズリ》のビーズで描きだされているのは、スウィフト家の紋章である、青い牡矮鶏《チャボ》だ。ダブレットの上には青いベルベットのマントを着ていたが、その全面には百もの黄金の手があしらってあった。〈手〉に任命されてすっかり舞いあがったサー・ハリスは、いかにもボンクラらしく、自分が人質として〈手〉にされたことに気づいていない。サー・ハリスの娘は、サーセイの叔父サー・ケヴァンの妻だ。そしてサー・ケヴァンは、あごがなく、胸もなく、脚がガリガリの妻を愛している。サー・ハリスを〈手〉として手元に置くかぎり、ケヴァン・ラニスターが反抗しようとしても二の足を踏まざるをえない。

(たしかに、このお人好しは理想的な人質ではないけれど、たとえ貧弱な楯であろうとも、ないよりはまし)

「国王陛下も出席なさいますので？」

オートン・メリーウェザーがたずねた。

「息子は齢若いクイーンと遊んでいます。当面、あの子にとっての政務とは、書類に玉璽《ぎょくじ》を押すことよ。国事を理解するには、あまりにも若すぎますからね」

「では、われらが勇猛なる〈王の楯《キングズガード》〉の総帥どのは？」

「サー・ジェイミーは義手を造らせに武具師のところへやりました。みなもあの醜悪な手首にはうんざりしているでしょう。それに、あえていうけれど、弟にとって、ここでの議事は、トメンが退屈に感じるのと同じほど退屈に感じられるはず」

オーレイン・ウォーターズがのどの奥で笑った。

（いい傾向だわ）とサーセイは思った。（笑われれば笑われるほど、ジェイミーは怖い存在ではなくなる。この者たちに、もっと笑わせてやりましょう）

「ワインの用意は？」

「ございます、陛下」オートン・メリーウェザーは、けっして見目のよい男とはいえない。鼻は大きくて丸く、赤みがかったオレンジ色の髪はくせっ毛で、もじゃもじゃだ。しかし、礼儀正しさだけには定評があった。「ドーンの赤とアーバー・ゴールドを用意いたしました。ハイガーデンから取り寄せました、上等の香料入りスイートワインもございます」

「ゴールドをいただくわ。ドーンのワインはドーン人のように渋いもの」メリーウェザーがカップを満たすのを待って、サーセイはいった。「一同もお飲みなさい。飲みながら議事を進めましょう」

グランド・メイスター・パイセルの唇はまだわなないていたが、それでもなんとか、舌を動かす気力を取りもどしたようだった。

「御意に。大公《プリンス》ドーランは、弟の血気盛んな私生児たちを拘禁しましたが、サンスピア宮はいまもなお主戦論に沸き返っているとのことです。プリンスからの書状によりますと、約束された正義のあかしを渡されぬかぎり、この荒浪は鎮めがたしとお考えのようで」

「もっともだわ」（めんどうな男ね、ドーンのプリンスというのは）「思いのほか待たせてしまったけれど、それももう終わり。もうじきベイロン・スワンをサンスピア宮に派遣して、グレガー・クレゲインの首を送りとどけさせるから」

サー・ベイロンには、ほかの任務も担わせる予定だが、それはいわずにおいたほうがいい。

「ほほう」ちんまりとした珍妙な顎鬚《あごひげ》を親指と人差し指でまさぐりながら、サー・ハリス・スウィフトがいった。「では、あの男は死んだのですか？　サー・グレガーは？」

「でしょうな、サー・ハリス」オーレイン・ウォーターズが、そっけない言いかたをした。「頭を胴体から切り離すと、人はふつう、死んでしまうといいますからな」

サーセイはオーレインに微笑を見せた。ちょっとした皮肉な物言いは好ましい――それが自分に向けられたものでないかぎり。

「サー・グレガーは傷がもとで死んだのよ。わがグランド・メイスターが予想したとおりにね」

パイセルは不満げに咳ばらいをし、クァイバーンに辛辣な目を向けた。

「相手の槍には毒が塗られていたのです。だれであろうと、サー・グレガーを助けることはできなかったでしょう」

「と、おまえはいっていたわね。ようく憶えていますよ」サーセイは〈手〉に顔を向けた。「わたしが入室したとき、おまえはなにを話していたの、サー・ハリス？」

「〈雀〉どものことでございます、陛下。司祭《セプトン》レイナードが申しますに、すでに王都内の〈雀〉は二千を数え、日々、新たな〈雀〉どもが流入してきている由。その指導者どもは、破滅と悪魔の信仰を説いており……」

サーセイはワインを口にふくんだ。

（これはまた芳醇な――）

「取り締まる時期はとっくに過ぎているわ――そうは思わないこと？　スタニスの信仰する紅《あか》い神を悪魔と呼ばずして、なんと呼ぶのです？〈正教〉はあのような邪悪とは相容れぬはずでしょう」この論法は、クァイバーンの入れ知恵によるものだった。頭のまわる男だ。「急死した先代の総司祭《ハイ・セプトン》は、あまりにも無策でした。寄る年波で視力が衰え、気力も萎えていたのかしらね」

「あの方は脱け殻も同然の老人でございましたゆえ、陛下」クァイバーンはパイセルに意味ありげな微笑を向けた。「急死したのも驚くにはあたりません。ともあれ、天寿をまっとうして眠りながら逝けたのですから、これ以上安らかな死にかたはなかったのではないかと」

「たしかにね」サーセイはうなずいた。「けれど、後継者になる次代ハイ・セプトンには、もっと精力的にやってもらわないと。大聖堂《セプト》の友人たちによれば、トーバートかレイナードが適任とのことだけれど」

グランド・メイスター・パイセルが咳ばらいをした。

「わたしにも篤 信 卿《モースト・デイヴアウト》の友人がおりますが、その者たちはセプトン・オリドアを推《お》しております」

「ルセオンを忘れてはなりません」クァイバーンがいった。「昨晩、セプトン・ルセオンは、篤信卿三十名に仔豚とアーバー・ゴールドをふるまい、朝には貧しき者たちに堅焼きパンを配って、信心の深さを示しました」

オーレイン・ウォーターズは、セプトンにかかわるこのつまらないやりとりに、サーセイと同じく退屈しているようだった。この距離で見ると、髪の色はゴールドよりもシルバーにちかく、目も太子《プリンス》レイガーの紫色とちがって灰緑色だ。それでも、似ていることはまちがいなかった。わたしのために顎鬚《あごひげ》を剃り落とせといったら、この男、いうことを聞くだろうか。齢は十歳も下だが、この男はわたしをほしがっている。わたしを見る眼差しからも、それはまちがいない。乳房が膨らみはじめたころから、男たちのこういう眼差しにはさんざんさらされてきた。

（それというのも、あなたが美しいからですとみなはいう。けれど、美しさではジェイミーもわたしといい勝負。それなのに、だれもジェイミーを同じような目では見ない）

小さいころ、たわむれに、ときどき弟の服を着て歩きまわったことがある。当然、まわりの者たちはジェイミーと思いこんで接してくるのだが、そのあつかいがあまりにもふだんとちがうことに、サーセイはいつも驚かされたものだった。タイウィン公でさえも、まったく態度が……。

パイセルとメリーウェザーは、だれが次期ハイ・セプトンにふさわしいかについて、なおもささいな点をあげて言い争っていた。

唐突に、サーセイは口をはさんだ。

「だれでもよい。だれがやっても同じことよ。ただし、クリスタルの総司祭冠をかぶる者には、ティリオンの〈小鬼《インプ》〉の破門を宣言してもらわなくてはね」急死したハイ・セプトンは、ティリオンのことに関しては、異様なほど沈黙をまもっていたのである。「とるにたらない〈雀〉どもについては、反逆を説くのでないかぎり、〈正教〉の問題であって、わたしたちの問題ではないわ」

オートン公とサー・ハリスがぼそりと賛成のことばをつぶやいた。ジャイルズ・ロズビーも同じく賛同の意を表わそうとしたが、そのつぶやきは咳の発作に呑みこまれてしまった。吐いた痰が血混じりなのを見て、サーセイは眉根を寄せ、顔をそむけた。

「メイスター、谷間《ヴェイル》からの書状は？」

「持ってきました、陛下」パイセルは文書の山の中から筒状の手紙を引き抜き、平らに伸ばした。「書状というより声明ですが。署名の場所は神秘の石城《ルーンストーン》、署名者は〈青銅《ブロンズ》のヨーン〉こと、ヨーン・ロイス公を筆頭に、ウェインウッド女公、ハンター公、レッドフォート公、ベルモア公、〈九《ナインスターズ》星城の騎士〉ことサイモンド・テンプルトン。この六名全員が封蠟にそれぞれの刻印を押しております。内容は――」

（しょせん寝言でしかないわ）

「読みたい者は各自読むように。ロイス以下の署名者は、軍勢を仕立てて高巣城《アイリー》のふもとに押しよせた由。寄ってたかって〈小指《リトルフィンガー》〉を谷間《ヴェイル》の守護代の座から排除しようとしているのよ——必要とあらば、武力に訴えてでもね。問題は、この者らの行動を許容するかどうかだけれど」

ハリス・スウィフトがたずねた。

「ベイリッシュ公は助力を求めてきましたので？」

「いまはまだ。最後に送ってきた手紙では、反逆の件にはすこし触れただけで、ロバートの古いタペストリーを少々送ってほしいと懇願することばが書き連ねてあったわ」

サー・ハリス・スウィフトは貧弱な顎鬚《あごひげ》をまさぐった。

「声明書を送ってきた六公は、王家の力を借りたいと申し入れてきたのでございますか？」

「いいえ」

「では……なにもする必要はないのではありますまいか」

それに対して、パイセルがいった。

「谷間《ヴェイル》で戦《いくさ》が起これば、たいへんなことになりますぞ」

「戦？」オートン・メリーウェザーが一笑に付した。「ベイリッシュ公は、なにごとも面白がる人間ではあるが、面白半分で戦をはじめたりはしない。おそらく、流血沙汰にはならんでしょう。そもそも、幼いロバート公の守護代をだれがやったところで、谷間《ヴェイル》が税を納めているかぎり、問題にならんのではありますまいか？」

（たしかにね）とサーセイは思った。本音をいえば、〈リトルフィンガー〉にはこの宮廷にいてもらったほうがありがたい。（あの男には金を生む才能があるし、やたらと咳をしたりしないもの）

「オートン公のいうとおりです。メイスター・パイセル、声明書の六公に、ピーターに危害を加えてはならぬ旨、指示なさい。それさえ守れば、ロバート・アリンの遺児が守護者職にあるあいだ、谷間《ヴェイル》でどのような政治が行なわれようと、王家は関知せぬと」

「かしこまりました、陛下」

「新造艦の件はいかがいたしましょう」オーレイン・ウォーターズがいった。「わが海軍のうち、ブラックウォーターの地獄を生き延びた艦艇は、十隻程度です。ただちに海上戦力を立てなおさねばなりません」

　メリーウェザーがうなずいた。

「海上戦力の再建は急務だな」

「鉄人《くろがねびと》を利用できんのかね？」オートン・メリーウェザーがたずねた。「敵の敵は味方の理屈だ。われらと同盟を組む場合、〈海の石の御座《シーストーン・チェア》〉は代償になにを望む？」

「北部でしょう」グランド・メイスター・パイセルが答えた。「しかし北部は、太后陛下の高貴なるお父君が、ボルトン家に与えると約束なさいました」

「それはまずいな」メリーウェザーがいった。「だが、北部は広い。領地は分割することもできる。なにも永久に領土を安堵してやることはないのではないかね。スタニスを滅ぼした暁には、王家が後ろ楯になることとさえ確約しておけば、ボルトンも納得するのではないかな？」

「ベイロン・グレイジョイは死んだと聞いたが」サー・ハリス・スウィフトが問いかけた。「いま鉄《くろがね》諸島を支配しているのは、何者だ？　その点はわかっているのか？　ベイロン公には息子がいたか？」

「レオ、だったかな？」ジャイルズ公が咳きこんだ。「それとも、シオか？」

「シ、シオン・グレイジョイは、エダード・スタークの後見のもと、ウィンターフェル城で養育されました」クァイバーンが説明した。「そんな人物がわれわれの友人になるとは考えられません」

「そのシオンも殺されたと聞くぞ」メリーウェザーがいった。

「息子はそれひとりだけだったかな？」サー・ハリス・スウィフトが貧弱な顎鬚《あごひげ》を引っぱりながら、いった。「弟——そう、ベイロンには弟がいなかったか？」

（ヴァリスならちゃんと把握していたでしょうに）

いらいらとそう思いつつ、サーセイは一同にいった。

「あんな野蛮な烏賊《イカ》の群れといっしょにベッドに入るなど願いさげだわ。スタニス勢を討滅したら、つぎはあの者どもの番。必要なのは自前の艦隊です」

「まずは、大型高速帆走艦《ドロモンド》を建造すべきとぞんじます」オーレイン・ウォーターズがいった。

「手はじめに、十隻」

「建造資金はどこから？」パイセルがたずねた。

それが合図でもあったかのように、ジャイルズ公が咳きこみだした。そして、またもや血混じりの痰を吐くと、赤いシルクでぬぐい、

「そんな余裕は……」と、そこまでいいかけて、また咳の発作に見まわれた。「……とても……現状では……」

サー・ハリス・スウィフト《スウィフト》は、ジャイルズ公が咳の合間にいわんとしたことを察する程度には頭がまわるらしく、それを理解したうえで、異論を唱えた。

「王室の歳入はかつてなく増えているはずだぞ。サー・ケヴァン本人がそういっていた」

ジャイルズ公はまたも咳きこみながら、

「……出費が……金色《こんじき》のマントの……」

サーセイは前にもこの訴えを聞いたことがあった。

「われらが蔵相は、金色《ゴールド》のマントが多すぎるわりに、黄金《ゴールド》が少なすぎるといおうとしているのよ」

ロズビーはまだ咳をしている。だんだん腹がたってきた。

（タイレルの息がかかった者とはいえ、〈肥満のガース〉をすえたほうが、まだましだったかもしれないわね）

「いくら歳入が増えたといっても、艦隊の再建と並行して、ロバートの借金を返済しつづけ

られるほどではないわ。したがって、スタニスとの戦が終結するときまで、〈正教〉および〈ブレーヴォスの鉄の銀行《アイアン・バンク》〉への返済は停止します」新ハイ・セプトンは確実に聖なる手をふりまわして抗議してくるだろうし、ブレーヴォスの銀行家は青筋立てて怒鳴りこんでくるだろう。だが、それがなんだというのか？　「浮いた資金を新造艦の建造にあてましょう」

「陛下はじつに思慮深くていらっしゃる」メリーウェザー公がいった。「これは良策です。戦が終結するまでは必要な措置でもある。わたしは賛成いたします」

「わたしもです」サー・ハリスもいった。

「陛下」パイセルがわななく声で異を唱えた。「返済停止は、陛下が思っておられる以上の問題をもたらしましょう。〈鉄の銀行〉は……」

「……はるか海の彼方、ブレーヴォスにあるわ。それにね、払わないとはいっていません。いずれは返済するのよ。〝ラニスターはかならず借りを返す〟。わが家の家訓は、おまえも知っているでしょう」

「ブレーヴォスにも同様のスローガンはあります」パイセルの学鎖をなす金属環同士が触れあい――そのなかには貴金属も含まれる――小さく金属的な音をたてた。「〝〈鉄の銀行〉はかならず貸しを取り立てる〟」

「〈鉄の銀行〉が貸しを取り立てるのは、わたしが返すといったときですよ。そのときまで、先方には謹んで待っていてもらわなくてはね。では、ウォーターズ公、ドロモンド艦の建造に着手なさい」

「ありがたき幸せ」サー・ハリスが書類をめくり、いった。「つぎの議題でございますが……ウォルダー・フレイ公より書状が届いておりまして、いくつか要求をば……」

「どれだけの領地と名誉を与えたら気がすむのよ、あの業つく張りは！」サーセイは語気を荒らげた。「あの男の母親には、乳房が三つあったにちがいないわ」

「諸公はごぞんじでないかもしれませんが」クァイバーンがいった。「王都の居酒屋や酒場には、王室がウォルダー公の犯罪に加担したのではないか、とうわさする者たちもおりまして」

参議たちは不安の面持ちでクァイバーンを見つめた。

「それは〈釁《ちぬ》られた婚儀〉のことかね？」

オーレイン・ウォーターズがたずねた。

「犯罪？」これはサー・ハリスだ。

パイセルは大きな音をたてて咳ばらいをした。ジャイルズ公は例によって咳きこむばかりだ。

「とりわけ声高にうわさをしているのが、例の〈雀〉どもです」クァイバーンはつづけた。「〈釁《ちぬ》られた婚儀〉は、すべての法、神々、人間に対する冒瀆であり、あれに加担した者には天罰がくだる――そう申しているのです」

サーセイも愚かではない。ただちにその含みを理解した。

「ウォルダー公は遠からず、〈厳父〉の審判を受けることになるでしょう。あれは老い先の短い老人。〈雀〉たちには好きなだけ墓につばを吐かせてやればよい。わたしたちには関係のないことです」

「まったく、まったく」サー・ハリスがいった。

「おっしゃるとおりで」メリーウェザー公もうなずいた。

「王の関与を信じる者はいないかと」パイセルもいった。

ジャイルズ公は咳をした。

「たしかに、ウォルダー公の墓に多少のつばを吐いたとて、彼《か》の地の蛆虫どもが騒ぐことはありますまい」クァイバーンは同意を示した。「しかしながら、〈娶《ちぬ》られた婚儀〉の責めをだれかに負わせることは有益かとぞんじます。フレイ一族の首をいくつか差しだせば、北の諸公を軟化させるうえでおおいに役だちましょう」

「ウォルダー公がみずからの血族を差しだすはずはない」パイセルが反論した。

「それはそうだけれどね」考えながら、サーセイはいった。「でも、老公の後継者たちは、あれほど老獪ではないかもしれないわ。ウォルダー公が遠からず、わたしたちのために息を引きとってくれることをあてにしましょう。煙たい異母兄弟、反りのあわない従兄弟、姉妹たちなどを排除するにあたって、その者どもを罪人と糾弾する——。〈関門橋《クロッシング》〉の新領主としては、これ以上いい口実はないのではなくて？」

「ウォルダー公については死を待つとして、ほかにも各種の問題がございます」オーレイン・ウォーターズがいった。「〈黄金兵団《ゴールデン・カンパニー》〉がミアとの契約を破棄いたしました。埠頭界隈で耳にした船乗りたちのうわさによれば、新たな雇い主はスタニス公であり、海の彼方から〈黄金兵団〉を呼びよせようとしているのだとか」

「なにをもって支払いをするつもりなのかな?」メリーウェザーがたずねた。「雪か? 〈黄金兵団〉なる名前はだてではないぞ。スタニスはどれだけの黄金を持っているのだ?」

「ごくわずかよ」サーセイはいった。「それに、湾にはミアのガレー船が停泊しているのだけれど、クァイバーン公がその船乗りたちから聞いたところでは、〈黄金兵団〉は自由都市ヴォランティスへ向かっているとか。海を越えてウェスタロスへくるつもりであれば、方向ちがいもいいところでしょう」

「連中としても、負け組について戦いたくはないでしょうな」メリーウェザー公がいった。

「そう見ていいでしょうね」サーセイはうなずいた。「この戦がわが軍の勝利におわらないと見る者がいるとしたら、よほど先の読めない者だけよ。嵐の果て城《ストームズ・エンド》はタイレル公が攻囲しているし、リヴァーラン城はフレイ勢とわが従弟、新西部総督のデイヴンが攻囲している最中。レッドワイン公の艦隊はタース海峡を通過して東岸ぞいに北上中。ドラゴンストーン島には、もはやわずかな釣り船が残っているだけだから、レッドワイン勢の上陸を阻止することは不可能。ドラゴンストーン城はしばらく持ちこたえるでしょうけれど、ひとたび港を押さえてしまえば、守兵を海から孤立させられるわ。あそこを攻略すれば、歯向かう蝿は、もはやスタニスだけ」

　グランド・メイスター・パイセルがいった。

「ジャノス公の話が信用できるならば、スタニス公は、北の野人たちと共同戦線を張ろうとしているもようです」

「なんの、たかが毛皮をまとった蛮族のごとき」メリーウェザー公が嘲るようにいった。

「あのようなやからと手を組むとは、スタニス公もよほどせっぱつまっておるようですな」

「せっぱつまっているのか、愚かなのか、どちらかでしょうね」サーセイはうなずいた。

「北部人は野人を憎んでいるわ。したがって、ルース・ボルトンはなんなく北部諸公を味方につけられるはず。すでにいく人かの城主が私生児の息子を連れてボルトン公のもとに馳せ参じ、要塞《モウト》ケイリンに立てこもる不埒《ふらち》な鉄人《くろがねびと》の一掃と、ボルトン公帰還のための道筋確保に協力しているというわ。アンバー、ライズウェル……ほかの名前は失念してしまったけれど。白い港《ホワイト・ハーバー》でさえ、わが勢に味方する寸前だとか。あそこの領主は、われらがフレイ家の友人たちに孫娘をふたりとも嫁がせると約束したうえ、港をわが軍の艦艇に開放することにも同意したそうよ」

「はて、現地にわが艦船はないものと思っておりましたが……」

　サー・ハリスがけげんな声を出した。

「それにホワイト・ハーバーの領主は——ワイマン・マンダリーは——エダード・スタークの忠実なる旗主でした」グランド・メイスター・パイセルがいった。「そのような者を信用してもよろしいのでしょうか」

（世の中、信用できる者などいはしないわよ）

「あれはただの太った老人。しかも、怯えているわ。しかしながら、ある一点だけは譲ろうとしないの。跡継ぎを自分のもとに返されるまで、ひざを屈するつもりはないと言いはっているのよ」

「あの男の跡継ぎが、われらのもとにおりますので？」

サー・ハリスがたずねた。

「まだ生きているのなら、ハレンの巨城《ホール》にいるはず。グレガー・クレゲインが虜にしたの」

捕虜に対して、〈山《マウンテン》〉は穏当なあつかいをしたことがない。たっぷり身代金を取れる場合でもだ。「もし死んでいれば、跡継ぎを殺した者たちの首をマンダリー公のもとへ送らねばならないでしょう――丁重このうえない謝辞をそえて」

ドーンの大公《プリンス》でさえ、首ひとつで満足するのだ。いくつか首を送りつけてやれば、海豹《アザラシ》の皮を着たでぶの北部人には十二分だろう。

グランド・メイスター・パイセルがたずねた。

「スタニス公もホワイト・ハーバーの臣服を求めるのではないでしょうか？」

「ああ、もう働きかけてきているわ。マンダリー公は回答をはぐらかしつつ、スタニスからの書状を王都へ送ってきたの。それを見ると、スタニスはホワイト・ハーバーの武力と銀を求めるいっぽうで……なんの見返りも保証していないありさまよ」いずれ〈異客《まれびと》〉に感謝の蠟燭を点《とも》さねばならないだろう。異世《ことよ》に連れ去られたのがレンリーであり、現世に残されたのが無能なスタニスのほうなのだから、こんなにありがたいことはない。「ついけさがた、新たに使い鴉《レイヴン》による知らせが届いてね。スタニスは名代として、ホワイト・ハーバーに例の密輪屋を――〈玉葱《タマネギ》の騎士〉をよこしたそうよ。マンダリーは即刻、密輪屋を牢屋へたたきこんだ由。どう処分しましょうかとたずねてきたわ」

「王都へ護送させて、訊問させてはいかがでしょう」メリーウェザー公がいった。「なにか重要なことを知っているかもしれません」

「死なせたほうがよろしいでしょう」クァイバーンがいった。「あの男が死ねば、反逆者がどのような末路をたどるのか、北部への見せしめにもなります」

「まったく同感だわ」サーセイはいった。「すでにマンダリー公には、即刻、首を刎《は》ねよと指示しておきました。これでホワイト・ハーバーがスタニスを支持する目は、万にひとつもなくなるというもの」

「となると、スタニスには〈王の手〉のあとがまが必要になりますな」にやにやしながら、オーレイン・ウォーターズがいった。「おつぎは〈蕪《カブ》の騎士〉あたりでしょうか？」

「〈蕪《カブ》の騎士〉？」サー・ハリスがけげんな顔になった。「何者だね、それは？　聞いたこともないぞ」

ウォーターズは返事をせず、冗談もわからないのかという顔をしてみせた。

「マンダリー公が首を刎ねなかった場合はどうします？」

メリーウェザーがたずねた。

「それはないわ。〈玉葱の騎士〉の首で息子の命が購《あがな》えるんだもの」サーセイはほほえんだ。「あの太った愚か者は、本人なりにスターク家に忠誠を尽くしていたかもしれないけれど、ウィンターフェル城の狼どもが滅び去ったいまとなっては――」

「陛下はレディ・サンサを忘れておいでです」

パイセルが指摘した。

サーセイは柳眉を逆立てた。

「わたしが忘れるわけがないでしょう――あの狼の小娘のことを」あえてサンサの名は口にしなかった。「反逆者の娘として暗黒房《ブラック・セル》に閉じこめられても文句はいえないところを、王室の一員としてあつかってやったのよ。わたしの暖炉で暖をとらせ、わたしの部屋に住まわせ、わたしの子供たちとも遊ばせてやったうえ、食事も与えて着飾らせてやり、多少とも世界のことがわかるよう教育してもやったわ。それなのに、親切に差しのべた手を嚙むようなまねをして。あまつさえ、息子を殺すのに手を貸すなど、憎んでもあまりある娘。〈小鬼《インプ》〉めが見つかったなら、かならずレディ・サンサもそばにいるはず。あの娘はまだ死んではいない……けれど、これだけは誓っておきましょう。あの娘を処刑するに先だって、このうえなく酷い目に遭わせてやる。あの娘が一刻も早い迎えを〈異客《まれびと》〉に歌いかけ、〈異客〉のキスを乞い願うような目にね」

気まずい沈黙がおりた。

（どうしたの？　みんな、舌をなくしてしまったの？）

いらだちがつのった。なぜこんなくだらない小評議会ごときでわずらわしい思いをせねばならぬのかと腹がたつ。

「いずれにせよ」サーセイはつづけた。「エダード・スタークの下の娘はボルトン公のもとにいて、要塞《モウト》ケイリンが落城ししだい、公の息子のラムジーに嫁ぐことになっているわ」

ウィンターフェル城の所有権を確固たるものにする上で、例の娘がちゃんと役割をはたすかぎり、ボルトン家の父親も息子も、あの娘の正体など――じつは〈リトルフィンガー〉がアリアに仕立てあげたどこかの家令の娘であることなど――気にもしないだろう。

「北部人がスターク家の血を引く者が必要だというのなら、ひとり与えてやればよいだけのこと」サーセイはカップを突きだして、メリーウェザー公にワインをつがせた。「ただし、もうひとつの問題が〈壁〉で起こっているわ。〈冥夜の守人《ナイツ・ウォッチ》〉の誓約の兄弟どもが、なにを血迷ったか、総帥としてネッド・スタークの私生児を選んだことよ」

「スノウ、と呼ばれておりますが」

パイセルがなんの役にもたたないことをいった。

「あの子のことは、ウィンターフェル城でちらりと見たことがあるわ」サーセイはつづけた。「スターク家の者どもは懸命に隠そうとしていたけれどね。父親にそっくりの子だった」

夫ロバート王の私生児も父親にそっくりだったけれど、すくなくともロバートには、その子に人目を忍ばせるだけの配慮があった。ところが――あのあわれな猫の一件ののち、ある生まれの卑しい娘を宮廷にあげる、とロバートはいいだした。「ただし、育ちざかりの娘にとって、「お好きになさい」そのとき、サーセイはそういった。「ただし、育ちざかりの娘にとって、王都は健全なところではないかもしれなくてよ」

そのことばに秘められた心の傷は、ジェイミーにだけは隠しきれなかったが、ともあれ、以後、私生児の娘の件が口にされることは二度となかった。

（キャトリン・タリーは猫《キャット》ではなく臆病者《マウス》。でなければ、ジョン・スノウなる私生児など、揺りかごにいるうちに口をふさいで殺していたはずでしょう。結局、本人は逝ってしまったけれどね――そういう汚れ仕事をわたしに押しつけて）

「スノウにもエダード公の反逆の血は流れているわ」とサーセイはいった。「父親が王土をスタニスに引きわたすところだったように、息子も〈壁〉の土地と城をスタニスに提供しているのよ」

「〈冥夜の守人《ナイツ・ウォッチ》〉は七王国の戦に関与しないとの誓いを立てています」パイセルがいった。「何千年ものあいだ、黒備えの兄弟たちは、その伝統を固く守ってきました」

「いままではね。たしかにあの私生児の息子は、〈冥夜の守人《ナイツ・ウォッチ》〉がどこにも与《くみ》しないと誓う書状を送ってきたわ。けれど、それが虚偽であることはその行動からも明らか。スタニスに食料と避難場所を提供したあげく、不遜にも武器と人員を無心してきたのだから」

「なんと無神経なまねを」メリーウェザー公がいった。「われらとしては、〈冥夜の守人《ナイツ・ウォッチ》〉がスタニス公の軍勢に加わることを看過してはおけませんな」

「このスノウめに反逆者の烙印を押さねばなりませんな」サー・ハリス・スウィフトも賛同した。「黒の兄弟たちに、スノウを排斥させねば」

グランド・メイスター・パイセルが重々しくうなずいた。

「黒の城《カースル・ブラック》に対して、スノウが引退しないかぎり、いっさい人員は送らないと知らしめることを提案します」

「新造ドロモンド艦には漕手《そうしゅ》が必要になることですし」オーレイン・ウォーターズがいった。「諸公には、今後は密猟者や盗っ人を〈壁〉に送るかわりに、わたしのもとへ送るようにと通達を出しましょう」

クァイバーンが薄笑いを浮かべ、身を乗りだした。

「いやいや、それはいかがなものでしょうか。〈冥夜の守人《ナイツ・ウォッチ》〉は北の化け物や蛮人どもからわれわれみなを護ってくれているのですよ。わたしとしては、閣僚諸公、勇敢なる黒の兄弟たちを支援することを進言したいとぞんじます」

サーセイは鋭い目を向けた。

「いったいなにをいいだすの？」

「つまり、こういうことでございます」クァイバーンは説明した。「すでに何年も前から、〈冥夜の守人《ナイツ・ウォッチ》〉は人員増を要請してまいりました。そして、スタニス公はその要請に応えてみせた。トメン王の対応がそれ以下であってよいものでございましょうか？　国王陛下たるもの、この場合、〈壁〉に百名の人員を送るべきでありましょう。表向きは公然と黒備えの者どもを支援するのです。ただし、ほんとうの目的は……」

「……ジョン・スノウを総帥の座から排除する――そういうことね」

サーセイはあとを受け、にやりと笑った。

(この者を参議に取り立てたのは正解だったわ)

「よろしい、そのように計らいましょう」

そういって、サーセイは笑った。

(あの私生児の息子が心まで父親似であれば、なにひとつ疑いはしないはず。それどころか、感謝さえするかもしれない――胸に刃を突きたてられるそのときまで)

「ただし、ことは慎重に運ばねばならないわね。あとのことはすべてわたしにまかせておきなさい」

これこそ正しい敵の始末のしかただ。正面きって宣戦布告するのではなく、短剣でそっと息の根をとめる。

「本日は実りある議論を尽くせました。諸公には礼をいいましょう。ほかに話しあっておくべきことは？」

「あとひとつ、ございます、陛下」オーレイン・ウォーターズが申しわけなさそうな口調でいった。「瑣末事で会議を引き延ばすのは恐縮でございますが、このところ、波止場で妙なうわさがささやかれておりまして。うわさの主は、東からきた船乗りたちです。それによりますと、なんでもドラゴンが……」

「……おおかた、マンティコアも見たというのでしょう。それに、髭面の怪物《スナーク》も」サーセイはのどの奥で笑った。「こびと族を見たという話でも聞いたら、あらためて報告なさい」

それだけいって、サーセイは立ちあがった。会議を終えるとの合図だった。

議事室の外には強い秋風が吹いていた。王都の反対端ではベイラー大聖《グレート・セプト》堂がなおも弔いの鐘を鳴らしつづけている。おりしも内郭《うちぐるわ》では、四十名の騎士が剣技の訓練の真っ最中で、多数の剣が楯を打つ響きが鐘の音と混じりあい、騒々しいことこのうえなかった。

サー・ボロス・ブラントに護衛されて居室にもどると、レディ・テイナ・メリーウェザーが訪ねてきており、ジョリスンやドーカスと声をたてて笑っていた。

「なにがそんなに可笑《おか》しいの？」

「レッドワインの双子のことでございます」テイナが答えた。「ふたりとも、レディ・マージェリーにすっかり熱をあげておりまして。以前は、どちらがつぎのアーバー公になるかでよく喧嘩をしていたものですが、いまではふたりとも、〈王の楯《キングズガード》〉に入るといいはっております。それも、お若いクイーンのそばにいたいがために」

「レッドワインの者は、ほんとうに知恵がないこと。あるのはそばかすばかり」

しかし、これはいいことを聞いた。

〈恐怖《ホラー》〉か〈よだれ《スロッバー》〉のどちらかがマージェリーと同衾《どうきん》しているところを見つかればはて、齢若いクイーンはそばかすが好きだったろうか。……〉

「ドーカス。サー・オズニー・ケトルブラックを呼んできなさい」

ドーカスは顔を赤らめて、

「かしこまりました」と答えた。

まだ若いドーカスが部屋を出ていくと、ティナ・メリーウェザーがサーセイにけげんな顔を向けた。

「なぜドーカスは真っ赤になったのでございましょう?」

「懸想《けそう》しているからよ」笑うのは、こんどはサーセイの番だった。ほんとうのことを教えるわけにはいかない。「あの娘《こ》はね、サー・オズニーに焦がれているの」

オズニーは、ケトルブラック兄弟では最若年で、きれいに髭を剃った若者だ。兄弟たちと同じく、黒髪と鉤鼻の持ち主で、兄のオズマンド同様、気さくな笑顔を浮かべるが、頬には三条の長い引っかき傷がある。ティリオンの愛妾に引っかかれたあとだった。

「あの頬の傷がいいみたい」

レディ・メリーウェザーが黒い目をいたずらっぽく輝かせた。

「ああ、なるほど。傷のある男は危険な香りがいたしますものね。危険は女をときめかせるものです」

「これは意外なことを耳にしたわ」サーセイはからかった。「危険にときめくのなら、なぜオートン公と結婚したの? たしかに、わたしたちはみんな、好人物のオートン公を愛しているわよ。でも……」

かつてピーター・ベイリッシュは、メリーウェザー家の武具を飾る〝豊饒の角〟の紋章が、みごとなほどオートン公に似あっている、と評したことがある。頭髪は人参色、鼻は丸くてビーツのよう、知恵は豌豆《エンドウ》のかゆ《ポリッジ》のように貧弱で、豊饒の見本のような人物だから、というのがその理由だった。

テイナは笑った。

「たしかに、夫は危険というよりも、気前のよい人物ですわ。もっとも、こんなことを申しあげて、どうか見さげはてた女と思わないでいただきたいのですけれど、わたくしも危険な香りには弱くって……じつは、オートンと褥《しとね》をともにしたとき、わたくし、すでに乙女ではなかったのです」

（自由都市の女は、どいつもこいつも娼婦ばかり。そうではなくて？）

しかし、これまた耳よりの話だった。そのうち役にたつときがくるかもしれない。

「まあ。いったい、どなたなの？……それほど危険な香りをただよわせた想い人は？」

テイナは赤面し、褐色の肌をいっそう濃く染めた。

「ああ、いけない、うっかり口をすべらせてしまいました。それだけはお聞きにならないでください。このことはどうぞ、ご内密に。陛下は秘密をまもってくださいますわね？」

「男には傷、女には謎、というものね」

そういって、サーセイはテイナの頬にキスをした。

（いずれ名前を聞きだしてあげる）

ドーカスがサー・オズニー・ケトルブラックを連れてもどってくると、サーセイは女たちを下がらせた。

「窓ぎわにきて、わたしのそばにおすわりなさい、サー・オズニー。ワインでもいかが？」手ずからカップにワインをついでやった。「そのマントも着古した感があるわね。ひとつ、新調してあげようと思うのだけれど」

「と、申されますと、白いマントのことで？　だれが死んだのです？」

「だれもよ――いまはまだ。それがおまえの望み？　兄のオズマンドとともに、〈王の楯《キングズガード》〉として王のそば近くにはべることが？」

「陛下さえおよろしければ、わたくしはむしろ、陛下のおそばちかくにはべりたいもので」

オズニーが笑うと、頬の傷がいっそう赤みを増した。

サーセイは指でその傷をなぞった。

「ずいぶんと大胆なことを口にするじゃないの。またしても、われを忘れてしまいそう」

「どうぞお忘れになってください」サー・オズニーはサーセイの手をとり、乱暴なほど強く指にキスをした。「わたしの愛しい太后さま」

「悪い男ね――それに、騎士としてもどうかしら」サーセイはささやき、しばし、ガウンのシルクごしに乳房をまさぐらせた。「もうそのへんにしておきなさい」

「まだまだ足りません。わたしは陛下がほしいのです」

「もう自分のものにしたでしょう」

「一度だけではありませんか」

オズニーはサーセイの左の乳房をわしづかみにし、乱暴に揉みしだいた。その揉みかたは

ロバートを思いださせた。

「よい働きをした騎士《ナイト》にはよい一夜《ナイト》を。あなたは雄々しく働いてくれたわ。だからご褒美を

あげたのよ」サーセイはオズニーのレース飾りに指を走らせた。半ズボンの下のものが固く

猛りだしているのがわかった。「きのうの朝、郭《くるわ》で乗っていたのは、新しい馬？」

「あの黒毛の牡馬ですか？　はい、兄オスフリッドからの贈り物です。〈真夜中《ミッドナイト》〉と名づけ

ました」

(なんとも独創的な名前だこと)

「戦向きの馬ね。でも、娯楽のために乗るなら、生きのいい牝の若駒がいちばん」サーセイ

はそういってほほえみかけ、オズニーのものをぎゅっとつかみあげた。「ほんとうのことを

おっしゃい。わたしたちの齢若いクイーンのこと、美しいと思う？」

サー・オズニーは用心深い顔になり、身を引いた。

「その……美しいのではないでしょうか。若い娘にしては。わたくし自身は、成熟した女性

のほうが好みですが」

「いっそ、両方とも自分のものにしてみてはどう？」サーセイはささやきかけた。「わたし

のために、小さな薔薇の花を手折ってちょうだいな。そうすれば、おまえのことを憎からず

思いますよ」

「小さな……とおっしゃいますと、マージェリーさまのことで？」サー・オズニーの猛りがズボンの中で萎えていった。「相手は王妃さまですので。王妃さまと同衾したがために首を刎《は》ねられた〈王の楯《キングズガード》〉の騎士がおりませんでしたか？」

「ずっとむかしの話よ」

（あれは王妃ではなく、王の愛人だった。それに、首を刎ねられたのではないわ。首だけが残されたのよ。エイゴンはその騎士を一寸試《だめ》しにしたの――愛人の目の前で）

しかし、そんなむかしの不祥事に怯《ひる》んでもらってはこまる。

「トメンはエイゴン下劣王ではないわ。恐れることはないのよ、あの子はわたしのいいなりだから。ほしいのはマージェリーの首《ヘッド》――あなたの首ではなく」

オズニーは考えなおした顔になった。

「つまり、マージェリーさまの処女《メイドンヘッド》を、ということですか？」

「それもよ。あの娘がまだ処女だとしての話だけれどね」ふたたび、オズニーの顔の傷跡をなぞった。「やめてもいいのよ、マージェリーをあなたの魅力に……なびかせる自信がないのなら」

オズニーは傷ついたような目でサーセイを見た。

「マージェリーさまはわたしを好いてくれております。王妃さまの従妹たちは、やれ大きいのなんのと、いつもこの鼻をからかいますが。先月メガにからかわれたとき、マージェリーさまは揶揄《やゆ》をやめさせて、わたしがいい顔をしているといってくださいました」

「では、引き受けてくれるのね？」

「お引き受けはしますが」オズニーは承諾したが、まだ疑わしげな口調だった。「しかし、わたしはどうなってしまうのでしょう？　もし王妃さまと……わたしが……その……」

「寝ているところを見つかったら……？」サーセイはとげのある笑みを浮かべた。「王妃と寝ることは不敬罪もいいところよ。トメンはあなたを〈壁〉送りにせざるをえないでしょうね」

「〈壁〉へ？」オズニーは目に見えて狼狽した。

サーセイは笑いをこらえようと必死になった。

（だめよ、笑ってはだめ。男というのは、笑われるのをきらうものだから）

「黒のマントはおまえの目の色、おまえの黒髪によく似あうわ」

「〈壁〉からもどってきた者はおりません」

「おまえはもどってこられるわよ。男子をひとり殺しさえすればね」

「男子、といいますと？」

「スタニスと手を組んだ私生児。子供に毛が生えた程度の若輩者よ。おまえには百人の兵をつけてあげる」

オズニーは恐怖しており、その恐怖の匂いが嗅ぎとれた。だが、プライドの高さがじゃまして、恐怖を認めることができないようだ。

（男なんて、みな同じ）

「これまでにわたしは、数えきれないほどたくさんの男子を殺してきました」とオズニーはいった。「その者を殺せば、王のご赦免がいただけるのですね？」

「それに加えて、公の称号もあげましょう」（ただし、おまえがスノウの黒衣の兄弟たちに吊るされずにすめばね）「クイーンには頼りになる情夫《おとこ》——恐怖を知らない男が必要なの」

「ケトルブラック公？　このわたしが？」その顔にゆっくりと笑みが広がっていき、三条の傷が炎のように赤く浮かびあがった。「それはいい——その響き、気にいりました。うん、いかにも堂々たる響きだ……」

「……それに、クイーンとも寝られるわ」

オズニーは眉をひそめた。

「ですが、〈壁〉は寒く冷たい……」

「そしてわたしは温かい」サーセイはオズニーの首に両手をまわした。「小娘と同衾して、青二才を殺すだけで、わたしはおまえのもの。おまえにそうするだけの勇気があって？」

オズニーはすこし考えてから、うなずいた。

「陛下の男になりましょう」

「受けとりなさい」サーセイはオズニーの口にキスをし、すこしクイーンの舌を味わわせてやってから、顔を離した。「いまはここまでよ。残りはすべてがおわってからのお娯しみにしましょう。今夜おまえは、わたしの夢を見るかしら？」

「もちろんです」オズニーの声はかすれていた。

「われらが乙女、マージェリーと寝ているときも？」サーセイはからかうような声でたたみかけた。「あの小娘と寝ているときも、わたしの夢を見る？」

「見ますとも」

オズニー・ケトルブラックはきっぱりといいきった。

「それでいいわ」

オズニーが立ち去ったのち、サーセイはジョスリンを呼びいれ、髪にブラシをかけさせた。そのあいだに靴を脱ぎ、猫のようにのびをする。

（やはりわたしは、権謀に向いている）

なにより気分がいいのは、この計画のエレガントさだ。愛娘がオズニー・ケトルブラックのような手合いと情事にふけっているところを見つかったなら、あのメイス・タイレル公といえどもかばいきれない。スタニス・バラシオンもジョン・スノウも、オズニーが〈壁〉へ送りこまれてきたほんとうの理由には思いもよらないだろう。齢若いクイーンとの情事は、オズニーの兄サー・オズマンドに発見させるようにしむけよう。そうすれば、残るふたりのケトルブラック兄弟が忠誠を疑われることもない。

（父上がいまのわたしを見たら、早々に再婚させるとはいわないでしょうね。あんなに早く逝ってしまったのが残念よ。父上をはじめ、ロバート、ジョン・アリン、ネッド・スターク、レンリー・バラシオン――みんな死んでしまった。生き残っているのは、ティリオンだけ。でも、それももう、そんなに長いことではない）

サーセイはその晩、レディ・メリーウェザーを寝室に呼んだ。

「ワインでもいかが？」

「小さなカップで――」いいかけて、ミアの女は笑った。「いえ、大きなカップでいただきます」

「明朝、わたしの義理の娘、王妃殿下を訪ねてほしいの」

とサーセイはいった。そばではドーカスがベッドをととのえている。

「レディ・マージェリーは、いつも喜んでわたしにお会いくださいます」

「知っているわ」ティナがトメンの若妻を呼ぶとき、けして〝殿下〟をつけず、〝レディ〟と呼ぶことにサーセイは気づいていた。「われらが愛しきハイ・セプトンを悼《いた》み、わたしがベイラー大聖堂《グレート・セプト》に七本の蜜蠟蠟燭を送った旨、王妃に伝えてくださる？」

ティナは笑った。

「お伝えしたら、レディは張りあって、七十七本の蠟燭を送ることでございましょう」

「そうしなかったなら、わたしは腹をたてるところだわ」薄く笑って、サーセイはいった。

「それからね、王妃殿下にひそかな賛美者がいることも伝えておいて。王妃殿下の美しさにすっかり魅せられてしまって、夜も眠れない騎士がいる、と」

「どの騎士かおたずねしてもよろしゅうございますか？」

ティナの大きな黒い双眼に、いたずらっぽい光が宿った。ティナは語をついで、

「それはもしや、サー・オズニーでは？」

「かもしれないわね。ただし、そう簡単にその名を明かしてはだめよ。さんざんにじらしてから、ようやく観念したようすで打ち明けるの。やっていただける？」

「陛下のおためでしたら、もちろん。陛下にお喜びいただくことがわたくしの望みでございますので」

外では風が吹きつのりだしていた。ふたりは真夜中を過ぎてもなおアーバー・ゴールドを飲み、たがいのことを語りつづけた。やがてティナはしたたかに酔ってしまい、サーセイは秘密の恋人の名前を聞きだすことができた。相手は海賊も働くミアの交易船の船長で、黒髪を肩までたらし、あごから片耳にかけて大きな傷が走る男だということだった。

「わたくしは百回もだめだといったのです。なのに、あの男は強引に〝いいじゃないか〟といいつづけて。わたくしもとうとう根負けして、最後は承諾してしまいました。あれはもう、とても拒みきれるような男ではありませんでした」

「よくわかるわ」

サーセイはゆがんだ笑みを浮かべた。

「陛下もそのような男をごぞんじでいらっしゃるのですか？」

「ロバートよ」

これは嘘だった。ほんとうはジェイミーのことだ。

だが、やがて目をつむったのち、夢に出てきたのは、もうひとりの弟のほうだった。弟の首と、けさがた訪ねてきた、三人のみすぼらしい愚か者たちだ。夢の中では、男たちが袋に入れて持ってきたのは、ティリオンの首だった。サーセイはその首に青銅をかぶせ、便器としてずっと寝室に置いておくことにした。

18　鉄《くろがね》の海将

強い北風が吹いてくるなか、海将ヴィクタリオンが指揮する《鉄の勝利《アイアン・ヴィクトリー》》は岬の突端をまわりこみ、〈ナーガの揺りかご〉と呼ばれる聖なる湾に進入した。

ヴィクタリオンは舳先《へさき》に立つ〈髭剃り《バーバー》ヌート〉のもとへ歩みよった。行く手にはオールド・ウィック島の聖なる岸辺が連なり、その向こうには緑の草におおわれた丘がそびえている。丘の頂上にそびえるナーガの肋骨は、ここから見ると、白い大樹がならんでいるかのようだ。それぞれの〝幹〟はドロモンド艦のマストと同じほど太く、高さも倍はある。

〈灰色の王《グレイ・キング》の宮殿〉の〝肋骨〟か）

ヴィクタリオンには、この地の魔力が肌で感じられた。

「はじめて王を名乗ったとき、ベイロンはあの骨のもとに立っていた」ありし日の兄の姿を思いだしながら、ヴィクタリオンはいった。「ベイロンはかつてわれらが持っていた自由を勝ちとることを誓い、〈三度溺れたタール〉は流木の冠をその頭に戴せた。〝ベイロン！　ベイロン！〟とみなは歓声をあげたものだ。〝ベイロン！　ベイロン！　ベイロン王！〟と」

「こんど叫ばれるのは、大将、あんたの名ですぜ」

ヌートがいった。

ヴィクタリオンはうなずいたが、〈髭剃り《バーバー》〉ほどに確信は持てなかった。

（ベイロンには三人の息子がいた。それと、愛してやまない娘がひとり）

〈海の石の御座《シーストーン・チェア》〉をめざすべし、と要塞《モウト》ケイリンで麾下《きか》の船長たちから奮起をうながされたとき、ヴィクタリオンはその旨を指摘した。

すると、〈赤のラルフ〉ことラルフ・ストーンハウスはこう反論した。

「ベイロンのせがれはみんな死んだ。アシャは女だ。あんたはベイロンの弟で、強力な右腕だった。兄が取り落とした剣を拾うのはあんたの役目だろうが」

ベイロンからは、奪還をもくろむ北部人の攻撃に対し、要塞《モウト》を死守するように命じられていたことを告げると、こんどはラルフ・ケニングがこういった。

「狼どもは破れ去ったんだ、大将。こんな沼地の城ひとつを確保したところで、肝心の鉄《くろがね》諸島を失ってしまっては元も子もない」

〈片脚のラルフ〉もことばを添えた。

「〈鴉の眼《クロウズ・アイ》〉のやつは、長いあいだ留守にしてたんだぜ。おれたちの事情なんざ、わかってねえ」

（ユーロン・グレイジョイが――鉄《くろがね》諸島と北部の王になる……）

そう思っただけで、昔日の怒りが頭をもたげてきた。しかし……。

「ことばは風のごとし」ヴィクタリオンはいった。「唯一のよき風は、われらが帆を孕《はら》ます風のみだ。おまえたち、わしに〈鴉の眼〉と戦えというのか？　兄と弟、鉄《くろがね》の民対鉄《くろがね》の民の骨肉の争いをくりひろげろというのか？」

ユーロンも年長者にはちがいない。たとえ彼我がどれほど深い憎悪で隔てられていても。

（この世に親族殺しほど呪われた者はおらんからな）

だが、〈濡れ髪《ダンプヘア》〉から〝選王民会へ集え〟との檄《げき》が届いた時点で、すべては一変した。

（エイロンは〈溺神《できしん》〉の声で語る者。そして、このわしが〈海の石の御座〉につくことが〈溺神〉のご意志ならば……）

翌日、要塞《モウト》ケイリンの指揮をラルフ・ケニングに委ね、ヴィクタリオンは陸路、熱病《フィーヴァー》川にたどりつき、葦《アシ》と柳のあいだに停泊していた鉄《くろがね》水軍の大半を率いて出発した。そして、荒浪と気まぐれな風のために帰着が遅れはしたものの、わずか一隻の船を失っただけで故郷に帰りついたのだった。

岬の突端をまわりこんだ《鉄の勝利《アイアン・ヴィクトリー》》のすぐあとには、《悲嘆《グリーフ》》と《鉄の復讐《アイアン・ヴェンジャンス》》がつづく。そのうしろにはさらに、《硬い手《ハードハンド》》、《鉄の風《アイアン・ウインド》》、《灰色の亡霊《グレイ・ゴースト》》、《ロード・クェロン》、《ロード・ヴィコン》、《ロード・ダゴン》等、鉄《くろがね》水軍の九割を占める軍船が連なっている。夕べの満ち潮に乗って、やや左右に乱れつつ、彼方まで延々と連なる軍船の一大縦列は、長さ十キロ以上にもおよび、無数の帆が連なるこの壮観に、ヴィクタリオン・グレイジョイは深い充足感をおぼえた。どれほどの愛妻家であろうとも、こと愛情の深さにかけては、麾下の軍船に対する鉄《くろがね》の海将の愛には遠くおよばない。

オールド・ウィック島の聖なる岸辺には、目の届くかぎりどこまでも、砂浜に乗りあげた長船《ロングシップ》がぎっしりと連なり、それぞれのマストを槍のようにそそりたたせている。湾の中の深みには、略奪や戦《いくさ》でぶんどったコグ船、カラック船、ドロモンド船などが停めてあった。いずれも、大きすぎて岸に乗りあげさせられない船ばかりだ。各船の舳《へ》先《さき》や艫《とも》やマストには、見覚えのあるさまざまな船旗が翻っている。

〈髭剃りヌート〉が岸辺の船列に目をこらした。

「ありゃあハーロー公の《海の詩《シー・ソング》》じゃねえか？」

〈髭剃り〉はがにまたで腕が長く、体格はいまなおがっしりとしているが、目はもはや若い時分ほど鋭くない。ヌートが投げる斧は、かつてはおそろしく狙いが正確で、斧を投げれば髭が剃れるとさえいわれたものだった。

「うむ、たしかに《海の詩《シー・ソング》》だ」どうやら、〈愛書家〉のロドリックまでもが、書を捨てて駆けつけてきたようだ。「ドラム老の《迅雷《サンダラー》》もいるな。そのそばには、ブラックタイドの《闇夜航《ナイトフライヤー》》も」

ヴィクタリオンのほうは、いまだ以前と変わらぬ目の鋭さをたもっていた。たとえいまのように帆が巻きあげてあり、無風で船旗がたれていても、鉄《くろがね》水軍の総大将として、どれがどの船かはひと目でわかる。

「《銀の鰭《シルバーフィン》》もいるぞ。サウェイン・ボトリーの身内のだれかだ」

〈鴉の眼〉はボトリー公を溺死させたと聞いている。ボトリー公の跡継ぎは要塞《モウト》ケイリンで死んだが、ボトリー公には弟たちがいるし、ほかにも息子がいる。
（はて、何人だったか。四人か？　いや、五人だ。そのいずれにも〈鴉の眼〉を慕う理由はない）

ほどなく、例の船が視界に入ってきた。一本マストのガレー船だ。ほっそりとして舷高が低く、全体を暗紅色《ダークレッド》に塗装してある。いまはたたんである帆は、闇夜の夜空のように黒い。投錨していても、《沈黙《サイレンス》》は残虐かつ船足が速そうに見えた。船首には片腕を伸ばした漆黒の鉄の乙女が飾ってある。乙女の腰は細く、胸は高く誇らしげに隆起し、脚はすらりと形がよい。黒鉄の長い頭髪は風になびくようにうしろへ伸び、双眸《そうぼう》には巨大な真珠が埋めこんであるが……ただし、口はなかった。

ヴィクタリオンはぐっと両のこぶしを握りしめた。これまでに、このこぶしで殴り殺した男は四人。そして、妻がひとり。海将の髪には、白霜のように白いものが混じっているが、大力《だいりき》は依然として衰えることがない。胸板は部厚くて固く、腹は少年のそれのように平らのままだ。

〝親族殺しは、神々の目にも人の目にも、等しく呪わしく映る〟

〈鴉の眼〉を海の彼方へ追放した日、これはベイロンが戒めるようにしてヴィクタリオンにいったことばだった。

「やつもきているな」ヴィクタリオンは〈髭剃り〉にいった。「帆を降ろせ。ここから先は櫂走《かいそう》のみでいく。《悲嘆《グリーフ》》と《鉄の復讐《アイアン・ヴェンジャンス》》には、《沈黙《サイレンス》》の前に立ちはだかる形で停泊しろと伝えておけ。水軍の残りには、湾を封鎖させろ。わしの許可なくして、何人《なんぴと》も湾外に出ることはゆるさん。人であろうと、鴉であろうとだ」

岸辺の者たちは進入してきた軍船団の帆印に目をこらしている。湾内にこだまする叫びは、友人や親族があげる歓呼の声だ。しかし、《沈黙《サイレンス》》からはなんの反応もない。同船の甲板に姿が見えている雑多な乗組員たちは、口がきけないかことばのわからない混血の者ばかりで、《鉄の勝利《アイアン・ヴィクトリー》》が近づいていっても、声をあげる者はひとりもいなかった。その甲板からヴィクタリオンを凝視しているのは、タールのように漆黒の肌をした男たちか、ずんぐりとして毛むくじゃらの、ソソロス大陸に住む類人猿を髣髴《ほうふつ》させる男たちだ。

（化け物どもめ）とヴィクタリオンは思った。

投錨したのは、《沈黙《サイレンス》》の二十メートル手前だった。

「小舟を降ろせ。上陸する」

漕手《そうしゅ》らが小舟に乗りこむあいだに、剣帯を締めた。左の腰には長剣を、右の腰には短剣を吊る。〈髭剃りヌート〉が海将用のマントを持ってきて、ヴィクタリオンの肩にかけ、襟元で留めた。このマントは金糸を九層に織りあげたもので、グレイジョイ家の紋章である海魔《クラーケン》の形に仕立ててあり、烏賊《イカ》のそれに似た何本もの脚が長靴《ちょうか》のところまでたれさがっている。マントの下に着ているのは灰色の重い鎖帷子《チェーン・メイル》だ。その下にはさらに、黒の硬革《ボイルド・レザー》を成型した革鎧を着こんでいた。要塞《モウト》ケイリンでは昼夜の別なく鎧をつけていたものだ。日常的に鎧を着ていると、肩の皮膚がすれて、背中も痛くなるが、大量に下血して死ぬよりはいい。

沼地の悪魔どもが射かけてくる毒矢は、ほんのかすり傷でも死にいたる。毒が体内に入れば、ものの数時間のうちに身悶えし、泣きわめき、尻から赤と茶色の瀉物《しゃぶつ》を大量にたれながして悶死してしまうのである。

〈〈海の石の御座《ぎょざ》〉につくのがだれであろうと、憎き沼地の悪魔どもめ、いずれこのわしが、かならず目にもの見せてくれる〉

最後の仕上げに、漆黒の巨大な大兜《グレートヘルム》をかぶった。これは鉄板をクラーケンの形に鍛造したもので、その脚は螺旋を描きながら側面を下にたれ、あごの下でつながるようになっている。この時点で、小舟の用意はととのっていた。

「長櫃《ながびつ》の管理はおまえにまかす」小舟の舷縁をまたいで乗りこみながら、ヴィクタリオンはヌートにいった。「厳重に警備しておけ」

「御意に、陛下」

ヴィクタリオンは渋面で答えた。

「わしはまだ王ではない」

そして、小舟にしゃがみこんだ。

〈濡れ髪〉エイロンは、寄せ波のなか、片腕に海水の革袋をかいこんで待っていた。祭主は細身ながら、かなりの長身だが、それでもヴィクタリオンにはおよばない。骨と皮ばかりのようなその顔の中央からは、鮫の背びれのように鼻が突きだしている。目は一対の鉄の玉のようだ。長い顎鬚《あごひげ》は腰のあたりまでたれ、もつれにもつれた長髪は、風にあおられるたびに脚のうしろ側を鞭打っていた。

「兄者」砕け波がふたりの足首のまわりに白い泡を作った。海水は身を切るように冷たい。

「死せる者はもはや死なず――」

「されど復《また》起つ、より雄々しく、より強く」

ヴィクタリオンは大兜《グレートヘルム》を脱ぎ、波間にひざまずいた。寄せ波が長靴《ちょうか》を呑み、ズボンを濡らすと同時に、エイロンが額にひとすじの海水を注ぎかけてきた。ふたりして祈りを捧げる。

祈りがすむと、海将は〈濡れ髪〉エイロンにたずねた。

「われらが兄は――〈鴉の眼〉はどこだ？」

「あやつめ、黄金張りの大天幕を立ておった。それ、あのひときわ騒々しい天幕がそれだ。神なき者どもや化け物どものはべらせようたるや、前にも増して目にあまる。あの男の身内において、われらが父の血は悪血《あくち》と化したようだな」

「われらが母の血もだ」

ヴィクタリオンとしては、親族殺しの話を口にしたくはなかった。ナーガの肋骨と〈灰色《グレイ》の王《キング》の宮殿〉のふもとの聖なる地では、とくにそうだ。しかし、薄笑いを浮かべるユーロンの顔に籠手《ゴーントレット》で鎧ったこぶしをたたきこみ、顔の肉がぐしゃぐしゃになるまで殴りつづけ、真っ赤な悪血をとめどなく流させてやりたいという気持ちは強い。そんな夢を、これまでに何度見たことだろう。

（けっして実行してはならんぞ。ベイロンに約束したではないか）

おもむろに、弟の祭主にたずねた。

「一同、そろったか？」

「言うに足るだけの者はな。船長にして王らはみなそろった」鉄《くろがね》諸島では、〝船長〟と〝王〟は同義だ。すべての船長がそれぞれの船では王であり、すべての王は船長でなくてはならないからである。「兄者は父の冠を受け継ぐつもりか？」

ヴィクタリオンは、自分が「〈溺神〉がそう望まれるならば」

「それは波が語る」岸へと向きなおりながら、〈濡れ髪〉エイロンはいった。「波のことばに耳をかたむけるのだ、兄者」

「うむ」

自分の名前を、波はどうささやくのだろう。船長にして王たちはどう叫ぶだろう。

（賜杯《しはい》がわしに渡されるなら、けして拒むまい）

ヴィクタリオンの周囲に、声をかけ、あいさつをしようと、おおぜいの男たちが群がってきた。諸島じゅうの各家の者たちがいる。ブラックタイド家、トーニー家、オークウッド家、ストーンツリー家、ウィンチ家、その他多数の家の者たち。オールド・ウィック、グレート・ウィック、オークモント各島の、グッドブラザー家の者たちもいる。たしなみある者からは等しく蔑まれるコッド家の者たちもだ。卑しいシェパード家、ウィーヴァー家、ネトリー家の者たちも、歴史のある誇り高き家々の者たちと押しあいながら集まってきた。ひときわ下賤な《ハンブル》ハンブル家——下人と塩の妻の血を引く者たちの姿もあった。ヴォルマーク家の男が近づいてきて、背中をどやしつけていった。スパー家のふたりにはワインの革袋を手に押しつけられた。ヴィクタリオンはごくごくとワインを飲み、口をすすぐと、男たちに導かれるままに、炊事用の焚火のもとへと歩いていき、みなのする戦話《いくさ》、戴冠の話、略奪の自慢話、ヴィクタリオンが王となった場合の栄光と自由の話に耳をかたむけた。

その晩、鉄《くろがね》水軍の男たちは、水際に帆布の大天幕を立てた。ヴィクタリオンはそこに、五十人の名だたる船長連を招き、仔山羊のロースト、鱈《タラ》の塩漬け、ロブスターをふるまった。〈濡れ髪〉エイロンまでもが天幕にやってきて、魚を食い、水を飲んだ。船長たちは、鉄《くろがね》水軍を讃えてエールをがぶ飲みし、その多くがヴィクタリオンに票を投じることを約束した。〈強力《ごうりき》のフラレグ〉に、〈賢者〉アルヴィン・シャープ、〈背中曲がり〉のホソ・ハーローもだ。ホソは娘を王妃にもらってくれといいだした。それに対して、ヴィクタリオンはこう答えた。

「わしは女房運がなくてな」

じっさい、最初の妻は、腹の中の娘とともに、産褥で死んだ。二度めの妻は痘瘡《とうそう》で死んだ。そして、三度めの妻は……。

「王たるもの、跡継ぎを作らねばなるまい」ホソはゆずらなかった。「〈鴉の眼〉などは、選王民会で披露するため、三人の息子を連れてきたほどだ」

「どれも私生児に混血児ではないか。おまえの娘はいくつだ？」

「十二になる」ホソは答えた。「美人だし、多産系だぞ。初花を咲かせたばかりでな。髪の色は蜂蜜の色だ。胸はまだまだ蕾だが、尻の形はもう立派なものさ。わしよりも母親に似ている」

　これはつまり、その娘の背中は曲がっていないという意味だ。だが、娘の姿を思い描こうとしても、目の前に浮かんでくるのは、かつて自分が殺した妻の姿ばかりだった。あのときヴィクタリオンは、妻を殴りつけるたびに、はらはらと涙を流した。そして、妻が息絶えてしまうと、岩場に引きずっていって放りだし、蟹の餌にしたのだった。

「戴冠したら、喜んでおまえの娘に会わせてもらおう」

　ホソはこのことばに希望をつなぎ、満足して歩み去った。

　ベイラー・ブラックタイドは、納得させるのがもっとむずかしかった。ヴィクタリオンのすぐとなりにすわったベイラーは、仔羊の毛織り《ラムズウール》の上着を身につけており、その縁飾りには黒緑まだらの栗鼠《リス》の毛皮があしらってある。髭はなく、顔だちはなかなかととのっていて、黒貂《クロテン》の毛皮のマントを留めているのは、銀の七芒星だ。この七芒星は、当人の信仰を表わすものだった。かつて人質となり、オールドタウンで七年を過ごしたベイラーは、帰ってきたときには、緑の地の神、〈七神〉の信者となっていたのである。

「ベイロンは狂っていた。エイロンはもっと狂っている。なかでも、とびぬけて狂っているのがユーロンだ」とベイラーはいった。「あんたはどうだ、海将？　あんたの名を叫んだら、この狂気の戦をやめてくれるのか？」

ヴィクタリオンは眉をひそめた。

「敵にひざを屈しろというのか？」

「必要とあらばな。全ウェスタロスを相手どって戦えるわけがない。前回の悲惨な敗戦で、それはロバート王が示してみせたではないか。ベイロンは自由のためなら犠牲もやむなしといっていたが、ベイロンの王位を購《あがな》うために、おおぜいの女がともに寝る夫を失ったのだぞ。おれの母もそんなひとりだ。〈古《いにしえ》の流儀〉はもう通用せん」

「死せる者はもはや死なず、されど復起《また》つ、より雄々しく、より強く——。これから百年のあいだ、鉄《くろがね》の民はベイロン豪胆王の勲《いさおし》を歌うだろう」

「むしろ、ベイロン寡婦作り王と呼んでやれ。ひとりの父親が死なずにすむのなら、おれは喜んで自由を差しだす。あんたはどうなんだ？　父親を救ってくれるのか？」

ヴィクタリオンが黙っているのを見て、ブラックタイドは鼻を鳴らし、歩み去った。

大天幕内はしだいに暑くなり、煙がこもりだした。じきに、ゴロルド・グッドブラザーの息子のうち、ふたりが喧嘩騒ぎを起こし、テーブルをひっくり返した。ウィル・ハンブルは、賭けに負けて靴を食わざるをえなくなった。〈小男〉のレンウッド・トーニーはフィドルを弾きだし、その演奏に合わせて、ロムニー・ウィーヴァーが歌を歌いだした。歌われるのは、『カップに血をつげ』や『鋼の雨』といった、古い略奪歌ばかりだった。やがて、〈乙女のクァール〉とエルドレッド・コッドが〈指の舞〉を踊りだした。舞の果てに、エルドレッドの指の一本が切れて宙を飛び、〈片脚のラルフ〉のワインのカップに飛びこむにいたって、どっと笑い声があがった。

　その笑い声のなかには、女の声が混じっていた。ヴィクタリオンが立ちあがってみると、声の主は天幕の垂れ布のそばにおり、〈乙女のクァール〉になにごとかをささやいていた。クァールが愉快そうな笑い声をあげた。ここにくるほど愚かな娘ではないことを祈っていたのだが……やはりきたか。とはいえ、ひさしぶりに見る姿に、ひとりでに頬がゆるんだ。

「アシャ！」命令しなれたよく響く声で、その娘に呼びかける。「わが姪よ」

　細身をしなやかに動かして、アシャはそばに歩みよってきた。身につけているのは、ひざ上まである潮焼けした革の長靴《ちょうか》に、ウールで仕立てた緑の半ズボン、茶色のキルトの上着、革の袖なし胴着《ジャーキン》だ。ジャーキンの胸もとはひもを通さず、はだけさせている。

「叔父御」アシャ・グレイジョイは、女にしては背が高いが、それでも、ヴィクタリオンの頬にキスするためには、爪先立ちにならねばならなかった。「また会えてうれしい。わたしの選女王民会によくきてくれたな」

「選女王民会だと？」ヴィクタリオンは笑った。「酔っぱらっているのか、姪よ？　まあ、すわれ。岸辺にはおまえの《黒き風《ブラック・ウィンド》》の姿が見えなかったが」

「ノーン・グッドブラザーの城のそばに停めて、島を横断してきた」アシャは椅子にすわり、もらっていいかとききもせず、〈髭剃りヌート〉のワインのカップを手にとった。ヌートが文句をたれるはずもない。しばらくまえに酔いつぶれていたからである。「要塞《モウト》ケイリンの守りはだれに？」

「ラルフ・ケニングにまかせてきた。〈若き狼〉が死んだいま、われらを悩ますのは沼地の悪魔どもしかおらんからな」

「スターク家の者どもばかりが北部人ではないぞ。〈鉄の玉座〉は、ドレッドフォート城のボルトンを北部総督に任命した」

「このわしに向かって、戦の講釈をたれる気か？　おまえがおっぱいを飲んでいたころから、わしはずっと戦いつづけてきたのだぞ」

「負け戦も一度や二度ではないがな」

そういって、アシャはワインのカップを口に運んだ。

ヴィクタリオンはフェア島《アイル》の敗戦を思いださせられるのが好きではない。

「どんな男も若いうちに負け戦を経験しておいたほうがよい。齢とってから負けぬようにだ。よもやとは思うが、まさかおまえ、王位を主張しにきたのではあるまいな？」

アシャは薄く笑い、問いをはぐらかした。

「もしもそうだったら？」

「ここにはおまえのことを、まだほんの小娘で、まっぱだかで海に入り、お人形遊びをしていたころから知っている者がおおぜいいるのだぞ」

「斧遊びもさんざんしたがね」

「それはそうだが」その点は認めざるをえない。「しかし、女というものは夫を求めるべきものだ、王位ではなく。わしが王になれば、よき夫をあてがってやろう」

「叔父御もご親切なことで。だったら、わたしもよき妻を見つけてやろうか。女王になった暁に」

「いらん。わしは女房運が悪いのでな。おまえはいつからここにきていた？」

「〈濡れ髪〉の叔父貴の意図を超えて、あっちでもこっちでも野心をかきたてられる連中が出てきた——それがわかる程度には長くいる。〈ドラムの主〉も王の名乗りをあげるつもりだし、〈三度溺れたタール〉はマロン・ヴォルマークを強く推していて、マロンこそハレン暗黒王の系譜を真に継ぐ者だといっているそうな」

「王はクラーケンの一族でなければならん」

「〈鴉の眼〉もクラーケンだぜ。それに兄のほうが弟よりも王位継承順位は高い」アシャは身を乗りだしてきた。「しかし、ベイロン王の子であるわたしのほうが、叔父ふたりよりも継承順位は上だ。で、ものは相談なんだがな、叔父御……」

　そのとき——天幕の中が突然の静寂に包まれた。歌声は途絶え、〈小男〉のレンウッド・トーニーはフィドルを降ろし、男たちはそろってある方向に顔を向けている。皿やナイフのカチャカチャという音でさえやんでいた。

　饗宴の天幕内に、十余名の新来者が入ってきていたのだ。〈剃刀顔《ピンチフェイス》〉のジョン・マイア、〈茶色い歯《ブラウントゥース》〉のトアウォルド、〈左手〉のルーカス・コッド。ジャーマンド・ボトリーは金《きん》鍍金《ときん》を施した胸当ての上で腕組みをしている。あの胸当ては、ベイロンの最初の反乱のさい、ラニスター家の船長から奪いとったものだ。そのとなりにはオークモント島のオークウッド公が立ち、その背後には〈石の手《ストーンハンド》〉、クェロン・ハンブル、〈紅蓮《ぐれん》の漕手《そうしゅ》〉が立っていた。〈紅蓮の漕手〉の呼び名は、こまかく編みこんだ炎のような赤毛に由来する。そのほかには、〈羊飼い《シェパード》〉ラルフ・シェパード、〈宗主の港《ローズポート》のラルフ〉、〈下人のクァール〉の姿もあった。

そして――〈鴉の眼〉こと、ユーロン・グレイジョイの姿も。

（まるで変わっておらんな）とヴィクタリオンは思った。（わしを嘲笑して立ち去った日と、まったく同じに見える）

ユーロンはクェロン公の息子のなかでひときわ端正な顔を持つ。三年におよぶ追放期間を経ても、その点はまったく変わっていなかった。髪はいまなお真夜中の海のごとき漆黒で、一本の白髪も見られない。顔は依然、なめらかで白く、これも漆黒の顎鬚《あごひげ》をきちんと手入れしている。左目には黒い革の眼帯をあてているが、右目のほうは夏空を思わせる色鮮やかなブルーだ。

（あいかわらずだな、あの冷笑を含む目も）

とヴィクタリオンは思った。そして、声をかけた。

「〈鴉の眼〉――」

「〈鴉の眼〉王だ、弟よ」

そういって、ユーロンは薄く笑った。ランプの光のもとで見る唇は、傷を宿して蒼黒く、ほとんど黒にちかい。

「選王民会を経ずして王をいただくことはありえぬ」〈濡れ髪〉が立ちあがった。「神なき者は——」

「〈海の石の御座〉にすわることあたわずか？」ユーロンは天幕内に目を走らせた。「現に、このところおれは、〈海の石の御座〉にすわっているが、どこからも文句はこぬぞ」

冷笑をたたえた目を輝かせて、ユーロンはつづけた。

「そもそも、おれよりも神々を知る者がどこにいよう？　馬の神々、炎の神々、黄金の身体に宝石の目を嵌《は》めこんだ神々、杉材《シーダー》を削りこんだ神々、岩壁に刻まれた神々、実体なき神々……おれはそのすべてを知りつくしている。信徒たちがそれぞれの神々に花を捧げるところも見た。神々の名において、山羊や牡牛や子供たちを生贄《いけにえ》に捧げ、血を飛沫《しぶ》かせるところも見た。五十の言語で唱えられるさまざまな祈りのことばも耳にした。その祈りのことばとはこうだ——わがしなびた片脚を治したまえ、あの娘を自分に惚れさせたまえ、健康な息子を授けたまえ、われを救いたまえ、救済したまえ、裕福にしたまえ……なかでもいちばん多いのが、〝神よ、われを護りたまえ〟だ！　わが身を敵から護りたまえ、闇から護りたまえ、腹に巣食った蟹から護りたまえ、馬の神々から護りたまえ、奴隷どもから護りたまえ、扉を押し破ってくる傭兵どもから護りたまえ。そして、なによりも——《沈黙《サイレンス》》からわれを護りたまえ」

ユーロンは笑った。

「神なき者だと？　血迷うな、エイロン、おれこそは、かつて帆をあげたなかでもっとも神々を知り、もっとも敬虔なる者。おまえが仕える神はただの一柱《ひとはしら》のみだが、〈濡れ髪〉よ、おれは一万の神々に仕えてきたのだ。イブ島からアッシャイにいたるまで、おれの帆を見て祈りを捧げぬ者はひとりもおらぬ」

ユーロンのことばに応えて、祭主は骨ばった人差し指をすっと立ててみせた。

「おまえがいうのは、木々に祈り、黄金の偶像に祈り、山羊の頭をつけた邪神に祈る者どもであろう。いくら数が多くとも、しょせんはまがいものの神……」

「いかにも、そのとおり」ユーロンはいった。「だからこそ、異端の罪ゆえに、おれはその邪教徒らを皆殺しにする。やつらの血を海にぶちまけ、泣き叫ぶ女どもにおれの種をつけてやる。やつらの矮小な神々ごときにこのおれを止められた例《ためし》はない。それはすなわち偽神の証拠だ。おれのしていることは偽神を暴く行為。その点において、エイロンよ、おれの信心深さはおまえをも凌ごう。ひざまずいて祝福を求めるべきは、むしろおまえのほうではないのか」

〈紅蓮の漕手〉が大声で笑った。それに倣って、取り巻きたちも大声で笑いだした。

「愚か者どもめ」祭主はいった。「愚者、下人、真実の見えぬ者ども。それがおまえたちだ。おまえたちにはわからぬのか、目の前に立っておる男の正体が？」

「王さまさ」クェロン・ハンブルが答えた。

〈濡れ髪〉はつばを吐き捨て、夜の闇に出ていった。

エイロンが去ると、〈鴉の眼〉は冷笑の目をヴィクタリオンに向けた。

「海将よ、遠路はるばるもどってきた兄に、ひとことのあいさつもなしか？　おまえもだ、アシャ。母御のごきげんはいかがかな？」

「よろしくないな」アシャは答えた。「どこかの男に後家にされたおかげでね」

ユーロンは肩をすくめた。

「はて、ベイロンは〈嵐神《らんしん》〉に吹きとばされて死んだと聞いたが？　そのベイロンを殺した男というのは何者だ？　名前をいってくれ、姪よ、おれみずから復讐してやろう」

アシャはすっくと立ちあがった。

「その男の名は、あんたもよく知ってるんじゃないのかい。三年間、あんたはどこぞへ追放されていた。それなのに、父王が死んで一日とたたずに《沈黙《サイレンス》》でもどってきた——」

ユーロンはおだやかにたずねた。

「おれのしわざ……とでもいいたいのかな？」

「そのほうがいいのか？」

アシャのことばの鋭さに、ヴィクタリオンは眉をひそめた。〈鴉の眼〉相手にこのような物言いは危険だ。たとえ冷笑的な目におもしろがっているような光をたたえていても、油断してはならない。

〈鴉の眼〉は取り巻きたちにたずねた。

「みなに訊こう。おれは風を意のままにあやつれるか？」

「いいえ、陛下」オークモント島のオークウッド公が答えた。

「風をあやつれる者などおりはしません」これはジャーマンド・ボトリーだ。

「そんなことができるなら——」と〈紅蓮の漕手〉がいった。「どこへでも好きなところへ船を運べる。風がやんで立ち往生することもない」

「聞いてのとおりだ。三人の勇敢なる男たちが、口をそろえてこういっている」ユーロンはアシャにいった。「ベイロンが死んだとき、《沈黙《サイレンス》》は海上にあった。どうあっても自分の叔父のことばが信じられぬなら、おれが許そう、わが船乗りどもにたずねてみろ」

「舌のない船乗りたちにか？　さぞかしためになる話を聞かせてくれるだろうよ」

「なによりもおまえのためになるのは、夫を与えることだろうな」ユーロンはふたたび取り巻きたちにふりかえった。「トアウォルド——失念してしまったが、おまえに女房はいたか？」

「ひとりだけですがね」

〈茶色い歯《ブラウントゥース》〉のトアウォルドがにたりと笑った。口の中に覗いたのは、二つ名のとおりの、汚い歯だ。

こんどは〈左手〉のルーカス・コッドがいった。

「おれにはいませんぜ」

「そいつはむりもない」これはアシャだ。「世の中の女という女は、コッド家の者を蔑んでいるからな。おいおい、そうせつなげな目でわたしを見るな、ルーカス。おまえには有名な左手があるじゃないか」

　そういって、アシャは左のこぶしで一物をしごくしぐさをしてみせた。

　コッドは逆上し、ののしりだした。が、〈鴉の眼〉に胸を押さえられたとたん、ぴたりと口をつぐんだ。

「そういう言いかたは、礼儀にもとるのではないかな、アシャ？　おまえはルーカスの痛いところを突いたのだぞ」

「ナニを突くより簡単だったんでな。わたしはどんな男にも負けず正確に斧を投げられるが、いやはや、標的がそんなにちっぽけでは……」

「この小娘、自分が女であることを忘れくさって」〈剃刀顔〉のジョン・マイアがいった。

「ベイロンに自分が男だと思いこまされて育ったんじゃねえか？」

　すかさず、アシャが切り返した。

「おまえも親父に男だと思いこまされて育ったんじゃないのか？」

「あの女をおれにくれ、ユーロン」〈紅蓮の漕手〉がいった。「おれの髪の色と同じくらい真っ赤になるまで、やつの尻を引っぱたいてやる」

　こんどもアシャは切り返した。

「できるものならやってみろ。以後、おまえは〈紅蓮の去勢男〉と呼ばれることになるぞ」

つぎの瞬間、投げ斧がアシャの手に現われた。それを空中に放りあげ、落ちてきた斧を器用に受けとめて、「これがわたしの夫だ、叔父御。どんな男であれ、わたしを手に入れたくば、まずこれと競ってもらわなくてはこまる」

　ヴィクタリオンは、どん！　とこぶしでテーブルを殴りつけた。

「ここで血を流すことはわしが許さん。ユーロン、おまえの……子分どもを連れて、早々に天幕を出ていけ」

「もっと暖かい歓迎の辞を期待していたのだがな、弟よ。なにしろ、おれはおまえより年長であり……もうじき正当な王になる身なのだから」

　ヴィクタリオンの顔に剣呑な影がきざした。

「〈鴉の眼〉よ。だれが流木の冠をかぶるかは、選王民会の結論が出てわかることだろう」

「その点だけは同感だ」

　ユーロンは二本の指をすっと顔に持っていき、左目を隠す眼帯を指さすと、くるりと背を向け、天幕を出ていった。取り巻きたちも、雑種の犬の一団となり、あるじのあとについて外に消えた。しばし、天幕の中に静寂が降りた。やがて〈小男〉のレンウッド・トーニーがフィドルを手にとり、演奏を再開した。ワインとエールがふたたび酌みかわされだす。だが、何人かは酒を飲む気分ではなくなったらしい。最初に、エルドレッド・コッドが血まみれの手をかかえ、そっと天幕を出ていった。つづいて、ウィル・ハンブルとホソ・ハーローも。グッドブラザー家の大半の者もだ。

「叔父御」アシャの手が肩にかかった。「よかったら、すこし歩かないか」

　天幕の外では風が吹きつのっていた。無数の雲が、すごい速さで月の青白い顔をよぎっていく。その姿には、敵船に衝角をたたきこむため、猛然と櫂走《かいそう》するガレー船に似たところがあった。顔を出している星々は数がすくなく、見えていても、かすかでしかない。岸辺にはずらりと長船《ロングシップ》が停泊しており、高いマストの群れが荒浪にそそりたつ森のように見える。船首を砂地に乗りあげさせたロングシップの船体が、波に揺られて、ぎしぎしときしむ音が聞こえた。索具が風に鳴り、船旗が狂おしくはためく音もだ。ロングシップの列の向こう、湾の深みには、投錨中の何隻もの大型船が、霧の中に連なる不気味な影となって揺れている。野営地や調理の焚火の列から遠く、波打ち際のすぐそばを、ふたりは歩きつづけた。

　ややあって、アシャがたずねた。

「ほんとうのことを教えてくれ、叔父御。三年前、ユーロンが急に出帆した理由はなんだ？」

「〈鴉の眼〉は気まぐれに略奪しにいく男だからな」

「こんなに長く略奪の旅に出ていたことはないぞ」

「やつは《沈黙《サイレンス》》で東に向かった。航海も長くなろうというものだ」

「わたしは理由をきいたのであって、行き先をきいたんじゃない」ヴィクタリオンが黙っているので、アシャは先をつづけた。「《沈黙《サイレンス》》が出帆したとき、わたしは留守にしていた。《黒き風《ブラック・ウィンド》》を駆ってアーバーから飛び石《ステップストーンズ》諸島をまわり、ライスの海賊からささやかなお宝を巻きあげていたんだ。もどってきてみると、ユーロンはいなくなり、叔父御の新妻は死んでいた」

「あれはただの塩の妻にすぎん」

あの女を蟹の餌として以来、ほかの女には指一本触れていない。

（だが、王になったら妻がいる。まっとうな妻が――わしの王妃となり、わしの息子たちを産んでくれる妻がいる。王には跡継ぎがいなくてはならん）

「親父もその話はしようとしなくてな」アシャがいった。

「いまさらだれにも変えようがないことを話したとて、なんにもならん」この話はうんざりだった。「それより、〈愛書家〉のロングシップを見たが」

「しぶる伯父を〈書の塔〉から引きずりだすのに、わたしの魅力のありったけを必要としたよ」

（では、ハーローの一党を後ろ楯につけたわけだ）

ヴィクタリオンの眉間のしわはますます深くなった。

「王位を望んでもむだだぞ。おまえは女なのだからな」

「小便の飛ばしっこでいつも負けるのも、女だからか？」そういって、アシャは笑った。「叔父御、こんなことを認めるのは癪だが、たしかに、叔父御のいうとおりかもしれない。四日四晩、船長にして王たちと酒を酌みかわし、連中のいうことに耳をかたむけ……口には出さないことを察してきた。うちの船の連中はわたしを支持する。ハーローの一党も大半がそうだ。トリス・ボトリーほか、少数の者も味方につけた。だが、それだけでは足りない」

アシャは石を蹴りつけた。石は宙を飛んで、二隻のロングシップのあいだの海面に落ちた。

「で、だ。わたしは叔父御の名前を叫ぶことに決めた」

「どの叔父だ？　おまえの親の兄弟は三人いるぞ」

「四人だよ。ま、それはいい。聞いてくれ、叔父御。流木の冠は、わたしのこの手で叔父御の頭に戴《の》せたい……ただし、統治権をわたしと分かちあってくれるならだ」

「統治権を分かちあう？　どうやったらそんなことができるというんだ？」

アシャのいうことは、さっぱりわけがわからない。

（わしの王妃になりたいということか？）

気がつくとヴィクタリオンは、いまだかつて姪に向けたことのない眼差しでアシャを見ていた。自分のものが固く頭をもたげだすのがわかる。

（これはベイロンの娘だぞ）

みずからにそう言い聞かせた。アシャのことは、扉に斧を投げつけていた幼女のころから知っている。愛欲の目で見る対象ではない。腕組みをして、ヴィクタリオンはいった。

「〈海の石の御座〉にすわれるのはひとりだけだ」

「だったら叔父御がすわればいい。わたしは叔父御のうしろに立って、叔父御の背中を護り、叔父御に耳打ちする。いかなる王とて、単独で統治することはできない。ドラゴンの一族が〈鉄の玉座〉についていた時期でさえ補佐する者がいた。〈王の手〉だ。わたしをあんたの〈王の手〉にしてくれ、叔父御」

かつて鉄《くろがね》諸島に君臨したいかなる王も、〈手〉など必要としたことはない。いわんや、女の〈手〉をや。

（船長にして王たちのいい笑いものだ。酒の席でなにをいわれることやら）

「なぜわしの〈手〉になりたい？」

「この戦をおわらせたいのさ――わが民族がこの戦で滅亡する前に。鉄《くろがね》の者は、手に入れたいものはみな手に入れた……が、いまや、そのすべてを一気に失う瀬戸際に立っている。講和を結ばないかぎり、滅亡は必至だ。人質として連れてきたレディ・グラヴァーに、礼をつくして真意を伝えたところ、自分の夫がしかるべき形でわたしを遇すると誓ってくれた。レディがいうには、深林《ディープウッド》の小丘城《モット》、トーレンの方塞《ズ・スクウェア》、要塞《モウト》ケイリンをあけわたせば、北部人は海竜《シー・ドラゴン》岬《・ポイント》と岩石海岸《ストーニイ・ショア》全域を割譲する。あの一帯は人口が希薄だが、鉄《くろがね》諸島をぜんぶ合わせた土地の十倍の面積があるからな。条約は人質の交換をもって成立する。両陣営とも、たがいに手を組む理由があるはずだ。なにしろ、いつ〈鉄の玉座〉が――」

ヴィクタリオンはくっくっと笑った。

「レディ・グラヴァーとやらにだまされおったな、姪よ。シー・ドラゴン岬《ポイント》もストーニイ・ショアも、本来、われらのものだ。自分のものを確保するのに、なぜ占領地を手放さねばならん？　ウィンターフェル城は炎上し、廃城と化した。〈若き狼〉は首をなくし、土中で腐れるがままだ。おまえの父王が夢見たように、もはやわれわれが北部全体を制圧するのも時間の問題だろう」

「ロングシップで森に侵攻することさえできれば、それも可能だろうさ。だが、漁師が灰色リヴァイアサンを釣りあげたところで、海に引きずりこまれて死ぬのが落ちさ——釣り糸を切らないかぎりはな。北部はわれわれが占領するにはあまりにも広く、北部人はあまりにも多い」

「お人形遊びにもどれ、姪よ。いかにして戦に勝利するかは、戦士にまかせておくことだ」

ヴィクタリオンはアシャに両のこぶしをつきつけた。「わしにはふたつの手がそろっている。三つめの手を必要とする男などはおらん」

「ただし、ハ、ハ、ハーロー家の力を必要としている、い、い、いる男なら知っているがね」

「〈背中曲がりのホソ〉が娘を王妃として差しだすといってきた。娘を娶れば、ハーロー家はわしにつく」

アシャは意表をつかれた顔になった。

「ハーロー家の当主はロドリック公だぞ」

「ロドリックに娘はおらん。あの男が持っているのは本だけだ。ロドリックのあとはホソが継ぎ、わしは王になる」

こうして口にしてみると、いっそう現実味が感じられた。

ヴィクタリオンは語をついだ。

「〈鴉の眼〉は長く地元を離れすぎていたしな」

「離れていたほうが大物に見えることもある」アシャは警告した。「焚火のあいだを歩いてまわって、男たちの話に耳をかたむけてみろ。よるとさわると、話題にのぼっているのは、叔父御の武勇伝でも、わたしの名高い美貌でもない。〈鴉の眼〉のことだけだよ。あの男が見てきた遠い地のこと、あの男が犯した女たちのこと、殺した男たちのこと、略奪した市々《まちまち》のことだけだ。そして、ラニスポートでいかにしてタイウィン公の艦隊を焼きはらったかも……」

「獅子どもの艦隊を焼きはらったのはこのわしだ。わしがこの手で、やつらの提督の船に、最初の松明《たいまつ》を投げいれたのだ」

「立案したのは〈鴉の眼〉だろうが」ヴィクタリオンの腕にアシャの手が乗った。「そして、叔父御の妻を殺したのもあの男だ……そうだろう？」

ベイロンからは、この件はけっして口外するなと命じられている。しかし、そのベイロンはもういない。

「やつはわが女房の腹に自分の種を蒔き、懐妊させた。それを知って女房を殺したのはこのわしだ。ユーロンもたたき殺してやるつもりだったが、自分の宮廷で親族殺しは許さん、とベイロンに制されてな。かわりにベイロンはユーロンを追放した。二度ともどってこないと誓わせて……」

「……ベイロンが生きているうちは、か？」

ヴィクタリオンは自分のこぶしを見つめた。

「あの女はわしを裏切り、不義を働いた。だから、殺すしかなかった」

〈あれが世間に知れていたなら、わしは笑いものになっていただろう――〈鴉の眼〉を難詰したとき、やつがわしを笑ったように。〃あの女は自分からわしのところへやってきたのさ、股を濡らしてな〃とあいつはぬかしおった。〃ヴィクタリオンは、なにもかも大きいようだけれど、肝心のところだけは小さいの、といってな〃〉

だが、それをアシャに話すわけにはいかない。

「叔父御のことは気の毒に思う」アシャはいった。「女房どのはもっと気の毒だ……しかし、それを聞いて、ますます選択の余地はせばまった。〈海の石の御座〉には、わたしみずから名乗りをあげざるをえまい」

〈むりだ〉

「おまえの息をどう無駄使いしようと、それはおまえの自由だ、女」

「そうだな」

といって、アシャは歩み去った。

19　〈溺神〉の使徒

冷たさで手足の感覚がすっかりなくなってから、エイロン・グレイジョイはようやく岸に這いあがり、脱いだローブを手にとった。まるでかつての軟弱者にもどったかのように、そそくさと〈鴉の眼《クロウズ・アイ》〉の前から逃げだしてしまったが、頭から荒浪をかぶるうちに、あの軟弱者は死んだことを思いだした。

（われは海により生まれ変わった。よりしたたかに、より強く）

いかなる定命《じょうみょう》の者も〈濡れ髪《ダンプヘア》〉を脅《おびや》かすことはできない。暗闇はもとより、自分の魂の骨――灰色で身の毛もよだつ骨でさえもだ。

（扉が開く音、錆びた鉄の蝶番がきしむ音――）

頭からローブを引きかぶるさい、布地がばりばりと乾いた音をたてた。二週間前に洗って以来、また塩がこびりついているのだ。濡れた胸にウールがへばりついて、髪からしたたり落ちる海水を吸っていく。エイロンは革袋を海水で満たし、肩にかけた。

海辺を歩いていると、暗闇のなかで、自然に呼ばれた溺徒のひとりが海からあがってきたところに遭遇した。

「〈濡れ髪〉さま」

つぶやく男の頭に手をあてがい、祝福を授けてから、エイロンはまた歩きだした。やがて足もとの地面が上り勾配になってきた。最初はゆるやかだった斜面が、徐々に険しくなっていく。足指のあいだに草がはさまりだしたことで、砂浜が背後に遠ざかったことがわかった。潮騒に耳をかたむけながら、ゆっくりと斜面を登りつづける。

（海は疲れを知らぬ。われもまたかくあらねばならぬ）

丘の頂上に登りつめると、怪物じみた肋骨が見えた。白い巨木の幹のようにそそりたつ、四十八本の石化した巨大肋骨。その光景を見ただけでエイロンの動悸は速くなった。ナーガはかつて海上に姿を現わした、最古にして最大の海竜《シー・ドラゴン》である。クラーケンやリヴァイアサンを食らい、ひとたび怒れば島々をも沈めたというナーガだが、ついには灰色の王《グレイ・キング》に退治され、その骨は〈溺神《できしん》〉によって石に変えられた。これは人々が最初の王の勇気にいつまでも感嘆しつづけるようにとの配慮からだといわれる。石に変えられてのち、ナーガの肋骨はグレイ・キングの長き宮殿の柱となり、その顎骨は〈玉座〉となった。

（それから一千と七年のあいだ、グレイ・キングはここで統治をつづけた――ここで人魚を娶《めと》り、〈嵐神《らんしん》〉に対する戦いの作戦を練りながら。そして、海草を編んだローブをまとい、ナーガの牙から作った背の高い純白の王冠を戴いて、この地より石と塩の世界を治めた）

しかしそれは〈黎明の時代〉――大地と海原に強力な人間たちが住んでいたころのことである。当時の宮殿はグレイ・キングが隷従させたナーガの生ける炎で暖められていた。壁にかかる何枚ものタペストリーは、銀色の海草で織られた、それはそれは美しいものだったという。グレイ・キングの戦士たちは、巨大真珠を削りだした椅子にすわり、巨大な海星形《ヒトデ》をしたテーブルで海の恵みを食したそうだ。

(だが、それは消えた。すべての栄光は消えてしまった)

人間は以前より小柄になった。寿命も短くなっている。グレイ・キングの死後、ナーガの炎は〈嵐神〉がもたらした豪雨で消され、真珠の椅子と銀海草のタペストリーはことごとく盗み去られてしまい、屋根と壁は朽ちて崩れ落ちた。ナーガの牙で作ったグレイ・キングの偉大な〈玉座〉でさえ海に呑まれてひさしい。かつてここにあった驚異の数々を鉄《くろがね》の民に思いださせるに足るのは、もはやナーガの肋骨だけだ。

(とはいえ、これだけでも充分ではあろう)

岩がちの丘の頂には、九段の幅の広い階段が削りだされている。〈ナーガの丘〉の向こうには、オールド・ウィック島の峨々《がが》たる丘が連なり、さらにその向こう、はるか遠くには、黒々と、禍々《まがまが》しく、グレート・ウィック島の峰々がそびえていた。エイロンは、かつて扉があった場所で立ちどまり、革袋のコルク栓をぬくと、海水をひとくち飲んでから、海に向きなおった。

(われらは海より生まれし者。そしてみな、海へと還る)

海からこれだけ離れていてさえ、やむことのない潮騒と、波の下にわだかまる〈溺神〉の強大な力が伝わってくる。エイロンはひざまずき、祈った。

（汝にまつろう民人をわがもとへ送らせたまいし神に、われ感謝を捧げん。鉄《くろがね》の民、みなこぞりて、宮殿、小屋、城、砦をあとにし、すべての漁村より、すべての隠れ谷より、ここナーガの肋骨のもとに集いきたれり。願わくは〈真の王〉起《た》てるときそれと知る英知を、〈偽の王〉起てるときそれを退ける力を、なにとぞ諸人《もろびと》に授けたまえ）

夜を徹して〈濡れ髪〉は祈りつづけた。神が身内にあるとき、エイロン・グレイジョイは眠る必要がない——波がそうであるように、海中の魚がそうであるように。

暗雲が風に乗って夜天《やてん》を駆けつづけるうちに、やがて空が白々と明るみだした。暗黒の空は石板のような灰色になり、漆黒の海も灰緑色に変貌していく。湾の向こうに黒々と見えていたグレート・ウィック島の山々も、兵士《ソルジャー・パイン》松の青緑色を取りもどしつつあった。世界にすこしずつ色彩がもどりはじめると、風にはためく百種もの船旗が見えるようになってきた。ボトリー家の銀の魚が見える。ウィンチ家の釁《ちぬ》られた月が見える。オークウッド家のダークグリーンの森が見える。ほかにも、多数の戦《いくさ》角笛、リヴァイアサン、鎌などが翻っており、いたるところに大きな〝黄金のクラーケン〟旗があった。船旗の下では、下人や塩の妻たちが起きだして、石炭をかきまわしながら新たな息吹を吹きこみ、魚のワタを抜くなどして、船長であり王でもある者たちの朝食作りにかかっている。暁光が岩がちの岸を照らすころ、眠っていた男たちも目を覚まし、海豹《アザラシ》の皮の上掛けをはねのけ、エールの角杯を持ってこいと口々に叫びだした。目覚めて最初の一杯というわけだ。

（飲みすぎおって）と〈濡れ髪〉は思った。（きょうは神の務めをはたさねばならぬという

のに)

海もまた活動をはじめていた。寄せ波はしだいに大きくうねり、風も強まって、波しぶきを長船《ロングシップ》に浴びせかけている。

〈溺神《できしん》〉が目覚めようとしておられる)

エイロンには水底《みなそこ》から湧きあがる神の声を聞きとることができた。その声は、こういっていた——。

〝この日、余は汝とともにこの地にあるであろう、わが強力にして信仰深き使徒よ。神なき者はいかなる者であれ、わが〈海の石の御座《ぎょざ》〉にすわることあらじ〟

溺徒らが祭主を見つけたのは、ナーガの肋骨が作るアーチの下だった。長身をいかめしくそそりたたせ、長い黒髪を強風になびかせた〈濡れ髪〉の姿を見たとたん、溺徒のひとりであるルスはたずねた。

「では、いよいよでございますか?」

エイロンはうなずき、答えた。

「時はきた。布令《ふれ》を出せ、召喚の号音を轟かせよ」

溺徒らはただちに向きを変え、丘を降りながら、それぞれの持つ流木の棍棒をふりかぶり、たがいに打ちつけあって、斜面上に戛然《かつぜん》たる音を響かせはじめた。ほかの信徒たちもそれに加わりだす。ほどなく、まるで百本の木々が動きだし、たがいの枝で打ちあっているようなすさまじい音が海岸じゅうに轟きわたった。

棍棒の音に呼応して、銅太鼓《ケトルドラム》も鳴りはじめる。

ドン、ドン、ドン、ドン、ドン。ドン、ドン、ドン、ドン、ドン。

つづいて、角笛が吹き鳴らされた。さらに、もうひとつの角笛も。

ブオオォォォォォ。ブオオォォォォォ。

男たちが焚火をあとにし、〈グレイ・キングの宮殿〉の肋骨めざして丘を登ってきだした。漕手、舵手、縫帆手、船大工、斧を持った戦士たち、漁網を持った漁師たち——。なかには下人を引き連れている者もいるし、塩の妻をともなっている者もいる。緑の地へ頻繁に航海する者は、学匠《メイスター》、吟遊詩人、騎士を連れていた。平民たちは丘のふもとに大きな三日月形をなしてひしめき、それより上へはあがってこない。男衆は前のほう、下人と子供と女たちはうしろのほうだ。斜面を登ってくるのは、もっぱら船長にして王たちだった。丘の頂に立つ〈濡れ髪〉エイロンは、下にさまざまな顔を見わけることができた。陽気なシーグフリー・ストーンツリー、〈笑わずのアンドリク〉、〈騎士〉サー・ハラス・ハーロー——。黒貂《クロテン》の毛皮を着たベイラー・ブラックタイド公は、ぼろぼろの海豹《アザラシ》の毛皮を身につけた〈ストーンハウスの主〉のそばに立っている。アンドリクを別格とすれば、船長たちのなかでひときわ背が高いのはヴィクタリオンだ。兜こそかぶっていないが、その他の鎧一式を一分の隙なく着こみ、肩には黄金のクラーケンのマントをはおっている。

(ヴィクタリオンこそはわれらが王となる者。あの雄姿を見てそうでないと思う者がどこに

いよう）

船長たちが丘の頂に勢ぞろいすると、〈濡れ髪〉は筋張った両手を高くかかげた。銅太鼓と角笛の音が鳴りやみ、溺徒たちも棍棒を打ち鳴らすのをやめ、話し声がぴたりと収まった。聞こえるのは、いかなる人間も止めることのできぬ轟き――寄せては返す波音だけだ。

「われらは海より生まれし者。そしてみな、海へと還る」エイロンは語りはじめた。最初は物静かに、聞く者たちがけっして緊張することのないように。「〈嵐神《らんしん》〉は怒りに駆られてベイロンを城よりつかみあげ、放りだした。いまごろベイロンは波の下にあり、〈溺神〉の海中神殿で宴《うたげ》に興じていることであろう」

ここで、天をふりあおいで、

「ベイロンは死せり！　鉄《くろがね》の王は死せり！」

「王は死せり！」溺徒たちが唱和した。

エイロンは先をつづけた。

「されど死せる者はもはや死なず、復起《また》つ、より雄々しく、より強く！　ベイロンは斃《たお》れた。わが兄ベイロンは〈古《いにしえ》の流儀〉を尊び、鉄の代償を支払ったのだ。勇敢なる王ベイロン、祝福されし王ベイロン、二度戴冠せし王ベイロンは、われらに自由とわが神を取りもどしてくれた。そのベイロンは道なかばにして死んだが……鉄《くろがね》の王は復起《また》ち、〈海の石の御座〉について鉄の島々を司る」

「王は復起《また》つ！　王は復起《また》つ！」

「起つであろう、起たぬはずがない」

エイロンの声は波間に轟きわたった。

「しかし、どの者が？　ベイロンの座にすわる者はだれか？　この聖なる島々を司るのは、どの者であるべきか？　その者はこのなかにいるのか？」

祭主は大きく手を広げた。

「われらを統《す》べる王となるのは、どの者か？」

一羽の鷗《カモメ》が叫び返した。夢から覚めたように、船長たちは身じろぎした。ひとりひとりが付近の者に目をやっている。どの者が王位を主張するのかをたしかめあっているのだ。

（〈鴉の眼〉が辛抱づよくあった例《ためし》はない）〈濡れ髪〉エイロンは自分に言い聞かせた。

（おそらくは、真っ先に名乗りをあげるであろう）

だとしたら、それは〈鴉の眼〉の失点となる。船長にして王たちは、遠路はるばる、この饗宴をたっぷりと楽しむためにやってきたのだ。最初のひと皿めで片がつくことを望んではいない。

（みなはひとまず、これをかじり、あれをかじり、見本を味わいたがっている。自分たちにもっともふさわしい主菜にありつくまで）

だが、ユーロンもそこまでは読んでいたと見えて、舌なき者どもと化け物どもに囲まれたまま、腕組みをして立っている。エイロンの呼びかけに応えるものは、ただ風声《ふうせい》と潮騒だけだ。

「鉄《くろがね》の民は王を戴かねばならぬ」長い静寂ののち、祭主は訴えかけた。「再度、問おう。われらを統べる王はどの者か？」

「おれだ」こんどは下のほうから応える声があった。

すぐさま、ふぞろいな叫び声があがった。

「ギルバート、ギルバート王《キング》！」

船長たちが道をあけるなか、王の立候補者と擁立者たちが斜面をあがってきて、ナーガの肋骨の下に佇むエイロンのそばに立った。

最初の王候補者は背が高く、痩せた男だった。憂いを帯びた顔だちをして、細く突き出たあごはきれいに髭を剃っている。三人の擁立者はその二歩うしろに立ち、それぞれに候補者の剣、楯、旗を持っていた。背の高い城主と顔つきが似ているところからすると、息子たちなのだろう。ひとりが旗を広げた。そこに現われたのは、沈みゆく夕陽を背にした黒い大型ロングシップの紋章だった。

集まった会衆に向かって、男は語りかけた。

「おれはギルバート・ファーウィンド──孤光城《ロンリー・ライト》の城主だ」

エイロンも、ファーウィンド家の者を多少は知っている。風変わりな一族で、グレート・ウィック島最西端の海岸を拠点に、西に点在する島々──あまりにも小さくて家一軒建てるのがせいぜいの、島というより大きな岩礁に住む者たちだ。なかでも孤光城はもっとも遠く、北西へ海路で八日、海豹《アザラシ》や海驢《アシカ》の群生地を通りぬけた、果てしなき灰色の大海原にぽつんと浮かぶ離れ小島に建つ。その島のファーウィンド一族は、同族のほかの者たちよりもさらに変わっていた。一説には、不浄の一族である皮装族《スキンチエンジヤー》ともいわれ、海驢《アシカ》や海象《セイウチ》、さらには荒海の狼こと、斑鯱《スポッテッド・ホエール》の姿すらとれるという。

ギルバート公は演説をはじめた。語ったのは、日没海《サンセット・シー》の向こうの驚異に満ちた土地——冬も貧困もなく、死とも無縁の土地のことだった。

「おれをおまえたちの王にしろ。さすればそこへ連れていってやる！」ギルバートは叫んだ。「かつてロイン人の女王ナイメリアがしたように、一万隻の船を建造し、鉄《くろがね》の民すべてを乗せて帆をかけ、陽が沈む水平線の彼方の土地に連れていこうではないか。そこではひとりひとりの男が王となり、ひとりひとりの妻が女王となるのだ」

エイロンが見ているあいだにも、ギルバートの目は海のように変化した。いまはグレイかと思えば、いまはブルーだ。

（狂人の目だな）とエイロンは思った。（いや、愚者の目か）

ギルバートの語る展望はまぎれもなく、鉄《くろがね》の民を滅亡に導かんとて〈嵐神〉が仕組んだ奸計にちがいない。王擁立者たちが会衆への贈り物としてざらざらと地にあけた宝物には、海豹《アザラシ》の皮や海象《セイウチ》の牙程度の品も混じっていた。船長たちはひと目見ただけでそっぽを向き、宝物を拾い集めるのは下位の者らにまかせた。愚者が語りおえると、擁立者たちはその名を叫びはじめた。が、その叫びに応えたのはファーウィンドの一族だけであり、それも全員でさえなかった。ほどなく、「ギルバート！　ギルバート王《キング》！」の叫びは尻すぼみに消えて、あとには静寂だけが残った。さっきの鷗が頭上で大きく鳴き声を発し、ナーガの肋骨の一本にとまった。孤光城《ロンリー・ライト》の城主は、すごすごと丘の下へ降りていった。

〈濡れ髪〉エイロンはふたたび進み出た。

「再度、問う。われらを統べる王はどの者か？」

「わしだ！」

深く響く声が呼ばわり、ふたたび会衆は道をあけた。

声をあげた男は、孫たちが肩にかつぐ彫刻を施された流木の椅子に乗り、斜面を運びあげられてきた。男はもはや歩く力を失っているようだ。体重百三十キロ、齢は九十ちかくで、白熊の毛皮をまとっている。髪も毛皮と同じく真っ白で、頰から太腿にかけ、これも白くて長い顎鬚《あごひげ》が毛布のようにからだをおおい、どこまでが鬚でどこまでが毛皮か判別しがたい。孫たちはみな大柄でがっしりした体格の者ばかりだったが、それでも老人の巨体をかつぎ、急な石段を登ってくるのに苦労していた。〈グレイ・キングの宮殿〉の前にたどりつくと、孫たちは老人を降ろし、そのうち三人が擁立者としてそばにとどまった。

（六十年前であれば、この者も民会で一定の支持を得たかもしれぬ）とエイロンは思った。（しかし、そんな時期はとうに過ぎた）

「わしこそ王になるべきだ！」老人は椅子にすわったまま、巨体にふさわしい大声で吠えた。「わしのほかにだれがいる？　わしよりふさわしい者がこの場にいるか？　ものを知らぬ者のために名乗っておこう。わしこそはエリク・アイアンメーカー――〈公正なる者エリク〉、

〈鉄床《かなとこ》壊しのエリク〉だ。この者たちにわしの鉄鎚を見せてやれ、ソアモア」

擁立者のひとりがくだんの鉄鎚をかかげ、一同に披露した。怪物じみてでかい鉄鎚だった。柄には古びた革が巻いてあり、鋼でできた巨大鎚の頭は、焼きたてのパンのかたまりほどもある。

「わしはこの鉄鎚で、無数の性悪な手をたたきつぶしてきた。いちいち数は憶えておらんが、泥棒どもにきけばわかるかもしれん。わしはさらに、鉄床の上で無数の頭をたたきつぶしてきた。とても数えきれぬほどの人数だが、夫をなくした後家どもにきけばわかるかもしれん。戦《いくさ》でたてた数々の戦功をすべて話してやってもよいが、わしももう八十八、いちいち語っておっては、語りつくす前に寿命が尽きてしまう。齢をとった者ほど賢いなら、わしより賢い者はおらん。大男ほど強いのなら、わしより強い者はおらん。跡継ぎのいる王がほしいか？　わしは数えきれぬほどの子供を儲けたぞ。エリク王《キング》――すばらしい響きではないか。さあ、わしとともに唱和しろ。エリク！　〈鉄床壊しのエリク〉！　エリク王《キング》！」

孫たちが声をそろえて叫びだすのに合わせ、孫の息子たちが肩に長櫃《ながびつ》をかついでエリクの足もとまであがり、石段のもとにざーっと中身をあけた。大量の銀器、青銅器、鉄器が山をなした。腕環、首飾り、短剣、短刀、投げ斧――幾人かの船長がめぼしい道具をひっつかみ、唱和に加わった。だが、叫び声が広がる気配を見せたとき、女の鋭い声が唱和を切り裂いた。

「待て、エリク！」声の主を通そうとして、男たちが道をあけた。だが、いちばん下の石段に片足をかけたまま、その女はいった。「エリクよ、立ってみろ」

静寂が降りた。風が吹きわたり、波濤《はとう》が岸壁に砕けるなか、男たちはささやきあっている。エリク・アイアンメーカーは石段の下を見おろした。アシャ・グレイジョイだった。

「女よ。三度呪われても足りぬ娘よ。いま、なんとぬかした？」

「立てといったのだ、エリク」アシャは叫んだ。「立ちあがってみろ、そうしたら、ほかの者とともにおまえの名を叫んでやろう。さあ、立て、そうすれば真っ先におまえを支持してやる。おまえは王冠がほしいのだろう？　だったら、立ってそれを手にしてみろ」

群衆のべつの場所で〈鴉の眼〉が笑った。エリク老はぎろりと〈鴉の眼〉をねめつけた。ついで、大柄な老人は流木の椅子の肘かけに手をかけ、ぐっとつかんだ。顔が真っ赤になり、赤いのを通り越して紫色に変わっていく。渾身の力をこめた両腕がわなわなと震えだした。立ちあがろうとして奮闘する老人の首筋に極太の青い静脈が浮きあがり、つかのま、老人はなんとか立てそうな気配を見せた。が、そこでついに力つき、呻き声を漏らして、どすんとクッションにすわりこんだ。ユーロンがいっそう大きな声をたてて嘲笑った。大柄な老人は頭をがっくりとうなだれさせ、まばたきひとつする間に、別人のように老けこんでしまった。孫たちはそそくさと、老人を丘の下へ運び降ろしていった。

「鉄《くろがね》の民を司るのはどの者だ？」〈濡れ髪〉エイロンは改めて問いかけた。「われらの王となる者はだれだ？」

男衆はたがいに顔を見交わしあった。一部の者はユーロンを、一部の者はヴィクタリオンを見つめている。少数とはいえ、アシャを見つめている者もいる。ロングシップのあいだに波が砕けて、緑の海面に白い泡が生じた。一羽しかいない鷗がふたたび耳ざわりな鳴き声をあげ、空に舞いあがった。

「名乗りをあげろ、ヴィクタリオン」マーリンが叫んだ。「そろそろ、こんな笑劇にはけりをつけてしまおうぜ」

「潮時がきたらな」とヴィクタリオンは叫び返した。

　エイロンは心の中でうなずいた。

(そうだ。ここは待ったほうがよい)

　つぎに名乗りをあげたのはドラム家の当主だった。これも老人だが、エリクほど老いてはいない。自分の二本の脚で歩いて、上まで斜面を登ってきた。腰には名高い〈赤き雨《レッド・レイン》〉——かの〈破滅〉より前の時代にヴァリリア鋼で鍛えられたという伝説の剣を下げている。擁立者たちもみな名の通った男たちだった。息子のデニスとドネルは屈強な闘士として名高く、そのあいだにはさまれているのは、これも息子の〈笑わずのアンドリク〉——鉄《くろがね》の者随一の大男だ。その両腕は木の幹ほども太い。このような男が擁立者につくこと自体、ドラムの立場を雄弁に物語っていた。

「われらが王がクラーケンでなくてはならぬ、とどこに書いてある?」ドラムは会衆に問いかけた。「いかなる権利があって、パイク島はわれらを支配するのか? 諸島で最大の島はグレート・ウィック、もっとも裕福な島はハーロー、もっとも尊い島はオールド・ウィックだぞ。たしかに、〈黒のハレン〉の一族がドラゴンの焰で焼きつくされたのち、鉄《くろがね》の民はヴィコン・グレイジョイに統治権を委ねた……しかし、王として委ねたのではない、諸公の筆頭として委ねたのだ」

なかなかうまい切りだしかただった。エイロンの耳は、会衆のあちこちから賛同の叫びがあがるのをとらえた。しかし、老人がドラム家の栄光を語るのにつれて、支持の叫びは影をひそめた。老人は得々として、〈恐怖公〉デール、〈略奪者〉ロリン、〈老父〉ゴルモンド・ドラムの百人の息子のことを語った。ついで〈赤き雨《レッド・レイン》〉を引き抜いてみせ、祖先である〈狡猾公〉ヒルマー・ドラムが、いかにして知恵と木の棍棒だけをたよりに、全身を完全に鎧った騎士と渡りあい、この名剣を手に入れたかを語った。だが、とうに失われた船のこと、八百年も前の忘れられた戦いのことに話がおよぶと、群衆は目に見えていらだちはじめた。それでもドラムは滔々《とうとう》と語りつづけ、ようやく締めくくりに入ったと思いきや、さらに延々と演説をつづけた。

しかも、地にあけられたドラム家の長櫃《ながびつ》の中身は、なんともしみったれたものだった。

エイロンは思った。

(かつて〈玉座〉が青銅ごときで購《あがな》われた例《ためし》はない)

それが真実であることは、こんども証明されることになった。というのも、「ドラム！ドラム！ダンスタン王《キング》！」の叫びは、尻すぼみに消えてしまったからである。

エイロンは腹部に緊張をおぼえた。波の音も、さっきよりいっそう大きくなってきた気がする。

（いよいよだな）とエイロンは思った。（いよいよヴィクタリオンが名乗りをあげるときがきた）

「われらの王となるはどの者か？」エイロンは問いをくりかえした。だが、その爛《らん》と燃える漆黒の目が群衆の中に見すえているのは、ただひとり、兄ヴィクタリオンだ。「クェロン・グレイジョイの種からは九人の息子が生まれた。そのうちのひとりは、九人中、ぬきんでて膂力《りょりょく》にすぐれ、恐れを知らぬ男だ」

ヴィクタリオンはエイロンの視線を受けとめて、うなずいてみせた。やおら、石段を登りはじめる。船長たちがいっせいに道をあけた。

「弟よ、わしに祝福を」

石段を登りきると、ヴィクタリオンはそういってひざまずき、こうべをたれた。エイロンは革袋の栓を抜き、ひとすじの海水を額にたらして、祈りのことばを唱えた。

「死せる者はもはや死なず——」

ヴィクタリオンがあとを受けた。

「されど復起《また》つ、より雄々しく、より強く」

ヴィクタリオンが立ちあがると同時に、擁立者たちがその下の石段にならんだ。〈片脚のラルフ〉、〈赤のラルフ〉ことラルフ・ストーンハウス、〈髭剃りヌート《バーバー》〉。いずれ劣らず、名を知られた兵《つわもの》ばかりだ。ストーンハウスはグレイジョイ家の旗——真夜中の海のように黒い地に描かれた黄金のクラーケンの旗を手にしている。旗が広げられるや、多数の船長にして王たちが海将の名を叫びはじめた。ヴィクタリオンはその叫びが静まるまで待ってから、やおら語りだした。

「みな、わしのことは知っているな。甘いことばを聞きたくば、ほかの者の話を聞け。わしに吟遊詩人の舌はない。わしにあるのは斧と――これのみだ」

一同によく見えるように、ヴィクタリオンは籠手をはめた巨大な両のこぶしを高々とふりあげた。それと同時に、〈髭剃りヌート〉が戦斧を披露した。鋼を鍛えあげた、見るからに恐ろしげな斧だった。

「わが兄は王だった」ヴィクタリオンはつづけた。「兄ベイロンの結婚にさいし、ハーロー家へと派遣され、兄のもとへ花嫁を連れて帰ったのはこのわしだ。兄のロングシップ船団を率いて戦った船戦《ふないくさ》は数知れず、その間、一度たりとも敗れたことはない。ベイロンの最初の戴冠にさいし、海路ラニスポートを襲い、獅子の尻尾を焼いたのはこのわしだ。ベイロンが二度めに王冠を戴いたとき、〈若き狼〉が獰猛な唸りをあげて故郷へ取って返すのにそなえ、その生皮剝ぎに遣わされたのはこのわしだ。わしがみなの衆にもたらすものは、ベイロンがもたらしたものよりも多いであろう。以上をもって、わしがいわねばならぬことのすべてとする」

擁立者たちが海将の名を叫びはじめた。

「ヴィクタリオン！　ヴィクタリオン！　ヴィクタリオン王《キング》！」

擁立者たちの足もとで、海将の配下たちがつぎつぎに長櫃《ながびつ》をあけはじめた。略奪で得た、大量の銀器、金器、宝石がうずたかく積みあがっていく。とくに金目のものを手にしようと、船長たちは先を争ってお宝の山に駆けより、駆けよりながら口々に海将の名を叫んだ。

「ヴィクタリオン！　ヴィクタリオン！　ヴィクタリオン王《キング》！」

エイロンは〈鴉の眼〉の動向を注視した。

（やつめ、いま口火を切るか、それとも選王民会をこのまま進めさせるか？）

オークモント島のオークウッド家の当主が、ユーロンの耳になにごとかをささやきかけている。

だが、名前の連禱《れんとう》を断ち切ったのは、ユーロンではなく、あの女だった。口に二本の指を咥え、口笛を吹いたのだ。その鋭い響きは、ナイフが凝乳を切り裂くがごとく、おおぜいの連禱をやすやすと切り裂いた。

「叔父御！　叔父御！」

アシャは腰をかがめ、ねじれた黄金の首飾りを拾いあげると、石段を駆けあがってきた。ヌートがすかさずその腕をひっつかむ。エイロンは一瞬、兄の擁立者らがアシャを黙らせてくれることを期待した。しかし、アシャは〈髭剃り〉の手をふりほどき、〈赤のラルフ〉になにごとかをいった。ラルフは道をゆずった。アシャが三人の擁立者のあいだを押し通るにおよび、ヴィクタリオンの名を叫ぶ声は完全にやんだ。なんといってもアシャはベイロン・グレイジョイの愛娘なのだ。その娘がなにをいいだすのかと、会衆は興味津々で見まもっている。

「わが選女王民会のために用意してくれたすばらしい引出物の数々、感謝するぞ、叔父御」アシャはヴィクタリオンにいった。「しかし、そんなにごてごてと鎧を着こんでくる必要はなかったな。約束しよう、わたしに叔父御を傷つけるつもりはない」

アシャはくるりと船長たちに向きなおった。

「戦いにおいて、わが叔父御より勇敢な者、強き者、猛々しき者はこの世にいない。しかも、どんな男にも負けないほど早く、十まで数えられる。この目でそれを見もした。もっとも、二十までとなると、長靴《ちょうか》を脱がねば追っつかないようだがな」会衆からどっと笑い声が湧き起こった。「それに、叔父御には息子がいない。女房どのはみな子を産む前に亡くなった。いっぽう、〈鴉の眼〉は年長であり、継承順位が高い……」

「そのとおりだ！」下のほうから〈紅蓮の漕手〉が叫んだ。

「ただし、それをいうなら、わたしの継承順位のほうが上だ」アシャは首飾りを小粋に頭に載せてみせた。黄金が黒髪に映えてきらきらと輝いた。「ベイロンの弟は、ベイロンの息子より上になれない道理だ！」

「ベイロンの息子はみな死んだ」〈片脚のラルフ〉が叫んだ。「そこにいるのはベイロンの小娘ではないか！」

「娘？」

アシャは袖なし胴着《ジャーキン》の下に手をすべりこませ、胸をまさぐり、大仰に驚いてみせた。

「おお！　これはなんだ？　見せてやろうか？　みなのなかには、乳離れして以来、これを拝んだことがない者もいるだろう？」

ふたたび、笑い声が起こった。アシャはつづけた。

「〝王におっぱい、とんでもない〟——そんな歌があったよな？　ラルフ、たしかにおまえのいうとおり、わたしは女だ。ただし、おまえのような老婆ではないぞ。そもそもおまえは、〈片脚《リンパー》のラルフ〉ではなくて……〈ふにゃチン《リンプ》のラルフ〉のまちがいではないのか？」

胸の谷間から、アシャは短剣を取りだした。

「わたしは母親でもある。わが乳飲み児はこれだ！」

短剣を高々とかかげてみせる。

「そして、見ろ——わが擁立者の顔ぶれを」

アシャの擁立者らがヴィクタリオンを擁立する三人を押しのけ、アシャの下の段に立った。〈乙女のクァール〉、トリスティファー・ボトリー、〈騎士〉のサー・ハラス・ハーローだ。サー・ハラスの携える名剣、〈夜来たる《ナイトフォール》〉は、ダンスタン・ドラムの〈赤き雨《レッド・レイン》〉と同じく、立派な伝説を持つ。

「わが叔父御はみなに向かって、自分のことはよく知っているだろうといったな。同様に、みなはわたしのこともよく知っているだろう——」

「ベッドの上でよく知りたいぞ！」だれかが叫んだ。

「家に帰って、女房と知りあえ」アシャは切り返した。「叔父御は、わが親父どのがみなにもたらした以上のものを与えてくれるという。では、親父どのがもたらしたものはなんだ？

黄金と栄光だ、という者もいるだろう。もっともすばらしいもの、自由だ、という者もいるだろう。たしかにそれは事実だ。親父はいろいろなものをもたらした。しかし……おおぜいの寡婦をもたらしたこともまちがいない——ブラックタイド公が指摘するようにな。みなのなかで、ロバートが攻めてきたとき、家を焼かれた者はどれだけいる？　娘たちを犯され、奪い去られた者はどれだけいる？　焼かれた市々《まちまち》、壊されたいくつもの城——それもまた、親父がもたらしたものにほかならない。敗北こそは、親父がもたらしたものなんだ。ここにいる叔父御は、それよりもさらに多くをもたらすという。だが、わたしはちがう」

「じゃあ、なにをもたらすってんだ？」ルーカス・コッドがいった。「編み物のしかたでも教えてくれるのか？」

「明察だよ、ルーカス。わたしは王国を編みあげて、ひとつにまとめあげる」短剣を両手でやったりとったりしながら、アシャはつづけた。「われわれは〈若き狼〉から教訓を学ばなければならない。あの男は戦《いくさ》という戦に勝利したあげく……すべてを失った」

「狼はクラーケンではないぞ」ヴィクタリオンが異論を唱えた。「ひとたびつかんだものをクラーケンが放すことはない。それがロングシップであっても、リヴァイアサンであってもだ」

「では、われわれがつかんだものとはなんだ、叔父御？　北部かい？　北部とはなんだ？潮騒から遠く、何キロも何十キロも何百キロも離れた地域のことだろうが。われわれは要塞《モウト》ケイリン、深林の小丘城《ディープウッド・モット》、トーレンの方塞《ズ・スクウェア》を攻略して、さらにはウィンターフェル城までもわがものとした。だが、その代償はなんだった？」

アシャは下に向かって手招きした。《黒き風《ブラック・ウィンド》》の乗組員たちが、ほかの者を押しのけ、オークと鉄の長櫃を肩にかついであがってきた。

「岩石海岸《ストーニィ・ショア》の富を見せてやろう」

アシャのことばと同時に、最初の櫃《ひつ》があけられた。大量の小石がぶちまけられ、雪崩《なだれ》を打って石段を落ちていく。灰色の石、黒い石、白い石——どれも海に洗われて丸くなっている。

「つぎはディープウッドの宝だ」

ふたつめの櫃がひっくり返された。大量の松毬《マツカサ》がざーっと石段にあけられ、大きくはずみながら群衆のあいだに転がっていった。

「最後に、ウィンターフェルの黄金《カブ》」

三つめの櫃からは、黄色い蕪がごろごろと転がり出てきた。丸くて固くて、大きさは人の頭ほどもある。斜面を転がった蕪は、小石や松毬のあいだに散乱した。アシャはそのひとつに短剣を刺し、宙に持ちあげて、会衆のひとりに呼びかけた。

「ハーマンド・シャープ。おまえの息子のハラグは、こんなもののためにウィンターフェル城で死んだのだぞ」

短剣を引き抜き、蕪をハーマンドに放り投げる。

「おまえにはほかにも息子たちがいたな。その息子たちの命を蕪と交換したいなら、叔父御の名前を叫ぶがいい！」

「では、あんたの名前を叫んだら、どうなる？」ハーマンドが叫び返した。「なにが得られる？」

「平和だ」とアシャは答えた。「そして、土地。勝利もだ。みなにはシー・ドラゴン岬《ポイント》と岩石海岸《ストーニイ・ショア》を与えよう。黒い土と高い木々、岩の多いあの土地には、若い息子たちがこぞって宮殿を建てられるだけの広さがある。土地に加えて、北部人も得られるぞ。味方として――われわれと〈鉄の玉座〉とのあいだに立ちはだかる障壁としてな。選択は単純きわまりない。平和と勝利がほしければわたしを選べ。さらなる戦争とさらなる敗北がほしければ叔父御を選べ」

そこで短剣を鞘にもどして、

「さあ、どちらを選ぶ、鉄《くろがね》の者どもよ」

「勝利だ！」〈愛書家〉ロドリックが両手を口にあてて叫んだ。「勝利を！　そしてアシャを！」

「アシャだ！」ベイラー・ブラックタイド公も叫びだした。「アシャ女王《クィーン》だ！」

アシャの乗組員たちも叫びに加わった。

「アーシャ！　アーシャ！　アシャ女王《クィーン》！」

足を踏み鳴らし、こぶしをふりたて、口々にアシャの名前を叫ぶ男たちを、〈濡れ髪〉は信じられぬ思いで見つめていた。

（父親の偉業を――ご破算にしてしまうというのか！）

だが、トリスティファー・ボトリーはアシャの名を叫んでいる。ハーロー一族の大半も、グッドブラザーの一部も、赤ら顔のマーリン公もだ。エイロンが予想していたよりもずっと多い。信じられないことだった。あやつは……女ではないか！

だが、その他の者たちは口をつぐむか、付近の者たちとささやきあうかしている。

「臆病者の平和などいるか！」

いきなり、〈片脚のラルフ〉が叫んだ。

ストーンハウス家の〈赤のラルフ〉も、グレイジョイの旗標《はたじるし》をふりまわし、吠えた。

「ヴィクタリオン！　ヴィクタリオン！　ヴィクタリオン！」

男たちが殴りあいをはじめた。だれかがアシャの頭に松毬を投げつけた。アシャはさっとかわしたが、その動きで間にあわせの王冠が頭から落ちてしまった。つかのま、〈濡れ髪〉エイロンは、自分がばかでかい蟻塚の上に立っているような錯覚に陥った。足もとで相争う一千匹もの蟻――。「アシャ！」と「ヴィクタリオン！」の叫び声が交錯し、はげしい嵐がいまにも全員を呑みこもうとしている。

(〈嵐神〉がまぎれこみおった……われらに怒りと不和の種を蒔いている)

その瞬間――いかなる剣の斬撃よりも鋭く、すさまじい角笛の音が空気を斬り裂いた。

明るい音色でありながら、同時に破壊的なその狂音は、聞く者を慄然とさせる灼熱の絶叫となり、身内から人の骨を揺るがすかのように響きわたった。湿度の高い空気のなか、角笛は長々と鳴りつづける。

アァァァリイイイイイイイイイイイイイイイイ

すべての目が狂音の源に向けられた。角笛を吹き鳴らしているのはユーロンが連れてきた混血者のひとりだ。頭をつるつるに剃った怪物的な男の両腕には、黄金と翡翠《ひすい》と黒大理石の腕環が輝いている。その広い胸には、鉤爪から血をしたたらせた、なんらかの猛禽の刺青が彫ってあった。

アァァァリイイイイイイイイイイイイイイイイ

ねじくれて光沢のある黒い角笛は、人の背丈よりも長い。男はそれを両手で持っている。管壁には赤金《レッド・ゴールド》と黒鋼の環がいくつもはめてあり、表面には古代ヴァリリアの象形文字がびっしりと刻みこんであった。狂音が朗々と響くにつれ、その文字がうっすらと赤く光りだす。

アァァァァァァリイイイイイイイイイイイイイイイイイイイイイイイイイイイイイイイ
イイイイ

恐るべき音色だった。苦痛と怒りにむせび泣くその狂音は、鼓膜を焼き焦がすかのように耳を責めさいなんだ。〈濡れ髪〉エイロンは耳をおおい、〈溺神〉に大波を起こすよう求め、あの角笛を呑みこませて音を消してくれるようにと祈った。が、かんだかい音はいっこうに鳴りやむ気配がない。

（あれは地獄の角笛だ！）

そう叫びたかった。だが、叫んだところでだれにも聞こえはしない。刺青の男はいまにも破裂しそうなほど頬を膨らませ、角笛を吹き鳴らしている。必死に吹くあまり、胸の筋肉がひくひくと痙攣しだした。刺青の猛禽が肉のくびきをふりほどき、いまにも羽ばたいて天に舞いあがりそうだ。いつしか、象形文字はぎらぎらと燃え盛っていた。あらゆる線と文字が白い炎となって輝いている。いつまでもいつまでもつづく黒い角笛のむせび泣きは、背後の峨々《がが》たる丘にこだまし、〈ナーガの揺りかご〉を越えて湾外へ波紋のように広がりつづけ、グレート・ウィック島の山々を越えて、彼方へ、水で満たされたすべての世界へと広がっていった。

このまま永久に鳴り響くのではないか——そう思ったとき、しかし、唐突に狂音はやんだ。奏者の息がとうとう尽きたのだ。奏者はふらつき、倒れかけた。オークモント島のオークウッド公がすかさずその腕をつかみ、支えるいっぽうで、〈左手〉のルーカス・コッドが男の手からねじくれた黒い角笛を受けとる。角笛からは細く煙が立ち昇っており、吹いていた男の唇には血と血ぶくれが見えた。血を流しているのは胸の猛禽も同様だった。

全員の注目を浴びるなか、ユーロン・グレイジョイが悠然と丘の斜面を登ってきた。頭上で鷗がひと声鳴いた。そして、もういちど。

（神なき者、〈海の石の御座〉につくことあたわず）

エイロンはそう思った。だが、兄に話をさせねばすまないことはわかっている。やむなく、声を出さぬまま唇を動かし、祈りを捧げた。

アシャの擁立者たちが脇にどく。ヴィクタリオンの擁立者たちもだ。祭主は一歩さがり、ナーガの肋骨の冷たくて手ざわりの荒い石に手をあてがった。〈鴉の眼〉は石段の最上段に達すると、〈グレイ・キングの宮殿〉の、かつて扉があった場所の手前でぴたりと足をとめ、船長にして王たちを〝嗤《わら》う眼〟で見まわした。しかしエイロンには、もうひとつの目が――眼帯に隠されたユーロンの目が船長たちを見すえるのが感じられた。

「鉄《くろがね》の者どもよ」ユーロン・グレイジョイは語りだした。「おまえたちはいま、わが角笛を聞いた。つぎはおれのことばを聞け。おれはベイロンの弟にして、クェロンの息子のうち、いまも生きる最年長者だ。おれの血脈《けつみゃく》にはヴィコン公の血が流れている。〈老クラーケン〉の血もな。だが、おれはどの祖宗《そそう》よりも遠くまで航海してきた。いまなお生きるクラーケンのなかで、ただひとり敗北を知らぬ男――ただひとり、いちどたりともひざを屈したことのない男――ただひとり、〈影《シャドウ》〉に触れるアッシャイ〉まで旅し、想像を絶する驚異と恐怖の数々を目のあたりにしてきた男――それがおれだ」

「そんなに影《シャドウ・ランド》の地が好きなら、とっととそこへもどっちまえ！」

アシャの擁立者のひとり、〈乙女のクァール〉が、頬を真っ赤にして叫んだ。

〈鴉の眼〉は横槍を無視した。

「おれの弟はベイロンの戦《いくさ》をおわらせ、北部を掌握するという。おれの愛しき姪はわれらに平和と松毬をもたらすとのたまう」

青い唇の両端がきゅっと吊りあがり、笑みを形作った。

「アシャが望むのは敗北よりも勝利。ヴィクタリオンが望むのは王国。弟はわずかばかりの土地などいらぬという。だがな——おれを選べば、勝利と王国、どちらもともに手に入るのだぞ。〈鴉の眼〉、とおまえたちはおれを呼ぶ。しかし、この世に鴉ほど目端のきくものがいようか。戦がおわるつど、鴉たちは何百何千と群れ集い、死者の肉で饗宴をくりひろげる。鴉ははるか遠くからでも死を見つけられるのだ。そして、いまここに、おれは告げよう——ウェスタロス全土が死につつあると。おれについてくる者たちは、寿命つきるそのときまで、ウェスタロスという死者の饗宴にあずかれるだろう。

われらは鉄《くろがね》の者——かつては征服者であった民族だ。〝波音の聞こえるところ、勢威のおよばざるはなし〟と謳《うた》われたわれらに対して、おれの弟は、寒くて陰気な北部だけで満足しろという。姪はもっと貧弱な土地だけで満足しろという。おれはちがうぞ。おまえたちにラニスポートをくれてやる。ハイガーデンをくれてやる。アーバー島もだ。オールドタウンもだ。河川地帯《リヴァーランド》に河間平野《リーチ》、〈王の森〉に〈雨の森〉、ドーン地方に境界地方《マーチズ》、月の山脈にアリンの谷間《ヴェイル》、ターース島に飛び石諸島《ステップストーンズ》、なにもかもくれてやろう。このすべてがわれらのものだ！　ウェスタロス全土がわれらの領土となるのだ！」

ここで〈鴉の眼〉は、エイロンをふりかえった。

「これによって、われらが〈溺神〉の栄光をいっそう高められることはまちがいない」

鼓動半分のあいだ、エイロンでさえも、〈鴉の眼〉のことばの大胆さにわれを忘れそうになった。じつをいえば、天にはじめて赤い彗星が流れるのを見たとき、エイロンもまったく同じ夢を見たのである。

（炎と剣をもって緑の地を蹂躙し、司祭《セプトン》どもの〈七神〉と北部人の白い木々を根こそぎにし……）

「〈鴉の眼〉よ」アシャが叫んだ。「アッシャイに道理を置きわすれてきたか？　北部だけでも維持できぬのなら——事実、維持などできぬ——どうやって七王国全土を掌握できるというのだ？」

「なにをいう。これは過去に実現したことではないか。ベイロンはこの娘に戦の基礎の基礎さえ教えなかったのか？　ヴィクタリオンよ、われらが兄の娘は、どうやら征服王エイゴンの伝承すら聞いたことがないと見えるぞ」

「エイゴン？」胸当ての上で、ヴィクタリオンが腕組みをした。「征服王がわれらとなんの関係がある？」

「戦のことなら、おまえと同等の知識はあるさ、〈鴉の眼〉」アシャがいった。「エイゴン・ターガリエンはたしかにウェスタロス全土を征服したが、それはドラゴンの威力あってのことだった」

「なればこそ、われらも同じことをするまでよ」ユーロン・グレイジョイは言い放った。「いましがた音を聞かせた角笛は、おれ以外のだれも歩こうとしたことのない地——かつてヴァリリアと呼ばれた、いまなおくすぶる廃墟で見つけたものだ。あの音色を聞いたろう。あの力を感じたろう。あれはドラゴンの角にほかならぬ。赤金とヴァリリア鋼の金環《かなわ》をはめ、呪紋で力を抑えてもなお、あれほどの威力があるのだぞ。いにしえのドラゴンの貴紳《きしん》たちは、〈破滅〉によって滅ぶ前、あのような角笛を吹き鳴らしていた。あの角笛があれば、鉄《くろがね》の者どもよ、おれはドラゴンを意のままに使役できるのだ」

アシャが声をたてて笑った。

「山羊を使役する角笛のほうがまだ役にたつというものだ、〈鴉の眼〉。この世にはもう、ドラゴンはいないんだから」

「その点でもまた、小娘よ、おまえはまちがっている。この世には、三頭のドラゴンが実在するのだ。そして、その居場所もおれは知っている。その一事をもってしても、おれは流木の冠にふさわしい」

だしぬけに、〈左手〉のルーカス・コッドが叫んだ。

「ユーロン!」

こんどは〈紅蓮の漕手〉が、

「ユーロン! 〈鴉の眼〉! ユーロン!」

ここにおいて、《沈黙《サイレンス》》の舌なき者どもと化け物どもがユーロンの長櫃《ながびつ》をひっくり返し、船長にして王たちの眼前に、大量の贈り物をぶちまけた。祭主エイロンは聞いた——ホソ・ハーローが両手いっぱいに金貨をつかみ、ユーロンの名を叫ぶのを。つづいて、ゴロルド・グッドブラザーが——さらには、さっき王の名乗りをあげた〈鉄床壊しのエリク〉までもが——ユーロンの名を叫ぶのを。

「ユーロン！　ユーロン！　ユーロン！」

叫び声は膨れあがり、狂騒的なうねりと化した。

「ユーロン！　ユーロン！　〈鴉の眼〉！　ユーロン王《キング》！」

ユーロンを讃える叫びの連禱《れんとう》は、〈嵐神〉が轟かす雷雲のうなりのごとく、〈ナーガの丘〉を駆けおりていく。

「ユーロン！　ユーロン！　ユーロン！　ユーロン！　ユーロン！」

祭主とて疑うことはある。預言者とて恐怖をおぼえることはある。〈濡れ髪〉エイロンは〈溺神〉の声を求め、みずからの心のうちをさぐった。しかし、神は黙したまま、答えてはくれなかった。一千もの声が兄の名を叫ぶなかで、エイロンの心の耳に聞こえるのは、ただ錆びた鉄の蝶番がきしむ、ギーッという音だけだった。

20――ブライエニー

乙女の池《メイドンプール》の町の東に出ると、丘が隆起しはじめ、地形も荒くなってきて、松の木々が道の左右から押し迫ってきた。まるで声なき灰緑色の兵士の大軍のようだった。

〈手器用《ニンブル》のディック〉は、海辺にそっていくのがいちばん早くて楽な道だといった。だが、進むにつれて、海岸ぞいの町や村はしだいに小さくなり、間遠になっていった。やがて日暮れも近づき、ブライエニーたちは道中の宿に宿泊した。ディック・クラブにはほかの旅行者たちと大部屋に泊まってもらうことにしたが、ブライエニーは自分とポドリック用にひと部屋をとった。〈手器用《ニンブル》のディック〉はなかなか納得せず、部屋の戸口にぐずぐずといすわった。

「みんなでひとつのベッドを分かちあったほうが安あがりじゃねえかよ、ム・レディ。心配ならよ、自分とおれたちとのあいだに剣を置いときゃいい。このディックさんは人畜無害だ。騎士なみに騎士道精神を尊重するし、昼が長いてえ天地の理《ことわり》なみに信頼できるぜ」

「昼はだんだん短くなっているぞ」ブライエニーは指摘した。

「ま、そうかもしんねえけどな。そんなに信用できねんなら、いっそ床の上で丸まって寝てやろうか、ム・レディ」

「この部屋の床でなら、遠慮しておく」

「そんなんじゃ、おれをまるっきり信用してねえと思われてもしかたねえぞ」

「信用は徐々に積み重ねていくものだ——蓄財のようにな」

「へえへえ、おっしゃるとおりに、ム・レディ。けどよ、ずっと北のほうの、道らしい道もなくなるあたりじゃあ、このディックを信用せざるをえなくなるぜ。おれが剣を突きつけてあんたのお宝を取りあげようと思ったら、だれにとめられるってんだ？」

「剣を持っているのはおまえではない。わたしだ」

ブライエニーはディックの目の前で扉を閉じ、しばらくその場に立って、相手が歩み去るのをたしかめた。ディック・クラブがいかに手器用といっても、手技の速さでジェイミー・ラニスターにかなうわけはないし、〈狂い鼠《マッド・マウス》〉にも——それどころか、サー・ハンフリー・ワグスタッフ老にすらかないそうにない。ディックは栄養失調ぎみでガリガリに痩せており、唯一身につけている防具はへこんで錆の浮いた半球形兜《ハーフヘルム》だけだ。剣を下げるべき場所には、刃毀《はこぼ》れだらけの古びた短剣を吊るしている。したがって、こちらが目を覚ましているかぎり、あの男が脅威になることはないだろう。

「ポドリック」ブライエニーは声をかけた。「わたしたちを危険から護ってくれる旅籠《はたご》が、いずれ道中から消えるときがくる。あの案内人は信用できない。野宿するようになったら、わたしが眠っているあいだ、見張りに立ってもらえるか？」

「寝ずの番ですか、マイ・レディ？　騎士さま？」ポドリックは考えこんだ。「おれには、剣があります。クラブのやつがあなたに危害を加えようとしたら、殺すこともできます」

「だめだ」ブライエニーはきびしい声でいった。「あの男と戦おうなどとしてはいけない。おまえにたのみたいのは、わたしが眠っているとき、あの男から目を離さず、なにか怪しい動きをしたら、ただちにわたしを起こすことだ。声をかけてくれれば、わたしは即座に目を覚ます。そのときになればわかるだろう」


翌日、馬に水を飲ませるため休止したとき、ディック・クラブはさっそく本性を現わした。小用を足そうとして、ブライエニーが茂みの陰に入り、しゃがみこんでいると、ポドリックがこういう声が聞こえたのだ。

「そこでなにをしてる？　さっさと離れろ」

用を足しおえ、ズボンをあげて道にもどる。〈手器用《ニンブル》のディック〉は指についた白い粉を払っているところだった。

「鞍嚢《あんのう》をさぐっても金貨《ドラゴン》はないぞ」とブライエニーはいった。「金貨なら、肌身離さず持ち歩いているからな」

一部は剣帯の巾着に、残りは服の内側に縫いつけた一対のポケットに隠してある。鞍嚢の大きな巾着に入れてあるのは、大小の銅貨と、一ペニー青銅貨に半ペニー青銅貨、四ペンス青銅貨《グロート》に星紋銅貨……それに、たっぷり金が詰まっていると見せかけるための白い小麦粉だ。

この粉は、ダスケンデールの町を出る朝、〈七剣亭〉の厨房でもらってきたものだった。「危害を加えるつもりはねえんだぜ」武器を持っていないことを示すため、粉のついた手をすり動かしながら、ディックはいった。「ただよ、約束の金貨をちゃんと持ってるかどうか、たしかめようと思ってよ。世界は嘘と欺瞞だらけで、正直者をだまくらかそうと手ぐすねを引いてやがる。あんたもそうじゃねえとはかぎらねえだろ」

この男、盗っ人としては三流だ。せめて案内人としては、三流よりもましであってほしいところだが……。

「さっさと出立したほうがよさそうだな」

そういって、ブライエニーはふたたび馬にまたがった。

馬に乗っているあいだ、ディックはしばしば歌を歌った。一曲まるごと歌うのではない。あの曲やこの曲のはしばしを気まぐれに歌うのだ。ときどきブライエニーやポドリックにもいっしょに歌おうと誘いをかけたが、むだだった。少年は内気でことばが得意ではないし、ブライエニーは歌を歌わない。

〝おとうさまのために歌を歌ったことは？〟かつてリヴァーラン城で、レディ・スタークにそうきかれたことがある。〝レンリーのためには？〟

なかった。そもそも、歌を歌ったことがない。もっとも、歌いたくはあった……歌いたくはあったのだ……。

歌っていないとき、〈手器用《ニンブル》のディック〉はよく話をし、鋏み割《クラッククロー・ポイント》りの蟹爪岬のいろいろな物語をして聞かせた。なんでも、彼《か》の地には影多き谷がたくさんあり、かつてはそのひとつひとつに領主がいたらしい。その大半は相互に行き来がなく、団結するのはよそ者の侵入に対抗するときだけだったという。その血脈《けつみゃく》には、〈最初の人々〉の血が小暗《おぐら》く、強く流れていたそうだ。

「アンダル人はよ、クラッククローを力ずくで制圧しようとしたんだけどよ、先祖たちゃ、谷でやつらをぶっ殺すわ、湿原で溺れさせるわで、びくともしやしねえ。ところが、せがれどもが剣でできねえことを、娘たちにキスでやらせるのがアンダル人のやりかただ。力じゃ征服できねえ相手と見たら、娘たちを嫁に送りこむんだぜ、あいつらはよ」

ダスケンデールのダークリン王朝は、鋏み割りの蟹爪岬《クラッククロー・ポイント》を武力でしたがわせようとした。メイドンプールのムートン家も同様だった。のちには蟹爪《クロー》島の尊大なセルティガー家も同じことを試みたそうだ。しかし、クラッククロー人はよそ者とちがって地元の沼地と森を知りつくしており、力押しに押せば、丘の内部を縦横に貫く洞窟に逃げこんでしまう。もっとも、外部からの征服者たちと戦っていないときの彼らは、身内同士で戦ってばかりいた。骨肉の確執は、彼《か》の地の丘のあいだに口をあける沼と同じくらい深く、陰々たるものだったようだ。ときおり強者が現われて岬《ポイント》に平和をもたらすこともあったが、その強者が死ねばたちまち平和は破れた。そういった強者としては、ルシファー・ハーディー公が名高いし、ブルーン兄弟も同じほどの勢力を誇ったという。古豪骨砕き《クラックボーン》家はいっそう強大だったが、それよりもなお突出して勢威をふるったのは、ディックが血を引くクラブ家だった。サー・クラレンス

・クラブとその偉業のことは聞いたことがない、といくらブライエニーがくりかえしても、ディック・クラブにはどうしても信じられないようだった。

「なぜわたしが嘘をつかねばならん？」ブライエニーはたずねた。「どんな土地にも、それぞれの英雄がいる。わたしの出身地では、吟遊詩人たちは〈完璧の騎士〉、モーンのサー・ギャラドンのことを歌うぞ」

「どこのだって？　サー・ギャラ——なんだ？」ディックは鼻を鳴らした。「聞いたこともねえ。そいつのどこが完璧なんだよ？」

「サー・ギャラドンは勇猛果敢な騎士で、〈七神〉の〈乙女〉でさえその雄姿に心を奪われ、愛のあかしとして魔法の神剣を贈ったという。その剣の銘は〈公正な乙女《ジャスト・メイド》〉。いかなる剣もこの神剣と斬り結ぶことはできず、いかなる楯もこの神剣のキスには耐えられない。サー・ギャラドンはつねに〈公正な乙女《ジャスト・メイド》〉を誇らしげに携えていたが、抜いたのはわずか三度だけだった。また、〈公正な乙女《ジャスト・メイド》〉をけっして定命《じょうみょう》ある人間にふるうことはなかった。あまりにも強力であるがゆえに、一方的な殺戮となってしまうからだ」

この話を、ディックはおもしろがっているようだった。

「〈完璧の騎士〉ってか？　むしろあれだな、完璧な道化みてえだな。そこらの相手に使えねえってんなら、そんな神剣になんの意味があるんだよ？」

「名誉だ」とブライエニーは答えた。「要は名誉——それに尽きる」

名誉と聞いて、ディックは大声で笑った。

「サー・クラレンス・クラブにかかったら、あんたの〈完璧の騎士〉なんざぁ、毛だらけのケツを拭くのに使われちまうぜ、ム・レディ。もしもふたりが出会ってたら、〈呟《つぶや》く者たちの館〉の首台に血まみれの首がひとつ増えてよ、ほかの首どもにこうぼやいてたろうぜ――〝あの神剣を使うべきだった――あのクソいまいましい剣を使うべきだった〟ってな」

ブライエニーは苦笑を抑えきれなかった。

「かもしれない。とはいえ、サー・ギャラドンも愚か者ではなかったからな。相手が野牛《オーロクス》にまたがった身の丈二メートル半ちかい大男なら、きっと〈公正な乙女《ジャスト・メイド》〉を抜いていただろう。剣を抜いた三度のうちの一度は、ドラゴンを退治したときだったといわれる」

〈手器用《ニンブル》のディック〉は、すこしも感心したようすを見せなかった。

「クラックボーンだってドラゴンと戦ったことがあるぜ。けど、神剣なんかなくたって平気だった。ドラゴンの頸をつかんでよ、ぎゅうっと結んじまったんだ。だもんで、ドラゴンが火を吐くたんびに、自分のケツを焼くはめになったってわけさね」

「では、エイゴンとふたりの妹たちがやってきたとき、そのクラックボーンはどう対処した？」

「もう生きちゃいなかった。そこんとこぁ、わかっといてもらわねえとな」

ディックはブライエニーを横目で見やり、先をつづけた。

「エイゴンの野郎、妹の片割れをクラッククローまで送りこんできやがってよ。ほれ、あのヴィセーニアだよ。領主たちも〈黒のハレン〉の惨劇は耳にしてたし、馬鹿じゃねえから、みんなヴィセーニアの足もとに剣を差しだしたんだ。そしたら王の妹は、クラッククロー人を自分の臣下に加えて、メイドンプールにもクロー島にもダスケンデールにも忠誠をつくす義務はねえといったそうな。いばりくさったセルティガーのやつが東海岸まで収税吏を送りこむのはとめなかったんで、それなりの人数がきたときにゃ税金をとられて、多少は生きて帰すことにもなったそうだがよ……それ以外の点じゃあ、地元の領主と王にしたがうだけでよかったらしい。ああ、王っていうのは、ほんとの王のことだぞ、ロバートとかその同類のまがいもんのこっちゃねえ」ぺっとつばを吐いた。「三叉鉾河《トライデント》の戦いじゃあよ、クラブ家、ブルーン家、ボッグズ家の戦士も太子《プリンス》レイガーの陣営に加わったし、〈王の楯《キングズガード》〉に取り立てられた連中もいる。ハーディー家からひとり、ケイヴ家からひとり、パイン家からひとり。クラブ家からは三人で——クレメント、ルパート、〈短軀《たんく》〉のクラレンスだ。短軀ったって、背丈は百八十あったんだが、本物のサー・クラレンスとくらべたらチビだったってことでな。要するに、クラッククローのおれたちゃみんな、ドラゴンのよき臣下なんだよ」

北東へ進むにつれて、人通りはますます少なくなり、とうとう旅籠の姿をまったく見かけなくなった。このころにはもう、湾岸ぞいの道は草ぼうぼうで、およそ道といえる状態ではなくなっていた。その晩は漁村に宿所を求めた。村人に銅貨数枚を払って、干し草の納屋に泊めてもらったのだ。ディックに対しては、納屋の二階部分はポドリックと自分だけが使うと通告し、ふたりで上にあがったあとは、さっさと梯子《はしご》を引きあげた。

「おれだけ下にほったらかしたら、あんたらの馬を盗んじまうかもしれないぜ」ディックが下から二階に呼びかけてきた。「馬もそこに運びあげたほうがいいんじゃねえのかい、ム・レディ？」

ブライエニーが知らん顔をしていると、ディックはさらにつづけた。

「今夜は雨が降る。冷たい雨のざんざん降りだ。あんたと小僧《ポッズ》はそこでぬくぬく寝るってえのに、あんたらよか齢とったあわれなディックさんは、ひとりきりで凍えてなきゃなんねえのかよ」かぶりをふり、ぶつぶつつぶやきながら、干し草の山でベッドをこさえはじめた。

「あんたがそんな疑り深い女だたぁ思わなかったぜ」

ブライエニーはマントをかぶり、身を丸めた。横ではポドリックがあくびをしている。

(わたしだって、むかしっからこんなに用心深かったわけじゃない)ディックにそう叫んでやりかった。(小さいころは、どんな男も父上と同じくらい高潔な人だと思っていたわよ)

そう、そのむかしは、小さかったブライエニーに向かって、とても愛らしいおじょうさんだ、背が高くてうらやましい、なんと利発で気のつくことか、とても優雅にダンスをなさる、などと誉めそやした男たちのことすらも立派な男だと思っていた。蒙を啓《ひら》いてくれたのは、セプタ・ロエルだった。

「あの者たちは、おとうさまの歓心を買おうとしてああいうことをいうのです。鏡をごらんなさい。真実はそこにあります。男の舌の上にはありません」

それは苛酷な教訓であり、小さなブライエニーは深く傷ついて泣いたものだった。しかしその教訓は、ハイガーデン城でサー・ハイルとその友人たちにゲームの標的にされたとき、おおいに役だった。（処女はこの世界では用心深くなくてはならない。でないと、遠からず処女ではなくなってしまう）

そんなことを考えるうちに、雨が降りだした。

ビターブリッジの模擬合戦《メレー》では、偽りの求婚者たちを探しだし、ひとりひとりたたきのめした。ファロウにアンブローズにブッシー、マーク・マレンドア、レイモンド・ネイランドに、〈鸛《コウノトリ》のウィル〉。ハリー・ソイヤーは組み敷いてさんざんに打ちのめしてやったし、ロビン・ポターは兜をたたき割り、顔に醜悪な傷をつけてやった。求婚者の最後のひとり、サー・ロネット・コニントンとも、〈慈母〉のお導きにより、ばったりと出くわした。そのときロネットが手にしていたのは、薔薇《バラ》ではなく、剣だった。ロネットに一撃を食らわしてやるたびに、ブライエニーはキスよりも甘美な快感をおぼえたものだ。

そのメレーの日に、ブライエニーの怒りを向けられた最後の相手は、〈花の騎士〉こと、サー・ロラス・タイレルだった。サー・ロラスは言いよってきたことなどないし、そもそもブライエニーに見向きすらしたこともない。だが、その日のロラスは、三輪の黄金の薔薇を描いた楯を持っていた。ゆえに、大の薔薇ぎらいで、薔薇を見ると頭に血が昇り、闘争心と力がこみあげてくるようになっていたブライエニーは、どうしても見過ごしにできなかったのである。あのときの戦いを思いだしながら、ブライエニーは眠りに落ち、レンリーならぬサー・ジェイミーが虹色のマントを肩にかけてくれた夢を見た。

一夜が明けてもまだ雨が降っていた。朝食をとるとき、雨がやむまで出発は待とうや、と〈手器用《ニンブル》のディック〉がいいだした。

ブライエニーは拒否した。

「この雨はいつやむ？　あすか？　二週間後か？　つぎの夏がきたときか？　だめだ。雨はマントでしのげばいいし、先はまだまだ長い」

雨は終日降りつづいて、狭い道はたちまちのうちに泥道と化した。目に見えるかぎりの木々はみな葉を落としており、降りやまぬ雨に濡れそぼった落ち葉は、茶色の敷物に変貌している。栗鼠《リス》の毛皮の裏張りがあるにもかかわらず、マントの内側まで雨が染み透っているのだろう、ディックはがたがた震えていた。つかのま、ブライエニーはこの男にあわれみをおぼえた。

（なにしろ、栄養状態が悪い。それはたしかだ）

だが、密輸業者の入江や〈呟《つぶや》く者たちの館〉なる廃城は、ほんとうに存在するのだろうか。食いつめた男はなにをしでかすかわからない。この旅そのものがブライエニーをだますための奸計とも考えられる。猜疑心で胃が痛んだ。

しばらくのあいだ、世界で唯一の音は、こやみない雨の音だけであるように思われた。〈手器用《ニンブル》のディック〉は黙々と先導していく。注意して見てみると、ディックは大きく背を丸めて馬に乗っていた。そうやって鞍にからだを近づけることで濡れずにすむとでも思っているかのようだった。

闇のとばりが降りても、今夜の宿を求められる村はなかった。雨宿りできそうな木々もだ。やむなく、波打ち際から五十メートルほど陸地にある大きな岩のあいだで野宿をすることにした。岩のあいだにいれば、すくなくとも風はしのげるだろう。

「けどよ、今夜は見張りを立てなきゃなんねえぜ、ム・レディ」流木に火をつけようと苦闘するブライエニーに向かって、ディックがいった。「こういうところにゃ、ピチャピチャがいるんだ」

「ピチャピチャ？」ブライエニーは疑わしげな目を向けた。

〈手器用《ニンブル》のディック〉は、おもしろがっているような顔で答えた。

「怪物だよ。遠目にゃ人間みてえに見えるが、頭がやけにでっかくて、人なら毛が生えてるところにウロコが生えてんだ。色は魚の腹みてえに白くてな、指のあいだにゃ水かきがついてる。いっつもぬめぬめしてて魚の匂いがするんだが、膨れた唇の内側にゃあ、針みてえに鋭い緑の歯がずらっとならんでてよ。〈最初の人々〉に一匹残らず狩られたって話もあるが、んなこたぁ信じらんねえ。やつらは夜になるとやってきちゃ、悪い子をさらっていっちまう。水かきのある足で、小ちゃくピチャピチャって音をたてて歩きながらな。女の子は孕ませるために生かしておくが、男の子は食っちまうんだ。トゲみてえな緑の歯で、こうガリガリっとよ」ポドリックに向かって、にんまりと笑ってみせた。「だから、おまえは食われちまうんだぜ、坊主。生きたまんま、ナマでな」

「できるものならやってみろ。皆殺しにしてやる」

ポドリックはそういって、剣の柄に手をかけた。

「そうかそうか。ま、がんばるこった。ピチャピチャは簡単にゃ死なねえぞ」ブライエニーにウインクしてみせた。「あんたは悪い女の子かい、ム・レディ？」

「いいや」

（ただ愚かなだけさ）とブライエニーは思った。

流木は湿っていて、いくら鋼に火打ち石を打ちつけ、火花を飛ばしても、いっこうに火がつかなかった。多少の煙が立ちはするが、それがせいいっぱいだ。ブライエニーはうんざりして流木を放りだし、岩に背中をあずけると、マントに身をくるみ、冷たくて湿っぽい夜に身をゆだねた。熱い食事を想いながら、堅い塩漬けビーフの細切れを咀嚼する。そのあいだ、〈手器用《ニンブル》のディック〉は、サー・クラレンス・クラブがピチャピチャの王と戦った時代の話を語りつづけた。

（たしかに、見てきたように生き生きと物語を語る才能はあるな）とブライエニーは思った。この点だけは認めてやらざるをえない。（もっとも、マーク・マレンドアと小さな猿の芸も、これに匹敵するほどおもしろかったが）

しのつく雨にはばまれて、日の入りはついに見えず、夜の空をおおいつくす鉛色の雨雲に隠されて、とうとう月の出もわからずじまいだった。夜は暗く、星ひとつ見えない。じきに物語のタネもつき、ディックは寝入ってしまった。ポドリックもすぐにいびきをかきだした。

ブライエニーは岩に背中をあずけてすわったまま、潮騒に耳をかたむけた。

（あなたは海のそばにいるのかしら、サンサ。〈呟《つぶや》く者たちの館〉で、くるはずのない船を待っているの？　いっしょにいるのはだれ？　三人ぶんの船賃、とディックはいっていたわ。あなたとサー・ドントスのもとに、〈小鬼《インプ》〉が合流したの？　もしかすると、妹を見つけたの？）

きょうは長い日で、ブライエニーは疲れきっていた。周囲を雨音に包まれ、岩のあいだにすわっての野宿という無防備な状態でありながら、しだいにまぶたが重くなってくる。二度、うたた寝をした。二度めのときは、動悸を打たせつつ、はっと目覚めた。だれかが目の前にぬっと立った気がしたからだ。手足はこわばり、マントはひざの上でくしゃくしゃになっていた。ブライエニーはマントを蹴り飛ばし、さっと立ちあがった。〈手器用《ニンブル》のディック〉は岩にもたれかかって身を丸め、濡れて重い砂になかば埋もれるようにして眠っていた。

（夢か――いまのは夢だったのか）

やはり、サー・クライトンやサー・イリファーと別れたのは失敗だったのかもしれない。あのふたりは正直な人物に思えた。

（ジェイミーがいっしょにいてくれたなら……）

もっとも、ジェイミーは〈王の楯《キングズガード》〉の騎士であり、いるべき場所は王のそばだ。それに、ほんとうにいっしょにいてほしいのはレンリーだった。

（かならずお護りすると誓ったのに護りきれなかった。そのつぎは、かならず復讐をすると誓ったのに、それとてもかなわなかった。かわりにレディ・キャトリンを警護して脱出したけれど、結局、あの方も護れなかった）

おりしも風向きが変わり、雨が顔に降りかかってきた。

翌日、道は小石だらけの細い小径《こみち》となり、ついには小径の名残となった。昼近く、一行は風蝕された絶壁に達した。道はそのふもとで完全に断ち切られていた。頭上を見あげれば、絶壁の上には小さな城が建ち、険しい顔で寄せ波を見おろしている。三本のゆがんだ塔が、鉛色の空にシルエットをそそりたたせているのが見えた。

「あれが〈呟《つぶや》く者たちの館〉か？」ポドリックがたずねた。

「あんなしょぼい城がそう見えるのかよ」ディックはつばを吐いた。「あれぁ恐ろしの巣穴《ダイアー・デン》城といってな、むかしからブルーン公の居城だったところだ。道はここでおわる。こっから先は松の木っきゃねえ」

ブライエニーは絶壁のようすをさぐった。

「どうやって上に登るつもりだ？」

「簡単さ、ディックさんのそばにぴったりくっついてな。遅れんなよ。ぐずぐずしてっと、ピチャピチャどもにつかまっちまうぞ」

崖の上へは、岩壁の裂け目に隠された、険しい崖道を登っていかなくてはならなかった。

ほとんどは天然にうがたれた岩場だったが、登りやすいよう、石段を削りだしてある部分もあった。裂け目の左右に連なる切りたった岩壁は、風と波に何世紀も侵蝕されつづけた結果だろう、ところどころで奇妙な形状をなしていた。登りながら、〈手器用《ニンブル》のディック〉は、いくつかの奇岩を指さしてみせた。

「ほれ、あそこにあんのが人食い鬼《オーガ》の顔だ」

指さされた方向に目を向けたブライエニーは、思わず苦笑を漏らした。

「あっちはドラゴン。翼のかたっぽは、おれの親父がガキのころ、割れて落っこっちまった。その上からは、岩の乳房がたれてる。ババアのしなびたおっぱいみてえだろ」

ディックはそういってふりかえり、ブライエニーの胸をちらと見た。

そのとき、ポドリックがいった。

「騎士さま？　マイ・レディ？　馬に乗った者がいます」

「どれだ？」

奇岩のどこにも、そういう形のものは見当たらない。

ポドリックは下を指さした。

「下の道です。岩じゃなく。ほんとの馬に乗った人間です。ほら、あそこ、つけてくる」

ブライエニーは鞍の上で身をひねった。すでにかなりの高さまで登っており、海岸ぞいの道を何キロもの彼方まで見わたせるようになっている。くだんの馬は、ブライエニーたちがきた道をたどってきていた。ここから四、五キロ後方だ。

（またか？）

ブライエニーは〈手器用《ニンブル》のディック〉に疑念の目を向けた。

「おいおい、そんな目で見んな。何者だか知らねえが、あんなやつ、〈手器用《ニンブル》のディック〉とはなんの関係もねえ。十中八九、戦《いくさ》から帰ってきたブルーン家のやつだろうぜ。でなきゃ、あちこちを旅してまわる吟遊詩人か」ディックは横を向き、つばを吐いた。「ただ、ピチャピチャじゃねえことだけはたしかだな。やつら、馬にゃ乗らねえからよ」

「だろうな」

とブライエニーはいった。すくなくとも、怪物のたぐいでないことはたしかだ。

そこから崖上までの三十メートルほどは、もっとも険しくて、もっとも危険な難所だった。石がごろごろしていて馬が足をとられやすいのだ。悪い足場を蹄が踏むたびに、はじかれた石が崖道をごろごろと転がり落ちていく。

岩の裂け目を通りぬけて、ようやく崖の上に出てみると、目の前には山城の城壁がそそりたっていた。そびえる胸壁からは、だれかがこちらを見おろしていたが、見あげたとたん、すぐに消えた。ブライエニーの目には女のように見えたので、〈手器用《ニンブル》のディック〉にそういってみた。

ディックはうなずいた。

「ブルーンも齢だからよ、城壁の上まではあがっちゃこねえ。せがれと孫どもは戦に出てる。残ってるのは女ばっかりさね。あとは洟《はな》たれの赤ん坊が二、三人」

ブルーン公が奉ずるのはどの王だ、という問いが口まで出かかったが、どの王につこうと、いまさら関係はない。ブルーンの息子たちはすでに出かけてしまったあとなのだ。なかにはもどってこない者もいるだろう。

(ここには泊めてもらえそうにないな)

老人と女子供ばかりの城は、武装したよそ者に門戸を開こうとはしないものだ。それでも、〈手器用《ニンブル》のディック〉に水を向けてみた。

「まるで、ブルーン公そのひとと知りあいのような口ぶりだな」

「知りあいだったかもしんねえぜ、むかしはよ」

ブライエニーはディックの胴衣《ダブレット》の胸に目をやった。とくに色が濃い部分があり、その周囲はぼろぼろで、ほつれた糸が飛びだしている。徽章をむしりとったあとだ。このディックという男、もしかすると脱走兵ではないだろうか。そして、馬でつけてきている男は、この男の追手ではないのか。

ディックがうながした。

「よう、馬を進めたほうがいいぜ――自分とこの城壁の下でなにしてやがんだとブルーンのやつが怪しみだす前にな。女だって、弩弓《クロスボウ》くれえ射れんだからよ」ディックはそういって、城の向こうに連なる石灰岩の丘と、木々におおわれた斜面を指さした。「こっから先は道がねえ。小川とけもの道があるきりだ。けど、怖がらなくたっていいぜ。このあたりのこたぁ、〈手器用《ニンブル》のディック〉がようく知ってっからな」

ブライエニーが恐れているのは、まさしくそれだった。絶壁の上には強風が吹いている。だが、嗅ぎとれるのは罠の匂いだけだ。

「つけてくる者はどうする？」

あの馬が波の上を歩けるのでないかぎり、尾行者は崖道をたどり、じきに追いついてくるだろう。

「いいじゃねえか、ほっときゃあよ。あれがメイドンプールからきたどこぞの馬の骨なら、崖道を見つけられっこねえ。見つけたら見つけたで、おれたちが森の中に入っちまったら、もう追っちゃこれねえよ。あとをつけようにも道がねえんだからな」

（しかし、蹄のあとは追ってこられるぞ）

むしろ、ここで剣を抜き、尾行者と対峙したほうがいいのではあるまいか。

（とはいえ、相手が吟遊詩人、もしくは帰ってきたブルーン公の息子だったなら、わたしはいい笑いものになる）

たしかに、ディックのいうとおりだった。

（あすになってもつけてきているとわかれば、そのときに対処すればいい）

「おまえのいうとおりにしよう」

ブライエニーはそういうと、馬首を森のほうに向けた。

ブルーン公の城が後方へ小さくなっていき、まもなく視界から消え去った。まわりには、どちらを向いても哨兵の木《センチネル・ツリー》と兵士松《ソルジャー・パイン》が連なっていて、緑の葉が密生した槍となり、天にそそりたっていた。森の地面には大量の松葉が散り敷いて、城壁の厚さほどあろうかという部厚い絨毯をなしている。その上にはいたるところに松毬《マツカサ》が散らばっていた。松葉の絨毯のおかげで、馬蹄はほとんど音をたてない。すこし雨が降り、しばらくしてやんでのち、また降りだした。だが、頭上の松の枝葉がさえぎってくれるので、雨滴があたることはほとんどなかった。

ただし、森に入ってからは、進みがぐんと遅くなった。緑の薄闇のなか、木々のあいだを蛇行しつつ、ブライエニーは牝馬を進めていく。ここでちょっとでも油断すれば、たちまち道に迷ってしまうことはまちがいない。どちらを向いても同じように見えた。よどんだ空気までもが一様に同じ灰色と緑色のようだ。松の枝々が腕を引っかき、ダスケンデールの町で塗ったばかりの楯を騒々しくこすりつづける。それを除けば音らしい音はせず、異様なほどの森の静けさは、時がたつにつれ、ますますブライエニーの神経を磨りへらした。

それは〈手器用《ニンブル》のディック〉も同様のようだった。その日遅く、夕闇が迫りだすころに、とうとうディックは耐えかねて歌を歌いだした。

「一頭の熊がいた、熊公、熊公、黒くて茶色、全身毛だらけ毛むくじゃら――」

ディックの歌声は、肌ざわりの悪いウールのズボンのように耳ざわりだった。だが、松の森は、風と雨を吸収するように、その歌声をもあっさりと吸収してしまった。ややあって、ディックは歌うのをやめた。

「ここ、気持ちが悪い」ポドリックがいった。「いやなところだ」

ブライエニーも同感だったが、それを認めるのは得策ではない。

「松の森は陰気なところだが、しょせんはただの森だ。恐れるようなものはなにもない」

「ピチャピチャは？　首だけで生きる人間は？」

「賢いおぼっちゃまだぜ」ディックが笑った。

ブライエニーはじろりとディックをにらんでから、ポドリックにいった。

「ピチャピチャなどというものはいない。首だけになって生きる人間もだ」

その後も、丘は起伏をくりかえした。いつしかブライエニーは、〈手器用《ニンブル》のディック〉が嘘をいっておらず、ここを通りぬけるすべを知っていますようにと祈っていた。もはや自力ではとうてい海にたどりつけないだろう。昼も夜も、空は鉛色の雲に閉ざされていて、太陽や星々をたよりに方向の見当をつけることもできない。

その晩は早々に野営した。丘を下った先で遭遇した、ぬらぬらと光る緑の沼のほとりでのことである。はじめのうちは、灰緑色の光のもとで見るかぎり、行く手にはたしかな地面があるように見えた。しかし、緑の一帯に入りこんだとたん、たちまち馬の脚全体がずぶりと沈んでしまったため、一行は苦労して馬首を返し、しっかりとした足場まで引き返す必要に迫られた。

「たいしたこっちゃねえ」ディックがなだめるようにいった。「いま降りてきた丘を登って、別のルートから降りりゃすむこった」

翌日も同じような状況がつづいた。薄暗い曇天のもと、こやみなく降りしきる雨のなか、底なし穴や洞窟や古い山塞址《さんさいあと》を迂回しながら——積み石の名残は、どれも苔むしていた——三人は延々と、松の木々と沼のあいだを進みつづけた。どの廃塞《はいさい》にもかならず逸話があり、廃墟に遭遇するたびに、〈手器用《ニンブル》のディック〉はそれを語って聞かせた。どうやらクラッククロー岬《ポイント》の者たちは、一帯の松の木々に、水でも撒くようにして、たがいの血をぶちまけあってきたらしい。ブライエニーはすっかりうんざりしてしまい、

「あとどのくらいだ？」と話をさえぎってたずねた。「もう、クラッククロー岬《ポイント》じゅうの松の木を見たんじゃないのか？」

「ま、だいたいはな」とディックは答えた。「もうじきだよ。見な、木々がすこしまばらになってきたろ。〈狭い海〉に近づいた証拠だ」

（この男が会わせてやると約束した道化《フール》とは、池に映ったわたしという愚者《フール》の鏡像なのかもしれないな）

ここまできた以上、いまさら引き返すのは無意味だろう。しかし、疲労がかなり蓄積していることは否定できなかった。鞍に乗りずくめで、太腿は鉄のように固くなっており、ここ数日は、毎晩、ポドリックが見張りに立ってくれる四時間ほどしか眠っていない状況だ。〈手器用《ニンブル》のディック〉が殺害行為におよぶとしたら、確実にこの地——自分が熟知しているこの森の中でだろう。あるいは、盗賊どもの寝ぐらに連れていくこともできる。そこには、例の本人と同じく、簡単に人を裏切る同類どもが巣食っているにちがいない。でなければ、尾行者が追いついてくるまで、同じところを堂々めぐりさせるつもりか。ブルーン公の城を

あとにして以来、尾行者がつけてくる気配はまったくなかったが、だからといってあの男が追跡をあきらめたとはかぎらない。

（もしそうなら、あの男を殺さなくてはなるまい）

ある晩、野営地を歩きまわりつつ、ブライエニーは自分にそう言い聞かせた。だが、人を殺すことを思うと気分が悪くなる。それが自分の弱いところだ。じっさい、ブライエニーに武術を教えた老指南役からは、ことあるごとに、戦いに臨む覚悟を問われた。

「こと腕力にかけては、姫はけっして男に劣りません」老師サー・グッドウィンに何度そういわれたことだろう。「しかしながら、姫はいかなる乙女にも劣らず繊細なお心をお持ちであられる。内郭《うちぐるわ》にて刃をつぶした剣で修業するのと、長さ三十センチの鋭い鋼を相手の腹に突きたて、その目から光が消えていくのを見るのは、まったく別物と思いなされ」

精神面を鍛えるため、サー・グッドウィンの指示で、ブライエニーはよく、父の食肉処理係が仔羊や仔豚を始末する場面に立ちあわされた。怯えた子供たちのように泣き叫ぶ仔豚、悲鳴をあげる仔羊――。処理がおわるころには、ブライエニーは涙でなにも見えなくなっており、衣類は血にまみれ、侍女に燃やさせなくてはならないありさまになっていた。だが、それだけではとうてい安心できなかったのだろう、サー・グッドウィンはいつもこのように諭《さと》した。

「仔豚は仔豚、人とはちがいます。わたしが姫と同い齢の従士時代に、屈強で敏捷で勇敢な友がおりました。内郭《うちぐるわ》での修業では、だれもかなう者がいない猛者で、わたしたちはみな、その友がいつの日か立派な騎士になるものと信じて疑わなかったものです。やがて飛《ステップ》び石《ストーンズ》諸島で戦乱が起こり、わたしはその友が合戦の場で敵にひざをつかせ、戦斧を手からたたき落とす場面をこの目で見ました。ところが、とどめを刺すべき段になって、友は一瞬、逡巡してしまった。戦《いくさ》においては、一瞬のためらいが命取りとなるのです。敵はすかさず短剣を抜いて、友の鎧の隙間から鋭い刃先を突きたてました。その結果、友の膂力《りょりょく》、友の敏捷さ、友の勇敢さ、つらい修業で身につけた剣技の数々が……そのすべてが……旅芝居よりも価値なきものになってしまいました。それもこれも、ほんの一瞬、殺すことを逡巡したがためにです。どうかそのことを肝に銘じておいてくだされ、姫」

（心がけます）松の森のなか、この場にはいない師の影に向かってブライエニーは約束した。ついで、岩の上に腰をおろし、剣をとりだして、刃を研ぎはじめた。（肝に銘じたうえで、その瞬間にためらうことのないよう、祈りを捧げます）

翌日も、前の日と同じく、雲に閉ざされた寒々しい夜明けが訪れた。朝陽が昇るところは見えなかったが、暗闇が薄れ、灰色になったことでそれとわかった。そろそろ鞍にまたがらねばならない時刻だ。〈手器用《ニンブル》のディック〉を先頭に、一行は丘を登り、松の森にもどった。ブライエニーはディックの背後にぴたりとついていくように努めた。ポドリックの汎用馬もすぐうしろからついてくる。

唐突に、行く手に城がそそりたった。いまのいままで、一行は深い森のただなかにいて、周囲には何キロも何十キロもつづく松の森だけが広がっていた。ところが——とある巨巌《きょがん》をまわりこんだとたん、行く手に森の切れ目が見えたのだ。一キロ半ほど先で、森がいきなり途切れていた。その向こうには、空と海……そして、荒れはてた古城が見えた。断崖の縁に建つにしては不自然に大きいその城は、まったく手入れされているようすがなく、いまにも倒壊してしまいそうなありさまだった。

「あれが〈呟《つぶや》く者たちの館〉だよ」〈手器用《ニンブル》のディック〉がいった。「ようく聞いてみな。首どものつぶやきが聞こえるだろ」

ポドリックがあんぐりと口をあけた。

「ほんとだ……聞こえる……」

ブライエニーにもその音が聞こえた。ごくかすかな、おだやかなつぶやきが、古城のほうからだけではなく、大地の下からも聞こえてくる。断崖に近づくにつれ、その音はますます大きくなっていった。ブライエニーはそこではっと気づいた。これは——海の音だ。寄せ波が断崖の下部を浸蝕して、大地の下に複雑な洞窟の迷路をうがち、そこに海水が流れこんでこの音を生みだしているのだ。

「首などないよ」ブライエニーはくりかえした。「おまえたちが聞いている〝つぶやき〟は波の音だ」

「波はつぶやかねえぜ。ありゃあ首の声だよ」

城はモルタルを使わない古い造りで、古びた積み石には同じ形のものがまったくなかった。城壁の裂け目には苔が部厚く生えている。城壁ごしに、木々の梢が見えていた。たいていの古城は〈神々の森〉を有するものだが、これもそのひとつかもしれない。一見するかぎり、〈呟く者たちの館〉には、これといって見るべきものがほかになかった。ブライエニーは、断崖の縁の、城壁が崩落した裂け目まで馬を進ませた。崩れた積み石の山の上には、有毒の真っ赤な蔦《ツタ》が生い茂っていた。ブライエニーは下馬して手綱を一本の木に結わえ、裂け目のできるだけそばまで歩みより、崖下を覗きこんだ。十五メートル下に、崩れ落ちた塔の残骸があり、砕け波に洗われていた。その手前、足もとの絶壁の下方には、大きな洞窟の入口がかろうじて見える。

「ありゃあ望楼《ぼうろう》の成れの果てだ」背後に歩みよってきて、〈手器用《ニンブル》のディック〉がいった。「落っこちたのは、おれがそこのポッズの半分くらいの齢のころだった。ちゃんと建ってたころは、望楼から岩壁の石段づたいに入江へ降りれるようになってたんだが、崖が崩れて、望楼もろとも石段も消えちまってよ。それ以来、密輸屋がこの入江に荷揚げすることはなくなったってわけさ。下の洞穴に小舟を漕ぎ入れられる時期もあったが、もうむりだ。ほら、な？」

そういって、ディックはブライエニーの背中に手をあて、反対の手で下を指さした。

ブライエニーの全身に鳥肌が立った。

（ここでひと押しされたら、あの塔までまっさかさまに落ちてしまう）

あとずさりながら、ブライエニーはいった。

「わたしに手を触れるな」

ディックはむっとした顔になった。

「おれはただ……」

「おまえがどう思ったかは関係ない。それより、城門はどこだ？」

「あっち側だよ」ディックはそこでためらい、妙におどおどした態度でいった。「あんたの探してる道化だけど、恨み深いやつじゃねえよな？　てのはよ、ゆんべ考えてたら、やっこさん、〈手器用《ニンブル》のディック〉のことを怒ってやしねえかと思えてきてよ。おれが売りつけた地図がインチキだったとか、密輸屋がここにゃこねえことを黙ってたとか、そういうことで怒ってたら、こいつぁやべえや」

「ここへの案内料として渡した金貨を差しだせば、その道化がおまえの助力に払った報酬の返金には充分だろう」とブライエニーはいった。もっとも、ドントス・ホラードが激昂して金を返せというとは思えない。「そもそも、その道化がここにいるとしての話だがな」

ブライエニーたちは城壁をまわりこんでいった。城壁は上から見ると三角形をなしていて、各々の頂点には四角い形の塔が配されていた。城門の厚板は腐りきっていた。両開きの扉の片方を引っぱってみると、板はあっさり割れ、湿った長い破片となって剝がれ落ち、扉板の半分がばらばらと崩れてきた。城門の内側には、これも緑色の薄闇が広がっていた。城壁内にはちょっとした森ができあがっていて、天守や郭《くるわ》を呑みこんでいたのだ。城門の内側には落とし格子があり、その鋭い先端はやわらかい泥土に深々と食いこんでいた。鉄はすっかり赤錆びていたが、揺すってみたところ、そう簡単にはあけられそうにないことがわかった。

「ずいぶん長いあいだ、この城門を通った者がいないのはたしかだな」

「おれが城壁を乗り越えましょうか？」ポドリックがいった。「崖側の、城壁が崩れて低くなってるとこなら簡単です」

「危険すぎる。あっちの石壁は崩れやすそうだし、あの赤い蔦は有毒だ。どこかに通用門があるにちがいない」

通用門は城の北側にあったが、大きなブラックベリーの茂みになかば隠れていて、見つけにくかった。ブラックベリーの実はみんな摘み取ってあり、通用門に入る道を作るために、茂み自体も半分がた伐採されていた。折れた枝を見たとたん、ブライエニーは妙な胸騒ぎをおぼえた。

「最近、だれかがここを通った」

「あんたの道化と娘たちだよ」ディックがいった。「な、いったとおりだろ」

（サンサか？）

とても信じられなかった。いくらワインびたりのドントス・ホラードといえど、サンサをこんな荒れ城に連れこまないだけの分別くらいあるはずだ。それに、廃墟のなにかが不安な気持ちをかきたてる。この城にスターク家の娘はいないだろう。しかし……それでも、中を覗いてたしかめてみないわけにはいかない。

（だれかがここにいるのはまちがいないんだ……それも、隠れていなくてはならないだれかが）

「よし、中に入ろう」ブライエニーはいった。「ディック、いっしょにこい。ポドリック、おまえは馬の見張りをしていろ」

「おれもいっしょにいきたい。おれ、従士です。戦えます」

「だから、残って馬の見張りをしてくれといっているんだ。周囲の森の中には賊がいるかもしれない。見張りもつけずに馬を残していって、なにかあったらどうする」

ポドリックは長靴《ちょうか》で石を蹴った。

「わかりました」

ブラックベリーの茂みを肩で押しのけ、錆びた鉄の環を引っぱる。通用門の扉は、すこしだけ抵抗してから、ガクンと開いたが、開くと同時に、蝶番がかんだかい悲鳴を響かせた。その音に、ブライエニーの首筋の毛は逆立った。さっと剣を引きぬく。鎖帷子《チェーン・メイル》と革鎧《ボイルド・レザー》を身につけてはいても、はだかでいるような気がした。

「どうした、ム・レディ」背後から〈手器用《ニンブル》のディック〉がうながした。「なにを待ってるんだよ？　怖がることたねえよ。サー・クラレンス・クラブは千年も前に死んだんだぜ」

じっさい、なにを待つ？　こんなことに怯えるなんてばかげているぞ、とブライエニーは自分に言い聞かせた。この〝つぶやき〟は海の音だ。城の下の洞窟網内で、波が押しよせるたびに響いては消え、際限なくくりかえされる反響だ。だが、それはたしかに、つぶやきにそっくりで、つかのま、首台にならぶいくつもの首がぼそぼそつぶやき、たがいにささやきあう光景が見えた気がした。

〝あの剣を使うべきだったな〟と首のひとつがいう。〝あの神剣を使うべきだったんだ〟

「ポドリック」ブライエニーは呼びかけた。「わたしの寝袋に、鞘に収めた剣がひとふり、入れてある。それを持ってきてくれ」

「わかりました、騎士さま。マイ・レディ。いますぐ」

少年は馬のもとへ駆けていった。

「剣だぁ？」〈手器用《ニンブル》のディック〉が耳のうしろを掻いた。「剣ならその手に持ってるじゃねえかよ。なんでもう一本いるんだ？」

「この剣はおまえが使え」

ブライエニーは手にした剣の柄を差しだした。

「ほんとか？」ディックはためらいがちに手を伸ばした。剣に嚙みつかれるのではないかと思っているようなようすだった。「疑り深い乙女が、ディックのだんなに剣をよこすのかい？」

「使いかたは知っているんだろうな」

「こう見えたって、クラブ家の一員だぜ」

ディックはブライエニーの手から長剣をひったくった。

「おれの中にゃ、いにしえのサー・クラレンスと同じ血が流れてんだ」そういって、びゅん、と剣をひとふりし、にっと笑った。「貴族を作るのは剣だっていうだろ」

ポドリック・ペインが〈誓約を果たすもの《オウスキーパー》〉を持ってもどってきた。子供でも抱くように、だいじそうにかかえている。獅子の頭がならぶ装飾的な鞘を見て、〈手器用《ニンブル》のディック〉が口笛を吹いた。が、ブライエニーが剣身を抜き、ひとふりしたとたん、ごくりとつばを呑みこんだ。

(空を切る音でさえ、並の剣よりも鋭い)

「こい」

ブライエニーはディックをうながし、戸口のアーチにぶつからないよう頭を低くしつつ、横向きに通用門の中へすべりこんだ。

内郭《うちぐるわ》は木々に埋めつくされていた。大手門は左のほうにある。そのそばの崩れた小屋は、厩舎の成れの果てかもしれない。乾ききった茶色い草葺《くさぶ》き屋根の半分ほどからは、干し草を貫いて苗が突きだしている。右に目を向けると、朽ちた木の階段が地下に通じていた。もとは地下牢か根菜類の貯蔵室だったところだろう。かつて天守だったものは崩れ落ちて瓦礫の山と化し、緑と紫の苔におおいつくされていた。地面は雑草と松葉だらけだ。内郭には多数の兵士《ソルジャー・パイン》松が自生して、しかつめらしく整列していたが……そのなかに一本だけ、異彩を放つ色の白い木があった。ウィアウッドの若木だった。その幹の色は修道院で暮らす乙女の肌のように白い。周囲に張りだした枝には、ダークレッドの葉がついている。ウィアアッドの向こう側には、城壁が崩れた部分を通して、空と海が見えていた。そして、木自体のすぐ向こうには……

……焚火の名残があった。

つぶやく者たちの声が執拗に耳をさいなむなかで、ブライエニーは焚火のそばに片ひざをついた。黒焦げになった薪の一本を手にとり、匂いを嗅いで灰をかきまわす。

(ゆうべ、だれかがここで暖をとったか……でなければ、通りかかった船に合図を送ろうとしたかだな)

「おーい」いきなり、〈手器用《ニンブル》のディック〉が城内に呼びかけた。「だれかいねえか?」

「静かにしろ」ブライエニーは制止した。

「だれか隠れてっかもしれねえだろ。姿を見せる前に、こっちのようすを見てえと思ってるかもしれねえじゃねえか」ディックは地下へ通じる階段に歩みより、暗闇の中を覗きこんで、ふたたび呼びかけた。「おーい。だれかいねえか?」

その瞬間——一本の苗木が揺れたかと思うと、茂みの中からひとりの男が飛びだしてきた。泥にまみれて、いままで地面に潜っていたかのようだ。手には折れた剣を持っている。だが、つかのま、ブライエニーの動きをとめさせたものは、その男の顔だった。小さな目と、横に大きくて平たい鼻——。

この鼻には見覚えがある。この目には見覚えがある。仲間たちからピッグと呼ばれていた男だ。

なにもかもが一瞬のできごとに思えた。ピッグにつづいて、こんどは井戸の縁を乗り越え、第二の男が這いあがってきた。濡れた落ち葉の山を乗り越える蛇のように、わずかな音さえたてない。頭には汚れた赤いシルクでくるんだ鉄の半球形兜《ハーフヘルム》をかぶり、片手に太短い投げ槍を持っている。これもまた見たことのある男だった。つづいて、ブライエニーの背後に立つウィアウッドの上で枝葉のこすれあう音がし、ダークレッドの葉のあいだから、ひょこんとひとつの頭が突きだされた。ウィアウッドの真下に立っていたディックは上を見あげ、男の顔を見るなり、

「こいつだ」とブライエニーに叫んだ。「あんたの道化」

「ディック」ブライエニーは切迫した声で呼んだ。「そばへこい」

耳ざわりな笑い声を響かせながら、ウィアウッドから飛びおりてきたのは、シャグウェルだった。〈血みどろ劇団〉のシャグウェルだ。道化の服を着てはいるが、すっかり色褪せて汚れきっているため、グレイやピンクはほとんどわからず、茶色一色のように見える。道化の棒を持っているべき手には、連接星球《モーニングスター》を——木の柄に鋭い棘つき鉄球三個を鎖でつないだ武器を持っていた。その武器を、シャグウェルは低く横に薙《な》いだ。ディックの片ひざが一瞬ではじけ、血飛沫《ちしぶき》と骨のかけらを飛び散らせた。

「ヒャハハ、こいつぁおもしれえ」

シャグウェルが愉快そうな声をあげた。ディックがたまらず横に倒れこむ。その拍子に、ブライエニーが与えた剣は手から飛び、雑草のあいだに消えた。地面に倒れたディックは、砕かれたひざをかかえ、悲鳴をあげてのたうちまわっている。

「ヒヒヒ、見ろよ」シャグウェルがいった。「この野郎、密輪屋のディックじゃねえかよ。おれたちにインチキ地図を売りつけやがって。わざわざこんなとこまで代金を返しにきたの

か？」

「た、たのむ」涙を流しながら、ディックは命からがらの声で訴えた。「やめてくれ、脚が……」

「痛むのか？　よしよし、いま、痛みをとめてやろうな」

「手を出すな！」ブライエニーはいった。

「やめてくれぇ！」

ディックは悲鳴をあげ、頭をかばおうと血まみれの両手をかかげた。シャグウェルは星球を頭の上で一回転させ、容赦なくディックの顔のまんなかにたたきこんだ。胸の悪くなる、グシャッという音が響いた。訪れた静寂のなか、ブライエニーに聞こえるのは、もはや自分の鼓動の音だけだ。

「おめぇもたいがい、ひでぇやつだぜ、シャグス」井戸から這い出てきた男がいった。これはティメオンだ。ティメオンはそこでブライエニーの顔に目をやり、笑いながらつづけた。「なんだぁ、またおめぇか、女？　おれたちを狩りにきたのか？　それとも、懐かしい顔が忘れらんねえってか？」

シャグウェルはモーニングスターをふりまわしつつ、左右の足でぴょんぴょん飛びはね、ティメオンにいった。

「その女はよぉ、おれに会いにきたんだぜ。毎晩、おれの夢を見てよ、股に指つっこんで、よがってやがったのさ。こいつぁおれがほしいんだ。このでけえ牝馬、愉快なシャグスさんに会いたくてしかたがなかったんだとよ。よしきた、さんざんケツの穴ぁ犯して、道化の種をたっぷり流しこんで、チビっこいおれを産ませてやろうじゃねえか」

「だったら、使う穴がちげえぜ、シャグスよう」

ティメオンがいった。ドーン特有の、母音を伸ばしたしゃべりかただった。

「そんじゃ、穴はぜんぶ使わねえとな。念のためによ」

シャグウェルが右に、ピッグが左にまわりこんでいく。ブライエニーは城壁にあいた穴のほうへ、崖っぷちへと追いこまれる形になった。

そこで、ブライエニーは思いだした。

(三人ぶんの料金――といっていたな)

「おまえたち、三人だけしかいないのだな」

ティメオンが肩をすくめた。

「ハレンホールを出たあと、みんなてんでにバラけちまってよ。アースウィックと子分どもは南のオールドタウンへ向かった。ロージは潮だまりの町《ソルトパンズ》から船で逃げるつもりだといってたな。おれとこのふたりはメイドンプールにいったんだが、どうにも船に近づけなくてよ」

ドーンの男は投げ槍を持ちあげた。「そういやあ、おまえ、ヴァーゴの耳を嚙みちぎったんだったな。野郎、あのあと耳が黒ずんで、膿まで出はじめたぜ。ロージとアースウィックはもう出かけようとしてたが、〈山羊《やぎ》〉のやつ、城を死守しろとうるさくてな。自分はハレンホールの城主だ、だれにもこの城はわたさんとぬかしやがる。ほれ、例の妙ちくりんな話し方でよ。おれたちはさっさと見切りをつけたんだが、風のうわさじゃあ、〈山羊〉の野郎、〈山《マウンテン》〉のやつにバラバラにされて死んだそうだぜ。きょうは片手、きょうは片足、てなぐあいに、すこしずつ、すっぱりと斬られてってよ。〈山〉のやつ、ごていねいに、斬ったところにゃ繃帯まで巻いて、ホウトを死なさねえようにしてたってえじゃねえか。最後にゃナニをチョン切るつもりだったらしいが、そこへ使い鴉《レイヴン》がきて、キングズ・ランディングに呼びだされてな。途中でとどめをさして、城を出発したってよ」

「わたしはおまえたちを探しにきたのではない。わたしが探しているのは……」もうすこしで、〝妹〟といいそうになった。「……道化だ」

「道化ならここにいるじゃねえか」

シャグウェルがうれしそうにいった。

「ほかの道化だ」反射的に、ブライエニーは真実を口走った。「求める道化はやんごとなき乙女をともなっている。ウィンターフェル城のスターク公の公女だ」

「だったら、おめえが探してんのは〈猟犬《ハウンド》〉ってこったな」ティメオンがいった。「まあ、あいつもここにゃいねえけどよ。いるのはおれたちだけだ」

「〈猟犬《ハウンド》〉？　サンダー・クレゲイン？　どういう意味だ？」

「スタークの娘っ子を連れてったのは、やつだからだよ。うわさじゃあ、リヴァーラン城へいこうとしてた娘っ子をかっさらったらしいや。あのどぐされの犬っころがよ」

（リヴァーラン城だと。リヴァーラン城へ向かおうとしていたのか。叔父たちを頼るつもり

だったんだな）

「どうして知った？」

「ベリックの一党に聞いたのさ。あの〈稲妻公〉も娘っ子を探してるそうな。トライデント河じゅうに手の者を送りだして、娘っ子を嗅ぎまわらせてるらしいぜ。ハレンホールを出たあとで、一党のうちの三人とばったり出くわしてよ、そのうちのひとりから聞きだしたんだ――そいつが死んじまう前にな」

「その男、嘘をついていたのかもしれないぞ」

「かもしれねえといいたいところだが、嘘じゃなかった。あとで聞いた話じゃ、〈猟犬《ハウンド》〉の野郎、〈十字路〉のそばの旅籠《はたご》で自分の兄貴の兵隊を三人ぶった斬ってるんだが、そのとき、娘っ子もひとり連れてたそうだからよ。ロージが旅籠の亭主をぶっ殺す前に聞きだした話だ。娼婦どもも同じことをいってた。この娼婦どもがまた、ブスばっかでよぉ。ま、おめえほどブスじゃねえがな、それにしたって……」

（この男、わたしの注意を引こうとしている）とブライエニーは気づいた。（話しつづけて気をそらそうとしている）

その間に、ピッグがじりじりと近づいてきていた。シャグウェルもぴょんと跳んで、一歩間合いを詰めた。必然的に、ブライエニーはあとずさる形になった。

（このまま近づけさせれば、崖から落ちてしまう）

「それ以上、近づくな」ブライエニーは警告した。

「おめえの鼻の孔ん中にナニを突っこんでやらあ、ねえちゃん」シャグウェルがいった。「おもしろそうだろ、え？」

「こいつのチンポはちっちぇえから、ほんとにやっちまうぜ」ティメオンがいった。「さあ、その上等な剣をおろしな。そうしたら、やさしくあつかってやるからよ、女。おれたちゃ、密輪屋に乗せてもらう金がいる——それだけなんだ」

「金を与えれば見逃してくれるとでもいう気か？」

「おうよ」ティメオンはにたりと笑った。「やるだけのことをやらせてもらやあな。一人前の娼婦なみの金は払ってやるぜ。一発につき、銀貨一枚。それがいやなら、金貨をもらって犯しまくったあと、〈山〉がヴァーゴにしたのと同じことをしてやる。どうだ？」

「こうだ」

いうなり、ブライエニーはピッグに突進した。

顔を護ろうとして、ピッグが折れた剣をかまえた。が、ブライエニーの狙いは顔ではない。腰より下めがけ、低めの斬撃を放つ。〈誓約を果たすもの《オウスキーパー》〉が革鎧を裂き、ウールと皮膚を斬り裂いて肉に食いこみ、ついには太腿を断ち斬った。片脚を切断されたピッグは、悲鳴をあげてのけぞった。その拍子に、持っていた折れ剣がブライエニーの鎖帷子にあたったが、傷がつくほどではない。ピッグがあおむけに倒れこむ。すかさず、のどに剣を突きたてた。そして、横にぐいとひねり、のどを完全にかっさばくや、さっと身をひねった。ティメオンの投げ槍が頬をかすめたのは、まさにその直後だった。

(逡巡しませんでした)血が頬を流れ落ちるのを感じながら、ブライエニーはそう思った。

(ごらんいただけましたか、サー・グッドウィン)

傷の痛みはまるで感じない。

「つぎはおまえだ」ブライエニーはティメオンにいった。ドーン人は第二の槍を取りだしている。こんどのはさっきのよりも短く、もっと太い。「投げてみろ」

「このつぎもかわして、飛びかかってこようって腹か？　ピッグみたいにぶっ殺されんのはごめんだぜ。女を殺《や》れ、シャグス」

「おまえが殺れよ！」シャグウェルが叫んだ。「この女がピッグにしたことを見ただろ？　こいつ、月のものがきてやがんだ。逆上《のぼ》せてやがる」

道化はブライエニーの背後にいる。ティメオンは正面だ。位置関係を変えようとしたが、どうやっても、かならずひとりにうしろへまわりこまれた。

「いいから、殺れ」ティメオンがいった。「殺したら、好きなだけ死体を犯せるぞ」

「けっ、おやさしいこって」

シャグウェルがモーニングスターをふりまわしだした。

(どちらかを選べ)ブライエニーは自分に言い聞かせた。(どちらかを選んで、迅速に始末しろ)

そのとき、どこからともなく石が飛来し、シャグウェルの頭に命中した。ブライエニーはためらわず、即座にティメオンめがけて襲いかかった。

ピッグの折れ剣よりもましとはいえ、ティメオンの得物《えもの》は短い投げ槍でしかない。それに対して、ブライエニーの得物はヴァリリア鋼の剣だ。両手に握った〈オウスキーパー〉が、まるで生きもののように動いた。これほど速く斬撃をふるえたことはない。剣が灰色の影と化している。突きだされた槍で肩を突かれつつ、ひとふりで片耳を斬り落とし、頬の半分を斬り裂き、槍のけら首を斬り落とした。ついで鎖帷子の隙間をつき、相手の腹に光さざめく剣身を突きたて、鍔元《つばもと》まで押しこんだ。

引き抜いた剣の樋《ひ》を真っ赤な血が流れ落ちていく。ティメオンがなおも戦いをあきらめず、ベルトをさぐって短剣を引き抜いたため、ブライエニーはその手をも斬り落とした。

(ジェイミーの痛み、思い知れ!)

「慈悲深い〈慈母〉にかけて」口から血の泡を吐き、手首から鮮血をほとばしらせながら、あえぎあえぎ、ドーン人はいった。「さっさとけりをつけろ。おれをドーンの大地に帰せ、この性悪のスベタ」

ブライエニーはいわれたとおりにした。

ふりかえると、シャグウェルが地面にひざをついていた。朦朧《もうろう》としたようすで、落としたモーニングスターを拾おうとしている。よろよろと立ちあがったとたん、つぎの石つぶてが耳に命中した。ポドリックだった。崩れた城壁の山の上で、赤い毒蔦のあいだに立ち、第三の石をかまえている。その体勢で、瓦礫の上から叫んだ。

「いったでしょ、おれも戦えるって!」

道化の格好をしたシャグウェルは、這って逃げながら、

「降参だ！」と叫んだ。「降参する！　気のいいシャグウェルを殺しちゃなんねえ。こんな剽軽者《ひょうきんもの》を殺すなんて、あんた、あんまりじゃねえか」

「おまえもほかの外道となんら変わるところはない。さんざん盗みを働き、女たちを犯し、殺しをくりかえした」

「やったとも、たしかにやった、やってねえとはいわねえさ……けどな、おれはおもしろいことができるだろ。ことばとしぐさで人《マン》を笑わせられる」

「女《ウーマン》は泣かしてもか」

「それもおれが悪いのかよ？　女にゃユーモアがわからねえだけじゃねえか」

ブライエニーは〈オウスキーパー〉を降ろし、

「墓穴を掘れ。そこだ。ウィアウッドの根元にだ」

「だって、鍬《くわ》がねえ」

といって、その場所を剣尖で指し示した。

「手が二本もあるだろう」

（ジェイミーに残された手よりも一本多いじゃないか）

「なんでわざわざ墓穴なんか掘らせるんだよ？　ほったらかしにして、鴉の餌にしちまやぁいいじゃねえか」

「ティメオンとピッグは鴉の餌でもいい。だが、〈手器用《ニンブル》のディック〉には墓に入る資格が

ある。あれはクラブ家の人間だった。ここはディックの眠るべき場所だ」

雨で地面はやわらかくなっていたが、とはいっても、人を埋葬できるだけの穴を掘るには時間がかかる。ようやく穴が掘りあがるころには、とっぷりと日も暮れて、シャグウェルの手は血まみれになり、ひどく腫れあがっていた。ブライエニーは〈オウスキーパー〉を鞘に収めると、ディック・クラブの死体を抱きあげ、墓穴まで運んできた。顔面は見るも無惨なありさまになっていた。その顔に向かって、ブライエニーは語りかけた。

「おまえを信じなかったことを申しわけなく思う。いまとなっては、いかんともしがたいが……」

死体を穴の底に横たえようとして、両ひざをつく。そうしながら、心の中で思った。

(道化が襲ってくるとしたら、こうして背中を向けているいましかない)

はたせるかな、シャグウェルのきれぎれの息が一瞬だけ聞こえた、ほぼ同時にポドリックが警告の叫びをあげた。ふりかえると、シャグウェルは片手に先端の鋭い大石を握りしめていた。ブライエニーはすばやく、袖に忍ばせておいた短剣を抜いた。

短剣と石とでは、十中八九、短剣が勝つ。

相手の手にある石をはたき落とし、鋼の柄を腹にたたきこんだ。そして、歯をむきだし、シャグウェルにいった。

「笑え」

シャグウェルはただ、うめいただけだった。

「笑え」

ブライエニーはくりかえし、片手でシャグウェルののどをぐいぐいと絞めあげつつ、腹に短剣の剣尖を突きたてた。

「笑わぬか！」

何度も何度も、執拗にそのことばをくりかえした。やがて短剣を握る手が手首まで真っ赤に染まり、死にゆく道化の放つ悪臭で息が詰まりそうになった。それでもシャグウェルは、ついに笑うことがなかった。ずっと聞こえていたすすり泣きの声は、自分自身のものだった。それに気がついて、ブライエニーは短剣を投げ捨て、身ぶるいした。

ポドリックの手を借りて、〈手器用《ニンブル》のディック〉を墓穴の底へと横たえる。安置がおわるころには月が昇っていた。ブライエニーは手の土を払い、二枚のドラゴン金貨を墓穴に投げいれた。

ポッドがたずねた。

「どうしてそんなことをするんです、マイ・レディ？　騎士さま？」

「道化を見つけたら支払う、と約束したからさ」

唐突に、背後で笑い声が響いた。〈オウスキーパー〉を鞘走らせつつ、瞬時にふりむく。また〈血みどろ劇団〉の一味かと思ったが……そこにいたのはサー・ハイル・ハントだった。崩れた城壁の上で、脚を組んですわっている。

「地獄に淫売宿でもあれば、そこのクズもあんたに感謝するだろうな」瓦礫の上から騎士がいった。「でなければ、まっとうな金貨の無駄遣いにおわるだけだ」

「わたしは約束をまもる。それより――こんなところでなにをしている？」

「ランディル公にあんたのあとをつけろと命じられてな。万一あんたがサンサ・スタークを見つけでもしたら、メイドンプールへ連れてこいとさ。なあに、恐れることはない、あんたには危害を加えるなとも命じられている」

ブライエニーは鼻を鳴らした。

「そもそも、危害を加えられるものならばな」

「で、これからどうするんだい、マイ・レディ？」

「亡骸《なきがら》に土をかける」

「娘のことだよ。レディ・サンサのことだ」

ブライエニーはしばし考えた。

「ティメオンのいったことがほんとうなら、サンサはリヴァーラン城に向かっていた。途中のどこかで〈猟犬《ハウンド》〉にさらわれたらしい。あいつを見つけたら……」

「……死ぬだろうな。あんたがだ」

「逆に、こちらが殺すかだ」ブライエニーは頑《かたく》なな口調でいった。「ところで……気の毒なディック・クラブを埋めるのを手伝ってくれないか？」

「これほどの美人の頼みを断われる騎士がどこにいる？」

そういって、サー・ハイルは城壁から降りてきた。それからは三人で、ディックの亡骸に土をかぶせた。そのあいだに、月はいっそう高く昇り、深い地の底では、忘れられた王たちの首が秘密をつぶやきつづけていた。

21 女王擁立者《クイーンメーカー》

ドーンの灼熱の太陽のもとでは、水は黄金にさえ劣らない価値を持つ。そのため、井戸という井戸には厳重な警護がつくのがふつうだ。だが、シャンディストーンの井戸は百年前に涸れはててしまった。井戸守《も》りたちが縦溝の柱と三重のアーチで囲われた井戸番所を捨て、もっと地下水の豊富な場所に去ってからというもの、かつての領土を取りもどすべく、井戸まわりには徐々に砂が侵蝕しつつある。

公女《プリンセス》アリアン・マーテルがドレイとシルヴァをともなってここへ到着したのは、陽が沈むまぎわのことだった。西には荘厳な金色と紫色のタペストリーが連なり、夕雲はみな真紅に燃えたっている。その夕映えを受けて、廃墟と化した井戸は燃えるように赤い。倒れた柱はピンクに染まり、ひび割れた石の床には赤い影が忍びよっていく。暮色が深まるにつれて、砂自体が帯びる色も徐々に移り変わりつつあった。金色からオレンジ色へ、さらには紫色へ——。

先着組のガリンがここへ到着したのは数時間前で、〈暗黒星《ダークスター》〉と呼ばれる騎士が到着したのは昨日のことだった。

「ここは美しいところですね」ガリンを手伝って馬に水をやりながら、ドレイがアリアンにいった。水ははるばる携行してきたものだ。ドーンの砂馬は走らせれば速く、疲れを知らず、へばるまで何キロでも動きつづけるが、その砂馬といえども、水なしで動くことはできない。

「どうやってこんなところをお知りになったのです？」

「叔父が連れてきてくれたのよ。タイエニーとスラレアもいっしょだったわね」あのころのことを思いだすと、ひとりでに笑みがこぼれてしまう。「叔父は毒蛇を何匹かつかまえて、毒牙から毒を絞りだすもっとも安全な方法をタイエニーに教えていたわ。スラレアはそこらじゅうの岩をひっくり返して、床のモザイク画の砂を払っては、ここに住んでいた者たちのことを知ろうとしていたものよ」

〈斑入り《スポッテッド》のシルヴァ〉がたずねた。

「そのとき、プリンセスはどうなさっておられました？」

（わたしはこの井戸のそばにすわって、悪い騎士にかどわかされてきた自分を——これから好き勝手にされる自分を夢想していたわ）とアリアンは思った。（その悪い騎士には、黒い目とV字形の生えぎわがあって……）

あのときの叔父の姿を思うと、胸がせつなくなる。

「わたしは夢見ていたの」とアリアンは答えた。「夕陽が沈むころには、叔父のひざの上にあぐらをかいて、お話をせがんだものよ」

「公弟《プリンス》オベリンはたくさんお話をごぞんじでいらっしゃいましたからね」ガリンがいった。

あの日、ガリンもいっしょにここへきていたのである。ガリンはアリアンの乳兄弟で、歩きかたも憶えないうちから仲がよく、いつもいっしょにいる間柄だった。「あのときプリンス・ガリンの話をなさったことをよく憶えていますよ。わたしの名前の由来になったあの方の話を」

「〈偉大なるガリン〉のことですね」ドレイがいった。「ロイン人の驚異といわれた」

「そのガリンよ。ヴァリリアを震撼させた人物」

こんどは〈暗黒星〉こと、サー・ジェラルドがいった。

「震撼させるあまり殺されてしまったわけですな。二十五万もの人間を死にいたらしめれば、わたしとて〈偉大なるジェラルド〉と呼ばれるのでしょうか」鼻を鳴らした。「それよりは〈暗黒星〉のままでいたほうがよい。すくなくとも、それはわたし独自の異名ですゆえ」

サー・ジェラルドはそういって長剣を引きぬき、涸れ井戸の縁に腰をおろすと、油砥石で刃を研ぎはじめた。

アリアンは用心深い目で騎士を見つめた。

（この男は高貴の生まれ——わが夫に迎えても、なんら恥じるにはあたらない。父はわたしの良識を疑うだろうけれど、わたしたちが結婚すれば、ドラゴン一族の貴人のように美しい子供が生まれるでしょう）

ドーンにもっとハンサムな男がいるとしても、アリアンは知らない。サー・ジェラルド・デインはわし鼻の男で、高い頬骨と、力強い顎を持つ。髭はきれいに剃ってあるが、ふさふさした髪は銀色の氷河となって襟にたれかかっている。その銀髪に、漆黒の黒髪がひとすじ。

（けれど、口の形は残酷そう。その口から出ることばは、もっと残酷）

沈みゆく夕陽のもと、黒いシルエットとなって刃を研ぐ〈暗黒星〉は、その双眸《そうぼう》まで黒く見えるが、間近に覗きこんだことがあるアリアンは、じつは紫色であることを知っている。

（それも、暗紫色――暗い怒りを秘めた色）

自分を見つめるアリアンの視線を感じとったのか、サー・ジェラルドは剣から顔をあげ、アリアンと視線をからませて、にっと笑った。その視線には熱い想いがこめられていた。

（この男を呼ぶべきではなかったわ。アリスがきたあとでこんな視線を送ってこられたら、砂漠が鮮血を吸うことになるもの）

それがどちらの血かはわからない。伝統的に、〈王の楯《キングズガード》〉には、七王国全体でも傑出した騎士しか入れないが……〈暗黒星〉の異名もだててではない。

ドーンの夜は、砂漠ではとくに冷えこむのが早い。ガリンはすでに薪を集めていた。百年前に水が涸れて枯死した木々の、太陽に照りつけられて白くさらされた枝だった。ドレイが口笛を吹きながら火打ち石を打ち合わせ、その薪で火を熾《おこ》した。

火が燃えあがると、一行は焚火のまわりにすわり、サマーワインの革袋をまわし飲みしたが……〈暗黒星〉だけは例外だった。この男は甘みをつけていないレモン水を好むからだ。ほどなく、輿に乗ったガリンが、グリーンブラッド川の川口に面するプランキー・タウンで仕入れてきたうわさ話を披露し、みなを楽しませた。あの町には、〈狭い海〉を越えてくるカラック船、コグ船、ガレー船との交易を目的に、川沿いの〈孤児〉らが集まってくるため、情報が集まりやすいのである。船乗りたちの話が信用できるなら、海を越えた東方の地では、さまざまな驚異と恐怖が続発していた。アスタポアでは奴隷の反乱が勃発し、クァースには ドラゴンが出現、イ・ティには灰鱗病が発生。バジリスク諸島には新たに海賊王が誕生して、高木の町《トール・ツリーズ・タウン》を略奪したという。クォホールでは、紅《あか》の祭司に煽動された信徒たちが暴動を起こし、〈黒き山羊《ブラック・ゴート》〉の神殿を焼き討ちしようとしたらしい。

「それから、〈黄金兵団《ゴールデン・カンパニー》〉がミアとの契約を破棄したとのことです。それも、ミア人がライスと戦端を開こうとしていたまぎわになって」

「ライス人に買収されたのね」シルヴァがいった。

「ライス人は賢い」これはドレイだ。「賢いが臆病だ。いかにもライス人らしいことだな」

真実がそうではないことをアリアンは知っている。

（クェンティンが〈黄金兵団〉を雇ったのであれば……）

〝金箔を張りし鋼の剣〟が〈黄金兵団〉の鬨《とき》の声だ。

（でも、鋼の剣だけでは足りないわ、弟よ――わたしを排除しようともくろむのならね）

アリアンはドーンじゅうで愛されている。かたや弟クェンティンは、まったくの無名だ。どれほど強力な傭兵部隊を雇おうとも、その事実を変えることはできない。

サー・ジェラルドが立ちあがった。

「ちょっと小便をしてくる」

「足もとにお気をつけを」ドレイが警告した。「プリンス・オベリンが毒取りのために一帯の毒蛇を根こそぎにしてから、だいぶたっていますので」

「蛇毒にはからだを慣らしてあるさ、ドールト。どんな毒蛇であれ、おれに咬みついたことを悔やむだけだ」

サー・ジェラルドは壊れたアーチの陰に消えた。

〈暗黒星〉の姿が見えなくなると、プリンセス以外の者たちは顔を見交わしあった。

「暴言、なにとぞおゆるしを、プリンセス」ガリンが静かな声でいった。「しかし、わたしはどうしてもあの男が好きになれません」

「それは気の毒に」ドレイが冷やかすようにいった。「おれの見るところ、あの男、おまえに気があるようだぞ」

「あの者は必要よ」アリアンは釘を刺した。「いずれあの剣の腕が必要になるかもしれない。すくなくとも、〈暗黒星〉の城が必要になることはたしか」

「孤高の隠遁城《ハイ・ハーミテイツジ》ばかりがドーンの城ではありませんよ」〈斑入《ふい》りのシルヴァ〉が指摘した。

「それに、プリンセスにぞっこんの騎士なら、ほかにいくらでも。このドレイも騎士ですし」

「そのとおりです」ドレイこと、サー・アンドレイ・ドールトがうなずいた。「わたしには駿馬と鋭剣があり、勇気で引けをとるのはただひとり……いや、正確には、何人かと申しておきましょう」

「何百人かのまちがいじゃないのかい」ガリンが混ぜっ返した。

アリアンは両者を勝手にじゃれさせておくことにした。ドレイと〈斑入りのシルヴァ〉は、従姉妹のタイエニーを除けばもっとも気の置けない友人であり、ガリンとはともにその母の乳を飲んだころからふざけあう間柄だ。だが、いまは浮わついた気分ではない。陽は完全に沈み、夜空は星で埋めつくされている。

（なんとたくさんの星々――）縦溝を切った柱にもたれかかって、弟のことを想う。どこにいるか知らないが、いまごろ弟も、今夜のこの星空を見あげているのだろうか。（あの白い星が見える、クェンティン？　明るく輝くあれは、〈ナイメリアの星〉。その背後に広がるうっすらと白い幕は、一万隻の船。ナイメリアはどんな男にも負けず明るく輝く。わたしもああなってみせよう。わたしの生得の権利を、けっしておまえなどに奪わせはしないわ！）

アイアンウッド公のもとへ送られたとき、クェンティンはまだ幼かった。母にいわせれば、幼すぎた。ノーヴォスには子供を里子に出す風習はない。それゆえ、ノーヴォス人である母レディ・メラリオは、愛する息子を自分の手の届かない場所へ送りだしたことで、けっして大公《プリンス》ドーランをゆるそうとせず、いまだに実家へ帰ったままだ。

「わしとて、おまえ以上にあれを手放したくはない」アリアンはある晩、父が母にそういうのを聞いたことがある。「だが、血の負債というものがある。オーモンド・アイアンウッド公がその返済として受けとる貨幣は、唯一、クェンティンだけなのだ」

「貨幣ですって？」母は悲鳴にちかい声をあげた。「あの子はあなたの息子なのよ。どこの世界に、みずからの血肉を分けた子供を負債の返済に使う父親がいるものですか！」

「大公《プリンス》たる父親だ」

それがドーラン・マーテルの答えだった。

プリンス・ドーランは、いまもなおクェンティンがアイアンウッド公のもとにいるふりを装っているが、商人に身をやつした弟の姿は、じつはガリンの母によって目撃されている。クェンティンの連れのひとりは、現領主であるアンダーズ・アイアンウッド公の粗暴な息子、クレタス・アイアンウッドにそっくりの、斜視の男だったという。そして、クェンティンの一行は学匠《メイスター》をともなっていた。それも、各種の言語に堪能なメイスターをだ。

（弟は自分で思っているほど賢くはない。切れ者であれば、たとえ船旅が長くなるにせよ、東の大陸へ出航するには、オールドタウンを出発地に選んだはず。オールドタウンでなら、だれにも見とがめられはしないのだもの）

プランキー・タウンの〈孤児〉には、アリアンの友人がおおぜいいる。そのうち何人かは、大公《プリンス》の子息と大貴族の子息とが偽名で旅をし、〈狭い海〉越えの船を探している理由に興味を持った。そして、ある晩、ひとりが旅籠《はたご》の窓から忍びこみ、クェンティンの小金庫の鍵をこじあけたところ、なかにいくつかの巻物が収められているのを発見したのだった。

その内容さえ確認できていれば、隠密裡に〈狭い海〉を越えていくのが、クェンティンの――クェンティンだけの――意志によるものかどうかをも含めて、もっとくわしくわかっただろう。しかし、金庫にあった羊皮紙の巻物は、ドーンの〝太陽と槍〟の紋章で封じられており、忍びこんだ者、つまりガリンの従兄弟には、その封を破るだけの勇気がなかったのである。

「——プリンセス」声がいった。

ふりむくと、サー・ジェラルド・ディンがもどってきていた。なかば星明かりに照らされ、なかば影に隠れた状態で、背後に立っている。

アリアンはいたずらっぽい口調でたずねた。

「小用はどうしたの？」

「砂が喜んで吸ってくれましたよ」サー・ジェラルドは倒れた彫像の頭に足をかけた。砂で顔を削りとられる以前、これは〈乙女〉の彫像だったらしい。「小便をしている最中にふと思ったのですが……プリンセスのこの計画、ご期待どおりの成果はあげんでしょうな」

「わたしが期待している成果とは？」

「〈砂蛇《サンド・スネーク》〉たちの解放です。オベリンとエリアの敵《かたき》を取ることとです。ちがいますか？　プリンセスは獅子の血を少々流すことを欲しておられるのでしょう」

(それもだけれど、わが生得の権利もだわ。わたしが欲するのは、サンスピア宮と父の公座。わたしはドーンがほしいのよ)

「わたしが欲するのは正義だけれど？」

「なんとでも好きに呼ばれるがよろしい。いずれにせよ、ラニスターの娘に戴冠させようとしてもむだなことです。あの娘が〈鉄の玉座〉にすわることは絶対にありえません。また、プリンセスが望む戦《いくさ》が起こることもありますまい――獅子どもがそう簡単に挑発に乗る相手とは思われぬことです」

「まず、獅子の子は死んだわ。残った子のうち、牝獅子がどの子を好むか、だれにわかって？」

「自分の巣にいる子でしょう」サー・ジェラルドは剣を抜いた。星明かりを浴びて、おそろしく鋭利な刃がきらりと光った。「戦をはじめたければ、これにものをいわせるしかない。黄金の冠ではなく、鋼の剣に頼るのです」

（子供殺しになるつもりはないわ）

「その物騒なものをおしまいなさい。ミアセラはわたしの庇護下にあるのよ。それに、サー・アリス・オークハートが断じてだいじな王女に危害を加えさせはしないでしょう。それはあなたにもわかっているのではなくて？」

「いいえ、さっぱりわかりませんな、マイ・レディ。わたしにわかっているのは、われわれデイン家の者が、何千年もの長きにわたって、オークハート家の者どもを殺してきたという事実だけです」

サー・ジェラルドのうぬぼれに、アリアンは嘆息した。

「わたしには、むしろオークハート家の者が、何千年もの長きにわたって、デイン家の者を殺してきたように思えるのだけれどね」

「なんにせよ、一族にはそれぞれの伝統があるということです」〈暗黒星〉は剣を収めた。

「月が昇ってゆく。プリンセスの待ち人がこられたようだ」

さすがに〈暗黒星〉は目が鋭い。葦毛の乗用馬にまたがり、颯爽と白マントをなびかせて砂漠を駆けてくる馬上の人は、たしかにサー・アリスだった。ミアセラ王女は後部の添え鞍に乗り、ローブのフードを引きかぶって、黄金の巻毛を隠している。

サー・アリスの手を借りて、ミアセラが鞍上から降りると、さっそくドレイが進み出て、そのまえに片ひざをついた。

「陛下」

〈斑《ふ》入《い》りのシルヴァ〉もドレイのとなりにひざまずく。

「わが君」

ガリンも両のひざをついた。

「女王さま、わたくしは陛下の下僕《しもべ》でございます」

すっかりとまどったようすで、ミアセラはアリス・オークハートの腕をつかみ、

「このひとたち、どうしてわたしを陛下と呼ぶの？」と、不安そうな声でたずねた。「サー・アリス、ここはどこ？　このひとたちはだれ？」

（サー・アリスはなにも教えていないの？）

アリアンはシルクを翻して進み出ると、王女に向かってにこやかにほほえみかけた。

「この者たちは、二心なきわが忠実な友人たち……そして、あなたさまのご友人にもなる者たちです、陛下」

「プリンセス・アリアン？」王女はプリンセスに抱きついてきた。「このひとたちは、なぜ

わたしを女王と呼ぶの？　トメンの身になにかよくないことでも？」

「あの方は悪しき者どもに籠絡《ろうらく》されてしまわれたのですよ、陛下」とアリアンはいった。

「その悪しき者どもがトメンさまをけしかけて、陛下の〈玉座〉を奪わせたのです」

「わたしの〈玉座〉？　それは〈鉄の玉座〉のこと？」王女はますます混乱したようだった。

「〈玉座〉は奪われたわけではありません。トメンは……」

「……あなたさまよりも年下。そうでしょう？」

「一歳年下です」

「ということは、正当な〈鉄の玉座〉の継承者はあなたさまということになります。弟君はまだお小さいゆえ、お責めになってはなりません。悪いのは弟君の顧問たちです。けれど、どうぞご安心を。あなたさまには友人たちがいます。その友人たちを紹介させていただいてよろしいかしら？」アリアンは小さな姫の手をとった。「陛下、この者はサー・アンドレイ・ドールト――レモンウッド城の跡継ぎです」

「友人たちにはドレイと呼ばれております。陛下にもそのようにお呼びいただけましたら、このうえなく幸甚にぞんじます」

ドレイは誠実な顔と気さくな笑みの持ち主だが、それでもミアセラは用心深い目を騎士に向けた。

「どういう方かわかるまでは、ただ騎士さまとお呼びせねばなりません」

「なんとでも、陛下のお好きなようにお呼びくださいませ。わたくしは陛下の下僕《しもべ》でございます」

シルヴァが咳ばらいをした。それにせきたてられるようにして、アリアンはいった。

「つぎに、レディ・シルヴァ・サンタガーをお引き合わせしてもよろしいでしょうか、女王陛下？　この者は、わたくしのもっとも気の置けぬ友、〈斑入《スポッテッド》りのシルヴァ〉と申します」

「どうしてそのような呼び名が？」ミアセラはたずねた。

「この雀斑《そばかす》のせいでございます、陛下」シルヴァが答えた。「もっともみなは、わたくしが斑の森城《スポッツウッド》の跡継ぎだからというふりを装っておりますが」

つぎはガリンの番だった。手足の部分がゆったりとした服を着て、色は浅黒く、鼻は長く、片耳に翡翠《ひすい》の耳飾り《スタッド》をつけた男だ。

「この者は陽気なガリン。〈孤児〉のひとりで、いつもわたくしを笑わせてくれる男です」とアリアンは紹介した。「この者の母はわたくしの乳母でもありました」

ミアセラがいった。

「おかあさまは亡くなられたのですね。お気の毒に」

「いえいえ、死んではおりません、おやさしい女王さま」ガリンはそういって、黄金の歯をきらめかせ、にっこり笑った。これはアリアンがうっかり折ってしまったさいに買い与えた歯だ。「アリアンさまが〈孤児〉とおっしゃるのは、〈グリーンブラッド川の孤児〉という意味でございます」

ミアセラには、川を遡航してくる船の中で〈孤児〉たちの歴史を学ぶ充分な時間があったはずだ。これで納得してくれたものと判断して、アリアンは女王になるべき姫の手を引き、自分のささやかな陰謀団の、最後の一員の前に導いた。

「つぎにお引き合わせするのは、順番こそ最後でも、勇敢さにかけては一番の人物。サー・ジェラルド・ディン――孤高の隠遁城《ハイ・ハーミテイツジ》の騎士です」

サー・ジェラルドは片ひざをついた。黒い目に月光を反射させながら、冷徹にミアセラを値踏みしている。

「かつてアーサー・ディンという人物がいましたね」ミアセラはいった。「狂王エイリスの治世に〈王の楯《キングズガード》〉の騎士を務めていた人物です」

「〈暁の剣《つるぎ》〉の異名をとりました。もう亡くなりましたが」

「いまはあなたが〈暁の剣〉?」

「いえ。人はわたしを〈暗黒星〉と呼びます。夜がわたしの属性でありますれば」

アリアンはサー・ジェラルドの前から姫を引き離した。

「さぞおなかがおすきになったでしょう。棗椰子《ナツメヤシ》とチーズとオリーブを用意してあります。飲みものは甘いレモン水をどうぞ。もっとも、あまりたくさん飲食をなさってはいけません。しばしの休憩ののちに、馬に乗って出発しなければなりませんからね。この砂漠地帯では、空に朝陽が昇る前、夜のうちに旅するのがいちばんよいのです。そのほうが馬にもやさしいですし」

「乗り手にも、でございますよ」〈斑入りのシルヴァ〉がいった。「ささ、こっちへおいでなさいまし、陛下、焚火でおからだを暖められて。給仕をさせていただければ光栄にぞんじます」

シルヴァが姫を焚火のもとへ連れていくのを、アリアンはじっと見まもった。気がつくと、背後にサー・ジェラルドが立っていた。

「〈黎明の時代〉よりこのかた、わが一族は一万年の歴史を持つというのに――」不満げな声だった。「人の記憶にあるディンが、ただひとり、わが従兄だけだというのは、どうしてなのでしょうな」

「彼が偉大な騎士だったからだ」

横から、サー・アリス・オークハートがいった。

「たしかに、偉大な剣を持ってはいたがな」

〈暗黒星〉は答えた。

「偉大な心もお持ちだった」

そこで、サー・アリスはアリアンの腕をとった。

「ところで、プリンセス、少々お耳に入れたいことが」

「では、こちらへ」

アリアンは廃墟の奥へとサー・アリスを導いていった。

「……あの子にはどこまで話してあるの？」

「ほとんどなにも。キングズ・ランディングを出発するまぎわ、王女さまの叔父上どのに、ミアセラさまをしっかりお護り申しあげよ、王女さまになんらかの指示をするときは、その身の安全を第一に考えよと命じられてきましたので。もっとも、路上で復讐を求める民草《たみくさ》の叫びは王女さまも耳にしておられますから、これがゲームなどでないことはご承知の上です。王女さまは勇敢であられるばかりか、あのお齢とは思えぬほど利発なお方。わたしのお願いには、ひとことも問い返すことなく、したがってくださいました」ここで、サー・アリスはアリアンの腕を取ると、周囲を見まわして、声をひそめた。「じつは、お耳に入れなくてはならないお知らせがあります。タイウィン・ラニスターが亡くなりました」

アリアンは愕然とした。

「――亡くなった？」

「〈小鬼《インプ》〉に殺された由。摂政位には太后陛下がつかれました」

「太后が？」

（女が〈鉄の玉座〉に？）

アリアンはしばらく得失を検討し、これはかえって好都合だと結論した。七王国じゅうの諸公がクイーン・サーセイの統治に慣れてくれたなら、クイーン・ミアセラにひざを屈するにも抵抗がなくなろうというものだ。それに、タイウィン公はきわめて危険な大敵だった。あの男がいなくなれば、ドーンの敵はうんと弱体化する。

（ラニスターの者がラニスターの者を殺してくれるとは。なんと好都合な）

「こびとはどうなりました？」

「逃亡しました」サー・アリスは答えた。「サーセイ陛下は、〈小鬼《インプ》〉の首を持ってきさえすれば、だれであろうと貴族に取り立てる旨、布令を出しておられます」流砂によって、なかばうずもれたタイル張りの中庭で、サー・アリスはそういいながら、アリアンを柱に押しつけ、キスをした。その手が上に伸びてきて胸をまさぐりだす。延々と、情熱的にキスをしつづけ、とうとうスカートをめくりあげようとしかけた。アリアンは笑いながら、サー・アリスの腕をすりぬけた。

「女王擁立計画で興奮していらっしゃるようね。でも、いまはこんなことをしている時間はないの。あとで、きっとね。約束しましょう」サー・アリスの頰をなでた。「出てくるとき、なにか問題はありました？」

「トリスタンさまだけが、すこし。ミアセラさまのベッドぎわに居残られて、サイヴァスをするのだとだだをこねられました」

「だから、赤疹ではだめといったでしょう、あの子は四歳のとき、赤疹にかかっているのよ。一度かかったら、あれは二度とかからないもの。ミアセラさまは灰鱗病にかかった、というべきだったわね。そうすれば、あの子も近づかなかったでしょうに」

「トリスタンさまはそうかもしれませんが。しかし、お父上のメイスターとなると、そうはいきません」

「キャリオットね。あの者はミアセラさまに会おうとしましたか？」

「お顔に赤い発疹が出たと伝えてからは一度も。症状が出つくして病気がひとりでに収まるまで、なにもできることはないといって、痒みどめ軟膏の壺をくれました」

十歳未満の子供のうちは赤疹が出ても死ぬことはない。が、おとなになってからかかると命にかかわる場合がある。アリアンはメイスター・キャリオットが子供時代に赤疹をやっていないことを知っていた。自分が八歳で赤疹にかかったとき、だれかからそう聞かされたのだ。

「そう、それはよかった。では、侍女は？　身代わりとして通用しそう？」

「遠目ならば。〈小鬼《インプ》〉はこんなときのために、何人もの高貴な生まれの娘のなかからあの侍女を選びだしたのです。侍女の髪をカールさせ、顔に赤い発疹を描くのは、ミアセラさまご自身が手伝われました。遠縁ですから顔形も似ていなくはありません。ラニスポートには、ラニス家、ラネット家、ランテル家、傍流のラニスター家などがあって、その成員の半数は金髪です。ミアセラさまの寝間着を着て、メイスターの軟膏を顔じゅうに塗っていますから……薄明かりのもとでなら、わたしでもだまされたかもしれません。もっとむずかしかったのは、わたしの身代わりを見つけることでした。ディクは背丈だけならばわたしとほぼ同じですが、かなり太めですので、ロルダーにわたしの甲冑を着させ、面頬《めんぽお》をつねに閉じておくよう指示してきました。背丈はわたしより八センチ低いですが、たぶん、となりに並ばねば、わたしではないと見破られないと思います。なにがあろうとも、ミアセラさまの部屋に待機している手はずですし」

「稼がなくてはならない時間は二、三日だけ。それだけあれば、父の手のおよばないところまで王女さまをお連れできるでしょう」

「それはどこです？」サー・アリスは顔を近づけてきて、アリアンの首筋に口をすりよせた。「そろそろ計画の全貌を話していただいてもいいころでしょう——そうは思われませんか？」

アリアンは笑い、サー・アリスを押しのけた。

「いいえ、まだよ。そろそろ馬に乗る時間だわ」

月が月の乙女《ムーンメイド》山にかかるころ、一行はシャンディストーンの砂にまみれた廃墟を出発し、南西へと向かった。ならんで先頭をゆくのはアリアンとサー・アリスだ。ミアセラは元気な牝馬に乗って両者にはさまれ、そのすぐうしろにはガリンが〈斑入りのシルヴァ〉と一頭の馬を共有している。しんがりはドーンの騎士二名が務めていた。

（数は七人）

馬に乗ってはじめて、アリアンはそのことに気づいた。いままで考えたこともなかったが、自分たちの大義のためには吉兆のように思える。

（栄光へと向かう馬上の七人。いつの日か、吟遊詩人たちに歌われて、わたしたちの名前は不滅のものになるんだわ）

ドレイはもっと大人数でいくことを望んだが、それでは無用の注意を引いてしまう。人数がひとり増えるたびに、裏切りの危険は倍になると見ていい。

（すくなくともこれだけは、父上から教えられた貴重な教訓といえるわね）

まだ若くて精力的だったころから、ドーラン・マーテルは慎重な人物であり、沈黙と秘密に重きを置いていた。

（そろそろ父上も重荷を降ろしていいころだわ。もっとも、あのひとの名誉にも余生にも、まったく配慮するつもりはないけれど）

今後はウォーター・ガーデンズに楽隠居させ、ライムとオレンジの香りがただようなか、笑いさざめく子供たちに囲まれて余生を過ごさせてやろう。

（そしてそばにはクェンティンもはべらせる。ひとたびミアセラを戴冠させて〈砂蛇《サンド・スネーク》〉たちを解放してしまえば、ドーン全土が競ってわが旗標《はたじるし》のもとに集うはず）

アイアンウッド家はクェンティン支持を表明するだろうが、あの一族単独では脅威になどならない。アイアンウッド家がトメンとラニスター家につくようなら、〈暗黒星〉を使ってあの一族を根絶やしにさせればいい。

「疲れました」何時間か鞍の上で揺られたのち、ミアセラがいった。「まだ遠いのですか？どこへ向かっているの？」

サー・アリスが答えた。

「プリンセス・アリアンは、陛下を安全な場所へお連れしようとしているのです」

「長い旅になりますが」アリアンも説明した。「グリーンブラッド川にさえ着いてしまえば、旅はずっと楽になりますよ。ガリンの仲間たち――〈孤児〉の何人かが川で出迎えてくれることになっています。〈孤児〉たちは船上に住んでいて、棹をあやつってグリーンブラッド川とその支流を行き来しながら、魚を釣り、果実を穫り、そのときどきに必要なことをして暮らしているのです」

「プリンセスのおっしゃるとおりです」ガリンが背後から陽気な声でいった。「われわれは水上で歌も歌えば演劇もしますし、ダンスもします。それに、治療もお手のものでしてね。母はウェスタロス一の産婆ですし、父はイボの治療が得意です」

ミアセラはたずねた。

「おとうさまもおかあさまもいらっしゃるのに、どうして孤児なの？」

「ロイン人だからですよ」とアリアンは説明した。「この者たちの真の〈母〉は、ロイン川なのです」

ミアセラにはよくわからないようだった。

「あなたがたはみんなロイン人だと思っていたのですが。つまり、あなたがたドーン人は、ということです」

「部分的にはそのとおりです、陛下。ロイン人の女王、ナイメリアの血は、このわたしにも流れています。いっぽうで、ナイメリアが結婚したドーンの宗主、モーズ・マーテルの血も流れていましてね。結婚当日、ナイメリアは船団の船をことごとく燃やしました。同行してきたロイン人に、もはや帰るすべのないことを知らしめるためです。大多数の者はその炎を見て喜びました。というのは、ドーンへくるまでの航海は長くて苛酷なもので、おおぜいの命が、嵐、病、奴隷労働で失われてしまったからです。けれども、少数ながら、燃える船を見て悲しむ者たちもおりました。その者たちは、この乾いた赤い土地も、この地の七面神も愛さずに、古い流儀にしがみつき、船の燃え残りの板材から棹船《さおぶね》を組みあげて、〈グリーンブラッド川の孤児〉を名乗りました。〈孤児〉たちの歌にも出てくる〈母〉とは、われらが〈七神〉の〈慈母〉ではありません。〈黎明の時代〉より豊かな水でロイン人を育んできた、〈母なるロイン〉なのです」

「ロイン人は亀の神も信奉すると聞きましたが」

とサー・アリスがいった。

「亀の神である〈河の翁《おきな》〉は下位の神なんですよ」ガリンが答えた。「〈河の翁〉もまた、〈母なる河〉から生まれた神で、流れる水の下に住むすべての生きものの支配権をめぐり、〈蟹の王〉と争ったんです」

「まあ」これはミアセラだ。

「女王陛下も勇敢な戦いぶりを示された、とうかがっておりますよ」ドレイが取っておきの快活な口調でいった。「われらが勇敢なるプリンス・トリスタンを、サイヴァスで容赦なくたたきのめされたとか」

「あの方はいつも同じ陣形をとられますから。〈山〉はどれも前面にならべて、〈象〉は〈山〉と〈山〉のあいだの峡谷に置いて。ですから、わたしは〈ドラゴン〉を進めて、あの方の〈象〉をみんな食べさせてしまうのです」

「侍女もあのゲームを指すのでしょうか？」

「ロザマンドが？」ミアセラは問い返した。「いいえ。教えようとしたのですが、ルールが難しすぎるといわれて」

「侍女もラニスター家の方でいらっしゃいますの？」

レディ・シルヴァがたずねた。

「同じラニスターでも、ラニスポートのほうの。キャスタリー・ロック城のラニスターではありません。髪はわたしと同じ金色ですが、巻毛ではなくて直毛です。ロザマンドはあまりわたしに似ていませんが、わたしの服を着ていれば、わたしたちのことを知らない人なら、別人とは気づかないでしょう」

「とおっしゃいますと、以前にもこのようなことを？」

「はい、あります。ブレーヴォスへ向かう途中、《シースウィフト》の船内で入れ替わったのです。セプタ・エグランタインは、わたしの髪をブラウンに染めて、これはゲームですよ、といっていましたけれど、船が叔父スタニスに襲われた場合にそなえて、わたしの身を護るための用心だったのだと思います」

ミアセラは目に見えて疲れているようすだったので、アリアンはしばしの休止を宣言した。ふたたび馬に水を飲ませ、すこし休憩をとり、チーズとフルーツ少々をつまむ。ミアセラが〈斑入りのシルヴァ〉と一個のオレンジを分かちあういっぽう、ガリンはオリーブを食べるたびに、ドレイに向けて種をぷっと吐きだし、ふたりでじゃれあっていた。

　アリアンとしては、朝陽が昇る前に川へ着いていたいところだったが、予定よりも休憩が長びいてしまったため、東の空が東雲《しののめ》色に染まりはじめてもなお、一行は鞍の上で揺られていた。まもなく、〈暗黒星〉がとなりに馬を進めてきて、こう進言した。

「プリンセス、ペースを速めたほうがよろしいのでは。姫を熱暑で殺してしまいたいのなら別ですが。天幕の用意はなく、日中の砂漠は苛酷をきわめます」

「砂漠のことなら、あなた同様、よく知っているわ」

　アリアンはそう答えたものの、結局は、進言のとおりにすることにした。乗馬にとっては苛酷な旅となるが、ひとりの王女を失うくらいなら、六頭の馬を使いつぶしたほうがいい。じきに、乾いた西風が吹きはじめ、熱い空気と砂塵を運んできた。アリアンは顔にベールをかぶった。光沢のあるシルクでできたベールは、上半分は淡いグリーン、下半分は黄色で、両者の境い目では色が融けあっている。錘《おもり》につけたいくつもの小さな翠《みどり》真珠が、馬の動きに合わせて触れあい、小さく音をたてた。

「わたしのプリンセスがベールをおつけになる理由は承知しています」サー・アリスがそういったのは、アリアンが自分の銅兜の側面にベールを留めようとしていたときのことだった。

「ベールをつけていないと、その美貌で頭上の太陽を色褪せさせてしまうからですね」

　これには笑ってしまった。

「いいえ、あなたのプリンセスがベールをつけるのは、まぶしさを抑えて口に砂が入らないようにするためよ。あなたも同じようになさったほうがいいわ」

わたしの白騎士どのは、どれほどの時間をかけてこの鎖帷子を磨きこんできたのだろう、とアリアンは思った。サー・アリスは、ベッドでは好もしい相手だが、その機知も人物も、やはり異国のものといわざるをえない。

ドーン人の連れたちも、アリアン同様、顔にベールをかぶった。〈斑入りのシルヴァ〉は、小さな王女を陽射しから護るために、その頭と顔をベールでくるんでやった。しかし、サー・アリスだけは頑固に素肌をさらしつづけた。まもなく、顔にだらだらと汗をかきはじめ、頬が薔薇《バラ》色に染まった。

(こんなに重装備をつけていては、遠からず、蒸し焼きになって死んでしまうわ)

熱暑で死んだ者は、これまでにもおおぜいいる。この何世紀ものあいだ、たびたび軍勢が旗標《はたじるし》を押し立て、おめき叫びながら〈プリンスの道〉を攻めこんできては、ドーンの灼熱の赤い砂の上で干からび、酷熱に焙られて全滅してきたのだ。

〝マーテル家の紋章に描かれた太陽と槍とは、ドーン人が好む二大武器である〟。かつて〈若きドラゴン〉は、自画自賛の書『ドーン征服』の中でそう書いている。〝しかし、このふたつのうち、いっそう恐ろしいのは、太陽のほうだ〟

ありがたいことに、その後も延々と砂漠を越える必要はなく、乾燥地帯をある程度横切るだけですんだ。最悪の部分を脱したことをアリアンが知ったのは、雲ひとつない空の高みに、一羽の鷹が舞っているのを見たときのことである。やがて、行く手に一本の木が見えてきた。ふしこぶだらけでねじまがり、葉のかわりに棘《トゲ》でおおわれたその木は、砂乞食《サンドベガー》という名前で呼ばれるものだ。それは水辺がもうそんなに遠くないことのあかしでもあった。

「もうすぐ着きますよ、陛下」

行く手に砂乞食《サンドベガー》が増えてくると、ガリンが明るい口調でミアセラにいった。小川のそばの乾燥地帯に、この植物が密生しているのも見える。陽射しは大鎚で殴りつけられているかと思うほど強烈だったが、旅が目的地に近づいているとなれば、さほど苦にもならない。一行は小休止をとり、馬に水を与え、自分たちも革袋の水をたっぷりと飲み、ベールを湿らせてから、最後のひと乗りに出発した。二キロ半ほど進んで、悪魔草《デビルグラス》の草原とオリーブの木立ちを通りぬけ、岩がちの丘を乗り越えた。その向こうに広がる草地は格段に青々としており、みずみずしかった。古い運河網を利用して給水するレモンの果樹園も見える。緑にきらめく川を真っ先に見つけたガリンは、歓声をあげて飛びだしていった。

アリアン・マーテルは、むかし、マンダー河を渡ったことがある。〈砂《サンド・》蛇《スネーク》〉のうちの三人とともに、タイエニーの母を訪ねたときのことだった。あの雄大な大河とくらべれば、グリーンブラッド川は川とも呼べないほどだが、いまなおドーンの命脈として息づいている。その名前は、流れのゆるいくすんだ緑の川水に由来するものだ。だが、近づいていくにつれ、太陽の照り返しを受けて、緑の水は金色に染まって見えた。これに匹敵するほど心が安らぐ光景を、アリアンはいままでに見たことがない。

（ここから先は、ゆっくりとして単純な行程）とアリアンは思った。（グリーンブラッド川を遡航してヴェイス川に入り、棹船《さおぶね》でいけるところまでいく）

そこまでいけば、ミアセラを王位につけるために必要な準備をする時間が稼げるはずだ。ヴェイス城の彼方には広い砂漠が広がっている。そこを渡るには砂岩城《サンドストーン》と地獄の巣穴城《ヘルホルト》に頼らねばならないが、両者の助力を得られることには疑いを持っていない。〈赤い毒蛇《レッド・ヴァイパー》〉はサンドストーン城で養育された男だし、その愛人であるエラリア・サンドはヘルホルト城の城主ウラー公の私生児だ。したがって、エラリアの産んだ四人の〈砂蛇《サンド・スネーク》〉はウラー公の孫娘ということになる。

（ミアセラにはヘルホルト城で戴冠させて、あそこにわが旗標《はたじるし》をかかげよう）

二キロ半ほど下流の川岸で目的の棹船《さおぶね》を見つけた。大きな柳がたらす緑の葉の滝になかば隠れた状態で舫《もや》ってある。屋根が低く、幅の広い棹船は、これといって形容に値する特徴がない。〈若きドラゴン〉は、この種の船を蔑むように、〝筏の上の掘っ建て小屋〟と記しているが、これは正当な評価とはいえないだろう。ひときわ貧しい〈孤児〉のものを除けば、棹船にはみごとな彫刻と塗装が施されているからである。柳の下の棹船は緑色に塗装されていて、舵柄《だへい》は人魚の形に彫刻され、手すりには魚の顔が彫ってあった。甲板には複数の棹、ロープ、オリーブ・オイルの瓶が雑然と散らばり、舳先《へさき》と艫《とも》には鉄のランタンが揺れている。

だが、〈孤児〉の姿は見当たらない。

（乗員はどこ？）とアリアンは思った。

ガリンは柳の下に馬を進め、

「起きろっ、この飲んだくれのボンクラどもが！」と叫びながら、鞍を飛びおりた。「女王陛下のお着きだぞ、さっさと出てきてあいさつしないか。さあ、出てこい、出てこい、歌とスイートワインでおもてなししろ。おれの口はもう、いまにも――」

だしぬけに、棹船の扉がはじけるように開いた。船内から陽光のもとに歩み出てきたのは

アリオ・ホターだった。手には長柄の斧を持っている。

ガリンはたたらを踏んで立ちどまった。アリアンは腹に斧をたたきこまれたような衝撃をおぼえた。

(こんな終わりを迎えるはずではなかった……こんなことになるはずではなかったのに)

ドレイがこういうのが聞こえた。

「よもや、こんなところで貴公に会おうとは思わなかったな」

その声を聞いたとたん、ただちに行動しなければならないと気がついた。

「みんな逃げて!」叫びながら、勢いよく鞍にまたがる。「アリス、王女さまをお護りして――」

その瞬間、ホターが長柄斧の石突きを、トン! と甲板に打ちつけた。たちまち、装飾を施された手すりの陰から十名余の衛士が立ちあがった。全員、投げ槍か弩弓《クロスボウ》を装備している。船室の上にもさらに数人が現われた。

「観念なさいませ、おひいさま《プリンセス》」ホター衛士長が呼ばわった。「お聞き分けなければ、王女さまとあなたさまを除き、皆殺しにせねばなりません。お父上のご命令です」

ミアセラ王女は鞍の上に呆然とすわっている。ガリンは両手をかかげたまま、ゆっくりと棹船からあとずさった。

ドレイは剣帯をはずし、アリアンにうながした。

「降伏するのがいちばん賢明でございましょうな」

その剣が、どさりと地面に落ちる。

「ならぬ！」

突如として、サー・アリス・オークハートが怒鳴り、馬を進めてくると、アリアンの前に立ちはだかった。衛士たちのクロスボウから護るためだ。手には白銀の抜き身をきらめかせ、すでに楯も肩からおろし、内側の固定ベルトに左腕をすべりこませている。

「おれの息があるうちは、断じてプリンセスに手出しはさせぬ！」

（この考えなしの馬鹿！）わずかな時間にアリアンの心に浮かんだのは、それだけだった。

（いったいなにをするつもり！）

〈暗黒星〉の嘲笑が響いた。

「おまえは目が見えんのか？　それともよほどの阿呆か、オークハート？　敵が多すぎる。剣をしまえ」

「いわれたとおりにすることだ、サー・アリス」

ドレイもうながした。

（わたしたち、もう捕捉されたのよ）声に出して、そうサー・アリスに叫んでやりたかった。

(あなたが死んだところで、だれも逃げられはしないわ。わたしを愛しているのなら、ここは引きなさい)

だが、いくらしゃべろうとしても、ことばが出てこない。

サー・アリス・オークハートは、別れを告げるかのように、長々とプリンセスの顔を凝視した。ついで、きっと棹船に向きなおると、馬腹《ばふく》に黄金の拍車を当て、猛然と突進した。

白いマントを背後に翻し、棹船めがけてまっしぐらに突き進んでいく。この半分も勇敢な、しかしこの半分も愚かな行為を、アリアン・マーテルはいままでに見たことがない。

「だめえっ！」

やっとのことでアリアンは叫んだ。だが、叫んだときには、もはや手遅れだった。

ブンッ。クロスボウの発射音が響く。ついで、もう一矢。ホターが命令を怒鳴った。この距離では白騎士のまとう鎖帷子など羊皮紙にも等しい。最初の太矢は部厚い樫《オーク》の楯を貫通し、肩に縫いとめた。二本めの太矢はこめかみをかすめた。さらに投げ槍が飛来して、騎馬の胴に突き刺さった。それでも騎馬は突進をやめない。よろめきつつも、船の道板を駆け登っていく。

「だめえっ！」どこかで娘が叫んでいる。愚かな小さい娘の声が叫んでいる。それは自分の声だった。「やめて、お願いよ！　こんな——こんなことになるはずじゃなかったの！」

ミアセラも叫んでいた。その声には、恐怖がありありとにじんでいる。

サー・アリスの長剣が鮮やかに左右を薙《な》ぎ、槍兵のふたりを倒した。馬は棹立《さおだ》ちになり、つぎの太矢を装塡しようとしていた弓兵の顔を踏みつけた。そのとたん、横手から何本もの太矢が放たれ、大柄な軍馬の腹に突き刺さった。鉄の矢尻の強烈な衝撃を受けて、馬がひとたまりもなく横へ倒れこむ。サー・アリスは体勢を崩し、甲板上に投げだされたが、すんでのところで馬上から飛びのき、馬の下敷きになるのを避けた。長剣さえもまだ握っている。と、死にゆく愛馬のそばで懸命にひざ立ちになろうとしたとき……その目の前に、ぬうっとアリオ・ホターがそそりたった。

白騎士は剣をふりあげた——が、一瞬遅く、ホターの斧はサー・アリスの右腕を鮮やかに切断していた。右肩の付け根からすさまじい量の血が勢いよく飛沫《しぶ》く。ついで、両手持ちの長柄斧が横薙ぎに襲いかかり、アリス・オークハートの首を刎《は》ねた。刎ねられた首は、くるくると回転しながら宙を飛んでいき——葦のただなかに落下した。ざーっという音とともに、飛沫いた血潮をグリーンブラッド川が呑みこんでいく。

いつ、どうやって馬を降りたのか、まるで憶えていない。落ちたのかもしれないが、それすらも記憶にない。気がつくと、アリアンは両手両ひざを砂につき、がたがたと震え、涙を流し、夕食を吐きもどしていた。

（ちがう）考えられるのはそれだけだった。（ちがう、ちがう、こんなはずではなかった、だれも傷つくはずではなかった。あんなに周到に計画したのに。あんなに用心深く行動したのに）

そのとき、アリオ・ホターが吠えるのが聞こえた。

「追えっ！　あやつを逃がしてはならぬ！　とらえろ！」

　ミアセラも地面にすわりこみ、両手で顔をおおって、がたがた震えながら泣いている——その指のあいだからだらだらと血を流しながら。状況はもはやアリアンの理解を超えていた。衛士たちが一行の乗ってきた馬に飛び乗り、猛然と駆けだしていった。ほかの衛士たちは、自分と連れの者らに殺到してくる。だが、こんなのはまったく意味が通じない。自分は夢を見ているにちがいない。恐るべき血まみれの悪夢にさまよいこんでしまったのだ。

（これが現実のはずはない。もうじき目が覚めるのよ。目が覚めて、夜に見た恐ろしい夢を笑い飛ばすのよ）

　両手をうしろ手に縛りあげられたときも、アリアンは抵抗しなかった。衛士のひとりに、ぐいと引っ立てられた。衛士は父の親兵であることを示す色の徽章をつけていた。別の衛士がアリアンの長靴《ちょうか》から投げナイフを抜きとった。それは従姉のレディ・ナイムから贈られたナイフだった。

　アリオ・ホターはそのナイフを受けとり、顔をしかめて刃面を見てから、アリアンにこういった。

「プリンスより、サンスピア宮へ連れもどせとのお言いつけです」その両の頬にも額にも、アリス・オークハートの返り血が点々とこびりついている。「申しわけありません、小さなおひいさま《プリンセス》」

　アリアンは涙にまみれた顔をあげ、衛士長にたずねた。

「どうして父にわかったの？　あんなに用心深く準備をしたのに……どうしてわかったの？」

「密告がありました」ホターは肩をすくめた。「密告者というものは、つねに存在するものなのです」

22 ――― アリア

毎晩、眠るまぎわに、アリアは枕に向かって祈りのことばをつぶやいた。

「サー・グレガー」名前の連禱はつづく。「ダンセン、〈善人面のラフ〉、サー・イリーン、サー・マーリン、太后《クイーン》サーセイ」

〈関門橋《クロッシング》〉のフレイ家の連中も、名前さえ知っていれば口にするところだ。

(いずれわかるときがくるわ)アリアは自分に言い聞かせた。(わかったら、きっと皆殺しにしてやる)

だが、どれだけひそやかなつぶやきも、〈黒と白の館〉で聞きとがめられないことはない。

「子供よ」ある日のこと、司祭のひとり、〈温顔の男〉がたずねた。「夜になるとつぶやくその名前は、いったいなんなんだね?」

「名前なんてつぶやいてない」

「嘘をつきなさい。恐れているとき、人は嘘をつく。たくさん嘘をつく者もいれば、すこししか嘘をつかない者もいる。なかには頻繁にひとつの大嘘をくりかえすうちに、それが真実だと思いこんでしまう者もいる。……とはいえ、心のごく小さな一部分では、やはりそれが嘘だと承知しているものなんだ。それがかならず顔にも現われる。つぶやいた名前をいってみなさい」

アリアは唇をかんだ。

「名前なんてどうでもいいでしょ」

「よくはない」〈温顔の男〉はゆずらなかった。「名前をいいなさい、子供よ」

〝いいなさい、そうすれば解放してあげよう〟

アリアにはそういっているように聞こえた。

「憎んでる者たちの名前。死なせたい者たちの名前」

「この館では、そのような祈りはよく聞くな」

「知ってる」とアリアは答えた。

かつて、ジャクェン・フ＝ガーは、アリアの祈りのうちの三つをかなえてくれたことがある。

（わたしがしなくてはならないのは、つぶやくことだけ……）

「きみはそのためにわれわれを訪ねてきたのかね？」〈温顔の男〉はつづけた。「われわれの技を学び、自分が憎む男たちを殺すために？」

アリアにはどう答えていいのかわからなかった。

「かもしれない」

「では、きみはまちがった場所へきたことになる。ここはだれが生き、だれが死ぬべきかを口にする場所ではない。その力は〈数多《あまた》の顔の彼〉に属するものだ。われわれは彼の意志を実行すると誓った使徒にすぎない」

「ふうん」アリアは壁面にそってずらりとならぶ神像群を見まわした。それぞれの足もとの周囲では蠟燭が燃えている。「どの神が〝彼〟？」

「すべてがだよ」と黒と白の司祭は答えた。

司祭は名前を教えてくれない。もうひとりの司祭――あの浮浪児のような小さな娘もだ。その大きな目とこけた頬は、別の小さな娘――〈鼬《ウイーゼル》〉と呼ばれていたあの娘を思わせた。アリアと同じく、〈浮浪児〉もこの聖堂に住んでいる。ほかの住人は、三人の侍祭、ふたりの使用人、ウマという女の料理人だけだ。ウマは仕事をしながらおしゃべりをするのが好きだったが、アリアにはそのことばがまったくわからなかった。ほかの者たちは名前がないか、あってもいおうとはしない。使用人の片方は高齢の老人で、その背中は弓のように曲がっている。もうひとりの使用人は赤ら顔の男で、耳毛がたくさん生えていた。どちらの使用人も、てっきり口がきけないのかと思ったが、祈りを捧げるところを聞いて、そうではないことがわかった。侍祭の三人は使用人よりも若く、最年長の者でもアリアの父とほぼ同年齢だった。ほかの侍祭ふたりは、姉のサンサよりすこし年上なくらいだ。侍祭たちも黒と白の服を着ていたが、ローブはフードつきではなく、〈温顔の男〉や〈浮浪児〉とは配色が逆で、からだの左半分が黒、右半分が白になっていた。アリアが与えられたのは使用人の服――生成りのウールの上着とだぶだぶのズボン、リネンの半ズボン、布の室内履《スリッパ》きだった。

共通語を知っているのは〈温顔の男〉だけらしい。

「きみはだれだね？」

司祭は毎日、同じことをたずねる。

「だれでもない」そのつど、アリアはそうくりかえす。

かつてはスターク家のアリアであり、〈足手まといのアリア〉であり、〈馬面のアリア〉だった。そして、アリーであり、とっさに道連れの仇名《あだな》を借りて名乗った〈ウィーゼル〉でもあり、〈雛《ヒヨコ》〉、〈ソルティー〉、〈酌人のナン〉、〈灰色の鼠〉、〈羊〉、〈ハレンホールの亡霊〉でもあった。しかし、ほんとうはちがう。心の奥底ではちがう。心の奥底にいるのはウィンターフェル城のアリア――エダード・スターク公とレディ・キャトリンの娘であり、かつてはロブ、ブラン、リコンという名の兄弟、サンサという名の姉がいて、ナイメリアという大狼《ダイアウルフ》がいて、父だけを同じくするジョン・スノウという兄がいた。そこにいるのは、身元のはっきりした、ちゃんとした娘だが……しかし、司祭が望んでいる答えは、そういうものではなかった。

共通語が通じないので、アリアには司祭以外の者に話しかけることができない。かわりに、みんなの話に聞き耳を立て、仕事をしながら、聞きかじったことばをくりかえし練習した。いちばん若年の侍祭は目が見えないのに、蠟燭の管理をまかされていた。毎日祈りを捧げにくる老婆たちのささやきに包まれながら、やわらかなスリッパで聖堂を歩きまわるのがその侍祭の日課で、目が見えなくても、どの蠟燭が消えてしまったのかが、ちゃんとわかるようだった。

「匂いでそれとわかるのだよ」と〈温顔の男〉が説明した。「それにね、蠟燭が燃えているところは空気が暖かいんだ」

そして、目をつむって自分でもたしかめてごらん、とアリアにいった。

祈りは毎朝、朝食前に、鏡面のように凪いだ黒い屋内池のまわりにひざまずいて行なう。日によって、祈りを主導するのは〈温顔の男〉のこともあるし、〈浮浪児〉のこともある。ブレーヴォスのことばは、ハイ・ヴァリリアの貴紳が使っていたのと同じもので、アリアはすこししか知らなかったから、心の中で〈数多《あまた》の顔を持つ神〉にいつもの祈りを捧げた。

「サー・グレガー、ダンセン、〈善人面のラフ〉、サー・イリーン、サー・マーリン、太后《クイーン》サーセイ」

声には出さない。〈数多の顔を持つ神〉がちゃんとした神ならば、かならず聞こえているはずだ。

〈黒と白の館〉へは、日々、信徒たちがやってくる。ほとんどの者はひとりでやってきて、ひとりで跪拝《きはい》していくだけだ。信徒はどれかの祭壇で蠟燭を点してから、池のそばで祈りを捧げる。ときには泣く者もいる。少数ながら、黒いカップで池の水をすくって飲み、眠ってしまう者もいる。たいていの者は水を飲まない。神を喜ばせるための礼拝式、賛美歌、頌歌《しょうか》、称揚のことばなどはいっさいなかった。聖堂が信徒で混みあうことはない。ときどき、信徒が司祭と話をしたいということがある。そんなときは、〈温顔の男〉か〈浮浪児〉が聖所へ連れていくが、めったにあることではない。

壁際には三十柱の神像が、それぞれ小さな蠟燭の輪に囲まれて立っている。アリアの見るところ、老婆たちが好むのは〈泣く女〉だ。裕福な者たちは〈夜の獅子〉を拝み、貧しい者たちは〈頭巾の旅人〉を崇める。兵士たちが敬うのは〈白き子供《バッカロン》〉、水夫たちが信じるのは〈月の白き乙女〉と〈人魚《マーリング》の王〉。〈七神〉の一柱《ひとはしら》、〈異客《まれびと》〉の神像もあったが、拝みにくる者はまったくおらず、その足もとにはいつも一本の蠟燭が燃えているだけだった。

〈温顔の男〉は、信者がいなくてもべつにかまわないのだといった。

「彼は数多《あまた》の顔を持ち、広く声を聞く数多の耳を持っているからね」

聖堂が建っている円丘は岩の塊で、内部に通路を掘ることにより、蜂の巣のような構造になっていた。ふたりの司祭と三人の侍祭たちは地下最上層にそれぞれの個室があり、そこで寝《やす》む。アリアと使用人たちの部屋があるのはまんなかの層だ。最下層の地下第三層は、司祭以外の立ち入りを禁じられていた。聖所があるのはそこだった。

仕事がないときは、自由に地下の貯蔵室や倉庫を覗きまわることを許された。聖堂の外に出ないこと、地下第三層に降りてはいけないことを除いて、行動の制約はほとんどなかった。探索するうちに、アリアは武器と鎧でいっぱいの部屋を見つけた。装飾的な兜、奇妙な形の古びた胸当て、長剣、短剣、短刀、弩弓《クロスボウ》、葉の形の穂がついた長い槍。別の地下倉庫には、大量の衣類が収まっていた。厚手の毛皮や、五十種もの色の上等なシルクがあるかと思えば、そのそばには、饐《す》えた匂いのするぼろ布や、糸のほつれた粗織《ラフスパン》りの生地があった。

（宝物蔵もあるはずだわ）とアリアは思った。

そこにはきっと、黄金の皿がうずたかく積みあげられ、銀貨や海のように青いサファイアを満載した袋がいくつもあり、糸でつないだ大粒の翠真珠《みどり》がごろごろしているにちがいない。

ある日、そうやって地下倉庫を探険していると、思いがけなく〈温顔の男〉がやってきて、なにをしているのかとたずねた。アリアは迷ってしまったのだと答えた。

「嘘だな。もっと悪いことに、きみは嘘をつくのがへただ。きみはだれだね？」

「だれでもない」

「それもまた嘘だ」といって、司祭はためいきをついた。

これがウィーズだったなら、嘘をついたと知るなり、血が出るまで折檻していただろう。しかし、〈黒と白の館〉では、そんなことはない。厨房で働いていて、ウマのじゃまになるときは、料理用の杓子でたたかれることもあるが、それ以外に手をあげる者は皆無だった。

（ここの人たちが手をあげるのは、相手を殺すときだけなんだ）

そのうち料理の仕事にも慣れてきた。ウマが庖丁の柄をぱしっと持たせ、玉葱《タマネギ》を指さす。アリアはそれを刻む。ウマにパン生地へ押しやられる。やめろといわれるまでアリアがそれを捏《こ》ねる（〝やめろ〟はアリアが最初に憶えたブレーヴォス語だった）。ウマが魚を手わたす。アリアは三枚におろし、切身を巻いてウマの砕いた木の実をまぶす。あるとき〈温顔の男〉が説明してくれたところによれば、ブレーヴォスを取りまく汽水は、ありとあらゆる魚介類の宝庫なのだそうだ。礁湖《ラグーン》へは南側から流れのゆるやかな茶色い川が流れこんでいて、その流れが広大な葦の原や、潮だまり、干潟をめぐって、栄養豊富な汽水域にしているという。この近辺では、蛤《ハマグリ》や笊貝《ザルガイ》がよく獲れるらしい。そのほか、貽貝《イガイ》、麝香魚《ジャコウウオ》、蛙《カエル》に亀、鋸蝤蛑《ノコギリガザミ》、豹紋蟹《ヒョウモンガニ》、赤鰻《ウナギ》、黒鰻、縞鰻、八目《ヤツメ》鰻、牡蠣《カキ》といったところが、〈数多の顔を持つ神〉の信徒たちが食事をとるさい、彫刻された木製の食卓によくのぼる食材だった。夕食にはときどき、海塩と胡椒で調理した魚が出る日もあるし、刻み大蒜《ニンニク》をまぶして炒めた鰻が出る日もある。ごくたまにだが、サフランが使われることもある。

（ホット・パイがいたら大喜びだわ）とアリアは思った。

夕食どきは、アリアがもっとも楽しみなひとときだ。毎晩、満腹してベッドに入るのは、ずいぶんひさしぶりのことだった。ときどき、〈温顔の男〉が質問を許してくれる晩もある。あるときアリアは、なぜここへくる人々はあんなにも安らかに見えるのかとたずねた。思いだすのは、自分が腹を刺したにきび面の従士がひどく泣きわめいたときのことや、〈山羊〉に熊穴へ放りこまれたサー・エイモリー・ローチが命乞いをしたときのことだった。それに、神の目《ゴッズ・アイ》湖のそばの村のことや、〈一寸刻み《ティクラー》〉が黄金のありかをたずねるたびに、そこの村人が身も世もなく泣き叫び、取り乱したことも思いだした。

「死は最悪のものではない」と〈温顔の男〉は答えた。「死は彼がわれわれに与えたもうた贈り物であり、困窮と苦痛をおわらせてくれる救済だ。われわれが生まれる日に、〈数多の顔を持つ神〉はひとりひとりのもとへ黒き天使をお遣わしになる。その天使は、われわれとともに生を歩む。そして、われわれの罪、われわれの苦悩が耐えきれないほど膨れあがったとき、われわれの手をとって〈夜の国〉へ導いていく。そこでは星々がつねに明るく燃えている。あの黒いカップで水を飲みにきた信徒たちは、自分の黒き天使を求めているんだよ。彼らが恐れをいだいているときは蠟燭が慰めてくれる。蠟燭の燃える匂いを嗅いで、きみはなにを連想するね、子供よ？」

（ウィンターフェル城よ）と、もうすこしでいいそうになった。（それに雪、煙、松葉。厩。笑っているホーダー。内郭《うちぐるわ》で剣を打ちあうジョンとロブ。淑女の清らかさがどうのこうのと、ばかげた歌を歌うサンサ。石の王たちがすわる地下霊廟、焼きたてで熱々のパン、〈神々の森〉、わたしの狼、あの子のふかふかした毛皮——ああ、まるであの子がいまもすぐそばにいるみたい）

「なにも連想しない」とアリアはいった。

こう答えたら、このひとはなんというだろう。

「それも嘘だね。……しかし、いいたくなければ秘密にしていてもいいんだよ、スターク家のアリア」期待した答えが得られないときに、司祭はいつもアリアをこう呼ぶ。「知ってのとおり、きみはいつでもここを出ていっていい。きみはわれわれの一員ではないのだからね——いまはまだ。いつでも好きなとき、家に帰ってもいいんだ」

「それはつまり、いま出ていったら、二度とここへはもどってこられないという意味ね？」

「そんなところ《ジャスト・ソー》だ」

〝そんなところ《ジャスト・ソー》だ〟。このことばを聞くと、せつなくなる。

(これはシリオの口癖だったもの。あのひと、なにかというと、そういってたよね)

シリオ・フォレルは、アリアに剣の心得を教え、アリアのために死んでいった男だ。

「まだここを出たくない」

「では、残っていなさい……しかしね、忘れないことだ。〈黒と白の館〉は孤児のための家ではない。この屋根の下では、すべての者は仕えねばならないのだよ。われわれのことばで、それを〝ヴァラー・ドヘリス〟という。ここにいたければいてもいいが、いる以上は服従を求める。いついかなるときも、どんなことについてもだ。服従できないというのなら、出ていってもらうしかない」

「服従できる」

「だといいがね」

ウマの手伝いのほかにも、仕事はあった。聖堂の床掃除もするし、食事のときには給仕もする。死者の服を整理し、死者の財布の中身を抜き、奇妙な形の貨幣を重ねて数を数える。毎朝、死体がないかどうかをたしかめるために司祭が聖堂内を巡回するときは、いっしょについてまわる。

(影のように、音もなく)

シリオを思いだし、そう自分に言い聞かせた。手には厚い鉄のふたつきのランタンをぶらさげていく。そして、壁龕のひとつひとつで、ほんのすこしだけふたを開き、死体の有無を確認する。

死者を見つけるのはむずかしくない。死ぬつもりで〈黒と白の館〉へやってきた信徒たちは、一時間なり一日なり一年なり祈りつづけたあと、屋内池の黒い霊水を飲み、いずれかの神像の背後にある石の寝台に横たわるからだ。水を飲んだ者たちは目をつむり、眠りにつく。そして、二度と目覚めることはない。

「〈数多の顔を持つ神〉の贈り物は多様な形をとるが」と〈温顔の男〉はいった。「ここではつねに、おだやかな形で贈られるんだ」

死体を見つけると、司祭は祈りを捧げ、たしかに命の灯が消えていることをたしかめる。それがすむと、アリアが使用人たちを呼びにいく。使用人の仕事は死体を地下へ運ぶことだ。まず最上層で侍祭たちが服を脱がし、死体を洗う。死者の服と貨幣と貴重品は、あとで整理するため、箱に収められることになる。そののち、冷たい死体は、司祭しかいけない最下層の聖所に降ろされる。そこでなにが行なわれるのか、アリアたちは知ることを許されない。ある晩、夕食をとっているとき、アリアは恐るべき疑念にとりつかれ、ナイフを下に置いて、白っぽい肉のスライスをしげしげと見つめた。アリアの顔に浮かんだ恐怖の表情に気づき、〈温顔の男〉がいった。

「それは豚の肉だよ。ほかの肉は混じっていない」

ベッドは石でできていて、ハレンホールと、ウィーズにいわれて階段を磨いていたころに眠ったベッドを思いださせた。ただし、マットレスには藁ではなく、ぼろ布が詰めてあり、ハレンホールのものよりもふかふかしていて、ちくちくすることもなかった。毛布は好きなだけ使うことを許された。それも、厚手のウールの毛布をだ。色や柄は、赤、緑、格子縞とさまざまだった。部屋は自分専用で、だいじなものはみなそこにしまっておいた。《タイタンの娘》の船乗りたちがくれた銀のフォーク、ぺらぺらの帽子、指のない手袋——短剣、長靴《ちょうか》、ベルト、わずかな貨幣、前に着ていた服……。

そして、〈針《ニードル》〉。

仕事が忙しくて〈針《ニードル》〉の稽古をするひまはほとんどなかったが、それでも時間を見つけ、青い蠟燭の光のもとで、自分の影を相手に練習をつづけた。ある晩、たまたま通りかかった〈浮浪児〉に剣の修業を見られてしまった。〈浮浪児〉の娘はなにもいわなかったが、翌日、〈温顔の男〉がアリアの個室にやってきて、こういった。

「こういうものを持っていてはいけないな」

指さしたのは、アリアの宝物だった。

意外なことばに驚きつつ、アリアは答えた。

「これはわたしのよ」

「では、きみはだれだね？」

「だれでもない」

司祭は銀のフォークを手にとった。

「これはスターク家のアリアの持ちものだ。これらはみな彼女の所有になる。そういうものをここに置いておくわけにはいかない。彼女の居場所は、ここにはないんだ。スターク家のアリアという名はあまりにも誇り高い名前だからね。ここに誇り高いものを置いておいてはいけない。われわれはみな、神に仕えているのだから」

「わたしだって仕えてるわ」

司祭のことばは傷つくものだった。この銀のフォークは気にいっているのだ。

「きみは仕えている演技をしているだけであって、心の底では大貴族の娘なのだよ。きみはこれまでさまざまな名前で呼ばれてきた。しかし、それらの名前はガウンのようにはおっているにすぎない。ガウンの下では、つねにアリアだったんだ」

「ガウンなんて着てない。あんなものを着てたら戦えないし」

「なぜそう戦いたがる？　きみは血を求めて路地をうろつきまわる壮士《ブラーヴォ》かね？」司祭は嘆息した。「黒いカップで冷たい水を飲む前には、すべてのおのれを〈数多の顔の神〉にさらけださなければならない。きみの身体を、きみの魂を、きみ自身をだ。それができないのなら、ここを出ていってもらうことになる」

「でも、〈鉄の貨幣〉は――」

「――ここに連れてくるまでの料金にすぎない。ここから先は自分自身のやりかたで支払いをしなくてはいけないよ。その費用は高価だ」

「金貨なんて持ってない」

「われわれが提供するものは、金貨などでは購《あがな》えない。費用とはきみのすべてだ。この涙と苦痛だらけの憂き世を渡るにさいして、人々はさまざまな道を通る。われらが道はもっともつらいものであり――その道を歩くことを許される者はきわめて少ない。そこを歩くには、身体と魂の常ならぬ力、そして覚悟を固めた強い心がいる」

（わたしの心があるはずの場所には、ぽっかりと穴があいているだけ。それに、ほかにいくべき場所なんてない）

「わたしは強いわ。あなたと同じくらいに。それに、覚悟も固いし」

「きみはここが自分の唯一の居場所と思いこんでいるようだがね」まるでアリアの心の声を聞いたかのように、司祭はいった。「それはちがうぞ。どこかの商人の家にでも住みこめば、もっと楽に仕えることができるだろう。あるいは、高級娼婦にでもなって、その美貌を歌に歌われる道もある。そうしたければ、そういいなさい。〈黒真珠《ブラック・パール》〉や〈黄昏の娘《ドーター・オブ・ザ・ダスク》〉などの、名高い娼婦のもとへ送ってあげよう。その道を選べば、薔薇《バラ》の花びらを敷きつめた上で眠り、歩くときにさらさらと音をたてるシルクのスカートを身につけることもできる。大物の貴族たちが、きみの乙女を奪いたくて頭を下げてくるぞ。結婚して子を儲けることが望みなら、そういいなさい。好みの夫を見つけてあげよう。実直な徒弟の若者、富裕な老人、船乗り、なんでも望みしだいだ」

そんなものはほしくなかった。無言のまま、アリアは首を左右にふった。

「では、きみが夢見ているのはウェスタロスか、子供よ？　明朝、ルコ・プレスティインの船、《輝きの淑女《レディ・ブライト》》が出航する。行先はガルタウン、ダスケンデール、キングズ・ランディング、タイロシュだ。乗船させてくれるよう話をつけてあげようか？」

「わたしはね、わざわざウェスタロスからきたのよ」キングズ・ランディングを逃げだしたのが千年も前に思えることもあれば、ついきのうのように思えることもある。いずれにせよ、ウェスタロスへもどれないことだけはたしかだ。「ここにいてほしくないのなら、出てく。でも、ウェスタロスへはいかない」

「わたしがどうしてほしいかは関係ない」と〈温顔の男〉はいった。「あるいは、〈数多の顔を持つ神〉がご自分の道具となさるためにきみをここへ導いてこられたのかもしれないが、わたしの見るところ、きみは子供……もっと悪いことに、女の子だ。この何世紀ものあいだ、〈数多の顔の神〉に仕えてきた者はおおぜいいるが、女性であった例はきわめてすくない。女性はこの世に命を産みだす。それに対して、われわれは死の贈り物をもたらす。どちらもできる者など存在しないのだよ」

（わたしを脅して追いだそうとしてるんだわ）とアリアは思った。（蛆《ウジ》の幻で脅かしたときみたいに）

「そんなこと、気にしないわ」

「いいや、いまに気にするようになる。ここにいれば、〈数多の顔を持つ神〉は、きみの耳、きみの鼻、きみの舌を奪ってしまうだろう。あまりにも多くを見てきた、その悲しげな灰色の目を奪ってしまうだろう。さらには、きみの手を、足を、腕を、脚を、ひそやかな部分を——そして、きみの希望を、夢を、愛するものを、憎むものをね。彼のもとで仕える者は、その者をその者たらしめているすべてをあきらめなくてはならない。きみにそういうまねができるだろうか？」〈温顔の男〉はアリアのあごに手をあてがって、目の奥底を覗きこんだ——身ぶるいが起きるほど深くまで。「いいや——できるとは思えないな」

アリアは司祭の手を払いのけた。

「できるよ、その気になれば」

「と、スターク家のアリア——蛆虫を食らう者はいうが」

「その気になれば、なんだって捨てられるわ！」

司祭はアリアの宝物を指し示した。

「では、まずこれを捨てなさい」

その晩、夕食をすますと、アリアは自分の個室にもどり、ローブを脱いでいつもの名前をつぶやいたが、眠りは訪れてくれなかった。ぼろ布を詰めたマットレスの上で輾転反側し、唇をかむ。かつて心があったところに、ぽっかりと穴があいているのが感じられた。

おもむろに、夜の暗闇のなかで起きあがり、ウェスタロスから着てきた衣服を身につけ、剣帯を締めた。左の腰に〈針《ニードル》〉を、右の腰には短剣を下げる。そして、ぺらぺらの帽子をかぶり、指のない手袋をベルトにはさみこみ、銀のフォークを片手に持って、足音を忍ばせ、そうっと階段を昇っていった。

（ここにスターク家のアリアの居場所はない）

アリアの居場所はウィンターフェル城しかないが、そのウィンターフェル城はなくなってしまった。

（雪が降りしきり、白いものの混じる強風が吹きすさぶとき、一匹狼は死んでしまうけれど、群れは生き残る）

だが、アリアの群れはもうない。群れの者はみんな殺されてしまった。サー・イリーンによって、サー・マーリンによって、クイーン・サーセイによって。新しい群れを設けようとしても、みんな逃げてしまう。ホット・パイも、ジェンドリーも、ヨーレンも、〈緑の手《グリーンハンズ》のロミー〉も、父の家臣であったハーウィンでさえも。

扉を開き、外の夜気に身をさらした。

この聖堂に入って以来、屋外に出るのは、これがはじめてのことだった。空には雲がたれこめ、地にはほつれた灰色の毛布のように、霧がゆうらりと立ちこめている。右手のほうにある運河から、水をかく音が聞こえてきた。

（ブレーヴォス——秘密の都）

たしかに、ここはそんな異名にぴったりだ。アリアは急な石段を下って、屋根つきの桟橋に降りた。霧は足を呑みこみ、周囲にたゆたっている。濃密な霧で水面が見えないが、水が石の杭を洗う音は聞こえていた。遠くのほうに、霧を通して明かりが見える。紅《あか》の祭司たちの寺院で焚《た》いている篝火《かがりび》だろう。

水際で足をとめた。手には銀のフォークを持ったままだ。これは本物の銀だった。無垢の純銀だ。

（これはわたしのフォークじゃない。あの船乗りがくれた相手は〈ソルティー〉だったんだもの）

下手投げに、運河の支流に放りこんだ。チャプンという小さな音がして、フォークは水中に沈んだ。

つぎはぺらぺらの帽子を、そのつぎは手袋を捨てた。これらもやはり、〈ソルティー〉のものだ。巾着の中身をみな手のひらにあけた。牡鹿銀貨が五枚、星紋銅貨が九枚、一ペニー青銅貨、半ペニー青銅貨、四ペンス青銅貨《グロート》が少々。そのすべてを水面にばらまいた。つぎは長靴《ちょうか》の番で、これはいちばん大きな水音をたてた。つづいて、短剣を投げいれた。〈猟犬《ハウンド》〉に慈悲を乞うた弓兵から奪ってきたものだ。剣帯も支流に沈めた。さらに、マントも上着もズボンも下着も、なにもかも捨ててしまった。あとはもう、〈針《ニードル》〉しかない。

白い肌を外気にさらし、鳥肌を立たせ、霧の中でがたがた震えながら、桟橋の突端に立ちつくす。手にした〈針《ニードル》〉がささやきかけてくるようだった。

〝敵を突くには尖ったほうを使うこと〟

〝サンサにはないしょだぞ！〟

刃《やいば》の付け根には、これを打った城の鍛冶、ミッケンの銘が入っていた。

（これはただの剣よ）とアリアは思った。

剣が必要なら、聖堂の地下には百本もある。〈針《ニードル》〉は小型すぎて、まっとうな剣の範疇に入らない。むしろ、おもちゃに毛が生えた程度のしろものだ。ジョンにこの剣をもらったとき、アリアはまだ愚かな少女でしかなかったのである。

「これはただの剣よ」

　こんどは口に出してそういった。だが……

……いいや、ちがう。そうではない。

〈針《ニードル》〉はロブであり、ブランであり、リコンであり、母であり、父だ。サンサでさえある。

〈針《ニードル》〉はウィンターフェルの灰色の城壁であり、城住みのみんなの笑い声だ。〈針《ニードル》〉は夏の雪——そして、ばあやの物語であり、赤い葉をつけ、恐ろしい顔をそなえた〈心の木〉であり、ガラスで囲った温室庭園のぬくもりを持った土の匂いであり、北風が自分の部屋の鎧戸をガタガタと揺らす音だ。なによりも、〈針《ニードル》〉はジョン・スノウの笑顔にほかならない。

（ジョンはわたしの髪をまさぐりながら、わたしのことをよく〝小さな妹〟と呼んでくれたっけ）

　それを思いだしたとたん、急にぽろぽろと涙があふれだした。

〈馬を駆る山《マウンテン》〉の兵たちにつかまったさい、この剣はポリヴァーに盗まれた。が、〈猟犬《ハウンド》〉といっしょに〈十字路〉の旅籠に泊まったとき、〈針《ニードル》〉はそこにあった。

（神々はこれをわたしに持たせたかったんだ）

　むろん、神々とは〈七神〉のことではない。〈数多の顔の神〉でもない。父の神々、北の古き神々のことだ。

（ほかのものは〈数多の顔を持つ神〉が持っていってもいい）とアリアは思った。（でも、これだけはだめ）

命名日と同じく、一糸まとわぬ姿になって、ただ〈針《ニードル》〉だけを握りしめたまま、アリアは石段を昇っていった。なかほどまで昇ったとき、足の下で石がぐらつくのが感じられた。アリアはひざをつき、その周囲に指を突っこんでモルタルをほじった。最初はなかなか動かなかったが、あきらめることなく、もろくなったモルタルを爪でほじくりつづけるうちに、とうとう石が手前にずれた。うめきながら隙間に両手をつっこみ、思いきり手前に引っぱる。石の向こうに、大きな隙間ができた。

「おまえはここにいたほうが安全ね」と〈針《ニードル》〉に語りかけた。「おまえがここにいるのは、おまえとわたししか知らないんだよ」

鞘に収めた剣を石段の奥へと押しこみ、手前にずらした石を押しもどす。石は動かす前の状態にもどり、ほかの石と見わけがつかなくなった。そこから上の段へあがるまぎわ、剣を隠した場所をたやすく見つけられるよう、石段の数を数えた。いつの日か、また〈針《ニードル》〉が必要になるときがくるかもしれない。

「いつの日か、ね」と、アリアは自分につぶやいた。

持ちものを捨てたことは話さなかったのに、〈温顔の男〉は知っていた。翌日の晩、夕食のあとにアリアの個室へやってきて、こう切りだしたからである。

「子供よ——そばにきてすわりなさい。きみに話して聞かせる物語がある」

「どんな物語？」アリアは用心深くたずねた。

「われわれの始まりの物語だ。きみがわれわれの一員になるのであれば、われわれが何者か、どうやっていまのわれわれになったかを知っておくにしくはない。ブレーヴォスといえば、人々が声をひそめて真っ先にささやくのは、われわれ〈顔のない男たち《フェイスレス・メン》〉のことだと思う。しかし、われわれはこの〈秘密の都〉そのものよりももっと古くから存在する。タイタンがそそりたつよりも前、アサロの仮面がはずされるよりも前、都の創建よりもさらに前からだ。北部の霧の中、われわれはこのブレーヴォスにおいて栄えたが、芽生えたのはヴァリリアの地だった。上古《じょうこ》、永世領《フリーホールド》の夜を明々と照らす〈十四の炎《フォーティーン・フレイムズ》〉山脈の下、深い坑道の奥で重労働を強いられるみじめな奴隷のあいだに、わが信仰は産声をあげた。たいていの鉱山は、死んだ冷たい岩に周囲をはばまれているため、坑道はじめじめとして底冷えするものだが、〈十四の炎〉は生きた山々であり、熔けた岩の血脈《けつみゃく》と炎の心臓を持っていた。それゆえに、いにしえのヴァリリアの鉱山はつねに暑く、坑道が地下深くへ、ますます深くへと掘りさげられるにつれて、いっそう暑くなっていったため、奴隷たちは竈《かまど》での作業を余儀なくされた。周囲の岩壁は熱くて手を触れることもできない。空気は硫黄臭《いおうしゅう》に満ち、吸えば肺がただれてしまう。部厚いサンダルを履いていても、足の裏はたちまち火傷して、火ぶくれだらけだ。ときどき、金鉱を探して掘りつづけるうちに、思いがけなく岩壁を打ち抜いてしまい、蒸気が噴出してくることもある。熱湯や熔けた岩が噴きだしてくることもある。坑道のなかには、高さが足りないためにまっすぐ立てず、腰をかがめたり這いずったりしていかねばならないものもあった。そして、赤い闇のなかには、ワイアームもいた」

「ワーム？　それ、地虫《アースワーム》のこと？」

眉をひそめて、アリアはたずねた。

「火吹き地竜《ファイアーワイアーム》のことだよ。一説によると、ドラゴンに似ているともいう。ワイアームも火を吐くからだ。天を舞うかわりに、ワイアームは岩と土に潜る。古い物語が信用できるなら、〈十四の炎〉山脈には、ドラゴンが到来するより前からワイアームが住みついていたらしい。その幼体は、きみの骨ばった腕と大差ない大きさだが、成長すれば怪物的な大きさになるし、人間をきらう」

「そのワイアーム、奴隷たちを殺したの？」

「黒焦げにされた死体がしばしば坑道内で見つかった。岩の割れ目がある場所や横穴が多数あいていた場所でだ。それでも、坑道はますます深くまで掘られた。奴隷たちはばたばたと死んでいったが、あるじの側は気にもしない。当時、銅混じりの赤金《レッド・ゴールド》、銀銅混じりの青金《イエロー・ゴールド》、銀の価値は、奴隷の命よりも上だと見なされていたからだよ。旧永世領《フリーホールド》では、奴隷はいくらでも安く買えた。当時のヴァリリア人は、戦時中は何千人と奴隷を確保したし、平和時にはその奴隷が産み増えるため、奴隷の供給にはことかかない。そうといっても、赤い闇の底に送りこまれて死ぬのは、奴隷のなかでも最下級の者だけだったという」

「奴隷は蜂起して戦わなかったの？」

「戦った者もいたさ。鉱山では、暴動は日常茶飯事だった。しかし、成果はほとんどあがらなかった。永世領《フリーホールド》のドラゴンの貴人たちは魔法に長けていたので、逆らえば命がない。それでもあきらめずに抵抗した者たちがいた。そのひとりが、最初の〈顔のない男《フェイスレス・マン》〉だった」

「それはだれだったの？」

思わず知らず、反射的にアリアはたずねていた。

「だれでもなかった」と司祭は答えた。「一説によれば、自身も奴隷だったという。また、永世領《フリーホールド》の領主のひとりの息子だったとの説もある。じつは奴隷の監督で、奴隷たちの境遇にあわれをもよおしたという説さえある。真相はだれにもわからない。しかし、それが何者であれ、〈顔のない男《フェイスレス・マン》〉は奴隷のあいだを歩きまわり、奴隷たちの祈りのことばを耳にした。鉱山で働かされるのは百もの国から集められた男たちで、各々が各々のことばで各々の神に祈りを捧げたが、祈りの内容はすべて同一だった。みながみな、解放を願い、苦痛の終焉を願っていたのだよ。ささやかにして単純な願いではある。しかし、神々の返事はなく、奴隷たちの苦行はつづいた。〝この者たちの神には耳がないのか？〟と〈顔のない男《フェイスレス・マン》〉は考えたという。ところが……ある晩、赤い闇の中で、唐突に悟りが訪れた。

いかなる神にもそれぞれの道具がある。その神に仕え、その意志を地上に示す道具となる男女がいる。この奴隷たちは、一見、百の異なる神々に叫んでいるようでいて、じつは百の異なる顔を持った、ただ一柱の神に叫んでいるのではないか……そして、自分こそは、その神の道具ではないのか――。悟りを開いたその晩のうちに、〈顔のない男《フェイスレス・マン》〉は奴隷のなかでもっとも追いつめられた者、だれよりも熱心に解放を祈っていた男を選び、軛《くびき》より解放してやった。ここに、最初の贈り物が与えられたのだ」

アリアは司祭から身をのけぞらせた。

「殺したの？　奴隷のほうを？」正しいこととは思えなかった。「殺すべきは奴隷の主人のほうなのに！」

「〈顔のない男《フェイスレス・マン》〉は、そのうち主人たちにも贈り物を授けるようになる……しかし、それはまた後日の物語だ。だれでもない者に語って聞かせる話でもない」司祭は小首をかしげた。

「さて、きみはだれだね？」

「だれでもない」

「嘘だな」

「どうして嘘だとわかるの。魔法？」

「真実と嘘を見わけるのに魔法を使う必要はないよ。目があればことたりる。顔を読むすべさえ身につければいい。目を読むすべ、口の動きを読むすべをね。ここの筋肉はこう動き、あごの角がこう動き、首が肩とつながる部分はこう動く——それがわかるようになればいいんだ」司祭は二本の指で、そっとアリアに触れた。「嘘をついているとき、人はまばたきが増える。あるいは相手をじっと凝視する。目をそらす。唇をなめる。嘘をつく前に口を隠す者も多い——まるで欺瞞を隠そうとするかのように。ほかの徴候はもっと微妙かもしれないが、嘘のしるしは、つねにそこにある。作り笑いと本物の笑いは似ているが、黄昏と夜明けほどもちがう。きみには黄昏と夜明けの区別がつくかね？」

アリアはうなずいた。もっとも、それほど自信があったわけではないが。

「それならきみも、嘘を見わけるすべを学べるだろう……そして、ひとたび学んでしまえば、いかなる秘密も、きみから隠しておくことはできなくなる」

「教えて」

そのために必要なら、〝だれでもない者〟のままでいい。〝だれでもない者〟である以上、心の中には穴などないのだから。

「教えるのは彼女だ」〈温顔の男〉がそういうと同時に、戸口の外に〈浮浪児〉が現われた。「まず、ブレーヴォスのことばを学ぶことからはじめなさい。ことばを話すことも理解することもできなくては、なにもできはしないだろう？ きみはきみで、彼女に自分のことばを教える。ふたりでおたがいのことばを教えあうんだ。やってみるかね？」

「うん」

そう答えた瞬間から、アリアは〈黒と白の館〉の修練者となった。使用人用の衣類は回収され、かわりに黒と白のローブを与えられた。そのローブは、かつてウィンターフェル城で使っていた懐かしい赤色の毛布のように、とろけるかと思うほど柔らかな生地でできていた。ローブの下には、上等な白のリネンの下着と、ひざまである黒のシャツを着させられた。

それからのち、アリアと〈浮浪児〉とは、もっぱらいろいろなものに手を触れ、あるいは指さし、たがいにそれぞれの言語で名前をいいあって過ごした。最初は簡単なことばを教えあった。カップや蠟燭や靴などの単語だった。それが段々とむずかしい単語になり、やがて文になった。以前、シリオ・フォレルに片脚で立たされ、全身がわなわなと震えだすまで、ずっとその姿勢を維持させられたことがある。そのあとは、猫を追いかけさせられた。木の枝の上で水の舞《ウォーター・ダンス》を踊らされたこともあるし、棒を持たされて剣の練習をさせられたこともある。どれもこれもむずかしかったが、ことばの学習はもっとむずかしかった。

（ことばを憶えるのにくらべたら、縫い物でさえ、もっと楽しいくらい）

ある晩、憶えたつもりのことばの半分を忘れてしまい、残り半分についても発音がひどく、〈浮浪児〉に笑われたとき、アリアはそう思った。

（わたしが組みたてる文章ときたら、わたしの縫い目と同じでめちゃくちゃだもん）

相手がこれほど小柄でガリガリでなかったら、その馬鹿みたいな顔を引っぱたいてやったところだろう。かわりにアリアは、自分の唇をかんだ。

（馬鹿なのはわたしもおんなじ。馬鹿すぎて憶えられないし、愚かすぎてあきらめることもできない）

〈浮浪児〉のほうは、共通語を急速に学びつつあった。ある日、夕食の席で、〈浮浪児〉はアリアに顔を向け、共通語でこうたずねた。

「あなたはだれ？」

「だれでもない」と、アリアはブレーヴォス語で答えた。

「嘘」〈浮浪児〉は否定した。「嘘はもっとじょうずにつくよ」

アリアは笑った。

「じょうずく？　馬鹿ね、〝うまく〟っていうのよ、そういうときは」

「〝ばかねうまく〟。おぼえてみる」

つぎの日、ふたりは嘘つきゲームをはじめた。交互に質問をし、答えていくのだが、その答えはほんとうである場合もあるし、嘘である場合もある。質問をする側は、相手の答えが真実かどうかを見ぬくように努める。〈浮浪児〉はつねに、どれが真実でどれが嘘かわかるようだった。アリアのほうは見当をつけるしかないが、その見当はたいていはずれた。

あるとき、〈浮浪児〉が共通語でこうたずねた。

「何年、生きた？」

「十年」といって、アリアは十本の指をかかげてみせた。

自分ではまだ十歳だと思っているが、たしかめるのはむずかしい。ブレーヴォスの月日の数えかたは、ウェスタロスとは異なるからだ。アリアにわかるのは、九歳のあと、命名日《たんじょうび》が一度きたことだけだった。

〈浮浪児〉はうなずいた。アリアもうなずきかえし、自分に可能なかぎりちゃんとした発音のブレーヴォス語で問い返した。

「あなたは何歳？」

〈浮浪児〉は十本の指を立ててみせた。もういちど、十本。さらにまた十本。そして最後に、六本。その顔は、屋内池の水面のようになめらかで動揺がない。

（三十六歳のはずがないでしょ。こんなに小さい娘なんだから）

「嘘」とアリアはいった。

〈浮浪児〉はかぶりをふって、もういちど指を立てた。十本と十本と十本と六本。そして、三十六を示すブレーヴォス語を口にし、アリアにもそれを復唱させた。

翌日、〈温顔の男〉に〈浮浪児〉の年齢のことを話した。

「それは嘘ではないよ」笑いながら、司祭はいった。「きみが〈浮浪児〉と呼んでいるのは、成熟した女性でね。〈数多の顔の神〉に長いあいだ仕えてきている。自分の持っていたもの、持ちえたもの、身内に宿る生命のすべて——それを残らず捧げた結果があの姿だ」

アリアは唇をかんだ。

「わたしもああいうふうになるの？」

「いいや——きみがそう望まないかぎり、ならない。あのような姿になっているのは毒物のせいだからね」

（毒物……）

それでわかった。毎夕の祈りのあと、〈浮浪児〉は黒い池の水面に、石の細口瓶の中身を注ぎこむ。その液体の影響だろう。

〈数多の顔を持つ神〉の使徒は、〈浮浪児〉と〈温顔の男〉ばかりではなくて、ときおり、ほかの者たちも〈黒と白の館〉を訪ねてきた。たとえば、猛々しい黒い目、鉤鼻、黄色い歯と横に広い口を持つ太った男――けっして笑わず、虹彩の色が薄く、唇が厚くて黒い男――訪れるたびに顎鬚《あごひげ》の色が変わり、鼻の形も変わるが、それでいて見苦しくない、ハンサムな男。とくに頻繁に訪ねてくるのはこの三人だったが、ほかにも使徒はいた。やぶにらみの男、領主風の男、飢えた男だ。あるときは、太った男とやぶにらみの男がいっしょにやってきた。

アリアはウマに指示されて、ふたりの給仕をやらされた。

「給仕をしていないときは、石の彫像のようにじっと立っていなくてはならないよ」〈温顔の男〉がいった。「きみにそれができるかね？」

「うん」

〝動くことを学ぶ前に、まずはじっとしていることを学ばなくてはならない〟

それはずっと前、キングズ・ランディングにいたとき、シリオ・フォレルから受けた教えだった。凝固しているすべは身につけた。それに、ハレンホールでは、ルース・ボルトンの酌人をしたこともある。ワインをこぼそうものなら、きっと生皮を剝がれていただろう。

「よろしい」〈温顔の男〉がいった。「目と耳もふさいでおくのがいちばんだ。いろいろなことが聞こえるだろうが、右から左へ聞き流してしまいなさい。なにも聞いてはならない」

その晩はいろいろなことばを聞いたが、話はほぼすべてブレーヴォス語で交わされたので、十語に一語も理解できなかった。

（石の彫刻のようにじっとしてるのよ）

アリアは自分に言い聞かせた。いちばんむずかしいのは、あくびをこらえることだった。

その晩は、給仕がおわるまでのあいだ、思いはふわふわと空想の世界をさまよっていた。石の細口瓶を両手に持って立ったまま、自分が狼になり、月光照らす森の中、大規模な狼の群れを率いて、自由自在に駆けめぐる場面を思い描いたりもした。

「あの人たちもやっぱり、司祭なの？」翌朝、アリアは〈温顔の男〉にたずねた。「あれはみんな、ほんとうの顔なの？」

「どう思うね、子供よ？」

（わからない）とアリアは思った。

「ジャクェン・フ＝ガーも司祭でしょ？　ジャクェンもブレーヴォスにもどってくるの？」

「だれといったね？」ほんとうに知らないようすだった。

「ジャクェン・フ＝ガー。わたしに〈鉄の貨幣〉をくれた人」

「そういう名前の人物は知らないな、子供よ」

「どうやったら顔を変えられるのかってたずねたらね、たいしてむずかしくはない、名前を変えるのと同じようなものだ、やりかたさえ知っていればな、って答えたの」

「そんなことをいったのか？」

「顔の変えかた、教えられる？」

「教えられたらいいのだがね」司祭はアリアのあごに手をあてがい、自分の顔に向けさせた。「では、頬をふくらませて舌を出してごらん」

アリアは頬をふくらませ、舌を出した。

「ほら、顔が変わった」

「これはわたしがいってるのとちがうよ。ジャクェンは魔法を使ったんだから」

「魔法というものは、使えばそれなりの代償をともなう。魔法を使いこなすには、何年ものあいだ、祈りと供犠《くぎ》を捧げ、必要な研鑽《けんさん》を積まねばならない」

「何年も？」アリアはがっかりした声を出した。

「そう簡単にいくのなら、だれもが魔法を使っているさ。走る前には、まず歩きかたを憶えねばならないのと同じだよ。しかし、なぜ魔法に頼る必要があるね？　役者のトリックでも充分だろう？」

「役者のトリックだって知らないもの」

「では、いろいろな表情を作る練習をしなさい。皮膚の下には筋肉がある。その使いかたを学ぶんだ。なんといっても、自分の顔なのだからね。頬も、唇も、耳も、それは自分のもの。笑顔も渋面も、一朝一夕で身につくものではない。笑顔は召使いのように、呼んだときだけ姿を現わすべきものだ。自分の顔を司ることを学ぶんだよ」

「やりかたを教えて」

「頬をふくらませてごらん」

アリアはいわれたとおりにした。

「両の眉を吊りあげて——ちがう、もっと高く」

これもいわれたとおりにした。

「よろしい。それをどのくらいつづけられるか、たしかめることだ。長くはもたないだろう。あすになったら、もういちどそれをやってみなさい。地下倉庫にミアの鏡がある。その前で、毎日一時間、顔の表情を作る練習をするように。目、鼻、頰、耳、唇――そのすべてを司るすべを身につけるんだ」

そこで司祭は、ふたたびアリアのあごに手をあてがった。

「きみはだれだね？」

「だれでもない」

「嘘だな。悲しい、ささやかな嘘だ、子供よ」

翌日、ミアの鏡を探しだした。そして、毎朝、毎晩、その前にすわり、自分の両脇に蠟燭を置いて、表情を作る練習にはげんだ。

（自分の顔を司るのよ）アリアは自分に言い聞かせた。（そうすれば嘘をつけるわ）

ほどなく、〈温顔の男〉の指示で、侍祭を手伝い、死体を浄める仕事をやらされるようになった。やってみると、ウィーズにやらされた階段磨きほどつらい仕事でもなかった。ときどき、死体が大きすぎたり太りすぎていたりで、重さをあつかいあぐねることもあったが、たいていの死体は老人のもので、骨と皮ばかりに干からびていた。洗いながら死体を眺め、このひとたちはどうしてここの黒い池にきたんだろうかと考える。それで思いだしたのは、ばあやから聞いた物語だった。長い長い冬のあいだ、長く生きた老人が、ときどき〝狩りに出かける〟と宣言するという。

「すると、その人の娘たちは泣きだし、息子たちは顔をそむけて、じっと暖炉を見つめるんですよ」そんなばあやの声が聞こえるようだった。「けれども、だれにもその老人をとめることはできません。雪がこんなにも深く積もり、寒風が吹きすさぶなかで、いったいなにを狩りにいくのかと問うこともできません」

老いたブレーヴォス人が〈黒と白の館〉へ旅立つときは、その息子や娘たちにどういって出かけるのだろう。

月が昇っては沈み——月そのものを見ることはなかったが——何日もが経過した。アリアは聖堂に仕えて日々の仕事に務め、死体を洗い、鏡に向かって百面相をし、ブレーヴォスのことばを学びながら、自分がだれでもないことを忘れまいとした。

ある日、〈温顔の男〉に呼ばれていってみると、こんなことを切りだされた。

「きみの発音はまだまだひどい。だが、それなりの形で、いいたいことを相手に伝えられるだけの語彙は身についた。これからは、しばらくわれわれのところを離れていたほうがいいだろう。われわれのことばをほんとうにマスターする唯一の方法は、毎日、朝から晩まで、ブレーヴォス語をしゃべりつづけることだ。さあ、いきなさい」

「いつ？　どこへ？」

「いますぐに。行き先は、この館の壁の外——海に浮かぶブレーヴォス百島の上だ。貽貝《イガイ》、笊貝《ザルガイ》、蛤《ハマグリ》を意味することばは教わったね？」

「うん」

アリアはブレーヴォス語で、いまいわれた貝の名前を口にした。

せいいっぱいそれらしく発音したブレーヴォス語を聞いて、司祭は破顔した。

「それならなんとか通用するだろう。溺れた町《ドラウンド・タウン》の波止場にブルスコという名の魚屋がいる。背中は悪いが気のいい男だ。寄港中の船乗りたち相手に、手押し車で貽貝、蛤、笊貝を売る娘を探していてね。きみにはその仕事をやってもらう。いいね？」

「うん」

「きみはだれだ？　とブルスコにたずねられたら、なんと答える？」

「だれでもない」

「だめだな。この館の外では、それは通用しない」

アリアはためらった。

「〈ソルティー〉は？　潮だまりの町《ソルトパンズ》の〈ソルティー〉」

「〈ソルティー〉は、テルネシオ・テリス以下、《タイタンの娘》の乗組員に知られている。きみがウェスタロスからきた娘であることは、そのしゃべりかたですぐにわかってしまう。ちがう名前のほうがいいな」

アリアは唇をかんだ。

「じゃあ、〈キャット〉は？」

「〈猫《キャット》〉か」司祭は考えた。「ふむ。ブレーヴォスには猫が多い。一匹増えたところで、注意は引かないだろう。では、きみはいまから〈キャット〉だ。みなしごで、出身は……」

「キングズ・ランディング」

父とともに、二度、白い港《ホワイト・ハーバー》の町を訪ねたことがあった。しかし、よく知っているのは、キングズ・ランディングのほうだ。

「そんなところ《ジャスト・ソー》か。きみのおとうさんはガレー船の漕手頭《そうしゅがしら》だった。おかあさんが亡くなったとき、おとうさんはきみを連れて海に出た。ところが、そのおとうさんも亡くなってしまい、きみを船に乗せておいても役にたたないので、船長はきみをブレーヴォスで降ろした。その船の名前はなににしよう？」

「《ナイメリア》」

打てば響くように、アリアはそう答えた。

その晩、アリアは〈黒と白の館〉をあとにした。右の腰に長い鉄のナイフを吊っているが、マントを着ているので、はたからはまずわからない。マントはいかにも孤児が着ていそうな、つぎあてだらけの磨りきれたしろものだった。靴は小さくてつま先がきつく、糸がほつれた上着を風がすりぬけていく。そんな風体のアリアの眼前に、ブレーヴォスの街並みは連綿と広がっていた。夜気は煙と塩と魚の匂いがした。運河は曲がりくねり、路地はいっそう複雑に曲がりくねっているのがわかる。道ゆく者たちは、けげんな視線を向けてきた。物乞いの子たちも、アリアに理解できないことばを投げかけてくるばかりだ。やがて、そう遠くまでいかないうちに、アリアはすっかり道に迷ってしまった。

「サー・グレガー」四つのアーチで支えられた石橋を渡りながら、詠誦のように唱えだす。石橋の中央に立つと、ラグマンの港《ズ・ハーバー》に何隻もの船のマストが見えた。「ダンセン、〈善人面のラフ〉、サー・イリーン、サー・マーリン、太后《クイーン》サーセイ」

雨が降りだした。アリアは雨天をふりあおぎ、雨粒が頬を濡らすにまかせた。気分が高揚していて、踊りだしたいほどだった。

「すべての者は、いつか死なねばならぬ《ヴァラー・モルグリス》」と、アリアはいった。「ヴァラー・モルグリス、ヴァラー・モルグリス」

23 ——— アレイン

朝陽が窓から射しこんでくると、アレインはベッドの上で起きあがり、ひとつのびをした。アレインが目覚めた気配に気づいて、グレッチェルがただちに起きあがり、ベッドローブを取ってきた。夜のあいだに、室内はぐっと冷えこんでいた。

(冬がやってきたら、こんなものではすまないわね)とアレインは思った。(冬がきたら、ここは墓石のように冷たく冷えきってしまう)

ローブに袖を通し、腰のところでひもを結ぶ。

「いまにも火が消えそうだわ」暖炉を見て、アレインはいった。「悪いけれど、薪を足してもらえるかしら」

「かしこまりました」と老侍女は答えた。

〈乙女の塔〉に用意されたアレインの居室は、レディ・ライサの存命中にあてがわれていた小さな寝室よりも大きくて贅沢だった。専用の化粧室もあれば、厠もある。彫刻を施された白い石のバルコニーもあり、そこから谷間《ヴェイル》を見わたすこともできる。グレッチェルが暖炉に薪をくべているあいだ、アレインははだしで窓まで歩いていき、バルコニーに出た。素足に触れる石が冷たい。ここではいつもそうであるように、外では風が強く吹きすさんでいる。とはいえ、そこから見える眺めのすばらしさに、石の冷たさも強風も、つかのま、意識からすっかり消え失せてしまった。〈乙女の塔〉は高巣城《アイリー》にある七つの塔のなかでも東端に位置し、視界をさえぎられることなく、眼下に広がる谷間《ヴェイル》を——朝陽のもとで朝靄《もや》にけぶる森や川や草原を——一望できる。絢爛たる朝の光に照らされた山々は、まるで金塊のようだ。

(なんて美しい——)

横を見あげれば、冠雪した高峰〈巨人の槍《ジャイアンツ・ランス》〉の頂がそそりたっている。岩と氷の巨大な塊の前では、その肩にとまる高巣城《アイリー》など、ごくちっぽけな存在にしか見えない。夏には滝が——名前は〈アリッサの涙〉という——谷底に落ちこむ崖っぷちには、長さ五、六メートルにもおよぶ氷柱《つらら》が何本もたれさがっていた。凍てついた滝の真上では、一羽の鷹が青い翼を大きく広げ、早朝の空に舞っている。

(わたしにも羽があったなら……)

彫刻された石の手すりに両手をあてがい、縁ごしに下を覗きこんだ。二百メートル下に、空支城《スカイ》と山肌に刻まれた石段が見えた。つづら折りの山道は、そこから下へと下っていき、雪支城《スノウ》と石《ストーン》支城を経て谷底に通じている。月の門《ザ・ゲーツ・オブ・ザ・ムーン》城の塔や天守は、ここから見ると子供のおもちゃのように小さい。門《ザ・ゲーツ》城のまわりには、〈小指《リトルフィンガー》〉が守護代を務めることに異議を申し立て、強訴《ごうそ》に押しかけてきた六公の軍勢がうごめいていた。多数の兵士たちが、蟻塚から這い出てくる蟻のように、数々の天幕から起きだしてきたのだ。

（あれがほんとうに蟻なら——踏みにじってつぶしてしまえるのに）

若きハンター公とその軍勢が包囲勢に合流したのは、二日前のことだった。門城の恒久的城守となったネスター・ロイスは、城門を固く閉じて立てこもっているが、その守備兵力は三百名しかいない。対するに強訴六公は、各自千名の兵を連れてきている。その六公の名を、アレインは自分の名前と同じくらいよく知っていた。ベネダー・ベルモア——猛き歌城《ストロングソング》の城主。サイモンド・テンプルトン——通称〈九星城《ナインスターズ》の騎士〉。ホートン・レッドフォート——赤い城砦《レッドフォート》の城主。さらに、アニア・ウェインウッド——鉄の樫城《アイアンオークス》に君臨する女城主。ギルウッド・ハンター——若きハンター公として知られる長弓城館《ロングボウ・ホール》の城主。そしてひときわ大勢力を誇るヨーン・ロイス——恐るべき〈青銅《ブロンズ》のヨーン〉の異名をとる男、神秘の石城《ルーンストーン》の城主だ。ヨーンはネスターの従兄にあたり、ロイス本家の当主でもある。ライサ・アリンが墜死したのち、六公はルーンストーン城に集まり、そこで協定を結んで、幼いロバート公と谷間《ヴェイル》を護り、相互に支援しあうとの誓いを立てた。六公の出した声明書には、守護代のことこそ触れられていないが、〝統治者不在〟の状態に終止符を打たねばならないこと、〝偽りの友と悪しき顧問たち〟の存在のことが指摘されている。

　ふいに、ひときわ冷たい突風が足もとから吹きあげてきた。アレインは室内に引き返し、朝食時に着用するガウンを選んだ。ピーターからは、亡き妻ライサの衣装をそっくり譲ってもらっている。シルク、サテン、ベルベット、毛皮など、夢にも見たことがないほど豪華な衣装の数々だ。その大半は、アレインには大きすぎた。何度もつづけて妊娠、死産、流産をくりかえすうちに、レディ・ライサは思いのほか太めになっていたからである。それでも、リヴァーラン城の若きライサ・タリーだったころに仕立てられた古いガウンはすこし残っていたし、十三歳のアレインは二十歳当時の叔母と脚の長さがほぼ同じだったので、何着かはグレッチェルがちょうどいいサイズに仕立てなおしてくれていた。

けさ、目にとまったのは、タリー家の色である赤と青の生地に、灰色と白の栗鼠《リス》の毛皮を裏打ちしたガウンだった。グレッチェルに手伝ってもらって、先が広がった袖に腕を通し、背中のひもを締め、髪にブラシをかけて結わえてから、ピンで留める。昨夜、ベッドに入る前に、髪はふたたび栗色に染めなおしておいた。叔母に与えられた髪染めを使うと、豊かな鳶《とび》色が〝アレイン〟の濃い栗色に変わるものの、すぐに髪が伸びて、根元の鳶色がめだってしまうのだ。

（染料が切れたらどうしよう）

この染料は、〈狭い海〉の向こう、タイロシュから輸入されているものだという。

朝食をとるため、下の階へ降りていきながら、アレインは高巣城《アイリー》の静けさに愕然とした。七王国を通じて、これほど静かな城はほかにない。ここの召使いは数が少ないうえ、みんな老齢で、若い城主を興奮させないよう、声をひそめて話す。山には馬がいないし、吠えたりうなったりする猟犬もおらず、郭《くるわ》で剣の訓練をする騎士たちもいない。白い石を敷きつめた廊下を歩く衛兵たちの足音でさえ、奇妙にくぐもって聞こえる。塔のまわりで風がうめき、ためいきをつく音は聞こえるが――それだけだ。はじめて高巣城《アイリー》を訪ねたときは〈アリッサの涙〉の水音が聞こえていたものだが、あの滝もいまは凍ってしまっている。グレッチェルがいうには、春までああして沈黙したままなのだそうだ。

ロバート公はひとりで厨房の北にある〈モーニング・ホール〉にすわり、木のスプーンを持って、大義そうにかゆ《ポリッジ》と蜂蜜の大きなボウルをかきまぜていた。

「卵がほしい」アレインの姿を見るなり、ロバート公は不平をもらした。「半熟卵を三つ、腰肉《バック》のベーコンをつけて」

卵はないし、ベーコンもない。高巣城《アイリー》の穀物倉には、大量のオート麦、小麦、大麦が備蓄してあり、城じゅうの者が一年は食いつなげる。しかし、生鮮食料品については、マイア・ストーンという私生児の娘が谷底から運んでくる補給品に頼っており、いまは山のふもとに強訴六公が野営しているため、食料を届けようがないのである。六公のうち、最初に門城へ到着したベルモア公は、さっそく〈リトルフィンガー〉に使い鴉《レイヴン》を送ってよこし、ロバート公を下山させないかぎり、高巣城《アイリー》に食料が供給されることはない旨、伝達してきた。いまのところ、まだ攻囲といえるほどのものではないが、それに準ずる布陣が敷かれていることはたしかだ。

「マイアがくれば、好きなだけ卵を召しあがれます」アレインは少年守護者に約束した。「卵、バター、メロン、その他いろいろ、美味しいものを持ってきてくれますよ」

少年は納得しなかった。

「卵が食べたいのはきょうなんだ」

「スイートロビン、卵が切れていることはご承知のはずです。お願いですから、ポリッジを食べてください。ほら、とても美味しいですよ」

そういって、アレインはポリッジをスプーンですくい、自分の口に運んだ。

ロバートはボウルの中身をスプーンでかきまぜたが、食べようとはしなかった。

「おなかはへってない。それより、ベッドにもどりたい。昨夜《ゆうべ》は眠れなかったんだ——歌声が聞こえて。メイスター・コールモンは夢見《ドリーム》ワインをくれたけど、それでも歌声が聞こえた」

アレインはスプーンを置いた。

「歌声が流れていたなら、わたしにも聞こえたはずです。悪い夢をごらんになった——それだけのことですよ」

「ちがう、あれは夢じゃなかった」涙が両の目にあふれた。「マリリオンがまた歌ってる。おまえの父親はあいつが死んだというけど、死んでないんだ」

「死んでいます」

こんなことをいわれると、さすがに気が滅入ってくる。

(小さくて病気がちだというだけでもやっかいなのに、あらぬことまでいいだしたら、もうどうしようもないじゃないの)

「スイートロビン、あの者が死んでいるのはまちがいありません。マリリオンはおかあさまを溺愛していたのに、そのおかあさまにあんなまねをしてしまったものだから、もう生きていられなくなって、それで虚空に足を踏みだしたんです」ロバート公と同じく、アレインも死体を見てはいない。だが、あの吟遊詩人が死んだという事実には疑いを持っていなかった。「あの者は死にました。ほんとうです」

「だけど、毎晩、あいつの歌声が聞こえるんだぞ。鎧戸を閉めても、頭から枕をかぶっても、それでも聞こえてくる。おまえの父親はあいつの舌を切りとるべきだったんだ。ぼくはそうしろといったのに、おまえの父親はいうことを聞かなかった」

（舌を切ったら〝自白〟させられないでしょう）

「よい子にしてポリッジを召しあがってください」アレインは懇願した。「お願いですから、ね？　わたしのために」

「ポリッジなんかほしくないやい」ロバートはスプーンを壁に投げつけた。スプーンは壁のタペストリーにあたって跳ね返り、シルクの月にポリッジの筋を残した。「領主さまは卵をご所望なんだ！」

「――領主たる者、ポリッジを食し、糧《かて》があることに感謝すべきですな」

背後から、ピーターの声がいった。

アレインがふりかえると、ピーターが戸口のアーチに立っていた。そばにはメイスター・コールモンをしたがえている。

「守護代さまがおっしゃることはもっともです、閣下」メイスターがいった。「なにしろ、閣下に仕える旗主たちが、表敬のため、山のふもとに集まっているのですから、毅然とした態度をとっていただかなくては」

ロバートはこぶしを握り、左目をこすった。

「追いはらえ。あいつらになんか会いたくもない。むりやりあがってきたら、空を飛ばせてやる」

「わたしもそうしたい気持ちは山々ですが、守護者どの、残念ながら、ことをあらだてないと約束してしまいましたのでね」ピーターが答えた。「いずれにせよ、追い返したくても、もはや手遅れです。すでにもう、石《ストーン》支城まで登ってきておりますから」

「どうして、そっとしておいてくれないのでしょう？」アレインは嘆いた。「こちらからはなにも危害を加えていないのに。あのひとたち、なにが望みなのです？」

「ロバート公の身柄だよ。ロバート公と谷間《ヴェイル》だ」ピーターはほほえんだ。「登ってくるのは八名。六公をネスター公が先導して、リン・コーブレイもともなっている。サー・リンは、いまにも流血沙汰が起きそうなとき、傍観している人物ではないからな」

ピーターのことばはアレインの恐怖をやわらげる役にたたなかった。リン・コーブレイは決闘でおおぜいを殺してきた人物だ。その数たるや、戦《いくさ》で討ち取った敵の数にも匹敵するという。サー・リンが騎士として叙任されたのは、ロバート・バラシオンの反乱の時であることをアレインは知っている。最初は港町ガルタウンの市門を護るジョン・アリン公に戦いを挑み、のちに三叉鉾《トライデント》河では、ジョン・アリン公の旗主として戦った。〈王の楯《キングズガード》〉の白騎士であったドーンの公族《プリンス》ルーウィンを倒したのは、そのときのことである。ピーターによれば、その時点で、王側の劣勢はもはやくつがえしがたく、プリンス・ルーウィンはすでに深傷《ふかで》を負った状態で、コーブレイ家伝来の名剣〈孤独の淑女《レディ・ファローン》〉を相手に最後の舞踏を舞ったという。

しかしピーターは、こうもつけくわえた。

「ただし、それだけはコーブレイの前で口にしないほうがいい。そんなことをたずねる者は、すぐさまその真偽を先の大公《プリンス》マーテルに問うはめになる——地獄の大広間でな」

じっさい、ロバート公の衛兵たちから聞いた話が半分でも事実なら、リン・コーブレイは強訴六公を合わせたよりもなお危険な人物らしい。

「サー・リンは、なにしにここへ？」アレインはたずねた。「コーブレイ家はおとうさまの味方だと思っていましたが」

「ライオネル・コーブレイ公はわたしの統治を受けいれるつもりでいるがね。公の弟であるリンはわが道をいく男だからな。トライデント河の戦いで父親が戦傷に倒れたさい、父親が取り落とした〈孤独の淑女《レディ・ファローン》〉を拾いあげて、父親を倒した相手を斬り捨てたのはリンだった。兄のライオネルが老父を後方のメイスターたちのもとへと運んでいくあいだ、手勢を率いてロバート・バラシオンの左翼を脅《おびや》かすドーン勢を突き、国王勢の戦線をずたずたに崩壊させ、ルーウィン・マーテルを斬ったのもそのときのことだ。先代コーブレイ老公が亡くなるさい、〈淑女《レディ》〉を次男のリンに授けた裏には、そんな経緯があったのだよ。現当主のライオネルは、先代の領地、称号、城、全財産を受け継いだが、にもかかわらず、そういう事情で、生得の権利を侵されたという気持ちをぬぐえずにいる。いっぽう、サー・リンはといえば……あの男はライオネルを愛しているからな、このわたしを愛しているのと同じ程度には。それと、サー・リンは、みずからライサの夫になりたかった男でもある」

「ぼく、サー・リンは大きらいだ」ロバート公がいった。「あんな男、ここに入れたくない。すぐに追い返して。あいつがここにきてもいいなんて、ぼく、ひとこともいってないぞ。ここには入れるな。高巣城《アイリー》は〝なんこうふらく〟なんだろ。母上がいってた」

「母上は亡くなったのです。わが君の十六回めの命名日まで、高巣城《アイリー》はわたしが治めさせていただきますよ」ピーターは、厨房の階段のそばに待機している背中の曲がった侍女に顔を向けた。「メラ、閣下に新しいスプーンを持ってきてさしあげなさい。ポリッジをお食べになりたいとのことだ」

「食べたくない！　ポリッジなんか、飛ばせてやる！」

今回、ロバート公はボウルをつかみ、中のポリッジと蜂蜜もろとも、守護代に投げつけた。ピーター・ベイリッシュはさっと脇によけたが、メイスター・コールモンは彼ほどすばやくはなく、木のボウルは正面から胸に命中し、中身が上に跳ね飛んで、メイスターの顔と肩をポリッジまみれにしてしまった。コールモンがメイスターらしからぬ悲鳴をあげるいっぽうで、アレインは急いで幼い宗主をなだめようとしたが、もはや手遅れだった。すでに発作がはじまっていたのである。ロバート公はわななく手でミルクのピッチャーをつかみ、これも放り投げた。そして、勢いよく立ちあがろうとした拍子に、椅子をうしろに倒してしまい、本人もいっしょにうしろへ倒れこんだ。反動で脚が跳ねあがり、片脚がアレインの腹を蹴りつけた。思いがけなく強く蹴られて、アレインは息が詰まった。

「まったく、なんということだ」

ピーターがあきれはてたように嘆くのが聞こえた。

顔に点々とポリッジをこびりつかせた状態で、メイスター・コールモンはなだめるように声をかけながら、ロバート公のそばにひざをついた。ひとかたまりのポリッジが、その右の頰をゆっくりとつたい落ちていく。まるで灰茶色をした大粒の涙のようだ。

(このまえの発作ほどひどくはないわ)

期待をこめて、アレインはそう思った。ようやく痙攣が収まるころには、スカイブルーのマントと銀色の鎖帷子《チェーン・メイル》を着た衛兵が二名、ピーターに呼ばれて、そばにやってきていた。

「閣下をお部屋のベッドに寝かせてさしあげろ。かたときも目を離すな」

背が高いほうの衛兵がロバートを抱きあげた。

(わたしでも運べるのに)とアレインは思った。(人形なみの重さしかないんだから)

ロバート公につきそうため、部屋へいく前に、コールモンはしばしその場にとどまった。

「守護代閣下、今回の会談ですが、後日、日を改めてなさったほうがよくはありませんか。レディ・ライサが亡くなって以来、守護者閣下の発作は日増しに悪くなっていきます。回数も増えて、症状も悪化するばかり。可能なかぎり頻繁に瀉血《しゃけつ》して、ドリームワインと罌粟《ケシ》の乳液の混合物をお飲ませし、安眠していただくよう努めていますが、しかし……」

「一日に十二時間も寝ておられるのだ」ピーターはいった。「たまには起きていていただかなくては困る」

メイスターは指で髪を梳《す》きあげ、ポリッジの塊を床に落とした。

「レディ・ライサは、閣下の神経が昂《たか》ぶられたとき、乳を含ませておいででした。母乳にはいろいろな効用がある、と大学匠《アーチメイスター》イブローズもいっておられます」

「それがきみの助言かね、メイスター？　高巣城《アイリー》の城主にして谷間《ヴェイル》の守護者どのに、乳母をつけろと？　となると、乳母の乳首ではなく、妻の乳首にむしゃぶりつかせてもいいということになるぞ」ピーター公の笑い声には、そんな行為をどう思っているかが如実に表われていた。「いかんな、それはだめだ。きみにはほかの方法を見つけてもらいたい。たとえば、わが君は甘いものがお好きだろう？」

「甘いもの？」

「甘いものだ。ケーキにパイ、ジャムにゼリー、蜂の巣についた蜂蜜。であれば、ミルクにほんのひとつまみ、〈甘い眠り《スイートスリープ》〉を加えてみてはどうだね？　ほんのひとつまみだ。わが君を落ちつかせて、あの悲惨な痙攣をとめるために」

「ひとつまみ……？」のどぼとけを大きく上下させて、メイスターはつばを呑みこんだ。

「ほんのひとつまみ……なるほど、そうですね。あまり多すぎないようにして、あまり頻繁に呑ませなければ、だいじょうぶかもしれません。わかりました、やってみます……」

「ほんのひとつまみだぞ」ピーター公は念を押した。「落ちついたら、諸公のもとへお連れしてくれ」

「御意に、閣下」

メイスターは急ぎ足で歩み去った。一歩ごとに、学鎖の金属環同士が触れあう音を小さく響かせながら。

「おとうさま」メイスターが去ってしまうと、アレインはたずねた。「朝食に、ポリッジはいかが？」

「ポリッジは好かんよ」守護代は〈リトルフィンガー〉の目でアレインを見つめた。「それよりも、朝食がわりにキスをたのむ」

ほんとうの娘なら、父親にキスすることを厭《いと》うはずがない。だからアレインはピーターのそばに歩みより、頬にすばやく、形ばかりのキスをすると、同じようにすばやくあとずさった。

「なんとまあ……お義理のキスもあったものだ」〈リトルフィンガー〉はほほえんだ。だが、笑っているのは口もとだけで、目は笑っていない。「まあいい。いまはたまたま、ほかにもやってもらうことがある。料理人にいって、蜂蜜とレーズンを入れた赤ワインを用意させてくれるか。もうじきやってくる客たちは、長時間の山登りで凍えて、のども渇ききっているはずだ。客がきたらおまえが出迎えて、飲みものと軽食でもてなしてやりなさい。ワインとパンとチーズを供してな。残っているチーズはどれだね？」

「くせの強い白黴《カビ》チーズと、匂いのきつい青黴チーズです」

「では、白黴チーズを。それから、その服は着替えたほうがいいだろう」

アレインは自分のドレスを見おろした。リヴァーラン城の色である、深いブルーと豊かなダークレッドだ。

「この服は——」

「タリー家の色が強すぎる。強訴《ごうそ》六公としては、わたしの私生児である娘がこれ見よがしに亡き妻の服を着ている姿を見て、けっしていい感情をいだくまい。別の服を選んできなさい。スカイブルーとクリーム色を避けるべきことはいうまでもないね？」

「はい」スカイブルーとクリーム色はアリン家の色なのである。「八人とおっしゃいましたが……〈青銅《ブロンズ》のヨーン〉もそのなかに？」

「ただひとり、重きを置くべき人物だ」

「〈青銅《ブロンズ》のヨーン〉はわたしを知っています」このことはピーターに報告しておかなくてはならない。「ご子息が黒衣の者となるために北部までこられたとき、公も同行されていて、ウィンターフェル城にも立ち寄られました」

サー・ウェイマーにひと目惚れしたことを思いだす。しかし、あれはもう、前世での……自分がまだ愚かな幼い娘だったころのできごとだ。

「それに、あのときだけではありません。ヨーン・ロイス公はキングズ・ランディングでも……サンサ・スタークを見ています。〈王の手〉主宰の武芸大会のときに」

ピーターはアレインのあごに一本の指をあてがった。

「ロイス公はたしかに、おまえの可愛い顔をかいま見ただろう。それはそのとおりだと思う。

しかし、それは一千もの顔のなかのひとつにすぎない。武芸大会に出場する男には、群衆の中の子供などより気になることがあるものさ。それに、ウィンターフェル城で見たサンサは、鳶色の髪の小さな女の子だった。わたしの娘は背が高くて色白の乙女で、髪は濃い栗色だ。人というものはね、思いこみで相手を見るものなんだよ、アレイン」ピーターはアレインの鼻にキスをした。「マディにいって、執務室《ソーラー》に火を熾《おこ》させておきなさい。六公は、あそこでお迎えする」

「〈高広間《ハイ・ホール》〉ではないのですか？」

「いいや。わたしがアリン家の公座のそばにいるところを見たら、客たちはわたしが公位につくつもりだと思いこむかもしれない。わたしのように生まれの卑しい者の尻は、あれほど立派なクッションに載せてはならんのだ」

「執務室――ですか」ほんとうは、こんなことをいうべきではなかったのだが、口をついて出るのをとめることはできなかった。「いっそ、ロバートを差しだしてしまえば……」

「……谷間《ヴェイル》も差しだすことになるな」

「どのみち、谷間《ヴェイル》はすでに諸公が掌握しています」

「うむ、大半はそうだ。それはそのとおり。だが、ぜんぶではないぞ。わたしはガルタウンではたいそう評判がいいし、諸公のなかにも気の合う友がいる。グラフトン、リンダリー、ライオネル・コーブレイ……たしかに、強訴六公とくらべて、たいした勢力ではないことは認めよう。とはいえ、谷間《ヴェイル》を差しだしたら、わたしにどこへいけというんだね、アレイン？

フィンガーズの強力な砦にもどるのか？」

それについては、考えがあった。

「ジョフリーからハレンホールを授かったでしょう。おとうさまは、いまもあそこの正当な城主です」

「名ばかりのな。あれはライサと結婚するにあたって、それなりの身分が必要だったから、もらっただけだ。ラニスター家がわたしにキャスタリー・ロック城をくれるはずもないから、あれがせいいっぱいのところだろう」

「それでも、あそこはおとうさまの城です」

「とはいえ、あれはまともな城ではない。洞窟のような廊下、崩壊した塔、亡霊に隙間風、猛焔で荒廃した、守備隊も住めぬ城……それに、呪いというささやかな問題もある」

「呪いは歌と物語の中だけのものですわ」

ピーターはおもしろがっている顔つきになった。

「あそこの前城主はグレガー・クレゲインだ。毒槍を受けて悶え死ぬグレガー・クレゲインを歌った歌も、すでに流布しているのではないかな？　あるいは、グレガーの前にあの城で死んだ顎鬚《あごひげ》の傭兵の歌を？　あの傭兵、グレガーによって、手足を一本ずつ、関節から斬り取られたとか。その傭兵はといえば、サー・エイモリー・ローチからあの城を奪ったのだが、ローチにあそこを与えたのはタイウィンだ。そのローチは熊に殺されて、タイウィンもまたおまえのこびとに殺された。レディ・ウェントもやはり死んだと聞いている。ロストン家、ストロング家、ハロウェイ家、またストロング家……ハレンホールはあそこに関わった者をかたはしから滅ぼしていくのだよ」

「でしたら、フレイ公に進呈してしまえばよろしいのに」

　ピーターは笑った。

「ふむ、それも一案。あるいは、われらが愛しきサーセイに進呈したほうがいいかもしれん。しかし、サーセイのことはあまり悪くいうまい。わたしにすばらしいタペストリーを贈ってくれたのだからな。ずいぶん親切なことではないかね？」

サーセイの名前を聞いただけで、アレインのからだはこわばった。

「あの女が親切だなんて、とんでもない。あれは恐ろしい女です。あの女にわたしの居場所を知られたら――」

「――予定よりも早く、このゲームからご退場ねがわねばならんだろうな。もっとも、その前に、サーセイがみずから退場してしまわねばの話だが」ピーターは薄く笑い、アレインをとまどわせた。「〈玉座〉をめぐるゲームでは、もっとも卑小な駒でさえ、みずからの意志を持ちうる。それをよく肝に銘じておきなさい、アレイン。この教訓を、サーセイはいまだ学んではいないのだ。ところで、おまえには仕事があったのではなかったかな？」

　そのとおりだった。アレインはまず、ワインに入れる甘味の手配をしてから、くせの強い白黴チーズの大きな円環形《ホイール》の塊を見つけだし、料理人に二十人ぶんのパンを焼いておくよう指示した。強訴六公が予定より多めに側近を連れてきた場合の用心だ。

（ひとたびここのパンと塩を口にすれば、諸公はこの城の客。客になった以上、わたしたちに危害を加えることはできないはずだわ）

たしかに、フレイ家はもてなしの礼儀をことごとく踏みにじり、双子城《ツインズ》で母キャトリンと兄ロブを殺してしまった。だが、ヨーン・ロイスほど気位の高い大物貴族が、そんな外道のまねをするとも思えない。

つぎは執務室だ。床にはミア産のカーペットを敷いてあるので、藺草《イグサ》を撒く必要はない。ふたりの召使いに指示して、架台テーブルを組みたてさせ、革張りのごついオークの椅子を八脚、下から運びこませた。これが宴なら、上座に一脚、下座に一脚、両脇に三脚ずつ配置するところだが、今回は宴ではないので、テーブルのいっぽうの側に六脚を、それと向かいあう形で二脚という配置をとった。そろそろ強訴六公は雪支城《スノウ》まで達しているかもしれない。騾馬《ラバ》に乗っていても、ここまで登るのには丸一日ちかくを要する。徒歩で登ってくるなら、たいていの人間は数日がかりだ。

到着の時間によっては、話しあいは夜遅くにまでおよぶ可能性がある。したがって、蠟燭を新しくしておく必要があった。暖炉の火を熾《おこ》させたあと、アレインはマディを下にやり、香りのよい蜜蠟の蠟燭を探しにいかせた。これはワクスリー公が夫の座を獲得しようとして、レディ・ライサに贈ったものだ。アレイン自身はまた厨房にもどり、ワインとパンの準備をたしかめた。すべては順調にいっているようだった。このぶんなら、湯浴みをし、髪を洗い、服を着替える時間くらいあるだろう。

服を選ぶとき、紫のシルクのガウンが目にとまった。ダークブルーのベルベット地に銀の腰帯がついたガウンもだ。これなら、自分の目の色によく映える。そこで、〝アレイン〟は私生児であることを思いだし、分を超えた服装をしてはならないと思いなおした。最終的に選んだのは仔羊の毛織り《ラムズウール》のドレスだった。色はダークブラウンでカットはシンプル、身ごろ、袖、裾には、金糸で葉と蔓《つる》の刺繍が入っている。なんとも控えめで地味だが、召使いの娘が着るものよりも多少は豪華に見えるだろう。ピーターからはレディ・ライサの宝石をすべてもらっており、そのなかからネックレスをいくつかつけてみた。だが、どれもけばけばしく思えたので、結局、黄葉《こうよう》の色をしたシンプルなベルベットのリボンを選んだ。グレッチェルが用意してくれた銀の手鏡に映してみると、リボンはアレインの豊かなダークブラウンの髪にぴったりだった。

(これならロイス公にもわたしだとはわからない。だって、自分でも自分だとわからないんだもの)

ピーター・ベイリッシュなみに大胆な気分になり、アレイン・ストーンはいつもの微笑を浮かべると、客たちを迎えに階下へ降りていった。

高巣城《アイリー》は、七王国じゅうで表玄関が地下にある唯一の城である。ふもとからは険しい石段が山肌を這い登り、道の要衝にある石《ストーン》支城と雪《スノウ》支城を経てずっと上までつづいているが、それは空《スカイ》支城で途切れてしまう。そこから二百メートル上までは、垂直に切りたった岩壁がそそりたち、まったく道がない。そのため来訪者は、そこで騾馬《ラバ》を降り、経路を選ぶ必要にせまられる。補給物資の搬入に使われる木の大桶に乗って空中を揺れながら高巣城《アイリー》まで運びあげられるか、縦溝《チムニー》内部にうがたれた手がかりをつかみながら自力で登攀《とうはん》するかだ。

強訴六公でも年長組の老レッドフォート公とウェインウッド女公は、ウインチで巻きあげられるほうを選んだ。両人が引きあげられてきて、大桶がまた下に降ろされると、こんどは太ったベルモア公が乗りこんだ。ほかの諸公は自力で登攀してきた。〈三日月の間〉の暖炉のそばで、アレインはロバート公の名代として一行を出迎え、パンとチーズと甘くした熱い香料ワインを銀器につぎ、一同に供した。

あらかじめ、ピーターからわたされた巻物を見て、各家の紋章は頭に入れてあったので、顔はわからなくとも紋章を見れば、どの家の当主かはひと目でわかる。〝赤い城〟は当然、赤い城砦《レッドフォート》家のもの。白い顎鬚《あごひげ》をきちんと手入れし、おだやかな目を持った背の低い老人が、レッドフォート公だ。レディ・アニアは、強訴六公のうち、ただひとり女性なので、すぐにわかった。身につけた深緑色のマントには、ウェインウッド家の紋章――〝漆黒の珠をちりばめた壊れた車輪〟があしらってある。〝紫地に銀の鐘六つ〟の紋章をつけた、腹が膨れて肩も丸い男はベルモア公だ。その顎鬚《あごひげ》は生姜《ショウガ》色がかったグレイで、二重顎から盛大に伸びている。それにくらべてサイモンド・テンプルトンの顎鬚《あごひげ》は黒く、尖端も鋭い。鉤鼻と冷たいブルーの目もあいまって、〈九星城《ナインスターズ》の騎士〉は優美な猛禽のようだ。その胴衣《ダブレット》には〝黄金のX十字に黒の九つ星〟が描かれていた。若きハンター公の白いオコジョ《アーミン》の毛皮のマントにはなんの紋章もなく、つかのま、アレインはとまどったが、マントを留めているブローチに五方向を向く〝五本の銀の矢〟を認めて、やっとだれだかわかった。先代のハンター公は、六十年ちかくにわたって長弓城館《ロングボウ・ホール》に君臨してきたが、不審なほど急にぽっくりいってしまい、現当主が継承を急いだ、とのうわさも流れている。現ハンター公の頬と鼻は、林檎のように真っ赤だった。だとしたら、葡萄の汁に目がないにちがいない。ハンター公が酒杯をからにしたら、そのつど、ただちに葡萄酒《ブドウ》をつごうとアレインは決めた。

一行のなかでもっとも若い男は、胸に〝三羽の使い鴉〟の紋章をつけていた。各々の鴉は、血の色をしたひとつの真っ赤な心臓を鉤爪でつかんでいる。男のブラウンの髪は、肩にまでかかっており、額にはカールしたほつれ毛がひとふさ。

（サー・リン・コーブレイだわ）

アレインはそう思いながら、したたかそうな口もとと、あちこちへ鋭く向けられる視線に用心深い目を向けた。

残るふたりは、どちらもロイス家の者たちだった。ネスター公と、〈青銅《ブロンズ》のヨーン〉だ。ルーンストーン城の城主ヨーン公は、〈猟犬《ハウンド》〉と同じほど背が高い。髪は半白で顔にはしわが刻まれているが、ふしくれだった両手はいまなおごつく、たいていの若い者なら、小枝のようにへし折ってしまえるだろう。傷跡のあるいかめしい顔は、ウィンターフェル城でこの人物を見たときのサンサの記憶をよみがえらせた。テーブルで物静かに母キャトリンと話すこの男を見た憶えがある。狩りに出かけ、仕留めた鹿を鞍のうしろに載せて帰ってきたとき、城壁内にこだましたヨーン公の大音声もだ。内郭《うちぐるわ》で練習用の剣をふるい、父をたたき伏せ、同様にサー・ロドリックを打ちのめす姿も目にした。

（ヨーン公には正体がばれてしまう。ばれないはずがないわ）一瞬、その足もとに身を投げだし、保護を求めようかとも思った。（ヨーン公はロブと戦ったことがないから、わたしをひどくあつかう理由がない。戦いはおわって、ウィンターフェル城は陥《お》ちたのだし）

「ヨーンさま」アレインはおずおずと声をかけた。「熱いワインはいかがでございますか？　おからだが温まります」

〈青銅《ブロンズ》のヨーン〉の目の色は石板のようなグレイで、アレインがかつて見たなかでとびきりふさふさとしたげじげじ眉になかば隠れていた。アレインを見おろすとき、その眉毛同士が触れあって、カサカサと音をたてた。

「はて――どこかで会ったか、娘」

舌を呑みこんでしまったかのような気持ちに陥ったとき、ネスター公が助け船を出してくれた。

「アレインは守護代どのの私生児だ」

従兄に対するにしては、ぶっきらぼうな物言いだった。

悪意のにじむ笑みを浮かべて、リン・コーブレイがいった。

「〈小　指《リトルフィンガー》〉の小さな指は、あれでなかなかお盛んだったと見える」

ベルモアが笑った。アレインは頬が赤らむのをおぼえた。

　レディ・ウェインウッドがたずねた。

「おまえ、齢はいくつだえ、子供や？」

「十四になります、マイ・レディ」一瞬、アレインなる娘が何歳であるか忘れそうになった。

「ただ、わたくしは子供ではございません。すでに花咲ける乙女でございます」

「その花、まだ摘まれておらぬとよいがな」

　若きハンター公がいった。ふさふさした口髭で口がすっかり隠れてしまっている。

「まだだろうさ、見たところ」アレインなどそこにいないかのように、リン・コーブレイがいった。「しかし、触れなば落ちんふぜいではある」

「心の故郷《ハーツ・ホーム》城ではそのような物言いが礼儀としてまかりとおるのかえ？」アニア・ウェインウッドの髪には、かなり白いものが混じり、目のはたには鴉の足跡が刻まれて、あごの下の皮膚もたるんでいたが、全身にはまごうかたなき気品をただよわせていた。「この娘はまだ若く、育ちもよさげだ。見なさい、貴兄のことばにすっかり怯えてしまっている。口のききかたに気をおつけ」

「どんな口をきこうが、おれの勝手だろう」コーブレイは切り返した。「むしろレディこそ、口のききかたに気をつけたほうがよいのではないか？　おれはけっして叱責を快くは思わぬ。それはおれが殺した者の数でも知れるはずだ」

　レディ・ウェインウッドはサー・リンに背を向けた。

「早々にお父上のもとへ案内しなさい、アレイン。一刻も早く片をつけてしまったほうがよさそうだ」

「守護代は執務室にてお待ち申しております。どうぞこちらへ、ご案内いたします」

〈三日月の間〉から上へは、大理石の急な階段を昇り、地下室や地下牢を迂回して、三つの殺人孔の真下を通っていく。殺人孔については、強訴六公は全員、気づかないふりをした。いくらも昇らないうちに、ベルモアがふいごのような荒い息をしだした。レッドフォートの顔も、髪と同じく白っぽくなっている。血の気が引いているのだ。一行が近づいていくと、最上段の衛兵たちが落とし格子をあげた。

「みなさま、よろしければ、こちらへどうぞ」

アレインは先に立ち、十二枚のみごとなタペストリーがかかる拱廊《きょうろう》を奥へと進んでいった。執務室の入口の前には、サー・ローサー・ブルーンが待機しており、一行のために扉をあけ、諸公が室内に入るのを待って、自分もあとから中に入った。

ピーターはワインのカップを片手に、架台テーブルにつき、真新しい白い羊皮紙の文面を眺めていたが、強訴六公がぞろぞろと入っていくと、顔をあげてあいさつをした。

「これはこれは、ようこそ、諸兄。あなたもです、マイ・レディ。こんな高みまで上がってくるのは、さぞかし大義だったでしょう。さ、どうぞ、おすわりを。アレイン、愛し子や、われらが気高き賓客にもっとワインをおつぎしておくれ」

「かしこまりました、おとうさま」

蠟燭にはすでに火が点されているのを見て、アレインはほっとしつつ、隅に置かれた石の細口瓶を取りにいった。客たちは順次、用意された席についていく。ネスター・ロイスは、すこしためらってから、テーブルをまわりこみ、ピーター公のとなりの空席に腰をおろした。リン・コーブレイは席にはつかず、暖炉のそばに立ち、剣の柄頭《つかがしら》に埋めこまれたハート形のルビーを赤く輝せながら、火に手をかざした。そこで、サー・ローサー・ブルーンに顔を向け、にやりと笑いかけた。

(サー・リンは、あの年配の人にしてはとてもハンサムだけれど) とアレインは思った。(あの笑いかたはいやだわ)

「いま、諸兄の驚くべき声明書に目を通していたところだが——」ピーターが切りだした。「じつにすばらしい。このことばの賜物を執筆したのは、どこのメイスターかね？　ひと声かけてくれれば、わたしも喜んでこの声明書に署名したものを」

諸公は意表をつかれた顔になった。

「貴公が？」ベルモアがいった。「署名を？」

「わたし自身、羽根ペンにはそこそこ心得があるつもりだし、この世にわたしほどロバート公を愛している者はいない。〝偽りの友と悪しき顧問たち〟については、全力をあげて根絶しよう。諸兄よ、わたしはきみたちとともにある——この心も、この手もだ。さあ、どこに署名をすればいいのか教えてくれ」

ワインをついでまわっていたアレインは、リン・コーブレイがくっくっと笑う声を聞いた。ほかの者たちはとまどっているようだ。そこで、〈青銅《ブロンズ》のヨーン〉がこぶしの関節をポキリと鳴らし、こういった。

「われらはぬしの署名などもらいにきたのではない。また、ぬしとつまらぬやりとりをしにきたのでもない、〈リトルフィンガー〉」

「おお、それは残念。わたしのほうは、ことばのやりとりが大好きなのだがね」ピーターは羊皮紙を脇に置いた。「ご希望とあらばいたしかたない。単刀直入にいこう。わたしをどうしたいのかな、諸兄ならびに淑女どの？」

「排除したいのさ」サイモンド・テンプルトンが答え、守護代に冷たいブルーの目をすえた。

「貴公に出ていってもらいたいのだ」

「出ていく？」ピーターは驚き顔を作った。「ここを出て、どこへいけと？」

「貴公は〈玉座〉からハレンホールの城主に封じられている」若きハンター公が指摘した。

「いかなる者にも、これは充分な処遇であろう」

「河川地帯《リヴァーランド》は統治者を必要としておるのじゃ」老ホートン・レッドフォート公がいった。

「リヴァーラン城は攻囲され、ブラッケン家とブラックウッド家は公然と戦《いくさ》をしておる始末。逆賊《アウトロー》どもはトライデント河の両岸をわがもの顔でうろつきまわり、略奪のしほうだい、殺しのしほうだい。どこにいっても、埋葬されぬままの死体がごろごろしておる」

「それはまた魅力的な場所へ移動を勧めてくれるものだね、レッドフォート公」ピーターは応じた。「しかしながら、たまたまわたしには、この地で差し迫った務めがいろいろとあるのだよ。ロバート公のことも考えねばなるまい。そのような殺戮の地のただなかへ、病気の少年を引きずっていけというのかな？」

「守護者閣下には谷間《ヴェイル》に残っていただく」ヨーン・ロイスがきっぱりといった。「まだ幼きわが君をルーンストーン城へお連れして、亡きジョン・アリン公も誇りに思われる、立派な騎士にお育て申しあげる」

「なぜルーンストーンなのだね？」ピーターはたずねた。「どうしてアイアンオークス城やレッドフォート城ではないんだ？　ロングボウ城館《ホール》ではなぜいけない？」

「お育てするのはいずれの城でもよい」ベルモア公がいった。「折を見て、わが君には各城に交替でご滞在いただく」

「はたして、そうなるのかな？」

ピーターの口調には疑念がにじみでていた。

レディ・ウェインウッドが嘆息した。

「ピーター公、わたしたちを仲たがいさせようともくろんでいるのなら、あきらめたほうがよい。わたしたちの意志は統一されている。わたしたちみなにとって、ルーンストーン城が最適なのだ。ヨーン公はみずから立派なご子息を三人育てられた。幼きわが君をお育てするうえで、ヨーン公以上の適任者はいない。ルーンストーン城のメイスター・ヘリウェグは、貴兄のメイスター・コールモンよりずっと年長で経験も豊かだから、ロバート公のおからだの弱さを治療するのにふさわしい。ルーンストーン城におわせば、幼いわが君は〈豪勇《ストロング》〉のサム・ストーンから戦いの手ほどきを受けることもできる。あれよりすぐれた武術指南役は望めまい。セプトン・ルーコスは、精神的なことがらを教えてくれるだろう。また、ルーンストーン城には同年齢の少年たちも多い。ともに過ごす相手としては、いま現在、わが君を取りまいている老女や傭兵たちよりもふさわしいはずだ」

ピーター・ベイリッシュは顎鬚《あごひげ》をしごいた。

「たしかに、わが君に若い話し相手が必要であること――その点は同感だ。だが、アレインはけっして老女ではないぞ。ロバート公はわたしの娘をいたく気にいっておられる。ご本人に訊いてみなさい、喜んでそうおっしゃるだろう。それに、たまたまわたしは、グラフトン公とリンダリー公に、それぞれ一名ずつ、ご子息をわが被後見人として送りだしてくださるようお願いしたところだ。ご両公ともに、ロバート公とほぼ同い齢のご子息をお持ちなのでな」

リン・コーブレイが笑った。

「愛玩犬《こしぎんちゃく》二匹に、その仔犬が二匹か」

ピーターはつづけた。

「それから、ロバート公には年長の少年も必要だ。前途有望なる若き従士がいい。ロバート公が感服し、手本にしようと思うような人物がね」そこで、レディ・ウェインウッドに顔を向けて、「アイアンオークス城にはそのような少年がおられたな、マイ・レディ。よければ、ハロルド・ハーディングをよこしていただけないか」

アニア・ウェインウッドは、おもしろがっているような顔になった。

「ピーター公。あなたほど大胆不敵な盗っ人というものを、わたしは見たことがない」

「なにもハロルド少年を盗もうというのではないさ。しかし、彼とロバート公はいい友だちになれると思うのだがね」

〈青銅《ブロンズ》のヨーン〉が身を乗りだしてきた。

「ロバート公が若きハロルドをご友人となさるのは順当であり、適切だ。……しかしそれは、わがルーンストーン城において、わが監督のもと、わが被後見人たる公と従士との関係となる」

「われらにわが君を委《ゆだ》ねろ」ベルモア公がいった。「そうすれば、いっさい脅《おびや》かされることなく谷間《ヴェイル》をあとにし、貴公が本来いるべきハレンホールへ向かうことができる」

ピーターはベルモアに、たしなめるような目を向けた。

「それはつまり、いうとおりにしなければ、ただではすまさんとほのめかしているのかな？しかし、いわれたとおりにするべき理由が、わたしにはさっぱり見当たらない。亡き妻は、ここここそわたしのいるべき場所だと考えていたのだからね」

「ベイリッシュ公」ふたたびレディ・ウェインウッドがいった。「ライサ・タリーはジョン・アリン公の未亡人であり、幼守護者どのの母君であって、その摂政として谷間《ヴェイル》を統治しておられた。しかしあなたは……率直にいわせてもらえば、アリン家の者ではなく、ロバート公もあなたの血を分けた子ではない。そんなあなたが、いかなる権利があって、わたしたちを統治しようというのか？」

「ライサはわたしを守護代に任命した——はずなのだがね、わたしの記憶では」

こんどは若きハンター公がいった。

「ライサ・タリーは谷間《ヴェイル》生え抜きではない。われらを管理する権利もない」

「では、ロバート公は？」ピーターは問いかけた。「レディ・ライサにはみずからの息子を管理する権利もない——と、そうあなたはいわれるのかな？」

それまでずっと黙っていたネスター・ロイスが、ここで口を開き、大きな声でいった。

「おれもかつては、レディ・ライサに求婚した身だ。ハンター公の父君やレディ・アニアのご子息のようにな。コーブレイとて、レディのそばに半年もへばりついていたではないか。われら生え抜きのいずれかが選ばれていたなら、だれもその者が守護代となる権利に異論をはさまなかったろう。であれば、たまたまレディが〈リトルフィンガー〉公を選び、ご子息の養育をまかせたからといって、文句をつけるのはおかしいことになる」

「ロバート公はジョン・アリンのご子息でもあるのだぞ、従弟よ」〈青銅《ブロンズ》のヨーン〉が眉根を寄せ、門城の城守にいった。「ゆえに、ロバート公は谷間《ヴェイル》に属される」

ピーターはわけがわからないというふりをよそおった。

「はて、高巣城《アイリー》は谷間《ヴェイル》にあるが？　ルーンストーン城と同じようにだ——だれかが動かしたのでもないかぎり」

「好きなだけ狂言をやっているがいい、〈リトルフィンガー〉」ベルモア公が声を荒らげた。「貴公がなんといおうが、ロバート公はお連れする」

「失望させたくはないのだが、ベルモア公、わたしの義理の息子どのにはここにおとどまりいただき、わたしとともにここで暮らしていただくよ。諸兄も知ってのとおり、あの方は、あまりじょうぶなたちではない。よその城へ移動するだけで、ひどく消耗してしまわれる。ロバート公の義父として、また守護代として、それを許すわけにはいかん」

サイモンド・テンプルトンが咳ばらいをした。

「われらはそれぞれ、一千の兵をこの山のふもとまで引き連れてきているのだぞ、〈リトルフィンガー〉」

「それはそれは、さぞかしたいへんだったろう」

「必要とあらば、もっとおおぜい呼び集められることも忘れるな」

「わたしと戦をする、と脅しておられるのかな？」

ピーターはほんのすこしも恐れているようすを見せない。

〈青銅《ブロンズ》のヨーン〉がいった。

「とにかく、なにがなんでもロバート公は連れ帰る」

一瞬、手詰まり感がただよった。そのとき、リン・コーブレイが暖炉から向きなおった。

「もういいかげん、こんなやりとりはうんざりだ。いつまでも相手をしていたら、〈リトルフィンガー〉に丸めこまれてしまう。この手合いと話をつけるには鋼《はがね》にものをいわせるのがいちばん早い」

いうなり、すらりと長剣を引き抜いた。

ピーターは両手を広げてみせた。

「おいおい、わたしは剣を持っていないぞ」

「そんなことはどうにでもなるさ」コーブレイの剣のスモークグレイの鋼には、蠟燭の炎が反射してちらついていた。鋼の色の濃さに、サンサは——アレインは——父の大剣〈氷《アイス》〉を思いだした。「きさまの腰巾着は剣を持っているではないか。やつに命じて剣を受けとれ。でなければ短剣を抜くがいい」

ローサー・ブルーンが自分の剣を抜きかけたが、斬りあいに発展しないうちに、〈青銅《ブロンズ》のヨーン〉が怒りの形相で立ちあがり、コーブレイを一喝した。

「その剣をしまえっ！　おまえはコーブレイか、それともフレイか？　われらは客の立場にあるのだぞ」

レディ・ウェインウッドが唇をかんだ。

「なんとぶしつけな——」

「剣をしまえ、コーブレイ」若きハンター公がヨーン公のことばをくりかえした。「われら一同に恥をかかせる気か」

「とにかく、おちつかんか、リン」もっとおだやかな声で、老レッドフォートがなだめた。「こんなことをしても、なんにもならん。その〈孤独の淑女《レディ・ファアローン》〉には、早々にベッドへお引きとり願え」

「おれの〈淑女《レディ》〉は血に飢えている」サー・リンはゆずらなかった。「ダンスを披露せんと姿を見せた以上、血のしずくを舐めんことには収まりがつかん」

「おまえの〈淑女《レディ》〉には血に飢えたままでいてもらうぞ」

〈青銅《ブロンズ》のヨーン〉がコーブレイに歩みより、その正面に立ちはだかった。

「ふん、なにが強訴六公だ」リン・コーブレイが鼻を鳴らした。「きさまらみんな、腰砕けの六婆《ばば》とでも名乗るべきだったな」

サー・リンはスモークグレイの剣を鞘にもどし、憤然と部屋から出ていった。そのさい、ブルーンなどその場にいないかのように、よけようともせずに突き進み、わざと肩をあてていった。足音が遠ざかっていく。

アニア・ウェインウッドとホートン・レッドフォートが視線を交わしあった。ハンターはワインを飲み干し、おかわりをつげとカップを差しだした。

「ベイリッシュ公」サー・サイモンドがいった。「いまの非礼をゆるしてもらわねばならぬ」

「ならぬ？」〈リトルフィンガー〉の声は冷たくなっていた。「あの者を連れてきたのは、あなたがたではないか」

〈青銅《ブロンズ》のヨーン〉がいいかけた。

「あの者がきたのは、われらの意志では――」

「連れてきたのはあなたがただ。あんなまねをされた以上、衛兵を呼び、あなたがたを拘束する権利がわたしにはある」

ハンターが勢いよく立ちあがった。アレインはあやうく、カップに近づけていた細口瓶を取り落とすところだった。

「貴公はわれらの安全を保証したはずだ!」

「いかにも。だから拘束はしない。わたしが名誉を重んずる男であることに感謝したまえ」

ピーターはアレインがこれまで聞いたこともないほど激した口調で切り返した。「わたしはあなたがたの声明書を読み、あなたがたの要求を聞いた。つぎはわたしが要求をつきつける番だ。ただちにふもとの軍勢を引きあげさせろ。各自、それぞれの居城に帰り、わが息子を心やすらかに暮らさせてやれ。たしかに、失政はあったとも。否定はしない。しかしそれは、ライサの失政であって、わたしの失政ではない。このさい、一年の猶予を認めてもらおう。そうすれば、ネスター公の助けを得て、あなたがたのだれもが不平をいわない体制を築いてみせる」

「それは貴公の一方的な言い分だ」ベルモアが反論した。「どうして貴公を信用できる?」

「わたしを信用できない、とその口でいうのか? 会談の場で剣を抜いたのは、わたしではないのだぞ? しかも、ロバート公を護るといいながら、食料の補給を断っている始末だ。こんなまねは即刻やめていただこう。わたしは戦士ではないが、あなたがたが攻囲を解かぬかぎり、断固として戦う。谷間《ヴェイル》で武力を擁するのは、あなたがただけではない。キングズ・ランディングも軍勢を派遣してくれる。あなたがたが戦を望むなら、いますぐ宣戦を布告し、谷間《ヴェイル》を流血の巷《ちまた》とするがいい」

強訴六公の決意は揺らぎだしたようだった。アレインは六公の目にその徴候を見てとった。

「一年はそれほど長い時間ではない」レッドフォートの老公が腰の引けたようすでいった。

「そうだな……みながようすを見るというのであれば……」

「戦を望む者はひとりもおらぬ」レディ・ウェインウッドがうなずいた。「もうじき、秋もおわり、冬にそなえて準備をしなくてはならないことでもあるし……」

「もしも、その一年が過ぎて……」

「……谷間《ヴェイル》を正常な状態にもどせないようであれば」ピーターはあとを受けた。「わたしは進んで守護代の座を降りよう」

ネスター・ロイスも横からいった。

「十二分に公正な条件と思うが、どうだ」

「正常にもどったとして、今回の件についての報復は無用に願おうか」テンプルトンが要求した。「あとになって、あれは反乱だった、反逆だったといいつのらぬこと。それを誓ってもらわねばならん」

「喜んで誓うとも」ピーターは答えた。「わたしがほしいのは味方であって、敵ではない。諸兄の行動は不問に付そう。望むなら書面にしてもよい。リン・コーブレイさえもゆるす。あれの兄上は善良な人物だ。高貴なる一族に恥をかかせる必要はない」

レディ・ウェインウッドが、他の強訴諸公に顔を向けた。

「いかがかな。いちおう、相談するか?」

「相談など無用だ。この男の勝ちは明白ではないか」〈青銅《ブロンズ》のヨーン〉のグレイの双眸《そうぼう》が、ひたとピーター・ベイリッシュにそそがれた。「気に入らん。が、この男、とにもかくにも一年の猶予を稼ぎだしおった。せいぜい、その一年を有効に使うことだな、守護代どのよ。われらみながみな、愚か者ぞろいというわけではないのだぞ」

そう言い残して、ヨーン公は立ちあがり、力まかせに扉をあけて出ていった。あまり勢いよく開いたので、蝶番がはずれかけたほどだった。

そのあとは饗宴となった。食料事情が逼迫《ひっぱく》しているので、料理の内容が質素であることをピーターは詫びねばならなかった。ロバート公本人もクリーム色とブルーの胴衣《ダブレット》を着て顔を出し、きわめて愛想よく、幼い守護者の役割を演じた。饗宴の席に〈青銅《ブロンズ》のヨーン〉の姿はない。すでに高巣城《アイリー》をあとにし、長い下りの復路に出発してしまったあとだ。それより早く、サー・リン・コーブレイも城をあとにしている。ただし、ほかの諸公は朝まで城にとどまった。

（ほんとうに丸めこんでしまったわ）

その晩、ベッドに横になり、窓外に吹き荒れる強風の咆哮を聞きながら、アレインはそう思った。いったいどこから疑念がまぎれこんでくるのかわからない。しかし、ひとたび気になりだすと、とても眠るどころではなくなった。輾転反側《てんてんはんそく》しつつ、古い骨にかじりつく犬のように、その疑問と取り組みつづける。やがて、とうとう起きあがり、服を着て、ぐっすり眠っているグレッチェルをその場に残し、部屋を出た。

　ピーターはまだ起きていて、手紙をしたためていた。

「おお、アレイン——愛し子よ。どうしたね、こんな遅くに訪ねてくるとは」

「どうしても知りたいことがあったものですから。これから一年のあいだ、なにが起こるんです？」

　ピーターは羽根ペンを置いた。

「レッドフォートとウェインウッドは年寄りだ。片方——または両方とも死んでしまうかもしれんな。ギルウッド・ハンターは弟たちに殺されるだろう。おそらくは、先代たるイオン公の死を手引きした若きハーランあたりに。いつもいうように、因果応報というやつだよ。ベルモアは腐りきっているから買収もきく。テンプルトンとは仲よくやれそうだ。〈青銅《ブロンズ》のヨーン〉ことヨーン・ロイスは以後も敵対的だろうが、あの男だけなら、さしたる脅威ではない」

「では、サー・リン・コーブレイは？」

　ピーターの目の中で蠟燭の光が躍った。

「サー・リンは今後もずっとわたしの不倶戴天の敵でありつづける。わたしのことを公然と侮辱し、会う者ごとにわたしの悪口をいい、わたしを引きずり降ろそうとするあらゆる秘密の企みに一枚嚙む」

　ここにいたって、ついに疑念は確信へと変わった。

「では、サー・リンの貢献に対する報酬は？」

〈リトルフィンガー〉は声をたてて笑った。

「もちろん、金と少年と殺しの保証だよ。サー・リンは、素朴な嗜好の男でね、愛し子よ。あの男が好きなのは、金と少年と殺戮なんだ」

24——サーセイ

少年王は口をとがらせている。

「ぼく、〈鉄の玉座〉にすわりたい。ジョフはいっつも、あそこにすわってたじゃないか」

「ジョフリーは十二歳だったのよ」

「でも、ぼくだって王さまだよ。あの〈玉座〉はぼくのものなんだよ」

「だれにそんなことを吹きこまれたの？」

サーセイは大きく息を吐きだした。ドーカスが背中のひもをぐいと締めあげられるようにするためだ。ドーカスは大柄な娘で、力はセネルよりもずっと強いが、大雑把でもあった。

トメンの顔が真っ赤になった。

「だれにも」

「だれにも？　そういえとおまえの妃にいわれたのね？」

息子の反抗の裏には、マージェリー・タイレルの匂いがぷんぷんする。

「嘘をつくんなら、ペイトを呼んで、血が出るまであの子を鞭打つことになるわよ」

ペイトはトメンの身代わりとして鞭打たれる係で、ジョフリーのときも同じ役目を務めていた少年だ。

「いいのね、それで？」

「よくない」少年王はぶすっとしてつぶやいた。

「じゃあ、いいなさい。だれにいわれたの？」

トメンは足をもぞもぞと動かした。

「レディ・マージェリーに」

母親の前で〝クイーン〟といわないほうがいいことを、トメンは心得ていた。

「やっとましになったわね、トメン。幼すぎておまえにはとうてい理解できないことがらについて、わたしはなにかと重大な決定をしなくてはならないのよ。だから、わたしの背後で〈玉座〉につく子供に――なにも知らない小さな男の子に――もじもじされていたくないの。子供じみた質問で気を散らされたくないの。マージェリーは、おまえがわたしの小評議会に出るべきだと思っているんでしょう？」

「うん」トメンはうなずいた。「王であるのがどういうことか、ちゃんと学ばなくちゃだめですって」

「もうすこし大きくなったら、何度でも好きなだけ小評議会に出ていいわ。けれど、すぐに飽きてしまうことはたしかよ。ロバートはよく、会議の最中に居眠りをしていたもの」

（それも、たまにいやいやながら出席したときの話）

「むしろ狩猟や鷹狩りに血道をあげて、退屈なことは老アリン公にまかせていたわ。アリン公は憶えていて？」

「腹痛で死んだ人でしょ？」

「そうよ、あわれな男。おまえもね、そんなにものを学びたいなら、まずウェスタロス歴代の王さまの名前をぜんぶ憶えなさい。それから、各王に仕えた〈手〉たちの名もね。明朝、わたしに暗唱して聞かせること」

「はい、かあさま」トメンは従順に答えた。

「それでこそ、わたしのいい子よ」

統治するのは自分だ。トメンがしかるべき齢になるまで、統治をゆずるつもりはない。

（この子に待てないはずがないわ、わたしも延々と待ったのだから。人生の半分を、わたしは待つことに費やしてきたのよ）

サーセイは従順な娘を演じ、はにかみがちの花嫁を演じ、言いなりの王妃を演じてきた。そしてロバートの乱暴な酔いまかせの愛撫、ジェイミーの嫉妬、レンリーの侮辱、ヴァリスの忍び笑い、スタニスの絶えざる歯ぎしりに苦しめられてきた。さらに、ジョン・アリン、ネッド・スターク、卑しくて反抗的な人殺しであるこびとの弟と戦ってきた。それもこれも、いつの日か、自分に陽があたる番がくるのを期していたからこそ耐えられたことだ。

（マージェリー・タイレルが、やっとめぐってきたわたしの春を横どりできるとでも思っているのなら、ようく考えなおすことね）

とはいえ、朝食どきから幸先の悪いやりとりをしてしまい、気分はなかなか晴れなかった。

午前中は、まずジャイルズ公から帳簿の報告を受け、絶え間ない咳を交えて、銅貨、銀貨、金貨の歳出入状況を聞かされた。そのあとはウォーターズ公がやってきて、ドロモンド艦の最初の三隻が完成に近づいており、艦の格にふさわしい仕上げを行なうためにと、さらなる資金を求められた。クィーンは上機嫌で要求を認めた。昼食どきには〈ムーン・ボーイ〉にいろいろと道化の芸を披露させつつ、商業ギルドの面々と会食を持ち、〈雀〉たちが路上にたむろして、広場で寝たりするので困る、との訴えを受けた。

（金色《こんじき》のマントどもに命じて、王都から〈雀〉どもを追いだしたほうがいいかもしれないわね）

パイセルがいそいそとやってきたのは、そんな思いをめぐらせているときのことだった。

近ごろのグランド・メイスターは、小評議会に出るたびに文句ばかりいっている。前回の会議では、オーレイン・ウォーターズが船長に選んだ新造ドロモンド艦の人事に真っ向から反対した。新造艦には若手の船長たちを登用したいとウォーターズが希望したのに対して、パイセルはむしろ経験を重視するべきであり、ブラックウォーターの船軍《ふないくさ》を生き延びた船長たちに指揮をとらせるべきだと主張したのだ。〝年季を経て忠誠心が証明された者たち〟というのがパイセルの評価だったが、サーセイはその者たちを老兵と断じ、ウォーターズ公の肩をもった。

「古株の船長連が証明したのは、泳ぎかたを心得ているということだけでしょう」そのとき、サーセイはそういったものである。「子供よりも長生きする母親などいないように、船長も自分の船より長生きしてはならないわ」

パイセルはやむなく太后のことばにしたがったものの、いかにもしぶしぶのようすだった。そんなふだんのパイセルとはちがって、きょうはさほど不機嫌ではなく、それどころか、晴ればれとした笑顔さえ浮かべていた。

「陛下、吉報です」開口一番、パイセルはいった。「ワイマン・マンダリーが陛下のご命令をはたし、スタニス公の〈玉葱《タマネギ》の騎士〉の首を刎《は》ねました」

「それはたしか？」

「あの者の首と両手が白い港《ホワイト・ハーバー》の城壁の上にさらされたのです。ワイマン公は首を刎ねた、と明言しておりますし、フレイ家の者たちもたしかに首を見ており、その首には口に玉葱《タマネギ》がくわえさせられていた由。手にしても、片手の指を斬り落とされて短くなっていたことから、まちがいなく本人でしょう」

「それは重畳《ちょうじょう》。では、マンダリーのもとへ使い鴉《レイヴン》を飛ばし、忠誠が証明されたからには、ただちに息子を送りとどける旨を伝えなさい」

これでホワイト・ハーバーは王の支配下にもどり、ルース・ボルトンとその私生児は南北から要塞《モウト》ケイリンを挟撃《きょうげき》できる。ひとたび要塞《モウト》が〈鉄の玉座〉の手に陥ちれば、もはや後顧の憂いは断たれ、戦力を分散されることなく、トーレンの方塞《ズ・スクウェア》と深林の小丘城《ディープウッド・モット》から鉄人《くろがねびと》を駆逐してしまえるだろう。そうなったら、ネッド・スタークに仕えていた旗主の残党どもも王威に服し、スタニス公討伐の兵を差し向けるさい、戦力に加えられるはずだ。

いっぽう、南部では、メイス・タイレルが嵐の果て城《ストームズ・エンド》の外に多数の天幕を立てならべて攻囲にかかり、二十数台の大投石機《マンゴネル》を使って、部厚い城壁に岩の雨を降らせていた。だが、いまのところ、たいした成果はあげていない。

(なにが〝戦士タイレル公〟よ。あの者の紋章は、べったりと地面にへたりこんだ肥満体であるべきだわ)

午後になると、陰気なブレーヴォスの使節が謁見に訪れた。サーセイはこの使節を二週間待たせており、これから一年でも待たせておきたい気持ちだったが、これ以上はもう抑えておけない、とジャイルズ公が泣きついてきたために、やむをえず会うことにしたのである。そろそろ太后は、ジャイルズ公には咳をするしか能がないのではないか、との思いをいだきはじめていた。

ノホ・ディミティス——と、ブレーヴォスの使節は名乗った。

(名前も不愉快なら、本人も不愉快だわ)

その声がまた、不愉快そのものだった。使節がしゃべっているあいだじゅう、サーセイは〈玉座〉の手前の席でずっと身じろぎしつづけ、あとどれだけのあいだ、この男のえらそうな物言いをがまんしなければならないかといらいらのしどおしだった。サーセイの背後には〈鉄の玉座〉がそそりたち、数々の棘と刃が床に鋭い影を投げかけている。この〈玉座〉にすわれるのは王かその〈手〉だけなので、サーセイはその手前に金箔をかぶせた木の椅子を置き、真紅のクッションを何枚も重ねてすわっていた。

ブレーヴォス人が息をついだ隙に、サーセイはいった。

「これはむしろ、蔵相がうかがうべきことがらね」

この答えが、高貴なるノホは気にいらなかったらしい。

「ジャイルズ公とは六度会談を持ちましたが、しきりに咳をされるばかり。自分には判断がつかぬの一点張りで、いっこうにらちがあきません。太后陛下、黄金は湧いて出るものではないのですよ」

「では、蔵相と七度めの会談を持ちなさい」サーセイはさらりといった。「七という数は、わたしたちの神々にとっては神聖な数ですからね」

「陛下におかれては、ご冗談をいっておられるのでしょうか」

「冗談をいうときは笑顔を見せるもの。わたしがほほえんでいるように見えて？　笑い声が聞こえて？　いいこと、わたしが冗談をいうとき、まわりの者はみな笑うのですよ」

「しかし、ロバート王は――」

「亡くなったわ」サーセイはぴしゃりといった。「〈鉄の銀行《アイアン・バンク》〉には、謀叛が収まりしだい、黄金を返済するといっているではありませんか」

傲慢にも、ブレーヴォス人は渋面を作った。

「陛下――」

「謁見はこれまで」一日ぶんとしては、もう充分に不愉快な思いをした。「サー・マーリン、高貴なるノホ・ディミティスを扉まで送ってさしあげるように。サー・オズマンド、おまえはわたしを警護して執務室《ソーラー》までできなさい」

招いた客はもうじき到着する。それまでには湯浴みをし、着替えをすませておかなくてはならない。今夜の晩餐もまた、退屈なものになることはわかりきっていた。ひとつの王国を司るだけでもおおごとなのに、七つの王国全体ともなると、からだがいくつあっても足りはしない。

階段を降りていく途中、サー・オズマンド・ケトルブラックが横にならんで歩きだした。サーセイはだれにも見られていないことをたしかめると、〈王の楯《キングズガード》〉の白装束に身を包む、長身で細身の騎士の腕に手をかけた。

「おまえの弟、なにをぐずぐずしているの？」

サー・オズマンドは決まり悪そうな顔になった。

「その……まあ、なんとかがんばってはいるようです。ただ……」

「ただ、なんなの？」サーセイはことばの端に怒りをにじませた。「正直にいって、愛しきオズニーには痺れを切らしかけているところよ。あんな小娘、とっくに手折っていてもいいころでしょうに。オズニーをトメンの誓約の楯に任命したのは、毎日マージェリーのそばにいられるようにするためなのよ。ほんとうなら、とうにあの薔薇《バラ》を手折っていてもいいはず。あの小娘の王妃、オズニーの魅力がわからないの？」

「魅力の点は申し分ありません。あれもケトルブラックの一員ですので。口はばったいようですが」サー・オズマンドはつややかな黒髪を指で梳《す》きあげた。「問題があるのは、先方のほうでして」

「問題？」

サーセイは、もはやサー・オズニーではだめかもしれない、と思いはじめていた。もしかすると、別の男のほうがマージェリーの好みに合うのではあるまいか。

（銀の髪のオーレイン・ウォーターズか、サー・タラッドのように、大柄でたくましい男がいいのかしら）

「それはつまり好みがほかにあるということなの？　おまえの弟の顔が気にいらないということ？」

「いいえ、顔は気にいったとか。二日前、弟の顔の傷をさわって、こういったそうです――〝この傷はどこの女《ひと》につけられたの？〟オズニーは女につけられた傷とはいわなかったのに、先方はちゃんと知っていたようですな。だれかに耳打ちされたのかもしれません。話をするときは、いつもオズニーのからだをさわってくるともいっておりました。マントの留め金をまっすぐにしたり、黒髪をなでつけたりと、そういった行為をするそうです。あるときは、射場で長弓《ロングボウ》のかまえ方を教えろといわれて、うしろから抱きつく形になったとのことでした。卑猥な冗談をいうと、大笑いをしたあとで、もっと卑猥な冗談を返してくるそうですから、向こうがオズニーをほしがっているのはたしかでしょう。ただ……」

「ただ？」サーセイは先をうながした。

「ふたりきりになる機会がないのです。たいていは国王陛下がごいっしょにおられて、そうでないときは、だれかがかならずそばにいます。寝るときは、友人の淑女のうち、ふたりがいっしょにベッドへ入るそうで。顔ぶれは毎日変わるそうですが。朝食を運んできたり服を着るのを手伝うのは、これも別の淑女ふたりの役目。祈りを捧げるときはおつきのセプタが同席、本を読むときは従妹のエリノアが同席、歌を歌うときは従妹のアラが同席、縫い物をするときは従妹のメガが同席。鷹狩りに出かけるときは、ジャナ・フォソウェイやメリー・クレインが同行しますし、城にいるときはブルワー家の小さな娘と〈わたしの城へおいで〉のゲームに興じております。近隣へ馬に乗っていくさいはお供をつきそわせるのがつねで、その数は、すくなくとも友人が四、五人、護衛が十余名。それに、二六時中、何人かの男がいっしょにいます。寝室にいるときでさえも」

「何人かの男？」これは使えるかもしれない。つけこめる可能性はある。「どういう男たちなの、それは？　おっしゃい」

サー・オズマンドは肩をすくめてみせた。

「吟遊詩人ですよ。あの小娘は、吟遊詩人や曲芸師《ジャグラー》に目がないのです。従妹たちを見染めた騎士たちも、入れ替わり立ち替わりやってきます。最悪なのが、サー・タラッドだそうで。あのウドの大木め、エリノアとアラのどっちが本命か自分でもわからないらしく、しきりにふたりを口説いているそうです。レッドワイン家の双子も訪ねてきます。花と果物を持ってくるのが〈よだれ《スロッバー》〉で、リュートを奏でるのが〈恐怖《ホラー》〉です。オズニーにいわせると、そのリュートたるや、絞め殺される猫の悲鳴でももっとましだと思えるひどさだそうで。それと、例の夏諸島《サマー・アイランズ》の男もたむろしています」

「ジャラバー・ゾーが？」サーセイは嘲りをこめて鼻を鳴らした。「おおかた、故郷を取りもどす資金と兵力の無心をしているのでしょう」

宝石と羽毛で身を飾りたててはいても、ゾーの実態は家柄のよい乞食にすぎない。亡き夫ロバートが断固としてはねつけておけば、ゾーも二度と金をせびりにきはしなかっただろう。だが、夏諸島を征服するという考えは、酒びたりで濁った夫の目には魅力的に映ったようだ。羽毛のマントの下にはなにも着ていない、褐色の肌をした女どもに——乳首が石炭のように黒い女どもに——かしずかれる夢でも見ていたにちがいない。だから、はねつけるかわりに、ロバートはいつもゾーにこうくりかえした——〝来年だ、来年〟。しかし、結局、年が何度明けても、ゾーの願いが聞きとどけられることはなかった。

「物乞いにきているとはいいきれません、陛下」サー・オズマンドは答えた。「オズニーによれば、あの男、夏諸島のことばを教えにきているそうです。オズニーにではありません。クイーン——いや、その、あの小娘と、従妹たちにです」

「夏諸島のことばを話す馬がいれば、おおいに世間の耳目を集めるでしょうね」サーセイはそっけなくいった。「おまえの弟にいいなさい、拍車をつねに尖らせているようにと。近々、あの小娘に乗る方策をひねりだすから、あてにしているようにとも」

「伝えます、陛下。弟も、一刻も早く乗りたくて、うずうずしておりますので、それだけはどうかお疑いにならぬよう。あれはあれで、なかなか見目のよい小娘ですからな」

(おまえの弟が乗りたがっている相手はね、このわたしよ、愚か者)とサーセイは思った。(オズニーがマージェリーに求めているのは、股のあいだにある昇格の的だけ)オズマンドのことは好もしく思っていたが、ときどき、ロバートなみの鈍物に思えることもある。(せめて、剣の腕は頭よりも冴えているといいんだけれどね。いずれトメンがその腕を必要とする日がくるかもしれないのだし)

焼け落ちた〈手の塔〉の残骸の影を通りかかったとき、向こうのほうから歓声が聞こえた。内郭《うちぐるわ》の反対側に目をやると、どこかの従士が槍的《やりまと》に突進して、楯をつけた腕木を回転させたところだった。歓声をあおっているのはマージェリー・タイレルと取り巻きの女どもだ。(槍的に当てたぐらいで、なにをおおげさに騒いでいるの。あんな小僧っ子が馬上槍試合に勝てるとでも思っているのかしら)

そこで、軍馬に乗った者の正体に気づき、目をむいた。それは金鍍金《ときん》を施した板金鎧《プレート・アーマー》に身を包むトメンだったのだ。

立場上、太后としては、ほほえみを浮かべ、息子のもとへ声をかけにいくしかない。そばまでいったとき、トメンが〈花の騎士〉の助けを借りて馬から降りた。

「見た? 見た?」少年王はみんなに問いかけた。「サー・ロラスがいったとおりにできたでしょ? ねえ、見た、サー・オズニー?」

「拝見いたしました」サー・オズニー・ケトルブラックが答えた。「おみごとです」

「わたしなどよりもおじょうずですぞ、陛下」サー・ダーモットが持ちあげた。

「ぼくも槍を折ったよ。サー・ロラス、あの音、聞いた？」

「雷の轟きのごとく、高らかに響きわたりました」サー・ロラスの白いマントを肩で留めているのは、翡翠《ひすい》と黄金でできた薔薇だ。風がブラウンの髪を華麗になびかせている。「突進の進路取りもおみごとの一語につきます。しかし、一度だけではまだまだ。あしたも練習をなさってください。毎日騎乗して、狙い定めた位置を的確に突けるようになり、腕と同じく、槍がからだの一部になるようにしなくてはなりません」

「ぼく、そうなりたい」

「ご立派でいらっしゃいました、ほんとうに」マージェリーが片ひざをつき、少年王の頬にキスをして、その背中に腕をまわした。それから、これはロラスに向かって、「お気をつけあそばせ、兄上。わたしの勇敢なる背の君は、あと二、三年もしたら、馬上槍試合で兄上を落馬させるようになりますよ」

マージェリーの三人の従妹も口をそろえて賛美し、愚かなブルワー家の小娘にいたっては、ぴょんぴょん飛びはねながらこう歌いだした。

「トメンは最高の騎士《チャンピオン》になる、チャンピオンに、チャンピオンに」

「――その子が成人したらね」

横合いから、サー・セイはいった。

一同の笑顔が、霜の洗礼を受けた薔薇のようにしぼんでいった。真っ先に片ひざをついたのは、あばただらけの老セプタだった。残りの者もそれに倣《なら》った。立ったままでいるのは、若きクイーンとその兄だけだ。

トメンは急に冷え冷えとした空気に気づかないようすで顔を輝かせ、こういった。

「かあさま、見てくれた？　楯にあてて槍を折ったし、砂袋にもぶたれなかったよ！」

「内郭《うちぐるわ》の向こうから見ていましたよ、トメン。とてもよくできました。あれ以上にみごとな突進は望めないわ。馬上槍試合の才はおまえの血にも脈々と流れているようね。いずれ武術大会を制する日もくるでしょう——おまえのおとうさまがそうであったように」

「いずれトメン王にかなう者はいなくなるものとぞんじます」マージェリー・タイレルが、はにかみがちの笑顔をサーセイに向けた。「けれど、ロバート陛下がそれほどの試合上手であられたとは存じませんでした。どうかお話しくださいまし、太后陛下、どれだけの試合にロバート陛下はお勝ちになったのでしょう？　どれほど有名な騎士たちを打ち破られたのでしょう？　王たるもの、父王の勲《いさおし》はぜひ耳にしておかれるべきとぞんじます」

サーセイの首筋がほんのりと赤く染まった。この娘、痛いところをついてくる。ロバート・バラシオンは、じつをいえば、馬上槍試合にはあまり関心がなく、武術大会では模擬合戦《メレー》をおおいに好んだ。刃をつぶした戦斧《せんぷ》や戦鎚《せんつい》で相手を好き勝手に殴打し、血まみれにできるからである。いま〝おとうさま〟といったとき、意識にあったのは、トメンのほんとうの父、ジェイミーのことだった。

（わたしとしたことが、うっかり口をすべらせるとは）

「ロバートが制した〝武術大会〟とは三叉鉾河《トライデント》の戦いのことです」サーセイは苦しい言い訳を余儀なくされた。「あのとき夫は太子《プリンス》レイガーを打ち倒し、わたしを〝愛と美の女王〟に選びました。わが義理の娘があの勲を知らぬとは意外ですね」

それから、マージェリーになにもいうひまを与えず、語をついで、

「サー・オズマンド、息子の鎧を脱がす手伝いをたのめるかしら。サー・ロラス、わたしといっしょにきなさい。話があります」

〈花の騎士〉としては、唯々諾々と命令にしたがって、仔犬のようにあとをついてくるほかなかった。曲折階段の手前に着くまで待ってから、サーセイはたずねた。

「あれはだれの発案？」

「妹でございます」サー・ロラスは答えた。「サー・タラッド、サー・ダーモット、サー・ポーティファーが槍的を突く練習をしておりましたところ、ク、イ、ー、ン、が国王陛下もおやりになるべきだと——」

（わたしの前であの女をクイーンと呼ぶのは、わたしをいらだたせるため？）

「で、おまえがしたことは？」

「陛下が鎧を着用なさるお手伝いをさせていただき、槍のかまえかたをお教え申しあげました」

「あの馬は、あの子には大きすぎるわ。落馬していたらどうするの？　砂袋があの子の頭に当たっていたらどうするの？」

「打ち身と腫れた唇とは、騎士の勲章でございます」

「ふうん、そう。おまえの兄があいうからだである理由が、やっとわかってきたわ」〈花の騎士〉の整った顔だちに浮かんでいた笑みが、すっと消えた。小気味よい反応だった。

「もしや、わたしの弟がおまえの果たすべき務めを説明しそこねているかもしれないから、念のためにいっておくけれど——おまえの務めは、息子を敵から護ることにあるのよ。あの子を一人前の騎士に育てるのは武術指南役の務めです」

「アーロン・サンタガーが暴徒に殺されて以来、赤の王城《レッド・キープ》には武術指南役がおりません」とサー・ロラスはいった。声に非難がにじんでいた。「国王陛下もじきに九歳。騎士の技倆を学ぶ意欲も旺盛であられます。あの齢ごろならば、本来、従士になっておられてしかるべきなのです。だれかが騎士の心得をお教えしなければなりません」

（だれかが教えなければならないのはたしかよ。でも、それはおまえの役目ではないわ）

「あえて問いましょう。おまえはだれの従士だったの？」おだやかな声でサーセイはいった。

「レンリー公——ではなかったかしら？」

「公のもとで従士になる名誉を賜わりました」

「そう、やはりね」サーセイはこれまで、騎士とその従士の絆がいかに強固であるかをたびたび目のあたりにしてきた。トメンをロラス・タイレルに心服させたくはない。そもそも〈花の騎士〉は、トメンにかぎらず、どの少年も見習うべき人物ではないのだ。「わたしの怠慢だったわ。領土を司り、戦《いくさ》を遂行し、父を悼《いた》み、諸事にまぎれていたとはいえ、新たな武術指南役を任命するという重大事を忘れていたなんて。この過ちはただちに正さなくてはならないでしょう」

サー・ロラスは額にたれたブラウンの巻毛をかきあげた。

「太后陛下。こと剣と槍にかけては、わたしの半分の技倆も持つ者はおりません」

（ずいぶん謙虚なこと）

「トメンはおまえの王であって、おまえの従士ではないのよ。王のために戦い、必要ならば王のために死すのがおまえの務め。それ以上の務めはありません」

それだけ言い残し、〈花の騎士〉を吊りあげ橋の手前に残して、サーセイは鉄の尖り杭を植えこんだ空壕《からぼり》を渡り、ひとりで〈メイゴルの天守〉に入った。

（どこで武術指南役を見つけようかしら）

執務室《ソーラー》への階段を昇りながら考える。サー・ロラスを退けた手前、他の〈王の楯《キングズガード》〉の者を任命するわけにはいかない。それではサー・ロラスの傷口に塩をすりこむことになり、確実にハイガーデン城を怒らせる。

（サー・タラッド？　サー・ダーモット？　だれか適任者がいるはずだわ）

トメンは新たな近侍役の誓約の楯《オズニー》を気にいりだしているが、そのオズニーはマージェリー籠絡《ろうらく》という任務で期待した成果をあげていない。弟のオスフリッドには別の仕事をあてがうつもりでいる。〈猟犬《ハウンド》〉が狂犬になってしまったのはかえすがえすも残念だった。トメンはいつもサンダー・クレゲインの冷酷な声と焼けただれた顔を恐れていたし、あの男の嘲弄は、ロラス・タイレルの素朴な騎士道精神に対する完璧な解毒剤となっただろうに。

そこでサーセイは、ふと思いだした。

（アーロン・サンタガーはドーンの者だったわね。そうだわ、ドーンからだれかを呼びよせよう）サンスピア宮とハイガーデン城、マーテル家とタイレル家は、何世紀にもおよぶ血と戦の歴史により、氷炭相容《ひょうたんあいい》れない対立関係にある。（そうよ、ドーン人ならわたしの求める条件にぴったりかもしれない。ドーンにもすぐれた剣士はいるはず）

執務室《ソーラー》に入ると、窓ぎわの椅子でクァイバーン公が本を読んでいた。

「お帰りなさいませ、陛下。よろしければ、お耳に入れたいことがございますのですが」

「またいだれかの企みと謀叛？」サーセイはたずねた。「きょうは長くて疲れる一日だったわ。手短に話して」

クァイバーンは、お察しします、といわんばかりにほほえんだ。

「御意。タイロシュの執政官がライスに休戦を申し入れたとの話が伝わってきております。うわさによれば、タイロシュ側について参戦しかけていたミアとの契約を〈黄金兵団《ゴールデン・カンパニー》〉が解除したため、もはや共同戦線を組むことは不可能とミアが判断し……」

「ミアがどう判断しようと、わたしの知ったことではないわ」自由九都市は、たがいに戦争してばかりいる。連中が際限なくつづける裏切りと同盟の樹立は、ウェスタロスにはなんの関係もない。「もっと重要な報告はないの？」

「アスタポアの奴隷が起こした反乱は、ミーリーンにも波及したもようでございます。また、十数隻の船の船乗りたちが、口々にドラゴンを見たと……」

「ハーピーよ。ミーリーンにいるのはハーピー」前にもそんな話を聞いたことを思いだした。ミーリーンは世界の最果て。ヴァリリアのはるか東方だ。「奴隷たちには勝手に反乱させておけばよろしい。なぜわたしがそんなことを気にかけねばならないの？　ウェスタロスには奴隷などいないというのに。報告することはそれだけ？」

「ドーンからは、陛下がもっと興味をお示しになる知らせが届いております。大公《プリンス》ドーランがサー・デイモン・サンドを幽閉した由。この男はかつて〈赤い毒蛇《レッド・ヴァイパー》〉の従士を務めていた私生児でございます」

「あの男のことなら憶えているわ」サー・デイモンは、公弟《プリンス》オベリンに供奉《ぐぶ》してキングズ・ランディングにやってきたドーンの騎士のひとりだ。「あれがなにをしたの？」

「プリンス・オベリンの娘たちを解放せよと要求したそうで」

「愚かな」

「ほかにもおもしろい話がございまして……ドーンの友人たちより、〈斑の森城《スポッツウッド》の騎士〉の娘が突如としてエスターモント公と婚約した、との報告がまいりました。婚約発表があった日の夜のうちに、早くも娘は緑《グリーンストーン》の石城へ送られたと申します。すでに結婚にいたった、ともっぱらのうわさで」

「おおかた、だれかの子を宿したのでしょう」ひとふさの髪をもてあそびながら、サーセイはいった。「花も恥じらうその花嫁、いくつですって？」

「二十三歳でございます、陛下。かたやエスターモント公は――」

「七十だったわね。知っているわ」

エスターモント家とはロバートを通じて縁戚関係にある。肉欲に駆られたのか、それとも狂気ゆえか、かつてロバートの父はエスターモント家の娘を妻に迎えた。それがロバートの実母である。サーセイが結婚した時点で、その実母はとうに死んでいたが、実母の兄ふたりはどちらも結婚式に出席し、半年ほど王都に滞在した。のちにロバートは、出席の返礼に、エスターモント島を――怒りの岬《ケープ・ラス》の沖合にある山がちの小島を――訪問するといいだした。エスターモント家の居城である緑の石城《グリーンストーン》で過ごした二週間――じめじめとして陰気なあの二週間ほど、サーセイの人生で時がたつのがのろく感じられたことはない。城をひと目見た瞬間、ジェイミーは〝緑の糞《グリーンシット》〟と呼んだ。サーセイもすぐにその呼び名を使うようになった。滞在中には、ロバートが鷹狩りをし、狩猟をし、伯父たちと酒を酌みかわし、おおぜいいる従兄弟たちを〝グリーンシット〟城の郭《くるわ》で打ちのめして気絶させるのを眺める以外、とくにすることがなく、退屈ばかりがつのった。

城には女の従妹もひとりいた。小柄で太っていて、メロンのような乳房の未亡人だった。その夫も父親も、ストームズ・エンド城の攻囲で戦死したという。そのときロバートはそういった。「小さいころは、あれの父親にはいろいろよくしてもらってな」

「ふたりで仲よく遊んだものだ」そのうち、ロバートはふたたび従妹と仲よくしはじめた。毎夜、サーセイが目をつむるや、王はこっそりと寝室を脱け出して、気の毒なひとり寝の従妹を慰めにいく。ある晩、疑念をたしかめるために、サーセイはジェイミーに王のあとをつけさせた。ややあってもどってきたジェイミーは、ロバートに死んでほしいかとたずねた。そのときサーセイは、「いいえ」と答えた。「せいぜい楽しんでもらいましょう——あちらはあちらでね」

ジョフリーを懐妊したのはその晩のことである。そう思ったほうが胸のつかえが降りる。

「で、エルドン・エスターモントは五十も下の娘を嫁にした——」サーセイはクァイバーンにいった。「なぜわたしがそんなことを気にかけなくてはならないのかしら？」

クァイバーンは肩をすくめた。

「気にかけなくてはならないとは申しませんが……デイモン・サンドと、このサンタガーの娘とは、ドーンの友人たちはそう申しております。すくなくとも、プリンス・ドーラン自身の娘アリアンと親密な関係にございまして。たいした意味はないのかもしれませんが、ここは陛下のお耳にお入れしておいたほうがよいのではないかと——」

「もう聞きました」だんだんじれてきた。「ほかにもあるの？」

「もうひとつ、ございます。たいしたことではございませんが」申しわけなさそうな笑みを浮かべつつ、クァイバーンが報告したのは、ちかごろ王都の平民のあいだではやる人形劇のことだった。それは動物の王国を描いた人形劇で、その王国を支配しているのは横柄な獅子の群れだという。「この不敬な物語が進むにつれて、人形の獅子たちは、ますます貪欲に、ますます傲慢になってまいりまして、とうとうみずからの臣民を貪り食うようになります。

見かねた気高い牡鹿が意見すると、獅子たちはその牡鹿をも貪って、これは百獣の王として当然の権利だと吠え猛るという内容で」

「それでおしまい？」

おもしろくはあった。夜の灯火のもとでなら、有益な教訓話として聞けるだろう。

「いいえ、陛下。物語の終わりに、一頭のドラゴンが卵から孵り、獅子たちをみんな食ってしまうのです」

この結末ひとつで、たんに不敬なだけの人形劇に、反逆の烙印が押されてしまうことになる。

「度しがたい痴《し》れ者どももいたものね。木のドラゴンをあやつっておのれの首を危険にさらすのは、よほど愚かな者たちだけだわ」すこし考えて、指示を出した。「おまえの密告者たちを観客のあいだに潜りこませて、ようすをさぐらせなさい。名のある者が見にきているようなら、その者たちの名前を知っておきたい」

「恐れながら、そのような者を見つけた場合、どのように処分すべきか、おうかがいしてもよろしゅうございますか？」

「資産家には重い過料を。さほど資産がない者には、たっぷり灸をすえたうえで、体罰なしにそれなりの過料を。貧しくて過料を払えぬ者は、反逆劇を見たかどで片目を抉《えぐ》りなさい。人形師どもは斧で斬首するように」

「人形師は四人おりまして。よろしければ、陛下、そのうちの二名をわたくしの目的のために使わせていただけますまいか。とくに女が……」

ことば鋭く、サーセイはいった。

「おまえにはセネルを与えたじゃないの」

「はあ。それがその、あの娘、いたく……興奮いたしましたものですから」

あのときのことは思いだしたくもない。セネルはいつものように、給仕役をするつもりでやってきた。拘束されるなどとは夢にも思っていなかったのだろう。クァイバーンによって手首に鎖をかけられたときも、事情がよくわからなかったようだ。あのときのことを思うと、胸が悪くなる。

(地下牢はとても寒い。松明《たいまつ》でさえ震えあがるほどに。そして、暗闇のただなかで泣き叫ぶ、あの見るもおぞましい姿のもの、……)

「いいでしょう、女をひとり連れていってもいいわ。どうしてもというなら、ふたりでも。ただし、連れていく前に、その者どもの名前を教えなさい」

「御意に」

それを最後に、クァイバーンは退出した。

屋外では陽が沈みつつある。ドーカスは湯浴みの用意をととのえていた。サーセイは石鹸を泡だてた熱い湯につかり、ゆったりとくつろぎながら、今宵の晩餐客たちにどう話を持ちかけようかと考えはじめた。

そのとき、いきなりジェイミーがずかずかと浴室に入ってきて、ジョスリンとドーカスに出ていけと命じた。双子の弟はおよそ身ぎれいとはいえず、馬の匂いが鼻をつく。そばにはトメンを連れていた。

「愛しい姉上」ジェイミーはいった。「国王陛下が、お話があるそうだ」

サーセイの黄金の髪は、ゆらゆらと湯の表面に浮かんでおり、浴室には湯気が立ちこめている。その頬をひとすじの汗が流れ落ちた。

「トメン？」おだやかな、しかし聞く者をぞっとさせる声でサーセイは問うた。「いったいなにごとかしら？」

トメンは縮みあがった。この口調をよく知っているからだ。

「陛下は明朝、いつもの白馬に乗りたいとおっしゃっておられる」ジェイミーがいった。「馬上槍試合にそなえて、練習をなさりたいそうだ」

浴槽の内壁にもたれかかっていたサーセイは、がばと身を起こした。

「馬上槍試合など開きませんよ」

「ううん、やるんだ」下唇をかみながら、トメンはいった。「だから毎日練習しなくちゃ」

「練習するのはかまわないけれど」太后はきっぱりといった。「それは正規の武術指南役が決まって、おまえの練習を指導するようになってからのことよ」

「正規の武術指南役なんていらない。サー・ロラスがいい」

「おまえはあの若者を買いかぶりすぎだわ。おまえの若い妻は、ロラスの勇猛さをあることないこと吹きこんでいるようだけれど、オズマンド・ケトルブラックのほうが騎士としてはロラスの三倍もすぐれているのよ」

ジェイミーが笑った。

「だとしたら、それはおれの知っているオズマンド・ケトルブラックではないな」

よほど首を絞めてやろうかとサーセイは思った。

（こうなったら、サー・オズマンドと馬上槍試合をさせて、わざと負けろとサー・ロラスに命じる必要があるかもしれないわね）そうすればトメンの憧れも消え失せるだろう。（蛞蝓《ナメクジ》には塩、騎士には恥。それだけで、どちらも縮みあがってしまう）

「おまえには、ドーンから指南役を呼びよせてあげますよ」サーセイはいった。「ドーンは七王国でもひときわ優秀な馬上槍試合の名手がそろっているところですからね」

「そんなことない」トメンはいいはった。「だいたい、馬鹿なドーン人になんか教わりたくないもん。ぼくはサー・ロラスに教わりたいんだ。これ、命令だよ」

またしても、ジェイミーが笑った。

（なんの役にもたたない男。これのどこが可笑《おか》しいのよ）

太后はかっとなり、湯の表面を平手でぴしゃりとたたいた。

「ペイトを呼ばなくてはならないの？　このわたしに向かって、おまえが命令することなどできないわ。わたしはね、おまえの母親なのよ」

「それはそうだけど、ぼくは国王なんだよ！　国王のいうことは絶対です、みんなしたがわなくてはいけませんってマージェリーがいってた。あした、ぼくは白馬にまたがって、サー

・ロラスに馬上槍試合のやりかたを教えてもらう。それから、仔猫もほしい。ビーツはもう食べたくない」

いうだけいうと、トメンは腕組みをした。

ジェイミーはまだげらげら笑っている。笑う弟を無視して、太后は息子にいった。

「トメン、ここへきなさい」だが、息子は近づいてこようとしない。サーセイはためいきをついた。「怖いの？　王たるものが恐怖を見せてもいいものかしらね」

少年は浴槽に近づいてきた。目は伏せたままだ。サーセイは片手を伸ばし、少年の黄金の巻毛をなでた。

「王であれ、なんであれ、おまえはまだ小さな子供。成年するまで、統治はわたしが行ないます。馬上槍試合の練習はさせてあげるわ。それは約束しましょう。でも、ロラスに教わるのはだめ。〈王の楯《キングズガード》〉には、子供と遊ぶことなどより、もっと重要な務めがあるのだから。そこにいる〈王の楯《キングズガード》〉の総帥に訊いてごらんなさい。そうよね、総帥どの？」

「とても重要な務めがあるな」ジェイミーは薄く笑った。「たとえば、王都の市壁の周囲を、警邏することとかな」

トメンは泣きべそをかいていた。

「仔猫も飼っていい？」

「いいわ」太后はうなずいた。「おまえが馬上槍試合のことでこれ以上わがままをいわないのであればね。約束できる？」

トメンはもじもじと足を動かした。

「うん」

「よろしい。では、もういきなさい。もうじきお客が訪ねてくるから」

トメンは部屋を出ていきかけた。が、戸口で向きなおり、こういった。

「ぼくが成年してほんとの王さまになったら、ビーツを食べるのは禁止してやる」

トメンが去ったのち、手首から先のない右腕を使って、ジェイミーがドアを閉めた。

「陛下」ふたりきりになると、ジェイミーはいった。「ずっと不思議に思っていたんだがな……きみは酔っぱらっているのか？　それとも、たんに愚かなだけか？」

サーセイはふたたび湯の表面をひっぱたいた。はねた湯がジェイミーの足もとにかかった。

「口を慎みなさい。さもないと――」

「――さもないと、なんだ？　また市壁の検査にいかせるとでもいうのか？」ジェイミーは椅子にすわり、脚を組んだ。「きみのおだいじな市壁はどこも問題ない。一センチあまさず目視して、七つの門すべてをじっくり検分した。たしかに、〈鉄の門〉の蝶番は錆びている。それでも、〈王の門〉と〈泥の門〉は交換が必要だ。スタニス勢の破城槌でさんざんに突かれたからな。それでも、市壁は以前のままに、頑丈そのものだ。問題は、そんなところにはない。陛下におかれては、万が一お忘れかもしれないから申しあげておくが、ハイガーデン勢は市壁内にいるのだぞ」

「わたしはなにも忘れてはいないわ」

そういいながら思いだしたのは、例の金貨のことだった。片面に手、片面には忘れられた王の顔が刻印された、あの金貨だ。

(屋内便器の下に隠されていた金貨。みじめな獄卒ごときが、どうやってあんなものを手に入れたのだろう? ルージェンのような男が、どうやってハイガーデン城の古い金貨などを手に入れられたのだろう?)

ジェイミーがいった。

「新しい武術指南役の話は、いまはじめて聞いた。ロラス・タイレルを凌駕する槍試合上手となると、探しだすのにそうとうの時間と労力が必要になるぞ。なにしろ、サー・ロラスは──」

「あれがどんな人物かは知っているわよ。わたしはね、あの男を息子に近づけたくないの。あの男には自分の務めのなんたるかを思いださせてやってほしいものね」

湯が冷めはじめていた。

「本人も自分の務めは心得ているさ。それに、こと槍試合に関しては、サー・ロラスの右に──」

「あなたのほうが上だったじゃない、右手をなくすまでは。サー・バリスタンだってそう。若いころの彼はもっと強かった。アーサー・ディンもよ。レイガー殿下にいたっては、あのアーサー・ディンさえも凌駕していたわ。〈花の騎士〉がどれだけ勇敢であるかなど、言いつのらなくてもけっこう。あれはただの青二才でしかないのだから」

ジェイミーにいちいち意見されるのには、ほとほとうんざりだった。父に対してはだれも意見などしなかった。タイウィン・ラニスターが指示を出せば、まわりは黙ってしたがった。なのに、サーセイが指示を出せば、まわりは好き勝手に意見を述べ、反論し、あまつさえ、否定すらする。

(それもこれも、わたしが女だからだわ。剣をとって戦えないからよ。臣民はわたしよりもロバートのほうに敬意をはらっていた。あんなに分別のない飲んだくれだったというのに)

こんなことでわずらわされるのはごめんだ。とくに、ジェイミーには。

(この男を排除する必要があるわね。それも、早急に)

以前は手をとりあい、ともに七王国を支配する夢を見た相手だが、ジェイミーはいつしか、味方よりも邪魔者になってしまっている。

サーセイは浴槽の中で立ちあがった。湯が脚を流れ落ち、髪からしたたり落ちた。

「あなたに相談ごとがあるときは、こちらから呼びます。さあ、出ていってくれるかしら。わたしは服を着なくてはならないの」

「晩餐の客がくるんだったな。こんどはなにをたくらんでいるんだ？　きみがなにを考えているのか、おれにはさっぱりわからない」

その視線が下に降り、股間の黄金の毛にすえられた。

(いまでもわたしがほしいんだわ)

「なくしたものがそんなに残念？　ジェイミー？」

ジェイミーは視線をあげた。

「きみのことは愛しているさ、愛しい姉上。しかし、きみは愚かだ。美しい金髪の愚か者だ」

弟のことばは、ぐさりと胸に突き刺さった。

(あの晩、ジョフを懐妊した晩、グリーンストーン城ではあんなにやさしいことばをかけてくれたのに――)

「出ていって」

サーセイは背を向けた。ジェイミーが出ていき、手を失った右腕でドアを押して、閉じる音が聞こえた。

ジョスリンが晩餐の準備をたしかめにいっているあいだに、太后はドーカスに手伝わせて新しいガウンを身につけた。光沢のあるグリーンのサテンと黒のフラシ天の縦縞とが交互にならぶドレスで、身ごろには複雑な模様を描くミア産の黒いレースがあしらってある。ミア産のレースは値段も張るが、つねに最高の装いを求められるクイーンには不可欠のものだ。それなのに、無能な洗濯女どもときたら、レースつきの古いガウンを何着か縮ませてしまい、もう着られなくしてしまった。立腹したサーセイは、不注意のかどで鞭打たせようとしたが、そこへテイナから、ここは慈悲をたれられてはいかがでしょうか、との進言を受けた。

「寛大であられるほど、平民には愛されますので」

それを容《い》れて、サーセイは洗濯婦らの賃金からガウンの代金を引くだけですませてやった。

たしかに、うんとエレガントな解決法ではある。

ドーカスが銀の手鏡を差しだした。

(とてもよく映えるわね)

サーセイは自分の鏡像にほほえみかけた。喪が明けたのはありがたい。黒い服は顔が異様に白く見えてしまう。

(晩餐にレディ・メリーウェザーが出席しないのが残念)

きょうは長い一日だった。こんなとき、ティナの才知あふれることばを聞くと元気が出る。これほどいっしょにいて楽しい友人は、メララ・ヘザースプーン以来だろう。そのメララも、じつは分を越えた高望みをする貪欲な小娘であることがあとでわかったのだが。

(メララのことは悪く思わないであげよう。もう溺れて死んでしまったのだし、ジェイミー以外、だれも信用してはならないことを教えてくれたのだから)

執務室《ソーラー》にいってみると、ふたりの客はすでにかなりの量の香料入りワインをあけていた。細口瓶が半分がたからになっていることに気づいて、サーセイは思った。

(レディ・ファリースときたら、魚みたいな顔をしているばかりではなくて、魚が水を吸いこむようにたくさん酒を飲むのね)

ふたりの客は立ちあがり、太后を迎えた。

「魅力的なファリース」サーセイは声をかけ、その頬にキスをした。「そして勇敢なサー・

バルマン。心より敬愛するお母上の件を聞いたときには、一瞬、取り乱してしまいましたよ。レディ・タンダのご容態はいかが？」

レディ・ファリースは泣きだしそうな顔で答えた。

「おやさしい太后陛下、ご心配いただき、感謝に堪えません。メイスター・フレンケンの話によりますと、落馬したさい、母の腰骨は折れてしまったそうでございます。メイスターもできるだけの処置はしたと申しておりまして、あとはもう、祈るしか……」

（せいぜい祈りなさい。どのみち、月齢が改まるころ、あの女は死んでいるのが落ちだから）

タンダ・ストークワースほどの老齢者が腰の骨を折れば、生き延びられる見こみはない。

「わたしもともに祈りを捧げましょう」とサーセイはいった。「クァイバーン公の話では、馬に乗っていたとき、鞍を留める腹帯がいきなり切れたのです」サー・バルマン・バーチが説明した。「腹帯が擦りきれていないかどうかをたしかめるのも厩番の務め。厩番は処罰しました」

「手ひどく罰されたのならいいのだけれど」太后は着席し、客たちにすわるよう、手ぶりでうながした。「香料入りワインのおかわりはいかが、ファリース？　あなたはいつもこれが大好きでしたね」

「憶えていていただけたとは光栄でございます、陛下」

(忘れられるはずがないでしょう？　ジェイミーがいっていたわ、あれだけ飲んで、ワインの小便をたれ流さないのが不思議だって)

「旅はいかがでした？」

ファリースは不満をたれた。

「それがもう、最悪で……。ほとんど一日じゅう、雨が降っておりましたし、ロズビー城で一夜を過ごすつもりでおりましたところ、ジャイルズ公の若い被後見人に断わられてしまいました」ファリースは鼻を鳴らした。「いまから申しあげておきますけれど、ジャイルズが死んだら、あの性悪の若僧、きっとお金を浪費して使いはたしてしまうにちがいありません。それどころか土地と公位を横どりしようとさえするかも。ジャイルズの死後、ロズビー城はわたしたちが継承する権利があるのです。母はジャイルズの妻の叔母で、ジャイルズ自身の三人めの従姉妹なんですから」

(おまえのところの紋章は仔羊だったかしら、マイ・レディ？　それとも、なにかをつかみとろうとしている猿？)

心の中でそう思いつつ、サーセイはいった。

「知りあって以来、ジャイルズ公はずっと死にそうなようすだったけれど、いまもなお存命だし、これから何年も生きることでしょう。そうあってほしいものです」にっこりと笑ってみせる。「きっと、わたしたちの大半よりも長生きをして、わたしたちの墓の前で咳をしているにちがいないわ」

「いかにもありそうなことで」サー・バルマンがうなずいた。「しかしながら、ロズビーの被後見人ばかりがわれわれの悩みの種ではありません、陛下。じつは、王都へまいる途上において、怪しげな者どもと遭遇いたしました。みすぼらしい革の楯と斧を持ち、ぼろを着た不潔な者どもです。なかには袖なし胴着《ジャーキン》に星を縫いつけた者もおりました。聖なる七芒星をです。そのくせ、どの者も一様に、邪悪なる顔つきをしておりました」

「あの者たち、きっと虱《シラミ》が湧いているはずですわ」

ファリースも付言した。

「それはみずからを〈雀〉と呼ぶ者たちね」サーセイは答えた。「あれは王土に大発生した害虫のようなもの。新たな総司祭《ハイ・セプトン》には早々に排除してもらわなくては。らちがあかないようなら、わたしみずから手を打ちましょう」

「新ハイ・セプトンはもう決まったのでございますか？」

ファリースがたずねた。

「まだよ」これは率直に認めざるをえない。「セプトン・オリドアがもうすこしで選ばれるところまでいったのに、売春宿に入っていくところを〈雀〉どもに見とがめられて、全裸のまま路上に引きずりだされたのです。いまの最有力候補はルセオンだけれど、あちらの丘の上の友人たちは、必要な票数にまだ何票か足りないというばかりで」

「選出の審議にさいしましては、黄金の智慧のランプにて、〈老媼《ろうう》〉のお導きがあらんことを祈っております」

レディ・ファリースが、いかにも敬虔そうな声でいった。

ここでサー・バルマンが、椅子の上で決まり悪そうに身じろぎをし、切りだした。

「ときに、陛下、このようなことを申しあげるのはなんですが……わだかまりのないよう、あえて申しあげます。わがよき妻も妻の母も、あの私生児の命名に関しましては、いっさい関知しておらぬことをどうかご承知おきくださいますよう。ロリスはああいうおっとりした娘ですが、夫めはたちの悪いユーモアの持ち主。生まれた子にはしかるべき名前をつけろと諫めたのですが、一笑に付されてしまいまして」

太后はワインを口に運び、しげしげとサー・バルマンを見つめた。これでもかつては馬上槍試合で名を轟かせ、七王国でもっとも見目よき騎士と謳われた男だ。いまでも口髭だけは形がいいが、それ以外の点では、あまりよい齢のとりかたをしていない。くせのある金髪は禿げあがり、腹は大きくつきでて内側から胴衣《ダブレット》を圧迫している。

（わたしの手先としては不格好すぎる。それでも、これを使うしかない）

「ドラゴン一族がやってくる以前、ティリオンは王名に使われる名前だったわ。〈小鬼《インプ》〉のおかげでだいなしになってしまったけれど、その子がこの名前の名誉を取りもどしてくれるかもしれませんね」（取りもどすほどに長生きをすればね）「あなたがたに非がないことは、ちゃんとわかって……います……」

ここでサーセイは、声を詰まらせてみせた。

「失礼。わたし――怖いのですよ」

ファリースが口をぱくぱくさせた。そうしていると、ひときわ愚かな魚のように見える。

「怖い……怖いとおっしゃるのでございますか？　陛下ともあろうお方が？」

「ジョフリーが亡くなって以来、満足に眠れない夜がつづいていて……」サーセイは自分のゴブレットに香料入りワインを満たした。「わたしの友人たちは……ああ、おふたりのこと、友人と思ってもよろしいわね？　トメン王の友人でもあると？」

「むろんですとも、おかわいらしい少年王陛下のおんためなら、なんでもいたします」サー・バルマンが、きっぱりといった。「陛下、わがストークワース家の標語《モットー》は、〈誇れ、誠実たるを〉でございますぞ」

「あなたのような方がもっといてくださったらいいのに、よき騎士どの。では、正直にいいましょう。わたしはブラックウォーターのサー・ブロンがどうにも信用できないのです」

ストークワース夫妻は顔を見交わした。

「おっしゃるとおり、あれは傲慢な男でございます、陛下」ファリースがいった。「態度も粗野なら、口のききかたもぞんざいで」

「あれは本物の騎士ではありません」バルマンもいった。

「まさしく、そのとおりね」サーセイはほほえんだ。この点にはまったく同感だ。「それに対して、あなたは真の騎士道のなんたるかを極めた方。馬上槍試合でのあなたの雄姿は目に焼きついていますよ。わたしの前で輝かしい勝利をあげられたのは、いつの武術大会だったかしら？」

サー・バルマンは控えめにほほえんだ。

「六年前、ダスケンデールで開かれた大会でしたか……？　いや、あのとき、陛下はおられなかった。おられたのでしたら、陛下こそ〈愛と美の女王〉の冠を授かったはず。とすると、グレイジョイの最初の反乱のあと、ラニスポートで開かれた大会でしょうかな？　あの大会では、おおぜいのすぐれた騎士を打ち負かしたものですが……」

「そう、そのときです」サーセイはここで真顔になった。「父が亡くなった晩、〈小鬼《インプ》〉は姿をくらませました。ふたりの誠実な牢番を血だまりに沈めて。〈狭い海〉を越えて逃げたとのうわさもあるけれど、それはどうかしら。あのこびとは狡猾だわ。おそらく、まだこの近辺に潜伏して、さらなる殺人を企てているにちがいないと見ます。だとしたら、あの者の友人が匿《かくま》っている気がしてならないのです」

「ブロンが匿っているとおっしゃるので？」

サー・バルマンはふさふさした口髭をなでた。

「あの者はずっと、〈小鬼《インプ》〉の飼い犬だったのだもの。ティリオンの命を受けて、あの者がどれだけおおぜいを地獄に送ったかは、〈異客《まれびと》〉のみぞ知る」

「おことばながら、陛下、こびとがわが領内に潜伏しているのであれば、わたしが気づかぬはずはありません」

「弟は小柄で、こそこそ隠れるのに向いているのよ」サーセイは両手をわなわなと震わせてみせた。「子供の名前などは瑣末なこと……けれど、不遜を罰することなく放置しておけば謀叛の温床となる。しかも、あのブロンなる者、傭兵を集めているというではありませんか。

クァイバーンから聞きましたよ」

「たしかに、騎士を四人、家臣に加えはしましたけれど」

ファリースがいった。

サー・バルマンが鼻を鳴らした。

「家内もお人よしで、あのようなやからを騎士と呼んでおりますが、じっさいは、騎士とは名ばかりの傭兵あがり」あの四人には騎士道精神のかけらもありません。

「恐れていたとおりだわ。ブロンはこびとのために傭兵を集めているのね。どうか〈七神〉がわたしの幼い息子を護ってくださいますように。〈小鬼《インプ》〉はあの子を殺すつもりなのよ、あの子の兄を殺したように」サーセイははらはらと涙をこぼした。「わたしの友人たちよ、これから他聞をはばかる話を口にします。結果的に、わたしの名誉をおふたりの手に委ねることになるけれど……母親としての恐怖の前には、クイーンの名誉など、なにほどのことがありましょう」

「どうぞおっしゃってくださいまし、陛下」サー・バルマンがいった。「ここでうかがったことばがこの部屋の外に漏れる気づかいは、いっさいございません」

サーセイはテーブルごしに手を伸ばし、バルマンの手をぎゅっと握った。

「わたしも……わたしもきっと、多少は枕を高くして眠れると思うのです——もしもサー・ブロンが、たまたま……事故に遭えば……たとえば狩りのときにでも」

サー・バルマンはしばし考えこんだ。

「命に関わる事故、でございますか？」

（どうしてそう露骨な言いかたを。そこは〝ごくささいな事故でございますね？〟と無難な受け答えをする場面でしょう）唇を嚙みたい気持ちを、ぐっと抑える。（敵はいたるところにいるのに、わたしの味方は馬鹿ばっかり）

「どうか、騎士どの」サーセイはささやき声で答えた。「その先を、わたしにいわせないで……」

「かしこまりました」

サー・バルマンは、委細承知というしぐさをしてみせた。

（そこらの蕪《カブ》でも、もうすこし呑みこみがいいわ）

「あなたこそ、真の騎士。怯えた母親の願いに応えてくださるのですもの」

サーセイは立ちあがり、テーブルをまわりこんで、サー・バルマンの額にキスをした。

「よければ、ただちに手配してくださいな。いまのところ、ブロンは数名の者を集めただけだけれど、早く行動に出なければ、その数は膨れあがるでしょう」

こんどはファリースにキスをした。

「おふたりの配慮、けっして忘れはしませんよ、わたしの友人たち。わたしの真の友人は、ストークワース家。〈誇れ、誠実たるを〉。約束しましょう、首尾よくことが成就した暁は、きっとロリスにもっと立派な夫を見つけてあげましょう」（ケトルブラック兄弟のだれかがいいわ）「わたしたちラニスターは、かならず借りは返します」

それからあとは、香料入りワイン、茹でビーツのバター和え、焼きたてのパン、川梭魚《カワカマス》のハーブ焼き、猪のスペアリブの晩餐を楽しんだ。猪に受けた怪我がもとでロバートが死んで以来、サーセイは猪が大好きになっている。こんなふたりが相手でも、さほど気にならない――たとえファリースがにたにたと笑いどおしで、バルマンがスープからデザートにいたるまで自慢話ばかりしていてもだ。その後もずるずるとつきあわされて、真夜中をまわるまで解放されなかった。サー・バルマンは酒豪で、細口瓶をさらにもう一本所望した。立場上、断わるのは得策ではない。

〈顔のない男《フェイスレス・マン》〉をひとり雇ってブロンを殺させれば、今回飲ませた香料入りワインの半額ですんだわね）

ようやくふたりが引きあげると、サーセイはそう思った。

この時間には、息子はもう寝ているはずだったが、自分のベッドに入る前に、王の寝室へようすを見にいった。覗いてみて驚いた。トメンのそばには、三匹の黒い仔猫が身を丸めていたからだ。

「どこでこんなものを拾ってきたの？」

王の寝室の外に出て、警護に立つサー・マーリン・トラントを詰問した。

「お若いクイーンが持ってこられたのです。クイーンは一匹だけを残すおつもりでしたが、トメン陛下は選びきれないとおっしゃられて、三匹とも」

(短剣で母猫の腹を切り裂いて、仔猫を取りだすよりはましかしら) マージェリーの誘惑の手管は、あまりにも見えすいていて笑ってしまう。(トメンは幼すぎてキスができないから、仔猫を贈って気を引こうというわけね)

ただし、黒猫でないほうがよかった。黒猫は不運をもたらす。それは太子《プリンス》レイガーの幼い娘がこの城で証明してみせたとおりだ。

(あの子はわたしの娘であったかもしれないわ——狂王が父に残酷なジョークを仕掛けたりしなければ)

狂王エイリスがタイウィン公の娘であるサーセイを退け、かわりに息子ジェイミーを取りたてるいっぽう、自分自身の息子にはドーンのか弱いプリンセスを——黒い目で胸の貧弱な娘を——娶《めと》らせたのは、その狂気のなせるわざだったにちがいない。

自分が袖にされたときの無念と恨みつらみは、これほどの年月を経たあとでも、まだ執拗にくすぶっている。銀の弦を張ったハープに、その長くエレガントな指を躍らせて、夜ごと大広間で奏でるプリンス・レイガー——その姿を眺めて、サーセイは幾夜ためいきをついたことだろう。あれほど美しい人が、かつてこの世に存在したことがあるだろうか。

(いいえ、あの方はたんなる人以上の存在だった。あの方には古代ヴァリリアの血が流れていらしたんだもの——ドラゴンと神々の血が)

父タイウィンから、おまえはレイガーと結婚することになるのだと約束されたのは、まだ幼い娘だったころ――六歳か七歳のころだった。

「ただし、このことは、けっして口外してはならんぞ、娘や」そのとき父は、サーセイしか見たことのない、ひそやかな笑みを浮かべて、そういったものだった。「国王陛下が婚約をお認めになるまではな。それまでは、われわれだけの秘密にしておかねばならん」

いわれたとおり、サーセイは秘密を護った。が、一度だけ、レイガーとともにドラゴンに乗って飛ぶ絵を描いたことがある。絵の中のサーセイは、うしろからレイガーにしがみつき、しっかりとその胸を抱きしめていた。その絵をジェイミーに見とがめられたときは、これはアリサン王妃とジェヘアリーズ王の絵だといってごまかしたことを憶えている。

本物のプリンスを目のあたりにしたのは十歳のときだった。西部へ臨幸《りんこう》のあったエイリス王を歓迎するにあたり、父タイウィンが盛大な武術大会を催したのである。観覧席はラニスポートの市壁にそって設けられ、平民の大歓声はキャスタリー・ロック城の城壁に反響し、雷鳴のように大地を轟かした。

(父に対する歓呼の声は、王に対する歓呼の倍はあったけれど――レイガー殿下を讃える声にくらべれば、それでも半分でしかなかった)

当時十七歳、騎士に叙任されたばかりのレイガー・ターガリエンは、黄金の小環を布地に縫いつけた環鎧《リング・メイル》の上に漆黒の板金鎧《プレート・アーマー》を一縮《いっしゅく》し、駆け足で馬を進めて、颯爽と試合場に乗りこんできた。頭立《ずだて》につけた布――赤、金、オレンジ色のシルクは長々と後方へたなびき、まるで炎のようだったことを思いだす。その槍の前に、サーセイの叔父のうちふたりが――

のみならず、父の臣下でとくに優秀な槍使《ランス》いたち、西部の花と謳われた手練《てだれ》十数名までもが、こぞって落馬の憂き目にあった。夜になると、プリンスは銀のハープを奏でた。あまりにも美しい音色に、サーセイは涙を流した。とうとうレイガーに引き合わされたときには、その憂いをたたえた紫色の目の深淵に、いまにも溺れてしまいそうになったほどだった。

（あの方は傷ついていらした）あのときの気持ちが思いだされてくる。（けれど、レイガーさまと結婚したら、わたしがその傷を癒してさしあげるつもりだった）

あの方にくらべたら、あんなに美しく凛々しかったジェイミーでさえも、未熟な青二才でしかなかった。

（殿下はわたしの夫になられるはずだった……）無念と興奮で目がくらむのをおぼえつつ、サーセイは思った。（そして、老王が死んだら、わたしが王妃になるはずだったのに）

その事実は、武術大会がはじまるまぎわになり、叔母に打ち明けられた。

「きょうはね、特別、あでやかにしていなければだめよ」というのが、サーセイのドレスをととのえながらレディ・ジェナが口にしたことばだった。「締めくくりの宴席で、あなたとプリンス・レイガーとの婚約が発表されるのですからね」

サーセイは有頂天になった。あれほど舞いあがっていなかったなら、うかうかと〈蛙面《カエルづら》の妖婆《メイギー》〉の天幕を訪ねることもなかっただろう。あの天幕を訪ねた唯一の理由は、ジェインとメララに、牝獅子はなにものも恐れないことを示すためだったのだから。

（あの時点で、わたしは王妃になることがわかっていた。王妃たる者、たかが不気味な老婆ごときを恐れていいはずがないでしょう？）

あの予言を聞いたときのことを思いだすと、これだけ長い年月がたっていても肌に粟粒を生じる。

（ジェインは悲鳴をあげて天幕を逃げだしたけれど——メララは残った。だから、わたしも残った。わたしたちは老婆にみずからの血を舐めさせ、老婆の馬鹿げた予言を嘲笑したものだった。予言はどれもこれも、的外れなものに思えたわ）

老婆がなんといおうと、サーセイはプリンス・レイガーの妻になるはずだった。なにしろ、父上が請けあったのだ。タイウィン・ラニスターのことばは千金の重みを持つ。

ところが、老婆に対するサーセイの嘲笑は、武術大会の閉幕とともに消えた。締めくくりの宴などなかった。サーセイとプリンス・レイガーの婚約を讃えて祝杯があげられることもなかった。ただ狂王と父タイウィンのあいだに、冷え冷えとした沈黙と冷たいにらみあいがあるきりだった。ほどなく、エイリス王とそのプリンスが、雄々しい騎士たちを引き連れてキングズ・ランディングへ去ってしまうと、まだ幼かったサーセイはわけがわからず、泣きながら叔母のもとを訪ねた。

「あなたのおとうさまはね、たしかに婚約を申し入れたのよ」そのとき、レディ・ジェナはそう答えた。「けれど、エイリス王はこういって拒否したの。〝おまえはわが臣下のなかで、ずぬけて有能な男だ、タイウィン。しかしな、おのが跡継ぎに臣下の娘を嫁がせようと思う男がどこにおる？〟さあ、涙をお拭きなさい、小さなサーセイ。獅子が泣くのを見たことがあって？　おとうさまはかならず別の殿方を見つけてくれますよ。レイガーよりも、もっといい男をね」

しかし、それは現実とはならなかった。父親もサーセイを失望させたのだ。ちょうどいま、ジェイミーが失望させつつあるのと同じように。

（父上には、もっといい男を見つけることなどできなかった。かわりに見つけてきたのが、こともあろうに、あのロバートだなんて。〈妖婆《メイギー》〉の呪いは毒花となって花咲いたことになるわ）

神々の望まれたように、サーセイと結婚していたなら、レイガーは二度と、あの狼の娘に――リアナに――エダードの妹などに――目を向けることもなかっただろう。

（レイガーさまはいまごろ王として君臨し、わたしはその王妃となって、殿下の子供たちの母となっていたはず）

そのレイガーを殺した罪ゆえに、サーセイは一度たりともロバートをゆるしたことがない。

しかし、そもそも獅子というのは、ゆるすということが苦手なものなのだ。それはじきに、ブラックウォーターのサー・ブロンが身をもって知ることになるだろう。

本書は、早川書房から単行本として二〇〇八年七月に
二分冊で刊行された作品を文庫化したものです。

訳者略歴　1956年生，1980年早稲田大学政治経済学部卒，英米文学翻訳家　訳書『星の光、いまは遠く』マーティン，〈ハイペリオン四部作〉シモンズ，『ジュラシック・パーク』クライトン（以上早川書房刊）他多数

HM=Hayakawa Mystery
SF=Science Fiction
JA=Japanese Author
NV=Novel
NF=Nonfiction
FT=Fantasy

氷と炎の歌④

乱《らん》鴉《あ》の饗宴《きようえん》

〔上〕

〈SF1887〉

二〇一三年一月二十日　印刷
二〇一三年一月二十五日　発行
（定価はカバーに表示してあります）

著者　ジョージ・R・R・マーティン
訳者　酒《さか》井《い》昭《あき》伸《のぶ》
発行者　早川浩
発行所　株式会社　早川書房
郵便番号　一〇一 - 〇〇四六
東京都千代田区神田多町二ノ二
電話　〇三 - 三二五二 - 三一一一（大代表）
振替　〇〇一六〇 - 三 - 四七七九九
http://www.hayakawa-online.co.jp
乱丁・落丁本は小社制作部宛お送り下さい。
送料小社負担にてお取りかえいたします。

印刷・三松堂株式会社　製本・株式会社川島製本所
Printed and bound in Japan
ISBN978-4-15-011887-7 C0197

本書は活字が大きく読みやすい〈トールサイズ〉です。